I0825350

Samvel

Raffi

ՍԱՄՎԵԼ

ՐԱՖՖԻ

Samvel

ISNB: 9781644397572

ՍԱՄՎԵԼ

Հրատարակված է Ամերիկայի Միացյալ Նահանգներում:

ISNB: 9781644397572

ԱՌԱՋԻՆ ԳԻՐՔ

Ա

ԵՐԿՈՒ ՍՈՒՐՀԱՆԴԱԿՆԵՐ

Լուսնի եղջյուրը ծածկվեցավ Քարքե լեռան ետևում և Տարոնը ընկղմվեցավ գիշերային խավարի մեջ: Ոչ մի աստղ այդ գիշեր չէր երևում: Երկինքը պատած էր մոխրագույն ամպերով, որոնք մեղմ հոսանքով լողում էին դեպի Կրկուռ և Նեմրութ լեռների կողմերը և, այնտեղ կուտակվելով, թանձրանալով, միգային-սև կերպարանք էին ստանում: Այդ կողմից երբեմն փայլատակում էր, կայծակը, և լսելի էր լինում որոտման խուլ դղրդյուն, որ գուշակում էր հորդ անձրև:

Գիշերային այդ տագնապալի պահուն երկու ձիավորներ անցնում էին Մուշի դաշտով: Նրանք գալիս էին հեռվից, շատ հեռվից: Մի ամիս առաջ դուրս եկան Տիզբոնի երկաթյա քաղաքադռնից, անցան Խուժիստանի անապատները, անցան արևակեզ Ասորեստանը, անցան հայկական Միջա գետը և մի օր առաջ ոտք դրեցին Մուշի դաշտի վրա: Դրանք երկու սուրհանդակներ էին:

Երկու սուրհանդակներից մեկի ձին սևագույն էր, մյուսինը՝ կապուտակ: Կապուտակ ձիավորը առաջինի ուղևորության մասին տեղեկություն ուներ, ամենայն զգուշությամբ հետևում էր նրան և երբեք յուր նկատողությունից բաց չէր թողնում: Իսկ առաջինը չգիտեր, որ իրան հետևում են: Այդ էր պատճառը, որ նրանք, երկու մոլորակների նման, թեև գնում էին միևնույն ուղղությամբ, բայց այնպիսի զուգահեռական գծերով, որ բնավ միմյանց չէին հանդիպում: Երկուսն էլ ճանաչում էին միմյանց:

Նրանք արդեն հասել էին Արածանիի ափերին:

Կապուտակ ձիավորը այստեղ կանգ առեց: Նա նայեց դեպի երկինքը, նայեց դեպի յուր շուրջը: Կամենում էր գիտենալ, թե ո՛րքան ժամանակ էր մնացել, մինչև լույսի բացվելը: Ոչ մի աստղ ցույց չտվեց նրան գիշերային ժամը: Ամեն ինչ խորասուզված էր անվերծանելի մթության մեջ:

Բայց պետք էր շտապել...

Երկու մտածություններ մի քանի րոպե պահեցին նրան անվճռականության մեջ. գետո՞վ անցնել, թե կամրջո՞վ գնալ: Կամուրջով — դա շատ հեռու կտաներ և գուցե կհանդիպեր նրան... և գուցե կբռնվեր կամուրջի գիշերային պահակներից... Վճռեց անցնել գետով:

Հեզ և արծաթափայլ Արածանին գարնանային հեղեղներից կատաղել էր և պղտոր հորձանքներով ծածկել էր յուր ափերը: Բայց մեր ուղևորը ծանոթ էր նրա ծանծաղուտների հետ: Նա ցած իջավ ձիուց, ձեռքով փայփայեց յուր կապուտակի գեղեցիկ բաշը, փոքրիկ գլուխը, ասելով. «Դու քաջությամբ կտրեցիր Տիգրիսի ահռելի ալիքները, այժմ հայրենի երկրի Արածանին ինչո՞ւ պետք է վախեցնե քեզ»: Նա ձիու սանձը հանեց բերանից, որ լողալու միջոցին ազատ շունչ առնե, նստեց և, երեսը խաչակնքելով, քշեց դեպի գետը:

Գետը, մի ահարկու վիշապի նման, գոռում էր, գոչում էր: Գիշերային մթության մեջ՝ նրա պղտոր հոսանքը ավելի մռայլ կերպարանք էր ստացել: Ձին, ամբողջ մարմնով խորասուզված ջրի մեջ, միայն գլուխը վեր բարձրացրած, մռնչելով և փռնգալով, պատերազմում էր ալիքների հետ: Նրա ոտները հատակին չէին դիպչում, անցնում էր լողալով: Ձիավորը, սանձի փոխարեն բռնած ուներ նրա բաշից, և ձեռքով ուղղություն էր տալիս ընթացքին: Մի քանի պտույտների մեջ՝ թե ձին և թե ձիավորը սկեցին ջրի տակ: Կրկին դուրս հայտնվեցան: Երբեմն անցնում էին նրանց մոտով ծառի կոճղներ, գերանի կտորներ, որ ծփալով տարվում էին կոհակների հետ: Ձիավորը շտապում էր խույս տալ դրանցից: Բայց ահա՛ հեռվից մի ինչ-որ որոտում էր: Տագնապը մոտենում էր: Ձիավորը չկորցրեց յուր սառնասրտությունը և խորին ուշադրությամբ նայեց դեպի այն կողմը: Մի մթին, անորոշ կույտ լողում էր ջրի երեսին: Որքան մերձենում էր, այնքան աճում էր նա, այնքան սոսկալի ձև էր ստանում: Կարծես, մի ամբողջ բլուր դանդաղ ընթացքով շրջում էր գետի վրա: Մերթ անհայտանում էր նա մերթ երևան էր գալիս ավելի ահարկու կերպարանքով: Ձիավորը հասկացավ նրա ինչ լինելը: Նա մի ակնթարթում ձիու թամբից սողաց դեպի գավակը, որ նրա բեռը թեթևացնե: Բռնեց ագիից, սկսեց շտապեցնել նրան: Օրհասական ժամը մոտենում էր, քանի որ թանձր, այլանդակ հրեշի նման մոտենում էր մթին կույտը: Նրա որոտը խլացնում էր ամեն ձայն: Պետք էր փախչել նրանից, եթե ոչ, մի թեթև տաշեղի նման յուր հետ կտաներ թե ձիուն, թե ձիավորին: Ձին անգամ զգաց մոտալուտ վտանգը և կրկնապատկեց յուր ուժերը: Անհնարին արագությամբ կտրում էր նա կոհակները: Հրեշը անցավ: Դա ուրիշ ոչինչ չէր, եթե ոչ մերձակա անտառների մի մասը, որ հեղեղը արմատախիլ անելով յուր պտույտների մեջ կծկել էր, գալարել էր, և մի այնպիսի այլանդակ գունդի ձև էր տվել:

Ձիավորը կրկին անգամ գոհությամբ երեսը խաչակնքեց, երբ ոտք դրեց ցամաքի վրա:

Նա յուր հագուստը քամեց, ցամաքացրեց, հետո սանձը դրեց ձիու բերանը, և շարունակեց ճանապարհը, ինքը գնալով ոտով, իսկ ձիուն յուր ետնից քարշ տալով, որ փոքր-ինչ հանգստանա: Բայց ձին դժվարությամբ էր հետևում նրան: Որքան նա ջրի մեջ արագընթաց էր, այնքան ցամաքի վրա դանդաղկոտ դարձավ: Տերը վերաբերում էր այդ նրա հոգնածությանը:

Գետեզերքից բավական հեռանալով, այժմ մոտեցավ նա Քարքե լեռան բարձրավանդակներին: Ճանապարհը զառիվեր էր, ոլորվում էր սարերի լանջաց վրայով, իջնում էր խորին ձորերի, փապարների մեջ, և դարձյալ բարձրանում էր բլուրների վրա: Նա ծանոթ էր այդ անտառապատ լեռների հետ, գիտեր նրանց դժվարին անցքերն ու շավիղները, երեխայությունից սնվել ու մեծացել էր այդ խոնավ ծմակների մթության մեջ, ուր ցերեկի լույսը երբեք չէր թափանցում: Նա ապառաժների ու անտառների որդի էր:

Կայծակը շանթեց մոտակա ծառերի կատարներին և մերձակայքը լուսավորվեցավ բաց-վարդագույն փայլով: Որոտի ձայնը ահեղ դղրդյունով տարածվեցավ մթին ձորերի մեջ: Ուղևորը նայեց դեպի ամպամած երկինքը և շտապեցրեց յուր քայլերը: Նա չվախեցավ գետից, բայց վախենում էր փոթորիկից: Փոթորիկը մեծ արհավիրք է գործում այդ կուսական անտառների մեջ, մանավանդ գիշերային պահուն: Ժայռերի բարձրությունից խլում է նա ողողված, մերկարմատ ծառերը և նետում է ճանապարհի վրա: Ծառերի հետ փուլ են գալիս և քարերի ահագին բեկորներ: Ամեն մի ճանապարհորդ կանհետանար այդ փլատակների տակ, եթե դժբախտություն ունենար հանդիպելու:

Կրկին լսելի եղավ որոտման ահեղ դղրդյունը և նրա հետ անձրևի խոշոր կաթիլները սկսեցին մաղվել երկնքից: Քամին մռնչում էր և անձրևային տարափը, կարկուտի գնդակների նման, զարկում էր նրա բորբոքված երեսին: Բայց նա ոչինչ չէր զգում: Նրա միտքը, նրա զգացմունքները լարված էին դեպի մի նպատակ, որ կլանել էր նրա ամբողջ գոյությունը, որ ամենայն եռանդով առաջ էր մղում նրան որպես մի մարմնացած փութաջանություն: Նա շտապում էր մի քանի ժամ առաջ տեղ հասնել, քան կհասներ սև ձիավորը:

Բայց ձին դժվարությամբ էր հետևում նրան: Այժմ միայն նկատեց, որ ետևի ոտքից կաղում էր նա: Անշուշտ գետի հոսանքի հետ տարվող կոճղներից մեկը դիպչելով, վնասել էր նրան: Այդ դեպքը սաստիկ վրդովեցրեց անվեհեր ուղևորին: Նա շտապում էր: Իսկ այժմ զրկվեցավ յուր սրընթաց երիվարից: Ի՞նչ պետք էր անել: Թողնե՞լ նրան և այնպես ոտքով շարունակել ճանապարհը: Բայց ինչպե՞ս թողնել այն սիրելի նժույգին, որը այնքան տարիներ թե՛ պատերազմի դաշտում, թե՛ յուր ճանապարհորդությունների ժամանակ լավ ընկեր էր եղել նրա հետ: Մի քանի րոպե մնաց նա մտածության մեջ: Հետո թողեց մեծ ճանապարհը, բռնեց մի շավիղ, որ տանում էր դեպի Աշտիշատի վանքը:

Վանքը շատ հեռու չէր այնտեղից, մեկ. ժամից հետո հասավ նա: Դարևոր, նվիրական ծառաստանի խորքում, վաղեմի սրբազան բարձրությունների վրա, հանգչում էր Տարոնի այդ հին սրբավայրը, յուր վսեմ, մեծափառ վեհության մեջ: Պատսպարված բարձր շրջապարիսպներով և բրգաձև աշտարակներով, գիշերային մթության մեջ, ներկայանում էր նա որպես մի անմատչելի ամրոց: Կատաղի մրրիկը, քամու մռնչյունը, անձրևի տարափը չէր վրդովեցնում նրա խաղաղ բարեպաշտական նիրհը:

Շրջապարիսպներից դուրս, մի առանձին շինվածքի նեղ լուսամուտից լույս էր երևում: Ուղևորը դիմեց դեպի այն կողմը, մոտեցավ փակ դռներին: Այստեղ, դռան մի կողմում, փայտյա սյունից քարշ էր ընկած մի տախտակ, իսկ սյունի պատվանդանի մոտ դրած էր նույնպես փայտյա փոքրիկ օթակ: Ուղևորը վերառեց օթակը երեք անգամ զարկեց տախտակի վրա: Կոչնակի ձայնից լուսամուտը բացվեցավ, մեկը ներսից քնաթաթախ գլուխը դուրս մեկնեց և վերևից հարցրեց.

— Ո՞վ ես:

— Ճանապարհորդ եմ, — եղավ պատասխանը:

Վանքի պարիսպներից դուրս, այդ շինվածքը տարաժամ ճանապարհորդների, օտարականների և պանդուխտների օթևան էր: Դռնապանը բավականացավ ուղևորի պատասխանով, բաց արեց դռները և ճրագը ձեռին հայտնվեցավ սյամի վրա:

— Դու բոլորովին թրջված ես, — ասաց նա մի առանձին հոգատարությամբ, — ներս համեցիր, ես իսկույն կրակ կվառեմ, քո հագուստը չորացրու:

— Շա՛տ շնորհակալ եմ քո բարեսրտության համար, — պատասխանեց ուղևորը, — բայց ես կխնդրեի քեզանից ընդունել ձեզ մոտ, որպես հյուր, իմ ձիուն միայն:

— Ինչո՞ւ քո ձիուն միայն, — հարցրեց դռնապանը զարմանալով:

— Նա կաղում է, վնասել է ոտքը... իսկ ես պետք է շարունակեմ իմ ճանապարհը:

— Գոնե ներս մտիր, մի փոքր տաքացիր, ես իսկույն կրակ կվառեմ:

— Չեմ կարող... ես շտապում եմ... — պատասխանեց ուղևորը և մոտեցավ ճրագին:

Նա ծոցից հանեց յուր սանդրը, որ կիսալուսնի ձև ուներ... շինված էր գոմեշի եղջյուրից, և ցույց տալով դռնապանին, ասաց.

— Ճանաչի՛ր այդ սանդրը, մի կողմի երկու ատամները կոտրած են. եթե ես չվերադարձա, ով որ քեզ ցույց տալու լինի, ձին նրան կհանձնես:

— Իսկ դու ո՞վ ես, — հարցրեց դռնապանը, փոքր-ինչ կասկածելով:

— Ես զինվոր եմ... — պատասխանեց ուղևորը:

Դռնապանը բավականացավ ուղևորի անորոշ պատասխանով, որովհետև այդ տագնապալի ժամանակներում զինվորի հետ շատ հեռուն գնալ՝ փոքր-ինչ դժվար էր:

Ուղևորը բաց արեց ձիու թամբին կապած ճանապարհորդական թեթև խուրջինը, ձգեց յուր ուսին և, «բարի գիշեր» ասելով, հեռացավ:

Դռնապանը, ճրագը ձեռին, դեռ կանգնած սյամի վրա, ապշությամբ նայում էր նրա ետևից, մինչև անհետացավ գիշերային խավարի մեջ: Քամու մռնչյունը խլացրեց նրա վերջին քայլերի ձայնը:

Հեռանալով վանքից, ուղևորը բռնեց այն ճանապարհը, որ տանում էր դեպի Ողական ամրոցը:

Բ

ՏԱՐՈՆԻ ԱՌԱՎՈՏԸ

Փոթորկային գիշերին հաջորդեց գարնանային խաղաղ, հովասուն առավոտը: Ողական ամրոցը շրջապատող ծառազարդ բլուրները մխում էին ձյունի պես ճերմակ գոլորշիներով: Սար ու ձոր, դար ու դաշտ պատած էր անթափանցիկ մառախուղով: Օդի մեջ լողացող ջրային շիթերը, արեգակի առաջին ճառագայթներից, վառվում էին միլիոնավոր ոսկյա հուլունքների նման: Ծառերի տերևները, խոտերի ծղոտները, հովիտների նախշուն ծաղիկները, ցողված անձրևային կաթիլներով, կարծես սփռված լինեին գույնզգույն գոհարներով:

Այգ գեղեցիկ առավոտը հիշեցնում էր այն վաղեմի, հանդիսավոր առավոտներից մեկը, երբ Աստղիկը, Տարոնի դիցուհին, դուրս էր գալիս Աշտիշատի տաճարներից և, շրջապատված յուր անթառամ նաժիշտներով, իջնում էր Քարքե լեռան բարձրություններից Արածանիի արծաթափայլ ալիքների մեջ լողանալու: Այդ միջոցին հայոց երիտասարդ դյուցազունները թաքչում էին Աշտիշատի դիցանվեր անտառի մթին ծառաստանի մեջ, հեռվից դիտելու գեղեցիկ աստվածուհու լոգարանը: Բայց Աստղիկը Մուշի ամբողջ դաշտը վարագուրում էր մառախլապատ մշուշով և յուր լոգարանը անտեսանելի էր կացուցանում անհամեմատ հետաքրքրությունից:

Վաղորդյան մառախուղը հետզհետե նոսրանում էր, նրբանում էր, որքան արեգակը բարձրանում էր հորիզոնի վրա: Այժմ մշուշի մրջից, որպես թափանցիկ շղարշի միջից, սկսվեցան նկարվիլ հեռավոր պատկերները: Երևում էր Սիմ լեռան կանաչազարդ շղթան, մեղմ ալիքներով և ձյունապատ գագաթներով, որոնք արևի ճառագայթների առջև փայլում էին վարդագույն ներկով: Իսկ ավելի հեռու, դեպի Կրկուռ և Նեմրութ լեռների կողմերը, մանիշակագույն ժապավենի նման, երևում էր Բզնունյաց ծովակի միայն նեղ շերտը: Երևում էին Քարքե լեռան բարձրությունները իրանց մթին ծմակներով և մռայլ անտառներով, որոնք իրանց անմատչելի թավուտների մեջ սնուցանում էին մի մռայլ ժողովուրդ: Հիշյալ լեռների հսկայական շրջանակի մեջ, որպես մի սքանչելի պատկեր, երևում էր Մուշի ընդարձակ դաշտավայրը, հարթ, հավասար, իբրև մի լայնածավալ, նախշուն գորգ: Այդ կանաչազարդ գորգի վրա սփռված էին Տարոնի բազմաթիվ գյուղերը, ավանները, հոյակապ քաղաքները: Ահա՛ Մուշը խորին պատկառանքով բազմած է Տավրոսի լանջաց վրա: Ահա՛ Մեղտի գետի օձապտույտ ափերի մոտ երևում են Օձ քաղաքի բարձր աշտարակները: Ահա՛ Վիշապ քաղաքը, վիշապի լայն բերանի պես բացված ահարկու դռներով: Ահա՛ Կավկավ քաղաքը... Ահա՛ սպիտակ Չյունակերտը...

Արածանին կես է կիսում Մուշի լայնատարած դաշտավայրը: Նրա արգավանդ ափերի մոտ, բացի բնիկներից, ապրում էր մի ժողովուրդ, որ ապաստանություն էր գտել այստեղ Գանգեսի ափերից, և հնդիկ ժողովրդի արորի խոփը փայլում էր հայոց արեգակից, և հնդիկ հերկավարի հայկական երգը հնչեցնում էր Տարոնի լուսապայծառ առավոտի լռությունը:

Արածանիի ափերի մոտ ապրում էր և մի այլ ժողովուրդ, որ հյուրասիրվել էր այստեղ Հռանգոյի ափերից, և դեղնակաշի սինեացին, բոլորովին հայկական դեմք ստանալով, մշակում էր հայոց երկիրը: Նրանց բազմաթիվ անասունները արածում էին Արածանիի շամբուտ ափերի մոտ, նրանց գեղեցիկ կանայքը քորոցներով «որդան կարմիր» էին հավաքում կանաչ, ցողազարդ մարգագետիններից, որ իրանց նուրբ ձեռագործներով զարդարեն հայոց իշխանազունների ապարանքները:

Զայրացած է այս առավոտ Արածանին: Բայց նրա զայրույթը

մայրական է, չէ վախեցնում հարազատ որդուն: Ահա նրա զորեղ կոհակները տանում են իրանց հետ մի ամբողջ նավատորմիղ — նախնական մարդու նավատորմիղը: Բարեկամները ափերի մոտ կանգնած «հաջողություն» են բարեմաղթում: Նավորդները գետի միջից «մնաք բարյավ» են ասում: Եվ թեթև մաշկապատ նավակների խումբը, բեռնավորված հայոց երկրի բարիքներով, լողում է դեպի հեռավոր աշխարհ, դեպի Բաբելոն: Նավորդների երգը, նրանց ուրախաձայն աղաղակները, միախառնվելով գետի խուլ որոտման հետ, թնդեցնում են շրջակայքի խորին անդորրությունը:

Մուշի դաշտավայրը, չորեքկողմից շրջապատված լինելով բարձր լեռներով, այդ բնական ամրությունները, հսկայական շրջապարիսպի նման, պաշտպանում էին երկիրը թշնամու հարձակմունքներից: Բացի բնական ամրություններից, նույն լեռների բարձրավանդակների վրա դրած էին Տարոնի իշխանների անմատչելի բերդերը և նրանց ահռելի ամրոցները, որպիսիք էին՝ Եղնուտը, Մեծամոր ամրոցը, Աստղաբերդը, Այծից բերդը և Ողականը:

Աշտիշատի վանքից շատ հեռու չէր Ողական ամրոցը, նա կանգնած էր Քարքե լեռան ապառաժների վրա և խրոխտ, վեհապանծ դեմքով նայում էր դեպի յուր ստորոտով հոսող Արածանին: Զանազան գաղտնի անցքեր, ստորերկրյա ճանապարհներով, իջնում էին ամրոցի բարձրությունից կամ դեպի գետը, պաշարման ժամանակ ջուր ստանալու համար, և կամ տանում էին դեպի անտառի խորքերը, դրսի հետ գաղտնի հաղորդակցություն ունենալու համար: Այդ անցքերի մուտքերը հայտնի էին միայն ամրոցի տերերին: Ամրոցի բարձր շրջապարիսպը, ահագին բուրգերը, բարձր աշտարակները դարերով մարտնչում էին բնության արհավիրքի և թշնամու հարձակման դեմ, և միշտ մնում էին անպարտելի: Նա հովանավորված էր հին, հսկա կաղնիներով, որոնց վերամբարձ կատարները մրցում էին ամպերի հետ:

Այդ ամրոցը ամենահին ժամանակներում, Քրիստոսից շատ դարեր առաջ, պատկանում էր Սլկունյաց իշխաններին, որոնք Տարոնի նախկին տերերն էին: Իսկ Վաղարշակ Ա-ի օրերում, Քրիստոսից 150 տարի առաջ, Սլկունիները ավելի նշանակություն ստացան, որովհետև Վաղարշակը, հայոց բոլոր նախարարությունները կարգի դնելով, Սլկոնիների քաջ և որսորդության մեջ հաջողակ իշխաններին ևս նախարարությանց կարգն անցուց և նրանց հանձնեց արքունի որսորդության գլխավորությունը: Բայց Տրդատի օրերում, 320 թվին Քրիստոսից հետո, Սլկունիները ապստամբվեցան թագավորի դեմ: Տրդատը խոստացավ, թե Սլկունիների ամբողջ ժառանգությունը, Տարոնը, նրան կնվիրե, եթե մեկը կձերբակալե ապստամբ Սլուկին: Ճենացի Մամգուն իշխանը հանձն առեց կատարել թագավորի ցանկությունը և դավաճանությամբ սպանեց Սլուկին: Նրա բոլոր տոհմը սրի ճարակ եղավ Ողական ամրոցի մեջ: Իսկ Մամգունը այդ ծառայության համար ստացավ, որպես ժառանգություն, թե՛ Ողական ամրոցը և թե՛ Տարոնը: Մամգունից առաջ եկավ Մամիկոնյան մեծ նախարարությունը, որոնք որդոց որդի ժառանգեցին Տարոնը:

Այս առավոտ, դեռ լույսը չծագած, երկու անձինք մուտք գործեցին Ողական ամրոցում: Մեկը առջևի մեծ դռնից, մյուսը անտառի մեջ թաքնված գաղտնի անցքից: Առաջինը սև ձիավորն էր, իսկ երկրորդը կապուտակ ձիավորը:

Գ

ԳՈՒԺԿԱՆ

Ողական ամրոցի սենյակներից մեկի մեջ, թանկագին գորգով պատած գահավորակի վրա, որի երեք կողմը դրած էին շքեղ կերպասներով պատած բարձեր, նստած էր մի երիտասարդ: Նա, ինչպես երևում էր նրա քնեած դեմքից, դեռ նոր էր դուրս եկել յուր քնարանից և դուրս էր եկել յուր զարթնելու ժամից շատ վաղ: Ոչ հագնվել էր, ոչ լվացվել էր և ոչ սանդրվել էր: Մի լայն, ասրյա նուրբ վերարկուի մեջ ափածված էր նա, և բաց գլխի երկար գիսակները, գագաթից իջնելով, մեղմ ալիքներով սփռվել էին թիկունքի վրա, և երբեմն սքողում էին նրա գեղեցիկ, գունաթափ դեմքը: Նրա անհանգիստ մատները անդադար ոլորում էին փոքր-ինչ ուռած, կարմրագույն շրթունքի նորաբույս ընչացքը, թեև ոլորելու շատ պաշար չէին գտնում: Այդ ցույց էր տալիս սրտի խորին խռովությունը: Իսկ սևորակ, նշաձև աչքերի մեջ նշմարվում էր մի անբացատրելի վրդովմունք: Քսանևինգ տարեկան հազիվ կլիներ նա, նուրբ կազմվածքով և փոքր-ինչ մույգ-դեղնագույն դեմքով, որ պահպանվել էր նրա մեջ ժառանգական արյունից:

Երիտասարդը Վահան Մամիկոնյանի որդի Սամվելն էր:

Սենյակը, որտեղ նստած էր նա, ներկայացնում էր նրա ընդունարանը: Հատակը պատած էր նախշուն, բրդեղեն օթոցներով. անկյուններում դրած էին` զանազան ձևով, ծանր և թեթև նիզակներ, տեգեր, գեղարդներ, ջիդաներ, աշտեներ և երկաթյե ահագին լախտեր, բոլորը գեղեցիկ քանդակներով զարդարած, բոլորը ոսկեհուռ դրվագներով ագուցած: Իսկ սենյակի այն ճակատի վրա, որ կողմը դրած էր նրա գահավորակը, պատի վրա մեխած էր մի լայն վագրի մորթի: Այդ գազանին նա ինքն էր սպանել որսորդության ժամանակ, երբ դեռ տասննութ տարեկան էր: Նրա վրայից քարշ էին ընկած զանազան զենքեր, կապարճ` լի նետերով, աղեղ` լայնալիճ, տապարներ` երկաթյա երկար կոթով, թեթև վահան` ուղտի թափանցիկ կաշուց պատրաստված, ծանր ասպար` պողպատից շինված և խոշոր կոճակների նման բևեռներով զամված, սաղավարտներ` կամ տեգի պես սուր կատարներով և կամ մազե ցցունքներով, զրահ` երկաթյա մանր օղակներից գործված, պղնձյա հաստ լանջապան, որի մեջտեղում բարձրաքանդակ դիրքով դուրս էր նայում մի գալարված վիշապ, զանազան թրեր, դաշույններ, վաղրներ՝ երկար և կարճ, ուղիղ և կեռ, միաայրի և երկայրի, որոնց պատյանները պատած էին ոսկով ու արծաթով, որոնց կոթերը զարդարած էին ականակուռ գոհարներով, և որոնցից շատերը երկաթահատ էին ու դեղած:

Այդ սենյակը ավելի զինարանի նմանություն ուներ, քան թե ընդունարանի: Երիտասարդ իշխանը սիրում էր իրան շրջապատել այն առարկաներով, որ յուր սրտին շատ մոտ էին: Միակ առարկաները, որ հիշեցնում էին, թե դա և հյուրանոց էր, էին մի քանի փառավոր բազմոցներ, որ դրած էին պատերի մոտ, պատվավոր հյուրերի համար:

Սենյակի դռները ներսից փակած էին և լուսամուտների ծիրանեգույն վարագույրները, զարդարած ծանր, ոսկեթել ծոպերով, ցած էին թողած: Մի դուռ միայն բաց էր մնացել, որ տանում էր դեպի քնարանը: Այդ դռան մոտ կանգնած էր մի տղամարդ, երկու ձեռքերը յուր դաշույնի կոթի վրա դրած: Նա հագած ուներ սուրհանդակի թեթև զգեստ. մի կարճ մուշտակ, որի մորթեղեն կողմը դեպի ներս, իսկ մաշկեղենը դեպի դուրս էր թողած. մեջքը պնդած էր կաշյա լայն գոտիով, որ պատել էր կուրծքի մի մասը՝ մինչև փորի ստորին մասերը, որպեսզի ձիու սրարշավ ցնցումներից փորոտիքը չխախտվեին: Կաշյա նեղ վարտիքը՝ սրունքների վրա՝ ամրացրած էր նույնպես կաշյա զանկապաններով: Ոտներին հագած ուներ մազե թանձր տրեխներ, նույնպես մազե տակերով: Գլխին դրած ուներ թաղիքյա բոլորակ գլխարկ, որի վրայի կերպասյա փաթոթի ծայրերը ծածկում էին մերկ պարանոցը և ծածանվում էին լայն թիկունքի վրա: Նրա տարիքը դեռ չէին անցել երեսունհինգից, բայց կարճ գանգրահեր մորուքի մեջ արդեն նկատվում էին սպիտակ մազեր: Բնականից թուխ դեմքը ավելի մռայլ գույն էր ստացել եղանակների խստությունից և երկար ժամանակ արևի տակ այրվելուց: Բայց այդ այրական դեմքի մռայլ արտահայտությունը մեղմանում էր, պայծառանում էր երկու լուսափայլ աչքերով:

— Ուրեմն քեզ նամակ չտվի՞ն, Սուրեն, — ասաց իշխանը, շարունակելով ընդհատված հարցուփորձը:

— Չտվին, տեր իմ, — պատասխանեց սուրհանդակը, — զգուշացան, որ նամակը կարող էր բռնվել ճանապարհին: Իսկ ես հազիվ կարողացա հասցնել ինձ իմ տիրոջ մոտ, որպես կենդանի նամակ: Ամեն ինչ պատմեցի ձեզ, դուք այժմ դիտեք բոլորը...

— Բայց դու լավ չբացատրեցիր ինձ, Սուրեն, — հարցրեց իշխանը խռովված ձայնով, — թե ի՞նչը հրապուրեց իմ հորը ուրանալ յուր կրոնը և հանձն առնել մի այդպիսի ամոթալի գործ... Մի՞թե Մերուժան չարագործը խելքից հանեց նրան... Ես Արծրունիներին ճանաչում եմ... նրանք իմ քեռիներն են... փառքի, իշխանության և պատվի համար ամեն սրբություն կվաճառեն նրանք... Բայց իմ հա՛յրը... այդպես չէր իմ հայրը... մի՞ թե նա էլ խաբվեցավ...

Վերջին խոսքերի միջոցին երիտասարդի ձայնը սկսեց դողալ, ձեռքը տարավ դեպի ճակատը, գլուխը խոնարհեցրեց և մի քանի րոպե մնաց տխուր մտախոհության մեջ: Սուրենը խորին ցավակցությամբ նայում էր նրա վրա: Երբ կրկին գլուխը վեր բարձրացրեց նա, Սուրենը պատասխանեց.

— Չխաբվեցավ, տեր իմ: Այլ այն օրից, որ ձեր հորեղբորը բերեցին Տիզբոն, և այն օրից, որ Շապուհ արքան այնպիսի չարաչար մահով սպանել տվեց ձեր հորեղբորը, — ձեր հայրը հետամուտ եղավ ստանալ հայոց սպարապետությունը. Շապուհը տվեց նրան այդ, և ձեր հայրը կատարեց Շապուհի կամքը...

— Այժմ հասկանում եմ... — խոսեց երիտասարդը ինքն իրան: Պատմի՛ր, Սուրեն, ինչպե ս եղավ իմ հորեղբոր մահը:

Սուրհանդակը դժվարանում էր պատմել քաջ հերոսի մահը, որի թիկնապահներից մեկն էր եղել ինքը, որի կռիվների մեջ այնքան երկար տարիներ մասնակցել էր ինքը: Բայց երբ երիտասարդը կրկին թախանձեց նրան, պատմեց.

— Ձեզ հայտնի է, տեր իմ, թե որպիսի՛ խաբեությամբ Շապուհ արքան մեր Արշակ թագավորին և ձեր հորեղբորը հրավիրեց Տիզբոն: Թագավորին երկաթյա շղթաներով աքսորեց Խուժիստանի Անհուշ բերդը: — Այդ ես պատմեցի ձեզ: — Հետո բերել տվեց ձեր հորեղբորը դատելու: Այն օրը Շապուհի դիվանի ամբողջ հրապարակը լի էր բազմությամբ: Ներկա էի և ես: Երբ կանգնեցրին ձեր հորեղբորը դիվանի առջև, երբ Շապուհը նայեց նրա վրա և, տեսնելով անձով փոքրիկ, արհամարհանքով հարցրեց, — «Դո՞ւ էիր, որ այդքան տարի կոտորում էիր արիներին (պարսիկներին), դո՞ւ էիր, որ այդքան ժամանակ անհանգստացնում էիր մեզ»: Ձեր հորեղբայրը համարձակությամբ պատասխանեց, — «Այո՛, ես էի, արքա»: — «Աղվե՛ս, — ասաց Շապուհը զայրանալով, — աղվեսի մահով սպանել կտամ քեզ»: Ձեր հորեղբայրը այսպես պատասխանեց արքայի սպառնալիքին. «Այժմ դու տեսնելով ինձ անձով փոքրիկ, արհամարհում ես. մի՞թե այդքան ժամանակ չհասկացար իմ մեծության չափը: Մինչև այսօր ես քեզ համար առյուծ էի, իսկ այժմ աղվե՞ս: Լսի՛ր, արքա, ես այն Վասակն եմ, որ մի հսկա էի, մեկ ոտս մեկ լեռան վրա էր դրած, մյուս ոտս մի այլ լեռան վրա. երբ աջ ոտիս վրա էի հենվում, աջակողմյան լեռը գետնի տակն էի տանում, իսկ երբ ձախ ոտիս վրա էի հենվում, ձախակողմյան լեռը գետնի տակն էի տանում: Շապուհը հարցրեց, — «Ասա ինձ, որո նք են այն երկու լեռները, որ դու գետնի տակն էիր տանում»: Նա պատասխանեց. — «Երկու լեռներից մեկը դու էիր. մյուսը հունաց թագավորը: Քանի որ հայոց նախարարների մեջ միաբանություն կար, քանի որ նրանք կապված էին իրանց թագավորի հետ, և քանի որ մենք պահում էինք մեր հայր Ներսեսի խրատները, — այնքան ժամանակ աստված մեզ հետ էր, և մենք կարողանում էինք խրատել մեր աշխարհի թշնամիներին, որոնց թվում և քե՛զ, արքա: Բայց երբ մեր նախարարների երկպառակությունը մատնեց մեր թագավորին քո ձեռքը, այն օրից մենք ինքներս մեր կործանումը պատրաստեցինք... Այժմ, ինչ որ կամենում ես, արա՛, ես պատրաստ եմ, արքա»: Հրապարակի վրա հավաքված ամբողջ. բազմությունը զարմանում էր ձեր հորեղբոր համարձակության վրա, զարմացավ և ինքը Շապուհ արքան և զովեց նրա քաջությունը: Բայց հետո հրամայեց մորթել նրան, կաշին տիկ հանել, լցնել խոտով և տանել Անհուշ բերդը: Այնտեղ դրված է նա, իբրև նախատինք, շղթայակապ Արշակ թագավորի աչքի առջև, և դժբախտ թագավորի աչքից արտասուքը չէ պակասում, քանի որ նայում է յուր քաջ, հավատարիմ սպարապետի վրա:

Երիտասարդը, լսելով ցավալի պատմությունը, թաշկինակը տարավ դեպի լճացած աչքերը և ծածկեց յուր արտասուքը:

— Հերո՛սը հերոսի նման մեռավ, — բացագանչեց նա: — նրա որդին, Մուշեղը, կարող է պարծենալ հոր մահվամբ: Բայց ե՛ս, ես ինչո՞վ կարող եմ պարծենալ... ես պետք է հավիտենական նախատինքի տակ մնամ... Իմ հայերը յուր եղբոր սպարապետությունը ստանալու համար դառնում է նրան սպանել տվող Շապուհի ձեռքում մի անարգ գործիք... և այժմ պարսից զորքով գալիս է ողողելու Հայաստանը արյունով... Թշվա՛ռ եմ ես, թշվա՛ռ... ինչո՞վ պետք է քավեմ այդ նախատինքը...

Արեգակի առաջին ճառագայթները, ընկնելով ծիրանեգույն վարագույրների վրա, լցրին սենյակը ծիրանեգույն լուսով: Երիտասարդը սոսկալով նկատեց, որ օրը լուսացել էր: Նա դարձավ դեպի սուրհանդակը, ասելով.

— Շնորհակալ եմ, Սուրեն, ես քո ծառայությունը չեմ մոռանա: Այժմ կարող ես գնալ, քանի որ ամրոցում դեռ քնած են: Երբ հարկավոր լինես, կրկին կկանչեմ քեզ: — Սուրենը. մինչև հատակը խոնարհվելով, գլուխ տվեց:

— Դու, իհարկե, ձեր տա՞նը կմնաս, — հարցրեց երիտասարդը:

— Ոչ, տեր իմ, ես երդվել եմ իմ կնոջ, իմ զավակների երեսը չտեսնել, մինչև...

Նա չավարտեց խոսքը, բայց երիտասարդը հասկացավ, թե ինչ էր կամենում ասել: Բարի և քաջ զինվո՛ր. ամբողջ հինգ տարի հայրենիքից տարակա էր նա, ծառայում էր Պարսկաստանի հայկական հեծելազորքի մեջ, մասնակցել էր շատ արշավանքների քուշանաց դեմ, իսկ այժմ վերադարձել էր յուր հայրենիքը: Նրա հայրենի ավանը, Խորնին, շատ հեռու չէր Ողական ամրոցից, նա չէր ցանկանում յուր տնակը տեսնել, որովհետև նրան զբաղեցնում էր մի գործ, որ ավելի մոտ էր նրա սրտին, քան թե կինը, որդին, բարեկամը...

Ուրեմն դու որտե՞ղ կմնաս:

Աշտիշատի վանքում, — պատասխանեց նա, — այնտեղ չեն ճանաչի ինձ, կմնամ, որպես մի օտարական: Ես իմ ձին այնտեղ եմ պահ տվել:

Երիտասարդը ցած իջավ գահավորակի վրայից և, ավելի պինդ փաթաթվելով յուր լայն վերարկուի մեջ, անցավ քնարանը: Սուրենը հետևեց նրան: Նա մոտեցավ յուր մահճակալին և ձեռքով մի կողմ ծալեց մահճակալի առջև փռած գորգը: Հետո մատը սեղմեց երկաթյա հազիվ նշմարվող զսպանակի վրա, իսկույն հատակի տախտակամածը բարձրացավ, և հայտնվեցավ մի քառակուսի ծակ:

Դու ծանո՞թ ես այս անցքի հետ, — դարձավ նա դեպի Սուրենը:

Ի՞նչպես ծանոթ չլինել, տեր իմ, — պատասխանեց Սուրենը մի առանձին զգացմունքով, — այդ սենյակը հանգուցյալ սպարապետի քնարանն էր. ես դեռ պատանի էի, իմ երեսին մի մազի հետք անգամ չկար, երբ այդ սենյակի հատակը ավելում էի...

Սուրենը մանկությունից սնվել, մեծացել էր այդ ամրոցում: Մամիկոնյանների գյուղացին լինելով, իբրև մի շնորհալի և մաքուր տղա, նրան բերեցին ամրոցը: Երբ բավական վարժվեցավ, սենեկապետի պաշտոն էր կատարում:

Երիտասարդը պատուհանից վեր առեց պողովատի կայծհանը, կայծքարը և աբեթը, զարկեց միմյանց, կայծերը ցայտեցին, աբեթը վառվեցավ, նրանով վառեց ծծումբի լուցկին, իսկ վերջինով վառեց մոմպատի կծիկը և տվեց Սուրենի ձեռքը, ասելով.

— Դե՜, անցի՜ր:

Սուրենը կրկին անգամ լռությամբ գլուխ տվեց և, յուր սովորության համեմատ, երեսը խաչակնքեց, հետո ցած իջավ քառակուսի նեղ ծակից, որտեղից մի մարդ հազիվ կարող էր անցնել: Երիտասարդը ցած թողեց տախտակյա փոքրիկ դռնակը և անցքը ծածկեց զորգով:

Այդ ամրոցի հատակի տակ կային բազմաթիվ ստորերկրյա անցքեր, որոնք, ցանցատեսակ լաբյուրինթոսի նման, տանում էին դեպի զանազան կողմեր: Գլխավոր սենյակները, որոնց մեջ բնակվում էին ամրոցի տերերը, ունեին իրանց առանձին գաղտնի անցքերը, որոնք հատակի խորքերում միանում էին և այդպիսով պահպանում էին հաղորդակցություն թե՛ միմյանց մեջ և թե՛ դրսի հետ:

Դ

ՄԻ ԱՂՈՏ ՄԻՏՔ ԾԱԳՈՒՄ Է ՆՐԱ ՄԵՋ

Սամվելը կրկին մտավ յուր ընդունարանը:

Այս առավոտ այդ կոկիկ, ընդարձակ սենյակը, կարծես, խեղդում էր նրան: Նա մոտեցավ լուսամուտին, ետ քաշեց ծանր կերպասյա վարագույրը և բաց արեց փեղկերից մեկը, որ փոքր-ինչ թարմ օդ ներս թողնե: Հետո բաց արեց դռները սպասավորի համար: Սպասավորի փոխարեն ներս մտավ նրա գեղեցիկ, ոսկեգույն բարակը: Այդ խելացի անասունը, կարծես, նախասենյակում սպասում էր դռների բացվելուն: Նա այն աստիճան քնքուշ և նրբակազմ էր, որ դրսից կարելի էր բոլոր կողքերը համրաբել: Երկար պարանոցի վրա կրում էր արծաթյա օղամանյակ: Սա մոտեցավ և կանգնելով ետևի թաթիկների վրա, առջևի թաթիկները բարձրացրեց, դրեց յուր տիրոջ կուրծքի վրա, և մի առանձին քաղցրությամբ նայում էր նրա երեսին, աշխատելով գուշակել, թե ինչո՞ւ էր նա այնքան տխուր: Երիտասարդը ձեռքով փայփայեց նրա սիրուն գլուխը, երկար ականջները, նուրբ դունչը, և բարակը մխիթարվելով այդ փաղաքշանքից, ցած թողեց թաթիկները, հեռացավ սենյակի մի անկյունում և այնտեղ պառկեց, չդադարելով յուր հեզ աչքերով հետևել, թե ո՜րպես յուր սիրելի տերը՝ դանդաղ. անհավասար քայլերով շարունակում էր անցուդարձ անել սենյակի մեջ:

Նրա սիրտը ալեկոծության մեջ էր. երիտասարդական ջերմ արյունը եփ էր գալիս նրա մեջ: Որքան մտածում էր գալոց աղետների մասին, այնքան չարիքը յուր բոլոր զարհուրանքներով մեծանում էր նրա աչքում: Հայաստանը մնացել էր բոլորովին անտեր և անպաշտպան: Հայոց Արշակ թագավորը, երկաթի շղթաների մեջ, հեծում էր Խուժիստանի Անհուշ բերդում: Հայոց թագաժառանգը, Պապը, յուր կնոջ՝ Զարմանդուխտի և երկու որդիների՝ Արշակի և Վաղարշակի հետ, պահված էին Կ. Պոլսում: Թագավորին աքսորել էր պարսից Շապուհ արքան, իսկ թագաժառանգին կալանավորել էր հունաց Վաղես կայսրը: Հայաստանի քահանայապետը, հայրենիքի հզոր պաշտպան, Ներսես Մեծը, նույն կայսրի հրամանով աքսորված էր Պատմոս անբնակ կղզում: Հայաստանը մնացել էր անտեր: Նրա երկու պաշտպանները — թագավորը և քահանայապետը — չկային: Հունաց կայսրը մեկ կողմից, պարսից արքան մյուս կողմից, երկու անհագ վիշապների նման, բերանները բաց արած, մաքառում էին միմյանց հետ, թե ո՞րը ավելի շուտ կկլանե անտեր մնացած երկիրը...

Այդ ցավալի մտածություններն էին, որ ալեկոծում էին երիտասարդի սիրտը և նա սոսկալով տեսնում էր յուր հայրենիքի մեծ տագնապը, նրա մոտալուտ օրհասը...

Մյուս կողմից, տեսնում էր նա հայոց նախարարների մեջ երկպառակություն. ոմանք ցանկանում էին ընդունել հունաց գերիշխանությունը և հարկատու լինել հույներին, իսկ ոմանք ցանկանում էին ընդունել պարսից գերիշխանությունը և հարկատու լինել պարսիկներին: Հայրենիքի անկախությունը սիրող և նրա ինքնակայությանը նվիրված նախարարները տառապում էին անհնարին հուսահատության մեջ, թե ի՞նչ միջոցով ազատեն հայրենիքը անդառնալի կորուստից: Չկար մեկը, որ նրանց մեջ համաձայնություն կայացներ: — Չկար թագավորը, չկար քահանայապետը...

Կային դավաճաններ: Եվ այդ դավաճանները հայոց երկու ամենահզոր նախարարությունների ներկայացուցիչներն էին — Վահան Մամիկոնյանը և Մերուժան Արծրունին: Մեկը երիտասարդի հայրն էր, մյուսը երիտասարդի մորեղբայրն էր... Երկուսն էլ ուրացել էին քրիստոնեությունը, երկուսն էլ ընդունել էին պարսից կրոնը և Շապուհ արքայի ձեռքում դարձել էին մի սոսկալի զենք, ոչնչացնելու ամեն ինչ, որ սուրբ էր, որ նվիրական էր Հայաստանում...:

Այդ սարսափեցնում էր երիտասարդին և միևնույն ժամանակ նրա սիրտը լցնում էր մի անբացատրելի կատաղությամբ: — «Մոգերով ու մոգպետներով է գալիս իմ հայրը» — մտածում էր նա խորին դառնությամբ, — «և յուր հետ բերում է, որպես օգնական, պարսից զորությունը... գալիս է ոչնչացնելու մեր եկեղեցիները, մեր դպրոցները, մեր դպրությունը... գալիս է պարսկացնելու մեզ... նա գալիս է ձեռք ձեռքի տված Մերուժանի հետ... Թագավորությունը սպանեցին, այժմ պետք է սպանեն ազգությունը, կրոնը... Մենք այսուհետև պետք է պարսկերեն խոսենք և պարսկերեն աղոթենք... Եվ իմ հայրը մի այդպիսի եղեռնագործության պետք է մասնակից լինի, հավիտենական նզովք դնելով Մամիկոնյանների տոհմի վրա... »:

Նրա վարդագույն շրթունքները բոլորովին գունաթափվեցան, ծնկները դողացին, աչքերի առջև մթնեց և հազիվհազ կարողացավ իրան հասցնել գահավորակի վրա և ծանրացած գլուխը բաց թողնել բարձերի վրա: Երկար նա, երկու ձեռքով գլուխը բռնած, գտնվում էր մի տեսակ տենդային շփոթության, մի տեսակ հիվանդոտ այլայլության մեջ: Մթին մառախուղի նման՝ անորոշ մտքեր պտտվում էին նրա բորբոքված երևակայության մեջ: Հանկարծ ցնցվեցավ նա և կրկին վեր թռավ պառկած տեղից, ինքն իրան խոսելով.

«Մամիկոնյանը ծնում է դավաճաններ... Մամիկոնյանը ծնում է և հերոսներ... Երբ իմ հորեղբայր Վարդանը արքայազն Տիրիթի հետ ապստամբվեցան մեր Արշակ թագավորի դեմ և դիմեցին պարսից Շապուհ արքային, — դարձյալ իմ հորեղբայր Վասակն էր, որ գնաց նրանց ետևից և, ճանապարհին բռնելով, սպանեց թ՛ե Տիրիթին, և թ՛ե յուր եղբորը... նրա ձեռքը չդողաց թափել յուր հարազատի արյունը, որ դավաճանում էր յուր թագավորին և յուր հայրենիքին... Իսկ ե՞ս... »:

Վերջին խոսքը արտասանելու միջոցին, կարծես, նրա շրթունքները կրակով այրեցին, նա չկարողացավ վերջացնել, կրկին ընկավ գահավորակի վրա և, աչքերը բռնելով, սկսեց դառն կերպով հեկեկալ: — «Ա՛խ, հայր իմ... ա՛խ, հայր իմ... » — կրկնում էր նա և արտասուքը հեղեղի նման թափվում էր աչքերից:

Նա սիրում էր յուր հորը, սիրում էր որդիական ջերմ, անկեղծ՛ սիրով: Բայց սիրում էր և յուր հայրենիքը: Նրա կրթությունը այնպիսի անձանց խնամքով էր կատարվել, որ պատրաստել էին նրանից մի անձնվեր որդի՝ նախ հայրենիքի և ապա ծնողաց:

Ընդունարանի դուռը բացվեցավ, ուշիկ քայլերով ներս մտավ մի պատանի, նայեց երիտասարդի վրա և, սառածի նման, կանգնած մնաց պատի մոտ:

Պատանին լավ հագնված սենեկային մանկլավիկի տպավորություն էր գործում: Ծիածանի բոլոր գույները կային նրա հագուստների վրա. գունավոր էր գլխի թեթև ապարոշը, որ թեք կերպով կապած էր թասակի վրա, ծածկում էր աջ կողմի հոնքը, իսկ ձախ կողմի հոնքը ճակատի մի մասի հետ բաց էր թողած. գունավոր էին նրա երկար, ոսկյա զանգուրները, որ սփռված էին ուսերի վրա. գունավոր էր բեհեզյա գոտին, որ խորշավոր փաթոթներով մի քանի անգամ բարակ մեջքից անցնելուց հետո, անփույթ վերջավորություններով ծածանվում էր ծնկների վրա. գունավոր էր նրա բաճկոնակը, կուրտիկը, վարտիքը, որ մանր ծալքերով իջնում էր մինչև ծնկները և այնտեղ կապված էր նույնպես գունավոր սռնապաններով և յուր ծալքերի շարունակությամբ ծածկում էր առնապանները, իջնելով մինչև սրունքները: Գունավոր էին և նրա նախշուն տրեխները, որ պատրաստված էին գույնզգույն մետաքսյա թելերից, և կատվի թաթիկների նման, ոտքերը գետնին դնելու ժամանակ ձայն չէին հանում: Ձախ ականջին կրում էր արծաթյա օղակ. դա արդեն նշան էր, որ նա իշխանական սենյակի սպասավոր է:

Նա դեռ ապշած նայում էր յուր տիրոջ վրա: Նրա գեղեցիկ, խաժ աչքերը արտահայտում էին և՛ զարմանք, և՛ հեգնություն: Զարմանում էր, թե ի՞նչ էր պատահել, որ նա այնպես շուտ էր զարթնել և, առանց լվացվելու, առանց հագնվելու, դուրս էր եկել քնարանից: Նա երբեք սովորություն չուներ այդքան վաղ վեր կենալու յուր անկողնից: Յուր մտքում ծիծաղում էր, թե յուր միշտ ուրախ, միշտ զվարթ տերը անպատճառ մի «փորացավ» կունենար, որ այդպես տխուր էր, և, սգավորի նման, ընկած էր երեսի վրա, գլուխը չէր բարձրացնում: Այդ բոլորը բացատրում էր նա յուր տեսակետից:

Երբ նկատեց, որ յուր վրա ուշադրություն չեն դարձնում, և յուր ներկայությունը զգալ տալու խորամանկությամբ, կամաց մոտեցավ բարակին և նրա ոտքը պինդ կոխեց: Շունը մի օտարոտի հառաչանք արձակեց, որ նշան էր սաստիկ վիրավորանքի: Իշխանը գլուխը վեր բարձրացրեց, նայեց դեպի այդ կողմը:

— Հուսիկ, այդ դո՞ւ ես:

— Այո՛, տեր իմ, — պատասխանեց սպասավորը, գլուխ տալով:

Ժամանակի սովորության համեմատ, սպասավորը ամեն ծառայության համար պետք է յուր տիրոջ աչքին երևնար միայն. նա համարձակություն չուներ յուր կողմից առաջարկություններ անելու, այլ պետք է լուռ սպասեր տիրոջ հրամանին: Այժմ նրա լվացվելու և հագնվելու ժամանակն էր: Սպասում էր, արդյոք յուր տերը կբարեհաճե՞ր ջուր պահանջել: Այդ մասին ոչինչ պատվեր չստացավ պատանին, մտածեց փարատել իշխանի տխրությունը:

— Գիտե՞ք տեր իմ, այս գիշեր ի՛նչ է պատահել ամրոցում, — ասաց նա խորամանկ ժպիտով:

— Ի՞նչ է պատահել, — հարցրեց իշխանը:

— Մկները Պապիկի մորուքի մի կողմը կրծոտել են:

Ամրոցի ծերունի դռնապանի մասին էր խոսքը:

— Երեկ երեկոյան, — շարունակեց պատանին, — նա օծվել էր, յուղվել էր, գնացել էր յուր փեսային տեսնելու, այնտեղից հարբած եկել ու պառկել էր, գիշերը մկները մի լավ ընթրիք էին անուշ արել նրա բարձերի վրա...

Իշխանը նայեց պատանու անհանգիստ, վառվռուն աչքերի մեջ և բարկությամբ ասաց.

— Չարաճճի, այդ անպատճառ քո գործը կլինի:

— Չէ՛, աստված է վկա:

— Իմ գլխովը երդվի՛ր:

Պատանին կարմրելով կանգ առեց:

— Տեսնո՞ւմ ես, անպիտան մյուս անգամ այդպիսի հիմարություն չանես:

Կատակը անհաջող անցավ:

— Ապա ի՞նչ անեի... — ամոթից գլուխը քարշ ձգած մրմնջաց պատանին, — այնպես հարբած եկել, քնել էր, գիշերը մարդ է մտնում ամրոցը, նա չէ զարթնում:

— Ի՞նչ մարդ, — հարցրեց իշխանը ավելի լուրջ կերպով:

— Մի սուրհանդակ. ես բաց արի նրա համար դուռը. նա ուղղակի գնաց տիկնոջ մոտ:

— Դու այդ ժամանակ արթո՞ւն էիր:

— Ես ամբողջ գիշերը չեմ քնել...

Վերջին խոսքերը արտասանելու միջոցին պատանու դեմքը ավելի կարմրեցավ:

— Երևի «նրա» սենյակի շուրջը քծնվում էիր... — հարցրեց իշխանը ավելի մեղմ ձայնով:

— Ինչպե՞ս իմ տիրոջ առջև մեղքս ծածկեմ... այդպես էր...

Պատանին սիրահարված էր իշխանի մոր աղախիններից մեկի վրա և այդ գիտեր նրա տերը: Եվ նրա վարմունքը ծերունի դռնապանի մորուքի հետ՝ այդ սիրահարության հետևանքներից մեկն էր, որովհետև անհամբեր ծերունին շատ անգամ արգելք էր լինում պատանու գիշերային արշավանքներին... Բայց իշխանը թողեց այդ խնդիրը և, խոսքը փոխելով, հարցրեց նրանից.

— Դու ճանաչեցի՞ր սուրհանդակին:

— Սատանայի պես:

— Ո՞վ էր:

— Պարեխեցի Ոսկանն էր. նա որ յուր կնոջը սպանեց և յուր եղբոր կինն առեց. մեծ իշխանից նամակ էր բերել:

— Նա մնա՞ց տիկնոջ մոտ:

— Ոչ, նամակը հանձնեց, բավական խոսեցին, հետո էլի մթնով դուրս գնաց: Դուռը ես բաց արի:

— Այդ մասին լեզուդ լուռ կպահես:

— Խուլ ու մունջի պես:

Այդ ուրախ, պարզամիտ պատանին ոչ սակավ անգամ վանում էր յուր տիրոջ թախծությունները նրա տխրության րոպեներում, և ոչ սակավ անգամ յուր ծիծաղաշարժ բանսարկություններով, որ սովորություն ուներ գործ դնել ամրոցի հասարակության մեջ, զվարճություն էր պատճառում նրան: Բայց այս առավոտ գոհ չմնաց յուր վարպետություններից: Նրա տերը դարձյալ տխուր էր, դարձյալ զոնվում էր մի անսովոր, մռայլ մտախոհության մեջ:

Նա սպասավորից շատ բան չիմացավ սուրհանդակի մասին, որքան ինքը գիտեր. միակ բանը, որ հետաքրքիր էր նրա համար, այդ այն էր, թե ինչո՞ւ յուր մայրը հեռացրել էր սուրհանդակին: Ամեն անգամ, երբ պատահում էր սուրհանդակ ընդունել, նա սովորաբար կմնար ամրոցում, այնքան ժամանակ, մինչև բերած նամակի պատասխանը կստանար, հետո կգնար: Իսկ այժմ ի՞նչն էր ստիպել յուր մորը թաքցնել սուրհանդակին, և թաքցնել ամրոցից տարակա մի գյուղում:

Նա դարձավ դեպի սպասավորը այս խոսքերով.

— Հուսիկ, եթե սուրհանդակը մյուս անգամ գալու լինի տիկնոջ մոտ, դու կարո՞ղ ես այդ իմանալ:

— Կարող եմ, — պատասխանեց պատանին վստահությամբ:

— Ումի՞ց:

— «Նրանից», «նա» ամեն բան կասե ինձ:

Խոսքը տիկնոջ աղախնի մասին էր, որ սաստիկ սիրում էր պատանուն:

— Կարո՞ղ ես իմանալ և ա՛յն, թե սուրհանդակը ի՛նչ կխոսի տիկնոջ հետ:

— Այդ էլ կարող եմ:

— Ի՞նչ միջոցով:

— «Նրան» կասեմ, «նա» դնի նման կմտնի մի ծակում, ականջ կդնե, հետո կգա, բոլորը կպատմե ինձ:

— Բայց « նա» չպիտի գիտենա, որ դու ինձանից պատվեր ես ստացել:

— Հուսիկը երեխա չէ, նա այդ կարող է հասկանալ:

— Իսկ եթե «նա» լեզուն չպահե՞:

— «Նա» այնպիսի աղջիկ չէ. ես «նրան» կասեմ՝ բերանդ փակ պահիր, և «նա» էլ չի բաց անի:

Տիկնոջ մոտ եկած սուրհանդակը հասարակ մարդ չէր:

Նա Տարոնի տանուտերներից մեկն էր. նրա մասնավոր խոսակցությունը տիկնոջ հետ՝ շատ բան կարող էր պարզել իշխանի համար, և այդ էր, որ հետաքրքրում էր նրան:

Արեգակը արդեն բավական բարձրացել էր հորիզոնի վրա և իշխանի սենյակը լցրել էր ջերմ, ոսկեփայլ ճառագայթներով: Նա ցած իջավ գահավորակի վրայից և հրամայեց պատանուն, որ լվացվելու ջուր տա:

Նա մտավ քնարանը: Այնտեղ, սենյակի մի կողմում, հատակի վրա տարածված էր փափուկ, թանկագին օթոց. պատանին փռեց նրա վրա մի պաստառ բամբակյա մաքուր գործվածքից, որի վրա ծալապատիկ նստեց իշխանը: Այդ պաստառը նրա համար էր, որ ջուրը չսրսկվի օթոցի վրա: Հետո պատանին տարածեց իշխանի ծնկների վրա կտավյա, սպիտակ դենջակը և արծաթյա լագանը դրեց նրա առջև: Գեղաքանդակ լագանը բոլորակ տաշտի ձև ուներ, անհավասար, ալիքավոր շրթունքներով, որոնք բութ աղոցի ատամների էին նմանում: Իսկ շրթունքների մեջ ագուցած էր մի տափակ, ցանցատեսակ խուփ, մանր ծակտիքներով, որ զանազան նկարներ էին ներկայացնում: Հեղած ջուրը ծակտիքներից մաղվում էր լագանի մեջ և լվացվողը յուր անմաքրությունը չէր տեսնում: Պատանին ծնկների վրա չոքած էր յուր տիրոջ առջև, աջ ձեռքով ջուր էր ածում, իսկ ձախ ձեռքում բռնած ուներ մի փոքրիկ, արծաթյա թաս, որի մեջ դրված էր անուշահոտ օճառը: Արծաթյա ջրածիկը ագին լայն բաց արած սիրամարգի ձև ուներ: Պատանին բռնել էր թևքերից և մաքուր ջուրը հոսում էր գեղեցիկ թռչունի կտուցից: Սիրամարգը Մամիկոնյանների սիրած թռչունն էր. այդ հիշատակը նրանք բերել էին իրանց նախկին հայրենիքից — Չինաստանից:

Երբ իշխանը լվացվեցավ, պատանին ջրածիկը և լագանը մի կողմ դրեց, հետո մաքուր անձեռոցիկով, որ պատրաստ ուներ ուսի վրա, սկսեց սրբել յուր տիրոջ երեսը, պարանոցը և ձեռքերը: Եվ ապա վեր առեց փղոսկրյա սանդրը, սկսեց գլուխը սանդրել: Գլխի բոլորտիքը սափրած էր, միայն գագաթի վրա ճոխ երկարությամբ աճել էին սև գիսակները: Գագաթի բոլորովին մեջտեղում, մի դրամի մեծությամբ, նույնպես ածիլած էր: Գիսակները սանդրելուց հետո, պատանին պատրաստվում էր օծել անուշահոտություններով:

— Հարկավոր չէ, — ասաց իշխանը:

Պատանին զարմացավ: Այդ առաջին անգամն էր, որ յուր տիրոջ մազերը սանդրելուց հետո, նա պետք է թողներ առանց օծելու:

«Ես պետք է թաքցնեմ իմ տխրությունը... » — մտածեց իշխանը և թույլ տվեց սպասավորին, որ շարունակե սովորական պչրանքը:

Գլուխը օծելուց հետո, նա գիսակները հաստ հանգույցներով հավաքեց գագաթի շուրջը, իսկ նրանց ծայրերը արձակ գանգուրներով բաց թողեց ականջների ու պարանոցի վրա: Հետո սկսեց կապել գլխի զարդերը: Դրանք բաղկացած էին մի խույրից, որ բանված էր գեղեցիկ անկվածներով, և գույնզգույն մետաքսյա ապարոշից, որ կապեց խույրի վրա: Ապարոշի առջևի կողմում, ուղիղ ճակատի վրա, կապեց արծաթյա մահիկը, որ կիսալուսնի ձև ուներ և քանդակված էր զանազան խորհրդավոր նշանագրերով: Երկու բարակ շղթաներ ամրացված էին մահիկի երկու եղջյուրներից, և նրանց ծայրերը, ապարոշի բոլորտիքով անցնելով դեպի ծոծրակը, այնտեղ փակվում էին արծաթյա ճարմանդներով: Ճարմանդների յուրաքանչյուրի վրա փայլում էր մի խոշոր ակն: Մնում էին աչքերը, որ պետք էր սուրմայել ծարիրի սև փոշիով: Պատանին դուրս հանեց յուր ծոցից մի մաշկեղեն փոքրիկ պարկ, որ լցված էր սուրմայով: Հետո վեր առեց ոսկյա դեղդիրը, որ բարակ ձողի ձև ուներ, նախ մոտեցրեց յուր շրթունքներին, բերանի գոլորշիով փոքր-ինչ խոնավություն շնչեց նրա վրա, և ապա թաթախեց պարկի մեջ: Դեղդիրը ընդունեց յուր վրա պարկի միջի սև փոշիից նույն չափով, որչափ խոնավություն ուներ: Սկսեց նրանով սուրմայել աչքերը: Ամենայն զգուշությամբ և շնորհալի ձեռքով տանում էր նա դեղդիրը կոպերի միջով, որոնց եզերքը, ընդունելով իրանց վրա սև փոշին, այնպիսի տպավորություն էին գործում, կարծես, սև գծերով եզերավորված լինեին:

Այժմ պետք էր հագցնել իշխանին:

Նախ հագավ մետաքսյա, ծաղկավոր պատմուճանը, կողքերից ճղած փեշերով, որ իջնում էին մինչև սրունքները: Պատմուճանի լայն թևքերի ոսկյա կոճակները, որոնք պտչից կախ ընկած կեռասի ձև ունեին, ծառայում էին ավելի իբրև զարդ, քան թե բազուկները կոճկելու համար: Բաց կուրծքը կոճկեց նա նույնպես ոսկյա կոճակներով, որոնք չափոստների ձև ունեին:

Մեջքին կապեց ծանր, ականակուռ ոսկյա քամարը, որի ծայրերը, փակվելով միմյանց հետ, ներկայացնում էին մի բարձրաքանդակ աստղ՝ սփռված ճաճանչներով: Աստղի մեջտեղում վառվում էր մի խոշոր, վարդագույն գոհար, որ շրջապատված էր ավելի մանր գոհարներով: Քամարից, ձախ կողմի ազդրի վրա, քարշ տվեց յուր անբաժան նրանը, որի ծայրը հասնում էր մինչև ծունկը: Այդ երկսայր զենքի թե՛ պատյանը, և թե՛ կոթը պատած էր ոսկով և զարդարած էր գեղեցիկ նկարներով: Պատմուճանի վրա հագավ արյա կարճ թիկնոցը, որ նախշած էր ոսկեթել անկվածներով: Կարմիր վարտիքի միայն ստորին մասերն էին երևում երկար պատմուճանի տակից, և այդ մասերը, տակից հավաքված լինելով գունավոր սրունքակապերով, ուռուցավոր ծալքերով իջնում էին կարմիր կոշիկների վրա: Նրա իշխանական պաճուճանքը լրացրին երկու ոսկյա գնդեր, որ քարշ տվեց ականջներից:

Նա այս առավոտ հակառակ սովորականի այսպես հագնվեցավ: Նա գիտեր, որ յուր մայրը անպատճառ կկանչե նրան, հայտնելու հորից ստացած նորությունները: Այդ պատճառով կամեցավ երևնալ մոր աչքին այնպես, որպես սովորաբար տեսել էր նրան, որպեսզի, նա առիթ չունենար կասկածելու, թե որդին վատ տեղեկություններ է ստացել:

Նա կրկին դուրս եկավ ընդունարանը, սկսեց մոլորված կերպով անցուդարձ անել սենյակի մեջ: Նրան զբաղեցնում էր այն միտքը, թե ի՛նչպես պահե իրան մոր մոտ, երբ նա կսկսե խոսել Տիզբոնից ստացված լուրերի մասին: Նա սարսափում էր, մտածելով, թե այնքան ուժ և կամքի զորություն կունենա՞ արդյոք, որ սառնասրտությամբ լսե մորից յուր հոր վարմունքները: Մի անզգույշ խոսք, մի անզգույշ շարժում կարող էր մատնել նրան...

Սպասավորը պատրաստվում էր նախաճաշիկ մատուցանել: Այդ միջոցին դռները բացվեցան, ներս մտավ մի մարդ, որ խորին կերպով գլխով տալով, լուռ կանգնած մնաց ոտքերի վրա: Նրա մերկ, անմորուս երեսից, որ պատած էր վաղահաս կնճիռներով, նրա հանգած, նեղ աչքերից, որ սեղմված էին կարմիր կոպերի մեջ՝ առանց թերթերունքների և, վերջապես, նրա դեղին ատամներից, որ դուրս էին ցցված անգույն շրթունքների միջից, իսկույն երևում էր, որ այդ մարդը ներքինի է:

— Ի՞նչ կա, — հարցրեց իշխանը:

Ներքինին կրկին անգամ գլուխ տվեց, ասելով.

— Տիկինը հրամայեց հայտնել իմ տիրոջը, որ շնորհ բերե նրա մոտ:

Իշխանը ամբողջ մարմնով ցնցվեցավ, բայց զսպելով յուր տիաճությունը, պատասխանեց.

— Լավ, ասա, որ կգամ:

Ներքինին դարձյալ գլուխ տվեց և հեռացավ:

Պատանի Հուսիկը մի առանձին զզվանքով նայեց նրա ետևից, և, աջ ձեռքի մատները լայն բաց անելով, «մրճիկ հանեց»: Այդ նկատեց իշխանը:

— Դու ե՞րբ պետք է խելոքանաս, Հուսիկ, — հանդիմանեց նրան:

— Ճշմարիտ, սուտ չեմ ասում, — պատասխանեց պատանին

կիսահեգնական և կիսաերկչոտ ձայնով, — երբ առավոտյան այդ մարդու երեսը տեսնում եմ, գիտեմ, որ այն օրը բանս չի հաջողի, անպատճառ կամ մի բան կկոտրեմ, կամ մի բան կվիրեմ, և կամ մի ուրիշ վատ բան կպատահի:

Իշխանը ժպտաց:

Ե

ՄԱՅՐ ԵՎ ՈՐԴԻ

Առավոտյան մառախուղը չքացել էր: Դրսում տիրում էր ջերմ, լուսապայծառ օր: Օդի մեջ բուրում էր շրջակա եղևնիների բալասանական խնկահոտությունը: Ամեն ինչ ժպտում էր, ամեն ինչ ուրախություն էր շնչում, միայն Սամվելի սիրտը լցված էր խորին, անմխիթար տրտմությամբ:

Նա դուրս եկավ յուր բնակարանից, անցնում էր ամրոցի ընդարձակ բակով: Պատանի Հուսիկը, կանգնած սենյակի դռան մոտ, մի առանձին ցավակցությամբ նայում էր նրա ետևից: Նրան հայտնի չէին յուր տիրոջ վշտերը, նա չգիտեր, թե ինչու էր նա այնքան տխուր, բայց նկատելով նրա տխրությունը, ինքը նույնպես տխրեց: Խեղճ պատանին սիրում էր յուր տիրոջը, յուր բարի և ազնիվ տիրոջը, որը այնքան ներողամիտ էր դեպի նա, որը երբեք չէր վշտացրել նրան:

Սամվելը ծածկված էր գարնանային թեթև վերարկուով, առանց թևքերը հագնելու, որ ծածանվում էին վերարկուի լայն ծալքերի հետ: Սպիտակ վերարկուն՝ գունավոր հագուստի հետ՝ մի առանձին վայելչություն էին ընծայում բարձրահասակ երիտասարդի գեղակազմ իրանին: Նա ամրոցի ուրախությունն էր, երբ առավոտյան յուր օթևանից դուրս էր գալիս և հայտնվում էր բակում: Ամեն կողմից ամեն աչքեր հիացած նայում էին նրա վրա:

Նա գնում էր առանց աջ ու ձախ նայելու, — գնում էր, գլուխը դեպի ցած խոնարհած, — գնում էր, որպես մի սգավոր: Այսպես ոչ ոք չէր տեսել նրան: Ի՞նչ դիրք բռնել մոր մոտ... կեղծե՞լ, խաբե՞լ նրան... թե՞ բացարձակ կերպով դատապարտել հոր վարմունքը... — այդ վարանմանց մեջ էր նա, այդ մտքերն էին տանջում նրան:

Ամրոցում կյանքը արդեն զարթնել էր. ամեն ինչ շարժողության մեջ էր: Աղավնիները ցած էին իջել աշտարակների բարձրությունից, խումբերով պտտվում էին բակում և սիրաբորբոք սարփանքով քծնվում էին միմյանց շուրջը: Իշխանական աղախինները, գույնզգույն հագուստներով, ուրախ, զվարթ, կատակներ էին անում միմյանց հետ, ծիծաղում էին, և կուտ էին ցրվում սիրելի թռչուններին: Ներքինիները ծանր, հոգատար դեմքով, մի սենյակի դռնից դուրս էին գալիս և, լուռ ու մունջ ուրվականների նման, անցնում էին, մտնելով մի այլ սենյակ: Մի գեղեցիկ աղա խաղում էր եղջերվի ձագի հետ, որի պարանոցը զարդարած էր արծաթյա օղամանյակով: Դա Սամվելի փոքր եղբայրն էր:

Ցերեկվա լուսով ամրոցը ներկայացնում էր յուր ահեղ, իսկայական կերպարանքով: Թանձր, քարաշեն շրջապարիսպը մրցում էր շրջակա ժայռերի և ապառաժների բարձրության հետ: Կարծես, կիկլոպների ձեռքը շարել էր այն ահագին քարերը միմյանց վրա և կազմել էր այդ վիթխարի շրջապարիսպը: Նրա մեջ զետեղված էին բոլոր շինվածքները, որ ծառայում էին մի մեծ իշխանական տան բնակության համար: Նա այնքան ընդարձակ էր, որ վտանգի ժամանակ կարող էր այնտեղ պատսպարվել շրջակա գյուղացիների մեծ մասը: Այդ կետից, Ողականը ավելի մի բերդ էր, քան թե ամրոց: Դեպի ամեն կողմ, ուր որ նայում էիր, տիրապետում էր ոչ այնքան նրբություն և գեղեցկություն, որքան պարզություն և անխորտակելի ամրություն: Նա ուներ այնքան շատ բաժանմունքներ, որքան շատ պետքերի էր ծառայում: Սամվելն անցնում էր այն բաժանմունքի բակով, որտեղ զետեղված էր կանանոցը:

Մի քանի րոպե կանգ առեց նա, խոսում էր եղջերվի ձագի հետ խաղացող եղբոր հետ: Գեղեցիկ երեխան ուրախանալով ցույց էր տալիս, թե որքան աճել էին «սիրունիկի» եղջյուրները: Այդ միջոցին մանկահասակ աղախինները շրջապատեցին նրան: Մի սնաչյա օրիորդ մինչև անգամ համարձակվեցավ ձեռքը մեկնել և ուղղել նրա պատմուճանի օձիքը:

— Շնորհակալ եմ, Նվարդ, — ասաց իշխանը ժպտալով, — իմ Հուսիկը շատ անշնորհք է, չգիտե լավ հագցնել յուր տիրոջը:

— Այո, անշնորհք է... տեր իմ, — կրկնեց օրիորդը և ամոթխածությունից նրա գունատ թշերը ներկվեցան վարդի գույնով:

Դա նույն աղջիկն էր, որին սիրում էր պատանի Հուսիկը:

Մի քանի րոպե ևս Սամվելը զբաղված էր յուր եղբորով, նրա սիրուն եղջերվով, և լսում էր ուրախ, անհոգ օրիորդների հանաքները: Դրանով աշխատում էր ժամանակ վաստակել, որպեսզի լավ որոշե յուր խաղալու դերը մոր մոտ:

Այդ միջոցին կանանոցի շքեղ դահլիճներից մեկում, մի կին կանգնած էր մետաղյա հղկած հայելիի առջև, և ինքն յուր վրա սիրահարվածի նման, նայում էր, ժպտում էր, և մի առանձին հրճվանքով ուղղում էր գլխի զարդերը: Արդեն մի քանի անգամ նա մոտեցել էր այդ հայելուն և, չհավատալով յուր աչքերին, այդ վերջին փորձն էր անում, ստուգելու համար, արդյոք այնքան սա՞զ էին գալիս այդ նոր զարդերը, որքան նա կարծում էր:

Նախասենյակում լսելի եղան ոտքի ձայներ: Նա շտապով թողեց հայելին, անցավ գահավորակի վրա, նստեց և, թիկն տալով թավիշյա բարձերին, լուրջ դեմք ընդունեց: Նա յուր հասակից ավելի թարմ և անթառամ էր մնացած: Նրա տարիքը վաղուց մոտեցել էին հիսունին, բայց դեռ մի մանկահասակ հարսի տպավորություն էր գործում: Եթե գիրությունը և ճարպի անհամեմատ պարարտությունը կոշտացրած չլինեին նրա մարմինն ու դեմքը, նրան կարելի էր մինչև անգամ գեղեցիկ համարել:

Խոշոր աչքերի մեջ վառվում էր զոռոզություն և տոհմային հպարտություն, որը բոլորովին անհետացնում էր նրանց մեղմ քաղցրությունը:

Այդ փառահեղ տիկինը Սամվելի մայրն էր, որին կոչում էին Տաճատուհի:

Ներս մտավ երիտասարդը բոնի ժպիտը երեսին:

— Բարի լու՛յս, սիրելի մայրիկ, — ասաց նա և, յուր սովորության համեմատ, մոտեցավ ձեռքը համբուրելու:

Բայց երկու քայլ հեռավորության վրա կանգ առեց և կիսահեգնական և կիսազարմացական ձայնով բացականչեց.

— Այդ ի՛նչ եմ տեսնում... Աստված է վկա, առանց հարցնելու կարող եմ ասել, որ հայրս գալիս է:

— Ինչի՞ց իմացար, — հարցրեց մայրը, քաղցր կերպով ժպտալով:

— Այդպես զարդարվել ես... հոնքերդ ներկել ես... ձեռքերդ ներկել ես... Այդ բոլորը ո՞ւմ համար է...

Մայրը գրկեց որդուն, ճակատը համբուրեց և, նստեցնելով յուր մոտ՝ գահավորակի վրա, ասաց.

— Ա յո, գալիս է: Հիմա տո՛ւր, «ավետչեքս»:

Վերջին խոսքերի միջոցին մայրը ձախ ձեռքով գրկեց որդու պարանոցը, իսկ աջ ձեռքով բռնեց նրա ականջից, կրկնելով.

— Ասա, ի՞նչ ես տալիս:

— Մի զույգ համբույր, — պատասխանեց որդին, աշխատելով ականջն ազատել նրա ձեռքից: — Դրանից ավելի լա՞վ ավետչեք: Էլ ի՞նչ ես ուզում:

— Հենց այդ եմ ուզում, — ասաց մայրը և, սեղմելով նրան յուր կուրծքի վրա, համբուրեց երկու թշերից:

Որդու ողջագուրանքը, մոր սիրալիր փաղաքշանքը բոլորովին անկեղծ էին: Մայրը ուներ սիրող սիրտ, մանավանդ դեպի յուր զավակները. իսկ որդին հնազանդ ծնողասեր զավակ էր: Այժմ այդ անարատ սիրո մեջ մտել էր մի դև, մի չար միտք, որ պիտի երկպառակեր ընտանեկան խաղաղությունը, որ պիտի գժտություն, ատելության և, գուցե, ավելի աղետավոր թշնամանք սերմաներ որդու և ծնողների մեջ: Ամեն անգամ, որ այդ մտածությունները պաշարում էին Սամվելին, նա ամբողջ մարմնով դողում էր:

Նույն մտածությունները ոչ սակավ, սաստկությամբ հուզում էին և մոր սիրտը: Նա գիտեր Սամվելի ամուր հավատը, գիտեր նրա կրոնական ջերմեռանդությունը, նրան ծանոթ էին յուր որդու հայրենասիրական ջերմ զգացմունքները: Այժմ ի՛նչպես հայտներ որդուն, թե նրա հայրը ուրացել է յուր կրոնը և պարսից զորքերով գալիս է ոչնչացնելու ամեն ինչ, որ հայկական է:

Մայրը դեռ շատ առաջ կամակից էր յուր ամուսնի հետ: Նրանք պատկանում էին հայոց ազնվականների այն խատասիրտ և պարսկամոլ կուսակցությանը, որ ատում էին հույներին, ատում էին և բնիկ Արշակունի թագավորներին: Բայց մոր պարսկամոլությունը մինչև այսօր դեռ չէր արտահայտվել ազգային կամ քաղաքական խոշոր խնդիրների մեջ: Մայրը միայն սիրում էր ընտանիքի մեջ մտցնել պարսկական լեզու, պարսկական սովորություններ, թեև այդ բոլորի համար միշտ հանդիպում էր որդու խորին տհաճությանը: Այդ ընտանեկան խուլ կռիվը վաղուց սկսվել էր նրանց մեջ, և վաղուց Սամվելը նախապատրաստված էր որպես մի ընդդիմադիր ուժ արգելք դնելու մոր ձգտումներին: Բայց դեռ երևույթներն այնքան անմեղ էին և առիթներն այնքան մեղմ էին, որ երբեք պատճառ չէին տվել ընտանեկան ծայրահեղ երկպառակության: Իսկ ա՞յժմ. այժմ ի՞նչ պետք էր անել: Այժմ ներկայանում էր մի սարսափելի պատճառ, որ կամ միանգամից պետք է խորտակեր ընտանեկան բոլոր կապերը, կամ որդուն հնազանդեցներ ծնողաց կամքին: Մայրը այդ հույսը չուներ. նրան հայտնի էր որդու համառությունը, նրան հայտնի էր որդու և հաստատամտությունը: Ամբողջ գիշերը մտածում էր նա այդ մասին և ոչինչ ելք չէր գտնում: Վերջը վճռեց աղետավոր իրողության կեսը միայն հայտնել որդուն, իսկ մնացած կեսը պահել ավելի բարեհաջող ժամանակի համար:

Այժմ սկսեց ավելի թեթև խոսակցություններով զբաղեցնել որդուն, որ մի առանձին զվարճությամբ նայում էր նրա վրա:

— Ինչպե՞ս ես գտնում այդ նոր զարդարանքը, — հարցրեց Սամվելից:

— Հորս գլուխը վկա, սքանչելի է, — պատասխանեց որդին, — միայն դու մոռացել ես ներկել քո շրթունքները, այն ժամանակ կատարելապես մի պարսկական թագուհու կնմանեիր:

— Դու հեգնում ես, Սամվե՛լ:

— Ի՞նչ հեգնելու բան կա, — ծիծաղելով ասաց որդին և, ձեռքը տանելով, մոր զարդարանքները մի առ մի շոշափելով, շարունակեց.

— Բոլո՛րը գեղեցիկ է, բոլո՛րը հրաշալի է: Ահա այդ արծաթյա մահիկը, զարդարած խոշոր ալմաստներով, որ կապել ես լայն ճակատիդ, դա փայլում է, որպես նորածին կիսալուսինը փայլում է պարզ երկնակամարի վրա. դա կթափե քո վրա այն բոլոր բարիքները, ինչ որ լուսինը թափում է արարածների վրա: Իսկ այդ ալմաստները, որ սփռված են մահիկիդ շուրջը, մշտական ուրախություն կշնչեն քո սրտին, հաղթող կհանդիսացնեն քեզ ամեն ձեռնարկության մեջ և թագավորների աչքում սիրելի կկացուցանեն: Ահա այդ սիրուն թանան, որ կրում ես քթիդ վրա, յուր մեխակի ձևով` միշտ անուշահոտությամբ կիրապուրե քո հոտոտելիքը, իսկ յուր երկնագույն փիրուզայի ակնով կլիացնե քո արկղները ոսկով ու արծաթով, քո խոսքը, քո խնդիրքը ընդունելի կանե ամենի մոտ և քեզ հեռու կպահե թագավորների պատուհասներից: Ահա այդ ոսկյա զնգերը, որ վառվում են զույնզգույն զմրուխտներով, կպահպանեն քո լսելիքը անախորժ ձայներից և միշտ ուրախալի համբավներով կզվարճացնեն քեզ: Իսկ այդ զմրուխտները կկուրացնեն օձի ու վիշապի աչքերը և քո անձը անխոցելի կպահեն ամեն թունավոր զեռունների ու միջատների խայթոցներից: Ահա այդ մարգարտաշար մանյակը յուր խորհրդավոր հուռութքներով, դրանց մեջն է ամփոփված քո բախտը, քո թռվիչ զորությունը և քո կախարդիչ հրապուրանքը, որոնք կնոջ համար անհրաժեշտ են...

Նա առեց մոր ձեռքերը յուր ափերի մեջ և շարունակեց.

— Այդ օձաձև ապարանջանները, որքա՛ն գեղեցիկ են, որքա՛ն խորհուրդ կա դրանց մեջ... դրանք կտան քո բազուկներին հաջողություն և օձի իմաստություն, ինչպես տվեց օձը մեր նախամայր Եվային... Իսկ այդ մարջանով (բուստ) և գույնզգույն հուլունքներով զարդարած թևակապները, որոնց մեջ պահվում են, ո՛վ գիտե, ինչ տեսակ թալիսմաններ, — դրանք հեռու կպահեն քեզ չար աչքերից և չար պատահարից, դրանք կպահպանեն քեզ դևերի, քաջքերի և բոլոր աներևույթ ոգիների պատրանքներից: Ես համոզված եմ, որ այդ թևակապների մեջ ամփոփված են մի որևիցե մոգի դրվածքները ...

Մայրը խոժոռ դեմք ընդունեց: Որդին շարունակեց, ցույց տալով մատանիների նշանակությունը.

— Այդ մատանին կարմիր յաղութի (հակինթ) քարով ամեն մարդկանց մոտ հաճելի կանե քեզ: Այդ մյուսը՝ սարդիոնի (սեյլան) քարով՝ փարատում է արյունահեղությունը: Այդ երրորդը՝ վարդագույն սուտակի (լալ) քարով՝ փարատում է վշտերը և հալածում է դևերին: Այդ չորրորդը՝ խայտաճամուկ օձաքարով՝ թույների ներգործությունը ոչնչացնում է: Այդ հինգերորդը՝ հակիկի դեղնագույն քարով՝ ոչնչացնում է մարդկանց չար մտքերը...

Մայրը հասկացավ, որ որդին ծաղրում էր նրա սնահավատությունը և հեթանոսական նախապաշարմունքները, այդ պատճառով ընդհատեց նրա բացատրությունները խիստ և վիրավորված ձայնով.

— Բավական է, ես գիտեմ քո թերահավատությունը... դու այդպիսի բաների չես հավատում...

— Իզուր ես այդպես կարծում, սիրելի մայրիկ, — պատասխանեց Սամվելը անվրդով կերպով, — ես կամենում եմ ցույց տալ, որ այնքան տգետ չեմ, այլ բոլորի նշանակությունը հասկանում եմ...

— Մի՞թե ես առաջ այդպիսի զարդեր չէի կրում, և մի՞թե մեր նախարարների բոլոր կանայքը այդպիսի զարդեր չեն կրում:

— Ճշմարիտ է, դու, կրում էիր... այն ևս ճշմարիտ է, որ մեր նախարարների կանայքը նույնպես կրում են, բայց ձևերի մեջ մեծ զանազանություն կա: Քո կրածները կատարելապես նմանեցրած են պարսկական ձևերին...

— Թո՛ղ այդպես լինի, ի՞նչ կա:

— Ոչինչ... ես միայն զարմանում եմ, թե ինչպե՛ս շուտ դու պատրաստել տվեցիր այդ բոլորը:

— Ես վաղուց պատրաստել էի տվել... ես միայն սպասում էի...

— Որ հորս գալուստը լսածին պես կրե՛ս... Այդպես չ՞է:

Մայրը ոչինչ չպատասխանեց և, նկատելով, որ այդ խոսակցությունը անախորժ կերպարանք է առանում, խոսքը փոխեց.

— Գիտե՞ս, Սամվել, քեզ ինչու համար կանչեցի:

— Ես ոչինչ չգիտեմ...

— Հորիցդ նամակ ստացա, կանչեցի, որ հայտնեմ քեզ:

— Նամա՞կ ստացար, — բացագանչեց Սամվելը, — այդ ուրախալի՜ է... շա՜տ ուրախալի... Ե՞րբ ստացար:

— Այս գիշեր: Սուրհանդակ եկավ:

Տիկինը ցած իջավ գահավորակի վրայից, հագավ կապտագույն մաշիկները, որ դրած էին գահավորակի առջև, անցավ դահլիճի միջով և մոտեցավ պատուհաններից մեկին, վեր բարձրացրեց մետաքսյա վարագույրը: Այդ ժամանակ միայն, երբ նա երեսը շուռ տվեց, Սամվելը ուշադրություն դարձրեց մոր ծամքաղի վրա, որի մյուս զարդարանքների թվում նկատեց բորենու ճիրանից շինված մի հուռութք, որ բռնված էր արծաթի կանթի մեջ:

Տիկինը վերադարձավ, ձեռքում բերելով մագաղաթի մի գալարված փաթոթ, որ կապած էր մետաքսյա, զույնզգույն նարոտով: Նա տվեց մագաղաթը որդուն, ասելով.

— Հորդ նամակն է:

Սամվելը ուրախությամբ բաց արեց մագաղաթի փաթոթը և, նայելով նրա վրա, ասաց.

— Դա պարսկերեն է գրված...

Մայրը կիսախրատական և կիսահանդիմանական եղանակով նկատեց նրան.

— Ա՜յ, քեզ որ միշտ ասում էի, որդի, սովորի՜ր այդ լեզուն, դու ինձ ականջ չէիր դնում, խելքդ ու միտքդ տվել էիր այն անիծված հունարենին և ասորերենին: Հիմա տեսնո՞ւմ ես, հորդ նամակն էլ չես կարողանում կարդալ: Դու մինչև անգամ աշխատում էիր՝ քո փոքր եղբորը, Վահանին ևս դժբախտացնել, արգելում էիր նրան պարսկերեն սովորել: Բայց նա այժմ ո՜չ միայն վարժ խոսում է, այլև գրում է:

Մոր հանդիմանությունը սաստիկ վրդովեցրեց Սամվելին, բայց նա, զսպելով իրան, ասաց.

— Դու, իհարկե, կարդացած կլինես, պատմի՜ր, ի՞նչ է գրում հայրս: Տիկինը պատմեց այն, ինչ որ արդեն գիտեր Սամվելը, թե Շապուհ արքան շնորհել է յուր ամուսնին հայոց սպարապետությունը, իսկ յուր եղբորը, Մերուժանին, խոստացել է հայոց թագավորությունը, և յուր քույր Որմիզդուխտին արքան կնության է տվել Մերուժանին: Եվ այժմ թե՛ Մերուժանը, և թ՛ե յուր ամուսինը ճանապարհի վրա են, պարսից զորքերով գալիս են, մեկը հայոց թագավոր դառնալու համար, մյուսը՝ հայոց սպարապետ:

Այդ պատմության բոլոր ժամանակ տիկնոջ դեմքը փայլում էր անսահման ուրախությամբ, իսկ Սամվելը խորին վրդովմունքով լսում էր նրան, ավելի և ավելի պինդ գալարելով յուր ձեռքում մագաղաթի թերթը, որ բերել էր աղետավոր լուրը: Բայց Սամվելը նախապատրաստված էր այդ բոլոր դառն և ամոթալի եղելությունները լսելու, որոնց մեջն էր տեսնում յուր հայրենիքի կործանումը:

Տիկինը յուր ստացած տեղեկությունների մի մասը միայն պատմեց,

և նամակի մեջ այնքանը միայն գրված պետք է լիներ: Բայց նա թաքցրեց Սամվելից, թե նրա հայրը և Մերուժանը ուրացել են քրիստոնեությունը, ընդունել են պարսից կրոնը և խոստացել են Շապուհին նույնը մտցնել և Հայաստանում, և այդ մտքով բերում են իրենց հետ մոգերի ահագին բազմություն, որ եկեղեցիների փոխարեն ատրուշաններ հիմնեն, և ամեն տեղ բաց անեն պարսից դպրոցներ, նախարարների և ազնվականների թ՛ե տղաներին, և թ՛ե աղջիկներին պարսկական ոգով և պարսկական կրոնի իրահանգներով կրթություն տալու համար: Նա ծածկեց Սամվելից և նրա հորեղբոր, Վասակի չարաչար մահը Շապուհից, ծածկեց և Արշակ թագավորի աքսորվիլը Անհուշ բերդում: Այդ բոլորը, իհարկե, գիտեր տիկինը, այդ բոլորը, անտարակույս, բերանացի հաղորդած կլիներ նրան նամակը բերող սուրհանդակը:

Տիկինը նկատեց այն վատ տպավորությունը, որ յուր պատմությունը գործեց որդու վրա, բայց իրան չգիտենալ ձևացնելով, գրկեց որդուն և, սեղմելով յուր կրծքի վրա, ասաց.

— Դու այժմ կարող ես շնորհավորել ինձ, սիրելի Սամվել, — եղբայրս հայոց թագավոր, իսկ քո հայրը՝ հայոց սպարապետ...

Սամվելի դրությունը աննախանձելի էր: Նա կամ բացարձակ կերպով պետք է հայտներ յուր զզվանքը հոր և Մերուժանի վարմունքի դեմ, պատմելով բոլորը, ինչ որ ինքը գիտեր նրանց դավաճանությունների մասին, և կամ պետք է լռեր, որ միգուցե յուր անզգուշությամբ գործը փչացներ, և յուր արդեն խորհած, վճռած նպատակները մնային անկատար: Բայց լռել չէր կարող նա, պետք էր մի բան պատասխանել: Այդպիսի դժվարին րոպեներում նրան օգնության էր հասնում յուր սովորական թերահավատությունը մի կողմից, և յուր կծու հեգնությունը, մյուս կողմից:

— Այդպես շուտ ուրախանալ, դեռ վաղ է, սիրելի մայր, — ծիծաղելով պատասխանեց նա, դուրս պրծնելով մոր գրկից:

— Ինչո՞ւ, — հարցրեց մայրը և նրա ձայնը դողաց սրտի հուզմունքից:

— Դեռ հայոց թագավորը կենդանի է...

Տիկինը չկարողացավ իրեն զսպել, հայտնեց այն, ինչ որ ծածկել էր աշխատում.

— Հայոց թագավորը աքսորված է Անհուշ բերդում, որտեղից մարդիկ այլևս չեն վերադառնում:

— Այդ ես գիտեմ, որ այնտեղից մարդիկ այլևս չեն վերադառնում, բայց հայոց թագաժառանգը Կ. Պոլսումն է, քրիստոնյա կայսրի մոտ...

— Նրան ո՞վ կբերե և յուր հոր գահը կնստացնե:

— Հունաց զորքերը և հայոց նախարարները...

— Մինչև նրանց գալը, հայոց երկիրը գրավված կլինի պարսից զորքերով, իսկ իմ եղբայրը թագավոր:

— Հաջողություն եմ ցանկանում...

— Դու չես հավատում, Սամվել, բայց շուտով կտեսնես, որ այդ բոլորը կկատարվի, — ասաց մայրը, աշխատելով համոզել որդուն: — Դու ասում ես, որ հայոց թագաժառանգը կայսրի մոտ է, հունաց զորքերով կգա և յուր հոր գահը կժառանգե: Բայց գիտե՞ս ո՛վ է հունաց այժմյան կայսրը: — Հայերի թշնամի Վաղեսը: Նա արդեն հայոց քահանայապետ Ներսեսին, որ գնացել էր Կ. Պոլիս կայսրից օգնություն խնդրելու, ոչ միայն մերժել է յուր երեսից, այլ աքսորել է Միջերկրական Պատմոս կղզում: Այդ դու գիտե՞ս:

— Առաջին անգամն եմ լսում...

Բայց նա գիտեր հալածասեր Վաղեսի անիրավ վարմունքը Ներսես Մեծի հետ: Նա ամենայն ուշադրությամբ հետևում էր բոլոր աղետավոր անցքերին, որ այդ ժամանակ կատարվում էին յուր հայրենիքի վերաբերությամբ: Եվ նրա զգայուն սիրտը բազմաթիվ վերքերով խոցված էր կատարվող չարիքներից:

Նա մտածեց կշտամբել մոր համակրությունը դեպի Վաղեսի վարմունքը: Նա մտածեց հայտնել յուր խորին տհաճությունը դեպի յուր հոր և Մերուժանի գործողությունները, բացատրելով, թե որպիսի՛ ազգակործան հետևանքներ կարող էին ունենալ նրանց ձեռնարկությունները և, վերջապես, նա մտածեց խոստովանվել մոր առջև, թե ինքը, որքան կարող է, ամեն հնարներ գործ կդնե՝ ոչնչացնելու հոր դիտավորությանը: Բայց նա գիտեր յուր մոր անսահման փառասիրությունը: Նա ցանկանում էր հայոց սպարապետի տիկին լինել և հայոց թագավորի քույր: Ամեն մի ապացույց այդ մոլեգին ցանկության առջև կկորցներ յուր ազդեցությունը:

Խոհեմությունը փականք դրեց նրա լեզվին:

Զ

ԵՐԿՈՒ ԵՂԲՈՐ ՈՐԴԻՆԵՐ

Մամիկոնյան նախարարները, վաղեմի ժամանակներից, վայելում էին հայոց սպարապետության արտոնությունը: Այդ բարձր պաշտոնավարության իրավունքը անցնում էր նրանց տոհմի մեջ ժառանգաբար, որդին փոխարինում էր հորը նրա վախճանից հետո: Թեև եղել են բացառություններ, որ հայոց մյուս նախարարական տներից ևս սպարապետներ են ընտրվել, բայց այդ եղել է այն ժամանակ միայն, երբ թագավորի և Մամիկոնյանների մեջ որևէ թշնամություն է տեղի ունեցել:

Տարոնի ամբողջ գավառը Մամիկոնյանների ժառանգությունն էր: Այստեղ՝ Գլակա վանքում դրած էին նրանց տոհմային շիրիմները. այստեղ՝ Ողական ամրոցը ներկայացնում էր նրանց իշխանական ոստանը: Բայց Մամիկոնյաններից մի ճյուղ, բաժանվելով, ապրում էր Տայոց երկրի ամրությունների մեջ և այնտեղ ուներ յուր անմատչելի բերդը, որ կոչվում էր Երախանի:

Բացի սպարապետության պաշտոնից, իբրև քաջ, առաքինի, հայրենասեր և ամեն ազնիվ հատկություններով հայտնի մի տոհմ, գլխավորապես Մամիկոնյաններից էին ընտրվում հայոց թագաժառանգների դաստիարակները և նրանց սնուցանող դայակները: Այնքան մեծ էր այդ տոհմի քաջության ազդեցությունը, որ հայոց մյուս նախարարները միշտ խորին հարգանքով էին վերաբերվում դեպի Մամիկոնյանները, և ինքը, թագավորն անգամ մի առանձին ակնածություն ուներ նրանցից: Այդ էր պատճառը, որ Հայաստանում, ամեն մի դժվարին դեպքերում, ոչ մի գործ հնարավոր չէր համարվում, եթե Մամիկոնյանները չմասնակցեին: Անձնազոհությունը, բարձր առաքինությունը, հերոսական քաջազնությունը այդ տոհմի հատկանիշն էր:

Արշակ թագավորի օրերում Մամիկոնյաններից հայտնի էին երկու եղբայրներ՝ Վասակ և Վահան: Վասակը, որ Արշակի մանկության դայակն էր, հետո սպարապետության աստիճան ստացավ, իսկ Վահանը հազարապետի պաշտոն էր վարում:

Այդ երկու եղբայրներից Ողական ամրոցում ոչ մեկը չէր մնացել: Վերջին երկու սուրհանդակները երկու եղբայրների մահվան բոթը բերեցին Տիզբոնից: Վասակը սպանված էր պարսից Շապուհ թագավորից, իսկ Վահանը մահացել էր բարոյապես... Ամրոցում մնացել էին երկու եղբոր որդիները միայն՝

Սամվելը՝ Վահանի որդին և

Մուշեղը՝ Վասակի որդին:

Գիշեր էր: Ամրոցի այն բաժնում, որտեղ Վասակի ընտանիքն էր բնակվում, բոլոր սենյակների ճրագները մարած էին: Միայն մի սենյակի լուսամուտների թանձր վարագույրների ետևից աղոտ լույս էր երևում: Այստեղ դեռ չէին քնել: Մի տղամարդ, անհանգիստ կերպով, երբեմն անցուդարձ էր անում սենյակի մեջ, երբեմն նստում էր բազմոցի վրա, և նրա անհամբեր աչքերը դառնում էին դեպի դռները: «Այդ ի՞նչ է նշանակում... — մտածում էր նա, — Սամվելը խնդրել է ինձանից գաղտնի տեսություն... ի՞նչ է պատահել, ի՞նչ խոսելիք ունի... մի՞թե դարձյալ վատ լուրեր են ստացվել... եթե մի ուրախալի բան լիներ, ինչո՞ւ էր նա գիշերով գալիս ինձ մոտ»...

Այդ տղամարդը Մամիկոնյան Վասակի որդի Մուշեղն էր: Վեց կամ յոթն տարի միայն մեծ կլիներ Սամվելից: Մի հոյակապ և բարեկազմ տղամարդ, որի ամեն մի գծերից երևում էր լավ պատերազմողի վեհությունը:

Սենյակը, որի մեջ գտնվում էր նա, զուրկ էր առանձին շքեղությունից: Կոշտ մազե օթոցներով ծածկված էր հատակը, և պատերի մոտ դրած էին մի քանի բազմոցներ, որոնք նույնպես պատած էին կոշտ գործքերով: Այստեղ և այնտեղ երևում էին զենքեր, որոնք զուրկ էին հարուստ զարդարանքներից: Դեպի ամեն կողմ, ուր և նայում էիր, աչքի էր զարկում պարզություն և անփառասիրություն: Երևում էր, որ այդ սենյակի բնակիչը, յուր իշխանական տան մեջ անգամ, սիրում էր պահպանել զինվորական կյանքի խստակեցությունը: Նրա հագուստի պարզությունը բոլորովին համապատասխանում էր յուր օթևանի անշքեղությանը: Նրանց մեջ նկատվում էր ավելի ամրություն և դիմացկոտություն, քան թե նրբություն կամ ճաշակ:

Նա մոտեցավ լուսամուտին, ետ քաշեց վարագույրը և բաց արեց փեղկերից մեկը: Երկար, անշարժ կանգնած, նայում էր դեպի դուրս: Ոչինչ չէր երևում, ոչինչ չէր լսվում: Ամեն ինչ նիրհում էր խորին մթության մեջ: Նայում էր դեպի այդ մթությունը, և նրա սրաթռիչ միտքը սլանում էր հեռու և հեռու, դեպի Տիզբոնի արքունիքը: Այնտեղ էր նրա սիրելի հայրը, այնտեղ էր և նրա սիրելի թագավորը: Այն օրից, որ գնացել էին նրանք, ոչինչ տեղեկություն չուներ: Ի՞նչ էր այդ լռության պատճառը... մի՞թե խաբե՞ց Շապուհը... մի՞թե բոլոր ճանապարհները փակվա՞ծ էին... Նա ոչինչ չգիտեր, նրան ոչինչ հայտնի չէր: Եվ նրա տխուր մտածությունները նույնպես խարխափում էին անստուգությունների մեջ, որպես նրա բարկությամբ լի աչքերը խարխափում էին գիշերային խավար մթության մեջ:

Այդ դրության մեջ գտավ նրան Սամվելը, երբ, սենյակի դուռը կամաց բաց անելով, ներս մտավ և, ետևից ձեռքը դնելով նրա ուսի վրա, սթափեցրեց խորին մտահուզությունից: Նա ետ նայեց, asելով.

— Դու բավական տանջեցիր ինձ, Սամվել:

— Մորս լրտեսներով շրջապատված է իմ բնակարանը, — պատասխանեց Սամվելը զայրացած կերպով: — Հազիվ կարողացա դուրս պրծնել:

— Ուրեմն մի բան կա, որ քո մայրը լրտեսներ է դնում, — ասաց Մուշեղը և նրա թախծալի դեմքը ընդունեց ավելի մռայլ կերպարանք:

— Նստենք, կպատմեմ բոլորը:

Երկու եղբորորդիները նստեցին գահավորակի վրա, և Սամվելը մի քանի րոպե տատանվում էր, թե ո՛րտեղից և ի՛նչպես սկսե յուր պատմությունը, որ Մուշեղին մեծ ցավ չպատճառե: Նա սկսեց մի փոքր հառաջաբանով, թե ինքը համոզված է, որ Մուշեղը այնքան կամքի զորություն և սրտի ամրություն ունի, որ սառնությամբ կլսե բոլորը, և միասին կխորհեն աղետավոր պատահարների առաջը առնելու: Բայց Մուշեղը անհամբերությամբ ընդհատեց նրան, ասելով.

— Ի սեր աստուծո, առանց այդ ավելորդությունների, պատմի՛ր, ինչ որ ասելու ունես. դու կարող ես վստահ լինել, որ ես կնոջ նման արտասուք չեմ թափի:

Սամվելը պատմեց սուրհանդակի բերած լուրերը, թե ինչպես յուր հայրը և Մերուժանը միաբանվել են, ուրացել են քրիստոնեությունը, ընդունել են պարսից կրոնը, և պարսից մոգերով ու զորքերով գալիս են նվաճելու Հայաստանը: Պատմեց և այն, որ Շապուհը յուր քույր Որմիզդուխտին կնության է տվել Մերուժանին և խոստացել է նրան հայոց թագավորությունը, եթե նա կհաջողացնե հայոց նախարարներին ու նշանավոր եկեղեցականներին կալանավորել և Պարսկաստան ուղարկել, և այնուհետև տարածել հայոց երկրում պարսից կրակապաշտությունը: Պատմեց և այն, որ յուր հայրը ստացել է հայոց սպարապետությունը, իսկ Արշակ թագավորը աքսորված է Անհուշ բերդում:

— Իսկ իմ հա՞յրը, — ընդհատեց Մուշեղը:

Սամվելը, շփոթվելով կանգ առեց, և ապա պատասխանեց.

— Քո հայրը նույնպես...
— Աքսորվա՞ծ է:
— Այո՛, աքսորված է...
— Թագավորի՞ հետ:
— Այո՛, թագավորի հետ...
Սամվելը սուտ չխոսեց: Բայց այնտեղ, Անհուշ բերդում, աքսորված էր, և շղթայակապ թագավորի աչքի առջև դրել էին նրա հարդով լցրած պաճուճապատանքը միայն: Դեռ չտեսնված Մուշեղի հետ, Սամվելը ամբողջ օրը տանջվում էր այն մտքով, թե ի՛նչպես հայտնե նրան հոր չարաչար մահը Շապուհից: Այդ կարող էր սաստիկ ծանր ներգործություն ունենալ նրա հայրասեր սրտի վրա և անմխիթար սուգի մեջ դնել նրան: Վերջը ընտրեց երկու հարվածներից փոքրագույնը, հայտնելով, թե հայրը աքսորված է թագավորի հետ:
— Խաբեբա պարսի՛կ, — բացագանչեց նա սրտմտությամբ լի ձայնով, — քեզ համար խոսքի և խոստմունքի սրբություն չկա... Վարազագիր մատանիով աղ կնքեցիր դու, որ քո կրոնի մեջ ամենամեծ երդումն է, և ուղարկեցիր, կոչելով իմ հորը և նրա թագավորին քո մոտ, իբր հաշտության ուխտ դնելու, բայց տարար և վատությամբ աքսորեցիր: Անամո՛թ...
Այդ խոսքերը վերաբերում էին Շապուհ արքային, որ նենգավոր խոստումներով հայոց թագավորին և հայոց սպարապետին Տիզբոն հրավիրեց:
Նա դարձավ դեպի Սամվելը:
— Իրավ է, իմ հայրը ամբողջ երեսուն տարի անընդհատ պատերազմեց Շապուհի զորքերի հետ և ամեն անգամ ջարդեց նրանց: Բայց պատերազմեց ազնիվ կերպով: Եթե Շապուհը փոքր ի շատե մարդավարություն ունենար, նա չպիտի մոռանար այն մեծահոգությունը, որ իմ հայրը ցույց տվեց նրան: Երբ նա հաղթված, խորտակված, փախչում էր իմ հոր առջևից, նրա ամբողջ բանակը և ամբողջ կանանոցը գերի ընկավ իմ հոր ձեռքում: Բայց հայրս նրա կանանցը պատվով և ժանվարներով ետ ուղարկեց պարսից արքունիքը: Այդ բոլորը մոռացավ նա: Դավաճանեց յուր երդմանը և խաբեց... Վա՛տ մարդ...
Այսպես, լի մաղձային դառնությամբ թափվում էին խոսքերը վշտացած երիտասարդի շրթունքներից, և նրա սիրտը բորբոքվում էր վրեժխնդրության բոցով: Նա զայրացած դեմքով վեր կացավ և, կանգնելով յուր հորեղբորորդու առջև, ասաց.
— Լսի՛ր, Սամվել, մենք մեր հայրերի զավակը չենք լինի, մենք պոռնիկորդի պիտի համարվինք, եթե այդ բոլոր անիրավությունները կմնան անպատիժ: Համբերության բաժակը լցվեցավ. թշնամին մինչև ծայրը հասցրեց յուր վատությունը...
Նա մի քանի քայլ անցավ սենյակի միջով, նկատեց, որ լուսամուտը բաց էր մնացած, փակեց և ցած թողեց վարագույրը: Անհնարին էր նայել այդ մարմնացած սրտմտության վրա, որի խոշոր աչքերից կրակ էր ցայտում,

որի շրթունքները դողում էին տենդային տապով: Գունաթափ էր այրական դեմքը, գունաթափ, որպես մարմարիոն: Նա կրկին կանգնեց Սամվելի առջև և, ուղիղ նրա թախծալի աչքերի մեջ նայելով, հարցրեց.

— Ինչո՞ւ ես լուռ, ինչո՞ւ չես պատասխանում:

— Դու ավելի բախտավոր ես, քան թե ես, Մուշեղ, — ասաց Սամվելը, — քո հայրը մի հերոս էր և հերոսի վախճան ունեցավ... Նա յուր ամբողջ կյանքը անցկացրեց, պատերազմելով հայրենիքի թշնամիների հետ, և վերջը յուր անբախտ թագավորից չբաժանվեցավ... Սուրհանդակը պատմում էր ինձ, թե ինչպես նա յուր բոլոր վեհությամբ կանգնած էր Շապուհի ատյանում և հանդիմանում էր ուխտազանց թագավորի խաբեությունը: Ամբողջ ատյանը և ինքը թագավորը զարմացած էին մնացել նրա համարձակության վրա: Բայց ես անբախտ որդի եմ: Իմ հա՛յրը, արժանավոր հարազատի անարժան եղբայրը դավաճանեց յուր հայրենիքին, դավաճանեց յուր թագավորին: Այժմ, Շապուհի ձեռքում մի անարգ գործիք դարձած, գալիս է ծածկելու հայրենի երկիրը հրով և արյունով... գալիս է ոչնչացնելու այն եկեղեցիները, որոնց մեջ ինքը մկրտված է և որոնցից շատերը յուր նախնիքն են կառուցել... գալիս է մեզ ստիպելու, որ պարսկերեն աղոթենք և պարսից աստվածներին երկրպագենք...

Արտասուքը թույլ չտվեց նրան ավարտել յուր խոսքերը, երկու ձեռքով բռնեց աչքերը և սկսեց դառն կերպով հեկեկալ: Նա չուներ Մուշեղի խստասրտությունը և ոչ նրա ամուր բնավորությունը: Նրա սիրտը այնքան քնքուշ էր և նրա զգացմունքները այնքան նուրբ էին, որ ամենաթեթև պատահարներն անգամ սաստիկ ազդում էին նրա վրա: Բայց Մուշեղը ուշադրություն չդարձրեց նրա արտասուքի վրա և կատաղությամբ գոչեց.

— Այո՛, քո հայրը դավաճանեց... և Մամիկոնյանների տոհմի վրա մի մեծ բիծ դրեց... պետք է մաքրե՛լ այդ բիծը...

Նա երեսը շուռ տվեց, և նրա աչքին ընկավ յուր պապի՝ Վաչեի պատկերը, որ քարշ էր ընկած պատից: Մի քանի րոպե կանգնեց պատկերի առջև, խորին պատկառանքով նայում էր նրա վրա: Հետո դարձավ դեպի Սամվելը և, ձեռքը մեկնելով դեպի պատկերը, խոսեց.

— Երբ այդ հերոսը ընկավ պատերազմի դաշտում, այն արյունահեղ կռվի մեջ, որ մղում էր պարսիկների դեմ, այդ ժամանակ հայոց ամբողջ աշխարհը սուգի մեջ մտավ: Լաց էր լինում թագավորը, լաց էր լինում զորքը, լացում էին և շինականները: Նրա թաղման հանդեսում հայոց մեծ քահանայապետ Վրթանեսը, Գրիգոր Լուսավորչի որդին, յուր ճառի մեջ այդ խոսքերով մխիթարեց ժողովրդին.

«Մխիթարվեցե՛ք Քրիստոսով, դա մեռավ, բայց՛ յուր մահվամբ անմահացավ: Որովհետև դա յուր անձը զոհեց մեր աշխարհի, մեր եկեղեցիների և մեր աստվածազգործ կրոնի համար: Դա մեռավ, որպեսզի մեր աշխարհը, գերի դառնալով, չքանդվի, որպեսզի սուրբ եկեղեցիների կարգը չխանգարվի և մեր տաճարների սրբությունները անօրենների ձեռքը չընկնեն: Եթե մեր թշնամիները տիրելու լինեին մեր աշխարհին, անշուշտ իրանց անաստված կրոնը կհաստատեին այնտեղ: Իսկ այդ բարեպաշտ նախատակը դրա համար պատերազմեց, որ չարությունը հալածե, հեռացնե մեր աշխարհից, և դրա համար նա մեռավ, որ մեր աստվածասեր երկրում անօրենությունը մուտք չգործե: Քանի որ կենդանի էր դա, միշտ արդար վաստակով պատերազմեց, իսկ յուր մեռնելու ժամանակ՝ յուր անձը զոհեց տերի ճշմարտության համար և նրա հոտի փրկության համար: Նա՛, որ յուր հայրենիքի, յուր եղբայրների և յուր սուրբ եկեղեցու համար յուր անձը չխնայեց, նա՛, կրկնում եմ, դասակից կլինի Հիսուս Քրիստոսի նախատակների հետ: Արդ, լաց չլինենք այդ մեծ կորուստով, այլ հարգենք հանգուցյալի անձնազոհությունը, օրենք դնելով մեր աշխարհում, որ դրա քաջության հիշատակը, հավիտենից հավիտյան, Քրիստոսի սուրբ նախատակների հետ, անխափան տոնվի մեր եկեղեցիներում»:

Վերջացնելով այդ ճառը, որ Մամիկոնյանները անգիր գիտեին, որ նրանց ուխտի ավանդական հանգանակն էր, Մուշեղը ավելացրեց.

— Հայոց եկեղեցին յուր սուրբ սեղանի վրա, պատարագի ժամանակ, յուր նախատակների թվում հիշում է և մեր պապին. բայց այսուհետև նույն եկեղեցին անեծք կկարդա նրա անարժան թոռան վրա...

— Եվ դա իմ հա՛յրն է... — գոչեց Սամվելը ողբալի ձայնով:

Մուշեղը պատասխանեց.

— Հայրենիքի թշնամին, հայրենիքի դավաճանը ոչ քո հայրը կարող է համարվել, և ոչ իմ հորեղբայրը: Այսուհետև նա մեզ համար օտար է և ավելի օտար, քան թե մի պարսիկ: Համաձա՞յն ես, Սամվել:

— Բոլորովին:

— Տո՛ւր ինձ ձեռքդ:

Սամվելը մեկնեց յուր դողդոջուն ձեռքը:

— Վճռված է... — ասաց Մուշեղը և նստեց նրա մոտ: — Այժմ խորհենք, թե ի՛նչ պետք է անել:

Երկար երկու կողմից ևս տիրում էր լռություն:

— Լսի՛ր, Սամվել, — խոսեց Մուշեղը, — երբեք Հայաստանը այսպիսի ճգնաժամի մեջ չէ գտնվել, որպես այժմ: Թագավորը աքսորված է, հայրապետը աքսորված է, իմ հայրը՝ սպարապետը աքսորված է: Թշնամիները այդ անտերությունից կարող են ամեն տեսակ օգուտներ քաղել: Ներքին երկպառակությունը ավելի մեծ վտանգ է սպառնում, քան թե արտաքին թշնամին: Իմ ստացած տեղեկությունների համեմատ, մեր նախանգներից, մեր գավառներից շատեր ապստամբվել են, մտածում են թոթափել հայոց թագավորի լուծը: Ապստամբվել է Աղձնյաց բդեշխը և, Ձորո կոչված ահագին պարիսպը կառուցանելով, յուր աշխարհը բաժանել է մեր երկրից: Ապստամբվել է Նոր-Շիրականի բդեշխը: Ապստամբվել են՝ Մահկեր տան, Նիհորական, Դասընտրեի բդեշխները: Ապստամբվել է Գուգարաց բդեշխը: Ապստամբվել են՝ Ձորոց գավառի տերը, Կողբա գավառի տերը և Գարտմանաձորի տերը: Ապստամբվել են՝ Արցախի ամուր գավառը, Տմորյաց ամուր գավառը, Կորտրյաց ամուր աշխարհը և Կորդվաց գավառի տերը: Ապստամբվել են՝ ամբողջ Ատրպատականը, Մարաց ամուր աշխարհը և Կասպից աշխարհը: Ապստամբվել են նաև Անձտյաց և Մեծ

Ծոփաց իշխանները: Պարսից սահմանակիցները բռնել են պարսից կողմը, իսկ Հունաց սահմանակիցները բռնել են հունաց կողմը:

Սամվելը, որ խորին վրդովմունքով լսում էր այդ բոլորը, ընդհատեց Մուշեղի տեղեկությունները, բացագանչելով.

— Անիրավնե՛ր, նրանք, որ մեր հայրենիքի կողմնակալներն ու սահմանապահներն են, այժմյան ընդհանուր ճգնաժամի ժամանակ, փոխանակ պաշտպանելու երկիրը արտաքին թշնամիներից, նախ իրանք են լինում, որ ապստամբվում են և բարեկամական ձեռք են մեկնում թշնամուն: Այլևս ի՞նչ է մնում մեզ, երբ գլխավոր ուժերը ապստամբվել են...

— Մեզ մնում է ժողովուրդը, — պատասխանեց Մուշեղը խրոխտալի ձայնով: — Թշնամին մի մեծ սխալ գործեց, և մենք այդ սխալից կարող ենք օգուտ քաղել: Թշնամին դիպավ ժողովրդի ամենա սրբազան զգացմունքներեն — նրա եկեղեցուն: Եթե քո հայրը և Մերուժան Արծրունին ճանաչած լինեին հայի սիրտն ու հոգին, նրանք պետք է ձեռնամուխ չլինեին դեպի եկեղեցին, այն ժամանակ, գուցե, կարող էին նվաճել Հայաստանը: Իսկ այդ ձեռնարկության մեջ, ես վստահ եմ, որ նրանք անպատճառ տանուլ կտան:

— Բայց ժողովուրդը դեռ ոչինչ չգիտե:

Այդ դեպքում հոգևորականությունը մեր զորեղ դաշնակիցը կլինի: Դու, Սամվել, ավելի մոտ հարաբերություններ ունես Աշտիշատի վանքի հետ, էգուց, առանց ժամանակ կորցնելու, կգնաս այնտեղ և ինչ որ պետք է, կկարգադրես: Իսկ ես իմ կողմից բոլոր վանքերը մարդիկ կուղարկեմ:

— Բայց ես չգիտեմ՝ ինչպե՞ս վարվեմ իմ մոր հետ: Նա բոլորովին կաշկանդել է ինձ:

— Քո մայրը, Սամվել, մի սարսափելի կին է. նա կարող է շատ բան փչացնել, եթե նրա հետ զգուշությամբ չվարվես:

— Որպեսի՞ զգուշությամբ:

—Դու պետք է քեզ այնպես ձևացնես, որ կամակից ես նրա հետ:

— Ուրեմն ես պետք է կեղծավորվե՞մ: Դա շատ ծանր կլինի ինձ համար:

— Առայժմ ուրիշ ճար չկա:

Է

ՊԱՏՐՎԱԿ

Առավոտյան, չնայելով որ օրից բավական անցել էր, բայց Սամվելը դեռ չէր դուրս եկել յուր քնարանից: Գիշերը նա շատ ուշ վերադարձավ Մուշեղի մոտից և անկողին մտավ համարյա լուսաբացին: Պատանի Հուսիկը արդեն մի քանի անգամ մոտեցել էր նրա քնարանի դռանը, ականջը անհամբերությամբ տարել էր կողպեքի մոտ, և երկար, զգուշությամբ լսել էր յուր տիրոջ շնչառության ծանր հառաչանքները: «Չլինի թե հիվանդ է»... մտածեց նա վերջին անգամ, և բարեսիրտ պատանու պայծառ դեմքը մռայլվեցավ խորին տխրությամբ:

Նրա դուրս գնալուց հետո ընդունարանը ներս մտավ մի ծերունի, չոր ու ցամաք, որպես կմախք: Մորուքի և գլխի ճերմակ մազերի միջից դուրս էր նայում նրա մագաղաթի գույնով սառն դեմքը, որ յուր խոշոր գծերով արտահայտում էր մի ամուր բնավորություն: Թե ինչո՞ւ համար մտավ նա, ինքն էլ չգիտեր, բայց շուտով յուր համար գործ գտավ: Մոտեցավ սենյակի այս և այն առարկային, նայեց, զննեց, մեկը վեր առեց, մյուսի տեղը դրեց, մյուսը առաջինի տեղը դրեց: Մոտեցավ անկյուններում դրած նիզակներին, աշտեներին, մեկը վեր առեց, այս անկյունից այն անկյունը տարավ, այնտեղինը այստեղ բերավ, դրեց, նայեց, տեսավ, որ փոքր-ինչ ծուռն էր կանգնած, ուղղեց, և դարձյալ շարունակեց նայել: Ահա այդ տեղափոխություններով էր զբաղված, երբ պատանի Հուսիկը կրկին ներս մտավ, և նրա ձեռքը բռնելով, ասաց.

— Այդ ի՞նչ քո գործն է: Էլի եկար ամեն բան խառնելու:

— Ս՛ու, լակո՛տ — պատասխանեց ծերունին և ձեռքով այնպես սաստիկ հրեց նրան, որ եթե Հուսիկը կատվի առաձգական ճարպկությունը չունենար, կարող՝ էր ծեփի նման թիվել հատակի վրա:

—Կամա՛ց, սիրելի Արբակ, — զգուշացրեց պատանին, — մեր տերը քնած է:

— Քնա՛ծ է, — կրկնեց ծերունին ծաղրական ձայնով, — քնած է, կզարթնի, հիմա ո՞վ է քնում:

Եվ իրավ, ընդունարանի աղմուկը զարթեցրեց Սամվելին:

Ծերունի Արբակը Սամվելի դայակն էր. երեխայությունից սնուցել էր նրան յուր բազուկների վրա. այդ էր պատճառը նրա չափազանց ընտանության: Նա մի հին զինվոր էր, զինվորի կոշտ և մաքուր սրտով: Մինչև այդ հասակը նա դեռ պահպանել էր յուր վաղեմի քաջազնական հոգու թարմությունը: Սամվելը հարգում էր այդ մարդուն, հարգում էր նրա ծերությունը, հարգում էր և նրա անծերանալի արիությունը: Այդ հասակում ևս նրա նետը երբեք չէր վրիպում նպատակից. այդ հասակում ևս նա խիստ հաջողակ ձեռք ուներ: Դեռ պատանեկության հասակից կրթում էր նա Սամվելին որսորդության և զանազան զինվորական մարզությունների մեջ. սովորեցնում էր վազել, լայն վիհերի վրայից թռչել, ձիարշավ լինել և խստերախ նժույգներին սանձահարել: Սովորեցնում էր նետաձիգ լինել և նետերով երկաթյա զրահներ պատառել: Այդ փորձերը նա անել էր տալիս պղնձյա տախտակների վրա: Սովորեցնում էր սրի մի հարվածով մարդկանց գլուխը թռցնել, կամ նրանց մեջտեղից կես կիսել: Այդ փորձերը նա անել էր տալիս անասունների վրա: Սովորեցնում էր քաղցի ու ծարավի դիմանալ և գիշերը առանց անկողնի բացօթյա տեղում պառկել: Մի խոսքով սովորեցնում էր այն բոլոր մարզությունները, որ այդ ժամանակ ընդունված էին նախարարների որդիների կրթության համար, և որոնք անհրաժեշտ էին լավ մարդ և լավ զինվոր լինելու համար: Սամվելի դայակի բարոյական կրթության ծրագիրը շատ սահմանափակ էր: Նա բովանդակում էր յուր մեջ մի քանի հիմնական խրատներ միայն. սուտ չխոսել, տված խոստմունքը կատարել, ողորմած լինել դեպի տկարները, հավատարիմ լինել թագավորին և հայրենիքին, սակավապետ լինել և ժուժկալ: Իսկ ավելի ընդարձակ բարոյական և հոգևոր կրթությունը հանձնված էր առանձին վարժապետների, որ միևնույն ժամանակ սովորեցնում էին նրան կրոն, լեզուներ և դպրություն: Այդ վարժապետները հրավիրվում էին ամրոցը մերձակա Աշտիշատի վանքից:

Արբակը շատ համեստ մարդ էր, սիրում էր, որ ուրիշները խոսեին յուր մասին, բայց երբեմն, երբ բարկացնում էին նրան, նա հարևանցի կերպով հիշեցնել գիտեր յուր տոհմային ազնվականությունը, ասելով, «Ինձ խո պատի տակից չեն գտել»... Խիստ հաճախ սովորություն ուներ խոսել այն ճակատամարտի մասին, թե ի՛նչպես պարսիկները կտրեցին Եփրատի նավակամուրջը, արգելեցին Հուլիանոսի անցքը, իսկ իրանք պարսիկներին վանելով, Հուլիանոսի համար ճանապարհ բաց արին: «Ա՜խ, եթե ես գիտենայի որ Հուլիանոսը այնպես վատ մարդ էր»... միշտ այդ խոսքերով էր եվրջացնում յուր պատմությունը:

Պատմիր Արբակին ամեն տեսակ պատերազմական հրաշալիքներ, նա քեզ կպատասխաներ. «Ա՜յ, այն ժամանակ, երբ մենք կռվում էինք Եփրատի մոտ»... և կսկսեր նավակամուրջի պատմությունը: Նա մոռանալ չէր կարող ուրացող կայսրի վարմունքը յուր թագավորի՝ Տիրանի հետ, որ պատճառ դարձավ հայոց մի հզոր քահանայապետի մահվանը:

Սամվելը դուրս եկավ քնարանից և, տեսնելով այնտեղ Արբակին, ողջունեց, ասելով.

— Բարով, Արբակ, ի՞նչ կա:

— Քո ողջությունը, — պատասխանեց ծերունին, նստելով հատակի վրա տարածված օթոցի վրա:

Նա չէր սիրում նստել բարձր բազմոցի կամ գահավորակի վրա, համարելով այդ մի ծիծաղելի սովորություն: «Փայտե ձի են նստում, որ երբեք չէ շարժվում» — մի այդպիսի հանելուկի ձև էր ստացել նրա բերանում այդ սովորությունը:

— Լավ է, որ եկար, Արբակ, — ասաց Սամվելը. — ես այս առավոտ կամենում եմ որսի գնալ:

Ծերունին ժպտալով պատասխանեց.

— Որսի գնացողի՛ն նայեցեք... որսի գնացողը հիմա՞ է վեր կենում... արևը հինգ ջիդայից ավելի բարձրացել է:

Այսինքն՝ նիզակի հինգ երկարությամբ բարձրացել է հորիզոնի վրա: Նիզակը մի չափ էր Արբակի համար, որ ամեն տարածություն անխտիր նրանով էր չափում:

Դայակի հանդիմանությունը իրավացի էր. նախ, որ Սամվելը երբեք սովորություն չուներ այնպես ուշ վեր կենալու. երկրորդ, որ որսի էին գնում դեռ արևը չծագած:

Նա արդարացրեց իրան, ասելով, որ գիշերը շատ ուշ քնեց, երկար

անհանգիստ էր, և լուսաբացին միայն քունը տարավ: Բայց այդ բոլոր պատճառները ոչինչ համոզել Արբակին չկարողացան: Նա մնաց այն կարծիքի մեջ, թե երբ մի երիտասարդ գիշերը քնել չի կարողանում, նա անպատճառ մի որևիցե «սատանայություն» կունենա, և այդ, Արբակի հայացքով, շատ անվայել էր:

Արբակը սովորել էր նայել Սամվելի վրա, որպես մի երեխայի վրա, որը մի ժամանակ մոռանում էր մոր տված թաշկինակով քիթը սրբել: Նա բնավ հաշտվել չէր կարողանում այն մտքի հետ, թե այն երեխան աճել էր, մեծացել էր, և յուր կամքը ու ցանկություններն ուներ: Թեև Սամվելը վաղուց դուրս էր եկել նրա հոգաբարձության տակից, բայց պահպանելով ծերունու պատիվը, երբեմն նրա խորհրդին էր դիմում: Բայց երբ Արբակի խորհրդին էին դիմում, այդ միջոցում նա շատ խստապահանջ էր դառնում:

Վերջապես, զիջանելով յուր սանիկի թախանձանքին, ասաց նա.

— Հիմա որ գնում ես, ես կպատվիրեմ կարմիր ձին պատրաստեն:

— Ինչո՞ւ կարմիրը, Արբակ, դու գիտես, որ ես ճերմակն եմ սիրում, — հակառակեց Սամվելը:

— Ճերմակը դեռ նստելու չէ, — պատասխանեց Արբակը գործագետ մարդու եղանակով — այդ անիրավը, որպես տեսնում եմ, խելքի գալու միտք չունի. նա մի օր քեզ փորձանքի մեջ կձգի:

Սամվելը ընդունեց ծերունու խորհուրդը, միայն խնդրեց, որ երկու ծառայից և երկու բարակից ավելի չլինի յուր հետ: Այդ ցանկությունը խիստ օտարոտի երևաց Արբակին, որովհետև նա, ինչ որ որսորդության էր վերաբերում, այդ սովորություններին ու կարգերին սաստիկ նախանձախնդիր էր: Ամեն անգամ, երբ Սամվելը որսորդության էր գնում, նրան ուղեկցում էին տասն-քսան ձիավորներ և նույնքան շներ: Մի քանի օր առաջ իշխան ազնվականների որդիները հրավեր էին ստանում մասնակցելու որսորդությանը: Եվ վերջապես, որոշվում էր տեղը, ժամանակը, ուր կանխապես նախապատրաստություններ էին տեսնում: Իսկ այս առավոտ հանկարծ Սամվելի խելքին փչում էր որսի գնալ, այն ևս երկու ձիավորով: Ի՞նչ կմտածեին տեսնողները: Դա անվայել չէ՞ր լինի: Բայց Սամվելը հանգստացրեց ծերունուն, ասելով, թե ավելի մի թեթև զբոսանք կատարելու ցանկություն ունի, քան թե որսորդության, որովհետև իրան վատ է զգում և կամենում է փոքր-ինչ զվարճանալ:

Ամրոցում արդեն գիտեին սպարապետի վերադարձը Տիզբոնից, իհարկե, ոչ այն մանրամասներով, որպիսի լուրեր բերեցին վերջին երկու սուրհանդակները: Սամվելը կամեցավ գիտենալ, թե ի՛նչ տպավորություն էր գործել այդ համբավը ծերունու վրա:

— Դու գիտե՞ս, Արբակ, որ հայրս գալիս է, և գալիս է հայոց սպարապետի պաշտոնով:

Ծերունին փոխանակ պատասխանելու, ձեռքը տարավ դեպի գլուխը, ճակատը շփեց, կարծես թե դժվարանում էր պատասխան գտնել:

— Ինչո՞ւ չես խոսում:

— Այդ բանից լավ հոտ չէ գալիս... — պատասխանեց պարզախոս

ծերունին, և այժմ ավելի պինդ կերպով սկսեց շփել յուր ճակատը:

— Ինչո՞ւ, Արբակ, այդ ի՞նչ ասելու բան է, — հարցրեց Սամվելը իրան վիրավորված ձևացնելով:

Ծերունին ձեռքը տարավ դեպի ճերմակ մորուքը և բռնելով, ասաց,

— Այդ մազերից ամեն մեկը մի փորձանքի մեջ է սպիտակել, Սամվել... ես շատ բան եմ տեսել և շատ բան եմ փորձել...

Նա լռեց, այլևս ոչինչ չասաց, բայց նրա վշտալի դեմքը շատ բան ասաց Սամվելին: Ծերունին, իհարկե, չգիտեր, թե որպիսի՜ չար հանձնարարություններ ստացած ուներ Սամվելի հայրը Շապուհ արքայից, որ պետք է կատարեր յուր հայրենիքում: Բայց նրան անհանգստացնում էր այն աղոտ կասկածանքը, թե ինչու՞ հայոց սպարապետությունը Սամվելի հորը տվեցին, քանի որ այդ պաշտոնը տոհմային օրենքով վայելում էր նրա երեց եղբայրը՝ Վասակը, կամ ի՞նչ իրավունքով պարսից Շապուհ արքան ձեռնամուխ էր լինում այն կարգադրությունների մեջ, որ հայոց թագավորի իրավունքից միայն կախումն ունեին: Այդ կասկածները արտահայտեց ծերունին, երբ վեր կացավ և, յուր քայլերը ուղղելով դեպի սենյակի դուռը, ասաց դառնացած ձայնով.

— Ես շատ ուրախ կլինեի, երբ մեր տերը յուր թագավորի հետ կվերադառնար Տիզբոնից և ոչ թե Մերուժան Արծրունու հետ...

Նա դուռը սաստիկ բախեց յուր ետևից և մրթմրթալով անցավ նախասենյակից:

Արբակի վրդովմունքը սաստիկ ազդեց Սամվելի վրա: «Որպիսի՜ սուգ պետք է տիրե ամրոցում, երբ գործի իսկությունը բոլորովին հայտնի կլինի, — մտածում էր նա, — ոչ ոք, բացի իմ մորից, գոհ չպիտի մնա իմ հոր վարմունքից... Նա կբերե յուր հետ աղմուկ, կռիվ, նախանձ, ատելություն յուր տան մեջ... »:Բոլոր խոսակցության ժամանակ Հուսիկը, ոտքի վրա կանգնած, լսում էր: Նա ոչ Արբակի ճերմակ մորուքն ուներ և ոչ նրա փորձերը: Բայց նա ևս մի բան զգում էր, թեև բացատրել չէր կարողանում, թե ինչո՞ւ յուր տերը, հոր գալուստը լսելով, փոխանակ ուրախանալու, միշտ տխուր էր:

Այս առավոտ, կարծես, կորցրել էր նա յուր սովորական զվարթությունը և գտնվում էր մի տեսակ մելամաղձության մեջ: Սամվելը նկատեց այդ և կարեկցությամբ հարցրեց...

— Ի՞նչ կա, Հուսիկ, ինչո՞ւ ես այդպես լուռ:

Պատանին զգուշությամբ նայեց յուր շուրջը և, մի քանի քայլ մոտենալով Սամվելին, հազիվ լսելի ձայնով ասաց...

— Գիտե՞ս, տեր իմ, ինչ իմացա...

— Ի՞նչ իմացար, — հետաքրքրությամբ հարցրեց Սամվելը:

— Այն մարդը այս գիշեր դարձյալ եկել էր տիկնոջ մոտ:

— Ո՞ր մարդը:

— Սուրհանդակը, որ մեծ տերից նամակ էր բերել:

— Քեզ ո՞վ ասաց:

— «Նա» ասաց:

— Նվա՞րդը:

— Այո՛, Նվարդը: Ասաց, որ գիշերից բավական անցել էր, երբ ներքինի Բագոսը բերեց նրան տիկնոջ սենյակը: Մինչև այդ ժամանակ տիկինը նստած սպասում էր: Հետո սենյակի դռները կողպեցին, առանձնացան, սկսեցին երկար ու երկար խոսել:

— Ի՞նչ խոսեցին:

— Նվարդը բոլորը լսել չէր կարողացել. ասում էր, որ շատ կամաց էին խոսում, միայն դռան ճեղքից տեսել էր, որ տիկինը հանձնում էր նրան զանազան նամակներ: Նա պետք է շատ տեղեր գնար, շատ երկրներից անցներ, շատ մարդկանց հետ տեսնվեր, և այն նամակները պետք է հասցներ նրանց:

— Այն տեղերի կամ այն մարդկանց անունները Նվարդը չասա՞ց քեզ:

— Ես հարցրի, Նվարդը չէր հիշում, ասում էր, որ անծանոթ անուններ էին, չկարողացա մտքումս պահել: Միայն այսքանը լսել է, որ տիկինը խստիվ պատվիրում էր սուրհանդակին, որ առանց մի րոպե կորցնելու, աշխատե երկու շաբաթվա ընթացքում բոլոր տեղերից անցնել և բոլոր նշանակած մարդկանց հետ տեսնվել:

— Այդ մարդկանց և ո՛չ մեկի անունը չէր հիշում:

— Հա՛, մոռացա, մեկի անունը հիշում էր: Նա ասաց, որ տիկինը պատվիրեց, որ սուրհանդակը գնա ամենից առաջ «արևորդիների» քրմապետ Վարազդատի մոտ:

Այդ անունը լսելով, Սամվելը իսպառ գունաթափվեցավ: Միայն այդ անունը բավական էր Սամվելին գաղափար տալու յուր մոր վտանգավոր ձեռնարկությունների մասին: Տարոնում մինչև այդ ժամանակ դեռ գոյություն ուներ հին արևապաշտությունը: Նրա հետևողներին նոր անունով կոչում էին «արևորդիք»: Նրանք ազգով հայ էին, բայց քրիստոնյա հայերի հալածանքից վախենալով, թեև առերես իրանց քրիստոնյա էին ձևացնում, բայց գաղտնի կերպով պաշտում էին հին կրոնը, և որպես նեղված ու հալածված մի հասարակություն, միշտ մի հարմար առիթի էին սպասում ապստամբվելու: Իսկ այժմ առիթը ներկայանում էր: Մամիկոնյան տիկինը, Տարոնի տիրուհին, ավետիս էր ուղարկում նրանց քրմապետին և հրավիրում էր աջակցել իրան: Եվ ովքե՞ր, եթե ոչ «արևորդիները», ցույց կտային ամեն պատրաստակամություն ընդունելու տիկնոջ հրավերը: Նրա ամուսինը, Տարոնի տերը. գալիս էր Տիզբոնից ոչնչացնելու քրիստոնեությունը և բերում էր յուր հետ պարսից արևապաշտությունը: Եվ ովքե՞ր, եթե ոչ «արևորդիները», գրկաբաց կընդունեին նրան: Իսկ «արևորդիների» թիվը Տարոնում, մանավանդ Միջագետի սահմաններում, փոքր չէր: Ուրեմն, հողը պատրաստ էր, որի վրա Սամվելի մայրը արդեն սկսել էր սերմանել ներքին երկպառակության սերմերը:

Այդ բոլորը պարզ էր Սամվելի համար:

Այդ առավոտ մոր սուրհանդակը ճանապարհ ընկավ դեպի «արևորդիների» քրմապետը: Իսկ ինքը, որսորդության պատրվակով, պատրաստվում էր ճանապարհ ընկնել դեպի Աշտիշատի վանքը՝ Հայաստանի Մայր եկեղեցին: Այնտեղ էին կենտրոնացած քրիստոնեության նշանավոր ուժերը: Գնում էր ազդարարելու տեղային հոգևորականությանը գալոց վտանգի մասին, գնում էր հորդորելու նրանց, որ նրանք ևս իրանց կողմից պատրաստվին հուզելու քրիստոնյա ժողովուրդը: Երկու համացեղ, համազգի հայ հասարակությունների կրոնական ներկայացուցիչները պետք է մրցեին, պետք է մաքառեին միմյանց հետ: Մեկի նախաձեռնությունը տալիս էր մայրը, մյուսինը — որդին:

Ընդունարանից մի դուռ բացվում էր դեպի հանդերձատունը, որ այլ անունով կոչվում էր «պատմուճանաց տուն»: Այնտեղ պատուհաններում, մեծ և փոքր կապոցների մեջ, դրած էին Սամվելի զգեստները: Իսկ սամույրի մուշտակները և զանազան վերարկուները, հարմարացրած տարվա եղանակներին, քարշ էին տված ավելի ընդարձակ պատուհաններում և ծածկված էին վարագույրներով: Առանձին տեղ էին բռնում նրա զինվորական և որսորդական հագուստները: Բոլորը թանկագին, բոլորը զարդարած ոսկով ու արծաթով: Սամվելը մտավ այնտեղ և հագավ յուր որսորդական կարճ ու թեթև զգեստը: Այդ զգեստի մեջ նրա գեղակազմ իրանը ներկայանում էր յուր բոլոր շքեղությամբ:

Իսկ Հուսիկը այդ միջոցում զբաղված էր մի այլ սենյակում, որի դուռը բացվում էր հանդերձատան միջից: Այդ սենյակը իշխանի զանձարանն էր: Այստեղ պահվում էին նրա՝ թե յուր անձնական, և թե յուր ձիաների՝ թանկագին զարդերը: Բայց Հուսիկը ընտրեց ձիաների ասպազենքից ամենահասարակը միայն, որովհետև յուր տերը որսորդության էր գնում: Ավելի փառավորները պահված էին հանդիսավոր օրերի համար:

Երբ Սամվելը պատրաստ էր, Հուսիկը վեր առեց ասպազենքը և յուր տիրոջ ետևից գնալով, երկուսը միասին դիմեցին դեպի իշխանական ասպաստանը (ախոռատունը):

Ասպաստանը գտնվում էր ամրոցից դուրս, մի առանձին շինվածքի մեջ, որը յուր գեղեցկությամբ համարյա մի ապարանք էր, միայն նժույգների ապարանք: Այնտեղ ապրում էր և իշխանական շների բազմությունը: Այնտեղ պահվում էին և որսորդական բազեների զանազան տեսակները: Երբ իշխանը ներս մտավ ասպաստանի ընդարձակ, քառակուսի բակի մեծ դռնից, ծառաները հեռվից նկատեցին նրա գալուստը և շտապեցին ախոռապետին իմացում տալու: Իսկույն հայտնվեցավ նա և, ընդառաջ գալով մինչև մոտենալը, մի քանի տեղ կանգ առեց և հեռվից խորին կերպով գլուխ տվեց:

— Բարով, Ջավեն, — ողջունեց իշխանը:

Ախոռապետը կրկին լռությամբ գլուխ տվեց:

Բակում արդեն դուրս էին բերել կարմիր նժույգը, ծածկված գեղեցիկ չուլով, որի եզերքը զարդարած էին գույնզգույն, բրդեղեն ծոպերով: Մի ուժեղ ձիապան բռնած ուներ սանձից, բայց անհանգիստ, աշխուժով լի նժույգը չէր դադարում զանազան կատակներ անել յուր դարմանողի հետ. խրխնջում էր, հռհռում էր և, առջևի ոտները բարձրացնելով, ետևի ոտների վրա ծառանալով, կարծես կամենում էր փշրել յուր սանձահարողին սմբակների սաստիկ հարվածքի տակ: Բայց նա զորավոր ձեռքով զսպում էր ամեհի անասունին: Ձիապանների խումբը, շրջապատած ուրախ դեմքերով նայում էին այդ վտանգավոր մարզության վրա: Իսկ ծերունի Արբակը երբեմն մոտենում էր և, ձեռքով փայփայելով նժույգի գեղեցիկ պարանոցը, հայրական խրատներ էր կարդում, ասելով,

— Հանգի՛ստ, Եղնիկ, ինչո՞ւ խելոք չես կենում:

Սամվելը մոտեցավ և, նայելով նժույգի խաղերին, դարձավ դեպի Արբակը, ասելով.

— Դու արգելեցիր ինձ այսօր Ճերմակը նստել, բայց Եղնիկը նրանից շատ խելացի չէ:

— Ուրախությունիցն է այդպես անում, — պատասխանեց ծերունին և հրամայեց, որ ձեռքով փոքր-ինչ ման ածեն, մինչև հանգստանա, որ հետո թամբեն:

Ասպաստանը բաժանված էր զանազան մասերի. մի մասնում զետեղված էին իշխանական ջորիները, մյուս մասնում՝ ավանակները: Մի այլ տեղ՝ հասարակ ձիաները, իսկ այդ մասնում՝ ընտիր նժույգները: Սամվելը գնաց նժույգներին այցելելու: Ախոռապետը առաջնորդում էր նրան: Նրանք մտան երկար ասպաստանի մեջ, որի վերջը հազիվ էր երևում: Մսուրների վրա շարքով կապած էին նժույգները, մաքուր, առողջ, մինը մյուսից ավելի գեղեցիկ: Հարյուրից ավելի կլինեին նրանք: Նրանց զսպելու համար, մսուրների երկու կողմերի վրա ամրացրած երկաթյա հաստ օղակներից կապել էին յուրաքանչյուր նժույգի երասանակի երկճղի ծայրերը: Չբավականանալով այդ զգուշությամբ, ավելի չար, ավելի անհանգիստ նժույգների ետևի ոտները շղթայել էին, որ չհարվածեն միմյանց, թեև յուրաքանչյուրը բաժանված էր յուր ընկերից փայտյա ամուր վանդակապատով:

Սամվելը անցնում էր նրանց ետևից և մի առ մի զննում էր: Նրան միշտ մեծ բավականություն էր պատճառում, երբ մտնում էր այդ հարուստ ասպաստանը: Նա գիտեր բոլոր նժույգների անունները, ծագումը, տարիքը, և ծանոթ էր յուրաքանչյուրի բնավորության հետ: Ախոռապետը մի առանձին հաճությամբ պատասխանում էր յուր տիրոջ նկատողություններին, որ արտահայտում էին նրա խորին գոհունակությունը: Մի քանի նժույգների մոտեցավ նա և ձեռքով փայփայեց նրանց գլուխը: Այդ ավելի ուրախացրեց ախոռապետին, որպես ուրախանում է մի գթոտ մայր, երբ նրա աչքի առջև գովում են նրա սիրուն, կայտառ զավակներին:

— Ժամանակ է, կարծեմ, Զավեն, «խամից հանել» ձիաները, — ասաց Սամվելը: — Գուցե շուտով հարկավոր կլինեն...

— Հասկանում եմ, տեր իմ, — պատասխանեց ախոռապետը և նրա մազոտ դեմքի վրա երևաց մի բարեխիղճ ժպիտ: — Մեծ իշխանը գալիս է, երևի, ընդառաջ պիտի գնաք:

— Այո՛, և մեծ խումբով...

— Այդ ես գիտեի, և դրա համար հենց այսօրից սկսեցինք ձիաները «խամից հանել»: Այսուհետև ամեն օր կտանեն և մի քանի ժամ կմանածեն:

Դուրս գալով ասպաստանից, Սամվելը գտավ յուր ձին թամբած, պատրաստած, նստեց և ճանապարհ ընկավ:

Ը

ՈՐՍՈՐԴՈՒԹՅՈՒՆ

Կապարճը թիկունքին, աղեղը ուսին, երկար նիզակը ձեռին, նստած յուր սիրուն կարմիրի վրա, գնում էր Սամվելը այն ճանապարհով, որ տանում էր Ողական ամրոցից դեպի Աշտիշատի վանքը: Ուրախ նժույգը խաղում էր, ոստյուններ էր գործում, կրծոտում էր յուր սանձը, և մի քանի րոպեում նրա բերանը պատվեցավ սպիտակ փրփուրով: Բայց շուտով մեղմացավ նա, կարծես մի առանձին տխրությամբ զգալով, թե ինչո՛ւ յուր տերը չէ պատասխանում յուր զվարճություններին: Ամեն անգամ, երբ պատահում էր նրան՝ յուր տիրոջ հետ որսորդության գնալ, նա հազարումեկ փաղաքշանքով խրախուսում էր, քաջալերում էր նրան: Բայց այսօր ինչո՞ւ նա այնպես լուռ էր, ինչո՛ւ ոչինչ չէր խոսում: Այդ էր, որ տխրացրեց խելացի անասունին:

Նրա պչրանքից ոչինչ պակաս չէր, որ պատճառ տար վշտանալու նրան: Գլուխը զարդարած էր փոքրիկ, վարդագույն փունջերով, որ բռնված էին արծաթյա, զանգակաձև կոճակների մեջ: Պարանոցին կապած ուներ նույնպես արծաթյա փողապատը (ռաշմա), որի փոքրիկ փուլիկները, գլխի ամեն մի շարժման միջոցին, ախորժելի ձայներ էին հանում: Իսկ պարանոցի ներքին մասը զարդարած էր գույնզգույն հուլունքներով շարած մանյակով, որ վերջանում էր եռանկյունաձև թալիսմանով, որ ընկած էր ուղիղ լայն կուրծքի վրա: Այդ ապահովացնում էր նրա կյանքը չար աչքից կամ չար պատահարից: Ասպանդակները և թամբի դաշը շինված էին զուտ արծաթից, իսկ ամբողջ թամբը պատած էր ընձու մորթով:

Երկու միագույն բարակներ, թանկագին վզկապներով, վազում էին իշխանի առջևից, իսկ ետևից գալիս էին երկու զինակիրներ, որոնց յուրաքանչյուրի ձեռքի վրա նստած էր մի մի բազե:

Զինակիրները նույնպես զարմանում էին իշխանի լռության վրա, նկատելով, որ նա խորին ինքնամոռացության մեջ քշում էր յուր ձին, առանց հետաքրքրվելու յուր շրջակայքով, առանց հետաքրքրվելու և զանազան երևներով, որ ճանապարհին հաճախ հանդիպում էին նրանց: Ճանապարհը գնում էր մի ձորի միջով, որի աջ ու ձախ կողմերի լեռները պատած էին խիտ անտառով: Արևի պայծառ ճառագայթները չէին թափանցում ծառերի սաղարթախիտ ոստերի միջով, որոնք, ճանապարհի երկու կողմից մոտենալով, զրկվել էին, հյուսվել էին միմյանց հետ և կազմել էին մի կենդանի, կանաչազարդ կամար: Տեղ-տեղ լայնանում էր ձորը և նրանց առջև բացվում էին կանաչ, թավիշապատ մարգեր, սփռված գույնզգույն ծաղիկներով:

Քա՛ղցր էր թռչունների վաղորդյան աղմուկը, քա՛ղցր էր տերևների մեղմ սոսափյունը, և ավելի քաղցր մրմնջում էր լեռնային գետակը, որ շտապով վազում էր թփապատ ափերի միջով: Ամեն ինչ ազդում էր բերկրություն, ամեն ինչ շնչում էր կյանք և ուրախություն, միայն Սամվելի սիրտը ալեկոծվում էր խորին դառնությամբ: Քանի որ մտաբերում էր նա գալոց աղետները, չարիքը յուր բոլոր ընդարձակությամբ մեծանում էր նրա աչքում: «Ո՜վ գիտե, — մտածում էր նա, — գուցե շուտով կհասնի այն օրը, որ այդ գեղեցիկ անտառների խաղաղությունը կվրդովվի անհնարին խռովությամբ, մահվան հոտ կբուրե այդ սիրուն ծաղիկների անուշհոտության փոխարեն, և հարազատը հարազատի արյունով կներկե այդ կանաչազարդ հովիտները...»:

Կարծես երեներն ևս հասկանում էին, որ Սամվելը այսօր իրանց հետ գործ չպիտի ունենա, և ազատ, համարձակ անցնում էին նրա աչքերի առջևից: Ահա՜ խորամանկ վիթը կայծակի արագությամբ դուրս պրծավ գետեզերքի թուփերի միջից, կտրեց ճանապարհը և, մտնելով ծառերի մեջ, ցատկեց մամռապատ ապառաժի գլխին և այնտեղից հեգնական հայացքով սկսեց նայել իշխանի վրա: Բարակները նկատեցին նրա հանդգնությունը և հարցական դեմքով դարձան դեպի իրանց տերը: Երբ ոչինչ հրահանգ չստացան, վշտացած կերպով շարունակեցին իրանց թեթև գնացքը: Ահա՜ կաքավների աղմկալի երամը սրաթռիչ թևքերով խռովեց տիրող լռությունը: Մույգ-կապտագույն փոթորկի նման, շատ մոտից անցավ նաև մի ակնթարթում անհետացավ մերձակա ժայռերի մեջ: Բազեները, որ մինչև այդ րոպեն խաղաղ թառած էին զինակիրների ձեռքի վրա, տեսնելով այդ կարմրակտուց և կարմրոտիկ թռչունների համարձակությունը, իրանց լայն, սրածայր թևքերը թափահարեցին և, խիստ զայրագին թռիչք գործելով, կամենում էին իսկույն հետամուտ լինել: Բայց նրանց ոտքերից կապած մետաքսյա նարոտը թույլ չտվեց հարձակում գործել:

Արևը բավական բարձրացել էր. անտառի մեջ տիրում էր ախորժելի ջերմություն: Նախորդ օրվա հորդ անձրևից ծառերը լվացվել էին, մաքրվել էին և սքանչելի պչրանքով՝ փայլում էին իրանց կոկիկ տերևներով: Խոտերը ավելի կենդանի գույն էին ստացել, իսկ կանաչ մամուռը ավելի աճել էր և, փափուկ գորգի նման, ծածկում էր ծառերի, ժայռերի մերկությունը:

Անձրևը այդ անտառներում սաստիկ բարկացնում էր շինական կանանց: Նա լվանում էր տերևներից շաքարը, որ բնությունը դնում էր նրանց վրա: Նա ոչնչացնում էր երկնքի աստվածապարգև մանանան: Բայց այս անգամ նրանք վաղօրոք հավաքած ունեին իրանց պաշարը: Ահա այստեղ և այնտեղ ծառերի միջից երևում են փոքրիկ, ժամանակավոր տաղավարներ, հյուսած թարմ ոստերից: Նրանց մոտ մուխ է բարձրանում և դանդաղ, համրընթաց ամպիկներով տարածվում է օդի մեջ: Գեղջկուհի կարմրաշապիկ աղջիկները, կարմրաքող հարսիկները, նախշուն թիթեռների նման, ժիր կերպով պտտվում են կրակի շուրջը: Կրակի վրա եփ է գալիս մի մեծ կաթսա: Նրա մեջ լցնում են շաքարապատ տերևները, շաքարը լուծվում է ջրի մեջ, հետո տերևները դուրս ենածում, իսկ մնացած ջուրը եփ տալով՝ թանձրացնում են, և այդպես պատրաստում են բուսական մեղր կամ ռուփ: Բայց ավելի քնքուշ տերևները, որոնց վրա շաքարն ավելի հաստ խավ է կապել, ընտրում են, և այնպես դարսում են միմյանց վրա, հուպ են տալիս, պատրաստելով այն անուշահամ և անուշահոտ քաղցրավենիքը, որ կոչվում է գազպեն: Այդ առատությունները շինականներին խիստ բարերար կերակուր են մատակարարում, մանավանդ ձմեռային պահոց օրերում:

Սամվելն անցավ այդ տաղավարներից մեկի մոտով: Նկատելով իշխանին, մոտ վազեց մի մանկահասակ աղջիկ: Եթե այդ անտառների անմահ պարիկները նրա նման կարմիր շապիկ հագնեին, եթե նրա նման ծիածանի գույներով գոտի կապեին, և եթե իրանց գլխի երկար հյուսերը նրա նման պսակաձև կապեին ճակատի վրա, դարձյալ չէին կարող այնքան սիրուն և այնքան գրավիչ լինել, որպես այդ անմեղ գեղջկուհին: Տեսնելով նրան, Սամվելը ձիու գլուխը պահեց: Աղջիկը ամոթխած դեմքով մոտեցավ և ձեռքը մեկնելով, ասաց.

— Թող իմ տերը քաղցրացնե յուր բերանը:

Սամվելը ընդունեց գեղջկուհու ձեռքից գազպեի պլիթը, որ բոլորակ կարկանդակի ձև ուներ, և ճաշակեց հարցնելով.

— Այդ քո՞ պատրաստածն է:

Պատասխանի փոխարեն մանուկ աղջկա դեմքի վրա փայլեց մի քաղցր ժպիտ:

Սամվելը ընծայեց նրան մի քանի արծաթյա դրամներ, ասելով.

— Որովհետև դու այդպիսի շնորհալի աղջիկ ես և այդպես լավ գազպե ես պատրաստում, ահա՛ քեզ:

Աղջիկը դժվարությամբ ընդունեց նվերը և, գլուխ տալով, վազեց յուր ընկերուհիների մոտ:

Տեղային սովորության համեմատ, այդ հյուրասիրությունը նրանք ցույց էին տալիս ամեն մի ճանապարհորդի, որոնց պատահում էր անցնել նրանց տաղավարի մոտով:

Սամվելը բաժանեց ստացած նվերը յուր զինակիրներին:

Որքան արևը բարձրանում էր, այնքան ճանապարհի անցուդարձը ավելի կենդանություն էր ստանում, այնքան հաճախ պատահում էին քաղաքացիք, շինականներ, որոնք գնում էին դեպի զանազան կողմեր: Քաղաքացիք նստած էին ձիաների կամ ջորիների վրա, իսկ գյուղացիք գնում էին ոտով: Ոտով գնացողները, հենց որ տեսնում էին իշխանին, քաշվում էին ճանապարհի մի եզրում, կանգնում էին և, երբ նա մոտենում էր, խոնարհությամբ գլուխ էին տալիս, և այնքան սպասում էին, մինչև անցնում էր: Սամվելը բոլորի համար խոսք ուներ, բոլորին ողջունում էր և բոլորի առողջությունը հարցնում էր: Իսկ ձիաների կամ ջորիների վրա նստածները ցած էին իջնում երիվարներից, նույնպես դուրս էին գալիս ճանապարհից և խոնարհ դեմքով կանգնում էին իրանց գրաստների կողքին, երբ նա մոտենում էր, գլուխ էին տալիս: Այդ սովորությունը սաստիկ ատում էր Սամվելը, և այդ էր պատճառը, որ նա հեռվից ձեռքով նշան էր տալիս, որ չանհանգստացնեն իրանց: Բայց նրանք չէին դադարում արժանավոր հարգանքը մատուցանել իրանց երիտասարդ իշխանին:

Սամվելը շատ սիրված էր ժողովրդից: Նրա քաղցր ու մեղմ բնավորությունը, նրա անսահման գութն ու բարությունը՝ թե դեպի շինականը և թե դեպի քաղաքացին՝ նրա անձը պաշտելի էին կացուցել: Նա չուներ ուրիշ նախարարական տների մեծամիտ երիտասարդների ոչ անզգությունը, և ոչ արհամարհանքը, որոնց աչքում իրանց ազնվարյուն նժույգը, շունը, բազեն ավելի արժանավորություն ունեին, քան թե ռամիկը: Այդ էր պատճառը, որ շինականների մեջ մի տեսակ օտարոտի կարծիք էր կազմվել Սամվելի մասին. «Կարծես իշխան չլինի: — ասում էին նրանք, — ոչ ծեծում է և ոչ հայհոյում է»:

Դուրս գալով ձորից, ճանապարհը թեքվեցավ դեպի լեռնային զառիվայրը, և այստեղից բացվեցավ Սամվելի առջև Մուշի լայնածավալ դաշտը: Ներքևում, մթին, նվիրական ծառաստանի միջից, հազիվ երևում էին Աշտիշատի վանքի բարձր գմբեթները, իսկ վանքի մոտ տարածվում էր համանուն ավանը, որ ավելի մի փոքրիկ քաղաքի տպավորություն էր գործում: Այդ ավանը Մամիկոնյանների սեփականությունն էր:

Մի մարդ, երկար գերանդին ուսին դրած, դանդաղ քայլերով առջևից գնում էր դեպի ավանը: Նա եղանակում էր մի երգ, որի բառերը կլանվում էին զգացմունքի և ուրախ հնչյունների խորին հոսանքի մեջ: Նա այն աստիճան գրավված էր յուր երգով, որ բնավ չէր լսում յուր ետևից տրոփող սմբակների ձայնը, մինչև Սամվելը կոչեց նրան.

— Մալխա՛ս ...

Գյուղացին ետ նայեց և, տեսնելով իշխանին, ուրախ դեմքով մոտեցավ, մտերմաբար բռնեց նժույգի սանձից և կանգնեց նրա մոտ: Նրա այրական դեմքը, ամուր ազմվածքը արտահայտում էին մի անվաստակելի բնավորություն:

— Դու ինձ պետք ես, Մալխաս, — ասաց Սամվելը:

— Քո ծառան ահա յուր տիրոջ սպասումն է, — պատասխանեց գյուղացին:

— Այժմ ոչ, էգուց երեկոյան կգաս ամրոցը, ուղիղ ինձ մոտ:

Գյուղացին ի նշան յուր խոնարհության, գլուխը շարժեց:

Սամվելը անցավ: Գյուղացին դարձյալ շարունակեց յուր երգը:

Որսորդության պատրվակով դուրս գալով ամրոցից, այսօր թեև Սամվելը ոչինչ չորսաց, բայց նա պատահմամբ որսաց մի մարդ, որ իրան հարկավոր էր:

Թ

ԱՇՏԻՇԱՏԻ ՎԱՆՔԸ

Տարո՛ն, սրբավայր կրոնի և աստվածապաշտության: Տարո՛ն, բնազավառ հայոց աստվածների և աստվածուհիների: Ահա՛ կրկին երևաց վեհափառ Արածանին — հայոց սրբազան Գանգեսը: Յոթանասուն տարի առաջ այդ գետի ափերի մոտ դեռ ազատ, համարձակ արածում էին սպիտակ արջառները, որ նվիրված էին Անահիտ տաճարին: Յոթանասուն տարի առաջ այդ գետի ափերի մոտ դեռ զբոսնում էին հայոց դիցուհու եղջերուները, որոնց պարանոցները զարդարած էին ոսկյա օղամանյակներով: Այդ գետի ափերի մոտ մի ժամանակ տեսավ նրանց Լուկուլլոս հռովմայեցին և սքանչացավ:

Սամվելի աչքի առջևն էր այդ գետը: Սամվելն անցնում էր Քարքեի վրայով: Դեռ վաղեմի դիցանվեր անտառները հովանավորում էին այդ լեռան գեղեցիկ բարձրավանդակները: Եվ Սամվելի տխուր հիշողությունները թռչում էին դեպի անցյալը, դեպի ոչ այնքան հեռավոր անցյալը: Այդ անտառների մթության մեջ, այդ սքանչելի բարձրավանդակների վրա, կանգնած էին հայոց Հաշտից տաճարները: Այնտեղ Հայաստանը հաշտության զոհեր էր մատուցանում յուր աստվածներին: Կարծես, Սամվելը հենց այդ րոպեում տեսնում էր «Վիշապաքաղ» Վահագնի տաճարը — քաջության աստծո տաճարը, որ լցված էր հայոց թագավորների զանձերով: Նրա մոտ բարձրանում էր «Վահագնի սենյակը», որի մեջ կանգնած էր հայոց անպարտելի դյուցազնի գեղեցկուհին — «ոսկեձույլ» Աստղիկը: Տեսնում էր և «ոսկեմայր-ոսկեծին» Անահիտի տաճարը, որի մայրական խնամակալության ներքո Հայաստանը մի ժամանակ վայելում էր փառք և կենդանություն:

Այդ երեք մեծազանձ տաճարների խումբը ներկայացնում էր հայոց «Հաշտից տեղերը»:

Այնտեղ, հայոց տարեմուտին, Նավասարդ ամսի սկզբում, կատարվում էր ընդհանրական աշխարհախումբ տոնակատարությունը: Հայտնվում էր հայոց արքան, հայտնվում էր հայոց մեծ քրմապետը, հայտնվում էին և հայոց նախարարները: Արքան յուր ձեռքով բաց էր անում զոհաբերության մեծ հանդեսը, հարյուր սպիտակ ցուլ, ոսկեզօծ եղջյուրներով, զոհ մատուցանելով յուր աստվածներին: Նրա օրինակին հետևում էին բոլոր մեծամեծները:

Նոր տարին բերում էր յուր հետ և նոր կյանք: Հայաստանը այդ տոնախմբության ժամանակ պետք է ցույց տար յուր աստվածներին յուր անցյալ տարվա հառաջադիմության պտուղները: Վահագնը քաջություն էր պահանջում, Անահիտը՝ արհեստ, իսկ Աստղիկը՝ սեր և բանաստեղծություն:

Կատարվում էին հանճարի և քաջության մրցություններ: Բանաստեղծը յուր հորինած երգն էր երգում, երաժիշտը ածում էր յուր բամբիռի վրա, ըմբիշը յուր բազուկների ուժն էր ցույց տալիս, իսկ վարպետը՝ յուր գեղարվեստի արդյունքը: Լինում էին զինախաղեր, լինում էին մենամարտություններ, քաջը քաջի հետ և մարդը՝ կատաղի ցուլի կամ գազանի հետ: Լինում էին արշավանքներ՝ ձիաներով, կառքերով, կամ ոտով՝ արագավազ եռջերուների հետ: Հաղթողը ստանում էր այն վարդյա պսակներից մեկը, որոնցով զարդարված էր լինում Աստղկա վարդերով վառված տաճարը: Այդ պատճառով այդ տոնախմբությունը կոչվում էր Վարդավառի տոնախմբություն:

Նոր տարին բերում էր յուրր հետ և նոր կյանք: Հին տարին անցնում էր: Պետք էր քավել հին մեղքերը և նորոգված մաքրությամբ մտնել նոր կյանքի մեջ: Կատարվում էր ընդհանրական մկրտությանը: Մեծ քրմապետը առնում էր Արածանիի ալիքներից սուրբ ջուրը և ոսկյա ցնցուղով սրսկում էր բազմության վրա: Նրա օրինակին հետևում էին բոլոր ուխտավորները, ամենքը միմյանց վրա ջուր էին սրսկում: Այդ միջոցին օդը լցվում էր միլիոնավոր սպիտակ աղավնիների բազմությամբ: Յուրաքանչյուր ուխտավոր մի-մի աղավնի էր թոցնում: Եվ սիրո աստվածուհու (Աստղկա) նվիրական թռչունները, մաքուր, անբիծ, որպես սիրո անարատ ոգիներ, սավառնում էին, սլանում էին, ճախր էին առնում նրա սպիտակ մարմարիոնյա տաճարի շուրջը:

Ջո՛ւր, ջո՛ւր և աղավնի՛. որքան մեծ խորհուրդ կա ձեր մեջ: — Հաշտության, քավության և սիրո սուրբ խորհուրդը:

Ամեն տարեմուտի սկզբում, Նավասարդ ամսում, Վարդավառի տոնախմբության ժամանակ, Հայաստանը այդ հաշտությունը կատարում էր յուր «Հաշտից տեղերում», Քարքեի բարձրությունների վրա, յուր աշխարհախումբ զոհաբերության արյունով: Ամեն տարեմուտի սկզբում Հայաստանը կատարում էր այդ քավությունը, մկրտվելով Արածանիի սուրբ ջրով: Ամեն տարեմուտի սկզբում Հայաստանը կատարում էր և սիրո այդ սուրբ խորհուրդը, Աստղկա տաճարին աղավնիներ ձոնելով:

Բայց այդ ավանդությունը շատ հին էր, և ավելի հին, քան թե ժամանակների սկիզբը:

Երբ աստված մաքրեց մեղավոր երկիրը ջրհեղեղով, — այդ համաշխարհական մկրտությունից հետո հայոց Նոյ նախապետը առաջինը եղավ, որ Նավասարդի սկզբում Արարատ լեռան գագաթից թոցրեց աստվածային սիրո ավետաբեր աղավնին: Հետո, դուրս գալով տապանից, նույն լեռան ստորոտում մատույց հաշտության առաջին զոհը: Ծերունի նախապետի ավանդապահ որդին, Սեմը, Արարատից գալով Տարոն և բնակվելով Սիմ լեռան ստորոտում նվիրագործեց խորհրդավոր ավանդությունը:

Անցան դարեր, անթվելի շատ դարեր, այդ ավանդությունը կատարվում էր հայոց աշխարհում, մինչև նույն աղավնին հայտնվեցավ Հորդանանի ջրերի վրա:

Նույն ավանդությունը սրբագործեց հեթանոս Հայաստանը Վարդավառի տոնախմբությամբ: Նույն ավանդությունը սրբագործեց և քրիստոնյա Հայաստանը դարձյալ Վարդավառի տոնախմբությամբ:

Այդ բոլորը գիտեր Սամվելը, այդ բոլորն անցնում էր նրա մտքից, որպես ազգային անմոռանալի հիշողություն:

Այն օրից, երբ Սամվելը գնում էր Աշտիշատի վանքը, յոթանասուն տարի առաջ, երկու սպիտակ ջորիներ Տարոնի միջով տանում էին մի ծածկված կառք: Հայոց երկրի վեց նշանավոր իշխաններ, ձիաների վրա նստած, շրջապատել էին այդ կառքը: Դրանք էին՝ Հաշտենից իշխանը, Արծրունյաց իշխանը, Անձևացյաց իշխանը, Անգեղ տան իշխանը, Սյունյաց իշխանը և Մոգաց իշխանը: Կառքի ճակատին, որպես սրբազան դրոշակ, փայլում էր մի արծաթյա խաչ: Նրա առջևից գնում էր Հայաստանի Լուսավորիչը, երեսը սև և անթափանցիկ քողով ծածկած: Իսկ ետևից գալիս էին վեց իշխանների զորքերը՝ թվով 5080 հոգի: Այդ քրիստոնեական հոգևոր զինվորությունը՝ խորին սրբազան ոգևորությամբ անցնում էր Տարոնի միջով, և որտեղից անցնում էր, թողնում էր հեթանոս շրջակայքի վրա ահ և սարսափ: Կառքը տանում էր յուր մեջ այն սրբությունները, որ Լուսավորիչը բերել էր յուր հետ Կեսարիայից:

Դեռ առավոտը նոր էր լուսանում, երբ կառքը անցավ Արածանին և մոտեցավ Քարքեի բարձրություններին: Այստեղ երկու սպիտակ ջորիները կանգ առին և այլևս առաջ չգնացին:

Բայց կառքի մերձենալը ահեղ տսկումով ազդեց լեռների վրա և դիցանվեր անտառի խաղաղությունը վրդովվեցավ: Հայոց տոհմային աստվածները զգաստացան և կատաղած քուրմերը խումբերով դուրս վազեցին տաճարներից: Մի քանի ժամվա մեջ Արձան քրմապետի, նրա որդի Դեմետրեի և Մեսակես քրմապետի դրոշի տակ հավաքվեցան 6946 հոգի, որոնք բոլորը քուրմեր և մեհյանների պաշտոնյաներ էին: Սկսվեցավ արյունահեղ կռիվը — քրիստոնեության և հեթանոսության կռիվը:

Սրբազան անտառի խորքերից, որպես մի հսկայական մրջնանոցի միջից, դուրս խուժեց թաքնված զորությունը և բռնեց լեռների բոլոր անցքերը ու բոլոր բարձր դիրքերը: Արձան քրմապետը զինված էր, զինված էր և նրա որդին: Հայր և որդի դա՛ռն և նախատական խոսքերով մենամարտության էին հրավիրում հայոց իշխաններին, որ կռվում էին հայրենի աստվածների դեմ: Շուտով քուրմերն այնպիսի նեղ դրության մեջ դրեցին հայոց իշխաններին, որ Մոգաց իշխանը ստիպված եղավ Լուսավորչին փախցնել Մամիկոնյանների Ողական ամրոցը, որ թշնամու ձեռքը չընկնի: Փախչելու միջոցին Լուսավորիչը յուր Կեսարիայից բերած սրբությունները թաքցրեց անտառի մեջ, մի անհայտ տեղում:

Կռիվը տևեց մի քանի օր և մի քանի շաբաթ, մինչև հայոց իշխանները նոր զորություն ստացան: Հաղթությունը մնաց քրիստոնեության կողմը: Արձան քրմապետը, նրա որդի Դեմետրեն և Մեսակես քրմապետը ընկան պատերազմի դաշտում, սուրը ձեռքում, հերոսի պես: Ընկան քուրմերից և 1038 քաջեր: Քարքե լեռան սքանչելի տաճարները կործանվեցան... Հայոց արհեստի և ճարտարության գեղեցիկ գործը ոչնչացավ... Եվ մեծազանձ մեհյանների հարստությունը հայոց նոր խաչակիրների ավարառության առարկա դարձավ:

Ոսկին, արծաթը, մարմարիոնը հեշտ էր կործանել, բայց այն զգացմունքը, որ միացած էր ժողովրդի սրտի և հոգու հետ, այն հավատը, որ նա ուներ դեպի յուր հայրենական աստվածները — դրանք դեռ մնում էին և մնացին շատ դարեր այդ կործանումից հետո: Սուրը և հուրը չկարողացան ոչնչացնել նրանց: Կրոնը փոխվեցավ, բայց ժողովրդի վաղեմի սովորությունները մնացին:

Դրանք այն տաճարներն էին, որտեղ Նավասարդի սկզբում կատարվում էր Վարդավառի աշխարհախումբ տոնախմբությունը: Այդ տոնախմբությունը հեթանոսական դարերում կատարվում էր տարվա մեջ յոթն անգամ, և ամեն անգամին թե թագավորը, և թե մեծ քրմապետը ներկա էին գտնվում:

Լուսավորիչը նույն տաճարների տեղում հիմնեց առաջին սրբության սեղանը և Հայաստանի առաջին Մայր եկեղեցին, որ, պահպանելով յուր հին անունը, կոչվում էր Աշտիշատի վանք: Վարդավառի տոնախմբությունը փոխեց Հիսուս Քրիստոսի այլակերպության տոնախմբությունով: Բայց «Վարդավառի» նախնական սովորությունները մնացին: Դարձյալ տարին յոթն անգամ հայտնվում էր այնտեղ հայոց քրիստոնյա թագավորը յուր նախարարների և հայոց մեծ քահանայապետի հետ և բաց էին անում Աշտիշատի վանքի աշխարհախումբ տոնախմբության հանդեսը: Դարձյալ զոհեր էին մատուցանում, աղավնիներ էին թռցնում և ջուր էին սրսկում միմյանց վրա: Դարձյալ կատարվում էին նույն խաղերը, նույն մրցությունները և նույն պարգևաբաշխությունները, որ լինում էին հեթանոսական դարերում: Դարձյալ նույն վարդերը, որ մի ժամանակ զարդարում էին Աստղկա տաճարը, հետո նույնպես զարդարում էին Աշտիշատի վանքի սուրբ սեղանը: Եվ այդ տոնը դարձյալ կատարվում էր նավասարդ ամսի սկզբում և կոչվում էր Վարդավառի տոնախմբություն:

Այդ բոլորը գիտեր Սամվելը, այդ բոլոր հանդեսներին մասնակցել էր նա: Ոչ սակավ անգամ՝ խաղերի կամ մրցությունների ժամանակ՝ ստացել էր նա առաջին մրցանակը: Ոչ սակավ անգամ հայոց թագավորը համբուրել էր նրա ճակատը, կատարած քաջությունը տեսնելով:

Իսկ այժմ ներկայանում էր մի նոր կրոնական պատերազմ: Արդյոք ինչպե՞ս կմասնակցեր այդ պատերազմին ժողովուրդը, այն, ժողովուրդը, որ տակավին մնացել էր յուր հին, ավանդական նախապաշարմունքների մեջ: Այդ միտքը սարսափեցնում էր Սամվելին, երբ նա ցած իջավ ձիուց և ոտք դրեց Աշտիշատի վանքի սյամի վրա:

Ժ

ԵՐԵՔ ԵՐԻՏԱՍԱՐԴ ՈՒԺԵՐ

Աշտիշատի վանքի խուցերից մեկում, գիշերային այն պահուն, երբ բոլոր միաբանները քնած էին, ընդարձակ թախտի վրա նստել էին երեք երիտասարդներ: Ողնձյա աշտանակի վրա վառվում էր ձիթային ճրագը և յուր գունաթափ լուսով լուսավորում էր այդ երեք բազմահոգ դեմքերը: Երեքն էլ լուռ էին, յուրաքանչյուրը խորասուզված էր յուր մեջ: Երեքի դեմքերից ևս երևում էր, որ այդ լռությունը մի տեսակ զինադուլ էր, որ փոքր-ինչ շունչ առնեն, հանգստանան, որպեսզի նորից շարունակեն ընդհատված վիճաբանությունը:

Երիտասարդներից մեկը՝ հաղթանդամ, բարձրահասակ, խոշոր կազմվածքով և փառահեղ դեմքով մի տղամարդ էր, որի կերպարանքի մեջ մեծությունը այն աստիճան սերտ ներդաշնակություն էր կազմում վայելչության հետ, որ ներկայացնում էր գեղեցկությունը յուր վսեմ, այրական ձևի մեջ: Երկրորդը, ընդհակառակն, ավելի կարճահասակ կարելի էր համարել, քան թե միջահասակ, և ավելի նրբակազմ, քան թե հաղթանդամ: Իսկ այդ քնքուշ կազմվածքի վրա բնությունը, կարծես, սխալմամբ դրել էր մի շնորհալի գլուխ, որին մի հարուստ, հոյակապ մարմին ավելի պատշաճ կլիներ: Կրակոտ աչքերի մեջ նշմարվում էր եռանդ և դյուրաբորբոք բնավորություն:

Առաջինը Սահակ Պարթևն էր, երկրորդը՝ Մեսրոպ Մաշտոցը: Իսկ երրորդը՝ Սամվելը:

Սահակ Պարթևը Հայաստանի հզոր քահանայապետի՝ Ներսես Մեծի որդին էր: Մանկության հասակում, վերջացնելով յուր ուսումը Կեսարիայում և „ծանոթանալով հույն և ասորի լեզուների հետ, հետո գնաց Կ. Պոլիս, այնտեղ ավելի կատարելագործվեցավ հելլենական կրթության մեջ, սովորելով փիլիսոփայություն, երաժշտություն, և ծանոթանալով հույն բանաստեղծների հետ Կ. Պոլսում ամուսնացավ նա: Վերադառնալով յուր հայրենիքը, որպես երիտասարդական հասակում նրա հայրը, այնպես էլ և ինքը զանազան զինվորական պաշտոններ էր վարում, բնավ չմտածելով, թե մի օր հայոց հայրապետական աթոռի ժառանգորդը պետք է լինի: Սկսյալ այն օրից, երբ հայոց հայրապետական տունը սկսեց խնամություն անել արքունիքի և մեծ նախարարությանց տների հետ, նա յուր որդիների հոգևոր կրթության հետ միացրեց և զինվորական կրթությունը: Եվ այդ անհրաժեշտ էր, որովհետև Հայաստանի քահանայապետը ներկայացնում էր՝ միևնույն ժամանակ և Հայաստանի ամենաբարձր պետական անձը: Նա տիրոջ սուրբ սեղանի վրա պատարագ էր մատուցանում, բայց հարկը պահանջած ժամանակ առաջնորդում էր զորքին դեպի պատերազմ: Նա եկեղեցու բեմից քարոզում էր յուր ժողովրդին աստուծո խոսքը, բայց հարկը պահանջած ժամանակ՝ թագավորների հետ բանակցություններ էր անում յուր հայրենիքի գործերի վերաբերությամբ: Սահակ Պարթևը գործով եկած էր Աշտիշատի վանքը և այնտեղ պատահմամբ տեսավ Սամվելին: Սամվելը գիտեր, որ նա անցնելու է Տարոնով, բայց չէր սպասում, որ այսօր կհանդիպեր նրան Աշտիշատի վանքում: Երկու ամիս առաջ, Մեսրոպի հետ, նա դուրս էր եկել այցելություններ անելու յուր հայրենական կալվածներին, որոնք սկսյալ Արարատից, զանազան գավառներում, տարածվում էին մինչև Տարոն: Հայրապետական հարուստ տունը ուներ այնքան շատ կալվածներ, գյուղեր և ավաններ, որքան չուներ մի մեծ նախարար:

Մեսրոպը բնիկ տարոնեցի (մշեցի) էր՝ Հացիկ կոչված ավանից, Վարդան անունով մի ազնվականի որդի: Նրա հայրենական ավանը կես օրվա ճանապարհով միայն հեռու էր Աշտիշատի վանքից: Այդ աշխույժ, եռանդով լի երիտասարդը, սկսյալ մանկությունից, նվիրել էր իրան ուսման և գիտության. սովորեց հունաց, ասորաց, պարսից լեզուները և այն բոլոր գիտությունները, որ հայտնի էին յուր ժամանակում: Որպես ազնվական, նա վարժված էր և զինվորական կրթության մեջ: Վաղարշապատի արքունիքում նա զանազան պաշտոններ էր կատարել, մի ժամանակ որպես զինվորական, մի ժամանակ որպես դիվանագիր: Իսկ հետո թողեց արքունիքը և Ներսես Մեծի հայրապետանոցում նոտարի պաշտոն էր կատարում:

Նրանք նստած էին այն սենյակում, որի կից սենյակը մի շատ տխուր հիշատակով կապված էր Սահակի տոհմային պատմության հետ...

Սահակը հագնված էր այնպես շքեղ, այնպես թանկագին զարդարանքներով, որպես հագնվում է մի մեծ արքայազն իշխան: Նա նստած էր ծալապատիկ և ոսկյա քամարից քարշ ընկած ոսկեպատյան սուրը դրած ուներ ծնկների վրա: Նրա մոտ նստած էր Սամվելը, իսկ նրանց հանդեպ՝ Մեսրոպը:

Սամվելն արդեն հայտնել էր նրանց Տիզբոնից ստացված աղետալի տեղեկությունները, հայտնել էր յուր հոր ու Մերուժանի չար դիտավորությունները, — և այդ էր նրանց վիճաբանության առարկան, թե ի՞նչ միջոցներով կարելի էր մոտալուտ վտանգների առաջն առնել: Հայրենիքի վերահաս դժբախտությունը այն աստիճան հուզել էր այդ երեք երիտասարդ սրտերը, որ նրանք մինչև անգամ մոռացել էին ամեն չափ, ամեն պատշաճ, որ վերաբերում էր միմյանց անձնավորությանը:

— Վտանգը ավելի մեծ է, քան թե երբեք եղել է, — ընդհատեց Մեսրոպը տիրող լռությունը: — Մենք ճաշակում ենք մեր հին սխալների դառն պտուղները...

— Ի՞նչ սխալներ, — հարցրեց Սահակը:

— Այն մեծ սխալները, որ գործեցին քո մեծ պապերը, Սահա՛կ...

Վերջին խոսքը այնպիսի մաղձոտ ձայնով արտասանեց փոքրիկ երիտասարդը, որ նետի նման ցցվեցավ մեծափառ Պարթևի սրտում: Նրա մեջ եփ եկավ քահանայապետական և արքայական արյունը, և խոշոր աչքերի մեջ վառվեցավ բարկության կրակը: Նա մի անսովոր շարժում գործեց: Այդ միջոցին փոքրիկ երիտասարդը ձեռքը տարավ դեպի արծաթյա քամարը, որից քարշ էր ընկած մի կարճ սուսեր:

Սահակը զսպեց յուր վրդովմունքը և զայրացած կերպով հարցրեց (նրա ձայնը խոսելու միջոցին դրդռում էր).

— Դու՛ այդ իմ պապերի սխա՞լն ես համարում, Մեսրոպ, որ նրանք բարբարոս Հայաստանը հեթանոսական տղմից հանեցին և քրիստոնեական լույսի մեջ դրեցին:

— Ես այդ քո պապերի սխալը չեմ համարում, — պատասխանեց Մեսրոպը մի այնպիսի մեղմությամբ, որ ավելի վիրավորական էր: — Բայց ասա՛ ինձ, Սահակ, ի՞նչ էր այդ լույսը առաջ, և ի՞նչ է նա այժմ: Արդյոք նա դուրս եկա՞վ վանքերի շրջապարիսպներից, արդյոք նա մտա՞վ շինականի մռայլ խրճիթը: Եվ չէր էլ կարող մտնել: Ի՞նչ միջոցով կարող էր մտնել: Այն օրից, որ այդ բոլորը բերեցին Հայաստան, անցել է համարյա մի դար: Բայց մինչև այսօր մեր եկեղեցիներում սուրբ գիրքը կարդում են հունաց և ասորաց լեզուներով, մինչև այսօր մեր եկեղեցիներում աղոթում են օտար լեզուներով: Ո՞ր գյուղացին, ո՞ր քաղաքացին, ո՞ր հայը հասկանում է այդ լեզուները: Եվ այդ դրության մեջ՝ ի՞նչ լույս, ի՞նչ բարոյական կամ հոգևոր ուղղություն կարող էր տալ եկեղեցին ժողովրդին, երբ նա տեսնում է միայն, ծեսեր և լսում է իրան անհասկանալի ձայներ:

— Դու կարծում ես, որ ժողովուրդը սակա՞վ օգտվեցավ դրանից, Մեսրոպ:

— Օգտվեցանք մենք, և ոչ թե ժողովուրդը: — Դու, ես և այդ նազելի երիտասարդը, որ լուռ նստած է այստեղ, — նա ձեռքը տարավ դեպի Սամվելը, — մենք ամենքս հունական կամ ասորական կրթության արդյունք ենք, այո՛, փչացնո՛ղ և ամեն ազգային զգացմունք սպանո՛ղ բյուզանդականության արդյունք: Բայց ի՞նչ է խեղճ ժողովուրդը: Նա հինը կորցրեց և նորի՝ մեջ ոչինչ չգտավ...

— Շա՛տ բան գտավ, Մեսրոպ:

— Ոչինչ չգտավ, Սահակ: Դու մոռացե՞լ ես, երբ քո սուրբ Վրթանես պապը՝ հենց այդ Աշտիշատի վանքի տաճարի մեջ հունաց լեզվով պատարագ էր մատուցանում, հանկարծ երկու հազար հոգի պաշարեցին վանքը, կամենում էին քարկոծ առնել նրան: Տաճարի ամրությունը հազիվ կարողացավ ազատել նրան կատաղի խուժանի բարկությունից: Դու մոռացե՞լ ես, Սահակ, երբ քո Պապ և Աթանագինես հայրերը՝ դարձյալ այդ Աշտիշատի վանքում՝ նստած էին խրախության սեղանի շուրջը, հանկարծ մեկը՝ հրեշտակի նման՝ սուրը ձեռին ներս նետվեցավ և երկուսին ևս խողխողեց նստած տեղում: Ամիսներով նրանց դիակները մնացին այնտեղ անթաղ, և ոչ ոք խուժանի երկյուղից չէր համարձակվում մոտենալ: Ահա այդ սենյակում կատարվեցավ հայտնի եղեռնագործությունը...

Նա ձեռքը տարավ դեպի կից դահլիճը, որ վանքի եպիսկոպոսարանն էր, և շարունակեց.

— Այդ դժբախտ դեպքից անցել է ընդամենը մոտ երեսուն տարի: Ի՞նչ է փոխվել: ժողովուրդը դեռ նույն բարբարոսն է մնացել:

— Երեսուն տարվա մեջ չէր կարելի խլել ժողովրդից այն, ինչ որ կազմվել էր նրա մեջ շատ դարերի ընթացքում, Մեսրոպ:

— Այդ ես գիտեմ, Սահակ: Բայց դա դարձյալ չէ հերքում այն միտքը, որ մեր ժողովրդի կրթության գործը բոլորովին սխալ, և թույլ եմ տալիս ինձ ասել, բոլորովին վնասակար հիմքերի վրա դրվեցավ...

Նկատելով, որ վիճաբանությունը հետզհետե ավելի սուր կերպարանք է ստանում, Սամվելը մեջ մտավ, ասելով.

— Ի՞նչ օգուտ այդ հակաճառություններից, Մեսրոպ: Ինչ որ եղել է, ինչ որ կատարվել է, մենք այդ բոլորը պետք է անցած համարենք և մտածենք գործերի այժմյան դրության վրա, թե ի՞նչ միջոցով կարող ենք հեռացնել վերահաս վտանգը:

Փոքրիկ երիտասարդի գունաթափ դեմքի վրա երևաց մի դառն ժպիտ: Նա նայում էր Սամվելի վրա, որպես մի պարզամիտ երեխայի վրա:

— Դու շտապում ես, սիրելի Սամվել, — ասաց նա փաղաքշական ձայնով: – Չէ՞ որ գործերի այժմյան հիվանդոտ դրությունը բխում է մեր հին մեղքերից: Առանց քննելու այդ մեղքերը, մենք չենք կարող դարման տանել ներկա չարիքներին, որ մեր հայրենիքին մահ է սպառնում... Ես համոզված եմ, որ քո հայրը հիմար մարդ չէ: Ես համոզված եմ, որ քո քեռի Մերուժան Արծրունուն նույնպես չի կարելի խենթերի կարգը դնել: Իսկ ես ավելի համոզված եմ, որ այդ երկու դավաճաններին փայփայող պարսից Շապուհ արքան շատ կրոնասեր մարդ չէ: Նա քո հորը և քո քեռուն ուղարկում է, ոչնչացնելու Հայաստանում քրիստոնեությունը և պարսից մոգերի ձեռքը տալու թե մեր եկեղեցիները, և թե մեր դպրոցները: — Դու կարող ես հավատացած լինել, նազելի Սամվել, որ Շապուհը այդ ձեռնարկության մեջ՝ ոչ յուր հոգու փրկությունն է որոնում, և ոչ կամենում է հաճոյանալ յուր աստվածներին, — այլ կամենում է ընդմիշտ վճռել մի քաղաքական ծանր խնդիր, որ նրան շատ անհանգստացնում է...

Սամվելն ամբողջ մարմնով դողաց. նա համարյա չլսեց վերջին խոսքերը: Նրան ծաղրում էին, նրա երեսին նրա հորը դավաճան էին կոչում, և կոչում էր մի ազնվական, որ բարձով, պատվով իրանից շատ ստոր էր: Նա ձայն տվեց վշտացած կերպով...

— Եթե դու՛, Մեսրոպ, քո երկար լեզվի չափը քո կարճ հասակին հավասարեցնեիր, ավելի քաղաքավարի կլինեիր:

Փոքրիկ երիտասարդը վեր կացավ նստած տեղից և, մի քանի անգամ անցնելով սենյակի միջով, կանգնեց Մամիկոնյան իշխանի առջև և անվրդով կերպով ասաց.

— Ինչո՞ւ ես վիրավորվում, գեղեցիկ Սամվել, քո հորեղբայր Վասակն էլ կարճահասակ մարդ էր, բայց ավելի մեծ մարդ էր, քան թե քո հսկայատիպ հայրը...

— Հոր մեղքը կքավե որդին...

—Այն ժամանակ ես ավելի կսիրեմ նրան...

— Թողեցեք այդ, — որոտաց Սահակը յուր պարթևական ահարկու ձայնով: — Կատակի և երգիծանքի ժամանակ չէ: Նստի՛ր, Մեսրոպ:

Նա եկավ և նստեց յուր առաջվա տեղում:

«Շապուհը կամենում է ընդմիշտ վճռել մի քաղաքական ծանր խնդիր, որ նրան շատ անհանգստացնում է...»:

Փոքրիկ երիտասարդի այս խոսքերի իմաստը լավ ըմբռնելու համար հարկավոր է միայն հիշել Հայաստանի հարյուր տարվա քաղաքական վիճակը, սկսյալ Տրդատից մինչև Արշակ Բ-րդի վերջին օրերը, այսինքն՝ քրիստոնեության մուտքից մինչև Շապուհի կրոնական հալածանքները:

Նախքան քրիստոնեության մուտքը Հայաստանում՝ հայերը և պարսիկները ավելի հաշտ էին միմյանց հետ, որովհետև կրոնով շատ նման էին և, բացի դրանից, թե Հայաստանում, և թե Պարսկաստանում թագավորող տները միևնույն պարթևական կամ Արշակունյաց տոհմից էին: Հայ և պարսիկ թագավորների մեջ եղբայրություն կար:

Քրիստոնեության Հայաստանում մուտք գործելու ժամանակներում՝ թե արևելքում և թե արևմուտքում պատահեցան երկու մեծ փոփոխություններ, որոնք բոլորովին հեղաշրջեցին Հայաստանի քաղաքական դրությունը: Արևմուտքում կազմվեցավ Բյուզանդական կայսրությունը և Կ. Պոլիսը մայրաքաղաք դարձավ, իսկ արևելքում կազմվեցավ Սասանյան պետությունը և Տիզբոնը մայրաքաղաք դարձավ: Պարսից Արշակունիների թագավորությունը վերջացավ: Հայերը զրկվեցան իրանց լավ դաշնակիցներից:

Հայաստանը, որպես գայթակղության քար, մնաց այդ երկու նոր հիմնված, անհաշտ պետությունների մեջտեղում:

Նա այնքան ուժ չուներ, որ ինքնակա դիրք պահպաներ, ստիպված էր հակվիլ կամ մեկի, կամ մյուսի կողմը:

Նույնիսկ Բյուզանդիայի և Տիզբոնի արքունիքների շահերը պահանջում էին գրավել Հայաստանի հակումները, որովհետև այդ երկիրը մի կամուրջ էր, որտեղից պետք է անցնեին նրանք՝ միմյանց հանդիպելու համար: Իսկ բյուզանդացոց և տիզբոնցոց կռիվները և ընդհարումները վերջ չունեին: Եվ այդպես, Հայաստանի թեկնածությունը մեկի կամ մյուսի կողմը՝ միշտ հաջող վախճան էր տալիս պատերազմին:

Քրիստոնեությունը հեռացրեց հայերին պարսիկներից և մոտեցրեց նենգավոր բյուզանդացիներին: Այդ օրից պարսիկները թշնամացան հայերի հետ:

Հայաստանը մնաց երկու կրակի մեջտեղում, դեպի որ կողմը որ մոտենում էր, այրվում էր:

Այդ դրությունը առաջ բերեց այն երկդիմի դերը, որ խաղում էին հայոց թագավորները, և իրանց դերի մեջ պատժվողները նախ իրանք էին լինում: Հանգամանքներին նայելով, նրանք իրանց դեմքը դարձնում էին երբեմն դեպի Բյուզանդիա, և երբեմն դեպի Տիզբոն: Դեպի մեկը երեսը շուռ տալու ժամանակ՝ ետևից մյուսը հարվածում էր...

Տրդատը, հայոց նորընծա քրիստոնյա թագավորը, առաջինը եղավ, որ բարեկամական դաշն կապեց հոռոմայեցոց, նույնպես առաջին քրիստոնյա կայսրի՝ Կոստանդիանոսի հետ: Այդ քաղաքականությանը զոհ եղան Տրդատի բոլոր հաջորդները, և ինքը Տրդատը պատժվեցավ պարսիկներից:

Տրդատի որդի Խոսրով Բ-րդը, Կոստանդ կայսրից թագ և ծիրանի ընդունելու համար, զգռեց պարսից Շապուհ թագավորի բարկությունը, որը յուր եղբայր Ներսեհին ուղարկեց, որ հայոց թագավորությունը ոչնչացնե և ինքը հայոց թագավոր դառնա:

Խոսրովի որդի Տիրանը Հուլիանոս կայսրին պարսից դեմ օգնելու համար, վերջը Շապուհը նրան խաբեությամբ Պարսկաստան հրավիրեց և, երկու աչքերը խաբելով, կուրացրեց:

Տիրանի որդի Արշակ Բ-րդը, խրատվելով յուր նախորդների սխալներից, թողեց Բյուզանդիան և բարեկամացավ Տիզբոնի արքունիքի հետ: Այդ միջոցին Վալենտիանոս կայսրը Արշակի Տրդատ եղբորը, որ իբրև պատանդ պահված էր Կ. Պոլսում, սպանել տվեց:

Արշակը ստիպվեցավ հաշտվել կայսրի հետ և նրա ազգականներից Ոլիմպիատա անունով օրիորդը կնության առեց: Այդ բարեկամությունը գրգռեց Շապուհի բարկությունը, նա Տիգրանակերտը ավերակ դարձրեց և, Անիի ամրոցին տիրելով, թագավորական գանձերը կողոպտեց և մինչև անգամ Արշակունի թագավորների գերեզմանները քանդելով, ոսկորները գերության տարավ: Իսկ շատ կռիվներից վերջը, երբեմն հաղթելով, և երբեմն հաղթվելով հայերից, Շապուհը, իբր թե հաշտության դաշն կապելու համար, խաբեությամբ հրավիրեց Արշակին Տիզբոն և աքսորեց Անհուշ բերդում:

— Ես Շապուհի վարմունքը՝ թեև անազնիվ, բայց յուր պետության շահերի կետից՝ շատ խելացի եմ համարում, — խոսեց Մեսրոպը: — Պարսից այդ երկարակյաց թագավորը հայոց չորս թագավորներ է փորձել՝ — Տրդատին, Խոսրովին, Տիրանին, Արշակին, — և նրա մոտ յոթանասուն տարվա փորձը բավական էր նրան համոզելու համար, որ հայերի Կ. Պոլսի կայսրների հետ ունեցած մտերմության գլխավոր կապը նախ քրիստոնեական կրոնն է և ապա բյուզանդական կրթությունը: Այժմ նա աշխատում է այդ կապը խզել, ոչնչացնելով թե կրոնը, և թե հունաց լեզուն ու դպրությունը, որ տիրապետում են մեր եկեղեցիներում, մեր վանքերում և մեր դպրոցներում: Եվ Հայաստանը յուր պետության հետ ի մի ձուլելու համար, նա ցանկանում է տարածել յուր կրոնը, յուր լեզուն և յուր դպրությունը: Եվ այդ մտքով նա հրահանգ է տվել Մերուժանին՝ ոչնչացնել հունաց գրքերը, արգելել հունաց լեզվի ուսումը և հայերին ստիպել պարսկերեն սովորելու: Եվ Մերուժանը մեր կրթության համար բերում է յուր հետ մոգերի մի ամբողջ քարավան:

— Այդ բոլորը մենք գիտենք, Մեսրոպ, — ընդհատեց Սահակը: — Իզուր ժամավաճառ ես լինում:

— Բայց պետք է և այն գիտենալ, որ այդ դժբախտություններից և ոչ մեկը մեզ հետ չէր պատահի, եթե մենք այնքան օտարամոլ չլինեինք, և եթե մենք հետևած չլինեինք ոչ հույնին և ոչ պարսկին: Հետևելով մեկին, մենք մյուսի փակված աչքերը բաց արինք: Նա էլ սկսեց իրանը պահանջել: Մենք այն ժամանակ կատարեցինք ամենամեծ սխալը, երբ մեր կրթության հիմքը դրեցինք օտար, անհարազատ հողի վրա: Պարսիկը կհամբերեր մեզ, եթե մենք մեր մայրենի լեզվով կատարեինք մեր պաշտամունքները, և մեր մայրենի լեզվով կառավարեինք մեր դպրոցները: Բայց նա բյուզանդականին համբերել չէ կարող, որովհետև դա վնասում է նրա քաղաքական շահերին...

Նա կանգ առեց և րոպեական հանգստությունից հետո շարունակեց.

— Մեր վարժապետները եղան հույները և ասորիները: Քրիստոնեությունը յուր հետ մտցրեց մեր աշխարհում հույն և ասորի կղերի մի ահագին բազմություն: Այդ բյուզանդական քաղաքակրթության կարապետները իրանց լեզուն և իրանց գրությունը տարածեցին թե մեր եկեղեցիներում և թե մեր դպրոցներում: Նույն դրությունը շարունակվում է մինչև այսօր: Դեռևս մենք սուրբ գրքերի թարգմանությունը չունենք: Դեռևս մենք մեր մայրենի լեզվով աղոթքներ ու շարականներ չունենք: Մենք արհամարհեցինք ինչ որ հին էր, ինչ որ հեթանոսական էր: Մեր երգիչների, մեր վիպասանների գեղեցիկ վաստակները կրակի զոհ դարձրինք: Մենք թողեցինք մեր նախնականը, մեր ազգայինը և սկսեցինք օտարինը սիրել: Եվ մեր քրիստոնեական մոլեռանդությունը այն աստիճանին հասցրինք, որ, իբրև մի պիղծ բան, սկսեցինք մերժել մեր հին գրությունը, մեր մեհենական սրբազան տառերը և ընդունեցինք հունաց ու ասորոց տառեր: Այդ բոլորից հետո, շատ հասկանալի է, որ մեր մեջ չէր կարող զարգանալ ոչ ազգային կյանք և ոչ բուն ազգային գրականություն: Մյուս կողմից, մենք հրավիրեցինք մեզ վրա պարսիկների ատելությունը: Պարսիկը սկսեց մտածել, քանի որ հայերը, հունաց լեզուն և հունաց դպրությունը սովորելով, սիրում են նրանց և սրտով կապված են Բյուզանդիայի հետ, — ինչո՞ւ չպիտի մտցնեմ և ես իմ լեզուն և իմ դպրությունը, որ նրանք ինձ սիրեն և ինձ հետ դաշնակից լինեն: Այժմ, կարծեմ, պարզ է, որ Շապուհի հալածանքները ամենևին կրոնական բնավորություն չունեն, այդ կատարյալ քաղաքական նպատակով են կատարվում: Հայաստանը, մի ամուր պատնեշի նման, ընկած է Պարսկաստանի և Բյուզանդական կայսրության մեջ: Նա ցանկանում է խորտակել այդ պատնեշը, որ յուր համար ճանապարհը բաց լինի, — և խորտակել յուր քաղաքակրթության կռանով: Հայաստանը, մի կոշտ ոսկորի նման, մնացել է նրա կոկորդում, նա շխատում է ծամել, փշրել և կլանել այդ ոսկորը, որպեսզի կարողանա ազատ շունչ առնել...

— Եթե մարսել կարողանա... — ընդհատեց Սամվելը:

— Մարսել կարող է, եթե գործերի այժմյան դրությունը չփոխվի, — պատասխանեց զայրացած Պարթևը: — Այդ թողնենք: Ես կամենում եմ պատասխանել Մեսրոպի մի քանի ծանր ակնարկություններին, որոնցով նա մեղադրանք բարդեց իմ նախահարց վրա:

Նա դարձավ դեպի Մեսրոպը, որ մի առանձին անձկությամբ սպասում էր նրա պատասխանին: Ասաց.

— Գովում եմ քո զգոնությունը, գովում եմ և քո լրջմտությունը, Մեսրոպ. բայց չեմ կարող ներել քո ամբաստանություններին: Չափազանց եռանդը թույլ տվեց քեզ անպատշաճությունների մեջ ընկղմվել: Դու մեղադրում ես իմ հայրերին, որ նրանք անխնա խորտակեցին, ոչնչացրին հինը, ավանդականը՝ նորը նրա տեղ հաստատելու համար: Այդ իրավ է: Բայց ամեն վերանորոգության սկիզբը այդպես է լինում: Մեր տեր Հիսուս Քրիստոսն նս այդպես վարվեց: Նա ոչ մի քար չթողեց քարի վրա: Դու մեղադրում ես իմ նախահորը, Լուսավորչին, որ նա Հայաստանը լցրեց հույն և ասորի վարդապետներով: Ուրիշ կերպ լինել չէր կարող: Նրան պետք էին պատրաստի մարդիկ, և նա բերեց յուր հետ այդ մարդկանցը Կեսարիայից: Մի վարպետ, երբ ցանկացած շենքը կառուցանելու համար՝ յուր տեղում մշակներ գտնելու հույս չունի, նա մշակները յուր հետ է տանում: Բայց իմ նախահոր նպատակը երբեք այն չէ եղել, որ օտարների ձեռքը տար հայի հոգևոր և մտավոր կրթությունը: Այդ օտարները ժամանակավոր վարձկաններ էին, որ պետք է պահվեին այնքան ժամանակ, մինչև մեր աշխարհում բնիկներից նոր ուժեր պատրաստվեին: Եվ այդ մտքով նա հիմնեց այդ բազմաթիվ դպրոցները, որոնց մեջ մինչև անգամ քուրմերի որդիները պետք է քրիստոնեական կրթություն ստանային: Բայց եթե այդ դպրոցները ցանկացած արդյունքը չտվեցին, և այդ օտար հյուրերը մեր աշխարհում երկար մնացին, դա պետք է վերաբերել այն դժբախտ հանգամանքներին, որոնց զոհ գնացին իմ հայրերը և որոնք ժամանակ չտվին նրանց լիապես ի կատար ածելու հայոց լուսավորության գործը: Իմ նախահայրը, Մովսեսի նման, ստիպվեցավ խույս տալ ժողովրդի խստասրտությունից, և յուր կյանքի վերջին օրերը թաղեց Սեպուհ լեռան այրերի անհայտության մեջ: Նրա որդի Վրթանեսի համար դու ինքդ ասեցիր, թե որպիսի բարբարոսությամբ կամենում էին սպանել այդ վանքի տաճարի մեջ: Իսկ նրա մյուս որդի Արիստակեսը սպանվեցավ Ծոփաց գավառում Արքեղայոս իշխանից: Արիստակեսը կուսակրոն մնաց, որդի չթողեց, բայց նրա եղբոր, Վրթանեսի երկու որդիներից մեկը, Գրիգորիսը նահատակվեցավ Վատնյան դաշտում. իսկ մյուսը, Հուսիկը սպանվեցավ յուր աներ Տիրան թագավորից: Հուսիկի երկու որդիները, Պապ և Աթանագինես, սպանվեցան մեր սենյակին կից դահլիճում: Աթանագինեսի որդի Ներսեսը, իմ հայրը այժմ աքսորված է մի անբնակ կղզում... Տեսնու՞մ ես, Մեսրոպ, իմ պապերից և ոչ մեկը խաղաղ մահով չվախճանվեցավ: Ամենքը զոհ եղան մեր թագավորների, մեր նախարարների և վայրենի խուժանի վայրագության: Սուրբ ժամանակ չտվեց նրանց իրագործելու այն մեծ նպատակները, որ ունեին իրանց հայրենիքի համար: Իրանց ամբողջ կյանքում պատերազմեցին նրանք վայրենի նախապաշարմունքների դեմ, և նույն պատերազմի մեջ ընկան իրանք... Եվ այդ բոլորովին չէ վշտացնում ինձ: Նրանց վախճանը պետք է այդպես լիներ, որպեսզի նրանց արյունով ծլեին, աճեին և ծաղկեին այն սրբազան սերմերը, որ ցանեցին հայրենի հողի վրա...

Մեսրոպը լռությամբ լսում էր, իսկ Սամվելի դեմքի վրա նշմարվում էր մի անսովոր անհանգստություն:

Մեծ քահանայապետի վեհազնյա որդին այդ խոսքերով վերջացրեց յուր տխուր բացատրությունները.

— Եթե մի օր նախախնամողի կամքը՝ իմ նախահարց նման՝ կկոչե ինձ Հայաստանի հայրապետական աթոռի վրա, իմ առաջին հոգսը կլինի՝ հայոց եկեղեցու ընթերցվածները մայրենի լեզվի վերածել և հայ ժողովրդի կրթության գործը ազգային բուն հիմունքների վրա դնել...

— Իսկ իմ գործը կլինի, — ավելացրեց Մեսրոպը, — վերաստեղծել հայոց մոռացված տառերը և ազատել մեր հասարակությունը մեզ համար խորթ՝ հույն, ասորի և պարսիկ դպրությունից:

Ո՞վ կարող էր մտածել, որ այդ գիշերվա ջերմ վիճաբանություններից քանիերեք տարի հետո, այդ երկու նշանավոր տաղանդները կկատարեին իրանց ուխտը և սկիզբ կդնեին հայոց մեծ լուսավորության ոսկյա դարին...

Դուռը կամաց բացվեցավ, սենյակում հայտնվեցան երկու աբեղաներ, որոնք, կանգնելով առաջինների առջև, ասացին միաձայն.

— Բոլորը լսեցինք: Իսկ մենք պետք է ապացուցենք, որ հույնը և ասորին այնքան վատ չէն, որքան դուք կարծում եք...

Երկուսն էլ վանքի միաբաններից էին, մեկը հույն էր ազգով, մյուսը՝ ասորի: Առաջինը Եպիփանն էր, երկրորդը՝ Շալիտան:

ԺԱ

ԽՈՐԹ ՄԱՅՐ

Մյուս օրը Ողական ամրոցը գտնվում էր արտակարգ ուրախության մեջ: Ծառաները սովորականից լավ էին զարդարված, աղախինները վառվում էին գույնզգույն պչրանքներով և մինչև անգամ ներքինի Բագոսը հագել էր յուր խայտաճամուկ պարեգոտը:

Ամբողջ ամրոցը սպասում էր մի հարգելի հյուրի — Սահակ Պարթևին:

Սահակ Պարթևը այդ տան մեջ օտար չէր: Մամիկոնյանները նրա քեռիներն էին: Նրա հայրը, Ներսես Մեծը, Մամիկոնյանների փեսան էր: Նրա մայրը, Սանդուխտ տիկինը, Սամվելի հորեղբոր՝ Վարդանի դուստրն էր: Դեռ ուսանողության ժամանակ Ներսես Մեծը Կեսարիայում ապրում էր յուր կնոջ՝ Սանդուխտի հետ, որից ծնվեցավ Սահակը: Երեք տարուց հետո նույն քաղաքում վախճանվեցավ Սանդուխտը, որի մարմինը հայրը, Վարդանը, բերեց Հայաստան և թաղեց Թիլ ավանի հայրապետական տան տոհմային գերեզմանատան մեջ: Յուր սիրելի ամուսինը կորցնելուց հետո, Ներսես Մեծը երկար չմնաց Կեսարիայում, այլ յուր ուսումը կատարելագործելու նպատակով գնաց Կ.Պոլիս: Այնտեղ ամուսնացավ Ասպիոնե անունով մի հույն ազնվականի դստեր հետ:

Սամվելը, վաղ առավոտյան վերադառնալով Աշտիշատի վանքից, անմիջապես յուր մորը իմացում էր տվել Սահակի այցելության մասին: Այդ լուրը թեև սկզբում խռովություն պատճառեց տիկնոջը, բայց, ծածկելով յուր տհաճությունը, հրամայեց, որ պատրաստություն տեսնեն: Տիկինը համբերել չէր կարող հայրապետական տան բոլոր անդամներին, մանավանդ Սահակին, որի բարձր ազնվապետական վեհությունը սաստիկ վրդովեցնում էր նրան: Իսկ այսօր հայոց մեծ քահանայապետի որդին հայտնվում էր մի այնպիսի անպատեհ ժամանակ, երբ Մամիկոնյանների տան մեջ եփ էր գալիս մի գաղտնի հակազգային և հակաքրիստոնեական խմորում...

Դեռ մի քանի ժամ մնում էր մինչև ճաշը:

Տիկնոջ դահլիճը արդեն կազմ ու պատրաստ էր: Պատուհանների և դարակների մետաքսյա վարագույրները վեր էին բարձրացրած և նրանց միջից երևում էին բոլոր թանկագին անոթները, որ դրված էին միմյանց մոտ: Ոսկին, արծաթը, պղինձը վառվում էր յուր սքանչելի գեղեցկությամբ: Նրանց մեջ կային զանազան տեսակ գեղաքանդակ պնակներ, ափսեներ, թասեր, բաժակներ, գավաթներ, տարաներ և հայկական սև ու կարմիր կավից շինված նկարակերտ սափորներ: Դրանք՝ իրանց անշարժ դրության մեջ՝ ծառայում էին ավելի իբրև զարդ, քան թե սեղանի սպաս:

Ամբողջ դահլիճը բուրում էր վարդի անուշահոտությամբ: Բազմոցները, գորգերը, բարձերը՝ բոլորը ցողված էին վարդաջրով: Լուսամուտների մեջ, մեծ ծաղկամաններով, դրված էին ամենաթարմ փունջերը:

Տիկինը նստած էր յուր սովորական փափուկ գահավորակի վրա և բաց լուսամուտից նայում էր դեպի յուր առջևը բացվող լայնածավալ հեռաստանը: Այստեղից երևում էր, ծառերի խտության մեջ թաքնված, ճանապարհի մի մասը, որ բերում էր Աշտիշատի վանքից դեպի ամրոցը: Տիկնոջ մտահույզ աչքերը հառած էին այդ ճանապարհի վրա: Նա խորին վրդովմունքով սպասում էր Սահակի գալստյանը, որ պիտի անցներ այն տեղով: Նա երազում էր և այն երջանիկ օրը, երբ այդ ճանապարհով կհայտնվեր սիրելի ամուսինը, յուր հետ բերելով նոր բախտ և մեծություն...

Նրա մոտ նստած էր մի այլ կին, ավելի մանկահասակ, ավելի նազելի: Անմեղությունը և հեզությունը կաթում էր այդ սիրուն կնոջ վարդագույն շրթունքներից: Նրա խոշոր, սևորակ աչքերի մեջ այնքան քաղցրություն կար, որ, կարծես, բարության ծով լինեին: Ճակատի վրա փայլում էր պարսից արքայական նշանը — մի կիսարփի ոսկյա ճաճանչներով: Եվ իրավ, նա պարսից արքայական տոհմից՝ հզոր Շապուհի քույր Որմիզդուխտն էր:

Դա Վահան Մամիկոնյանի երկրորդ կինն էր, իսկ Սամվելի՝ խորթ մայրը:

Այդ գեղեցիկ կինը գերեց Սամվելի հոր սիրտը, այդ գեղեցիկ կինը կապեց Սամվելի հորը թե պարսից արքունիքի և թե պարսից կրոնի հետ, և, վերջապես, այդ գեղեցիկ կնոջ միջոցով Շապուհը որսաց Մամիկոնյան նախարարներից մի հավատարիմ գործակից...

Բազմակնությունը հայոց նախարարների մեջ սովորական բան էր: Բացի օրինավոր կանանցից, նրանք պահում էին և բազմաթիվ հարճեր:

Սամվելի հայրը ամուսնացավ Որմիզդուխտի հետ այն ժամանակ, երբ Արշակավանի դժբախտ վախճանից հետո Ներսես Մեծը հաշտեցրեց Արշակ թագավորին յուր նախարարների հետ, բայց Սամվելի հայրը և Մերուժան Արծրունին չհաշտվեցան, այլ երկուսն էլ բաժանվեցան նախարարների միաբանությունից և, թողնելով Արշակին, դիմեցին Տիզբոն և պարսից Շապուհ արքային անձնատուր եղան:

Այսօր միևնույն ընտանիքի երկու տանտիկինները նստած էին միասին, մի գահավորակի վրա: Որմիզդուխտը — Սամվելի խորթ մայրը և Տաճատուհին — Սամվելի հարազատ մայրը: Դրանք երկու անհաշտ ախոյաններ էին: Ախոյաններ, որպես միևնույն ամուսնի սիրույն բաժանորդ՝ երկու խանդոտ կանայք, ախոյաններ, որպես բարձր ծագումի երկու հզոր ներկայացուցիչներ: Ավելի ճիշտ հաշվով, պետք է Սամվելի մայրը խոնարհվեր, տեղի տար արքայադստեր պահանջներին: Սամվելի մայրը Մերուժան Արծրունու քույրն էր, իսկ Որմիզդուխտը՝ Շապուհ արքայի քույրը: Բայց, հանգամանքների շնորհիվ, այդ հաշվից բոլորովին հակառակ հետևանք էր դուրս եկել: Սամվելի մայրը, այդ խստասիրտ և գոռոզ Արծրունին, օգուտ քաղելով Որմիզդուխտի մեղմ և դյուրաթեք բնավորությունից, ոչ միայն կարողացել էր պահպանել յուր տիկնանց-տիկնության փառքն ու բարձրությունը, այլ մինչև անգամ հաջողացրել էր Որմիզդուխտին յուր ազդեցության տակ դնել: Այդ էր պատճառը, որ այսօր Որմիզդուխտի ներկայությունը համարյա մոռացված էր Սամվելի մոր համար, որ դեռևս շարունակում էր լուսամուտից նայել դեպի Աշտիշատի ուղին, և նրա վրա ամենևին ուշադրություն չէր դարձնում:

Նրա ուշադրությունը զրավել էր մի միտք, որ սաստիկ հուզում էր նրան: Սահակի անակնկալ հայտնվիլը Տարոնում՝ զանազան մթին տարակուսանքների մեջ էր դրել նրան: — «Յուր կալվածքներին տեսություն անելու համար է եկել... — մտածում էր նա, — այդ ի՞նչ է նշանակում: Այդ բախտավոր մարդիկը՝ առանց սրի և առանց արյունի՝ այնքան շատ կալվածքներ ունեն, որ չեն էլ մտաբերում, թե որտեղ ունեն, և երբեք նրանց երեսը չեն տեսնում: Անտարակույս, մի այլ նպատակ պետք է թաքնված լինի Սահակի այցելությունների մեջ»...

Որմիզդուխտը արդեն սկսել էր ձանձրանալ: Մի քանի րոպե նրան զբաղեցրեց ուրախ ծիծեռնակը, որ բաց լուսամուտից ներս սլացավ, ճլվլաց, ճթճթաց, մի քանի պտույտներ, մի քանի շրջաններ գծեց ընդարձակ դահլիճի մեջ և ապա նստեց պղնձյա կիսարձանի գլխին, որ դրած էր մարմարիոնի պատվանդանի վրա: Դա Մամիկոնյանների նախահոր, Մամգունի անդրին էր: Մի առանձին հետաքրքրությամբ այդ բարձրությունից նայում էր բնության հարազատը դեպի յուր ճոխ և հարուստ շրջապատը, նայում էր և երկու մտախոհ կանանց վրա: Երբ ոչինչ բավականություն չգտավ, կրկին թռավ նստած տեղից, կրկին մի քանի պտույտներ գործեց և ապա, շարունակելով յուր երգը, դուրս նետվեցավ բաց լուսամուտից:

Որմիզդուխտը այսօր հյուր էր կանչված Սամվելի մոր մոտ: Նա ուներ յուր առանձին բնակարանը: Ամրոցի համարյա քառորդ մասը բռնել էր նա յուր աղախինների, ներքինիների և ծառաների բազմությամբ, որոնք բոլորն էլ պարսիկներ էին: Եղբայրը նրան Հայաստան ճանապարհ դնելու ժամանակ՝ դրեց նրա հետ, իբրև օժիտ, այլ հարստությանց թվում՝ և սպասավորների մի ամբողջ քարավան: Իբրև օժիտ ստացավ նա այլև Ատրպատանի սահմանի մոտ, Տիգրիսի աջ ափերի վրա, արդյունաբեր դաստակերտներ, գյուղեր և ավաններ:

Յուր ձանձրությունը փարատելու համար, երբեմն վեր էր առնում նա յուր մոտ դրված գեղեցիկ հովհարը, որ պատրաստված էր սիրամարգի փետուրներից և բռնված էր փղոսկրյա կոթի մեջ, և նրանով զովացնում էր տհաճությունից բոցբոցված դեմքը: Այդ գործողության միջոցին նրա հոլանի բազուկների վրա կապված մարջանի կարմիր շարքերը ախորժելի ձայներ էին հանում: Սամվելի մայրը դեռ շարունակում էր նայել լուսամուտից: Որմիզդուխտը յուր ներկայությունը հիշեցնել տալու համար, հարցրեց,

— Միայնա՞կ է գալու Սահակը:

— Նրա հետ կլինի և յուր հոր քարտուղարը՝ Մեսրոպը, — պատասխանեց նա, դառնալով դեպի յուր մոռացված հյուրը:

— Ես Մեսրոպին չեմ տեսել, — ասաց Որմիզդուխտը:

— Շուտով կտեսնես, մի սիրու՛ն, նախշուն՛կ երիտասարդ է:

Վերջին երկու բառերի վրա մի առանձին եղանակով շեշտեց Տաճատուհին: Որմիզդուխտը այլայլվեցավ:

Խոսում էին պարսկերեն:

— Սահակը նույնպես սիրուն երիտասարդ է — նկատեց նա:

— Եվ ավելի սիրուն, քան թե Մեսրոպը, — ավելացրեց Տաճատուհին դառն ժպիտով:

Ներս մտավ Սամվելը:

— Բարև, Որմիզդուխտ, բարև, մայր իմ, — ասաց նա և շնորհալի կերպով մոտեցավ, նախ մոր ձեռքը համբուրեց և ապա Որմիզդուխտի:

Սամվելի հայտնվելը փարատեց Որմիզդուխտի ձանձրույթը և նրա սիրուն դեմքի վրա նշմարվեցավ նկատելի ուրախություն:

— Ի նչ եղան «քո» հյուրերը, — հարցրեց մայրը մի առանձին հանգով:

Սամվելը մոտեցավ լուսամուտին, այնտեղից նայեց դեպի հանդիպակաց աշտարակը, որի կողքին ագուցած էր արևի քարյա Ժամացույցը, և ասաց.

— Փոքր-ինչ ուշացան, երևի, շուտով կգան: Հիմա հասկանում եմ, — խոսքը փոխեց նա, — թե դու ո՛րքան սիրում ես Սահակին:

— Ինչպե՞ս, — հարցրեց մայրը թաքցնելով յուր դժկամությունը:

— Դահլիճը բոլորովին նոր կերպով ես զարդարել, և այդքան անհամբեր ես Սահակի ուշանալու համար:

Մայրը ծիծաղեց:

— Բայց գիտե՞ս, Սամվել, մենք շուտով զուցե ուրիշ հյուրեր ևս կունենանք: Ինչո՞ւ չես նստում:

Սամվելը նստեց Որմիզդուխտի և մոր հանդեպ:

— Ի՞նչ հյուրեր, — հարցրեց նա:

— Դեռևս հարցնո՞ւմ ես, Սամվել, — ասաց մայրը մի այնպիսի հանդիմանական ձայնով, որով կշտամբել էր կամենում որդու մոռացկոտությունը: — Դու խո գիտես, որ հորդ հետ գալու են պարսից երկու նշանավոր զորապետներ՝ Զիկ և Կարեն իշխանները. տարակույս չկա, որ Տարոնով անցնելու միջոցին՝ նրանք մեր ամրոցում հյուր կլինեն:

— Այդ ես գիտեմ... սիրելի մայր, — պատասխանեց Սամվելը, վեր առնելով Որմիզդուխտի հովհարը և պտտեցնելով մատների մեջ: — Դեռ վաղ է... դու շտապում ես... պարսից զորապետներն այդպես շուտ չեն գա... մինչև նրանց Տարոնի սահմանի մեջ մտնելը, մենք բավական ժամանակ ունենք այդ գերապատիվ հյուրերի ընդունելության համար արժանավոր պատրաստություններ տեսնելու...

Տիկինը որդու փոխաբերական խոսքերն ընդունելով որպես անկեղծություն, պատասխանեց.

— Ես էլ գիտեմ, որ բավական ժամանակ ունենք պատրաստվելու, բայց դու չես իմանում, Սամվել, մեր սպասավորների կոպտությունը: Հազար անգամ պատվիրում ես, դարձյալ մոռանում են, թե ինչ բան որտեղ պետք է դնել, կամ ինչ բան որտեղից պետք է վեր առնել: Եվ ես ամեն անգամ, երբ մի նշանավոր մարդ եմ ընդունում, առանց ամոթի չեմ մնում:

— Բայց Սահակը մերն է, սիրելի մայր, նա օտար չէ, որ այդքան խստապահանջ լինի քեզանից...

— Դու դարձյալ Սահակի մասին ես խոսում, — ընդհատեց մայրը վրդովվելով: — Սահակի մասին ո՞վ է մտածում...

— Հա՜ մոռացա... Զիկ և Կարեն զորապետները...

— Այո՜, Զիկ և Կարեն զորապետները: Գիտես, Սամվել, ովքե՞ր են դրանք, որքա՞ն մեծ ազդեցություն ունեն Շապուհի արքունիքում:

Այդ անունները հաճախ կրկնվելով, Որմիզդուխտը միամտությամբ խոսակցության մեջ մտավ.

— Նրանք իմ եղբոր հետին ծառաներն են, եթե այստեղ գալու լինեն, համարձակություն չպիտի ունենան իմ մոտ նստելու: — Ճշմարիտ է, սիրելի Որմիզդուխտ, — ասաց Սամվելը, մի առանձին համակրությամբ նայելով գեղեցիկ կնոջ երեսին, — բայց երբ պարսից արքունիքի հետին ծառաները մեզ մոտ են գալիս, մենք ոչ միայն նրանց ամենաբարձր բազմոցն ենք ցույց տալիս, այլ մեր գլխի վրա ենք նստեցնում...

Այդ խոսքերը չվիրավորեցին Որմիզդուխտին, այլ վիրավորեցին Սամվելի մորը: Նա մի խոժոռ հայացք ձգեց նախ որդու վրա և ապա Որմիզդուխտի վրա:

— Դու չես արդարացնում, Սամվել, իմ գանգատը մեր սպասավորների կոպտության մասին, — ասաց նա խռովված ձայնով, — այս առավոտ չորսին դուրս եմ արել: Երևակայիր մի այդպիսի հասարակ բան. մեծ դժվարությամբ ես կարողացա որսալ տալ մի սոխակ. մի առ մի պատվիրեցի, թե վանդակը որտեղից պետք է կախ տալ և ինչով պետք է կերակրել: Բայց ի՞նչ: Այս առավոտ մտնում եմ դահլիճը, գտնում եմ խեղճ թռչունին յուր վանդակի մեջ սպանված: Բանից դուրս է գալիս, որ վանդակը փոխանակ վերևից կախ տալու, դնում են պատուհանում, կատուն գալիս է, թաթը կոխում է և սպանում սոխակին:

— Այդ վերին աստիճանի կոպտություն է, — ասաց Սամվելը, քլուխը ցավակցական կերպով շարժելով: — Դու իրավունք ունեիր ոչ մայն չորսին, այլ բոլորին դուրս անելու: Բայց կատվին չպատժեցի՞ր:

— Դու ծաղրում ես, Սամվել, այդպիսի դեպքերում շատ անվայել է ծաղրը, — նկատեց մայրը: — Գոնե Որմիզդուխտին մի վիրավորիր:

Սամվելը դարձավ դեպի Որմիզդուխտը, հարցնելով.

— Դու քեզ վիրավորվա՞ծ ես համարում:

Նա ժպտաց և, թավ հոնքերի տակից նայելով Սամվելի երեսին, ասաց.

— Ոչ: Ձեր անտառներում սոխակներ շատ կան...

— Բայց այնպիսին, որ ամբողջ օրը անդադար երգում էր, հազարից

մի անգամ է պատահում, Որմիզդուխտ, — ընդմիջեց Տաճատուհին զգոված ձայնով: — Դու քո կրոնի իմաստն անգամ չես հասկանում և Սամվելի ծաղրին համբերում ես... այդ լավ չէ...

Որմիզդուխտը շառագունեցավ:

Հարցը ինչո՞ւմն էր: Սամվելի մայրը այնքան նուրբ զգացմունքներ ունեցող կին չէր, որ սիրեր սոխակի երգը: Հարցը փոքր-ինչ կրոնական բնավորություն ուներ: Սոխակի մեջ, ըստ պարսից հավատալյաց, բնակվում էր բարի հրեշտակներից մեկի ոգին, և ամեն մի զրադաշտական սովորություն ուներ յուր տան մեջ պահել մի սոխակ: Նրա երգը հանապազորյա օրհնություն էր համարվում այդ տան բախտավորության համար: Պարսիկների սրբազան թռչունը յուր տան մեջ մտցնելով, Սամվելի մայրը կամեցել էր առաջին ցույցը անել յուր համակրության դեպի պարսից հավատալիքները: Եվ այդ ցույցը անհրաժեշտ էր, որովհետև նա հույս ուներ շուտով ընդունել յուր տան մեջ Զիկ և Կարեն զորապետներին:

Սամվելը կրկին դարձավ դեպի յուր խորթ մայրը.

— Իսկ դու ի՞նչ պատրաստություններ ես տեսնում, Որմիզդուխտ:

— Ես ոչինչ պատրաստություններ չեմ տեսնում, — պատասխանեց միամիտ պարսկուհին:

Նա չգիտեր Տիզբոնից ստացված վերջին տեղեկությունները: Սամվելի մայրը նրան ոչինչ չէր հայտնել: Սամվելը մտածեց հայտնել, փորձելու համար, թե ի՛նչ տպավորություն կգործեին նրա վրա:

— Դու նույնպես պետք է պատրաստություններ տեսնես, Որմիզդուխտ, — ասաց նրան Սամվելը. — ես այժմ կհայտնեմ քեզ մի շա՛տ և շա՛տ ուրախալի նորություն:

Դեռ չլսած նորությունը, Որմիզդուխտի դեմքը փայլեց ուրախությունից:

Մայրը աչքով, հոնքով նշան տվեց, որ լռե Սամվելը: Բայց նա իբր թե չնկատեց և ասաց Որմիզդուխտին.

— Քո եղբայրը, Շապուհ արքան, քո կրտսեր քրոջը՝ Որմիզդուխտին կնության է տվել Մերուժան Արծրունուն, արդեն Տիզբոնից դուրս են եկել, և հորս հետ գալիս են Հայաստան:

— Այդ լա՛վ է ... — խորին հրճվանքով բացագանչեց Որմիզդուխտը և բռնեց Սամվելի ձեռքից: — Ուրեմն ես շուտով կտեսնե՞մ քրոջս... ուրեմն նրանք շուտով այստեղ կլինե՞ն...

— Իհարկե, կտեսնես քո քրոջը... և քո նոր քենակալին... գուցե շուտով այստեղ կլինեն... — պատասխանեց Սամվելը, յուր ձեռքը չբաժանելով ոգևորված պարսկուհու ձեռքից: — Մի այլ ուրախալի նորություն ևս...

— Այդ ի՞նչ ասելու բան է, մտածի՛ր, Սամվել, — ընդհատեց մայրը հայերեն լեզվով, որը Որմիզդուխտը չէր հասկանում:

— Ինչո՞ւ չասել, ինչո՞ւ նա չպիտի գիտենա, որ յուր ամուսինը (այսինքն և քո ամուսինը և իմ հայրը) գալիս է: Ինչո՞ւ նա չպիտի գիտենա, որ յուր քույրը պսակված է Մերուժանի հետ: Ի՞նչ հարկ կա թաքցնելու նրանից, — խոսեց Սամվելը փոքր-ինչ վրդովված ձայնով:

— Նրա համար պետք է թաքցնել, որ դա մի երեխայի չափ խելք չունի. ինչ որ դա գիտե, մի րոպեից հետո ամբողջ ամրոցը կարող է գիտենալ...

— Բոլորովին սխալ է: Որմիզդուխտը, իրավ է, անմեղ երեխայի սիրտ ունի, բայց մի լավ կնոջ խելք:

Որմիզդուխտը թեև չէր հասկանում այդ վիճաբանությունը, բայց հասկացավ մոր և որդու մեջ տեղի ունեցած անբավականությունը, և մեջ մտավ, ասելով.

— Մի՛ վշտացրու մորդ, Սամվել:

Հետո դարձավ դեպի մայրը, հարցնելով.

— Դու ուրախ չե՞ս, որ իմ քույրը ամուսնացել է քո եղբոր հետ:

— Ինչպե՞ս ուրախ չլինել, — պատասխանեց տիկինը, փոքր-ինչ մեղմանալով, — իմ ուրախությունը սահման չունի: Խիստ սակավ արարածներ արժանանում են պարսից հզոր արքայի փեսան լինելու բախտին:

— Ուրեմն Սամվելից պետք է շնորհակալ լինել, որ խորհուրդ է տալիս պատրաստություններ տեսնել: Եվ ես արքայավայել պատրաստություններ պետք է տեսնեմ թե՛ իմ քրոջ համար, և թե՛ իմ եղբոր նոր փեսայի համար: Ախ՛, ի՛նչ ուրախություն կլինի այն օրը, երբ նրանք այստեղ կհասնեն...

Վերջին խոսքերը արտասանելու միջոցին գեղեցիկ կնոջ պայծառ դեմքը ավելի հրապուրիչ փայլ ստացավ: Բայց Սամվելի մայրը դեռ խռովված էր, դեռ մտածում էր՝ միգուցե որդին ավելի հեռու գնա յուր խոստովանությունների մեջ պարզամիտ Որմիզդուխտի առջև, որին նա շատ անփորձ և անզգույշ կին էր համարում:

Շապուհ արքայի բոլոր քույրերը կոչվում էին Որմիզդուխտ: Ինչպես հին հայերի մեջ, նույնպես պարսիկների մեջ, նույն սովորությունն էր տիրում, թեև աղջիկները առանձին անուն ունեին, բայց այդ անունները չէին գործածվում, այլ սովորաբար կրում էին իրանց հոր անունը: Շապուհ արքայի հայրը Որմիզդն էր և նրա բոլոր աղջիկները կոչվում էին Որմիզդուխտ, որ նշանակում է Որմիզդի դուստր: Հայոց Սան-ա-տրուկ արքայի դուստրը կոչվում էր Սանդուխտ, սուրբ Վարդան Մամիկոնյանի դուստրը՝ Վարդան-դուխտ, Սահակ Պարթևի (քահանայապետի) դուստրը՝ Սահակ-անույշ, Սմբատ Բագրատունու դուստրը՝ Սմբատ-ուհի:

Այսպես էլ Շապուհի երկու քույրերը, որոնց մեկը կնության էր տված Սամվելի հորը, Վահան Մամիկոնյանին, իսկ մյուսը՝ Մերուժան Արծրունուն, կոչվում էին իրանց հոր, Որմիզդի անունով Որմիզդուխտ:

Հայաստանը, եթե ոչ կլանելու, գեթ յուր գերիշխանության ներքո պահելու համար, պարսից արքունիքը նույն քաղաքականությանն էր հետևում, ինչ քաղաքականություն որ գործ էր դնում հռոմեական կայսրությունը: Վալենտիանոս կայսրը, Հայաստանը դեպի յուր կողմը ձգելու համար, յուր ազգականներից Ոլիմպիադա օրիորդին կնության տվեց հայոց Արշակ թագավորին: Իսկ Շապուհ արքան, նրա հակառակ, յուր երկու քույրերին կնության տվեց Արշակի երկու նշանավոր նախարարներին — Մերուժան Արծրունուն և Վահան Մամիկոնյանին — և նրանց ապստամբեցրեց իրանց թագավորի դեմ:

Արծրունյաց նախարարության երկիրը ընդարձակ Վասպուրականն էր, իսկ Մամիկոնյան նախարարության երկիրը՝ Տարոնը: Վասպուրականը Ատրպատականի կողմից, իսկ Տարոնը Աստրեստանի կողմից շատ մոտ էին պարսից սահմաններին: Շապուհ արքան յուր երկու քույրերի միջոցով երկու մեծ դռներ բաց արեց այդ կողմերից Հայաստան մտնելու:

— Մի այլ ուրախալի նորություն ևս, Որմիզդուխտ, — խոսեց Սամվելը, ուշադրություն չդարձնելով յուր մոր դժկամության վրա, — քո քույրը շուտով հայոց թագուհի կդառնա...

— Ա՜խ, ինչ ես ասում, — ձայն տվեց Որմիզդուխտը և ուրախությունից, այն աստիճան շվարեցավ, որ մոռանալով յուր ամոթխածությունը, մի անմեղ թիթեռնիկի նման վեր ցատկեց նստած տեղից և, փաթաթվելով Սամվելի պարանոցին, երկար բաց չէր թողնում յուր գրկից: Անդադար հարցնելով, — Ճշմարի՞տ է... Ճշմարի՞տ է... դու հանաք ես անում, Սամվել...

— Հանաք չեմ անում... բոլորովին Ճշմարիտ է... քո եղբայրը խոստացել է Մերուժանին հայոց թագավորությունը... պատասխանեց Սամվելը, ազատվելով նրա գրկից:

— Ա՜խ, ո՜րքան լավ կլինի, — ասաց Որմիզդուխտը ծափահարելով և, նստելով յուր տեղը, դարձավ դեպի Սամվելի մայրը, հարցրեց.

— Լավ չի՞ լինի:

— Իհարկե, լավ կլինի, — պատասխանեց նա, ինքն ևս ուրախակից լինելով նրա հրՃվանքին:

Սամվելը վեր կացավ, մի քանի անգամ անցավ դահլիՃի միջով և ապա կանգնեց Որմիզդուխտի առջև, ասելով.

— Շա՜տ լավ կլինի, Որմիզդուխտ, բայց դու, երևի, չգիտես, որ հայոց թագավորական գահին հասնելու համար՝ Մերուժանը դեռ շատ գործեր պետք է կատարե...

— Ի՞նչ գործեր, — հետաքրքրությամբ հարցրեց Որմիզդուխտը:

— Ես բոլորը կպատմեմ քեզ:

Մայրը կրկին ակնարկեց որդուն, որ լռե:

— Նա պետք է գիտենա, և կատարվելիք գործերի հաջողությունը պահանջում է, որ նա գիտենա, — ասաց Սամվելը հայերեն լեզվով: — Ինչո՞ւ ես արգելում ինձ:

Նա մոտեցավ մյուս լուսամուտին և կանգնեց նրա հանդեպ: Մի քանի րոպե այդ ահեղ բարձրությունից լուռ նայում էր դեպի յուր առջև բացվող տեսարանները: Ներքևում, մթին անդունդի մեջ, որոտում էր Արածանին, որ սեղմվելով Վահեվանյան ձորի անձկության մեջ, մի զայրացած վիշապի նման, յուր պտույտներով գանակոծում էր ամրոցի ստորոտի ապառաժները: Նրա հանդեպ, գետի մյուս կողմի բարձրության վրա, երևում էին մի հին քաղաքի ավերակները, որի մասին ավանդությունը ասում էր, թե շինված է եղել Սանատրուկ թագավորից։ Այդ քաղաքը Սլկունիների, այսինքն Տարոնի նախկին տիրապետող իշխանների մայրաքաղաքն էր, որ կործանեց Մամիկոնյանների նախահայր Մամգունը։ Անտառը ծածկել էր այդ խորհրդավոր քաղաքի հսկա փլատակները և կիսավեր աշտարակների միջից աճել էին դարևոր կաղնիներ։ Կրակը մի ժամանակ կատարել էր այնտեղ սարսափելի ավերմունք, և այդ պատճառով այդ քաղաքը կոչվում էր Մծուրք։ Սամվելը նայում էր նրա վրա, որպես խորտակված փառքի և իշխանության մարած մոխրի վրա... Նա աչքերը դարձրեց այդ տխուր տեսարանից և սկսեց նայել դեպի ավելի հեռուն։ Երևում էր Ավետյաց բլուրը, երևում էր այդ սրբազան բլուրի լանջաց վրա այն գեղեցիկ ծառաստանը, որի մեջ թաքնված էր Գլակա հռչակավոր վանքը։ Դեռ կենդանի էր Լուսավորչի կաղ դնը, դեռ այդ վանքի վառարանների մոխիրը գետնի տակով տանում էր և ածում Արածանիի ալիքների մեջ։ Գլակա վանքում դրած էին Սամվելի պապերի շիրիմները։ Սամվելին այնպես էր թվում, որ այդ պատկառելի շիրիմներից դուրս էին հայտնվում այն մեծ հանգուցյալների մռայլ ուրվականները և զայրացած դեմքով նայում էին Ողական ամրոցի վրա, ուր սկսվել էր կատարվել Մամիկոնյանների տոհմին անվայել մի դավաճանություն... Տխու՛ր զգացմունքներով Սամվելը երեսը շուռ տվեց Գլակա վանքից և սկսեց նայել դեպի յուր աջ կողմը։ Երևում էր Հացյաց դրախտը և հացի ծառերի սքանչելի թավուտների միջից հազիվ նշմարվում էին Սամվելի նախահարց կառուցած եկեղեցու խաչապսակ գմբեթները, որ մոտ էր Աշտիշատի վանքին։

Նա դարձավ դեպի յուր երկրորդ մայրը, ասելով.

— Ե՛կ այստեղ, Որմիզդուխտ։

Որմիզդուխտը թեթև քայլերով վազեց նրա մոտ և տեղավորվեցավ նրա կողքին, լուսամուտի պատուհանի մեջ։ Սամվելի մայրը խորին տհաճությամբ նայում էր նրանց վրա։

— Հիմա կասեմ քեզ, Որմիզդուխտ, թե ի՛նչ գործեր պետք է կատարե Մերուժանը հայոց թագավորական գահին հասնելու համար։ Բայց այդ գործերի մեջ մենք պետք է օգնենք նրան... մանավանդ դու, Որմիզդուխտ...

Նա ձեռքը մեկնեց դեպի Հացյաց դրախտը։

— Տեսնո՞ւմ ես, սիրելի Որմիզդուխտ, ինչպես գեղեցիկ լուսավորում են այնտեղ արեգակի պայծառ ճառագայթները։ Արփին յուր աստվածային ջերմությամբ կյանք է ներշնչում այդ հրաշագեղ դրախտին։ Փչում է հովը և ծառերի ճապուկ կատարները՝ մեղմ կանաչագույն ալիքների նման՝ ծփում են, ծածանվում են և, որպես մի կանաչազարդ ծով, տարածվում են մինչև հորիզոնի վերջը։ Այդ ծառերի ստվերախիտ լռության մեջ կանգնած են Մամիկոնյանների կառուցած տաճարները։ Իմ պապերը սպառեցին այնտեղ իրանց գանձերը, աշխարհի բոլոր թանկագին իրեղեններով զարդարելով այդ տաճարների սուրբ սեղանը։ Թվով մի քանի հարյուր աբեղաներ կերակրվում են այնտեղ մեր հացով և աղոթում են իրանց բարերարների հոգու համար։ Այժմ մենք Մամիկոնյաններս կկործանենք այդ տաճարները, սիրելի Որմիզդուխտ, և նրանց տեղը պարսկական ատրուշաններ կհիմնենք: Թո՛ղ ծուխով ու մուխով լցվի այդ նվիրական դրախտը... թո՛ղ այդ գեղեցիկ ծառաստանը այրվի՛, մոխի՛ր դառնա որմզդական կրակի մշտավառ բոցերի մեջ... Թո՛ղ քրիստոնեական խունկի ու կնդրուկի անուշահոտության փոխարեն՝ մոգերի մատուցած ողջակեզների ճենճերային հոտը բուրե այդ սրբազան տեղերում... Թո՛ղ լռե զանգակի և կոչնակի տաղտկալի ձայնը... թո՛ղ այդ հրաշալի բարձրությունների վրա ամեն առավոտ, արևի ծագման ժամանակ, և ամեն երեկո, արևի մուտքի ժամանակ, թող հնչե մոգերի թմբուկի ու շեփորի ձայնը... և թո՛ղ բարեպաշտ հայ շինականը, այդ ձայնը լսելով, դողդոջուն սրտով բարձրանա յուր կտուրի վրա և երկրպագություն տա ելնող ու մտնող արեգակին... Լսո՞ւմ ես, սիրելի Որմիզդուխտ, ահա այդ է պահանջում քո եղբայրը, և այդ պետք է կատարե Մերուժանը հայոց թագավոր դառնալու համար...

Բայց Որմիզդուխտը ոչինչ չէր լսում: Նա մի քաղցր ինքնամոռացության մեջ, ձեռքը դրած ոգևորված երիտասարդի ուսի վրա, և կպած նրա կողքին, զգում էր միայն սիրելի ձայնի մուզիկան, արբեցած էր նրա շնչով, և ամեն անգամ, երբ նա մի փոքր շարժում էր գործում, ցույց տալով այս ու այն առարկան, գեղեցիկ կնոջ մանուկ սիրտը բաբախում էր մրրկածուփ ջերմությամբ...

Լսում էր Սամվելի մայրը:

— Բավակա՛ն է, Սամվել... — գոչեց նա, և մոր սպառնալի ձայնը սթափեցրեց որդուն յուր խորին հափշտակությունից:

— Դու ծաղրո՞ւմ ես, Սամվել... — կրկնեց նա: — Լա՛վ մտածիր քո վարմունքը... Որմիզդուխտ, հեռացի՛ր այդտեղից:

— Ա՜խ ինչո՛ւ ես դու իմ ոգևորությունը ծաղրի տեղ ընդունում, սիրելի մայր, — ասաց Սամվելը և հեռացավ լուսամուտից: — Ես բոլորովին չեմ ծաղրում... Ես ասում եմ այն, ինչ որ դու ես ցանկանում...

Որմիզդուխտը նույնպես ցավելով թողեց այդ խորշը և ցավելով բաժանվեցավ Սամվելի բոպեական դրացությունից: Նա յուր դողդոջուն քայլերը ուղղեց դեպի դահլիճի դուռը, առանց նայելու յուր հյուրընկալի վրա:

— Ո՞ւր, Որմիզդուխտ, — ձայն տվեց նա:

— Ես ինձ վատ եմ զգում... գլուխս պտտվում է... գնում եմ մի փոքր հանգստանալու...

Նա շտապով դուրս գնաց, մոռանալով յուր հովհարը, որ դրած էր տիկնոջ գահավորակի վրա: Սամվելը առեց հովհարը և վազեց նրա ետևից: Նախասենյակում կանգնեցրեց նրան:

— Շնորհակալ եմ, Սամվել, — ասաց խորթ մայրը, ընդունելով հովհարը, և նրա տխրամած դեմքը կրկին փայլեց ուրախության ժպիտով:

— Դու այսօր ճաշին մեզ մոտ չե՞ս լինի, — հարցրեց Սամվելը:

— Ո՛չ...

— Սահակը շատ կցանկանար տեսնել քեզ:

— Իմ կողմից ներողություն խնդրիր:

Նա դուրս եկավ: Նախասենյակի դռանը երկու սևամորթ

ներքինիներ սպասում էին նրան: Առաջ ընկան և տարան նրան դեպի յուր բնակարանը:

Վերադառնալով դահլիճը, Սամվելը ասաց յուր մորը.

— Դու վիրավորեցիր Որմիզդուխտին:

— Ես չեմ կարող համբերել իմ սենյակում այս տեսակ պարսկական վավաշոտությունների... — պատասխանեց մայրը:

— Բայց դու սիրում ես ամեն ինչ, որ պարսկական է...

— Բայց մտածի՛ր, Սամվել, նա քո հոր կինն է...

— Եվ իմ հարգելի մայրն է ... Եթե դու դարձյալ այդպես անվայել կերպով կխոսես նրա վրա, ես իսկույն նրա նման դուրս կգնամ և մյուս անգամ չեմ մտնի այս դահլիճը:

Տիկինը ոչինչ չպատասխանեց: Որդու սպառնալիքը լռեցրեց նրան: Կնոջ արտասուքը, մանավանդ մոր արտասուքը, այդպիսի բոպեներում ամենաազդու պատասխանն է լինում: Մայրը թաշկինակը տարավ դեպի աչքերը, սկսեց դառն կերպով հեկեկալ:

Սամվելը անհնարին խռովության մեջ, բարկությունից ձեռքերը շփելով, մոլորվածի նման շրջում էր դահլիճի մեջ և ուշադրություն չէր դարձնում մոր արտասուքի վրա: Նա դեռ զգում էր յուր կողքին նազելի կնոջ հպավորության ախորժելի շոշափումը, նրա ականջներին դեռ հնչում էր վերջին խոսքերի քաղցրությունը:

Այդ մանկահասակ կինը, որի տարիքը քանից չէին անցնում, սիրելի էր Սամվելին, սիրելի՛, ավելի այն պատճառով, որ այն դերը, որի համար նա նշանակված էր և որի պատճառով նրա եղբայրը մտցրել էր նրան այդ ընտանիքի մեջ, նա ոչ միայն բնավ չէր կատարում, այլ մինչև անգամ արհամարհում էր: Պարսից արքունիքը յուր կրթության բոլոր ուժը սպառելով միայն տղաների դաստիարակության վրա, աղջիկները մնում էին համարյա թե անկիրթ և սովորում էին գլխավորապես հարուստ և շքեղ կանանոցի մեղկությունները, զվարճությունները ու բարձր ազնվապետական ծեսերը միայն: Այդ էր պատճառը, որ նրանք քաղաքական նպատակների գործիք դառնալու մեջ բոլորովին անընդունակ էին: Նրանք ծառայում էին ավելի իբրև մի մեքենական օղակ իրանց ամուսինների արքունիքի հետ կապելու համար, իսկ իրանք սեփական գիտակցություն չունեին: Սամվելի երկար բացատրությունները, որ այնքան զգացմունքով արտասանեց նա լուսամուտի հանդեպ կանգնած ժամանակ, ուրիշ ոչինչ չէին, եթե ոչ մի փորձ, հասկանալու համար Որմիզդուխտի համակրությունը կամ հակակրությունը, թե ինչպես կվերաբերվի նա դեպի յուր եղբոր ձեռնարկությունները: Նրան, իբրև պարսկուհու և իբրև հեթանոսի, ավելի պետք է զրավեին կատարվելիք գործերը, բայց նա ուշադրություն անգամ չդարձրեց: Եվ ինչ որ նրան ավելի պետք է հետաքրքրեր և ինչ բանի մեջ նա ավելի պետք է յուր ազդեցությունը գործ դներ, ընդհակառակն, գործ էր դնում Սամվելի հարազատ մայրը: Եվ այդ էր, որ այնպես սաստիկ վրդովեցնում էր որդուն:

Լսելի եղավ շեփորի ձայն:

Սամվելը ցնցվեցավ: Ցնցվեցավ և նրա մայրը: Վերջինը աչքերը սրբեց և սկսեց նայել լուսամուտից: Սամվելը նույնպես մոտեցավ մյուս լուսամուտին:

Աշտիշատի վանքից դեպի ամրոցը բերող ճանապարհի վրա երևաց մի ստվար ասպախումբ: Արևի առջև փայլում էին նրանց զենքերն ու զարդերը: Երբ մոտեցավ ամրոցին, հնչեցրին շեփորը:

Սամվելը դուրս գնաց ընդունելու յուր վեհազնյա հյուրին:

ԾԲ

ԱՆՀԱՋՈՂ ԴԱՎԱԴՐՈՒԹՅՈՒՆ

Հյուրերի երևնալը ընդմիջեց այն անակնկալ կռիվը, որ տեղի ունեցավ մոր և որդու մեջ: Մամիկոնյան տիկինը դարձյալ ընդունեց յուր սովորական հպարտ դեմքը և, Սամվելի դուրս գալուց հետո, անհանգիստ կերպով շրջում էր դահլիճի մեջ, մինչև նրանք ներս կմտնեին և կհամբուրեին յուր աջը:

Բայց նրանք ուշացան:

Նա կանչել տվեց տաճարապետին:

Ներս մտավ մի միջահասակ ոստանիկ, որը տան տնտեսը, մատակարարը և միևնույն ժամանակ սեղանատան կառավարիչն էր: Նա խոնարհությամբ գլուխ տվեց և կանգնեց դռան մոտ:

— Ամեն ինչ պատրա՞ստ է, Արմենակ, — հարցրեց նրանից:

— Պատրաստ է, տիկին, — պատասխանեց տաճարապետը:

— Երաժիշտները կանչվա՞ծ են:

— Կանչված են, տիկին:

— Կիրամայես տակառապետին, որ ամենահին և ամենաթունդ գինին բաց անե հյուրերի համար.

— Հրամայված է, տիկին,

— Իսկ ինձ համար՝ ամենաթույլը, հասկանո՞ւմ ես:

— Հասկանում եմ, տիկին...

— Միայն գույների մեջ զանազանություն չլինի...

— Չլինի, տիկին...

Ուրիշ մի քանի պատվերներ ևս տալով, ասաց նրան.

— Այժմ կարող ես գնալ:

Նա գլուխ տվեց և դուրս եկավ:

Տաճարապետի հեռանալուց հետո՝ ներս մտավ ներքինապետ Բագոսը՝ յուր խորշոմած, լերկ դեմքով, յուր առանց թերթերունքների կարմիր կոպերով, որոնք իրանց նեղ շրջանակի մեջ հազիվ կարողանում էին սեղմել նրա՝ գորտի աչքերի նման դուրս ընկած՝ անհանգիստ բիբերը: Նա քսությամբ մոտեցավ տիկնոջ գահավորակին, այնքան ուշիկ քայլերով, կարծես, վախենում էր, միգուցե ոտները մատնեին իրան, և կռանալով, խռպոտ ձայնով մրթմրթաց.

— Գնացին նախ տիկին Զարուհիի ձեռքը համբուրելու...

Մամիկոնյան տիկնոջ գոռոզ աչքերը վառվեցան բարկության կրակով:

— Հետո՞ — հարցրեց նա խռովյալ ձայնով:

— Հետո գալու են այստեղ ճաշելու:

— Ե՞րբ:

— Ո՞վ է իմանում: Եթե տիկին Զարուհին չուշացնե, գուցե շուտ կգան: Բայց նրա սովորությունները հայտնի են. մինչև մի բան չուտացնե, մինչև մի բան չխմացնե, բաց չի թողնի:

— Սամվե՞լն էլ գնաց նրանց հետ:

— Սամվելը բոլորից առաջ էր ընկած...

Տիկինը ավելի վրդովվեցավ:

Ներքինապետը, արդեն իրան հասած համարելով յուր նպատակին, ավելի առաջ տարավ քսությունը, ասելով.

— Սամվելը հրամայեց, որ Մուշեղին ևս հրավիրեն ճաշի...

— Եվ Մուշեղը համաձայնվեցա՞վ գալու:

— Համաձայնվեցավ... Սամվելի հետ նա այդպես է...

Վերջին խոսքերի միջոցին բանսարկուն ձեռքերը մոտեցրեց և երկու ցուցամատները կցեց միմյանց հետ, որ միության նշան էր:

Միևնույն ամրոցում ապրող Մամիկոնյան երեք եղբայրների — Վարդանի, Վասակի և Վահանի ընտանիքները թեև առերես բարեկամ էին, բայց ի ներքուստ թշնամական հարաբերությանց մեջ էին: Եվ այդ ոխերիմ թշնամությունը ուներ յուր աղետալի պատճառները. Վասակը սպանել էր յուր հարազատ եղբորը Վարդանին, իսկ Վահանը՝ Սամվելի հայրը՝ մատնելով եղբայրասպան Վասակին Շապուհ արքայի ձեռքը՝ նույնպես սպանել տվեց: Այդ տան մեջ արյան թշնամություն կար, — ընտանեկան անմոռանալի վրեժխնդրության թշնամություն...

Բայց կեղծ-ազնվապետական քաղաքավարությունը սքողում էր այդ թշնամությունը: Տիկնոջը վրդովեցրեց ոչ այնքան Սամվելի՝ Մուշեղին ճաշի հրավիրելը, որ նրա հորեղբայր Վասակի որդին էր, որքան ներքինապետի հաղորդած այն տեղեկությունը, թե Սահակ Պարթևը գնաց նախ տիկին Զարուհիի ձեռքը համբուրելու: Այդ սգավոր տիկինը սպանված Վարդան Մամիկոնյանի այրին էր: Իսկ Սահակը, որպես նախընթաց գլխում ցույց տվինք, այդ Վարդանի դստեր որդին էր: Այդ էր պատճառը, որ Սահակը սովորություն ուներ ամեն անգամ, երբ նրան պատահում էր յուր քեռիների ամրոցը գալ, նախ մտնել տիկին Զարուհիի մոտ, մխիթարել նրան և յուր հարգանքը հայտնել յուր սգավոր քեռակնոջը: Եվ այդ սաստիկ բարկացնում էր Սամվելի մորը: «Ամեն անգամ, երբ այդ գոռոզ Պարթևը հայտնվում է մեր ամրոցում, միշտ մի առիթ է գտնում ինձ վիրավորելու»... մտածում էր նա և ուռած շրթունքները դողում էին սրտի խռովությունից:

— Որմիզդուխտի մասին մի բան չիմացա՞ր, — դարձավ նա դեպի ներքինապետը:

— Նա հիվանդ է...

— Ուրեմն ճաշի չի՞ գա:

— Եթե առողջ ևս լիներ, չէր գա... — ասաց ներքինապետը և նրա երեսի կնճռոտ կաշին, ավելի կծկվելով, ծիծաղի նման մի բան ձևացրեց խորամանկ դեմքի վրա:

Իսկ Սամվելի մոր դեմքը փայլեց անկեղծ ուրախությամբ, երբ իմացավ, որ Որմիզդուխտը ճաշին չի լինի: Գեղեցիկ, քաղցրաբարո կինը, մանկահասակ հյուրերի շրջանում, կարող էր ստվեր ձգել նրա վրա: Նախանձը չափ չուներ այդ փառասեր Արծրունու սրտում, թեև նա արդեն հասակը առած և թառամած կին էր:

Ներքինապետի և տիկնոջ խոսակցության միջոցին, երբեմն դահլիճի դուռը աննկատելի կերպով շարժվում էր և նրա նեղ բացվածքից նայում էին երկու լուսափայլ աչքեր: Մեկը նախասենյակում լրտեսում էր:

Ներքինապետի հաղորդած տեղեկությունները որքան ուրախություն պատճառեցին տիկնոջը, այնքան ավելի ևս տրտմություն հարուցին նրա մեջ: Նրա սիրտը ալեկոծվում էր, և ամբոխված գլխում պտտվում էին մթին խորհրդածություններ... Անպատեհ հյուրերի տարաժամ գալուստը այն աստիճան հանկարծակի և անակնկալ կերպով տեղի ունեցավ, որ ժամանակ չտվեց նրան կարգի դնելու և մի որոշ հետևանքի հասցնելու յուր խորհրդածությունները... Այժմ տատանվում էր նա սարսափելի ծայրահեղությունների մեջ...

Նա կրկին դարձավ դեպի բանսարկուն, հարցնելով.

— Դու հաստատ գիտե՞ս, որ Մուշեղը գալու է ճաշի:

Ներքինապետի դեմքի վրա կրկին հայտնվեցավ զզվելի ժպիտը, և նրա անհանգիստ բիբերը ավելի լայնացան:

— Եթե քո խոնարհ ծառան մի բան հաստատ չգիտենա, չի ասի, — պատասխանեց նա և ձեռքը մտերմաբար տարավ ուղղելու գահավորակի վրա դրած բարձերից մեկը, որ փոքր-ինչ շեղվել էր յուր սովորական տեղից:

Դահլիճի դուռը կրկին շարժվեցավ, երկու փայլուն աչքերը կրկին շողացին բացված ճեղքից: Երևում էր, որ այդ հետախույզ աչքերը դժվարանում էին դիտելու, թե ո՛վ էր տիկնոջ խոսակիցը, որովհետև գահավորակը, որի վրա նստած էր տիկինը, դրած էր դռան բոլորովին հակառակ կողմը, իսկ դահլիճը այնքան ընդարձակ էր, որ ձայների միայն անորոշ հնչյուններն էին հասնում մինչև նախասենյակը:

Տիկինը մտահույզ կերպով վեր կացավ նստած տեղից և յուր քայլերը ուղղեց դեպի կից սենյակը:

— Եկ ինձ հետ, Բագոս, — հրամայեց ներքինապետին:

Այդ կողքի սենյակը տիկնոջ առանձնարանն էր, որից մի դուռ բացվում էր դեպի նրա ննջարանը, իսկ մի այլ դուռ՝ դեպի կանանոցի ետևի փոքրիկ բակը, որ զարդարած էր մշտադալար բույսերով:

Առանձնարանի դուռը ներսից կողպեցին: Դահլիճը մնաց դատարկ:

Այդ միջոցին դահլիճը մտավ նախասենյակի ունկնդիրը-օրիորդ Նվարդը: Որպես մի մարմնացած զգուշություն, ուշիկ քայլերով անցավ նա փափուկ գորգերի վրայով և, ուշադրությամբ յուր շուրջը նայելով, մոտեցավ լուսամուտներում դրած ծաղկամաններին, հոտ քաշեց, մոտեցավ մետաղյա հայելուն, նայեց յուր գունաթափ դեմքի վրա, և ապա մոտեցավ այն դռանը, ուր ներս մտան տիկինն ու ներքինապետը: Մի խուլ քրթմնջոց լսելի էր լինում ներսից: Օրիորդը կամաց ականջը տարավ դեպի դռան փականքը: Շվարված աղջիկը շունչ անգամ չէր առնում, որ յուր լռությունը չխանգարե: Նրա ականջներին հասնում էին աղոտ շշնջյուններ միայն, որոնցից ոչ մի բառ որոշել չէր կարողանում: Տհաճությունը խեղդում էր նրան: Մի մթին, չարագուշակ բնազդմամբ զգում էր նա մի ինչ-որ դավադրություն, որ սարսափեցնում էր նրան:

Նա հեռացավ յուր բռնած դիրքից, որոնում էր մի առարկա գտնել, որ եթե տիկինը հանկարծ դուրս գալու լինի, իրան գործով զբաղված տեսնե: Այդ միջոցին դահլիճի դռները շառաչմամբ ետ գնացին և ծտի նման ներս նետվեցավ փոքրիկ Վահանը-Սամվելի կրտսեր եղբայրը: Շատ խաղալուց քրտնած, թշերը վարդ դարձած, ուրախ երեխան վազեց, փաթաթվեցավ օրիորդին և, նրանից մի համբույր ընդունելուց հետո, իսկույն բաց թողեց նրան, և թռավ գահավորակի վրա: Մի ակնթարթում հավաքեց նա բարձերը, դրեց միմյանց վրա և, ձիու նման հեծնելով, սկսեց ոտներով խթահարել և ձեռքերով մտրակել յուր նժույգին, ուրախ-ուրախ կրկնելով՝ «չու՛... չու՛»... Երբ տեսավ, որ յուր անշնորհք նժույգը տեղից չի շարժվում, ձանձրացավ, և վայր ցատկեց գահավորակի վրայից, մի այլ խաղալիք գտնելու համար: Չարաճճին խլեց ծաղկամանների մեջ դրած փունջերից մեկը: Այդ միջոցին վրա հասավ օրիորդը և հազիվ կարողացավ նրա ձեռքից ազատել փունջը: Բայց ծաղիկները բավական տրորվեցան: Նկատելով, որ համառ երեխան հանգիստ չէ մնալու, օրիորդը բռնեց նրա ձեռքից, համարյա բռնությամբ դուրս քաշեց դահլիճից և դուռը ներսից կողպեց: Նա մի քանի անգամ զայրացած կերպով ոտքով խփեց դռանը և հեռացավ:

Վահանի չարությունը թեև խլեց օրիորդից մի քանի թանկագին րոպեներ, բայց նրա համար մի գործ պատրաստեց, որի մասին մտածում էր: Նա վեր առեց Վահանի ձին, այսինքն միմյանց վրա դրած երկու բարձերը, մեկը նետեց դահլիճի մի կողմը, մյուսի նետեց մյուս կողմը: Վեր առեց նրա տրորած փունջը, քրքրեց, տերևթափ արեց, և նույնպես ցրիվ տվեց գորգերի վրա: Այդ գործողություններից հետո, նա կրկին մոտեցավ առանձնարանի դռանը, ականջը տարավ դեպի փականքը:

Այժմ ավելի կամաց էին խոսում: Խեղճ օրիորդը ամբողջ մարմնով լսելիք էր դարձել, բայց ոչինչ չէր լսում: Նրա սիրտը բաբախում էր հետաքրքրությունից և արյան ջերմությունը այրում էր թշերը: Բավական էր նրան գիտենալ, թե ում հետ էր խոսում յուր տիկինը. այդ շատ բան կպարզեր: Դռան փեղկը ներքևի կողմից բոլորովին սերտ կերպով չէր կցված շրջանակի հետ, մնացել էր մի նեղ բացվածք: Նա կռացավ, սկսեց այդ բացվածքից նայել: Ոչինչ չէր երևում: Մի քանի րոպեից հետո լսելի եղավ հազալու անընդհատ ձայն, որ հետզհետե սաստկանալով և ապա աստիճանաբար նվազելով, վերջը հեղձուցիչ խոխոջի փոխվեցավ:

Օրիորդը ցնցվեցավ: Այդ ակամա հազը ծանոթ էր նրան, ծանոթ էր և ամբողջ ամրոցին: Նա դուրս էր վիժում խորտակված կուրծքից և փտած թոքերից: Այժմ գիտեր օրիորդը, թե ով էր տիկնոջ խոսակիցը: «Մի բան կա»... մտածեց նա և լարեց յուր բոլոր ուշադրությունը:

Հանկարծ գունաթափվեցավ նա, որպես գունաթափվում է մի մարդ, երբ կայծակը շանթում է մերձակայքում և լսելի է լինում որոտման ահեղ դղրդյունը: Բայց նրա լսածը երկու բառեր էին միայն, մեկը Մուշեղի անունը, մյուսը մի այլ սոսկալի բառ...

Առանձնարանում տիրեց խորին լռություն: Այժմ առաջվա շշնջյունն անգամ չէր լսվում: Երևում էր, որ տիկնոջ խոսակիցը, վերջին պատվերը ստանալուց հետո, դուրս գնաց մյուս դռնից, որ բացվում էր դեպի կանանոցի փոքրիկ բակը:

Օրիորդը հեռացավ յուր դարանից, մտածելով, որ տիկինը կարող էր հանկարծ դուրս գալ և այնտեղ տեսնել իրան: Նա մոտեցավ դահլիճի դռանը, որ ինքը կողպել էր, բաց արեց, հետո սկսեց գորգերի վրա սփռված տերևները և ծաղիկների թերթիկները հավաքել: Բարձերը դեռ ընկած էին իրանց տեղում: Բավական գործ կար, որ եթե տիկինը դուրս գալու լիներ, նրան զբաղված տեսներ: Բայց նա ուշացավ: Երևում էր, որ դեռ երկար տանջվում էր նա այն անգութ պատվերի մասին, որ տվեց յուր հավատարիմ ծառային... Մի քանի անգամ հավաքեց օրիորդը ծաղիկների տերևները, ծղոտները և թերթիկները, մի քանի անգամ վերջացրեց այդ գործը, բայց դարձյալ, ավելի մանրացնելով, ցրիվ տվեց հատակի վրա: Այդ գործողությունը կրկնում էր նա, մինչև դուրս եկավ տիկինը:

— Այդ ի՞նչ է, այդ ո՞վ արեց, — հարցրեց նա, բարկացած աչքերով նայելով յուր շուրջը:

— Ո՞վ պետք է աներ, — պատասխանեց օրիորդը, շարունակելով հավաքել յուր ցրիվ տվածը, — ներս եմ մտնում, տեսնում եմ, որ Վահանը ամեն ինչ տակնուվրա է արել, հենց որ ինձ տեսավ, իսկույն փախավ:

— Ա՜խ չարաճճի, — բացականչեց զայրացած մայրը, — ե՞րբ պետք է խելքի գա այդ տղան: Հիմա կարող են իսկույն մտնել հյուրերը և տեսնել այդ անկարգությունը:

— Ես իսկույն կհավաքեմ, տիկին, — ասաց օրիորդը, շտապեցնելով յուր աշխատությունը:

— Մինչև դու կհավաքես, կեսօր կդառնա, գնա, սպասավորներից մեկին ասա, որ գա ավելե այստեղ, իսկ ինքդ վազիր պարտեզը, մի նոր փունջ պատրաստիր, դրա տեղը դնելու համար:

Նվարդը շտապով դուրս գնաց:

Սպասավորները խմբված էին սեղանատանը, ծիծաղում էին, հռհռում էին, կատակներ էին անում և սեղանն էին պատրաստում: Նրանց միջում խառն էր և պատանի Հուսիկը — Նվարդի սիրելին: Նվարդը հեռվից կանչեց մեկին և հայտնեց տիկնոջ հրամանը, իսկ ինքը վազեց դեպի պարտեզը:

Նրան տեսնելով, Հուսիկի աչքերը վառվեցան: Նա հետևեց, թե դեպի

որ կողմը գնաց օրիորդը, մանավանդ երբ նկատեց, որ խորամանկ աղջիկը մեկնելու միջոցին ձեռքը տարավ դեպի աջ ականջը: Այդ նրանց մեջ մի պայմանական նշան էր, որի իմաստն այն էր, թե կանչում է նրան:

Հուսիկը ընկերների ուշադրությունը յուր վրա չդարձնելու համար՝ մի քանի րոպե սպասեց, հետո զգուշությամբ դուրս եկավ սեղանատնից: Հեռվից տեսավ նա, որ օրիորդը գնում էր դեպի պարտեզը: Ինքն ևս պտույտ տվեց մի այլ ճանապարհով, որ նույնպես դեպի պարտեզն էր տանում:

Նա գտավ յուր սիրուհիին վարդենիների թփերի մոտ, բայց ոչ այնպես ուրախ, որպես սովոր էր նրան հանդիպել այստեղ: Նա դեռ նոր էր սկսել փնջել յուր փունջը:

— Երևի, ինձ համար է, — ասաց պատանին և մոտեցավ գրկելու նրան:

— Դրա ժամանակը չէ, Հուսիկ, — արգելեց օրիորդը, — ես քեզ կանչեցի մի շա՛տ կարևոր գործի համար:

— Ի՞նչ գործ, — հարցրեց պատանին վշտացած ձայնով, առաջին անգամ մի այդպիսի սառնություն տեսնելով սիրած աղջկա կողմից:

— Գնա՛ Սամվելի մոտ, մի կերպով հասկացրու, որ իշխան Մուշեղին իմացում տա, որ նա այսօր մեր տիկնոջ մոտ ճաշի չգա... Գնա՛, մի ուշացիր...

Այն ծանր եղանակը, որով արտասանեց օրիորդը այդ խոսքերը, Հուսիկին մոռանալ տվեց յուր սիրային գուրգուրանքը, և նա զարմացած կերպով հարցրեց. — Ինչո՞ւ Մուշեղ իշխանը չգա ճաշի, ի՞նչ կա... —

Բան կա... հետո կասեմ... դու մի ուշացիր..,

— Չ՞է որ իմ տերը պետք է գիտենա, թե ի՛նչ բան կա, որ իմացում տա Մուշեղ իշխանին:

— Հիմա որ քո տերը գիտենա, լավ չի լինի, սիրելի Հուսիկ, կարելի է մի խռովություն ծագե, — ասաց օրիորդը համոզիչ ձայնով. — թող հյուրերը գնան, ես բոլորը կպատմեմ քեզ, և դու կհայտնես քո տիրոջը: Դե՛ գնա, մի ուշացիր:

— Թող տուր երեսդ...

— Գնա՛ ...

— Գոնե այդ սիրուն մատներդ...

Հուսիկը խլեց օրիորդի ձեռքը և, մատների ծայրերը համբուրելով, դուրս վազեց պարտեզից:

«Ո՛տայր ինձ գձուխ ծխանի
Եւ զառաւօտն Նաւասարդի,
Զվազելն եզանց
Եւ զվազելն եղջերուաց.
Մեք փող հարուաք
Եւ թմբկի հարկանէաք»:

Հնչում էր վինը, հնչում էր բամբիռը և սեղանատնից լսելի էր լինում Արտաշեսի ըղձական երգը: Երկու ժողովրդական երգիչներ, դրան մոտ կանգնած, երգում էին և ածում էին իրանց հինավուրց նվագարանների վրա:

Հին էր երգը, հին էին և երգիչները: Արտաշեսը մահվան անկողնի մեջ երգեց այդ երգը: Հայրենասեր թագավորը, յուր կյանքի վերջին րոպեներում, խորին տենչանքով փափագում էր այն հանդեսներին, որ կատարվում էին Նավասարդի առաջին առավոտը: Այն օրից անցել էր մոտ երեք հազար տարի: Եվ ահա մահվան անկողնի մեջ դրված հեթանոսության երգիչը, քրիստոնեական դարում, երգում էր նույն երգը:

Տաճարի մեջտեղում դրած էր մարմարիոնի անշարժ սեղանը: Նա երկայն ձև ուներ, այնքան երկայն, որ նրա երկու կողմերում կարող էին տեղավորվել ավելի քան հիսուն հոգի: Բայց գեղեցիկ, քանդակագործ նստարանների վրա նստած էին հինգ հոգի միայն: Սեղանի գլխում, փառավոր բազմոցի վրա, նստած էր Մամիկոնյան տիկինը, նրա աջ կողմում Սահակ Պարթևը, իսկ ձախ կողմում՝ Մեսրոպ Մաշտոցը: Սահակից ներքև նստած էր Սամվելը, իսկ նրա հանդեպ ծերունի Արբակը — Սամվելի դայակը: Հյուրերի թվում պակաս էր Մուշեղ իշխանը — Սամվելի հորեղբոր որդին: Պակաս էր և Որմիզդուխտ տիկինը:

Սեղանը լի էր զանազան խորտիկներով: Արծաթյա բարձր ափսեների մեջ դրած էին պես-պես աղանդերներ — քաղցրավենիք, անուշեղեններ և չորացած մրգեղեններ: Ամբողջ սեղանը զարդարած էր գույնզգույն ծաղիկներով և կանաչ տերևներով: Հյուրերի յուրաքանչյուրի ետևում կանգնած էր մի-մի ծաղկապսակ պատանի, շղեք կերպով հագնված: Նրանք բռնած ունեին մի ձեռքում գինով լի արծաթյա կահույրները, իսկ մյուս ձեռքում՝ նույնպես արծաթյա գավաթը, որ փոքրիկ թասի ձև ուներ: Դրանք հյուրերի մատռվակներն էին, նույն թվով, ինչ թվով որ սեղան էին նստած: Իսկ ավելի հեռու, յուրաքանչյուր հյուրի ետևում, կանգնած էին նրանց զինված թիկնապահները և հրեշտակի նման հսկում էին իրանց տերերի վրա:

Երգիչներին տեղ էին տվել սեղանատան դռան մոտ. նրանք անլռելի ձայնով երգում էին և ածում: Մեկը երկու աչքերից ևս Հոմերոսի նման կույր էր, իսկ մյուսը՝ մեկ ոտքից կաղ: Հագնված էին աղքատ կերպով: Ժողովրդի սիրելիները ժողովրդի անշուք կերպարանքն էին կրում իշխանների սեղանի մոտ...

Թախծալի երգի ձայնը, նվագարանների մեղեդին,ոսկյա պատառաքաղների աղմուկը, արծաթյա գավաթների լիահնչյուն ընդհարումները խլացնում էին խոսակցության ձայները, որ սկսել էին հետզհետե կենդանանալ: Լուռ էր միայն Սամվելը: Դառն, հոգեմաշ մտածություններ ալեկոծում էին նրա սիրտը: Երկու նրան սիրելի անձնավորություններ, զանազան պատճառներով, չմասնակցեցին սեղանին: Իշխան Մուշեղը և Որմիզդուխտը: Երկուսի բացակայության պատճառներն ևս նրա համար խիստ ծանր էին:

Խոսում էր ըստ մեծի մասին Մամիկոնյան տիկինը և խոսում էր ավելի Սահակ Պարթևի հետ: Նա իրան առհասարակ լավ պահել գիտեր հյուրերի շրջանում, բայց այսօր նրա խոսքերը կցկտուր էին և, կարծես, չէին կապվում միմյանց հետ: Նա տանջվում էր այն մտքով, արդյոք Սամվելը հայտնե՞լ էր նրանց յուր հոր վերադառնալը Տիզբոնից, և եթե հայտնել էր, արդյոք ի՞նչ ձևով էր հայտնել: Հյուրերը այդ մասին չէին խոսում և ինքը, տիկինը, աշխատում էր խույս տալ այդ հարցից: Բայց բոլորովին լռելն անպատշաճ էր: Նա դիտավորություն ուներ՝ մոտ օրերում Սամվելին ճանապարհ դնել հորը ընդառաջ երթալու և դիմավորելու նրան՝ նախքան Տարոնի սահմանից ներս մտնելը: Ի՞նչպե ս կարելի էր, որ այդ տան ամենամոտ բարեկամները չգիտենային այդ և, որքան էլ որ ինքը թաքցնելու լիներ, վերջապես Սամվելը կասեր նրանց: Իսկ ինքը Սամվելի հետ դեռ որևէ համաձայնություն չէր կայացրել, թե որպես պետք էր հրատարակել նրա հոր գալստյան համբավը կամ ի՛նչ ձև պետք էր տալ նրա ընդունելությանը: Մյուս կողմից տանջում էր նրան այն միտքը, թե ինչո՞ւ Մուշեղը ճաշի չեկավ: Միթե յուր տան մեջ լրտեսնե՞ր կային... միթե ներքինի Բագոսը դավաճանե՞ց նրան... իրան խոսք տվեց, իսկ ծածուկ իմացում տվեց Մուշեղին պատրաստված դավաղրությունը... «Եթե նրան հայտնեցի՛ն, հետևանքը շատ վատ կարող է լինել»... մտածում էր նա և յուր կսկիծը թաքցնում էր արտաքին կեղծ ուրախության ներքո: Նա ոչ ոքից այնքան երկյուղ չուներ յուր ձեռնարկությունների խափանման մասին, որքան այդ համարձակ և անվախ երիտասարդից...

Տիկնոջ նման մի ամուր բնավորություն միայն կարող էր այդ բոլոր մթին տարակուսանքներից հետո՝ պահպանել յուր սառնասրտությունը և իրան չմատնել հյուրերի առջև: Այսուամենայնիվ, նրա դրությունը խիստ դժվարին էր: Նա չգիտեր, թե ի՛նչպես պետք էր դուրս գալ իրերի այդ խառնաշփոթ հանգույցներից:

Նա աշխատում էր խոսել ավելի հեռավոր առարկաների վրա: Մի քանի անգամ, զանազան ձևերով, հիշեց յուր ցավակցությունը Սահակի հոր, Ներսես Մեծի, աքսորանքի մասին:

— Այն օրից, — ասում էր նա հեկեկալով, — որ ինձ հասավ այդ տխուր լուրը, ես հանգստություն չունեմ. ամեն անգամ, որ մտաբերում եմ, աչքերս լցվում են արտասուքով... Հայոց երկիրը առանց հովվապետի՛... ա՛խ, այդ ինչ դժբախտություն է...

Եվ իրավ, նա թաշկինակը տարավ դեպի աչքերը: Սահակը մխիթարեց նրան, ասելով.

— Ուրախ կա՛ց, տիկին, մի՛ տանջիր սիրտդ այդ դառն հիշողություններով: Իմ հայրը յուր կյանքում շատ փորձանքների մեջ է ընկել, և ամեն անգամ ամենականչ տերը ազատել է նրան: Այդ փորձանքից ևս, ես հավատացած եմ, կազատվի նա:

— Կազատվի՛, — կրկնեց տիկինը, ավելի մխիթարական դեմք ընդունելով: — Նրա սուրբ աղոթքը կազատե իրան...

Պարթևը փոխեց խոսքը, հարցնելով.

— Իսկ դու, քեռակին, ի՞նչ լուր ունես իմ քեռուց. չգիտեմ որտեղ՝ ականջիս հասավ, որ այս մոտ օրերը գալու է նա:

Տիկինը շփոթվեցավ, բայց իսկույն զսպեց իրան, պատասխանելով.

— Ասում են՝ գալու է... բայց ճիշտ տեղեկություններ չկան...Կարծես թե, մեր մեղքից, ճանապարհները փակված լինեն... Ամեն կողմից անհաջողության ձայներ են լսվում... մխիթարական ոչինչ չկա... Ի՞նչ է կատարվում այնտեղ, Տիզբոնում, ի՞նչ եղավ թագավորը, — հայտնի չէ... Միայն այդ օրերում Տիզբոնից մի եկվոր, — երևի, փախստական զինվոր — լուր բերեց, թե քեռիդ գալիս է...Ոչ նամակ ուներ, և ոչ մի նշան... Կասկածում եմ, որ ընծա ստանալու համար՝ խաբեց ինձ... Դու ինչ ես կարծում, սիրելի Սահակ, ես այդ մասին բոլորովին շվարած եմ, չգիտեմ, թե ինչ պետք է անել...

— Ես չեմ կարծում, որ եկվորը համարձակվեր խաբել քեզ, սիրելի քեռակին: Որտեղացի էր:

— Մեր գյուղացիներից մեկը...

— Ուրեմն կասկածելու ոչինչ չկա. ձեր գյուղացին քեզ չի խաբի...

— Ես էլ հակված եմ կարծել, թե գուցե ճշմարիտ լինի... և պատրաստվում եմ Սամվելին ընդառաջ ուղարկել...

— Անպատճառ, պետք է ուղարկել, — ասաց Սահակը, ուրախություն ցույց տալով և դարձավ դեպի մյուսները, այդ կեղծ մտերմական խոսակցությունը ընդհանրացնելով:

— Լսի՛ր, Մեսրոպ, քեռիս գալիս է, Սամվելը պետք է ընդառաջ գնա, խմենք մի-մի գավաթ, Սամվելին բարի ճանապարհ մաղթելով:

Մեսրոպը զբաղված էր զանազան կատակներով ծերունի Արբակի հետ, իսկույն չլսեց Սահակի առաջարկությունը: Սահակը կրկնեց յուր առաջարկությունը:

— Խմենք, խմենք, — ձայն տվեց Մեսրոպը և դարձավ դեպի երգիչները. — երգեցեք մի նոր երգ:

Նրանք երգեցին Վահագնի գիշերային այցելության երգը դեպի Աստղկա ոսկյա ապարանքը, որ կանգնած էր Աստղոնից լեռան գագաթի վրա:

Մտավ Արփին, պատեց խավա՛ր,
Մութ խավարը գիշերին,
Նինջ ու թմբիր ցանեց Քունը
Լուռ և խաղաղ աշխարհին:
Լուռ է Նազիկ, ալիքները
Նազ-նազելով են ծփում.
Որ նազանի Կույսի նիրհը
Չխանգարեն հատակում:
Լուռ է գետը — Արածանին-
Ուշիկ հոսով է հոսում.
Որ Նրհանգի ծանր քունը
Չվրդովե յուր խորքում:
Լուռ է անտառ, ոչ մի տերև
Չէ սոսափում, չէ շարժվում,
Զի Պարիկը նինջ է ննջում
Ցուր մամռապատ անձավում:

Լո՜ւռ է երկինք, լո՜ւռ է գետինք, —
Ամենուրեք լռություն.
Խաղաղական քաղցր քնով
Քնած է ողջ բնություն:
Բայց Աստղոնից լեռան վրա
Դեռ հսկում է դիցուհին,
Քուն կամ հանգիստ մոտ չեն գալիս
Նրա կարոտ աչերին:
Նա տանջվում է յուր անկողնում,
Անկողնումը լուսապատ,
Եվ տարփալի հուր-աչերը
Հառած են դեպ Աշտիշատ:
Ահա՜ Տարոն սասանվեցավ,
Սասանվեցավ, դղրդաց,
Ամպրոպային ահեղ թնդմամբ
Լեռն ու անտառ որոտաց:
Այդ հսկան է — շեկ Վահագնը —
Հսկայական ընթացքով
Տատանում է երկինք, գետինք,
Տատանում է լեռ ու ծով:
Բայց դիցուհու գողտրիկ սիրտը
Անուշ դողով դողդողաց,
Երբ դյուցազնի մերձենալը
Յուր ամրոցին նա զգաց:
Կրկին տիրեց լռությունը —
Խորհրդավո՛ր լռություն,
Նա Դյուցազնին հանգիստ տվեց.
Հանգիստ տվեց յուր գրկում:

ԺԳ

ՀԱՆԳԱՄԱՆՔՆԵՐԸ ԲԱՐԴՎՈՒՄ ԵՆ

Ճաշը վերջանալուց հետո, հյուրերը կրկին հավաքվեցան դահլիճը: Այստեղ պատրաստած էին նրանց համար զանազան օշարակներ և զանազան զովացուցիչ ըմպելիքներ՝ գինու տապը մարելու համար: Սպասավորները անդադար ելևմուտ էին անում, իսկ դռների մոտ անշարժ կանգնած էին թե՛ Սահակի և թե՛ Մեսրոպի զինված թիկնապահները: Մամիկոնյան տիկինը այժմ ավելի ուրախ էր և ավելի սիրալիր քնքշությամբ գուրգուրում էր յուր հյուրերին: Նա մինչև անգամ խոսում էր, ծիծաղում էր Մեսրոպի հետ, որի վրա առաջ առանձին ուշադրություն չէր դարձնում, համարելով նրան «մի փոքրիկ ազնվական», որ յուր անշուք ամրոցի կտուրից կարող էր տեսնել յուր կալվածքների բոլոր սահմանները:

Ծերունի Արբակը հենց ճաշը վերջանալուց հետո իսկույն աննկատելի կերպով անհայտացավ: Սամվելը դեռևս գտնվում էր յուր առաջվա մռայլ տրամադրության մեջ: Եթե հյուրերի ներկայությունը չլիներ, նա ևս, յուր դայակի նման, կթողներ և կհեռանար յուր սենյակը, մի փոքր հանգստություն տալու բորբոքված սրտին: Նա նստած էր դահլիճի մի հեռավոր բազմոցի վրա, և գլուխը խոնարհեցրած հենարանի վրա, կարծես թե նիրհում էր: Բայց այդ ծանրացած գլուխը սարսափելի խռովության մեջ էր: Առանց նրա կամքը հարցնելու զինու աղմկալի բաժակներով նրա համար բարի ճանապարհի մաղթեցին: Նա պիտի գնար դիմավորելու յուր հորը. նա պիտի գնար ընդունելու հայրենիքի դավաճանին... Բայց ի՞նչ սրտով գնար, ինչպե՞ս ընդուներ... Այդ դա՛ռն, հուսահատական մտքերը ալեկոծում էին նրան:

Տիկինը, շարունակելով յուր անսպառ հարցուփորձը, դարձավ դեպի Սահակը, հարցնելով, թե ինչպե՞ս գտավ նա յուր հայրենական կալվածքները:

— Ոչ բոլորովին գոհացուցիչ դրության մեջ, քեռակին, — պատասխանեց Սահակը, փոքր-ինչ շփոթվելով այդ անակնկալ հարցից — Քեզ հայտնի են մեր գործակալների անպիտանությունները, թե ինչպես օգուտ քաղել գիտեն հարմար դեպքերից: Հորս հետ պատահած դժբախտությունից հետո, նրանցից ոմանք, համարյա իրանց տեր կարծելով իրանց կառավարությանը հանձնված կալվածքներին, մինչև անգամ զլացան արդյունքները յուր ժամանակին հասցնել: Մեծ աշխատություններ էին հարկավոր, մինչև այդ բոլոր անկարգությունները կհեռացնեի և գործերը կարգի կդնեի:

Պարթևը խոսքերի մեջ չբռնվեցավ: Փորձիչը առաջարկեց մի այլ հարց.

— Դարձյալ գոհություն աստուծո, որ կարողացել ես փոքր ի շատե կարգի դնել: Հիմա պետք է քեռիներիդ տանը հանգստանաս և նրանց ուրախություն պատճառես, սիրելի Սահակ:

— Շատ կցանկանայի, սիրելի քեռակին, բայց ցավում եմ, որ մի օրից ավել մնալ չեմ կարող: Սաստիկ շտապում եմ...

— Ինչո՞ւ, գոնե պետք է մնաս մինչև Սամվելի հոր գալը. դու գիտե՞ս, թե որքան կուրախանա նա, երբ քեզ այստեղ կտեսնե:

— Բայց մեր տանը մեծ անհամբերությամբ սպասում են իմ վերադարձին: Փոքրիկ Սահականույշը հիվանդ է: Մայրը անմխիթար տրտմության մեջ է գտնվում, ուշանալ չեմ կարող, սիրելի քեռակին:

Տիկինը տխուր դեմք ընդունեց, թեև նա չէր հավատում ոչ փոքրիկ Սահականույշի հիվանդությանը և ոչ նրա մոր անմխիթար տրտմությանը, ինչպես չէր հավատում, որ Սահակը յուր կալվածական գործերը կարգի դնելու համար էր եկած Տարոն:

Նա դարձավ դեպի Մեհրուժանը, որ այդ միջոցին կանգնած էր–

պատուհանի առջև և, ձեռքում բռնած ունենալով այնտեղ դրված արծաթյա անոթներից մեկը, նայում էր գեղեցիկ քանդակների վրա:

— Ինչպե՞ս վերջացավ ձեր վեճը օձնեցոց հետ, Մեսրոպ:

— Ես այդ մասին ամենևին չեմ էլ մտածում, տիկին, — պատասխանեց նա անփույթ կերպով. — ես այդ հոգսերը թողել եմ հորս վրա: Օձերի հետ գործ ունենալը փոքր-ինչ դժվար է...

— Բայց հացիկցիք ևս պակաս չեն... — նկատեց տիկինը, ժպտալով:

— Դրա համար էլ նրանց «կարճազատներ» են կոչում... — պատասխանեց Մեսրոպը ծիծաղելով:

Մեսրոպը Հացիկ ավանի տերը և միևնույն ժամանակ բնիկ այնտեղացի էր: Օձ քաղաքի բնակիչների հետ հողերի սահմաններ որոշելու վեճ ունեին: Օձեցիք ճանաչված էին որպես օձաքարո մարդիկ. իսկ հացիկցիք ստացել էին «կարճազատ» մականունը, որ նշանակում է կարիճի զավակ, կամ, փոխաբերական մտքով, չարաճճի, խայթող, թունավորող: Տիկինը յուր ակնարկությամբ կամեցավ հեգնել երիտասարդ «կարճազատի» խայթող լեզուն, որովհետև օձնեցիք վայելում էին տիկնոջ առանձին խնամակալությունը և նրա անմիջական հովանավորության ներքո էին գտնվում:

Այդ փոքրիկ հանաքից հետո, որ տիկնոջը շատ հաճելի չթվեցավ, խոսակցությունը կրկին դարձավ Սամվելի ճանապարհորդության վրա: Դրան առիթ տվեց այն, որ տիկինը, նկատելով որդու խռովյալ դրությունը, ցած իջավ յուր գահավորակից, մոտեցավ նրա բազմոցին և, ձեռքով փայփայելով նրա խիտ գանգուրները, հարցրեց.

— Ի՞նչ է պատահել քեզ հետ, սիրելիս, գոլ ճաշից հետո ինչ-որ տխրության մեջ ես գտնվում է:

— Ոչինչ... — պատասխանեց Սամվելը, գլուխը վեր բարձրացնելով: — Այդ ինձ հետ շատ է պատահում.., մանավանդ չափազանց ուրախություններից հետո... Սեղանի վրա փոքր-ինչ ավելի խմեցի:

Տիկնոջ աչքին ընկավ որդու գունաթափ դեմքը: Նա սոսկաց:

— Քո դեմքը քո մասին լավ վկայություն չէ տալիս, Սամվել, — ասաց նա դողդոջուն ձայնով. — դու, երևի, հիվանդ ես, քո երեսին գույն չէ մնացել. քո աչքերը վառվում են ինչ-որ տենդային կրակով... ես սարսափում եմ քո վրա նայելիս:

— Ասում եմ, որ այդ ինձ հետ շատ է պատահում... — կրկնեց որդին և վեր կացավ նստած տեղից:

Նա մի քանի անգամ մտահույզ կերպով անցավ դահլիճի միջով, հետո կանգնեց Մեսրոպի մոտ, որ դեռևս շարունակում էր նայել հնադարյան անոթների վրա: Տիկինը գնաց, նստեց յուր տեղը:

— Երիտասարդների հետ այդպիսի րոպեներ շատ են պատահում, — ասաց նրան Սահակը: — Ո՛վ գիտե, ինչ է մտաբերել... երևի, յուր նշանածին...

Վերջին խոսքը ասելով, տիկնոջ որդու մասին կրած ցավակցական զգացմունքները կատաղության փոխվեցան: Նա զայրացած կերպով գոչեց.

— Խնդրում եմ, Սահակ, մի հիշեցրեք ինձ այդ անունը... Ինձ ատելի են բոլոր Ռշտունիները և ամբողջ Ռշտունիքը...

Սահակը այդպիսի պատասխան չէր սպասում: Այդ խոսքերը ոչ միայն նետի նման ցցվեցան Սամվելի սրտում, այլև վիրավորեցին նույնիսկ Սահակին, և նա ստիպված, որ միամտաբար այդ առարկայի վրա խոսք բաց արավ:

— Ինչո՞ւ Ռշտունիքը, այդ քաջարանց երկիրը, և ինչո՞ւ Ռշտունիները, այդ քաջազուն իշխանները ատելի են քեզ, տիկին, — հարցրեց նա սառն կերպով:

— Չգիտեմ ինչու, — պատասխանեց տիկինը առաջվա վրդովմունքով: — Միայն այդ կոշտ, կոպիտ, վայրենի, արյունարբու լեռնականների դուստրը չէ կարող իմ որդու կինը լինել... Ես ինքս Արծրունի եմ և Արծրունյաց տոհմից ընտրել եմ իմ որդու համար արժանավոր հարսնացու... Այդ գիտե Սամվելը. ես հարյուր անգամ նրա հետ խոսացել եմ այդ մասին:

Սամվելը լսում էր այդ խոսքերը. նա մոտեցավ և, կանգնելով մոր առջև, ասաց կիսահեգնական ձայնով.

— Գիտեմ, գիտեմ, ոչ թե հարյուր անգամ, այլ հազար անգամ դու ասել ես ինձ այդ, և իմ պատասխանները, կարծեմ, դու չես մոռացել...

Իսկ եթե քո հա՞յրը կառաջարկե քեզ միևնույնը, Սամվել, — ասաց մայրը կշտամբելով որդու կամակորությունը, — դու, կարծեմ, այն ժամանակ չես համարձակվի հակառակել քո հոր կամքին...

— Դեռ ինձ հայտնի չէ, որ իմ հոր կամքը այդ է... — պատասխանեց Սամվելը խորին սառնությամբ:

Բայց ինձ հայտնի է... — ասաց մայրը խորին բարկությամբ:

Սահակը, նկատելով, որ յուր անմեղ կատակով առիթ տվեց անտեղի և տարաժամ վիճաբանության մոր և որդու մեջ, ընդմիջեց նրանց կռիվը, ասելով.

— Թողնենք այդ: Իրավ է, որ այդ հարցում հոր կամքը ավելի մեծ նշանակություն ունի... Թողնենք մինչև հոր գալուստը... Ես հավատացած եմ, որ Սամվելը հոր ցանկությունը կկատարե...

Հետո, կամենալով ավելի կարևոր առարկայի վրա դարձնել խոսակցությունը, դարձավ նա դեպի Սամվելը, ասելով.

— Իսկ դու, սիրելի Սամվել, պետք է պատրաստվես հորդ ընդառաջ գնալու:

Սամվելը ոչինչ չպատասխանեց: Մայրը շատ գոհ մնաց Սահակի առաջարկությունից և, բռնելով որդու ձեռքից, նստացրեց յուր մոտ, գահավորակի վրա, և մի առանձին սիրելությամբ նայելով նրա երեսին, ասաց.

— Ես ամեն ինչ պատրաստել կտամ քո ճանապարհորդության համար, թանկագին Սամվել: Ես մոռանում եմ բոլորը: Դու չգիտես, ի՜նչ բան է մոր սիրտը: Դու չգիտես, թե որպիսի ջերմությամբ ամեն րոպե բաբախում է նա որդու բախտավորության համար: Ես հենց այսօր կհրամայեմ, որ պատրաստեն նժույգները: Արծաթյա ասպազենքով և թանկագին շալերով զարդարել կտամ նրանց: Ավելի քան հիսուն հետևակներով դու կդիմավորես քո հորը: Քեզ կուղեկցե երիտասարդ համհարզների մի ստվար խումբ, ամենքը գեղեցիկ զարդերով զարդարված, ամենքը հարուստ զենքերով սպառազինված: Եվ ամեն մարդ, ով որ կտեսնե քո փառավորությունը, երանի կտա քո ծնողներին:

Սամվելի հոր գալուստը, որի մասին տիկինը առաջ թերությամբ էր խոսում, և ավելի ծածկել էր աշխատում, քան թե երևան հանել, այժմ, հակառակ նրա ցանկության, յուր բոլոր պարզությամբ խոսակցության առարկա դարձավ: Տիկինը մի առանձին վնաս չէր տեսնում եթե յուր հյուրերին հայտնի կլիներ նրա գալուստը միայն, բայց ոչ գալստյան նպատակները: Նպատակների մասին նա կարծում էր, որ յուր հյուրերը ոչինչ չգիտեն, եթե գիտենային չէին համբերի և որևիցե կերպով կակնարկեին նրան: Այդ մտքով նա հրամայեց տաճարապետին, որ սեղանի վրա ամենաթունդ գինին մատուցանե, որպեսզի արբեցության ջերմության մեջ կարողանա նրանց գլուխները թափ տալ: Բայց ոչինչ չլսեց: Այսուամենայնիվ, նրա կասկածը Սահակի և նրա հոր ծածկամիտ քարտուղարի այցելությունների մասին տակավին փարատված չէր:

Սամվելը հասկացավ Սահակի նպատակը, թե որպիսի վարպետությամբ նա խոսել տվեց յուր մորը այն բոլորը, ինչ որ վերաբերում էր յուր ճանապարհորդությանը: Եվ յուր սովորական երկմտանի պատասխանով կամեցավ լրացնել նրա խոստացած պատրաստությունների թերին, ասելով.

— Այդ բոլորը հարկավոր է հորս արժանավոր ընդունելության համար, սիրելի մայր, բայց դու նրա մեծապատիվ ուղեկիցների ընդունելության մասին ոչինչ չասեցիր:

Վերջին խոսքերի միջոցին նա դարձավ դեպի Սահակը և դեպի Մեսրոպը, որ նստած էր նրանց մոտ:

— Հորս հետ գալիս են պարսից երկու նշանավոր զորապետները — Զիկ և Կարեն. — դրանք գալիս են մեր երկիրը պահպանելու, որովհետև թագավորը չկա, իսկ հայրապետը բացակա է... Դրանց ընդունելության համար ևս հարկավոր են փառավոր պատրաստություններ...

Մոր սիրտը սկսեց դողալ: Ի՞նչ էր կամենում ասել Սամվելը: Միթե նա բոլոր գաղտնիքը կամենում էր բա՞ց անել Սահակի և Մեսրոպի առջև: Սամվելը նկատեց մոր շփոթությունը և շարունակեց.

— Այո՛, հորս հետ գալիս են Զիկ և Կարեն զորապետները: Երբ նրանք ոտք կդնեն Տարոնի հողի վրա և երբ կմոտենան Արածանիին, այդ ժամանակ դու, սիրելի մայր, սկսյալ Արածանիի ափերից մինչև մեր ամրոցը, ճանապարհի ամբողջ տարածությունը պատել կտաս թանկագին գորգերով: Եվ պարսից զորապետները այդ փառավոր փիանդազի վրայով ընթանալով կմտնեն մեր ամրոցը: Այն ժամանակ կկատարենք մեծահանդես խրախճանը... Բայց չմոռանաս, սիրելի մայր, պատվիրել, որ մինչև մեր ամրոցին հասնելը, ըստ պարսից սովորության, ճանապարհի վրա, բազմաթիվ զոհեր մատուցվեն նրանց առջև... Թող արյունով սրբվի այդ ճանապարհը... և թող զոհերի դիակների վրայով անցնեն այդ հարգելի հյուրերը,..

Տիկինը փոքր-ինչ շունչ առեց, երբ տեսավ, որ Սամվելը կարճ կտրեց յուր դառն ակնարկությունները:

Խոսակցությունը ընդհատվեցավ, որովհետև Սահակը և Մեսրոպը վեր կացան և, հայտնելով իրանց շնորհակալությունը տիկնոջ սիրալիր հյուրասիրության համար, ասացին թե գնալու են Մուշեղ իշխանին այցելելու: Այդ այցելությանը ամենևին ախորժելի չթվեցավ տիկնոջը, մանավանդ երբ իմացավ, որ ընթրիքը նրա մոտ են ուտելու և գիշերը նրա մոտ են մնալու:

— Ինչո՞ւ այնտեղ, — թախանձում էր տիկինը, — ինչո՞ւ եք վիրավորում ինձ: Խնդրում եմ, գիշերը մեզ մոտ եկեք:

— Դու այնքան զբաղմունք ունես, սիրելի քեռակին, — ասաց Սահակը, — որ թե ես, թե Մեսրոպը չէինք ցանկանա խանգարել քեզ: Բայց Մուշեղը ավելի անգործ մարդ է այդ ամրոցում:

Տիկինը ամենաքնքուշ ողջագուրանքով ճանապարհ դրեց նրանց մինչև նախասենյակը, խոսք առնելով, որ գնալու ժամանակ դարձյալ կտեսնվեն յուր հետ: Նա վերադարձավ դատարկացած դահլիճը, և յուր տանջված մարմինը բաց թողնելով գահավորակի վրա, ընկողմանեցավ և, երկու ձեռքով բռնելով ծանրացած գլուխը, սկսեց ինքն իրան հաշիվ տալ յուր այնօրվա կատարած դերի մասին: Դերը անհաջող էր, իսկ հաշիվը հուսահատական: Անհաջող էր նա այն կետում, որ նախագծել էր յուր համար, թե ի՞նչ դիրք պետք է բռներ յուր երկու հյուրերի առջև` յուր ամուսնու զալստյան խորհրդի վերաբերությամբ: Բայց նրանք շատ բան իմացան, քան թե հարկավոր էր, որ իմանային: Անհաջող էր նաև Մուշեղի մասին հղացած չար դիտավորության վերաբերությամբ... Նա մտածում էր կանչել տալ ներքինապետին և նրանից հարցուփորձ անել: Բայց քառորդ ժամից հետո, նա ինքը, յուր տիկնոջ նման թախծալի և վշտահար դեմքով, ներս մտավ:

Սամվելը գնաց Սահակի և Մեսրոպի հետ նրանց ճանապարհ դնելու մինչև Մուշեղի ապարանքը: Երկար նրանք անցնում էին զանազան բակերի և զանազան շինվածքների միջով, մինչև դուրս եկան ամրոցի այդ ոլորապտույտ լաբյուրինթոսից և հասան ապարանքի մեծ, կամարակապ դռանը: Երկու թևատարած արծիվներ քարից դուրս էին բերված դռան կամարի վրա, որոնք, երկու արթուն ոգիների նման, կարծես, հսկում էին այդ իշխանական տան մուտքի վրա: Մուշեղի հայր Վասակը բոլոր Մամիկոնյան եղբայրների մեջ ամենահարուստն էր և նրա ապարանքը` ամենափառավորը: Բացի Տարոնից, որ այդ տոհմի նախարարության ժառանգությունն էր, Վասակին էր պատկանում Եկեղյաց գավառի մի մասը, ուր հիմնել էր նա յուր անունով մի քաղաք, որ կոչվում էր Վասակակերտ:

Մտնելով ապարանքի մեծ դռնից և անցնելով երկար փողոցով, առաջինը, որ բացվեցավ նրանց առջև, դա մի ընդարձակ բակ էր, որ զարդարած էր ծաղկավետ թփերով և մշտականաչ բույսերով: Բակի մեջտեղում մարմարյա շատրվանից բարձր ցայտում էր ջուրը, և մարգարտյա տարափի նման, դարձյալ ցողվում էր գեղեցիկ նիանգի զանգրահեր գլխի վրա, որի բերանից դուրս էր վիժում նա: Այդ պարզ, թրթռուն ավազանի շուրջը նազելով պտտվում էին երկու սիրամարգներ: Ջրի վրա ցրվել էին զանազան ծաղիկներ, որոնք, ալիքների մեղմ ծփանքից մոտենալով ավազանի բոլորակ եզերքին, կազմել էին մի գույնզգույն բոլորակ պսակ: Արեգակի ճառագայթները կորցնում էին իրանց ջերմությունը այդ անուշահոտ, հովասուն դրախտի մեջ, ուր ամբողջ տարին տիրում էր մշտադալար, անթառամ գարուն:

Նրանք գտան Մուշեղին մի հովանոցի մեջ, որ մոտ էր ջրի ավազանին: Նա նստած էր այնտեղ միայնակ և լուռ նայում էր երկու կայտառ պատանիների վրա, որոնք նրա հանդեպ ճեմելիքում նետով նշան էին խփում մի զնդակի, որ դրած էր բարձր ձողի գլխին:

Տեսնելով յուր հարգելի այցելուներին, Մուշեղը դուրս վազեց հովանոցից և, դիմավորելով նրանց, գրկվեցավ նախ Սահակի հետ և ապա Մեսրոպի հետ:

— Երևի, — ասաց նա ծիծաղելով, — Սամվելի մայրը սաստիկ հիփացրել է ձեզ, որ այդպես ուշ եք վերջացրել ճաշը: Ես այստեղ երկար սպասում էի:

Նրանք մտան հովանոցը և նստեցին դալար ճյուղերից հյուսած աթոռների վրա: Սամվելը բաժանվեցավ:

— Դու գնո՞ւմ ես, Սամվել, — հարցրեց նրանից Մուշեղը:

— Ես կգամ ձեզ մոտ գիշերը... երևի, շատ ուշ... — պատասխանեց նա և հեռացավ:

Հովանոցի մոտ, դրսում, ոտքի վրա կանգնած էին Սահակի և Մեսրոպի անբաժան թիկնապահները: Նրանք հրաման ստացան, որ գնան և պարտեզի մի կողմում նստեն, հանգստանան, որովհետև ամբողջ օրը ոտքի վրա էին:

Երկու պատանիները, տեսնելով Սահակին և Մեսրոպին, թողին իրանց ուրախ մարզությունը և վազեցին դեպի հովանոցը: Սահակը երկուսին ևս գրկեց և համբուրեց: Դրանցից մեկը Մամիկոնյան Վարդանի որդի Համազասպն էր, իսկ մյուսը Մամիկոնյան Վաչեի որդի Արտավազդն էր:

Վերջինը, որ մի խարտյաշ, կրակոտ պատանի էր, մոտ տասնչորս տարեկան, երկու ձեռքերը դրեց Սահակի ծնկների վրա և, .ծիծաղկոտ դեմքով նայելով նրա երեսին, ասաց.

— Գիտե՞ս, որքան անգամ տարվեցավ Համազասպը, — քսան հարվածների մեջ՝ հինգ անգամ:

— Իսկ դու, պարծենկո՛տ, քանի՞ անգամ, — հարցրեց Սահակը, նրա երկու ճարպիկ ձեռքերը առնելով յուր ափերի մեջ:

— Ես մեկ անգամ:

— Իմ ձեռքը այսօր դողում է, — արդարացրեց իրան Համազասպը:

Այդ զանգրահեր, վառվռուն աչքերով պատանին Սահակի ապագա փեսան էր, նրա գեղեցիկ Սահականույշի ամուսնացուն: Ինքը Մամիկոնյան մորից ծնված լինելով, յուր դստերը նույնպես հարսնախոսել էր Մամիկոնյաններին, և նո՛յն տանը, որտեղից դուրս էր եկել յուր մայրը: Մերձ ամուսնությունները այդ ժամանակ սովորական էին Հայաստանում, մանավանդ բարձր շրջաններում: Սովորական էր նույնպես, ոչ միայն անչափահաս հասակում նշան դնել ամուսնացուներին, այլ օրորոցի մեջ, և մինչև անգամ դեռ չծնված:

— Հիմա գնացեք, նորից փորձեցեք ձեր բախտը, — ասաց նրանց Սահակը:

Երկու պատանիները խլեցին իրանց աղեղները և կրկին վազեցին դեպի բարձր ձողի գլխին դրած գնդակը:

Արևն արդեն սկսել էր թեքվել դեպի յուր երեկոյան մուտքը: Նրա վերջին ճառագայթները, խաղալով շատրվանից բարձրացած ձյունի պես սպիտակ ջրային փոշիների հետ, շողշողում էին ծիածանի վառ գույներով: Այդ գույները լուսավորում էին հինավուրց ամրոցի մռայլ ճակատը, որ նայում էր դեպի պարտեզը:

Մուշեղը վեր կացավ:

— Գնանք, — ասաց նա, դառնալով դեպի Սահակը և Մեսրոպը, — խոսելու շատ բան ունենք...

Նրանք դիմեցին դեպի Մուշեղի բնակարանը, որի լուսամուտները փայլում էին այդ րոպեում ծիածանի գույներով:

Վերադառնալով յուր սենյակը, Սամվելը չգիտեր, թե ինչ աներ: Զանազան մտածություններ ամբոխված էին նրա գլխում: Զանազան մթին խորհուրդներ խռովում էին նրան: Այդ ալեկոծության մեջ տատանվում էր նա, դժվարանալով որոշել, թե նախ որի՞ց պետք էր սկսել կամ ո՞րը թողնել:

Մի քանի անգամ անցավ նա սենյակի միջով, հետո մտավ քնարանը, պառկեց մահճակալի վրա: Աշխատում էր քնել, որ փոքր-ինչ հանգստություն տա հուզված սրտին: Բայց քնել չկարողացավ:

Մայրը խոստացավ, թե ինքը կկազմե նրա ասպախումբը, որպես վայել էր մի Մամիկոնյան իշխանազնի, և ամենայն շքեղությամբ ճանապարհ կդնե հորը դիմավորելու: Ուրեմն այդ հոգսից ազատ էր նա: Բայց հենց նրա մեջն էր գլխավոր հոգսը, որ այդ րոպեում նրա մտատանջության առարկան էր դարձել: Մոր պատրաստած ասպախո՛ւմբը... մոր ընտրած մարդի՛կը... և ինքը պետք է գնար նրանց հետ... այսինքն, նրանք պետք է տանեին Սամվելին... պետք է տանեին հորը ուրախացնելու համար... և, որպես ոսկու և արծաթի մեջ զարդարված մի խրծիկ, պարսից բանակին ցույց տալու համար... և պարսից զորապետներին զարմացնելու համար... Այդ էր փառասեր մոր նպատակը:

Բայց Սամվելն ուներ յուր առանձին նպատակները... Եթե մայրը առաջարկելու ևս չլիներ, նա դարձյալ կգնար հորը դիմավորելու: Բայց կգնար յուր մարդիկներով: Նա չէր կարող գնալ մոր ընտրած մարդիկների հետ, որոնց հսկողության ներքո պետք է կաշկանդվեր նա: Նա ցանկանում էր ունենալ յուր մարդիկը, յուր հավատարիմները:

Հենց այն առավոտը, երբ սուրհանդակը զուծեց նրան Տիզբոնից բերած բոթը, — հենց այն առավոտը նրա գլխում ծագեց մի մռայլ խորհուրդ... Այդ խորհուրդը հետզհետե աճում էր և կերպարանագործվում էր նրա մեջ... Եվ այդ խորհուրդը կատարելու համար անհրաժեշտ էր, որ նա յուր հավատարիմ մարդիկն ունենա յուր հետ...

Բայց Սամվելը չհակառակեց մորը, երբ նա հայտնեց, թե ինքը կկազմե նրա ապախումբը: Չհակառակեց, որպեսզի մորը կասկածանքի առիթ չտա: Այժմ ինչպես պետք էր հաշտեցնել այդ երկու ծայրահեղությունները, որ թե՛ մոր ցանկությունները կատարված լինեին, և թե՛ ինքը յուր նպատակին հասած լիներ... Նա ոչինչ վճռել չկարողացավ: Երկու ձեռքով պինդ բռնեց խռովահույզ գլուխը և աչքերը խփեց...

Նույն րոպեում և մայրը, յուր զահավորակի վրա պառկած, երկու ձեռքով պինդ բռնած ուներ յուր գլուխը և մտածում էր...

Բոլորովին մութն էր, երբ Հուսիկը ճրագը ձեռին ներս մտավ, զարթեցրեց Սամվելին:

— Ի՞նչ կա, — հարցրեց նա, աչքերը տրորելով:

— Մի շինական խնդրում է տեսնել իմ տիրոջը, — պատասխանեց պատանին:

Սամվելը հասկացավ, թե ով պետք է լիներ:

— Նրան այնպես կբերես ինձ մոտ, որ ոչ ոք չտեսնե, — պատվիրեց Հուսիկին:

Պատանին ճրագը դրեց յուր տեղը և հեռացավ, Սամվելը քնարանից դուրս եկավ յուր ընդունարանը: Մի քանի րոպեից հետո, Հուսիկի առաջնորդությամբ, ներս մտավ Մալխասը, թավամազ կուրծքը բաց, բազուկները հոլանի և մի երկայն նիզակ ձեռքում բռնած: Նա անփույթ կերպով գլուխ տվեց և հենվեցավ յուր նիզակի վրա:

Հուսիկը խոհեմությամբ հեռացավ, մտածելով, զուցե յուր տերը առանձին խոսելիք ունե այդ մարդու հետ, որի ավազակային դեմքը նրան շատ հաճելի չթվեցավ:

— Դու որևիցե ժամանակ եղե՞լ ես Ռշտունյաց կողմերում, Մալխաս, — հարցրեց նրանից Սամվելը սպասավորի հեռանալուց հետո:

Ծիծաղի նման մի բան ցնցեց համարձակ շինականի խոշոր գծերը և նա արհամարհանքով պատասխանեց.

— Ռշտունյաց լեռներում մի քար չկա, որ Մալխասը չճանաչե, տեր իմ:

— Իսկ Աղթամար կղզում եղե՞լ ես:

— Մի քանի անգամ:

— Որքա՞ն ժամանակում կարող ես հասնել այնտեղ:

Շինականը րոպեական մտածությունից հետո ասաց.

— Այդ իմ տիրոջ կամքիցն է կախված, եթե շուտ է հարկավոր, ես գիշերը ցերեկ կդարձնեմ և երկու օրում կհասնեմ:

— Շուտ է հարկավոր... — ասաց Սամվելը և յուր թղթերի

պահարանից դուրս բերեց մի նամակ, որ այն առավոտ գրած, պատրաստած ուներ: Նամակը հանձնեց նրան, ասելով.

— Այդ նամակը, որքան կարելի է, շուտ, կհասցնես Ռշտունյաց Գարեգին իշխանին:

Մալխասը ընդունեց նամակը և խնամքով թաքցրեց յուր գլխի ապարոշի փաթոթի մեջ:

— Էլ ուրիշ հրաման չո՞ւնի իմ տերը, — հարցրեց նա:

— Ուրիշ ոչինչ: Բարի ճանապարհ եմ ցանկանում:

Նա խոնարհությամբ գլուխ տվեց և հեռացավ:

Նախասենյակի դռան մոտ սպասում էր Հուսիկը: Նա այդ օտարականին որպես աննկատելի կերպով ներս էր բերել, նույնպես աննկատելի կերպով դուրս հանեց ամրոցից: Այդ համարձակ, անձնավստահ տղամարդը նույն շինականն էր, որին մի օր առաջ հանդիպեց Սամվելը ճանապարհի վրա Աշտիշատի վանքը գնալու ժամանակ: Նամակը տարավ նա Ռշտունյաց Գարեգին իշխանին, որի Աշխեն անունը դուստրը Սամվելի սիրո և քաղցր մտածությունների առարկան էր: Իսկ նրա մոր ատելության — չար հրեշտակը...

ԺԴ

ՆՈՐ ՏԵՂԵԿՈՒԹՅՈՒՆՆԵՐ

Թղթատարին ճանապարհ դնելուց հետո Սամվելը դարձավ դեպի յուր մտերիմ սենեկապետը, ասելով.

— Հուսիկ, այս գիշեր պետք է Մուշեղ իշխանի մոտ գնամ, հավաքի՛ր քո բոլոր ճարպկությունները, հետազոտի՛ր բոլոր անցքերը, որպեսզի իմ այնտեղ գնալը ոչ ոք չտեսնե:

— Իմ տիրոջ հրամանը կատարված կլինի, — ասաց պատանին ինքնավստահությամբ և դուրս գնաց, յուր մեջ մտածելով: «Ես մի այնպիսի բան կսարքեմ, որ սատանան էլ չի տեսնի»...

Սամվելը մնաց յուր սենյակում միայնակ:

Երբեք նա այնպես հափշտակված չէր եղել, որպես այն գիշեր, երբեք նրա զգացմունքները այնպես վառված չէին եղել, որպես այս գիշեր: Թղթատարի տարած ծրարի մեջ ուղարկեց նա յուր սիրտը, յուր միտքը, յուր հոգեկան բոլոր քնքշությունները: Այժմ նրա դատարկ ուրվականը միայն շրջում էր այդ ամայի սենյակի մեջ, որ յուր հարուստ շրջապատով խեղդում էր նրան:

Նա մտքով սլացել էր այնտե՛ղ, դեպի այն ահարկու լեռները, ուր սրաթռիչ արծիվն անգամ չէր համարձակվում վերամբառնալ մինչև ապառաժների կատարները, ուր ամպերի հետ համբուրվում է մշտականաչ եղևնիք, ուր արծաթյա կամարներով փայլում են լեռնային ջրվեժները, ուր վազրը, ինձը, բորենին միայն աղմկում են մթին անտառների հավերժական լռությունը:

Այնտե՛ղ, այն քարեղեն աշխարհում, վեհափառ Արտոսը, որպես մի պատրիարք, յուր ալեզարդ գագաթով իշխում է շրջակա բարձրությունների վրա: Այնտե՛ղ, այն սքանչելի աշխարհում. Ընձակա սրբանվեր սարը յուր գեղեցիկ ալիքներով նկարվում է Վանա ծովակի պարզ և պայծառ հայելվո մեջ: Այնտե՛ղ լեռնային մարդը, դեռ յուր նախնական մորթեղեն հագուստով, երկար նիզակը ձեռին, թռչում է մի քարից դեպի մյուսը և հետամուտ է լինում արագավազ եղջերվին:

Այնտե՛ղ ծովակի ալեծուփ գրկում հանգչում է տենչալի կղզին — անմատչելի Աղթամարը, և այդ կղզու խաղաղ, մնջիկ առանձնության մեջ, որպես ծովակի դիցուհին, իշխում է Սամվելի նազելին:

«Սիրելի՛ Աշխեն, — բացագանչեց նա խորին զմայլմունքով, — ես քոնն եմ հավիտյան... ես քեզ եմ պատկանում իմ սրտի, իմ հոգու բոլոր զորությամբ... Ծնողաց վայրենի խստասրտությունը, աշխարհի անգութ արգելքները չեն կարող քեզանից խլել այն, ինչ որ իմ սիրո բոլոր ջերմությամբ նվիրեցի քեզ: Ոչինչ չէ կարող փոխարինել քեզ, ոչ փառք, ոչ մեծություն և ոչ արքաների թագը: Դու ինձ համար ամեն ինչ ես, թանկագին Աշխեն: Քո մեջն եմ գտնում իմ սրտի խաղաղությունը, քո մեջն եմ գտնում իմ վշտերի մխիթարությունը, քո անունը հիշելիս լռում է հոգսը, անհետանում է մռայլը, և իմ հոգու մեջ ծագում է ուրախության լուսապայծառ արեգակը: Երբ թախծալի հուսահատությունը պաշարում է ինձ, երբ կանխահաս արհավիրքը թուլացնում է իմ ուժերը, — դո՛ւ ես ոգևորում ինձ քո աստվածային ներշնչությամբ, դո՛ւ ես կենդանացնում մեռած եռանդը և լքած հավատը: Եվ այս րոպեում, երբ իմ հայրենիքը մեծ տագնապի մեջ է, երբ ամեն սրբություն, ամեն հաստատություն կործանվելու վրա է, երբ թշնամին յուր բոլոր անգթությամբ կանգնած է մեր գլխին, — ա՛յդ օրհասական րոպեում քո սերը, նազելի Աշխեն, որպես մի պահապան հրեշտակ, վառում է իմ սիրտը անձնազոհության հրով, մղում է ինձ դեպի վտանգը... դեպի կոտորածը... դեպի արյունը... Կանցնի՛ փոթորիկը, կլռե՛ զենքի շառաչյունը, կգա՛ երջանիկ օրը, և վաստակած զինվորը կհանգչի սիրած կուրծքի վրա... »:

Յուր խորին հափշտակության մեջ, չնկատեց Սամվելը, թե ինչպես դուռը կամաց բացվեցավ, և մեկը, ոտքից գլուխ փաթաթված սևագույն լայն սփածանելիքի մեջ, հայտնվեցավ սենյակում: Մի մթին ուրվականի նման, հազիվհազ շարժվելով, անցավ նա պատերի մոտով և կանգնեց մի անկյունում: Անկյունի կիսամռայլից երկար նայում էր նա հուզված երիտասարդի վրա և լսում էր նրա զգացմունքներով լի մենախոսությունը: Երեսը ծածկված էր մետաքսյա սև դիմակով: Սամվելը դեռ արձանի նման կանգնած էր լուսամուտը հանդեպ և դեմքը դարձրած ուներ դեպի այն աշխարհը, որի մասին խոսում էր: Երբ վերջացրեց, գլուխը խոնարհեցրած կուրծքի վրա, թևքերը խաչաձև փակած, որպես մի ուշացնոր երազամոլ, մի քանի անգամ անցավ սենյակի միջով, և ապա մոտեցավ մի բազմոցի, հենվեցավ նրա վրա: Այդ խռովյալ դրության մեջ մորմոքում էր նա, երբ հանկարծ զգաց, որ երկու սառցային ձեռքեր բռնեցին յուր ձեռքը: Նա սոսկաց: Մթին ուրվականը իսկույն մի կողմ ձգեց յուր դիմակը և սփածանելիքը: Սամվելի սարսափը ավելի մեծ եղավ, երբ յուր հանդեպ տեսավ գունաթափ Որմիզդուխտին:

— Մի՛ շփոթվիր, — ասաց նա հանգիստ ձայնով, — ես բոլորը լսեցի... բոլո՛րը հասկացա... Ես թեև հայերեն չեմ իմանում, բայց սիրո լեզուն, սիրո ձայնը՝ ամեն ազգի հասկանալի է...

— Որմիզդո՛ւխտ, — բացագանչեց ապշած երիտասարդը, — այդպես գիշե՞րը... այդպես տարաժա՞մ...

— Այո, այդպես տարաժամ եկա քեզ մոտ՝ մի շատ կարևոր գործի համար, Սամվել, միայն համբերություն ունեցիր լսելու:

Ամբողջ մարմնով դողում էր նա: Սամվելը բռնեց նրա ձեռքից, նստեցրեց յուր մոտ, բազմոցի վրա: Երբ փոքր-ինչ հանգստացավ նա, դարձավ դեպի երիտասարդը, ասելով.

— Կողպի՛ր դռները, մեր խոսակցությունը պետք է առանձին լինի:

Սամվելը կատարեց նրա ցանկությունը:

— Ների՛ր ինձ, Սամվել, — ասաց նա թախծալի ձայնով, — ես խանգարեցի քո սրբազան հոգեզմայլությունը... ես խլեցի քեզանից այն թանկագին րոպեները, երբ դու քո սրտի հետ պետք է խոսեիր...

Սամվելը խոսք չգտավ պատասխանելու: Նա շարունակեց.

— Սիրի՛ր նրան, Սամվել, որին այնքան ջերմ սիրով նվիրել ես քո սիրտը: Դու արժանի ես մի լավ կենակցի: Քեզանով բախտավոր կլինի կինը, դու կբախտավորեցնես ամեն կնոջ...:

Վերջին խոսքերն արտասանեց նա հեկեկանքով:

Նա ձեռքը տարավ դեպի գլուխը, ետ քաշեց ճակատի վրա թափված զանգուրները, որ, կարծես, աշխատում էին սքողել նրա արտասուքը:

— Լսի՛ր, Սամվել, — առաջ տարավ նա րոպեական լռությունից հետո: — Այդ տան մեջ դու էիր իմ մխիթարությունը: Ամենքը երկրպագում էին ինձ, բայց սրտով ատում էին: Երկրպագում էին, որովհետև ես արյաց մեծ թագավորի քույրն էի: Ատում էին, որովհետև ես պարսիկ էի, հեթանոս էի, մի քրիստոնյա ընտանիքի մեջ ընկած: Ես իմ ոսկեղեն և գոհարեղեն շրջապատի մեջ խեղդվում էի, որպես մի մռայլ գերեզմանի մեջ: Բայց դու, միայն դո՛ւ, ազնիվ Սամվել, քաղցրացնում էիր իմ կյանքի դառնությունը և փարատում էիր դժբախտ օտարուհու տխրությունները: Եթե դու չլինեիր, ես վաղուց թողած կլինեի այդ տունը և գնացած կլինեի իմ հայրենիքը: Այժմ լսի՛ր, սիրելի Սամվել, թե ինչո՛ւ եկա քեզ մոտ, այդպես գիշերով, այդպես տարաժամ:

Շփոթված երիտասարդը, որ դեռևս ապշության մեջ էր գտնվում, գլուխը վեր բարձրացրեց և նայեց զգացված կնոջ բոցավառ աչքերի մեջ: Նա բռնեց Սամվելի ձեռքը, ասելով.

— Իմ կրոնը ուսուցել է ինձ՝ բարությունը բարությամբ վճարել, առաքինությունը առաքինությամբ: Դու միշտ բարի ես եղել դեպի ինձ, սիրելի Սամվել: Ես եկա պարտքս վճարելու: Քո կյանքը վտանգի մեջ է... վտանգի մեջ է և այն էակի կյանքը, որին դու սիրում ես...

— Այդ ի՞նչ ես ասում... ի՞նչ վտանգ... — բացագանչեց երիտասարդը զայրացած ձայնով: — Նա վտանգը մե՞ջ է... ասա՛, Որմիզդուխտ... ես հենց այս րոպեում պատրաստ եմ ինձ կրակի և արյան մեջ նետել և ազատել նրան... Ասա՛, ի՞նչ վտանգ...

Նա վեր թռավ բազմոցի վրայից, կանգնեց տիկնոջ առջև, անդադար կրկնելով վերջին հարցմունքը:

— Հանգստացի՛ր Սամվել, — ասաց տիկինը մեղմությամբ, — և նստի՛ր քո տեղը: Վտանգը դեռևս այնքան մոտ չէ, որի համար հարկավոր լիներ շտապել: Վտանգը հասնելու վրա է: Նստի՛ր, ես բոլորը կպատմեմ քեզ:

Սամվելը նստեց, աղաչելով.

— Ի սեր աստուծո, մի՛ տանջիր ինձ, ինչ որ ասելու ես, շուտ ասա:

Բարեխիրտ տիկինը, չկամենալով միանգամից հարվածել երիտասարդի զգայուն սիրտը, բավական հեռվից սկսեց յուր հաղորդելու նոր տեղեկությունները:

— Դու, — ասաց նա, — այսօր քո մոր ներկայությամբ պատմեցիր ինձ իմ ամուսնի և Մերուժան Արծրունու վերադարձը Տիզբոնից, պատմեցիր և նրանց հետ պարսից երկու զորապետների գալուստը, պատմեցիր և այն, թե ի՞նչ գործեր պետք է կատարեն նրանք ձեր երկրում, բայց ամենագլխավո՛րը կամ քեզ հայտնի չէր կամ ծածկեցիր ինձանից:

— Ես ոչինչ չծածկեցի քեզանից, Որմիզդուխտ, ինչ որ գիտեի, բոլորը պատմեցի:

— Ուրեմն ամենագլխավորը քեզ հայտնի չէ: Լսի՛ր, Սամվել: Նախ, իզուր եք սպասում դու կամ քո մայրը, որ նրանք Տարոնով կմտնեն Հայաստան: Սկզբից այստեղ չեն գալու: Նրանք կմտնեն Հայաստան Վասպուրականի կողմերով, որը Մերուժանի իշխանության երկիրն է: Նրանց առաջին գործը կլինի՝ կալանավորել հայոց բոլոր նախարարներին և շղթայակապ ուղարկել Տիզբոն: Այնտեղից կվարեն նրանց ձեր թագավորի մոտ, որը այժմ մի բերդում աքսորված է: Հետո նրանց երկրորդ գործը կլինի՝ կալանավորել աքսորված նախարարների կանանցը, զավակներին և պահել բերդերում խիստ հսկողության ներքո...

— Որոնց հետ և այն հրեշտակին, որին ես սիրում եմ... — ընդհատեց Սամվելը խորին վրդովմունքով: — Այդպես չէ՞, Որմիզդուխտ:

— Շատ հավականալի է... — պատասխանեց տիկինը տխուր ձայնով: — Եթե մյուս նախարարների ընտանիքները կկալանավորեն, նրանց թվում կկալանավորեն և Ռշտունյաց նախարարի ընտանիքը և քո հրեշտակին: Հրամայված է չխնայել ոչ սեռի, ոչ հասակի և ոչ աստիճանի: Ամեն մի ընդդիմացող կդատապարտվի մահվան պատժի: Կխնայեն միայն նրանց, որոնք կընդունեն Մազդեզանց կրոնը: Եվ նրանք բերում են իրանց հետ այնքան զորքեր, որ այդ բոլորը կարող են կատարել: Մոռացա ասել, որ խստիվ պատվիրված է՝ կալանավորել հայոց տիկնոջը (թագուհուն) և ուղարկել Պարսկաստան: :

— Ես այդ բոլորը սպասո՛ւմ էի... — ասաց Սամվելը, գլուխը ցավակցաբար շարժելով: — Բայց դու ինձ այն ասա՛, Որմիզդուխտ, թե որտեղի՞ց հավաքվեցան քեզ մոտ այդ տեղեկությունները: Դու առավոտյան ոչինչ չգիտեիր և մինչև անգամ իմ հոր գալստյան մասին տեղեկություն չունեիր:

— Այդ իրավ է, ոչինչ չգիտեի և ոչ մի տեղեկություն չունեի: Առաջին անգամ քեզանից լսեցի, որ իմ ամուսինը և Մերուժանը գալիս են: Եվ այդ շատ զարմացրեց ինձ, թե ինչպե՞ս է պատահել, որ մի այդպիսի նշանավոր տեղեկություն ինձ չեն հաղորդել Տիզբոնից: Ես զանազան կասկածների մեջ ընկա, մանավանդ երբ մտածեցի, որ իմ ներքինապետը նույնպես ինձ ոչինչ չէր հայտնել, նա՛, որ ամեն բան կարող էր ամենից առաջ գիտենալ: Երբ վերադարձա տուն, իմ բարկությանը չափ չկար, իսկույն մի պարան պատրաստել տվի, հետո կանչել տվի իմ ներքինապետին: — «Քեզ կախել կտամ այդ ծառից, — ասեցի նրան, — եթե ճշմարիտը չխոստովանվես, թե ինչ տեղեկություններ ունես Տիզբոնից»: — Նա ամեն ինչ պատմեց:

Սամվելը նոր բան իմացավ և նրան տիրեց խորին զարմացում:

— Քո ներքինապետը ինչո՞վ է խառն այդ գործերի մեջ, — հարցրեց նա, ուղիղ նայելով տիկնոջ այլայլված երեսին:

Որմիզդուխտը կարմրեց, գունաթափվեցավ, դարձյալ կարմրեց, դարձյալ գունաթափվեցավ, որպես մի երեխա, որ հանկարծ բռնվում է գողության մեջ:

— Ների՛ր իմ միամտությանը, Սամվել, և կհավատաս իմ անմեղությանը, — ասաց նա արտասվախառն հեկեկանքով, — որ այդքան տարի է, այդ անպիտանը ծառայում է ինձ մոտ որպես ներքինի, բայց ես մինչև այսօր դեռ չէի հասկացել նրա իսկական պաշտոնը: Ես միայն նկատում էի, որ նրա մոտ անծանոթ մարդիկ են գալիս, գնում են, նկատում էի, որ նամակներ է ստանում, պատասխան է գրում, — և այդ բոլորը շատ սովորական էի համարում, որովհետև գիտեի, որ Տիզբոնում, մանավանդ իմ եղբոր արքունիքում, մեծ կապեր և ծանոթություններ ունի: Բայց այսօր ես քննեցի նրա թղթերը, բանից դուրս եկավ, որ այդ մարդը այստեղ ևս մեծ կապեր է ունեցել: Նրա ձեռքի տակ եղել են շատ մարդիկ, մինչև անգամ հայերից, որոնք հայոց երկրի ամեն կողմերից տեղեկություններ են հաղորդել նրան, թե որտեղ ի՞նչ է կատարվում, կամ որտեղ ի՞նչ է պատրաստվում: Եվ այդ լուրերի համար նա առատ վճարել է: Ցուր հավաքած տեղեկությունները նա միշտ ծածուկ ուղարկել է Տիզբոն և այնտեղից նոր հրահանգներ է ստացել:

— Ուրեմն նա մի ծպտյալ լրտե՞ս է եղել մեր տան մեջ ներքինապետի պաշտոնով, — հարցրեց Սամվելը, ավելի վրդովվելով:

— Այդպես է երևում: Նրան պատվիրված է եղել՝ ամեն ինչ հաղորդել Տիզբոն, — կրկնեց տիկինը ցածր ձայնով:

«Թշնամու գործակատարը մեր տան մեջ է եղել, և մենք այդքան ժամանակ չե՛նք հասկացել — մտածեց Սամվելը մի առանձին ինքնաանբավականությամբ: — Եվ մենք դեռևս զանգատվում ենք, որ մեր գործերը վատ են գնում... Մեր տանը հարս են ուղարկում, հարսի հետ հարուստ օժիտ են դնում և նույն օժիտի թվում ուղարկում են մեզ իրանց լրտեսը, բազմաթիվ աղախինների և սպասավորների հետ... Ի՛նչ լավ խնամություն է... Պարսից թագավորի նենգավո՛ր խնամություն»... Նա դարձավ դեպի տիկինը.

— Դու, Որմիզդուխտ, այնքան բարեսիրտ ես, որ ես չէի համարձակվիլ մի ամենափոքր կասկածով անգամ վիրավորել քո հրեշտակային անմեղությունը: Բայց դու մտածո՞ւմ ես, թե որքան վատ է ուրիշի տան գործերը լրտեսել:

— Այդ ես գիտեմ, — պատասխանեց նա մի այնպիսի ձայնով, որի մեջ լսվում էր սրտի խորին բարկությունը՝ լի անմխիթար ցավակցությամբ: — Այդ ես գիտեմ և դառն հետևանքները տեսնում եմ: Ինձ համար շատ ասսկալի է, երբ մարդկանց արյուն է թափվում, երբ հայր և մայր մաշվում են բանտերի մեջ, իսկ զավակները, որբ և անտեր, մնում են դահիճների ձեռքում: Ես չեմ կարող տանել այդպիսի անգթություններ:

— Բայց դա քո եղբոր ցանկությունն է, — նկատեց Սամվելը:

— Մի նախատիր ինձ, Սամվել, եղբորս պատճառով: Պարսից թագավորները սիրտ չունեն: Մարդկանց դիակների վրա են հաստատում նրանք իրանց գահի պատվանդանը, — այդպես ասել է մեր իմաստասերներից մեկը:

Սամվելը մտածության մեջ ընկավ: Տիկինը ընդհատեց նրա լռությունը, ասելով.

— Մի տրտմիր, Սամվել, իմ խիղճը հանգստացնելու համար՝ ես հենց այս առավոտ կիրամայեմ պատրաստել իմ ճանապարհորդության քարավանը, կգնամ Տիզբոն, կընկնեմ իմ եղբոր գահի առջև և իմ արտասուքով կամոքեմ նրա բարկությունը: Եվ եթե նա անզգա կլինի դեպի քրոջ արտասուքը, նույն գահի պատվանդանը արատավորված կտեսնի յուր հարազատի արյունով...

— Ես հավատում եմ քո անձնազոհությանը, Որմիզդուխտ, — պատասխանեց երիտասարդը, — դու ավելի քան այդ բարեգութ ես: Բայց այժմ արդեն ուշ է... Գործերը այնքան բարդված են, հանգամանքները այնքան անդառնալի ձև են ստացել, որ քո բարեխոսությունը հազիվ թե կարող էր խափանել կատարվող չարիքը...

— Բայց քո կյանքը վտանգի մեջ է, Սամվել: Ես չեմ տարակուսում, որ ներքինապետը, կամ որպես դու անվանեցիր, այդ ցած լրտեսը, քո անունն էլ «անբարեմիտների» ցուցակի մեջ անցկացրած չլինի...

— Ես նույնպես չեմ տարակուսում, — ասաց Սամվելը. — ես այդ հոգսը աստուծո վրա եմ թողնում...

Նա դարձյալ մտածության մեջ ընկավ և րոպեական լռությունից հետո ասաց հեգնաբար.

— Դու մոռանում ես, Որմիզդուխտ, որ իմ հայրը և իմ քեռին առաջնորդում են պարսից զորքերին, նրանք գոնե ինձ կխնայեն...

— Հրամայված է ոչ ոքի չխնայել, ոչ բարեկամի, ոչ ազգականի, —

պատասխանեց վշտացած կինը և սկսեց ավելի և ավելի թախանձել երիտասարդին, որ գոնե յուր անձը ազատելու համար թողնե, առժամանակ հեռանա դեպի մի կողմ, մինչև փոթորիկի անցնիլը:

— Այդ ես քեզ չեմ ներում, Որմիզդուխտ, — ասաց Սամվելը, ժպտելով բարեսիրտ կնոջ հոգածության վրա. — դու կամենում ես ինձ վատության սովորեցնել և, մի երկչոտ զինվորի նման, կռվի միջոցին՝ փախչել պատերազմի դաշտից:

— Մտածի՛ր, Սամվել, որ վտանգի մեջ է և այն էակի կյանքը, որին դու սիրում ես... — նկատեց տիկինը վշտալի ձայնով:

— Հենց նրա համար ես չպիտի հեռանամ կռվի դաշտից... — ասաց Սամվելը և նրա աչքերը վառվեցան վրեժխնդրության բոցով:

Որմիզդուխտը մի առանձին նախանձով էր նայում այդ մարմնացած անձնազոհության վրա, որի մեջ այնքան վառ, այնքան անշիջանելի էին սիրո զգացմունքները:

— Ասա ինձ, Որմիզդուխտ, — խոսքը փոխեց Սամվելը, — այդ բոլորը, ինչ որ պատմեցիր ինձ, քո ներքինապետը յուր բերանով խոստովանե՞ց քեզ:

— Ես նրա թղթերի միջից և մի նամակ գտա, — պատասխանեց տիկինը:

— Կարելի՞ է, որ այն նամակը ինձ ցույց տաս:

— Նամակը հենց ինձ հետ բերած ունեմ:

Նա դուրս հանեց յուր գրպանից մագաղաթի փաթոթը և տվեց Սամվելին: Երիտասարդը նայեց նրա վրա, և փոքր-ինչ մտածելուց հետո, ասաց.

— Կարո՞ղ ես այդ նամակը ինձ մոտ թողնել:

— Ինչո՞ւ չէ, քեզ հարկավոր է:

— Բայց քո ներքինապետը չի՞ հարցնի, թե ինչ եղավ նամակը:

— Ծաղրո՞ւմ ես ինձ, Սամվել, նա ինչպե՞ս կհամարձակվի այդպիսի հարցմունք անել ինձանից: Ես կհրամայեմ հենց այն րոպեում կախել նրան իմ բակի ծառերի մեկից: Դու չգիտե՞ս, որքան ձառաներ կան իմ հրամանի ներքո:

Տիկնոջ մեջ եփ եկավ արքայադստեր թե՛ հպարտությունը, և թե՛ բարկությունը: Նա վեր կացավ, ներողություն խնդրելով.

— Ես շատ ուշացա, աքաղաղները արդեն սկսել են խոսել...

Սամվելը նույնպես ոտքի ելավ:

— Ես այժմ փոքր-ինչ հանգիստ եմ, — ասաց տիկինը, յուր քնքշությամբ լի աչքերը դարձնելով դեպի երիտասարդը: –Թեև ոչինչ բանի մեջ չկարողացա համոզել քեզ, բայց գոնե դու այսուհետև կգիտենաս քո անելիքը...

— Շնորհակալ եմ, Որմիզդուխտ, քո անսահման բարության և քո անկեղծ կարեկցության համար: Դու չափազանց պարտավորեցրիր ինձ:

Տիկինը վեր առեց յուր սփածանելիքը և դիմակը:

— Ա՛խ, ներիր, Որմիզդուխտ, — ձայն տվեց երիտասարդը, — ես այն

աստիճան շփոթվեցա քո անակնկալ ինձ մոտ գալով, որ մինչև անգամ մոռացա հարցնել, թե ինչպե՞ս եկար, կամ այժմ ինչպե՞ս պետք է գնաս:

Տիկինը ժպտաց, ասելով.

— Դու խո տեսար, որ ես ծածկված էի դրանց մեջ, — նա ցույց տվեց յուր ձեռքի սև սփածանելիքը և դիմակը, — դարձյալ այնպես կգնամ: Ինձ իմ աղախիններից մեկի տեղը կընդունեն:

— Գոնե թույլ տուր ճանապարհ դնեմ քեզ մինչև քո բնակարանը:

— Հարկավոր չէ, դրսում իմ սպասավորներից երկուսը սպասում են. նրանք կառաջնորդեն ինձ: Իսկ քո ճանապարհ դնելը կարող է մատնել ինձ:

— Բայց սպասավորները չգիտե՞ն, որ սև սփածանելիքի տակ ծածկված է իրանց տիկինը:

— Չգիտեն: Նրանք ինձ բերեցին այստեղ, որպես իմ աղախիններից մեկին, և այդ կարծիքի մեջ էլ կմնան: Առաջին անգամ չէ, որ իմ աղախիններից եկել են քեզ մոտ զանազան գործերով:

Տիկինը հագավ յուր դիմակը և ծածկվեցավ լայն շալի մեջ: Սամվելը, արտաքին գոհունակությամբ հայտնելով յուր շնորհակալությունը, ճանապարհ դրեց նրան մինչև նախասենյակի դուռը: Այնտեղ խավարի միջից հայտնվեցավ Հուսիկը:

— Տա՛ր այդ կնոջը, — հրամայեց նրան, — այնտեղ, դրսում, տիկին Որմիզդուխտի ծառաները սպասում են, հանձնիր նրանց:

Հուսիկը մատը տարավ դեպի ատամները և կծեց:

Մի բան անցավ նրա մտքով:

Մի այլ բան անցավ Սամվելի մտքով:

— Ա՜խ, եթե փոքր-ինչ շուտ եկած լիներ Որմիզդուխտը...

Նա մտաբերեց Ռշտունյաց Գարեգին իշխանին և յուր սիրելի Աշխենին ուղարկած նամակները:

ԺԵ

ԼԵՌՆԱՅԻՆ ԻՇԽԱՆՈՒՀԻՆ

Սև սփածանելիքի մեջ ծածկված կինը դանդաղ, համրընթաց քայլերով անցնում էր ամրոցի ոլորապտույտ փողոցներով, հազիվ-հազ կարողանալով իրան ոտքերի վրա պահել: Սամվելից բաժանվելուց հետո, դեռ նոր տիրեց նրա մեջ այն հիվանդոտ, փխտական թուլությունը, որ տեղի է ունենում զրգռված, բորբոքված դրության անցնելուց հետո:

Երկու սպասավորներից մեկը տանում էր նրա առջևից վառած լապտերը, իսկ մյուսը գնում էր նրա ետևից: Ճանապարհին նա մի բառ անգամ չխոսեց յուր սպասավորների հետ: Լուռ և անարգել ընթացքով անցնում էին նրանք ամրոցի զանազան դռներից, որ դրած էին պահապանների զգույշ հսկողության ներքո: Լապտերի վրա կարմրին էր տալիս տիկին Որմիզդուխտի նշանը: Այդ բավական էր պահապաններին նախազգացնելու համար, թե անցնողը տիկնոջ կանանոցիցն էր:

Ամբողջ ամրոցի մեջ տիրում էր մի տարօրինակ ծանր, ճնշող լռություն, միայն երբեմն աշտարակների բարձրությունից լսելի էր լինում գիշերապահ զինվորի արթնության նշանաձայնը: Մեկի ձայնին պատասխանում էին մյուս աշտարակներից, և լռությունը րոպեապես դղրդվում էր: – — Այդ խոսում էր ամրոցը յուր ահարկու, երկաթյա լեզվով:

Ծածկված կինը արդեն հասել էր յուր բնակարանին: Երբ մերձեցան կանանոցի դռանը, երկու սպասավորները այստեղ կանգ առին, և կինը միայնակ ներս մտավ ներքինիների այդ փակյալ աշխարհը, ուր տղամարդի ոտքը դնելու կայան չունի:

Յուր քնարանը մտնելուց հետո միայն՝ նա մի կողմ ձգեց դիմակն ու ծածկոցը և այնպես, առանց հանվելու, պառկեց յուր անկողնի վրա: Հոգնած էր նա, հոգնած էր հոգվով, հոգնած էր և սրտով: Նա աչք ածեց դեպի յուր գեղեցիկ, զարդարուն շրջապատը: Ոչ ոք չէր երևում: Աղախիններից ոչ ոք չհայտնվեցավ: Միթե ամենքը քնա՞ծ էին, միթե այդքան անցե՞լ էր գիշերից: Այդ ավելի լավ էր. գոնե ոչ ոք չէր խանգարի նրան: Նա բորբոքված երեսը թաքցրեց բարձերի փափուկ խորության մեջ, և այնպես երկար մնաց լուռ ինքնամոռացության մեջ: Մի խուլ, սրտատրոչոր մրմունջ երբեմն ընդհատում էր այդ խորհրդավոր լռությունը, և աչքերից հոսող ակամա հեղեղը թանում էր փափուկ բարձերը: Ինչու էր լաց լինում նա, — ինքն էլ չգիտեր: Լինում են այնպիսի րոպեներ, երբ սրտի և դատողության փոխադարձ հարաբերությունները խզվում են, և մարդ ինքն իրան հաշիվ տալ չի կարողանում յուր անվերծանելի զգացմունքների մասին:

Նա գլուխը վեր բարձրացրեց և կրկին պղտոր աչքերով նայեց դեպի յուր գեղեցիկ շրջապատը: Ցանկանում էր խոսել, ցանկանում էր թեթևացնել ամբոխված վշտերը: Դարձյալ ոչ ոք չկար: Միակ առարկան, որ փոքր ի շատե կենդանության նշույլ էր ցույց տալիս, էր ճրագը, որ վառվում էր արծաթյա աշտանակի վրա: Երկար նայում էր նրա վրա և մտքով խոսում էր նրա հետ: — Հո՛ւր, ջերմությո՛ւն և նյո՛ւթ, — ինքն յուր մեջ այրվում էր, ինքն յուր մեջ սպառվում էր... Այդպես էր և նրա սիրտը:

Նա դարձյալ երեսը թաքցրեց բարձերի խորության մեջ, դարձյալ արտասուքը սկսեց վազել նրա աչքերից: Կից սենյակից լսելի եղավ մի ձայն, — նույնպես լացի ձայն: Այնտեղ լաց էր լինում քնից նոր զարթաց զավակը, այստեղ լաց էր լինում անքուն մայրը: Այդ ձայնը սթափեցրեց նրան, — այդ ձայնը հիշեցրեց նրան, որ նա մայր էր և ամուսին...

Նա ցած իջավ մահճակալի վրայից, սրբեց աչքերը և շտապեց դեպի կից սենյակը: Ծծմայրը քնած էր օրորոցի մոտ, չէր լսում երեխայի ձայնը: Տիկինը զարթնեցրեց նրան: Քնաթաթախ կինը գլուխը մեքենաբար վեր բարձրացրեց և կուրծքը մոտեցրեց երեխայի բերանին: Երեխան լռեց: Այժմ լսելի էր լինում նրա ախորժակով ծծելու մրմռչոցը միայն:

Տիկինը մայրական հիացմունքով կանգնած, նայում էր օրորոցի վրա: Նրա մեջ դրած էր նրա հոգին, նրա սիրո անդրանիկ պտուղը: Հանկարծ տսկալով նկատեց, որ ծծմայրը գլուխը խոնարհեցրեց օրորոցի դաստակի վրա և կրկին քունը տարավ: Երկյուղը՝ խառն բարկության հետ շարժեց նրա սիրտը:

— Դու միանգամ այդ երեխային կխեղդե՛ս, — ձայն տվեց նա և ոտով խթեց նրա կողքը:

Քնեած կնոջ սև դեմքի վրա փայլեցին նրա խոշոր աչքերի ճերմակ սպիտակուցները, և նա զգաստացավ:

Ես քնած չէի... — ասաց նա և գլուխը դարձյալ խոնարհեցրեց դաստակի վրա:

Ծծմայրը խափշիկ էր: Խափշիկի ջերմ կուրծքից բխած կաթը սննդարար է համարվում երեխաների համար:

Որտեղի՞ց որտեղ. — մայրը՝ պարսիկ, ծծմայրը՝ խափշիկ, իսկ երեխան Մամիկոնյան իշխանազն...

Նա դեռ կանգնած էր օրորոցի մոտ, մինչև երեխան կշտացավ և քնեց: Հետո խոնարհվեցավ, շրթունքը մոտեցրեց կլորիկ թշերին և հեռացավ, պատվիրելով ծծմայրին, որ արթուն մնա:

Կրկին դարձավ յուր քնարանը. փորձեց քնել: Առանց աղախիններից մեկին կանչելու, ինքը հանվեցավ, մտավ անկողնի մեջ: Փափկության մի ախորժելի զգարան էր այդ շաղեղեն և մետաքսեղեն ճոխ անկողինը, բայց այս գիշեր, կարծես, փուշերով լցված լիներ: Նա անդադար շուռ էր գալիս մի կողքից դեպի մյուսը, բայց ոչ մի կողմում հանգստություն չէր գտնում: Նրա ներսը ալեկոծության մեջ էր: Խառն և անորոշ մտքերով ամբոխված էր նրա անմեղ գլուխը, որպես պարզ, լուսապայծառ հորիզոնը հանկարծ մռայլվում է ամպերի մթին կոհակներով: Մտածում էր Սամվելի մասին, մտածում էր այն բախտավոր արարածի մասին, որին սիրում էր նա և, վերջապես, տսկալով մտաբերեց յուր ներքինապետին և նրա վարմունքը...

«Արդյոք Սամվելը համոզվեցա՞վ, որ ես անմեղ եմ, արդյոք փարատվեցա՞վ նրա կասկածը իմ մասին»... մրմնջում էր նա, ներկայացնելով իրան այն տխուր րոպեն, թե ո՛րքան անախորժ տպավորություն ունեցան յուր հաղորդած տեղեկությունները վշտացած երիտասարդի վրա: — «Նա այնքան բարի է, նա այնքան ազնիվ է, որ կներե ինձ, նա չի կասկածի, որ ես կամակից եմ եղել իմ ներքինապետի վատություններին... Բայց դրանով խո չէ սրբվում իմ մեղքը: Ո՞ւմ առիթով մտավ այդ տան մեջ այդ նենգավոր մարդը, եթե ոչ իմ առիթով: Ես բերեցի ինձ հետ այդ տան մեջ մի լրտես... Ոչ, ոչ, ես ոչինչ չգիտեի, ինձ հետ ուղարկեցին այդ լրտեսին... Բայց դարձյալ հանցանքի ծանրությունը իմ վրա է ընկնում... Եվ ես պետք է քավեմ այն, ինչ որ առանց իմ գիտության կատարվել է, որպեսզի խիղճս հանգստանա... Ես Սամվելին համոզել չկարողացա: Նա հակառակեց իմ Տիզբոն գնալու դիտավորությանը: Այդ դեպքում ևս նա ցույց տվեց յուր անսահման բարեսրտությունը: Բայց ես պետք է գնամ, պետք է աշխատեմ ամոքել իմ եղբոր անգթությունները... Ես չեմ կարող այստեղ մնալ և հանդիսատես լինել ողբալի տեսարանների... Բայց իմ ամուսի՞նը... ի՞նչ կմտածե իմ ամուսինը... նա կգա և ինձ յուր տան մեջ չի տեսնի»...

Վերջին հարցի վրա մնաց նա:

Երկար մտատանջություններից հետո, նա ձայն տվեց յուր աղախիններին: Ոչ ոք չհայտնվեցավ: Վեր առեց յուր մոտ դրած ասրյա սպիտակ շալը, փաթաթվեցավ նրա մեջ և դուրս եկավ անկողնից: Այդ շալի մեջ կիսամերկ գեղեցկուհին նմանում էր մի նազելի հավերժահարսի, որ կիսով չափ դուրս է երևում նախշուն ուստրի միջից:

Մտավ մյուս սենյակը: Այստեղ աղախինները, մինը մյուսի վրա գլուխը դրած, խմբով պառկել էին: Երևում էր, նրանք երկար սպասել էին իրանց տիկնոջը, և այնպես քուները տարել էր: Տիկինը նայեց նրանց վրա և խղճացավ զարթնեցնել: Նա դուրս եկավ և անցավ մի այլ սենյակ: Այստեղ մի չափահաս կին, միայնակ նստած բազմոցի վրա, նիրհում էր: Դռան բացվելու ձայնը փոքր– ինչ զգաստացրեց նրան, աչքերը բաց արավ, նայեց յուր շուրջը, և դարձյալ գլուխը խոնարհեցնելով, սկսեց նիրհել:

Տիկինը վերադարձավ յուր քնարանը:

Նա մոռացավ, թե ի՞նչ բանի համար էր կամենում կանչել յուր աղախիններին, մոռացավ և այն, թե ինչո՞ւ համար մտավ վերջին սենյակը, ուր բազմոցի վրա նիրհում էր չափահաս կինը:

Խարխափելով անցավ նա քնարանի միջով, որպես թե մի բան որոնում էր: Աչքը ընկավ արծաթապատ արկղիկի վրա, որ դրած էր պատուհանում: Այդ գեղեցիկ արկղիկը սարսափեցրեց նրան: Մի առանձին զզվանքով ձեռքը տարավ դեպի կողպեքը, բաց արեց և նրա միջից հանեց մի քանի գրվածքներ: Դրանք զանազան նամակների պատճեններ և զանազան սնագրություններ էին, որ այսօր ջոկել էր նա յուր ներքինապետի թղթերի միջից: Նրանցից մեկը մոտեցրեց ճրագին, սկսեց կարդալ: Նրա ուշադրությունը գրավեցին հետևյալ տողերը.

... «Այստեղ մնացած Մամիկոնյան տոհմից երկու երիտասարդներ կարող են վտանգավոր լինել. մեկը՝ Վահան իշխանի որդի Սամվելը, մյուսը՝ նրա հորեղբոր որդի Մուշեղը: Առաջինը, թեև անփորձ, դեռահաս մի երիտասարդ է, բայց խելագարի նման սիրահար է թե՛ յուր թագավորին և թե՛ յուր հայրենիքին: Այդ սերը լրացնում է նրա մեջ փորձի և հմտության պակասությունը: Քաջ է և համարձակ: Սիրված է յուր հասարակությունից և նրա ձայնին շատերը կհետևեն: Անկաշառելի է: Ոչնչով չէ կարելի խախտել նրա հայրենասիրությունը: Այդ մոլեռանդ երիտասարդը կարող է շատ հոգսեր պատճառել արքայից զորքերին, եթե վաղօրոք նրա մասին չխորհվի... Երկրորդը, Մուշեղը, առաջինի հայրենասիրության հետ՝ ունի փորձ և ընդարձակ հմտություններ պատերազմի գործերում: Դա մի սոսկալի մարդ է: Պարսկաստանը շատ կշահվի, եթե մի ամբողջ զավառ անգամ նշանակելու կլինի նրա կյանքի վճարման համար, որպես գլխագին: Մեծ է դրա ազդեցությունը թե՛ ազնվական և թե՛ հոգևոր դասակարգերի վրա: Լավ զորապետ և քաջ պատերազմող է, և ոխերիմ թշնամի արիներին»...

Նա չկարողացավ շարունակել. ձեռքերը դողացին և մագաղաթի կտորը ընկավ հատակի վրա: Այդ միջոցին ներս մտավ չափահաս կինը, որը մի քանի րոպե առաջ, մյուս սենյակում, բազմոցի վրա նստած, նիրհում էր:

— Ա՜խ, Որմիզդուխտ, աչքի լույս, — ձայն տվեց նա, — դու դեռ քնած չե՞ս:

Նա մոտեցավ, սկսեց փայփայել յուր տիկնոջ հերարձակ գլուխը: Բայց նրա այլայլված դեմքը սարսափեցրեց պառավին, որը զարհուրելով ետ քաշվեցավ և հարցրեց.

— Ի՞նչ է պատահել քեզ հետ... ինչո՞ւ այդքան ուշացար... ի՞նչ ասաց Սամվելը... ե՞րբ եկար... — և նա զանազան հարցերով շփոթեցրեց առանց դրանց էլ շփոթված Որմիզդուխտին:

Այդ նիհար, ցամաքած պառավը Որմիզդուխտի տղայության ստնտուն էր. երեխայությունից սնուցել էր նրան յուր գթոտ կուրծքի վրա: Երբ ամուսնացավ Որմիզդուխտը, երբ ուղարկեցին նրան հայոց երկիրը, այդ խելացի, փորձված պառավին դրեցին անփորձ հարսի հետ իբրև խորհրդական, իբրև խնամակալ:

Պառավի հայտնվիլը փոքր-ինչ սփոփեց Որմիզդուխտին: Լինում են րոպեներ, դա՛ ոն, հուսահատական րոպեներ, երբ մարդ յուր տխուր միայնակության ժամանակ սփոփանք է գտնում մինչև անգամ կատվի մեջ, երբ հանկարծ ներս է մտնում սենյակը և կարեկցաբար քսքսվում է տառապյալի փեշերին:

Տիկինը անցավ մահճակալի վրա, մտավ անկողնի մեջ և կանչեց պառավին յուր մոտ:

— Նստիր այստեղ, Հումայի, մոտ նստիր, — խնդրեց նրանից նվաղած ձայնով:

Պառավը տեղավորվեցավ նրա բարձերի մոտ:

— Ձեռքդ դիր ճակատիս վրա, շփի՛ր նրան, շա՛տ շփիր:

Պառավը յուր ոսկրոտ ձեռքը դրեց նրա ճակատի վրա, որ պատած էր սառն քրտինքով:

Մի քանի րոպե լուռ էր նա և բոցավառ աչքերը հածում էին սենյակի շուրջը: Հետո աչքերը խփեց և ասաց պառավին:

— Խոսի՛ր, Լումայի, շա՛տ խոսիր, ես լսում եմ:

Պառավը խոսք չգտավ ասելու: Տիկնոջ այդ տենդային դրությունը շվարեցրել էր նրան:

— Խոսի՛ր, Հումայի, մի բան ասա՛, — կրկնեց նա, յուր թախծալի աչքերը բաց անելով և դարձնելով դեպի պառավը: — Մոռացե՞լ ես, Հումայի, լինում էին գիշերներ, երբ ես դեռ օրիորդ էի, դու այդպես, ինչպես այժմ, նստում էիր իմ անկողնի մոտ, խոսում էիր, խոսում էիր, և քո խոսքերին վերջ չէր լինում... Անցնում էին ժամեր, աքաղաղները կանչում էին, ես քնում էի, ես զարթնում էի, և դարձյալ լսում էի քո խոսքերի շարունակությունը... Ա՜խ, ո՜րքան լավ էր այն ժամանակը. ոչ հոգ կար, ոչ ցավ կար. ապրում էի ինչպես մի ուրախ թռչուն, և բնավ ծանոթ չէր ինձ, թե ի՛նչ է տխրությունը... Աչքերը դարձյալ փակեց նա, ասելով,

— Խոսի՛ր, Հումայի, մի բան պատմի՛ր, որ քունս տանե...

Շվարած պառավը ձեռքը տարավ դեպի նրա կուրծքը, որ սաստիկ զարկում էր:

— Այնտեղ կրակ կա, Հումայի, այնտեղ մի բան այրում է ինձ... — մրմնջաց նա և դարձյալ աչքերը բաց արեց:

Պառավը այժմ սկսեց վախենալ:

— Դու չես խոսում, Հումայի, դու լուռ ես... ես կխոսեմ... ես ուզում եմ խոսել... շա՜տ խոսել...

Պառավը այժմ սկսեց մրթմրթալ: Նա աղոթում էր:

Տիկինը յուր տաք ձեռքերով բռնեց պառավի ցամաք ձեռքը և հարցրեց.

— Հիշո՞ւմ ես, Հումայի, այն տարին, Աշտիշատի տոնախմբության օրը. այդ վերջին հանդիսավոր տոնախմբությունն էր, որ կատարվեցավ: Մենք նստած էինք հայոց տիկնոջ (թագուհու) ծիրանի վրանում, այնտեղից նայում էինք հանդեսի վրա: Թագավորը մեծ քահանայապետի և գլխավոր նախարարների հետ նստած էին առանձին վրանում, մեզանից փոքր-ինչ հեռու, և դիտում էին կատարվող մրցությունները, կատարվող խաղերը: Հիշո՞ւմ ես այդ օրը:

— Հիշո՞ւմ եմ, — պատասխանեց ապշած պառավը:

— Հիշում ես և այն, երբ սկսվեցավ մականախաղը, երբ նախարարների երկաթապատ որդիները երկու հակառակ խումբերի բաժանվեցան, և երբ շառաչում էին մականները և փայտյա խոշոր գնդակները փոթորկի նման մի կողմից դեպի մյուս կողմ էին տարվում, այդ ջերմ մրցության միջոցին հայտնվեցավ մի օրիորդ, ոսկեգույն նժույգի վրա նստած: Հիշո՞ւմ ես այդ օրիորդին:

— Հիշում եմ, — պատասխանեց պառավը:

— Հազարավոր ձայներ՝ խուռն ծափահարությամբ՝ ողջունեցին նրա հայտնվիլը: Թագավորը երկար ճոճում էր յուր թաշկինակը: Նա հայտնվեցավ, ինչպես մի դիցուհի, և յուր հայտնվելով նոր ուժ, նոր ջերմություն ներշնչեց խաղին: Գեղեցի՜կ էր՛ այդ մանկահասակ օրիորդը յուր սքանչելի զրահավորության մեջ: Կուրծքը պատած էր պողպատյա ոսկենկար լանջապանով. պղնձյա փոքրիկ սաղավարտը շողշողում էր արևի ճառագայթներից, շողշողում էին և նրա ոսկեգույն զիսակները, որ ծածանվում էին երկաթի մեջ սեղմված թիկունքի վրա: Նախշուն երեսակալի նեղ ճեղքից հազիվ երևում էին նրա լուսափայլ աչքերը և սևորակ, աղեղնաձև հոնքերը: Հնչում էր փողը, որոտում էին թմբուկները և երկար, ծանր մականը նրա վարժ ձեռքում պտտվում էր, ինչպես մի թեթև փետուր: Գեղեցիկ նժույգը, որպես մի օդագնաց թռչուն, ճախրում էր, ահագին ոստյուններ էր գործում, և քաջազնս օրիորդի մականի ճարպիկ հարվածներով գնդակը սլանում էր մինչև ասպարեզի վերջը... Հիշո՞ւմ ես, թե ո՜ւմ հետ էր մրցում նա:

— Սամվելի հետ:

— Այո՜, Սամվելի հետ... Երբ վերջացավ խաղը, հայոց տիկինը (թագուհին) հրավիրեց նրան մեզ մոտ, մեր նստած վրանում: Յուր ձեռքով նվիրեց նրան առաջին մրցանակը — մի ոսկեղեն գեղաքանդակ թաս: Նա մնաց մեզ մոտ, ճաշեց մեզ հետ և ճաշի ժամանակ երգեց մի երգ: Հիշում ես այդ երգը:

— Հիշում եմ:

— Այդ մի լեռնական երգ էր, Հումայի: Լեռնցի օրիորդը երգում էր յուր լեռների, յուր ձորերի երգը: Նրա անուշիկ ձայնը հնչում էր, ինչպես լեռնային զեփյուռը, որ զարկվում է ապառաժներին, զարկվում է դարևոր եղնիններին, սաստկանում է, սաստկանում և ապա փոքր առ փոքր մեղմանալով, վերջը խուլ, տխրաձայն հնչյուններով հանգչում է ձորերի հեռավոր խորության մեջ... Կարծես, և այս րոպեում զարկում է իմ ականջներին կախարդիչ երգի թախծալի մեղեդին, կարծես, և այժմ նայում եմ ես հափշտակված օրիորդի վառված աչքերի մեջ, ուր այնքան կրակ կար, ուր այնքան հրապուրանք կար, ուր այնքան սեր կար... Հիշո՞ւմ ես, Լումայի, թե ով էր այդ օրիորդը:

— Ասում էին, որ Ռշտունյաց իշխանի դուստրն է:

— Այո՛, Ռշտունյաց իշխանի դուստրն էր — անարկու լեռների և մթին անտառների բախտավոր դուստրը... Նա յուր հետ բերել էր յուր լեռների քաջերին: Քա՛ղցր էր նայել այդ հովիվ ժողովրդի պարզ և անպաճույճ զրահավորության վրա, որ հայտնվել էին հանդեսում իրանց՝ այծերի մազից գործած՝ թեթև ասպարներով, իրանց ոչխարների բուրդից պատրաստած կաճյա զրահներով ու սաղավարտներով և իրանց նույնպես մազից հյուսած թանձր տրեխներով: Ոտքից գլուխ մազով ու մորթով էին պատած նրանք, բայց երկաթի ամրություն ուներ այդ կոշտ-կոպիտ հանդերձանքը: Կոշտ-կոպիտ էին և իրանք — լեռնականները, — բայց բոլոր հանդիսականները սարսափում էին նրանց աղեղներից, որ երեք կանգուն տարածություն ունեին, և նրանց նետերից, որ մի նիզակի չափ երկարություն ունեին: Խրոխտ էին այդ քաջերը և դյուրազգիռ, իսկ նրանց թագուհին փայլում էր բոլոր հանդիսականների մեջ, որպես մի լեռնային դիցուհի...

Վերջին խոսքերի միջոցին նա յուր աչքերը փակած ուներ, կարծես, խոսում էր քնի կամ երազի մեջ:

— Այդ քաջերը, — շարունակեց նա, — հրեղեն աչքերով և թավամազ դեմքով, թավամազ առյուծների նման, հսկում էին իրանց իշխանուհու վրա: Մահը մի ակնթարթում վճռված կլիներ այս ազատանի երիտասարդի, որ կհամարձակվեր մի փոքր ծուռն աչքով նայել նրա վրա: — Նա տարավ այդ տոնախմբության մրցությունների ժամանակ երկու փայլուն մրցանակներ. մեկը՝ ոսկեղեն թասը, որ ընդունեց հայոց տիկնոջ ձեռքից, մյուսը — Սամվելի սիրտը...

Նա լռեց, այլևս ոչինչ չխոսեց:

Երկյուղած պառավը սարսափով նայում էր նրա գունաթափ դեմքի վրա, որ երբեմն թրթռում էր տենդային ցնցումներով: Թրթռում էին և նրա կարմիր շրթունքները, որ ամուր սեղմված էին միմյանց հետ: Նա դեռ շարունակում էր խոսել, բայց խոսում էր, ո՛վ գիտե, ում հետ, խոսում էր երազների հափշտակության մեջ, և նրա ձայնը չէր լսվում...

Պառավը ծածկեց նրան և մինչև լույս անքուն նստած, նայում էր յուր սնուցած սանիկի վրա, որ վառվում էր տապի և քրտինքի մեջ: Եվ խեղճ կնոջ շիջած աչքերից արտասուքը մեղմ կաթիլներով գլորվում էր ցամաք երեսի վրա...

ԾԶ

ԻՆՔՆԱԿՈՉՆԵՐԸ

Գիշերից բավական անցել էր: Մուշեղ իշխանի ապարանքում, միևնույն սենյակում, որ նրա ընդունարանն էր, հայոց չորս երիտասարդ մտածողները դեռ խորհրդի մեջ էին: Սենյակի վարագույրները խնամքով իջեցրած էին, դռները ներսից կողպած էին, իսկ դրսում՝ երկու զինված պահակներ կանգնած էին նախասենյակի դռան աջ և ձախ կողմերում:

Մեսրոպը, ճրագի հանդեպ նստած, խորասուզվել էր յուր առջև դիզված թղթերի մեջ: Կարդում էր, ինչ-որ հաշիվներ էր անում, դարձյալ կարդում էր և երբեմն ձեռքը տանում էր դեպի յուղված ճակատը յուր տարակուսանքները փարատելու համար: Այդ թղթերի թվում գտնվում էր և այն նամակը, որ Որմիզդուխտը հանձնեց Սամվելին:

Սամվելը ոտքի վրա անցուդարձ էր անում և մի-մի անգամ մոտենում, կանգնում էր և ետևից լուռ նայում էր Մեսրոպի աշխատությունների վրա:

Մուշեղը մատներով անհանգիստ կերպով քրքրում էր յուր փոքրիկ մորուքը, որ, թավիշյա սև շրջանակի նման, բոլորում էր նրա այրական դեմքը: Նրա սեգ աչքերի մեջ նշմարվում էր անհամբերության և խորին վրդովմունք:

Սահակ Պարթևը երբեմն վեր էր առնում յուր մոտ դրած գինու թասը և նրանով թրջում էր սրտի տապից ցամաքած շրթունքները:

Ամենքը սպասում էին Մեսրոպին:

Նա թղթերը տհաճությամբ մի կողմ նետեց և, դառնալով դեպի մյուսները, ասաց.

— Բոլորովին ապարդյուն է քրքրել այդ թղթերը և նրանցից որևէ եզրակացության հասնել: Մեր այժմյան դրության մեջ՝ հաշիվը ոչ միայն կխախտեցնե, այլև կմոլորեցնե մեզ: Մեր գործերը հենց սկզբից անհաշիվ են տարվել: Այնպես էլ պետք է շարունակել: Այսինքն՝ կամենում եմ ասել, որ ժամանակը այնքան նեղ է և պահանջները այնքան ստիպողական են, որ մենք միջոց չունենք հինը ուղղելու և նոր կարգադրություններ անելու: Մեզ պետք է այժմ անել մի վճռական քայլ, թեև այդ քայլը մինչև անգամ հակառակ լիներ խոհուն և խելացի ձեռնարկության:

— Բոլորովին ճիշտ է, — ասաց Սամվելը, որ դեռևս ոտքի վրա էր:

Սահակ Պարթևը ոչինչ չխոսեց:

— Այնուամենայնիվ, մենք պետք է չափենք մեր ուժերը, — նկատեց Մուշեղը:

— Մենք չափել կամ կշռել չենք կարող այն, ինչ որ դեռևս գոյություն չունի, — պատասխանեց Մեսրոպը: — Մեր ուժերի չափը կախված կլինի այն հանգամանքներից, թե որքան հաջողությամբ առաջ կտանենք գործը: ,

— Հաջողությունը կամ անհաջողությունը հենց այժմյանից ես կարելի է նախագուշակել, — ասաց Մուշեղը:

— Միայն հավանականության վրա հիմնվելով, — պատասխանեց Մեսրոպը: — Մենք, կրկնում եմ, անձնավստահությունը պետք է ընտրենք մեզ որպես առաջնորդ, իսկ հաջողությունը թողնենք բախտի կամքին:

Սահակ Պարթևը ընդհատեց վիճաբանությունը, հարցնելով,

— Այդ «մենք»-ը մի քանի անդամ կրկնվեցավ: Բայց նախքան որևէ քայլ անելը, ես կարծում եմ, պետք է որոշել, թե ո վ ենք մենք:

Տիրեց ընդհանուր լռություն: Հարցը բավական կարևոր էր: Սամվելը առաջ անցավ, խնդրելով.

— Թույլ տվեցեք ինձ խոսել:

— Խոսի՛ր, — ասաց Պարթևը:

Նա խորին ոգևորությամբ կանգնեց յուր խորհրդակիցների առջև և, յուր բոցավառ աչքերը դարձնելով դեպի նրանց, խոսեց,

— Ով ենք «մենք», — այդ հարցը, իրավ, մի շատ դժվարին հարց է, և նրա վճռելը պետք է լինի գործի սկիզբը — Ո՞վ ենք «մենք»: Մենք ամեն ինչ ենք: Իմ պատասխանը գուցե չափազանց համդուգն կթվի ձեզ, բայց ես կաշխատեմ պարզել իմ միտքը: Մեր աշխարհի կառավարության մեջ երեք բարձրագույն անձինք առաջնակարգ դեր էին խաղում. — թագավորը, քահանայապետը և սպարապետը: Այդ երեք գլխավորները այժմ չկան: Թագավորը աքսորված է Խուժիստանի Անհուշ բերդը, սպարապետը աքսորված է դարձյալ նույն բերդը, իսկ քահանայապետը աքսորված է Միջերկրականի Պատմոս կղզին: Մեր աշխարհը մնացել է զուրկ այդ երեք մեծ կառավարիչներից, որ վտանգի ժամանակ կարող էին թշնամուն դեմ դնել: Իսկ թշնամին մեր դռանը կանգնած է, ներս մտնելու վրա է: Ո՞վ պետք է ընդդիմանա նրան: Ո՞վ պետք է պաշտպանե հայրենիքը կրակից և արյունից: Ո՞վ պետք է մաքրե պարսկական պղծությունը, որ ապառնում է արատավորել մեր բոլոր սրբությունները: Արքայական գահը վտանգի մեջ է. եկեղեցին վտանգի մեջ է, մեր լեզուն, մեր դպրությունը, մեր ավանդությունները, մեր ազգային բոլոր նվիրական ժառանգությունները վտանգի մեջ են: Ո՞վ պետք է պաշտպանե: Կրկնում եմ, թագավորը չկա, քահանայապետը չկա, սպարապետը չկա: Բայց կան նրանց ներկայացուցիչները, որոնցից երկուսը հենց այստեղ լսում են ինձ:

Նա ձեռքը տարավ դեպի Սահակ Պարթևը և դեպի Մուշեղը և շարունակեց,

— Դո՛ւ, Սահակ, քահանայապետի որդին ես և կարող ես փոխարինել քո հորը: Իսկ դու, Մուշեղ, սպարապետի որդին ես և կարող ես փոխարինել քո հորը: Թե քահանայապետությունը և թե սպարապետությունը մեր աշխարհի սովորությամբ ժառանգական են: Մեկը սեփական է Լուսավորչի տանը, մյուսը Մամիկոնյանների տանը: Դրան ոչ ոք կարող է հակառակել: Մնում է թագավորի ներկայացուցիչը: Թագաժառանգը այստեղ չէ, նա պահված է Բյուզանդիայում: Բայց հայոց տիկինը— թագուհին մեր ձեռքումն է: Նրա անունով կարող ենք ամեն տեսակ հրամաններ տալ: Կազմե՛նք մի ժամանակավոր կառավարություն, անցնե՛նք գործերի գլուխը և սկսենք դեմ դնել թշնամուն: Ես հավատացած եմ, որ ժողովուրդը կգա մեր ետևից: Նա սիրում է միայն հրամաններ լսել, իսկ երկար չէ մտածում, թե որտեղից է գալիս հրամանը: Այժմ, կարծեմ, բավական պարզ է, թե ո՞վ ենք «մենք»...

— Մենք ազատ ժողովուրդ չունենք, — նկատեց Մեսրոպը. — մենք ունենք նախարարներ միայն, որոնց հետ կապված են ժողովրդի զանազան մասերը:

— Բոլորովին ճիշտ է, — պատասխանեց Սամվելը: — Բայց իմ ձեզ ներկայացրած նամակից երևում է, որ խստիվ պատվիրված է՝ կալանավորել բոլոր նախարարներին և վարել նրանց Տիզբոն, իսկ նրանց կանանցը, զավակներին, որպես գրավական, պահել առանձին բերդերում, սաստիկ հսկողության ներքո: Այդ խստություններից կարող ենք մենք օգուտ քաղել: Որովհետև այդ կստիպե նախարարներին, եթե ոչ հայրենիքի պաշտպանության համար, գոնե իրանց անձանց և ընտանիքների պաշտպանության համար, միանալ մեզ հետ և դեմ դնել թշնամուն:

— Շատ հավանական է, — ասաց Մեսրոպը: — Բայց մեր նախարարներից ոմանք այնքան երկչոտ են, բավական է, որ լսեն Շապուհի պատվերը իրանց մասին, նրանք իսկույն կառնեն իրանց ընտանիքները, կփախչեն դեպի հունաց կողմը, ապահովություն գտնելու համար:

— Այդ կարող է պատահել, — պատասխանեց Սամվելը: — Թշնամին վճիռ է դրել՝ չխնայել ոչ ոքի, ով որ կընդդիմանա: Իսկ մենք պետք է վճիռ դնենք՝ չխնայել ոչ ոքի, ով որ խույս կտա: Եթե մեր նախարարներից ոմանք այնքան վատ կլինեն, որ ընդհանուր վտանգի ժամանակ, միայն իրանց անձը և ընտանիքը պահպանելու համար, կփախչեն դեպի օտար երկիր, այդ դեպքում մենք առաջինը կլինենք, որ նրանց կմորթենք իրանց ամրոցների սյամի վրա...

Սահակ Պարթևը և Մուշեղը լուռ լսում էին: Նրանք մի առանձին հրճվանքով էին նայում ոգևորված երիտասարդի վրա, որ ներկայանում էր նրանց առջև որպես մի մարմնացած վրեժխնդրություն: Սամվելը առհասարակ մելամաղձոտ և սակավախոս բնավորություններից էր, բայց երբ սկսում էր խոսել, խոսում էր երկար և բավական գեղեցիկ: Նա շարունակեց.

— Ուշադրություն դարձրեք, սիրելիք, իմ ձեզ ներկայացրած նամակի մի այլ կետի վրա, որտեղ հրամայված է՝ կալանավորել հայոց տիկնոջը և ուղարկել Պարսկաստան: Մեր առաջին ջանքը պետք է լինի՝ ապահովել տիկնոջ անձը: Կորցնելով նրան, մենք շատ բան կկորցնենք: Նրա անունով պետք է գործենք մենք, նրա անունով պետք է շարժենք ժողովրդին: Ես հավատացած եմ, որ տատանվող գահի վտանգը, թագավոր-ամուսնի կորուստը, թագաժառանգ-որդուց զրկվիլը, այդ բոլոր դժբախտ արկածները, ավելի քան մեզանից ամեն մեկին, պետք է դրդեն տիկնոջը՝ այժմյան տագնապի մեջ՝ պաշտպան հանդիսանալ Արշակունյաց կործանվող գահին: Եվ նա այնքան քաջություն ունի, որ կանե այդ:

Մեսրոպը կրկին վեր առեց Որմիզդուխտի Սամվելին հանձնած նամակը, սկսեց լուռ կարդալ:

Նույն սենյակում պատից քարշ էր ընկած Մամիկոնյան Վաչեի պատկերը: Իսկ պատկերի ներքև քարշ էր ընկած այդ հերոսի սուրը: Սամվելը, վերջացնելով յուր փոքրիկ ճառը, մի առանձին պատկառանքով մոտեցավ պատկերին, վեր առեց սուրը և, դնելով Սահակ Պարթևի առջև, ասաց.

— Այդ սուրը այն քաջի սուրն է, որի արթուն հոգին ուշադրությամբ նայում է մեզ վրա, — նա ձեռքը տարավ դեպի պատկերը: — Քառասուն տարի հազիվ անցել է այն օրից, երբ պարսից հետ մղած արյունահեղ կռվի մեջ ընկավ այդ քաջը և յուր մահվամբ ամբողջ Հայաստանը սուգի մեջ դրեց: Մամիկոնյան տոհմից ոչ ոք մնաց, որ ժառանգեր հայոց սպարապետության պաշտոնը: Ամենքը ընկան նույն կռվի մեջ: Մնաց միայն հանգուցյալի որդի Արտավազդը, որը դեռ մանուկ էր և երեխա: Թագավորը (Խոսրով Բ) և քո պապ Վրթանես հայրապետը, Սահա՛կ, բերել տվին մանուկ Արտավազդին թագավորական արքունիքը: Այնտեղ էին հայոց նախարարները, այնտեղ էր և հայոց բարձր ազատանին: Թագավորը գրկեց մանուկին, իսկ մեծ հայրապետը վեր առեց հոր սպարապետական պատվանշանը և հանդիսավոր կերպով կապեց որդու գլխին, վեր առեց և հոր սուրը, օրհնելով, կապեց որդու մեջքին: Հետո հանձնեցին մանուկին Շիրակա իշխան Արշավիր Կամսարականի և Սյունյաց Անդովկ իշխանի (որոնք երկուսն էլ Մամիկոնյանների փեսաներն էին) հոգաբարձությանը, որ խնամք տանեն, մինչև մեծանա և հոր սպարապետությունը ժառանգե: Ահա՛ նույն սուրը դրած է քո առջև: Սահակ, քո պապի բերանով օրհնյալ սուրը: Քե՛զ է վայելում, Սահակ, որպես հայոց հայրապետական տան սրբազան ժառանգին, վեր առնել այդ սուրը և հանձնել իմ հորեղբոր որդի Մուշեղին, հրատարակելով նրան հայոց սպարապետ:

Վերջին առաջարկությունը խիստ սրտաշարժ էր: Վեհազնյա Պարթևը չկարողացավ զսպել յուր արտասուքը: Պատմության տխուր կրկնողությունը նույնն էր, ինչ որ քառասուն տարի առաջ: Մամիկոնյան Վաչեն սպանվեցավ պարսից դեմ մղած կռվի մեջ, և Սահակի պապը — Վրթանես հայրապետը նրա անչափահաս որդուն սպարապետ հրատարակեց: Մուշեղի հայրը — Վասակ սպարապետը — նույնպես սպանված էր պարսից Շապուհ արքայից: Բայց Մուշեղը դեռ չգիտեր այդ: Նա յուր հորը դեռ կենդանի էր համարում և աքսորված յուր թագավորի հետ: Այժմ ինչպե՞ս պետք էր հայտնել նրան հոր ցավալի մահը և նրա, առանց դրան ևս, վշտերով ծանրացած սրտի վրա մի նոր և անմխիթար վիշտ ավելացնել: Այդ էր, որ շարժեց Սահակի սիրտը: Բայց նա բարվոք համարեց լռել այդ մասին: Խորին, ցավակցական զգացմունքներով վերառեց սուրը, արտասանելով հետևյալ խոսքերը.

— Ես ինձ բախտավոր եմ համարում, որ այդ հանդիսավոր րոպեում, երբ մեր հայրենիքի բախտն է վճռվում, ինձ է վիճակվում այդ սուրը հանձնել քեզ, Մուշեղ: Դա քո նախահայրց փառքն է, իսկ նրանց արժանավոր ժառանգների՝ պարծանքը: Այո՛, Մամիկոնյան տոհմը իրավունք ունի պարծենալու այդ սրով, որ մեր աշխարհի ամեն մի ճգնաժամի ժամանակ պաշտպան է հանդիսացել հայրենիքին: Տրդատի օրերում այդ սուրը ջնջեց Սլկունիների քաջ ցեղը, որոնք, ապստամբվելով իրանց թագավորի դեմ, անցան թշնամու կողմը: Տրդատի որդի Խոսրովի օրերում այդ սուրը փշրեց մեր դարևոր թշնամի պարսից զորությունը: Խոսրովի որդի Տիրանի օրերում այդ սուրը մերկացավ բնիկ թագավորի դեմ, երբ նա սկսեց անխնա կոտորել հայոց նախարարների անչափահաս զավակներին: Իսկ Տիրանի որդի Արշակի օրերում, որ մեր այժմյան դժբախտ թագավորն է, այդ սուրը, Մուշեղ, քո հոր ձեռքում, ոչ սակավ անգամ. խորտակեց Շապուհի ահագին զորությունները: Նա մնաց միշտ անարատ և երբեք վատությունը, երկչոտությունը բիծ չդրեց նրա վրա: Դրա մեջն է Մամիկոնյանների մեծությունը: Միշտ անաչառ է եղել այդ սուրը թե՛ դեպի օտարները և թե՛ դեպի յուր հարազատները: Քո հայրը, Մուշե՛ղ, այդ սրով սպանեց յուր եղբայր Վարդանին, երբ նա դավաճանեց հայրենիքին: Արդարությունը, իրավունքը, նեղյալի և տառապյալի պաշտպանությունը միշտ եղել են այդ սրի բարձր, քաջազնական գաղափարը: Քո հայրը, Մուշե՛ղ, զոհ եղավ յուր անսահման հայրենասիրությանը... Քո հորը պատահած ցավալի անցքից հետո, քե՛զ, երանելի հոր արժանավոր որդուն, քե՛զ միայն վայել է կրել այդ սուրը և անցնել հայոց զորքերի գլուխը: Վտանգը մոտ է և տառապյալ հայրենիքի տխուր հառաչանքները կոչում են քեզ, Մուշեղ, ընդունել այդ զենքը, որի մեջ պետք է գտնե նա յուր փրկությունը: Եվ դու այնքան քաջ ես և անձնանվեր, որ կարդարացնես նրա սրտագին հույսերը...

Խորին տխրությամբ ընդունեց քաջազնյա երիտասարդը նախահարց սուրը, ասելով.

— Ես իմ տոհմի մեջ ամենադժբախտն եմ համարում ինձ, ընդունելով այդ սուրը: Իմ նախնիքը ավելի բախտավոր գտնվեցան, նրանք այդ սրով պատերազմեցին օտարների հետ, իսկ ես պետք է պատերազմեմ իմ հարազատի հետ... Թշնամու զորքերին առաջնորդում է իմ հորեղբայրը... Թո՛ղ օրհնյալ լինի նախախնամողի կամքը, թո՛ղ նա զորություն տա իմ բազուկներին, այդ սրով մաքրել այն արատը, որ իմ հարազատը պետք է դնե մեր տոհմի վրա...

Սամվելի դեմքը մինչև այդ րոպեն փայլում էր ուրախությունից, բայց լսելով վերջին խոսքերը, մռայլվեցավ նա: Մուշեղի ակնարկությունները վերաբերում էին նրա հորը: Սահակը նկատեց դժբախտ երիտասարդի հուզմունքը և, դառնալով դեպի նա, հարցրեց.

— Դու մինչույնը չէի՞ր անի, ի՞նչ որ ասաց Մուշեղը:

— Ես ավելին կանեի... և կանե՛մ.,. — պատասխանեց Սամվելը դառնությամբ լի ձայնով:

— Ուրեմն ամեն ինչ վերջացած է: Խոսենք գործի վրա:

Վեհազնյա Պարթևը աչք ածեց դեպի յուր խորհրդակիցները և շարունակեց.

— Սամվելը յուր գեղեցիկ ճառի մեջ շատ ճիշտ նկատեց, որ մենք պետք է գործենք հայոց տիկնոջ անունով և պետք է նրա հրամանով շարժենք թե՛ նախարարներին, և թե՛ ժողովրդին: Այդ անհրաժեշտությունը կարևոր համարելով, ես նախքան Տարոն գալը Վաղարշապատում տեսնվեցա տիկնոջ հետ: Նա ավելի քան մեզանից յուրաքանչյուրը՝ ոգևորված է մեր աշխարհի փրկության գործով: Նա դրեց մեր իրավունքի ներքո արքայական ամբողջ գանձը և, բացի դրանից, յուր սեփական հարստությունը և մինչև անգամ յուր զարդերը: Նա հանձնեց ինձ յուր մատանին, իրավունք տալով, ամեն տեսակ հրամաններ կնքել նրանով:

Նա դուրս բերեց յուր ծոցից տիկնոջ մատանին և դրեց սեղանի վրա, ասելով.

— Ժամանակավոր բարձրագույն կառավարությունը, որ առաջարկեց Սամվելը և որի հետ մենք ամենքս համաձայն ենք, պետք է հենց այս րոպեից կազմված համարել: Թո՛ղ Տրդատի և մեր լուսավորչի հոր աստվածը զորացնե մեր ձեռնարկությունը: Կրոնի, ազգի, հայրենիքի փրկությունը և նրանց պաշտպանության համար ամեն զոհաբերություն հանձն առնելը՝ կլինի մեր կռիվների նշանաբանը: Ես մեծ հույսեր ունեմ, որ եթե չհաղթենք, գոնե պատվով կմեռնենք...

Նա կանգ առեց և րոպեական լռությունից հետո շարունակեց.

— Ես առավոտյան պետք է մեկնեմ այստեղից, ինձ. հետ պետք է տանեմ և Մեսրոպին: Գիշերը դեռ բոլորովին չէ անցել, դեռ բավական ժամանակ ունենք: Թող Մեսրոպը սկսե գրել հարկավոր հրամանները, որ պետք է հղել նշանավոր նախարարներին: Այդ հրովարտակների վրա կդրվին՝ նախ տիկնոջ կնիքը և ապա մեր յուրաքանչյուրի կնիքները: Իսկ թե որտե՞ղ պետք է կենտրոնանան մեր գլխավոր ուժերը, այդ քո մտածելու խնդիրն է, Մուշեղ. դու ավելի հմուտ ես պատերազմի գործերում:

— Արտագերս ամրոցում, — պատասխանեց նա:

— Ես էլ նույն կարծիքին եմ, — ասաց Պարթևը: — Արարատը, որ մեր աշխարհի սիրտն է, պետք է պաշտպանվի: Կորցնելով սիրտը, կկորցնենք և կյանքը...

— Սկսի՛ր գրել, Մեսրոպ, — դարձավ նա դեպի քարտուղարը, տալով նրան մի քանի առաջնակարգ նախարարների անուններ:

Մեսրոպը վեր առեց գրիչը և մագաղաթը:

Այդ միջոցին ամրոցում մի այլ տեղ նույնպես քնած չէին: Յուր առանձնասենյակում, բարձր բազմոցի վրա, նստած էր Սամվելի մայրը, իսկ նրա ներքևը, հատակի վրա, կուչ էր եկած մի փոքրիկ մարդ: Նա յուր ծնկան վրա դրած ուներ մագաղաթի թերթը, նույնպես գրում էր և երբեմն յուր նիհար դեմքը, նեղ աչքերով, դարձնում էր դեպի տիկինը, հարցնելով.

— Էլ ի՞նչ գրեմ ...

Երբ վերջացրեց, երկու նամակներ դրեց տիկնոջ առջև, ասելով.

— Այդ մեկը իշխան Մերուժանի նամակն է, իսկ մյուսը իմ տիրոջ Վահան իշխանի նամակն է:

Տիկինը յուր ձեռքով ծրարեց ամուսնի նամակը:

ԺԷ

ԿՆՈՋ ԽՈՐՀՈՒՐԴԸ

Մյուս օրը, չնայելով անձրևային խոնավ եղանակին, Սահակ Պարթևը և Մեսրոպը վաղ առավոտյան ներկայացան տիկին Մամիկոնյանին և, «մնաք բարյավ» ասելով, հեռացան Ողական ամրոցից: Տիկնոջ թախանձանքը, մինչև անգամ արտասուքը, անզոր եղան գոնե մի օրով ավելի պահելու յուր համար հյուրերին, որպեսզի ինքը փոքր ի շատե միջոց ունենար ապացուցանելու յուր «բարեկամության և հյուրասիրության խորին մեծարանքը»:

Սամվելը գնաց նրանց ճանապարհ դնելու մինչև մերձակա իջևանը: Նա պետք է վերադառնար երեկոյան:

Սահակի և Մեսրոպի գնալուց հետո, իշխան Մուշեղը մտածում էր փոքր ի շատե կարգի դնել յուր ընտանեկան գործերը, որովհետև նա ևս մի քանի օրից հետո պետք է թողներ Ողական ամրոցը: Բոլոր ժամանակը նա յուր խելքով, յուր մտքով և յուր հոգու ամբողջ եռանդով հափշտակված լինելով միայն հայրենիքի գործերով, բոլորովին մոռացել էր յուր տունը: Այժմ միայն ներկայացավ նրան մի նոր հոգս և մի նոր զբաղմունք: Սպարապետի և զորավարի ինքնազոհությունը մաքառում էր նրա մեջ՝ ամուսնի և ընտանիքի հոր զգացմունքների հետ: Նա պետք է գնար: Ո՞վ գիտե, գուցե այլևս չվերադառնար... Բայց ի՞նչ կլիներ յուր բացակայության ժամանակ անպաշտպան ընտանիքի դրությունը: Ո՞ւմ հանձներ, ո՞ւմ խնամակալության ապավիներ: Նա պետք է գնար թշնամու հետ զարկվելու: Բայց գլխավոր թշնամին հենց յուր տան մեջն էր: Նա տարակույս չուներ, որ երբ կսկսվեր պատերազմի փոթորիկը, հենց ինքը, Սամվելի մայրը, կհանձներ նրա զավակներին, նրա կնոջը պարսից զինվորների ձեռքը, և նրանց կտանեին և, իբրև գրավական, կպահեին, հորը զինաթափ անելու համար:

Ապազան յուր բոլոր սարսափանքով ներկայանում էր նրա աչքում: Նրան շատ հասկանալի էր պարսից արքունիքի խորամանկ կարգադրությունը, որով խստիվ պատվիրված էր՝ կալանավորել հայոց նշանավոր նախարարների ընտանիքները և պահել առանձին բերդերում: Եվ այդ պետք է իրագործվեր Մերուժանի և Սամվելի հոր ձեռքով: Նպատակը պարզ էր: Նրանք լավ հաշվել էին, թե հայրերը բանակում կլինեն, իսկ ընտանիքները տանը թողած: Կալանավորելով ընտանիքներ, նրանց երկյուղով կսանձահարեն ծնողներին, զգալ տալով, թե ամեն մի հակառակ քայլ կարող էր նրանց զավակների և կանանց կյանքը վտանգի ենթարկել:

Որքա՞ն ավելի ուշադրություն պետք է դարձնեին Մուշեղի, որպես հայոց սպարապետի, ընտանիքի վրա: Այդ մտատանջությունների մեջ տատանվում էր նա, երբ սենյակի դռները բացվեցան, ներս մտավ մի մանկահասակ կին, իսկ նրա ետևից աղախինը, որ գրկում բռնած ուներ մի կլորիկ երեխա:

— «Այո՛ւ»... «այո՛ւ»... լսելի եղավ երեխայի թոթովանքը և նա, հեռվից փոքրիկ ձեռիկները վեր բարձրացնելով, ողջունեց հոր առավոտը:

Հայրը մոտեցավ, աղախնի գրկից առեց զավակին, սեղմեց յուր կուրծքի վրա:

Ամբողջ գիշերը անցկացրած լինելով Սահակի, Մեսրոպի և Սամվելի հետ, նա յուր կնոջը չէր տեսել: Կինը եկել էր տեսնելու ամուսնին:

Երեխան գրկում իշխանը եկավ, նստեց բազմոցի վրա, իսկ կինը կանգնած մնաց նրանց հանդեպ և, խորին զմայլմունքով, նայում էր հոր խաղերին յուր զավակի հետ: Նա երբեմն մատը դիպցնում էր ուրախ մանուկի լիքը թշերին, և ամեն անգամ կանչվռտում էր, ծիծաղում էր նա, և այդ հրեշտակային ծիծաղի միջոցին նրա փոքրիկ բերանը թաքչում էր գիրգ թշերի ալիքների մեջ:

— Երեկվանից դարձյալ մի նոր բան է սովորել, — հաղորդեց մայրը ուրախությամբ:

— Իմ զառնուկը մի՛շտ նոր բան է սովորում, մի՛շտ նոր բան է սովորում, — ձայն տվեց հայրը և փայփայեց նրա խարտյաշ զանգուրները: — Ի՞նչ է սովորել:

Մայրը դարձավ դեպի աղախինը, որը մոտեցավ, չոքեց փոքրիկ Մուշեղի առջև, ցույց տալու նրա նոր օյինբազությունը: Նա ձեռքը դրեց երեսին, գլուխը մի կողմ թեքեց և, աչքերը խփելով, ասաց.

— Մուշեղ, նա՛ նե՛նք:

Երեխան նույնպես աչքերը խփեց, գլուխը դրեց հոր կուրծքի վրա և ձևացրեց, իբր թե քնում է: Բայց երկար համբերել չկարողացավ, շուտով սկսեց ծիծաղել և աչքերը բաց արավ:

— Ա՜յ, սատանա, — նկատեց հայրը, սեղմելով նրան յուր գրկի մեջ, — նա քեզ է խաբում, դու նրան ես խաբում:

Երեխան, կարծես վիրավորվելով հոր նկատողությունից, մի ճարպիկ ոստյուն գործեց նրա գրկում և երկու ձեռիկները մեկնեց դեպի մայրը:

Մայրը առեց նրան գիրկը, հեգնելով.

— Դու երեխային գրավելու շնորհք չունես:

— Ձանձրացավ ինձանից... — ասաց հայրը և նրա ուրախ դեմքի վրա անցավ տխրության մթին մռայլը:

Կինը նկատեց այդ:

Բայց զվարճասեր երեխան մոր գրկում ևս ձանձրացավ, սկսեց թռչկոտել դեպի աղախինը և նրան դեպի ինքը հրապուրելու ցույցեր անել: Աղախինը մոտեցավ: Մայրը երեխային հանձնեց նրան, ասելով.

— Դուրս տար դրան:

Այժմ հանգիստ էր նա, այժմ յուր ընտելացած գրկումն էր: Նախասենյակից լսելի եղավ նրա վերջին «այո՛ւ»-«այո՛ւն» — նրա մանկական մնաք բարյավը, որ շարժեց հոր բոլոր սրտագին զգացմունքները: Նրա դեմքը ավելի մռայլվեցավ:

Երբ երկու ամուսինները մնացին միայնակ, կինը մի առանձին կարեկցությամբ նայեց յուր սիրելի երեսին, հարցնելով.

— Դու այս առավոտ սաստիկ գունաթափ ես, երևի ամբողջ գիշերը չես քնել:

— Ի՞նչ գիտես, որ չեմ քնել, — հարցրեց իշխանը:

— Գիշերը մի քանի անգամ դուրս եկա, նայեցի լուսամուտներին, ճրագը դեռ վառվում էր: Դու սովորություն չունես քնելու ժամանակ ճրագը վառ թողնել:

— Ուրեմն դո՞ւ էլ չես քնել:

Մի քաղցր ժպիտ եղավ Մուշեղի պատասխանը: Այդ ժպիտը այրեց նրա սիրտը: Մի գիշեր միայն նա միայնակ էր թողել սիրելի կնոջը, և նա անհանգիստ էր եղել, չէր կարողացել քնել: Բայց եթե երկար, շատ երկար բաժանվելո՞ւ լիներ նրանից...

Տիկինը նստեց նրա մոտ և ձեռքը առեց յուր ափերի մեջ: Նա դարձյալ դիմեց ամուսնին առաջին հարցով, որի մասին բավականացուցիչ պատասխան չստացավ:

— Ի՞նչ է պատահել քեզ հետ, ինչո՞ւ հանկարծ տխրեցիր:

Ինչպե՞ս բացատրել, թե ի՛նչ էր պատահել: Շատ բան էր պատահել: Եվ շատ բաներ ևս պատահելու էին... Արդյոք կնոջ քնքուշ սիրտը այնքան ամրություն կունենա՞ր բոլորը լսելու:

Մուշեղը սկսեց ավելի մեղմ կերպով.

— Տեսնո՛ւմ ես, Սաթենի՛կ, մի գիշեր միայն բաժանվեցա քեզանից և դու անհանգիստ եղար, բայց եթե պատահեր երկա՞ր բաժանվել քեզանից:

— Ես ավելի երկար կտանջվեի, — պատասխանեց կինը:

— Եվ դու կհամբերի՞ր մեր անջատմանը:

— Կսովորեի համբերել, եթե այդ անհրաժեշտ լիներ:

— Ի՞նչ դեպքերում դու անհրաժեշտ կհամարեիր:

— Այն դեպքերում, որ շատ անգամ պատահել է, օրինակ, եթե դու կռվելու գնայիր:

— Շուտով գնալու եմ...

Կինը չէր սպասում մի այդպիսի պատասխանի: Նա պատրաստ էր ետ առնել յուր խոսքը, բայց արդեն ուշ էր: Նա յուր համաձայնությունը հայտնեց, առանց կանխապես իմանալու ամուսնի դիտավորությունը: Եվ մի մեծ բան կորցնողի նման, գլուխը խոնարհեցրած, արտասվալի աչքերով հածում էր հատակի նախշուն գորգերի վրա, թեև յուր կորցրածը գտնելու հույսից շատ հեռու էր: Կնոջ այդ մոլորված, շվարված դրությունը սաստիկ ազդեց Մուշեղի վրա, որին առաջին անգամ էր պատահում փորձել դեռահաս ամուսնի սրտի քաջությունը: Նա դարձավ դեպի յուր սիրելին, ասելով,

— Սաթենի՛կ, շուտով կոտրվեցար, ես քեզ այդ աստիճան թուլասիրտ չէի համարում:

— Ես թուլասիրտ չեմ, — պատասխանեց նա հեկեկալով: — Բայց ի՛նչ անեմ... երեք տարին դեռ չէ լրացել, որ մենք ամուսնացել ենք, և այն օրից, որ ես այս տունն եմ մտել, քեզ մի օր անգամ հանգիստ չեմ տեսել... Դու միշտ քո նետերով ես սրբել քո ճակատի քրտինքը... Մի՛շտ կռիվ... մի՛շտ արյուն... մի՛շտ կոտորած... Ե՞րբ պետք է վերջ դրվի այդ արյունհեղություններին...

— Երբե՛ք, — պատասխանեց այրը զզալի ձայնով, — քանի որ մարդկային իրավունքը միայն սրով կչափվի...

Կինը ոչինչ չխոսեց: Նա գլուխը դեռևս խոնարհեցրած ուներ և, կարծես, սարսափում էր նայել ամուսնի զայրացած աչքերի մեջ:

Նա շարունակեց ավելի մեղմ ձայնով.

— Ի՞նչ կանեիր դու, նազելի Սաթենիկ, երբ մի առավոտ, քո փափուկ անկողնում, քո խաղաղ քունը կխռովեցներ կատաղի խուժանի վայրենի աղմուկը, և դու գեղեցիկ աչքերդ բաց կանեիր, կտեսնեիր քո անարատ առագաստը շրջապատված զազաններով... Քո սիրելի Մուշեղին, որի յուրաքանչյուր ժպիտը այնքան քաղցր է քեզ համար, որի յուրաքանչյուր մնչյունը անսահման ուրախություն է պատճառում քեզ, — քո սրտի հատորին կխլեին օրորոցից և կզարկեին գետնին... Քո փառավոր սենյակը կմերկացնեին յուր զարդերից, և քեզ ոտաբոբիկ ու հերարձակ կվարեին դեպի Պարսկաստան... Այնտե՛ղ, այն ստրուկների և թշվառների աշխարհում, ամեն օր վաղ առավոտյան, անգութ վերակացուի երկաթյա մտրակը կքշեր քեզ՝ ուրիշ գերիների խումբերի հետ՝ դեպի արևակեզ Սուզայի դաշտերը: Եվ դու քո քնքուշ մատներով քաղահան կաներ պարսիկների մեկոնի (աֆիոնի) մշակությունները, որի թույնը նրանց հրապուրանք և զվարճություն է պատճառում: Կանցնեի՛ն տարիներ, հայրենիքի փափագը, սիրելյաց կարոտը, տաժանակիր աշխատանքը հալումաշ կանեին քո մարմինն ու հոգին, և մի օր մենավոր ճանապարհորդը կանցներ քո մոտով և ուշադրություն կդարձներ թշվառ կնոջ վրա: Այդ ժամանակ քո գոռոզ վերակացուն, մատը դեպի քեզ մեկնելով, կասեր ուղևորին, «Դա հայոց սպարապետի կինն է և Մոկաց իշխանի աղջիկը»... Լսո՞ւմ ես, Սաթենիկ, թե ինչո՞ւ համար է կռիվը կամ ինչո՛ւ համար է արյունը, որ դրանք չլինեին: Սաթենիկի մեջ եփ եկավ մոկացու արյունը. նրա երկնագույն աչքերը վառվեցան, և նա բացագանչեց խռովյալ ձայնով.

— Այդ երբե՛ք չէ կարող պատահել, որ իմ երեխային խլեին օրորոցից... Մինչև այդ կատարվելը շատ դիակներ կծածկեին գետինը, իսկ իմը՝ կլիներ վերջինը...

— Կարող է պատահել, նազելի Սաթենիկ, — ասաց այրը տխուր ձայնով, — դժբախտության օրը շատ մոտ է... Դու դեռ չգիտես, թե ինչ արհավիրք է պատրաստվում մեր աշխարհի համար... Ես այս առավոտ հենց դրա վրա էի մտածում, երբ դու մտար ինձ մոտ: Դու պետք է գիտենաս բոլորը, որպեսզի միասին խորհենք մեր ընտանիքի ապահովության մասին:

Նա մի ըստ միոջէ պատմեց կնոջը Մերուժանի և Վահանի ուրացությունը, նրանց պարսից կրոնը ընդունելը և պարսից զորքերով դեպի Հայաստան արշավելը, նրանց կատարելու չարագործությունները, մի խոսքով, բոլորը, ինչ որ գիտեր ինքը և ինչ որ հարկավոր էր համարում, որ գիտենար կինը:

— Ամո՜թ, հազար ամո՜թ, — ձայն տվեց վշտացած կինը: – Բավական չէին արտաքին թշնամիները, այժմ թշնամին մեր միջիցն է առաջ գալիս...

— Այո՜, մեր միջիցն է առաջ գալիս... — կրկնեց Մուշեղը, գլուխը ցավակցաբար շարժելով, — և այդ պատճառով մենք, միևնույն ժամանակ, պետք է մղենք երկու պատերազմներ՝ արտաքին և ընտանեկան: Արտաքին թշնամին, մեր դարևոր ոսոխը, պարսիկը այնքան վտանգ չէ սպառնում, որքան ընտանեկան թշնամին: Իմ հորեղբայր Վահանը այնքան վատ գտնվեցավ, որ, իմ հոր սպարապետությանը հետամուտ լինելով, մատնեց նրան պարսից թագավորի ձեռքը և յուր հարազատի կորստյան գնով ստացավ նրա իշխանությունը: Այժմ գալիս է նա: Ես տարակույս չունեմ, որ այդ փոքրահոգին, պարսիկներին ավելի մեծ ծառայություն անելու համար, հենց ինքը կմատնե ինձ, քեզ և մեր բոլորին նրանց ձեռքը...

— Այդ բոլորը իմանո՞ւմ է Սամվելը, — հարցրեց կինը:

— Իմանում է, — ասաց այրը:

— Խե՜ղճ տղա, հիմա ո՛րքան տանջվելիս կլինի... Ես առավոտյան իմ սենյակի լուսամուտից տեսա նրան, երբ գնում էր Սահակին և Մեսրոպին ճանապարհ դնելու: Երեսին գույն չէր մնացել, այնքան տխուր էր, այնքան մաշվել էր, կարծես, ամիսներով հիվանդ պառկած լիներ: Այդ մի քանի օրվա մեջ նա այնքան մաշվեցավ...

— Նա սաստիկ զգայուն սիրտ ունի: Ամեն մի վատություն նրան ցավ է պատճառում:

— Նա ի՞նչ է մտադիր անելու:

— Այն, ինչ որ մենք... — պատասխանեց այրը անորոշ կերպով և ապա խոսքը փոխեց, ասելով.

— Դու այժմ բոլորը գիտես, սիրելի Սաթենիկ: Ես երկու օրից հետո պետք է ճանապարհ ընկնեմ: Մենք պետք է աշխատենք չարությունը հենց յուր ծագման մեջ խեղդել: Այսինքն, կամենում եմ ասել՝ դեռ թշնամին մեր երկիրը չմտած նրա ճանապարհը փակել: Բայց իմ մտատանջությունը քո և իմ զավակի մասին է, թե ի՞նչ կլինի ձեր դրությունը իմ բացակայության ժամանակ: Դու խո լսեցիր, թե ի՛նչ որոգայթներ է պատրաստում Սամվելի մայրը:

— Լսեցի... նա կին չէ, նա մի հրե՜շ է... — ասաց Սաթենիկը դառնացած ձայնով:

— Այո՜, հրե՜շ է... Նրա շնորհիվ մեր ամրոցը այժմ մի հրաբուխի վրա է կանգնած, որ ամեն բոպե պայթելու վրա է... Եվ այդ է, որ ինձ մտածել է տալիս՝ ձեր կյանքը փոքր ի շատե ապահով վիճակի մեջ դնել, մինչև պատերազմի փոթորիկը անցնելը: Բայց ես դժվարանում եմ մի ապահով տեղ գտնել:

— Ամենաապահով տեղը կլինի մեզ համար բանակը, — պատասխանեց կինը հանգիստ կերպով:

Կնոջ պատասխանը՝ թե՛ յուր ուշիմությամբ՝ և՛ թե յուր այրական ներշնչմամբ և՛ զարմացրեց Մուշեղին, և՛ ուրախացրեց նրան: Այդ պատասխանի մեջ տեսնում էր նա մոկացի կնոջ քաջազնական սիրտը:

Այդ պատասխանը հարևանցիորեն կամ հանպատրաստից ասված չէր, այլ նա խորին կերպով մտածված էր: Երբ Մուշեղը նկարագրեց նրան գործերի անմխիթար դրությունը, իսկույն ծագեց նրա գլխում այդ միտքը, որը ավելի պարզելու համար ավելացրեց նա,

— Դու պատմեցիր ինձ, Մուշեղ, որ Մերուժանը և քո հորեղբայրը պետք է աշխատեն ձերբակալել բոլոր նախարարների ընտանիքներին, որոնց հետ, անտարակույս, և մեզ: Այդ դեպքում, թե՛ մեզ համար և թե՛ բոլոր նախարարների կանանց համար՝ ավելի հարմար է բանակի մեջ ապաստան գտնել: Մենք մեր օրորոցներով կշրջենք բանակի հետ և մեր ձեռքով կդարմանենք մեր ամուսինների վերքերը...

Կնոջ տված խորհուրդը Մուշեղին շատ նպատակահարմար երևաց: Ուրիշ հնար չկար. պետք է այդպես լիներ: Նախարարները իրանց բոլոր ուժերը կենտրոնացնելով թշնամու դեմ, նրանց ամրոցները — նրանց ընտանիքների ապաստարանները — հետևապես պետք է մնային անպաշտպան: Իսկ թշնամին ամեն հնարք գործ կդներ՝ գրավելու ամրոցները: Իսկ եթե նրանք միայն իրանց ամրոցները պաշտպանեին, այն ժամանակ պետք է առանձնանային, պետք է ընդհանուր զորությունը ցլատվեր, և երկրի սահմանները պետք է մնային բաց թշնամու առջև:

Բայց այժմ ներկայանում էր մի այլ անհարմարություն: Ինքը Մուշեղը երկու օրից հետո պետք է թողներ յուր ամրոցը: Եթե նա ընտանիքը յուր հետ տանելու լիներ, դրանով արդեն բացարձակ կերպով պետք է ցույց տար յուր դիտավորությունները, որ ցանկանում էր գոնե առժամանակ ծածուկ պահել: Բացի դրանից, նրա վրա դրված էր և յուր մյուս հորեղբայրների և հորեղբոր որդոց ընտանյաց պաշտպանության հոգսը, որոնց նա յուր զավակից չէր բաժանում:

Նա կրկին դիմեց կնոջ խորհրդին:

— Մենք սովորություն ունեինք, — ասաց կինը փոքր-ինչ մտածելուց հետո, — ամեն տարի ներկա գտնվել Շահապիվանի աշխարհախմբի տոնախմբությանը: Եվ շատ անգամ գնում էինք տոնն սկսվելուց մի քանի ամիս առաջ: Այնտեղ էր լինում թագավորի բանակատեղը, այնտեղ էր լինում և ինքը թագավորը: Մենք միասին էինք վայելում Ծաղկած լեռների գեղեցկությունը, մինչև սկսվում էր տոնը: Այժմ այդ ուխտագնացությունը մի հարմար առիթ է մեզ այստեղից հեռանալու: Դու, Մուշեղ, կարող ես գնալ, ինչպես վճռել ես, երկու օրից հետո, իսկ մենք կհետևենք քեզ մի շաբաթից հետո:

— Շատ գեղեցիկ միտք է, — ասաց Մուշեղը ուրախանալով: — Շահապիվանի սրբավայրերը շատ հեռու չեն Արտագերս ամրոցից, իսկ մեր բանակը դրված կլինի այնտեղ...

— «Այո՛ւ»... «այո՛ւ»... — լսելի եղավ նախասենյակից փոքրիկ Մուշեղի ձայնը:

Այր և կնոջ խորհրդակցությունը ընդհատվեցավ:

Աղախինը ներս բերեց երեխային, ասելով, թե դրսումը չէ հանգստանում: Մայրը առեց նրան յուր գիրկը: Փոքրիկ մարդը, որ ինքն էր գլխավորապես ծնողաց մտածության առարկան, ինքն ևս խանգարում էր նրանց մի որոշ եզրակացության հասնելու:

Տիկինը ակնարկեց աղախնին, որ հեռանա:

Երեխան, սողալով մոր գրկից, անցավ հոր գիրկը: Նա բարձրացավ կլորիկ ոտների վրա և ձեռքը մեկնեց դեպի հոր երեսը, խաղում էր նրա փոքրիկ մորուքի հետ, երբեմն քաշքշում էր, երբեմն մատները տանում էր դեպի նրա շրթունքները:

— Շահապիվանի սրբավայրը, — կրկնեց Մուշեղը, — ամենահարմար տեղն է, որ դու հիշեցրիր ինձ, սիրելի Սաթենիկ: Այնտեղ դու կգտնես, եթե ոչ մեր դժբախտ թագավորին, բայց անտարակույս մեր ավելի դժբախտ թագուհուն: Քո ներկայությունը կմխիթարե նրան: Այնտեղ է այժմ արքայական ամբողջ բանակը: Եվ թագուհու զորքերը այնտեղից պետք է միանան մեր ուժերի հետ, որ կենտրոնանալու են Արտագերս ամրոցում: Ուրեմն վճռված է:

Հայրը դեռ չէր վերջացրել յուր խոսքը, երբ փոքրիկ Մուշեղը երկու անգամ փռթկաց և յուր բարեգուշակ փռթկալով կնքեց վերջին վճիռը...

ԺԸ

ՊԱՏԱՆԻ ԱՐՏԱՎԱԶԴԸ

Երեկոյան մութը բոլորովին պատել էր, բայց Սամվելը դեռ չէր վերադարձել Սահակին և Մեսրոպին ճանապարհ դնելուց: Նրա սենյակում, միայնակ նստած, սպասում էր ծերունի Արբակը, իսկ սենյակի դռանը՝ ոտքի վրա սպասում էր պատանի Հուսիկը: Երկուսն էլ կորցրել էին իրանց համբերությունը: Իշխանը ուշացավ, բավական ուշացավ:

Ծերունին մի քանի անգամ վեր կացավ, ուղղեց ձիթային ճրագի պատրույգը, լույսը ավելացրեց, լույսը պակասացրեց, բայց. այդ պարապմունքը բավական չեղավ նրան զբաղեցնելու, և ձանձրույթից սկսեց անկյուններում դրած նիզակներն ու զենքերը համրարել: Այդ հաշիվը, կարելի է ասել, նա հարյուր անգամ տեսել էր, բայց դաձյալ նորից սաուգում էր:

Պատանի Հուսիկը երբեմն ներս էր մտնում, մի որևէ հիմարություն էր ասում ծերունուն, բարկացնում էր նրան և դուրս էր գալիս:

Բայց իշխանը դեռ չերևաց:

Կրկին հայտնվեցավ Հուսիկը և, կանգնելով ծերունու առջև, երկու ձեռքերը կանթեց կողքերի վրա և մի առանձին հեգնությամբ ասաց.

— Գիտե՞ս, Արբակ, դրսումը ի՜նչ տեսա:

— Ի՞նչ տեսար, սատանա, — հարցրեց ծերունին, յուր խոժոռ աչքերը ուղղելով դեպի պատանու խորամանկ երեսը:

— Տեսա՝ մեկը մի քանի անգամ անցավ իմ մոտով: Ես կուչ եկա

պատի տակին, նա ինձ չտեսավ, և պտույտ տալով անցավ: Նա պտտվում էր մեր սենյակների շուրջը և անդադար նայում էր դեպի այս կողմ և դեպի այն կողմ: Երբեմն մոտենում էր, կանգնում էր լուսամուտի ներքև, ականջ էր դնում: Եվ որպեսզի չնկատեն նրան, նա հեռանում էր և նորից մոտենում էր: Երբ մի անգամ ևս հեռացավ, ես վազեցի դեպի խոհանոցը, այնտեղից վեր առի մի բավական խոշոր փայտի կոճղ, բերեցի, դրեցի ուղիղ այն գծի վրա, որտեղից նա մոտենում էր լուսամ ուտին: Երբ կրկին անգամ եկավ նա, ոտը դիպավ կոճղին և մի լավ գլուխկոնձի տվեց բակի սալերի վրա: Էլ չեմ իմանում, գլուխը կոտրեց, թե քիթը, բայց մի խոր «ա՜խ՞»-«վա՜յ» գոչեց և կաղկղալով հեռացավ:

— Չիմացա՞ր ով էր:

— Ինչպես չիմացա, ներքինի Բագոսն էր, տիկնոջ ներքինին:

— Այդ անպիտանին սպանելու է... շան նման սատկեցնելու է... — մռմռաց ծերունին զայրացած ձայնով:

— Նա յուր վարձը ստացավ... — պատասխանեց պատանին և դարձյալ դուրս եկավ սենյակից:

Ծերունին մնաց միայնակ: Տխո՜ւր էր նա, տխո՜ւր, որպես արդար սրտմտություն: Ամբողջ կես դար վկա էր եղել նա այդ տան լավ և վատ գործերին, տեսել էր նրա չարն ու բարին, ուրախացել էր նրա բախտավորության հետ, ցավացել էր նրա դժբախտությունների հետ, — բայց երբեք նրա սիրտը այնպես դառնացած չէր եղել, որպես այդ վերջին օրերում: Նրան դեռևս բոլորովին պարզ չէր, թե ինչ է կատարվում յուր շուրջը, բայց մի խուլ, ներքին բնազդմամբ զգում էր, որ լավ բան չէ կատարվում: Մոր լրտեսները շրջապատում են որդու բնակարանը... որդին մորից ծածուկ գործեր է կատարում... գիշերներն անծանոթ անձինք մտնում են ամրոցը, դուրս են գալիս... մարդիկ միմյանց ականջին են խոսում... Ի՞նչ էին նշանակում այդ բոլոր կասկածոտությունները: Ծերունին ինքն իրան հարց էր տալիս, բայց նրա պարզ և անկեղծ սիրտը մնում էր առանց պատասխանի:

Այդ մտահուզության մեջ նստած էր նա և խոժոռ դեմքով սպասում էր, մինչև նախասենյակում լսելի եղան ծանր ոտնաձայներ, դռները ետ գնացին, ներս մտավ Սամվելը, իսկ նրա ետևից՝ նրա երկու զինակիրները, որ կանգնեցին դռան աջ և ձախ կողմերում:

— Բարի երեկո, սիրելի Արբակ, — ասաց նա ուրախ ձայնով և մոտեցավ, ձեռքը դրեց ծերունու ուսի վրա, հարցնելով, — Երևի, երկար սպասե՞լ տվի քեզ:

Երիտասարդի ուրախ տրամադրությունը փոքր-ինչ վանեց ծերունու թախծությունները և նա, ծանրացած գլուխը վեր բարձրացնելով, հարցրեց.

— Ինչո՞ւ այդքան ուշացար:

— Հեշտ չէ բարեկամներից ու սիրելիներից շուտով բաժանվելը, հարգելի Արբակ, — կերանք, խմեցինք, համբուրվեցանք, բաժանվեցանք, դարձյալ մոտեցանք, դարձյալ համբուրվեցանք, և այդպես, կրկնելով ու կրկնելով, արևը մտացրինք, օրը մաշեցինք...

Նա դարձավ դեպի զինակիրները և ձեռքը շարժեց:

Նրանք գլուխ տվին և հեռացան: Ներս մտավ Հուսիկը, կանգնեց նրանց մեկի տեղում:

— Հիմա ասա՛, Արբակ, մորս մոտ եղե՞լ ես, — հարցրեց նա ու անցավ, հոգնած կերպով պառկեց յուր գահավորակի վրա:

— Եղել եմ, — պատասխանեց ծերունին, — երկու անգամ:

— Ոչ, երեք անգամ, — ընդմիջելով ուղղեց Հուսիկը:

— Հա՛, մեղա աստուծո, երեք անգամ, — շարունակեց ծերունին, ծուռ կերպով նայելով պատանու երեսին. — մեկ անգամ առավոտյան, մեկ անգամ կեսօրին...

— Մեկ անգամ էլ երեկոյան, — ծիծաղելով ավելացրեց Սամվելը:

— Հա՛, մեկ անգամ էլ երեկոյան, — կրկնեց ծերունին, զարմանալով, թե ի՞նչ մի ծիծաղելու բան կար այդ հաշվի մեջ:

Սամվելը փոքր-ինչ խմած էր, եթե ոչ, նա երբեք սովորություն չուներ կատակներ անել յուր դայակի հետ, որին չափազանց հարգում էր: Նկատելով ծերունու վշտանալը, փոխեց նա յուր հեգնական եղանակը և բոլորովին լուրջ կերպով հարցրեց,

— Ուրեմն եղել ես մորս մոտ: Դե՛, պատմիր, ի՞նչ պատրաստություններ է տեսել իմ ճանապարհորդության համար: Ես առավոտյան պետք է գնամ, անպատճառ պետք է գնամ...

— Մորդ ցանկությունն էլ հենց այդ է, որ առավոտյան գնաս, — պատասխանեց ծերունին և, վեր կենալով յուր տեղից, մոտեցավ երիտասարդի գահավորակին, նստեց, նրա ներքև, գորգի վրա, որպեսզի յուր ձայնը ավելի լսելի լինի: — Նա ամեն ինչ պատրաստել է տվել քո ճանապարհորդության համար: Հիսուն երիտասարդներ, միագույն-կապույտ նժույգների վրա նստած, ամենքը արծաթյա զեն ու զարդով, կուղեկցեն քեզ: Տասն զույգ մույգ դեղնագույն ջորիներ կտանեն վրանները, պաշարեղենը և հանդերձեղենի չամադանները: Երկու սպիտակ ջորիներ կտանեն իշխանական կառքը: Քսան ոսկեգույն նժույգներ պատրաստ կլինեն իբրև հետևակներ: Այդ նժույգների փառավոր ասպազենքը տիկինը յուր գանձարանիցն է ընտրել: Բացի հիսուն երիտասարդ թիկնապահներից, քեզ հետ կլինեն յոթն զինակիրներ, յոթն բազեակիրներ, յոթն բարակապահներ (շնապահներ) և երկու խոհարար: Գինին, զանազան տեսակ օշարակներ, զանազան տեսակ քաղցրավենիք և անուշեղեններ, իրանց կարգով, դարսած են առանձին արկղերի մեջ: Մոռացա ասել, որ հիսուն թիկնապահների թվում կլինի և մի սպա, որ կտանե իշխանական դրոշը, և մի խումբ թմբկահարներ ու փողհարներ:

Այդ հաշվի մեջ Արբակը չսխալվեցավ, որովհետև երբեմն նայում էր մի գրվածքի կտորի վրա, որ ձեռքում բռնած ուներ: Երբ ավարտեց, Սամվելը նկատեց.

— Բավական փառավոր պատրաստություն է, միայն խի՛ստ ծանր է... Ես կցանկանայի, որքան կարելի է, թեթև լիներ իմ ասպախումբը...

— Մայրդ ցանկացել է, որ քո հոր և քո անունին պատշաճ լինի քո

ապախումբը... — պատասխանեց ծերունին մի այնպիսի ձայնով, որի մեջ լսվում էր և նրա դառն տհաճություն:

— Իսկ իմ մարդիկներից ո՞ւմ է նշանակել:

— Ոչ ոքի: Այդ թողել է քո կամքին, ումը կամենաս, կարող ես վեր առնել քեզ հետ:

— Իսկ դու, սիրելի Արբակ, չե՞ս գալու ինձ հետ:

— Արբակը քեզ ե՞րբ է միայնակ թողել, որ այժմ թողնե: Նրա գլուխը պետք է այդ շեմքի տակ թաղվի:

Նա ձեռքը տարավ դեպի Սամվելի սենյակի շեմքը:

Պատանի Հուսիկը կանգնած էր պատի մոտ և յուր փայլուն աչքերով երբեմն նայում էր յուր տիրոջ վրա և երբեմն ծերունի Ար բակի վրա: Նա անհանգիստ էր և անհամբերությամբ սպասում էր գիտենալ, արդյոք յուր տերը իրան ևս կտանե՞ յուր հետ: Նրա ուրախությունն անչափ եղավ, երբ Սամվելը դարձավ դեպի ծերունին ասելով.

— Շնորհակալ եմ իմ մորից, որ իմ մարդիկների ընտրությունը թողել է իմ կամքին: Ես բոլորին պետք է ինձ հետ տանեմ: Կիրամայես, սիրելի Արբակ, որ ամենքը առավոտյան պատրաստ լինեն:

— Ես արդեն պատվիրել եմ, — պատասխանեց ծերունին:

Այդ միջոցին առաջ անցավ պատանի Հուսիկը և կարմրելով ասաց.

— Մի խնդիրք ունեմ, տեր իմ:

— Խոսի՛ր:

— Իմ ձիու մի ոտքը պայտելուց կաղում է:

— Արբակը կիրամայե, որ իմ ախոռատնից քեզ տան այն ձին, որը դու հավանելու լինես:

Պատանու դեմքը փայլեց ուրախությունից:

Արբակը վեր կացավ:

— Ո՞ւր, — հարցրեց Սամվելը:

— Դեռևս պակաս բաներ շատ կան, գնում եմ կարգի դնելու...

— Շնորհակալ եմ, սիրելի Արբակ, ես առավոտյան վաղ, շատ վաղ պետք է ճանապարհ ընկնեմ:

Ծերունին գլուխը խորհրդավոր կերպով շարժեց և, առանց յուր ետևը նայելու, դուրս գնաց սենյակից:

Նրա հեռանալուց հետո, Սամվելը ավելի ուրախ էր: Յուր ճանապարհորդության պատրաստությունները թեև ոչ բոլորովին, բայց մասամբ ավելի նպատակահարմար էին կարգադրված: Նա այդքանն ևս չէր սպասում յուր մորից: Նա սպասում էր փառավորություն, շքեղություն, բայց չէր սպասում, որ մայրը թույլ կտար նրան յուր մարդիկը յուր հետ տանել: Իսկ Սամվելի մարդկանց թիվը ավելի շատ էր, քան մոր նշանակածները:

Նա այժմ ոտքի վրա անցուդարձ էր անում յուր սենյակում և, ձեռքերը ետանդով շփելով, ինչ-որ հաշիվներ էր անում յուր գլխում: Պատանի Հուսիկը, նկատելով նրա ուրախ տրամադրությունը, համարձակություն ստացավ մի այլ խնդիրքով ևս դիմելու յուր տիրոջը: Բայց այս անգամ տատանվում էր նա, և նրա ճարպիկ լեզուն, որ խոսքի տունից ման գալու սովորություն չուներ, այս անգամ պապանձվել էր: Ամոթխածությունից գլուխը խոնարած, երբեմն թեքվում էր աջ ոտի վրա, երբեմն ձախ ոտի վրա, և մի-մի անգամ ձեռքը տանում էր, ականջի ետևը քորում էր: «Ասե՞մ, թե չասե՞մ»... այդ երկու բառերն էին պտտվում նրա հուզված գլխում:

Եթե Սամվելը գոնե մի անգամ նայելու լիներ խեղճ պատանու վրա, իսկույն կնկատեր նրա անհանգիստ դրությունը, բայց Սամվելը հափշտակված էր յուր քաղցր խոկումներով և նրա վրա ամենևին ուշադրություն չէր դարձնում:

Մի քանի անգամ հազաց պատանին: Նրա կեղծ, խորամանկ հազը գրավեց Սամվելի ուշադրությունը, որ նայելով նրա շփոթված երեսին, հարցրեց.

— Այլևս ի՞նչ ասելիք ունես:

— Ինչպե՞ս ասեմ... տեր իմ., — աչքերը դեպի ցած խոնարհեցնելով, մրմնջաց պատանին:

— Այնպես ասա, ինչպես միշտ սովորություն ունես ասելու,— խոսեց իշխանը ծիծաղելով: — Ինչի՞ց ես ամաչում:

Տիրոջ ծիծաղը ամրացրեց պատանու վստահությունը, և նա հեկեկալով ասաց.

— Այսօր ամբողջ օրը լաց էր լինում «նա»:

— Ո՞վ, Նվա՞րդը:

— Այո , տեր իմ:

— Ինչո՞ւ էր լաց լինում:

— Նա իմացել է, որ ես գնալու եմ իմ տիրոջ հետ...

— Եվ տխրո՞ւմ է:

— Ո՛չ, տեր իմ: Ես խոսք էի տվել...

— Ի՞նչ խոսք էիր տվել:

— Որ այդ օրերում...

— Կպսակվեք: Այդպես չէ՞:

— Այո՛, տեր իմ:

— Հիմա ի՞նչ ես ուզում, կամենում ես մնալ, պսակվե՞լ:

— Ոչ, տեր իմ, ես նրան դեռ նշան էլ չեմ տվել:

Սամվելը, մի փոքր մտածելուց հետո, հանգստացրեց նրան, ասելով.

— Դու քո խոստումնքի կեսը այժմ կարող ես կատարել: Նշանը կտաս, իսկ պսակվելը կմնա մեր վերադառնալուց հետո: Դեռ ես չգիտեմ, թե երբ կվերադառնանք... Բայց երբ էլ որ լինի, ես քեզ անպատճառ պսակել կտամ Նվարդի հետ: Նա լավ աղջիկ է, նա այդ օրերում մի քանի լավ ծառայություններ արեց ինձ, և այդ պատճառով, իմ կողմից առանձին վարձատրության արժանի է: Երբ Արբակը կգա, կասեմ նրան, որ իմ գանձից տանե նրա համար ամենաթանկագին նշաններ:

Խեղճ պատանին չգիտեր՝ որպես հայտներ յուր շնորհակալությունը: Ուրախության արտասուքը աչքերում, մոտեցավ, ընկավ յուր տիրոջ ոտքերը, կամենում էր համբուրել: Սամվելը հեռացրեց նրան, ասելով.

— Վեր կա՜ց, որքան Նվարդը լավ աղջիկ է, այնքան և դու լավ սպասավոր ես:

Այդ միջոցին դռները շառաչմամբ ետ գնացին, ներս վազեց պատանի Արտավազդը, Մամիկոնյան Վաչեի որդին: Նա գրկեց Սամվելի պարանոցը և, գեղեցիկ գլուխը դնելով նրա երեսի վրա, խորին հրճվանքով բացագանչեց.

— Ա՜խ, եթե գիտենայիր, Սամվել, ո՜րքան ուրախ եմ... ո՜րքան ուրախ եմ... չեմ կարող պատմել...

— Այդ ի՞նչն է այդքան ուրախացրել քեզ, — հարցրեց Սամվելը, դժվարությամբ ազատվելով աշխույժ պատանու գրկից:

— Նստենք, կպատմեմ: Սաստիկ հոգնել եմ, սաստի՜կ...

Երկուքն էլ նստեցին բազմոցի վրա: Պատանին մինչև ականջները կարմրել էր: Երևում էր, որ իրանց տանից մինչև Սամվելի բնակարանը անդադար վազելով էր եկել: Մի փոքր շունչ առնելուց հետո, խոսեց.

— Այս առավոտ միայն ինձ ասացին, որ դու գնալու ես հորդ դիմավորելու: Մտածեցի, ինչո՞ւ պետք է Սամվելը գնա, իսկ ես չպիտի գնամ: Իսկույն վազ տվի Մուշեղի մոտ, ձեռքը համբուրեցի, ոտքը համբուրեցի, վերջապես նրա հաճությունը առի: Հետո վազ տվի քո մոր մոտ. նրա էլ գլխից սկսած մինչև ոտքերը համբուրեցի: Նա էլ կամք տվեց: Մնում էր իմ մայրը: Դրան համբույրներով համոզել փոքր-ինչ դժվար էր: Ջոռ տվի լեզվիս: «Գիտե՞ս, ասացի, Մերուժանը գալիս է, Վահանը գալիս է. նրանց հետ լինելու են պարսից թագավորի մեծամեծ զորապետները, պետք է երևալ բանակի մեջ, պետք է ցույց տալ իրան: Այնտեղ հավաքվելու են բոլոր նախարարների որդիները: Ես ո՞րիցն եմ պակաս թե իմ նետ նետելով և թե իմ նիզակ շարժելով... »: Մի խոսքով, էլ բան չմնաց, որ չասացի: Դու գիտես, որ մայրերը փառասեր են լինում, մանավանդ որդիների վերաբերությամբ: Նա բարեհաճեց, որ ես էլ երևամ նախարարների որդիների մեջ և զարմացնեմ պարսիկներին: Լավ չե՞մ սարքեր

— Վատ չէ, — պատասխանեց Սամվելը, — թեև սուտեր շատ ես խոսել:

— Ոչ, աստված է վկա, սուտ չեմ ասել, բայց մի փոքր պարծեցել եմ, — ասաց պատանին, ավելի կարմրելով: – Ի՞նչ պետք է անեի, մարդ ուզում է դուրս գա, աշխարհ տեսնե, բայց դրանք, կույր աղջկա նման, հենց տանն են պահում: Ես խո պստիկ չեմ, մի տարի էլ անցնի, բեղերս դուրս կգան... Այն ժամանակ կասեն՝ «դու մարդ ես... »: Հիմա ինձ մարդու տեղ չեն դնում... Այս գիշեր չեմ քնելու, — խոսքը փոխեց նա, — մինչև լույս չեմ քնելու: Երբ առավոտյան տեղ եմ գնալու, գիշերը քունս չէ տանում: Պետք է ամեն ինչ պատրաստել տամ, ամեն ինչ...

Այդ շատախոս պատանին, որին առաջին անգամ տեսանք Մուշեղ իշխանի պարտեզում, Համազասպ մանուկի հետ նետաձգության փորձեր անելիս, — այդ կյանքով և կրակով լի պատանին ոչ սակավ հարգելի պատճառներ ուներ մասնակցելու Սամվելի արշավանքին: Բայց Սամվելին սկսեց անհանգստացնել այն միտքը՝ արդյոք այդ անփորձ և պարզամիտ մանուկը իրան չե՞ր խանգարի... արդյոք նա մի անխուսափելի ծանրություն չէ՞ր դառնա յուր համար... Այդ տարակուսանքներն էին պատճառը, որ Սամվելը դժվարացավ պատասխանել, երբ պատանին, նրա երկու ձեռքերը առնելով յուր ափերի մեջ, մոտեցրեց յուր շրթունքներին, հարցնելով.

— Բոլորի հաճությունը ստացել եմ, սիրելի Սամվել, մնում ես դու, ասա, հոժա՞ր ես, որ ես էլ գամ քեզ հետ:

Երբ Սամվելը յուր պատասխանը ուշացրեց, նա ավելացրեց, ասելով.

— Եթե դու չհամաձայնվես, ես առանց քեզ էլ կգնամ...

Պատանու ինքնավստահությունը փոքր-ինչ չափազանց էր: Բայց Սամվելին հայտնի էր նրա անսանձ, անզուսպ բնավորությունը: Իրավ, եթե Սամվելը նրան յուր հետ տանելու չլիներ, նա այնպես էլ կգնար:

Մի միտք ծագեց Սամվելի գլխում. «Դա ինձ հարկավոր կլինի...» — և իսկույն գրկեց նրան, ասելով.

— Մի՛ վշտացիր, սիրելի Արտավազդ, դու իմ ասպախումբի զարդը կլինես, ես առանց քեզ մի քայլ անգամ չեմ փոխի, գնա՛, պատրաստվիր:

Պատանին վեր կացավ և, ուրախությունից մոռանալով մինչև անգամ բարի գիշեր ասել, դուրս վազեց սենյակից: Նախասենյակում լապտերը ձեռին սպասում էր նրա ծառան: Նա շտապելով թողեց ծառային և անցավ: Ծառան լապտերը տանում էր նրա ետևից և դժվարանում էր հասնել:

Երեք օր անցել էր այն գիշերից, որ երկու սուրհանդակները մտան Ողական ամրոցը, բերելով Տիզբոնի բոթը:

Երեք օրից հետո դուրս եկան Ողական ամրոցից երկու եղբոր որդիները.

Սամվելը առավոտյան, յուր փառավոր ասպախումբով, հանդիսավոր կերպով:

Իսկ Մուշեղը գիշերով, միայն երկու զինակիրների հետ, գաղտնի կերպով...

ՓԱԿԱԳԾԻ ՄԵՋ

I

ԲՆՈՒԹՅՈՒՆԸ, ՆԱԽԱՐԱՐՈՒԹՅՈՒՆ ԵՎ ԹԱԳԱՎՈՐ

Երկիրը լեռնային էր:

Լեռնային անընդհատ շղթաները, իրանց բազմաթիվ ճյուղավորությամբ, կտրատել էին անհավասար մակերևույթը, կազմելով մի հսկայական ցանց: Այդ ցանցի մանր և անձուկ հյուսվածքի մեջ սեղմված էին խորին ձորեր, մթին հովիտներ և նեղ դաշտեր: Այդ ձորերը, այդ հովիտները, այդ դաշտերը ներկայացնում էին մի-մի գավառ, որ բաժանված էին բնական սահմաններով:

Լեռնային ցանցի հյուսվածքի թվով բազմանում էր և գավառների թիվը: Որքան շատ մասնատված էր երկրի մակերևույթը, այնքան շատ տրոհվում էին և գավառները: Այդ պատճառով հայոց աշխարհը այն անզուգական երկրներից մեկն էր, այնքան փոքր տարածության վրա՝ ունեն այնքան բազմաթիվ գավառներ:

Գավառները բոլորովին անջատված էին միմյանցից և համարյա զուրկ էին հաղորդակցությունից: Լեռը անմատչելի պատնեշ էր դրել նրանց մեջ, իսկ ձորը՝ անանցանելի խրամատ:

Մարդը մեծ դժվարություններ ուներ բնության խստությունների հետ մաքառելու:

Ապառաժների կուրծքի վրայով, ներքևում անդնդային խորություն, որտեղից հազիվ լսելի էր լինում անցնող գետի խուլ դղրդյունը, — վերևում՝ քարշ ընկած ժայռեր, որ ամեն րոպե սպառնում էին խորտակվիլ և ամեն ինչ ծածկել իրանց ահարկու փլատակների ներքո, — բնության այդ սոսկալի կատաղության մեջ մա՛րդը, լեռնային մարդը, միայն նա՛ կարողացել էր յուր համար ճանապարհ բաց անել և մրցել վայրենի այծյամների հետ:

Տեղ-տեղ հաղորդակցությունը կտրում էին մթին, անթափանց անտառները: Նրանց մեջ մարդիկ աճում էին հսկա ծառաստանի հետ, կերակրվում էին նրանց պտուղներով և իրանց սաղարթախիտ աշխարհի սահմաններից դուրս՝ մի այլ աշխարհ չէին ճանաչում:

Այդ անտառներին մերձենալիս մարդիկ այնքան չէին վախենում գազաններից, որքան նրանց մեջ որջացած բնակիչներից:

Լեռների և անտառների հորինած դժվարությունների պակասը, հաղորդակցության վերաբերությամբ, լրացնում էին գետերը: Նրանք անցնում էին խորին, քարեղեն հատակի վրայով և երկու կողմից պարիսպների նման բարձր, ժայռոտ եզերքի միջով: Սեղմված իրանց նեղ ափերի մեջ, կատաղությունից գոռում, գոչում, որոտում էին նրանք և փրփրազեղ հորձանքներով զարկվում էին անխորտակելի ապառաժներին, որ փոքր-ինչ լայնացնեն իրանց ուղին, որ փոքր-ինչ ազատ ընթացք ստանան: Երասխի ահարկու «սահանքները» ամեն մի ճանապարհորդի վրա սարսափ էին ձգում:

Լեռների և ձորերի անձկության մեջ հայոց գետերը անհամբեր էին նավարկության: Նրանք թույլ էին տալիս իրանց վրա նավակներ այն ժամանակ միայն, երբ դուրս էին գալիս կիրճերի և փապարների խորքից, երբ ընթանում էին հարթ դաշտերի միջով և երբ խաղաղ ու հանդարտ հոսանքով մոտենում էին ծովերին:

Հայոց գետերի հինգ մեծամեծ նահապետները — Տիգրիս, Եփրատ, Կուր, Երասխ, Փասիս — անհամբեր էին և կամուրջների արհեստը դեռ անզոր էր զսպել նրանց յուր հոյակապ կամարների ներքո: Այդ էր պատճառը, որ Օգոստոս կայսրի կառուցած կամուրջը Երասխի վրա համարվեցավ մի հրաշալիք, որ առիթ տվեց Վիրգիլիոսի երգերին: Իսկ պարսից Կյուրոս թագավորի կառուցած կամուրջը նույն գետի վրա համարվեցավ աստուծո գործ: Արտաշատ քաղաքի մոտ գտնվող ամենահին կամուրջը, որ կոչվում էր Տափերական, սկզբում տափերի մի շարվածք էր, որ պահվում էր միայն գետի խաղաղ ժամանակը:

Հաղորդակցության ոչ սակավ արգելք էր լինում ձմեռը` Հայոց աշխարհի երկարատև ձմեռը:

Դեռ հոկտեմբեր ամսում շատ տեղերում, մանավանդ բարձրավանդակների վրա, թանձր ձյունը ծածկում էր հովիտները, լցնում էր ձորերի խորքերը, անհետացնում էր բոլոր ճանապարհները և կտրում էր ամեն հարաբերություն: Ճանապարհորդները, երկար ձողերը ձեռքներին բռնած, այնպես էին շրջում, որպեսզի ձյունի հյուսի տակ ծածկվելու ժամանակ, ձողերի գլուխը դրսում մնալով, խնդրակները գիտենային, որ տակումը մարդիկ են թաղված: Այդ ձողերը ունեին և այլ հարմարություններ: Նրանց վրա հենվելով թռչում էին խորին վիհերից և նրանցով ձյունի տակից ծակ էին բաց անում շունչ առնելու համար:

Ձյունի վտանգներին ենթարկվում էին ոչ միայն հասարակ մահկանացուներ, այլ թագավորներն անգամ:

Սանատրուկ թագավորը, տղայության ժամանակ, երեք օր և երեք գիշեր մնաց ձյունի տակ, յուր դայակի գրկում: Խնդրակների սպիտակ շունը գտավ նրանց և հսկեց նրանց մոտ այնքան ժամանակ, մինչև մարդիկ եկան և դուրս հանեցին: Տիրան Ա թագավորը բոլորովին անհետացավ ձյունի հյուսի տակ, նրան գտնել չկարողացան: Քսենոփոնը հունաց տասն հազարի հետ` հայոց երկրով անցնելու միջոցին սառցրեց յուր զինվորների ոտներն ու ձեռքերը, թեև ձմեռը դեռ նոր էր սկսվել: Յուր բանակի ձիաների ոտներն անգամ պատեց նա տաք պարկերի մեջ, բայց հնար չեղավ ցրտից ազատելու: Արտավազդ Ա-ի օրերում հայոց ձմեռը կոտորեց Անտոնիոս հռոմայեցու զորքերից 8000 հոգի, երբ նա վերադառնում էր պարսից արշավանքից:

Սարսափելի էր հայոց բուքը, բորեասը:

Դառնաշունչ քամին կատաղաբար տեղափոխում էր ձնային ահագին բլուրներր և օդը մթնեցնում էր սառցային թանձր փոշիով: Այդ օրհասական րոպեներում ամեն շնչավոր թաքստի տեղ էր որոնում: Մեծ ճանապարհների վրա, վտանգավոր տեղերում, քարավանների պատսպարության համար` շինված էին հատուկ պանդոկներ: Բայց այդ փոթորիկների միջոցին` խիստ սակավ էր պատահում, որ քարավանը ժամաներ յուր փրկության իջևանին: Շատ անգամ մի քանի քայլ հեռավորության վրա ծածկվում էր ձյունի թանձրության ներքո:

Լեռնային կողմերում տարվա համարյա կես մասը շինականները իրանց անասունների հետ ապրում էին ձյունի տակ, մթին, գետնափոր խրճիթներում: Այդ ստորերկրյա խորշերում թե՛ տերը և թե՛ անասունը բավական պաշար ուներ: Բայց սովը և անասունների կոտորածը միշտ անխուսափելի էր դառնում, երբ ձմեռը սովորականից ավելի երկար էր տևում: Ջուրը ստանում էին նրանք հալեցրած ձյունից, իսկ անասունների համար ճարակ չէին գտնում:

Գարնան արեգակը բերում էր յուր ջերմության հետ հեղեղներ: Պղտոր, աղմկալի վտակներով լցվում էին ձորերը և հաղորդակցությունը ավելի դժվարանում էր: Այդ ժամանակ, սարերի ստորոտներում, սպիտակ, ձյունապատ տափարակները սկսում էին հետզհետե սևանալ և ապա ծածկված էին աքանչելի կանաչազարդությամբ: Ծիծեռնակի ձայնի հետ՝ լսվում էր նորածին գառնուկների պառանչը: Հովիվները իրանց վրանները զետեղում էին ծաղկազարդ արոտամարգերի վրա:

Ժամանում էր ամառը:

Սարերի ներքևում, տափարակների վրա հասունանում էր նուռը, թուզը, ձիթենին: Ոսկեգույն սաթի նման փայլում էին խաղողի ողկույզները: Եվ շիկահեր կույսի գիսակների նման ծփում, ծածանվում էին ծանրացած հասկերը: — Իսկ այնտեղ, վերևում, բարձրությունների վրա, դեռ նկարված էին ճերմակ գագաթները, և լայն, թանձրախիտ շերտերով մնում էր անշարժ սառնամանիքը ապառաժների հավիտենական խոռոչների մեջ:

Հովիտների մեջ, ցած և դյուրան տեղերում ամառային տոթն ու տապը ավելի անտանելի էր լինում, քան ձմեռնային ցուրտը: Արեգակը այրում էր, երկինքը կրակ էր թափում: Մարդիկ, որ սովորած էին ձմեռվա ցրտից պատսպարվելու համար թաքչիլ գետնափոր խրճիթներում, այժմ արևի կրակից ազատվելու համար իրանց անասունների հետ հեռանում էին դեպի լեռների հովասուն բարձրությունները: Եվ այսպես, յուրաքանչյուր տարվա ընթացքում կատարվում էր մի տեսակ գաղթականություն — ջերմից դեպի ցուրտը, իսկ ցրտից դեպի ջերմը: Բայց ամեն մի հասարակություն յուր գավառի սահմաններից չէր դուրս գալիս:

Բնության այս տեսակ խիստ, միմյանցից տարբեր և միմյանց հակառակ ծայրահեղությունները ստեղծեցին նույնպես խիստ և ծայրահեղ բնավորություններ: Այդ էր պատճառը, որ հայոց աշխարհի բարքը, վարքը, սովորությունները, կենցաղավարության եղանակը և առհասարակ նրա հասարակական կազմակերպությունը՝ յուր բոլոր երևույթներով՝ հետևանք էր երկրի բնական պայմանների:

Գետերը, մեծամեծ լճերը, լեռնային շղթաները իրանց բազմաթիվ ճյուղավորությամբ՝ կտրատեցին երկրի մակերևույթը, ստեղծելով բազմաթիվ մանր մասնիկներ, որոնց յուրաքանչյուրը ներկայացնում էր մի-մի գավառ, որ բաժանված էր բնական սահմաններով:

Տրդատի օրերում գավառների թիվը հասնում էր 620-ի: Իսկ Արշակ Բ-ի օրերում նրանց թիվը հասնում էր մինչև 900-ի: Նրանցից յուրաքանչյուրը մի-մի իշխանություններ էին, որ ապրում էին իրանց տարբեր կյանքով և տարբեր սովորություններով, որքան տարբերվում էր մի գավառ մյուսից յուր տեղական պայմաններով:

Անշարժությունը, հաղորդակցության դժվարությունը, ինչպես տեսանք վերևում, ավելի ևս զարգացնում էին նրանց մեջ տեղական հատկանիշ առանձնությունները: Երկրի անփոփոխ դրությունը պահպանում էր անփոփոխ սովորություններ: Դրա հետևանքը լինում էր կրթության և հառաջադիմության դանդաղկոտությունը: Մի գավառացի մյուս գավառացու լեզուն չէր հասկանում, թեև երկուքն էլ եղբայրներ էին:

Շահերի տարբերությունը առաջ էր բերել և իշխանության

տարբերություններ: Ամեն մի գավառ յուր առանձին կառավարությունը, յուր օրենքներն և ավանդություններն ուներ:

Այդ իշխանությունները կոչվում էին նախարարություն:

Որքան գավառներ կային, այնքան և նախարարություններ կային: Դարերի ընթացքում, զանազան քաղաքական հանգամանքների պատճառով նրանց թիվը կամ ավելանում էր, կամ պակասում էր:

Նախարարությունների ներկայացուցիչները կոչվում էին նախարար:

Ամեն մի նախարար յուր երկրի բացարձակ տերն էր: Նրա իշխանությունը ժառանգաբար անցնում էր սերունդից սերունդ:

Նախարարների հարաբերությունները դեպի Հայաստանի արքան ստորադասական էր: Նրանք վճարում էին արքունի գանձարանին մի որոշյալ հարկ, պարտավորված էին որոշ թվով զորք պահել, պատերազմի ժամանակ օգնել թագավորին, իսկ խաղաղության ժամանակ՝ պահպանել տերության սահմանները: Յուրաքանչյուր նախարար հսկում էր այն սահմանների վրա, որ մոտ էր յուր իշխանության երկրին:

Արտաշես Բ-ն առաջինը եղավ, որ նախարարությունների սահմանները որոշեց, գծերի վրա քարյա սյուներից նշաններ դրեց և յուրաքանչյուրի ժառանգության չափը արձանագրեց արքունի դիվանագրքերի մեջ: Իսկ Տրդատ Մեծը որոշեց նրանց պարտավորությունները երկրի սահմանագլուխները պահպանելու վերաբերությամբ:

Առհասարակ Հայաստանի սահմանների մոտ եղած նախարարությունները ավելի ընդարձակ և ավելի զորեղ էին, քան թե կենտրոնում կամ, որպես կոչվում էր, միջնաշխարհում գտնվածները: Սահմանագլխի նախարարներից ոմանք տիրում էին մի քանի գավառների:

Նախարարական տներից շատերը վայելում էին առանձին արտոնություններ՝ թե՛ կառավարության գործերում և թե՛ թագավորի արքունիքում: Օրինակ, թագավորի երկրորդականը ընտրվում էր Մուրացան նախարարությունից, թագավորի հանդիսավոր թագադրության օրում թագադիր ասպետը ընտրվում էր Բագրատունյաց նախարարությունից, թագավորի պալատի ներքինապետը ընտրվում էր Մարդպետական նախարարությունից, զորքերի ընդհանուր սպարապետը ընտրվում էր Մամիկոնյան նախարարությունից: Կային այլ նախարարություններ ևս, որոնց արտոնական պաշտոններն էին զանազան պալատական ծառայություններ:

Ամեն մի նախարարություն, առանձին վեր առած, մի ամբողջական իշխանություն էր: Իշխում էր տոհմի ավագը, որ կոչվում էր նահապետ կամ տանուտեր: Իսկ նախարարական տան մյուս ժառանգները միայն վայելում էին երկրի հասույթները՝ կամ թոշակներով և կամ հողային բերքով: Դարերի ընթացքում իշխանական գերդաստանի անդամների թիվը հետզհետե բազմանալով, շատ հասկանալի է, որ երկրի հասույթները անբավարար կլինեին գոհացնելու բոլորին: Այդ դեպքում խիստ հաճախ էր պատահում, որ նախարարները նոր տիրապետություններ էին անում, խլելով իրանց դրացիների հողերը: Ներքին կռիվը և արյունահեղությունը անցնում էր սերունդից սերունդ, որ շատ անգամ պատճառ էր տալիս ամբողջ նախարարական տոհմերի բնաջինջ լինելուն: Տրդատի վախճանվելուց հետո, Բզնունյաց, Մանավազյանց և Որդունյաց նախարարները, միմյանց հետ պատերազմելով, համարյա թե ոչնչացրին միմյանց ցեղերը:

Թագավորը, ըստ կալվածական ժառանգության, համարյա մի մեծ նախարար էր: Նա սեփականել էր իրան ամբողջ Արարատը– երկրի սիրտը:

Արարատը, որպես արքայական կալվածք, անբաժանելի էր:

Արարատում բնակվում էր թագավորը և թագաժառանգը միայն: Իսկ արքայական տան մյուս ժառանգներից ոչ ոք իրավունք չուներ Արարատում բնակվելու: Նրանց համար որոշված էին առանձին գավառներ: Դա Արշակունիների մեջ օրենք էր:

Հաշտենից, Աղիովտի և Առբերանի գավառները իրանց բոլոր հասույթներով հատկացրած էին թագավորազների կեցության համար: Այդ երեք գավառներում նրանք այնքան բազմացել էին, որ հողերը մինչև անգամ անբավական էին նրանց վայելչությունները գոհացնելու համար: Այդ պատճառով միշտ բողոքում էին, թե իրանց տեղը նեղ է, և թագավորից նոր հողեր էին խնդրում:

Հայոց պատմության մեջ մի նշմար անգամ չենք տեսնում, որ Արշակունի թաղավորազները կառավարության որևէ պաշտոնում ընդունվեին: Նրանց չենք տեսնում և զինվորական ծառայության մեջ: Նրանք դատապարտված էին մշտական անգործության: Նրանց ընծայել էին ընդարձակ գավառներ, տալիս էին գանձարանից առատ ռոճիկներ, որ վայելեն, որսորդություններով և զանազան զվարճություններով զբաղված լինեն և մի այլ փառասիրության չձգտեն: — Այդ՝ յուր ժամանակի քաղաքականությունն էր, որպեսզի գահին հետամուտ չլինեն: Ապրելով բոլորովին մեղկ և աննպատակ կյանքով, նրանց մեջ սպանվում էին ամեն բարձր և քաջազնական գաղափարներ:

Եվ այդպես, թագավորը սեփականել էր իրան Արարատը և թագաժառանգի հետ բնակվում էր այնտեղ՝ յուր մայրաքաղաքում: Մյուս թագավորազները իրավունք չունեին Արարատում բնակություն հաստատելու: Նրանց համար նշանակված էին առանձին գավառներ:

Արշակունի թագավորազներից մեկը միայն, Արշակ Բ-ի եղբոր որդի Գնելը համարձակվեցավ բնակություն հաստատել Արարատում (Արագած լեռան ստորոտում) և յուր վարմունքով գրգռեց Արշակի կասկածանքը և նույն կասկածանքին զոհ դարձավ...

Թագավորազների բազմանալը մի կողմից, նախարարությունների բազմությունը մյուս կողմից, գրավել էին երկրի մեծ մասը և սպառում էին նրա արդյունքները ի վնաս արքունի գանձարանի:

Թագավորին մնացել էր մի գավառ միայն — Արարատը:

Մի այսպիսի պետական կազմակերպության մեջ, երբ ուժը հողի ընդարձակության և հողի վրա ապրող բնակիչների բազմության չափովն էր չափվում, շատ հասկանալի է, որ նախարարների հավաքական զորությունը ոչ միայն կարող էր ճնշում գործ դնել թագավորի վրա, այլ նրա վիճակը ամեն րոպե կարող էր յուր ձեռքում պահել: Զորք ամեն մի նախարար ուներ, և ոմանց զինվորական ուժը ավելի բարձր էր, քան Արարատյան զինվորությունը:

Մյուս կողմից, այնքան բազմաթիվ նախարարություններ, բաժան-բաժան եղած միմյանցից, որոնց յուրաքանչյուրը կենտրոնացած էր յուր մեջ, ապրում էր յուր տարբեր շահերով, ուներ յուր վաղեմի, ավանդական ինքնակայությունը, — շատ պարզ է, որ այդ մասնատյալ իշխանություններից չէր կարող կազմվիլ մի ամփոփ, ամուր, միահեծան պետություն:

Արշակունյաց վերջին թագավորները զգում էին, թե ինչ բանի մեջն է իրանց տկարությունը, և պետությունը մի ամբողջական և ուժեղ կազմության վերածելու նպատակով սկսեցին փոքր առ փոքր ոչնչացնել նախարարների իշխանությունը:

Գործերի դրությունը, շրջապատող հանգամանքները և իրանց — թագավորների — հանապազ ընդհարումները նախարարների հետ, նրանց այդ բնական շավիղի մեջ դրին:

Այդ գաղափարը ծագեց Արշակունի թագավորների մեջ սկսյալ այն օրից, երբ քրիստոնեությունը մուտք գործեց Հայաստանում: Տրդատը առաջինը եղավ, որ ոչնչացրեց Սլկունյաց զորեղ նախարարությունը և Տարոնը խլեց նրանցից: Բայց մեծ թագավորը, զբաղված լինելով Հայաստանի կրոնական վերանորոգության մեծ գործով, ժամանակ չունեցավ իրագործելու նրա քաղաքական վերանորոգության ավելի ծանր գործը:

Տրդատ մեծի երեք հաջորդները՝ Խոսրով Բ, Տիրան Բ և Արշակ Բ՝ ավելի առաջ տարան նրա սկսած գործը:

Տրդատ մեծի որդի Խոսրով փոքրը թեև ոչ հոր հսկայական տիպարն ուներ և ոչ նրա անպարտելի քաջությունը, բայց խելացի մարդ էր: Նախարարների վերաբերությամբ ձեռք առեց նա երկու միջոցներ՝ խիստ և մեղմ: Խիստ էր նա, երբ Աղձնյաց Բակուր բդեշխին սպանել տվեց, նրա ցեղը ջնջեց և, նրա երկրում շատ կոտորածներ կատարելուց հետո, նրա որդի Հեշային բազմաթիվ գերիների հետ տարագրեց Աղձնիքից: Բայց նրա գործ դրած մեղմ միջոցները ավելի քաղաքագիտական էին և ավելի կորստաբեր կարող էին լինել նախարարների համար, եթե Խոսրովը երկար ապրեր: Նա թագավորեց 9 տարի միայն: Նա մտածեց՝ ավագ նախարարներին կապել արքունիքի հետ և պալատական զվարճություններով մեղկացնել, տկարացնել նրանց: Այդ նպատակով հրատարակեց մի նոր օրենք, որ հազարից մինչև տասն հազար (մի բյուր) զորք ունեցող նախարարները պետք է միշտ թագավորի մոտ լինեն և նրանից չհեռանան: Եվ որպեսզի նրանց զբաղեցնե, Խոսրովը Երասխի զվարճալի ափերի մոտ հիմնեց Դվին քաղաքը, յուր արքունիքը տեղափոխեց այնտեղ, իսկ քաղաքից ոչ այնքան հեռու, Ազատ գետի ամբողջ հովիտը ծածկեց ձեռատունկ անտառներով, որ կոչեց յուր անունով Խոսրովակերտ: Այդ անտառները լցրեց զանազան տեսակ որսի անասուններով: Այդ անտառների մեջ հիմնեց այն շքեղ ապարանքը, որ կոչվում էր Տիկնունի: Գեղեցիկ տիկինների մի դրախտ էր այդ հրաշալի ապարանքը յուր հովանավոր ծառաստանով և յուր մշտանվազ ցնծություններով: Այնտեղ պատրաստ էր նախարարների համար ամեն տեսակ բավականություն, ամեն տեսակ զվարճություն: Այնտեղ հրապուրանքը, պալատական մեղկությունը մաշում, սպանում էր ամեն տիրապետական զգացմունք: Իսկ այդ երկար չտևեց: Խոսրովի մահից հետո նրա հղացած գաղափարը յուր հետ մեռավ:

Խոսրովի որդի Տիրան Բ-ը հոր խաղաղ քաղաքականությանը չհետևեց: Նա անխնա ձեռքով կոտորել տվեց մի քանի նախարարական ցեղեր և մանավանդ երկու ավագ նախարարությունների տոհմեր, որպիսիք էին Արծրունիները և Ռշտունիները: Կոտորածի միջոցին Մամիկոնյան երկու եղբայրներ, մերկ սրերը ձեռներին, հարձակվեցան դահիճների վրա և կարողացան ազատել երկու տոհմերից երկու մանուկներ միայն՝ Շավասպ և Տաճատ: Տիրանը այդ ներքին կռիվը ավելի առաջ տանել չկարողացավ, որովհետև նրա թագավորությունն ևս հոր նման, կարճատև եղավ — 11 տարի: Իսկ յուր վարմունքով առիթ տվեց նա նախարարների իրանից հեռանալուն և յուր լքյալ և անօգնական մնալուն: Այդ անպաշտպան դրության հետևանքը եղավ նրա պարտությունը՝ նախ հռոմայեցիներից և ապա պարսիկներից: Վերջինները զրկեցին նրան թե՛ աչքերից և թե՛ գահից:

Տիրանի որդի Արշակ Բ-ը վճռեց վերջացնել այն, ինչ որ սկսել էին յուր նախորդները: Նա բացարձակ պատերազմ հայտնեց նախարարների դեմ: Բայց նախքան պատերազմը սկսելը նրան հարկավոր էր մի ամուր նեցուկ, որի վրա հենվեր նա, այլ խոսքով, նրան հարկավոր էր մի զորեղ կուսակցություն: Նախարարներից անհնար էր այդ կուսակցությունը ստեղծել, որովհետև բոլոր նախարարները միաբանված էին նրա դեմ: Իսկ Արարատը միայնակ բոլոր նախարարների հետ մաքառելու չափ ուժ չուներ: Հանճարեղ թագավորը մտածեց յուր կողմը ձգել եթե ոչ ամբողջ ժողովուրդը, գոնե նրա միջի դժգոհներին, — նրանց, որ հալածված և տանջված էին նախարարներից: Այդ նպատակով հիմնեց Մասիս լեռան ստորոտում մի ապաստանի քաղաք, որ յուր անունով կոչեց Արշակավան: Երբ քաղաքը պատրաստ էր, հրաման արձակեց, թե ամեն ոք՝ եթե այդ քաղաքը մտնելու լինի, կազատվի թե՛ օրենքից և թե՛ դատաստանից: Շուտով քաղաքը և Կոգ գավառի ամբողջ հովիտը, ուր գտնվում էր Արշակավանը, լցվեցավ բազմաթիվ գաղթականներով: Այնտեղ ապաստան գտան նախարարներից հարստահարվածները, նախարարներից նեղվածները: Այնտեղ ապաստան գտան բոլոր դժգոհները, բոլոր բողոքողները: Այնտեղ ապաստան գտան նաև զանազան հանցավորներ, զանազան դատապարտյալներ: Երկրի դառնությունը, երկրի դարևոր վրեժխնդրությունը՝ բռնության և կոպիտ ուժի դեմ՝ այնտեղ գումարվեցավ: Այնտեղ գումարվեցավ մեղքը, հանցանքը, որ առաջ էր եկել բռնավորների անզուսպ կամայականությունից: Ամենափոքր ժամանակում քաղաքը ունեցավ մինչև քանի հազար երդ բնակիչներ:

Այդ մարդիկը ամենքն էլ նախարարների հպատակներից էին: Այդ վշտացած և, միևնույն ժամանակ, ծայրահեղ մարդիկը Արշակի ձեռքում մի զորեղ ուժ էին նախարարներին դեմ դնելու համար:

Նախարարները զգացին այդ, մանավանդ երբ տեսնում էին, որ իրանց հպատակներից ոչ միայն դժգոհները, այլ ամեն ոք հաճությամբ կտեղափոխվեր այն ազատ քաղաքը, ուր ոչ հարկ կար և ոչ օրենքի հալածանք, այլ ամեն մարդ վայելում էր կատարյալ ապահովություն:

Թողյալ այդ, նույնիսկ նախարարների երկրում մնացած անշարժ բնակիչները կարող էին հրապուրվել, կարող էին ամեն րոպե ապստամբվել, տեսնելով, որ թագավորը շնորհում է ավելի ազատություն և ավելի անդորրություն, քան թե իրանց իշխանները:

Այստեղից ծագեցին այն արյունահեղ կռիվները նախարարների և Արշակի մեջ:

Գուցե Արշակը հաղթող կհանդիսանար, եթե նախարարները արտաքին օգնության չդիմեին: Նրանք դիմեցին հայոց դարևոր թշնամուն — պարսկին: Շապուհը օգուտ քաղեց հայոց աշխարհի ներքին երկպառակություններից և ուղարկեց յուր զորքերը: Արշակը անճար մնալով խույս տվեց դեպի Կովկասյան լեռները:

Նրա բացակայության ժամանակ՝ նախարարների վրեժխնդրությունը անցավ անգթության ամեն չափից: Նրանց ձեռնտվությամբ պարսիկները տիրեցին Անի քաղաքին, կողոպտեցին թագավորական գանձերը և մինչև անգամ Արշակունի թագավորների հանգստարաններին չխնայեցին, քանդեցին շիրիմները և գերի տարան արքաների նշխարները:

Այդ ժամանակ նախարարները իրանց բոլոր ուժով հարձակվեցան Արշակավանի վրա, թե այր և թե կին անխնա կոտորեցին: Ապաստանի քաղաքը լցվեցավ դիակներով. արյունը հորդությամբ հոսում էր փողոցներից: Ողջ մնաց ծծկեր մանուկների մի մասը միայն:

Արշակը վերադարձավ Կովկասից, յուր հետ բերելով վրացի և այլ լեռնական զորքեր: Կրկին բորբոքվեցավ կռիվը նախարարների և թագավորի մեջ: Նախարարները, պարսկին հարուստ ավարով ճանապարհ դնելուց հետո, այս անգամ հույնին կանչեցին իրանց թագավորի դեմ: Վաղեսի լեգեոնները մոտեցան հայոց սահմաններին: Արշակը ունեցավ յուր դեմ երեք հզոր թշնամիներ՝ հույնը, պարսիկը և յուր նախարարները...

Նա չհուսահատվեցավ, բայց զիջավ, երբ խաղաղության հրեշտակը մեջ մտավ և դադարեցրեց արյունահեղությունը:

Դա Ներսես Մեծն էր:

Մեծ հայրապետը հաշտեցրեց նախարարներին իրանց թագավորի հետ, ուխտ դնելով, որ «այնուհետև թագավորը վարվի նրանց հետ ուղղությամբ, իսկ նրանք ծառայեն հավատարմությամբ»:

Չհաշտվեցան երկու նախարարներ միայն՝ Մերուժան Արծրունին և Վահան Մամիկոնյանը — Սամվելի հայրը: Նրանք գնացին պարսից Շապուհ արքայի մոտ:

Ահա՛ որտեղից ծագեց թշնամությունը Արշակի և այդ երկու նախարարների մեջ...

II

ՊԵՏՈՒԹՅՈՒՆ ԵՎ ԵԿԵՂԵՑԻ, ՀՈԳԵՎՈՐ ԵՎ ՄԱՐՄՆԱՎՈՐ ԻՇԽԱՆՈՒԹՅՈՒՆ

Թագավորի լարված հարաբերությունները յուր նախարարների հետ և նրանց մեջ ծագած ներքին երկպառակությունները, որ շատ անգամ առիթ էին տալիս սոսկալի արյունահեղությունների, — այդ բոլորը նկարագրվեցավ նախընթաց գլխի համառոտության մեջ: Մենք այժմ գիտենք նրանց էական պատճառները:

Բայց հայոց պատմությունը ներկայացնում է մի այլ, ավելի տխուր երևույթ ևս, այն է՝ թագավորի նույնպիսի հարաբերությունները հոգևորականության և նրա բարձր ներկայացուցիչների հետ:

Այն օրից, որ քրիստոնեությունը մուտք է գործում Հայաստանում, նկատվում է մի խուլ, ներքին կռիվ թագավորի և հոգևորականության մեջ, որ հաճախ արտահայտվում է դառն, եղերական վախճանով: Զարմանալին այն է, որ այդ կռիվը սկսվում է իսկ և իսկ այն ժամանակից և նույն թագավորների օրերով, որոնք մաքառում էին իրանց նախարարների հետ: — Դրանք Տրդատ մեծի չորս հաջորդներն են՝ Խոսրով, Տիրան, Արշակ և Պապ:

Ինքը՝ Լուսավորիչը հալածվեցավ: Յուր կյանքի վերջին օրերը ծածկեց նա Սեպուհ լեռան այրերի անհայտության մեջ:

Նրա որդիներից՝ Արիստակեսը սպանվեցավ Արքելայոս իշխանից, իսկ Վրթանեսը Աշտիշատի վանքում մի հրաշքով միայն կարողացավ յուր կյանքը ազատել խուժանի կատաղությունից:

Վրթանեսի երկու որդիներից մեկը՝ Գրիգորիսը նահատակվեցավ Վատնյան դաշտում, իսկ մյուսը՝ Հուսիկը սպանվեցավ եկեղեցում Տիրան թագավորի հրամանով, որի փեսան էր:

Հուսիկի երկու որդիները, Պապ և Աթանագինես մի ժամվա մեջ սպանվեցան Աշտիշատի վանքում:

Պապը յուր սեղանի վրա, ճաշի ժամանակ, թունավորեց Աթանագինեսի որդի Ներսես Մեծին, որի բազմաջան աշխատությամբ, ինքը թագավորական գահին էր բարձրացել:

Մի խոսքով, սկսյալ Լուսավորիչից մինչև նրա վերջին ժառանգը, Սահակ Պարթևը, այդ մեծ հայրապետական տան ներկայացուցիչներից համարյա և ոչ մեկը խաղաղ մահվամբ չվախճանվեցավ, այլ ամենքը զոհ դարձան կամ թագավորի և կամ նախարարների խստասրտությանը:

Զոհ դարձան և այդ ժամանակների նշանավոր եկեղեցականները:

Խոսրովի հրամանով Մանաճիհր Ռշտունին Հակոբ Մծբնա հայրապետի յոթն սարկավագներին Ընձակա լեռան բարձրությունից գահավիժել տվեց Վանա ծովակի մեջ: Ծերունի հայրապետի աղաչանքն ու արտասուքը անզոր եղան ամոքելու խստասիրտ իշխանի անգթությունը:

Տիրանը խեղդել տվեց ծերունի Դանիել քահանային, որ Լուսավորչի նշանավոր աշակերտներից մեկն էր:

Արշակը հրամայեց հրապարակի վրա քարկոծել Արշարունյաց և Բագրևանդի եպիսկոպոս Խադին, որը Ներսես Մեծի աշակերտը և նրա հայրապետական տեղապահն էր Կ. Պոլիս գնացած ժամանակ:

Ի՞նչ էր այդ աղետավոր երևույթների պատճառը: Արդյոք նոր կրոնի մաքառո՞ւմը և նրա սաստիկ հակառակությո՞ւնը հեթանոսական վաղեմի սովորությունների և բարք ու վարքերի հետ:

Այդպես էլ բացատրում են հայոց պատմագիրները:

Տրդատ մեծից հետո, նրա բոլոր հաջորդները, բացի Վռամշապուհից, մինչև Արշակունյաց տան անկումը, նկարագրված են որպես վերին աստիճանի անբարոյական անձինք: Հոգևորականությունը նրանց անկարգ բարք ու վարքը հանդիմանում է, իսկ նրանք զայրանալով՝ սպանել են տալիս հոգևորականներին: — Դրանով է վերջանում պատմության խոսքը:

Բայց նույն պատմությունը անգիտակցաբար երևան է հանում այնպիսի նշմարներ, որոնք հակառակ վկայություն են տալիս, որոնք ստիպում են կատարված չարիքների արմատը որոնել ավելի խորին, ավելի հիմնավոր պատճառների մեջ:

Ինչո՞ւ Արշակունի թագավորները, քրիստոնեությունը ընդունելուց հետո, փոխանակ լավանալու, փոխանակ բարքով ու վարքով ազնվանալու, ընդհակառակն, ավելի խստասիրտ, ավելի եղեռնագործ դարձան: Քրիստոնեության բարոյական ազդեցությունը չէր կարող այսպիսի հրեշավոր արդյունքներ առաջ բերել: Վերջապես, ինչո՞ւ Արշակունի թագավորները, դեռ քրիստոնեությունը չընդունած, ավելի բարոյական և ավելի ազնիվ էին: Տիգրան Բ, Արտաշես Բ, Խոսրով մեծը մարդասիրության և բարձր առաքինության մի-մի տիպարներ էին: Եվ առհասարակ հայոց հեթանոս թագավորների մեջ՝ չէ կարելի մեկին ցույց տալ, որ բարոյապես այնպիսի այլանդակ կերպով նկարագրված լիներ, որպես Արշակունյաց վերջին քրիստոնյա թագավորները:

Արդյոք բարբարո՞ս էին նրանք, որ անխնա կոտորում էին հոգևորականներին:

Այդ հարցը լուծելու համար՝ պետք է նախ ցույց տալ, թե ի՛նչ էր այն ժամանակ հոգևորականությունը և որպիսի՛ կերպարանք էր ստացել հոգևոր իշխանությունը:

Լուսավորիչը և Տրդատը քրիստոնեությունը Հայաստան մտցնելու ժամանակ, նրանց գլխավոր ջանքը եղավ ոչնչացնել հեթանոսական հիշատակարանները և նրանց տեղը քրիստոնեականը հիմնել: Մեհյանները կործանվեցան, հին աստվածների տաճարները խորտակվեցան և նրանց տեղում քրիստոնեական վանքեր ու եկեղեցիներ հիմնվեցան: Եկեղեցիներ հիմնվեցան նաև քաղաքներում, ավաններում և գյուղերում: Վանքերում հաստատվեցան կրոնական միաբանություններ, իսկ եկեղեցիներում՝ աշխարհական քահանաներ: Հիմնվեցան և դպրոցներ՝ քուրմերի որդիներից և ուրիշներից եկեղեցականներ պատրաստելու համար:

Պետք էր այդ բոլորի գոյությունը ապահովել:

Նորընծա թագավորը, յուր անսահման քրիստոնեական ջերմեռանդությամբ, չխնայեց նոր հիմնված սրբարանների գոյությունը ապահովելու համար՝ սեփականացնել նրանց, իբրև մշտական ժառանգություն, բազմաթիվ գյուղեր, ավաններ, ագարակներ և այլ անշարժ կալվածքներ: Այդ սրբարանների վրա մնացին և այն մեհենական կալվածքները, որ վայելում էին նրանք հեթանոսական դարերում, այսինքն, երբ տակավին կռապաշտական տաճարներ էին, իսկ հետո քրիստոնեական եկեղեցիների փոխվելով, պահպանեցին իրանց վաղեմի կալվածքները:

Բացի դրանցից, Տրդատը յուր պետության մեջ ընդհանուր օրենք հրատարակեց, որ ագարակ տեղերում (փոքր գյուղերում) «չորս-չորս հող», իսկ ավաններում (մեծ գյուղերում) «յոթն-յոթն հող» լինի սեփականություն եկեղեցու: Ամեն մի «հող» մի վերացական չափ էր, որ ստանում էր մի ծուխ, կամ մի գյուղական ընտանիք: Ուրեմն, եթե յուրաքանչյուր ավանում «յոթն-յոթն հող» տրվում էր եկեղեցուն, այդ կնշանակե՝ այնքան տարածությամբ հող, որ բավական էր յոթն ընտանիքի համար:

Եվ այդպիսով եկեղեցին դարձավ ամենահարուստ կալվածատերը պետության մեջ:

Հարստացան և վանքերը իրանց կալվածքներով:

Որպեսզի փոքր ի շատե շոշափելի գաղափար ստացվի, թե որքան կալվածքների էին տիրապետում վանքերը, բավական է իբրև օրինակ վեր առնել նրանցից մեկը միայն: Մենք կվերառնենք Տարոնի նահանգում Գլակա կամ Իննակյան կոչված վանքը, որի կալվածքների մասին նրա առաջին վանահայր Զենոբ Գլակը յուր պատմության մեջ թողել է խիստ հետաքրքիր թվանշաններ:

Զենոբ Գլակը, Լուսավորչի նշանավոր գործակիցներից մեկը, և նրա հետ Կեսարիայից եկած, ազգով ասորի, մի շատ եռանդոտ աբեղա էր, որ գրեց Լուսավորչի և հիշյալ վանքի պատմությունը:

Այդ վանքը հեթանոսական դարերում, երբ տակավին կռատուն էր, ուներ 12 մեծ ավաններ: Լուսավորիչը, կործանելով կռատունը, նրա տեղը վանք հիմնեց և նույն 12 ավանները հատկացրեց վանքին: Ահա նրանց անունները իրանց երդահամարով և յուրաքանչյուրի ունեցած զինվորական ուժով.

1. Կուառս, 3012 երդ (ծուխ), 1500 հեծելազոր, 2200 հետևակ:

2. Տում, 900 երդ, հեծելազոր:

3. Խորնի (Մովսես Խորենացու ծննդավայրը), 1906 երդ, — 700 հեծելազոր, 1008 հետևակ:

4. Պարեխ, 1680 երդ, 1030 հեծելազոր, 400 հետևակ:

5. Կեղք, 1600 երդ, 800 հեծելազոր, 600 հետևակ:

6. Բազում, 3200 երդ, 1040 հեծելազոր, 840 հետևակ աղեղնավոր, 680 տիգավոր, 280 պարսավոր:

7. Մեղտի, 2080 երդ, 800 հեծելազոր, 1030 հետևակ:

Ափսո՛ս, որ այդ վանքի 12 ավաններից միայն 7-ի անուններն է հիշում Զենոբը, իսկ մնացյալ 5-ից հիշում է միայն Մուշի անունը, այն էլ առանց երդահամարի: Բայց պատմագրի այն խոսքերը, թե «դրանք մեծամեծ ավաններ են, որպես արձանագրված է Մամիկոնյան իշխանների գրքի մեջ», — կարծել են տալիս, որ մնացյալ 5 ավանները թե՛ իրանց ընդարձակությամբ և թե՛ բնակիչների թվով, եթե մյուսներից մեծ չլինեին, փոքր ամենևին չէին լինի, մանավանդ, որ նրանց մեջն է Մուշը, որը երբեմն հիշատակվում է որպես Տարոնի բազմամարդ քաղաքներից մեկը: Բայց և այնպես, վերոհիշյալ 7 ավանների երդահամարի թվանշանները ձեռքում ունենալով, դժվար չէ գտնել մյուս հինգի բնակիչների եթե ոչ ճիշտ, գոնե հավանական թիվը:

Յոթն ավանները միասին ունեն 14 378 երդ կամ ծուխ:

Եթե այդ գումարը բաժանենք յուրաքանչյուրի վրա, ամեն մի ավանը կունենա 2054 երդ:

Եթե մնացյալ հինգ ավանների յուրաքանչյուրին ևս 2054 երդ տալու լինենք, նրանք միասին կունենան 10 270 երդ:

Ուրեմն բոլոր 12 ավանները միասին կունենան 24 648 երդ:

Այն ժամանակվա նահապետական դրության մեջ՝ յուրաքանչյուր գերդաստան կամ երդ կարող էր մինչև 20 — 30 անդամներից բաղկացած լինել, բայց յուրաքանչյուրը միայն 5 հոգուց բաղկացած համարելով, բոլոր 12 ավանների բնակիչների ընդհանուր թիվը կլինի 123 240 հոգի:

Հետաքրքիր է այդ վանական ավանների զինվորական զորությունը: Հաշիվների նույն եղանակով առաջնորդվելով, գտնենք նրանց ընդհանուր թիվը:

Յոթն ավանները միասին ունեին 13 308 հետևակ և ձիավոր զորք:

Յուրաքանչյուր ավանը կունենա 1901 զինվոր:

Այդ հաշվով մնացյալ 5 ավանները կունենան 9505 զինվոր:

Եվ այդպես, բոլոր 12 ավանների զինվորների ընդհանուր թիվը կլինի 22 813 հոգի:

Մի վանք այդքան ահագին զինվորական ուժ ունենալուց հետո, շատ զարմանալի պետք չէ համարել՝ քուրմերի ա՛յն կատաղի ընդդիմադրությունը և նրանց արյունահեղ կռիվները, որ տեղի ունեցան, երբ Լուսավորիչը Տրդատի զորքերով մոտեցավ կործանելու այդ վանքը, երբ տակավին կռապաշտ էր:

Քրիստոնեական տաճարի փոխվելուց հետո Գլակա վանքը թե՛ յուր կալվածքների ընդարձակությամբ և թե՛ յուր զինվորական ուժով ներկայացնում էր մի զորեղ նախարարություն, — բայց հոգևոր նախարարություն:

Եվ այդպես, հենց Լուսավորչի և Տրդատի օրերում վանքերն ու եկեղեցիները գրավեցին հողերի և բնակիչների մի նշանավոր մասը:

Բայց Լուսավորչի եռանդոտ հաջորդները հետամուտ եղան ավելի և ավելի ընդարձակել եկեղեցական կալվածքների քանակությունը այն համեմատական չափով, ինչ չափով որ հետզհետե բազմանում էր վանքերի, եկեղեցիների թիվը:

Լուսավորչի հաջորդների մեջ, վանքերի շինության գործում առաջին տեղն է բռնում Ներսես Մեծը: Նրա հիմնած վանքերի թիվը, ըստ ժամանակակից պատմագրի վկայության, հասնում էր 2040-ի: Այդ թիվը կարելի է մինչև անգամ չափազանց համարել: Բայց սույն չափազանցության մեջ ևս բովանդակվում է ա՛յն չափազանց ճշմարտությունը, որ նա անհամեմատ շատ վանքեր հիմնեց:

Բազմացնելով վանքերի թիվը, Ներսես Մեծը միևնույն ժամանակ բազմացրեց և վանականների թիվը: Նրա օրերում միայն եպիսկոպոսների թիվը հասնում էր 1020-ի, բացի այլ աստիճանի եկեղեցականներից:

Նրա հիմնած վանքերը զանազան նպատակների էին ծառայում: Դրանք այլ և այլ եպիսկոպոսարաններ, կղերանոցներ, եղբայրանոցներ և կուսաստաններ էին, որ սփռված էին հայոց երկրի ամեն կողմերում: Յուրաքանչյուրի մեջ առանձնացած էր աշխարհից անջատված կրոնավորների մի ստվար բազմություն և վայելում էր վանքի անսպառ բարիքները:

Բայց մեծ հայրապետի մեծ գործը, որի մեջ փայլում է նա յուր բարձր մարդասիրական հոգվով, որի մեջ երևում է նա իբրև կատարյալ ժողովրդական մարդ և ժողովրդի բարեկամ, — այդ չէր: Նա կառուց բազմաթիվ բարեգործական հիմնարկություններ, որոնց մեջ խնամք և սնունդ էին գտնում երկրի չքավորները, երկրի տառապյալները: Ավելորդ չէր լինի դրանց մի քանի տեսակները հիշել:

Աղքատանոցներ, որոնց մեջ կերակրվում էին աղքատները և չքավորները: Հիվանդանոցներ, որոնց մեջ դարմանում էին հիվանդներին: Ուրկանոցներ, որոնց մեջ խնամք էին տանում ուրուկներին, այսինքն այնպիսի ախտավորների, որոնց՝ երկրի սովորությամբ պիղծ համարելով, արտաքսում էին մարդկային բնակությունից, որ չվարակեին մյուսներին, և այդ թշվառները բնակում էին հեռավոր անապատներում կամ մեծ ճանապարհների վրա: Անկելանոցներ, որոնց մեջ սնունդ էին գտնում ծեր և աշխատության անկարող մարդիկ: Որբանոցներ, որոնց մեջ սնուցանում էին որբ և անտերունչ մանուկներին: Այրենոցներ, որոնց մեջ խնամք էին տանում ծերացած այրի կանանց: Հյուրանոցներ կամ օտարատունք, որոնց մեջ պատսպարան էին գտնում պանդուխտները, օտարականները և անցորդները: Պանդոկներ, որոնք շինված էին ճանապարհների վրա, լեռնային անցքերի մոտ, և առհասարակ այնպիսի տեղերում, ուր բնակություն չկար, որպեսզի ճանապարհորդները կարողանային այդ պանդոկներում օթևան գտնել:

Թե որքա՞ն էր այդ հիմնարկությունների թիվը, — հայտնի չէ: Բայց հայտնի է այն, որ դրանք ոչ միայն մի գավառում և մի նահանգում, այլ հայոց երկրի բոլոր կողմերում տարածված էին:

Չկար այդ ժամանակ մի աղքատ, որ փողոցներում մուրացկանությամբ ձանձրացներ հասարակությանը. չկային մոլաշրջիկ թափառականներ, որ քաղցածությունից ստիպված ձեռք մեկնեին դեպի ուրիշի գրպանը: Ամեն ոք գոհ էր, ամեն ոք սնունդ էր ստանում հասարակաց սեղանից: — «Ներսեսի տարիներում, — ասում է Փավստոս Բյուզանդացին, — Հայոց աշխարհի բոլոր սահմաններում՝ բնավ ամենևին չէր տեսնվում, որ աղքատները մուրացկանություն անեին, այլ այնտեղ՝ նրանց հանգստանալու տեղերում (աղքատանոցներում) ամեն մարդիկ մատակարարում էին նրանց պետքերը, և նրանք ամեն բանով լիացած, կարոտություն չունեին ոչ ոքից»:

Նույնը կրկնում է Մեսրոպ երեցը. — «Ներսեսի օրերում Հայոց աշարհում ոչ ոք չէր տեսնում, որ մի մուրացկան երևնար, կամ անկարգ, անիրավ և դատարկաշրջիկ մարդիկ, որ Հայոց երկրում կային շատ ժամանակներից ի վեր, — բոլորին վերջ տվեց սուրբ Ներսեսը»:

Հայոց աշխարհի մեծ բարեկարգիչը ինքը առաքինության կատարյալ տիպարն էր: Գթության, ողորմածության օրինակը նախ ինքն էր տալիս, և ապա հորդորում էր, որ ուրիշներն ևս նույնը անեն իրանց աղքատ և կարոտյալ եղբայրներին:

Բյուզանդացին ասում է.

«Նախ ինքն էր անում և ամենին նույնն էր ուսուցանում. հրամայում էր, որ առհասարակ հայոց բոլոր աշխարհում, գավառներում և զանազան կողմերում... աղքատանոցներ շինեն, և ժողովեն ախտավորներին, ուրուկներին, անդամալույծներին և ամեն ցավագարներին, — նրանց համար հիմնվեցան ուրկանոցներ, դարմանանոցներ, և կարգվեցան ռոճիկներ»... «Այրիներին, որբերին և չքավորներին հանգստություն և սնունդ էր բաշխում (յուր տան մեջ) և աղքատները միշտ նրա հետ էին ուրախ լինում. յուր սեղանը բաց էր և սեղանատունը ամբողջ օրը աղքատների և օտարականների համար մի հյուրանոց էր: Թեև բոլոր գավառներում աղքատանոցներ հիմնեց և նրանց համար ապրուստ կարգեց... բայց յուր չափազանց աղքատասիրության պատճառով յուր սեղանատան դռներն ևս միշտ բաց էին նրանց առջև. կույրերը, կաղերը, խեղանդամները, խուլերը, հաշմանդամները, խեղճերը և կարոտյալները, նրա հետ և նրա շրջանում նստած, կերակրվում էին: Նա ինքը յուր ձեռքովն էր լվանում ամենին, օծում էր և պատում էր (նրանց վերքերը): Նա ինքը անձամբ ուտեցնում էր նրանց ամեն մի կերակուր, և յուր ունեցածը նրանց պետքերի համար էր ծախսում, և ամեն օտարականները նրա հետ, նրա հովանավորության ներքո պատսպարված, հանգստություն էին վայելում»:

Այդ բոլորից հետո, շատ հասկանալի է այն մեծ ժողովրդականությունը, որ վայելում էր պաշտելի մարդը: Հասարակաց հայր էր կոչվում նա: Ամեն տեղ, ուր և հայտնվում էր, լռում էր աղմուկը, դադարում էր խռովությունը: Խաղաղության հրեշտակ էր նա: Ոչ միայն հայոց թագավորը, և ոչ միայն հայոց նախարարները, այլ հռոմեական կայսրները և մինչև անգամ պարսից արքան ակնածում էին նրանից:

Զորավոր ձեռքով դարձնում էր Հայոց աշխարհի կառավարության երասանակը և յուր լայն, ընդարձակ հայացքների համեմատ, ուղղություն էր տալիս:

Այդ ուղղության մասին պետք է խոսվի, որովհետև դրա մեջն էին թաքնված այն խուլ երկպառակության սերմերը, որ հետզհետե աճելով, վերջը աղետալի կռիվների պատճառ դարձան հոգևոր և մարմնավոր իշխանության մեջ:

Արդեն Աշտիշատի ընդհանրական ժողովում, Ներսես Մեծը, ի թիվս այլ բարեկարգությանց, կանոնական սահմանադրությամբ կարգի դրեց վանքերի խնդիրը: Նրա ծրագիրը այդ խնդրի վերաբերությամբ այն աստիճան առաձգական էր, որ կարող էր ամփոփել յուր մեջ նրա մեծ գաղափարը՝ յուր ընդարձակ բովանդակությամբ:

Ի՞նչ էր կամենում այդ զորավոր հանճարը:

Կազմել Հայոց աշարհից մի մեծ վանք մի ընդհանուր եղբայրություն, ուր տիրեր միայն հավասարությունը, ուր սեփականության տարբերություն չլիներ, ուր աղքատը, չքավորը, տկարը, աշխատության անկարողը կերակրվեր աստուծո սեղանից:

Ժամանակակից պատմագիրը, Փավստոս Բյուզանդացին, ասում է.

«Այն ժամանակում (Աշտիշատի ժողովում) կարգեցին, կազմեցին, կանոնադրեցին, հորինեցին, և Հայոց երկրի բոլոր ժողովուրդը դարձրին որպես համաշխարհի (համաքաղաքացի) վանականների միաբանության մի կարգ» (ուխտ):

Մեսրոպ երեցը ավելացնում է.

«Ներսես Մեծի օրերում ամբողջ Հայաստանը դարձավ իբրև մի կատարյալ անձն, որ զնում էր աստուծո երկյուղի ետևից»:

Որքան մեծ էր ձեռնարկությունը, այնքան և ծա՛նր եղան հետևանքները...

Գուցե բոլորովին քրիստոնեական առաքինության զգացմունքներից դրդված, որոնք այնքան վառ էին նրա մեջ, Ներսես Մեծը Աշտիշատի ժողովում մեջ բերեց և ընդունել տվեց յուր կազմած ծրագիրը: Գուցե ժամանակի անգթությունը, ժողովրդի թշվառությունը, թագավորի, նախարարների, և առհասարակ ազնվականության հարստահարությունները՝ թելադրեցին նրան եկեղեցու գիրկը դարձնել մի անսահման և ապահով պատսպարան, ուր բոլոր նեղյալները և կարոտյալները կարողանային ապաստան գտնել:

Եվ, վերջապես, գուցե ոչ կանխագիտակ նախամտածությամբ, այլ միայն ողորմածության գաղափարով ոգևորված, մեծ հայրապետը գործի սկզբում նախատեսել չկարողացավ յուր հսկայական ձեռնարկության հետևանքները, որ այլ վախճանի չէին կարող հասցնել, քան թե՝ ստեղծել Հայոց աշխարհից մի եկեղեցական պետություն, խաչի սրբազան դրոշի ներքո:

Թե այդպես և թե այնպես, հոգևոր-համաքաղաքացիների վանքը հիմնվեցավ: Այդ համաշխարհիական վանքի վանահայրը ինքը հայրապետն էր — Ներսես Մեծը: Նրա ընդարձակ տնտեսությունը հանձնել էր նա կրոնավորներից ընտրված առանձին վերակացուների, որոնց գլխավորն էր յուր սարկավագը — Խադը, որ հետո եպիսկոպոս ձեռնադրվեցավ:

Ի՞նչ արդյունքներով էր կառավարվում այդ վանքը:

Դա յուր ժամանակի ամենածանր տնտեսական խնդիրն էր, որի լուծման մեջն էր կայանում բուն շարժառիթը այն բոլոր կռիվների և այն բոլոր ընդհարումների, որ տեղի ունեցան հոգևոր և մարմնավոր իշխանության մեջ, և որոնք փութացրին Արշակունյաց պետության ցավալի անկումը...

Վերևում հիշվեցավ, որ արդեն Լուսավորչի օրերում, երբ վանքերի հիմնարկության սկիզբը դրվեցավ, նորահավատ Տրդատը, ջերմեռանդ առատաձեռնությամբ, յուր ամբողջ պետության մեջ ընդհանուր օրենք դրեց, որ ագարակներից «չորս-չորս հող», իսկ ավաններից «յոթն-յոթն հող» հատկացվի եկեղեցուն: Բացի այդ հողերից, եկեղեցին ստանում էր առանձին տասանորդ երկրի բոլոր մշակույթներից: Եկեղեցին գրավեց այլն այն մեհենական կալվածքները, որ հեթանոսական դարերում վայելում էին քուրմերը:

Ներսես Մեծի օրերում, երբ վանքերի և զանազան բարեգործական հիմնարկությունների թիվը անհամեմատ կերպով բազմացավ, նույն չափով բազմացրեց նա և եկեղեցական կալվածքների քանակությունը, հատկացնելով նրանց նորանոր ավաններ և նորանոր գյուղեր: Ինչ որ հիմնեց նա, բոլորի գոյությունը ապահովացրեց հաստատուն եկամուտներով:

Բացի հոժարակամ կտակներից, որով ցանկացողները իրանց կայքը թողնում էին եկեղեցուն, առանց կտակի ևս, անժառանգ մեռնողի օրինավոր ժառանգը համարվում էր միայն եկեղեցին, որ գրավում էր հանգուցյալի բոլոր շարժական և անշարժ կայքերը: Եվ այդ ոչ-սակավ ընդարձակում էր եկեղեցու անհուն հարստությունը: Երբ Վաչե Մամիկոնյանը Խոսրով Բ-ի հրամանով ջնջեց Մանավազյան և Որդունյաց նախարարների մնացյալ ժառանգներին, այնուհետև այդ երկու նախարարությունները իրանց բոլոր կալվածքներով դարձան եկեղեցու սեփականություն: Մանավազյան նահապետի երկիրը յուր քաղաքներով և գյուղերով ստացավ Ալբիանոս եպիսկոպոսը և հատկացրեց յուր կառավարության ներքո գտնված եկեղեցիներին: Իսկ Որդունյաց նախարարության երկիրը յուր քաղաքներով և գյուղերով գրավեց Բասենու եպիսկոպոսը:

Եվ այդպես, եկեղեցին յուր բազմաթիվ վանքերով, գրավելով հողերի մեծ մասը, հետզհետե դառնում էր պետության մեջ ամենահարուստ կալվածատերը, մինչդեռ թագավորը սեղմված էր Արարատի նեղ սահմանների մեջ, իսկ նախարարությունները այնքան բազմացել էին, որ իրանց գոյությունը պահպանելու համար բավականաչափ հող չունեին:

Եթե վանքերը լինեին լոկ կղերանոցներ, որոնց մեջ անգործ աբեղաների մի ստվար բազմություն միայն սպառում լիներ երկրի հարստությունը, տարակույս չկա, որ այդ դեպքում նրանք բոլորովին անտանելի կղառնային ժողովրդին, մանավանդ, որ քրիստոնեությունը դեռ ոչ այնքան տարածված էր Հայաստանում: Քրիստոնեության մուտք գործելուց անցել էր 70 — 80 տարի միայն: Այդ սուղ միջոցում նոր կրոնը չէր կարող այնքան արմատացած լինել ժողովրդի մեջ, որ եթե ոչ քրիստոնեական ճշմարիտ ջերմեռանդությամբ, գոնե հասարակության մեջ մոլեռանդություն զարգացնելով, կղերը կարողանար ժողովրդին գրավել դեպի եկեղեցին և նրա վաստակը բաժաներ նրա հետ: Բայց հայոց վանքերի կազմակերպությունը, մանավանդ Ներսես Մեծի բարեկարգություններից հետո, հարմարեցրած էր երկրի թե՛ պահանջներին և թե՛ պայմաններին: Այս տեսակ վանքեր կարող էին գոյություն ունենալ մինչև անգամ մի հեթանոս ժողովրդի մեջ: Վանքը միացրել էր յուր գոյության հետ և բարեգործական, և մարդասիրական նպատակ: Ուր տիրում է ստրկությունը, հարստահարությունը, ուր ազատանին ճնշում է անազատին, այնտեղ այս տեսակ հիմնարկությունները ոչ միայն փրկարար ապաստան են դառնում նեղյալների համար, այլ նրանց գրկումն են գտնում թշվառները իրանց ամենամեծ մխիթարությունը: Այդ էր պատճառը, որ վանքը սիրելի էր ժողովրդին:

Արշակ Բ-ն մի ապաստանի քաղաք հիմնեց, և կարճ միջոցում այնտեղ հավաքվեցան Հայոց աշխարհի բոլոր դժգոհները: Իսկ Ներսես Մեծը հարյուրավոր վանքեր հիմնեց և յուր կողմը ձգեց ամբողջ Հայաստանը:

Վանքը հաց էր տալիս, կերակրում էր ժողովրդի աղքատներին, դարմանում էր նրա հիվանդներին, սնուցանում էր նրա որբերին և այրիներին, ուսում և կրթություն էր տալիս նրա զավակներին: Նա ստանում էր ժողովրդից և տոկոսներով վերադարձնում էր ժողովրդին: Եվ, վերջապես, ինքը ժողովուրդը այդ վանքի եղբայրության անդամն էր: — Ժողովուրդը գո՛հ էր, ժողովուրդը չէր տրտնջում:

Տրտնջում էր թագավորը, տրտնջում էին և նախարարները:

Թագավորը սարսափելով տեսավ, որ յուր պետության մեջ կազմվեցավ մի այլ պետություն — հոգևոր պետություն, որ մեղմ ձեռքով փոքր առ փոքր գրավեց ոչ միայն հողերի մեծ մասը, այլև յուր կողմը ձգեց ժողովրդին: Նա դարձավ ամենաբարձր և ամենաարբազան հեղինակություն, որի առջև ամեն գլուխ խոնարհվում էր:

Թագավորը սոսկաց, թեև շատ ուշ հասկացավ, որ այդ հեղինակությունը արդեն այն աստիճան ուժ և զորություն էր ստացել, որ յուր ձեռքումն էր պահում արքայական գահը:

Գուցե արհավիրքը այնքան շուտ չէր պայթի, գուցե Արշակունի թագավորները ավելի համբերող կլինեին, եթե հոգևոր իշխանությունը յուր նեղ, հոգևոր սահմաններից դուրս չգար: Բայց նրանք սկսեցին համարձակ կերպով միջամտություն գործել և կառավարության գործերի մեջ:

Խոստովանության խորհուրդը մի ընդարձակ դուռ բաց արեց հոգևորականության առջև մտնելու ժողովրդի սրտի մեջ: Խոստովանության միջոցով ծանոթանալով նրա գործերի հետ, հոգևորականությունը սկսեց դատավոր հանդիսանալ նրա հանցանքներին և պատիժներ որոշել:

Պատիժները, որ սկզբում սահմանափակվում էին միայն եկեղեցական ապաշխարանքներով, վերջը աշխարհական դատապարտության ձև ստացան: Ավելացրին թե՛ տուգանք և թե՛ գանահարություն (ծեծ):

Գանահարությունից ազատ էր մնում միայն ազատանին — ազնվականությունը, իսկ տուգանքի ենթարկվում էին ամեն դասակարգի անձինք: Այսպես պատժում էր նա ամեն քրեական հանցավորներին:

Եկեղեցին միջամուխ էր լինում և այնպիսի վեճերի մեջ, որոնք սոսկ քաղաքացիական գործերի բնավորություն ունեին, օրինակ, հողերի բաժանման կամ հափշտակության խնդիրներ և այլն: Եկեղեցին միջամուխ էր լինում և հարկերի բաշխման ու հավաքման գործերում: Այդ բոլորի մեջ ներգործում էր նա ոչ իբրև հաշտարար — միջնորդ, այլ որպես իրավատեր:

Այդ բոլորը ուղղակի հակառակում էին թե՛ թագավորի և թե՛ նրա նախարարների իրավունքներին, որոնք իրա՛նց միայն ճանաչում էին երկրի տերը և դատավորը:

Արշակունի թագավորը սովոր չէր բացի իրանից մի այլ բարձր հեղինակություն ճանաչել: Արշակունի թագավորը ինքը մի սրբազան էակ էր: Նրա անձնավորության մեջ միանում էր թե՛ երկնայինը և թե՛ երկրայինը, — թե՛ հոգևորը և թե՛ մարմնավորը: Հայց քրիստոնեությունը խլեց նրանից այդ սրբազնությունը և տվեց եկեղեցու հայրապետին: Այդ մոռանալ չէր կարող նա:

Եկեղեցու հայրապետը համարում էր իրան կատարյալ հոգաբարձու թե յուր հոտի, և թե՛ պետության: Դժվարին խնդիրներում նա էր բանակցում օտար պետությունների հետ խաղաղության դաշինքներ կռում: Նա էր դատավոր հանդիսանում, երբ թագավորի և յուր նախարարների մեջ երկպառակություններ էին պատահում: Մի խոսքով, ամեն հարաբերությունների մեջ ներկա էր նա, և յուր համարձակ ձեռքը մեկնում էր մինչև թագավորի արքունիքը, մինչև նրա ներքին ընտանեկան կյանքը...

Մի անգամ, տարվա տոնախմբություններից մեկի ժամանակ, երբ Տիրան թագավորը յուր ավագանիի հետ կամենում էր եկեղեցին մտնել, նրա առջև դուրս եկավ Հուսիկ կաթողիկոսը, աղաղակելով, — «Ինչո՞ւ ես գալիս, դու արժանի չե՛ս, ներս մի՛ մտիր... »: Թագավորը այլևս համբերել չկարողացավ, հրամայեց՝ բրածեծ անելով սպանեցին կաթողիկոսին:

Արշակունի թագավորը, որ սովոր էր հանդիսավոր զոհաբերությունների ժամանակ՝ ինքը տաճարի մեջ անձամբ կատարել սրբազան խորհուրդը և հաճեցնել յուր աստվածներին, հանկարծ մի այլ տաճարի դռնից նրան չեն թողնում, որ ներս մտնե, ասելով՝ «արժանի չես...»: Այստեղ նա այն աստիճան խոնարհվեցավ, որ ընդունեց մինչև անգամ ցած իջնել սուրբ բեմից և հասարակ ժողովրդի կարգում կանգնել: — Այդ տեղին ևս նրան արժան չէին համարում...

Խնդիրը միայն հին և նոր կրոնի համառ մաքառումը չէր: Խնդիրը կատարյալ տնտեսական էր, կատարյալ տիրապետական էր: Այստեղ մրցում էին եկեղեցու և պետության միմյանց հակառակ շահերն: Այստեղ մրցում էին հոգևոր և մարմնավոր իշխանություններն: Այդ պարզ երևում է այն հանգամանքից, որ երբ Պապ թագավորը յուր սեղանի վրա թունավորեց Ներսես Մեծին, նրա մահից հետո խանգարեց այն բոլոր կարգերը և ոչնչացրեց այն բոլոր հիմնարկությունները, որ կառուցել էր մեծ հայրապետը, և որոնց մասին խոսվեցավ վերևում:

Սկսեց հալածել հոգևորականներին և նրանց թիվը, որ անհամեմատ կերպով աճել էր, պակասացրեց: Կուսաստանները փակեց, և բոլոր միանձնուհիներին, որ ուխտել էին աշխարհ չմտնել, հրամայեց, որ ամուսնանան: Բոլոր բարեգործական հիմնարկությունները, ինչպես էին՝ սրբանոցները, ուրկանոցները, անկելանոցները, աղքատանոցները և այլն, — ոչնչացրեց: Հրաման արձակեց, որ աղքատներին և մուրացկաններին ողորմություն չանեն, ոչինչ չտան: Այդ, նրա կարծիքով, զարգացնում էր ժողովրդի մեջ, մի կողմից, ծուլություն և ձրիակերություն, իսկ մյուս կողմից, բարձրացնում էր եկեղեցու հեղինակությունը, որ իրան հոգաբարձու էր ներկայացնում ձրիակերներին:

Ոչնչացնելով վերոհիշյալ հիմնարկությունները, ոչնչացրեց նաև այն արդյունքների աղբյուրները, որոնցով պահպանվում էին նրանք: Նոր օրենքով արգելեց, որ այն «հոգևոր պտուղը» և «տասանորդները», որ վաղ ժամանակներից հետե յուր նախորդները սահմանել էին տալ եկեղեցուն, — այլևս չտան: Բացի դրանցից, հարքունիս գրավեց եկեղեցական հողերի մեծ մասը: Յուրաքանչյուր գյուղում Տրդատի հրատարակած օրենքով հատկացրած «յոթն հողերից» թողեց եկեղեցուն «երկու հող» միայն, իսկ հինգը հարքունիս գրավեց: Եվ այդ «երկու հողերի» համեմատ, ամեն մի գյուղում թողեց երկու քահանա և երկու սարկավագներ միայն, իսկ մնացյալներին հրամայեց, որ զինվորական ծառայության մեջ մտնեն: Քահանաների և սարկավագների որդիները, եղբայրները, ազգականները, որ մինչև այդ ժամանակ ազատ էին հարկերից, բոլորին հարկատու դարձրեց: Ամուսնական օրենքները թեթևացրեց: Կրոնի ազատություն տվեց, որ ցանկացողները կարող են հեթանոսական հին սովորությունները դարձյալ գործ դնել և մինչև անգամ կուռք պաշտել:

Եվ, անտարակույս, ուրիշ շատ նոր կարգադրություններ կաներ երիտասարդ թագավորը, եթե հռովմեական նենգավոր սուրը նրա այրունը չթափեր հրավերքի սեղանի վրա...

III

ԵԿԵՂԵՑԱԿԱՆՆԵՐԻ ԶԱՆԱԶԱՆ ՏԱՐԵՐՔԸ

Խնդիրն այն էր, որ հոգևորականությունը ինքը յուր մեջ մի սերտ և զորեղ միաբանություն կազմել չէր կարող, որովհետև նա բաղկացած էր զանազան միմյանց հակառակ տարերքից: Այդ թեև մի կողմից թուլացնում էր եկեղեցու ուժը, բայց, մյուս կողմից, հնար էր տալիս մարմնավոր իշխանությանը օգուտ քաղել նրանց անհաշտությունից:

Ինչպե՞ս կազմվեցավ այդ զանազան տարերքը:

Լուսավորիչը, քրիստոնեությունը Հայաստանում տարածելու համար, Կեսարիայից բերեց յուր հետ, իբրև օգնականներ, մի խումբ օտարազգի կրոնավորներ: Հետո, գործերի և պահանջների աճելու համեմատ աճեցրեց նաև օտարազգի կրոնավորների թիվը, հետզհետե նորերին հրավիրելով:

Մի նամակի մեջ, ի թիվս այլոց, այդպես էր գրում Լուսավորիչը Տրդատի հետ միասին Նյուստրացոց Եղիազար եպիսկոպոսին և Ազդենացոց Տիմոթեոս եպիսկոպոսին:

«...Մանավանդ գիտեք, որ մեր ամեն գավառների համար եպիսկոպոսներ են պետք և քահանաներ: Եվ թեպետ ոմանք (կրոնավորներ) զանազան կողմերից եկել և հավաքվել են այստեղ, բայց ի՞նչ են դրանք, հայոց վեց հարյուր և քսան գավառների հետ համեմատելով. յուրաքանչյուր գավառին մի-մի կամ երկու քահանա հազիվ թե ընկնի: Իսկ այս երկրի (հայոց) մանուկները դեռ դպրոցներումն են, և նրանցից դեռ ոչ ոք պատրաստ չէ քահանայության համար... Ուրեմն աղաչում ենք ձեզ, մեզանից մի խորշեք. այլ ամենայն վստահությամբ փութացեք գալ այդ մարդիկների հետ, որ ուղարկեցինք ձեզ մոտ: Եվ եթե կգաք, Հարքս և Եկեղյաց ամբողջ երկիրը ձեր առջև կդնենք. որ վիճակում և բնակվելու կլինիք՝ այն վիճակը ձերը կլինի, և կժառանգեն նրանք, որ ձեզանից հետո կհաջորդեն»:

Վերջին խոսքերից պարզ է, որ օտարազգի եկեղեցականները, հրավիրվելով Հայաստան, ստանում էին իրանց ցանկացած վիճակը իբրև ժառանգություն և, այնտեղ հզոր իշխանություն կամ կրոնական միաբանություններ հիմնելով, թողնում էին նույն վիճակը իրանց հաջորդներին:

Թե որքա՞ն եղավ այդ օտարազգի եկվորների ընդհանուր թիվը, հայտնի չէ, բայց այնքանը բավական հայտնի է, որ Լուսավորիչը դեռ յուր կենդանության ժամանակ կարողացավ Հայաստանի զանազան վիճակներում կարգել մինչև 400 եպիսկոպոսներ, ի բաց առյալ երեցները և վարդապետները:

Այդ մի խոշոր թիվ է: Ագաթանգեղոսի մեզ տված այդ թիվը՝ եթե չափազանցություն ևս համարվի, բայց այնքանը ճշմարիտ է, որ քրիստոնեությունը յուր հետ բերեց Հայոց աշխարհում օտարազգի եկեղեցականների բավական մեծ հոսանք:

Որպես երևում է վերևի նամակից, Լուսավորչի հիմնած դպրոցները, այնքան սուղ ժամանակում, որ տևեց նրա առաքելական կյանքը, անկարող էին բնիկներից այնքան թվով եկեղեցականներ պատրաստել: Իսկ հիշյալ եպիսկոպոսները կարգվեցան այն ժամանակ, երբ դպրոցները դեռ նոր էին հիմնվում: Ուրեմն, շատ պարզ է, որ այդ հոգևորականները, եթե ոչ բոլորովին, բայց, անտարակույս, մեծ մասամբ օտարազգիներ էին՝ հույներ և ասորիներ:

Բնիկներից փոքր ի շատե նախապատրաստություն ունեին

քուրմերի որդիները: Դրանք սկզբից ուսում ունեին, և հետո, Լուսավորչի նոր հիմնած դպրոցները մտնելով, կարողացան շուտով քրիստոնեական կրթություն ստանալ և եպիսկոպոսական աստիճանի հասնել: Բայց դրանց թիվը այնքան աննշան էր, որ օտարազգիների հետ համեմատելով խիստ զգալի փոքրամասնություն էին կազմում: 12 եպիսկոպոսների անուններ միայն հայտնի են քուրմերի որդիներից, որոնց մեջ նշանավոր եղավ Ալբիանոսը:

Թեև դեռ Լուսավորչից առաջ Հայաստանում թաքնված քրիստոնեություն կար, և կային մինչև անգամ քրիստոնեական վանքեր, բայց այդ վանքերը ի վաղուց հետե սնուցանում էին իրանց նեղ և սահմանափակ շրջանում խստակյաց աբեղաներ և աշխարհից հրաժարված ճգնավորներ միայն, որոնք անընդունակ էին նոր հիմնված եկեղեցու վարչության մեջ ո՛րևէ պաշտոն վարելու: Ասպարեզը դարձյալ մնում էր օտարազգիներին:

Բացի վիճակային եպիսկոպոսություններից, որ վարչական պաշտոն էր, նոր հիմնված վանքերի վանահայրությունն ևս, Լուսավորչի օրերում, հանձնվեցավ օտարազգի կրոնավորներին: Նրանք կազմեցին վանական միաբանություններ, իհարկե, իրանց ազգայիններից, տիրեցին իրանց հանձնված վանքերի կալվածքներին, և այն աստիճան բռնացան, որ դարերից վերջը, երբ հարկավոր եղավ հեռացնել նրանց, մեծ դժվարությամբ կարողացան իրանց տեղից շարժել:

Արևմուտքում հռոմեական կայսրների հալածանքները, իսկ արևելքում դեռ անմեռ երկրի հրապուրանքը զրավեցին օտարազգի բախտախնդիր կրոնավորների մի ամբողջ հեղեղ դեպի Հայաստան, որտեղ երկրի նորահավատ թագավորը քրիստոնեական ոգևորությամբ յուր 620 զավառները նրանց առջևն էր դնում: Մի անգամ ստացած վանքը կամ վիճակը դառնում էր նրանց մշտական ժառանգություն:

Այդ օտարազգի կրոնավորները իրանց ազգակիցների միջոցով, որոնք առաջուց արդեն զետեղված էին հայոց վանքերում, այն աստիճան ճանաչում էին Հայոց երկիրը և նրա հարմարությունները, որ դեռ իրանք չեկած, կանխապես պայմանավորվում էին թագավորի և հայրապետի հետ, թե ո՛ր վիճակը, կամ ո՛ր վանքը կցանկանային ստանալ: Այստեղից շատ պարզ է, որ քրիստոնեությունը տարածելու առաքելական ոգին չէր, որ մղում էր նրանց դեպի Հայաստան, այլ լոկ շահախնդրություն, և կուսական երկրի առատաձեռն պատրաստակամությունը, որ նրանց ապահով պատսպարան էր ընծայում յուր գրկում:

Զենոբ Գլակը, ազգով ասորի, Տարոնի Իննակյան վանքի վանահայրը, յուր թղթի մեջ, որ ուղղված էր ասորոց եպիսկոպոսներին, ի թիվս այլոց այսպես է նկարագրում Հայոց երկիրը, հրավիրելով նրանց գալ Հայաստան:

«...Բայց դուք եթե կամենալով լինեք գալ այս երկիրը, բարություններով լի է այս երկիրը. տեղերը դաշտաձև են, անուշ օդով և բազմաջուր, իսկ չորս կողմում՝ լեռների վրա շատ ամրոցներ կան: Այս երկիրը բազմարոտ է և մեղրաբուխ. և՝ որպես մանանան իջնում էր երկնքից այնտեղ՝ իրեաների մոտ, նույնպես և այստեղ՝ այդ երկրում՝ իջնում է անտառների վրա և քաղցր է ավելի քան մեղր, որ կոչում են գազպեն... Այս երկիրը ամեն բարություններով լի է և աչողակ և առողջարար: Իշխանները կրոնավորասեր են և չարիքներ գործելուց մաքուր. աղքատասեր են և որբերի խնամատարներ. սիրում են հոգ տանել եկեղեցիներին և հոգաբարձու լինել նրանց պետքերին»:

Ահա՛ այսպես կազմվեցան կրոնավորների չորս տարբեր տարրեր:

Բնիկներից 1. պարթևական տարրը, այսինքն՝ Լուսավորչի տոհմը, 2. քրմական տարրը, այսինքն՝ քուրմերի որդիներից առաջացած հոգևորականությունը:

Իսկ օտարազգիներից 3. հունականը և 4. ասորականը:

Խոսենք յուրաքանչյուրի մասին առանձին:

Լուսավորչի տոհմը ուներ յուր սրբազան անցյալը, որ նվիրագործված էր մեծահրաշ և վսեմ ավանդություններով, որ ժողովրդի սրտին և հավատին շատ մոտ էին, որ նրա համար անմոռանալի էին: Ժողովուրդը պաշտում էր այդ տոհմը և ընդունում էր նրան իբրև ամենաբարձր հոգևոր հեղինակություն: Այդ էր պատճառը, որ Հայաստանը սիրում էր այդ տոհմի մեջ միայն տեսնել յուր եկեղեցու ներկայացուցչին, նրա՛ն միայն արժան էր համարում հայրապետական աթոռը, և միշտ նրա բարերար ձեռքերումն էր փափագում տեսնել յուր ծայրագույն հովվապետի գավազանը: Այդ զգացմունքներից առաջ եկավ այն ժառանգական կաթողիկոսությունը, որ իջնում էր Լուսավորչի տոհմի մեջ որդվոց որդի:

Եվ այդ հայրապետական տունը, յուր գոյության ամբողջ ընթացքում, միշտ արդարացրեց ժողովրդի թե՛ հավատը և թե նրա փափագները: Նա միշտ մնաց անբիծ և անարատ, և ամենայն անձնանվիրությամբ կատարեց յուր հանձն առած բարձր հոգաբարձությունը: Իսկ այդ հոգաբարձությունը որքան սիրելի, որքան հաճելի էր ժողովրդի համար, նույնքան ծանր էր թագավորների համար: Ամենայն անաչառությամբ սանձահարում էր նա թագավորների մոլությունները և նրանց կամայականություններին սահման էր դնում: Նա, իրավ, ճնշում էր գործ դնում թագավորների վրա, բայց երբեք զահին չէր դավաճանում: Հայրենասիրությունը և արքայական թագի պաշտպանության գաղափարը այդ տոհմի գերագույն առաքինություններից մեկն էր:

Լուսավորչի հայրապետական տունը, յուր վեհափառության բարձր դիրքի համեմատ, արքայավայել կացություն ուներ: Ազգ տունը ավելի փայլ ստացավ Ներսես Մեծի օրում: Թագավորը այնտեղ մտնելու ժամանակ իրավունք չուներ նստելու, մինչև հայրապետը տեղ չցույց տար: Բայց հայրապետը թագավորի արքունիքը մտնելու ժամանակ ազատ էր ամեն տեղ նստելու: Ծառայողների և զանազան պաշտոնակալների մի ստվար բազմություն միշտ ներկա էր այնտեղ: Տասներկու եպիսկոպոսներ հայրապետի անբաժան գործակիցներն էին և խորհրդակիցները: Չորս վարդապետներ և վաթսուն երեցներ միշտ անպակաս էին նրա սպասից:

Աշխարհականներից մինչև հինգ հարյուր հոգի ամեն օր սեղան էին նստում: Բացի դրանցից, հայրապետը ուներ յուր այլ և այլ պաշտոնյաները, որպիսիք էին՝ սենեկապետ, փակակալ, Դրան եպիսկոպոս, դպրապետ, հյուրընկալ, սարկավագապետ, Դրան վարդապետ, Դրան երեց և այլն:

Հայրապետական տունը, Լուսավորչի բոլոր ժառանգների օրերում, փակված չէր այս կամ այն վանքի առանձնության մեջ: Այլ նա աշխարհից չէր անջատված և աշխարհի առջև միշտ բաց էր: Լուսավորչի ժառանգները, Աբրահամի, Իսահակի և Հակոբի նման. միևնույն ժամանակ, թե՛ ժողովրդի հայրեր էին և թե՛ գերդաստանի հայրեր: Նրանք բնակվում էին իրանց ընտանեկան խաղաղ շրջանում:

Մեծ էր փառքը հայրապետի, երբ նա որևէ տեղ էր գնում: Մի ամբողջ բանակ շարժվում էր նրա հետ: Մի քանի հարյուր սպառազինված ձիավորներ, յուր թիկնապահներից, ուղեկցում էին նրան: Մի քանի հարյուր եպիսկոպոսներ, վարդապետներ, երեցներ և այլ եկեղեցականներ, ջորիների վրա նստած, ընթանում էին նրա առջևից և ետևից: Ինքը հայրապետը նստած էր լինում կամ սպիտակ ջորու վրա, կամ կառքի մեջ, որ նույնպես տանում էին երկու սպիտակ ջորիներ, որ միայն թագավորն իրավունք ուներ գործածելու: Ջորիների թամբերը և այլ հանդերձանքը զարդարած էին լինում ոսկով: Հայրապետը սովորաբար երեսը ծածկված էր ունենում սև քողով: Առջևից տանում էին հայրապետական գավազանը և, իբրև սրբազան դրոշ, բարձր խաչվառը:

Կենցաղավարության և արարողությունների այդքան ընդարձակ, այդքան շքեղ կազմությունը շատ հասկանալի է, որ ահագին ծախքերի էր կարոտ: Հայոց թագավորներից հատկացրած 15 գավառների ամբողջ արդյունքները հազիվ կարողանում էին բավականացնել հայրապետական տան ծախքերը: Բացի այդ գավառներից, հայրապետական տունը ուներ յուր սեփական կալվածքները:

Ծագելով բարձր ազնվապետական տոհմից, ինքը Լուսավորիչը բավական կալվածքներ ուներ հայոց երկրում: Նրա հայրը, Անակը, Պարսկաստանից գալով Հայաստան և, անձնատուր լինելով հայոց Խոսրով թագավորին, վերջինս սիրով ընդունեց նրան, և նրա բնակության համար ընծայեց ընդարձակ կալվածքներ: Անակի վարմունքից հետո՝ այդ կալվածքները հարքունիս գրավվեցան: Բայց Տրդատը կրկին վերադարձրեց Անակի ժառանգներին, որոնց ներկայացուցիչն էր Լուսավորիչը: Այդ կալվածքների թվում էր Արամոնս ավանը, Կոտայքի գավառում, որ ծառայում էր Լուսավորչի տան համար իբրև ձմեռոց, և որը հետո վայելում էին նրա ժառանգները:

Լուսավորիչը ստացավ Տրդատից նաև այն ավաններից և գյուղերից շատերը, որոնք առաջ քրմերի սեփականություն էին: Այդ գյուղերից մեկն էր Թորդանը, Դարանաղյաց գավառում, որ ծառայում էր հայրապետական տան համար որպես ամառանոց:

Թորդանը նշանավոր էր հեթանոսական դարերում իբրև հայոց նվիրական վայրերից մեկը: Այնտեղ կանգնած էին «Սպիտակափառ դից» տաճարները: Բայց Թորդանը ավելի երանելի դարձավ, երբ նրան վիճակվեցավ լինել հայոց բազմավաստակ Լուսավորչի գերեզմանը: Այնտեղ էր այն սրբազան այգին, որ յուր ձեռքով մշակել էր հայոց առաքյալը: Այնտեղ անցուցանում էր նա յուր հանգստի ժամերը, և այնտեղ հանգստացան նրա և յուր ժառանգների սուրբ նշխարները:

Սկզբում քրմական կալվածք էր և Թիլ ավանը, Եկեղյաց գավառում: Նա գտնվում էր հռչակավոր Երիզայի հանդեպ: Գայլ գետը, մեջտեղից անցնելով, բաժանում էր հայոց այդ երկու նշանավոր սրբավայրերը — Թիլը և Երիզան: Առաջինի մեջ կանգնած էր Արմազդի դստեր՝ Նանեի արձանը, իսկ երկրորդի մեջ՝ Անահիտի ոսկյա արձանը: Վերջինը նույն արձանն էր, որի գլխին պսակ չդնելու համար այնքան տանջանքներ կրեց Լուսավորիչը Տրդատից: Իսկ հետո, երբ Տրդատը քրիստոնեություն ընդունեց, հիշյալ երկու տաճարներն ևս կործանեց Լուսավորիչը: Թիլ ավանը ստացավ նա իբրև մշտական ժառանգություն: Այդ ավանում դրվեցան նրա որդիներից մի քանիսի շիրիմները:

Եվ այդպես, հայրապետական տունը, յուր բազմագումար ծախքերը լցուցանելու համար, ստանում էր 15 գավառների ամբողջ արդյունքը, և բացի դրանից, իբրև մշտական ժառանգություն, վայելում էր յուր սեփական գյուղերի և ավանների արդյունքները:

Լուսավորչի տան այդքան շատ կալվածներ գրավելը հետո ոչ սակավ դժգոհությունների պատճառ դարձավ նրա ժառանգների և Արշակունյաց վերջին թագավորների մեջ: Այդ թագավորները, որպես հետամուտ էին լինում նախարարների տիրած հողերը սահմանափակել, կամ բոլորովին նրանց տիրապետական իրավունքները ոչնչացնել, — նույնպես աշխատում էին, եթե ոչ բոլորովին գրավել հայրապետական տան կալվածքները, գոնե նրանց չափը զգալի կերպով փոքրացնել:

Մի անգամ Ներսես Մեծը եկել էր Տարոն յուր կալվածքներին այցելություն գործելու, գտնվում էր Աշտիշատի վանքում: Միևնույն ժամանակ Հայր Մարդպետ իշխանը — թագավորի ներքինապետը — շրջում էր յուր կալվածքներին այցելություն գործելու: Նրանք հանդիպեցան միմյանց հիշյալ վանքում: Որքան ևս Ներսես Մեծին հաճելի չէր այդ սոսկալի մարդու երեսը տեսնել, այնուամենայնիվ, նրա բարձր աստիճանին վայել ճաշ պատրաստել տվեց: Թագավորի «Հայր» էր կոչվում այդ ներքինին և, տիրելով արքայական կանանոցի վրա, տիրում էր, միևնույն ժամանակ, և արքայի սրտի վրա: Այնքան մեծ էր նրա ազդեցությունը, որ նախարարները և՛ ատում էին նրան, և՛ դողում էին նրանից: Նրա խորհրդովն էր ոչնչացնում Արշակը ամբողջ նախարարական ցեղեր և տիրում էր նրանց կալվածքներին:

Ճաշից առաջ Հայր Մարդպետ իշխանը գոռոզությամբ ճեմում էր գեղեցիկ հրապարակի վրա, որ գտնվում էր վանքի եպիսկոպոսական ապարանքի առջև: Այստեղից լի նախանձով և բարկությամբ նայում էր նա այն աքանչելի վայրերի վրա, որ պատկանում էին Ներսես Մեծին: Նրա սիրտը լցվեցավ անհնարին դառնությամբ: Երբ ճաշի ժամանակ փոքր-ինչ արբեցավ, այլևս չկարողացավ յուր տհաճությունը զսպել: Սկսեց խորին արհամարհանքով նախատել Տրդատին և առհասարակ Արշակունի թագավորներին, ասելով. — «Ինչպե՛ս այսպիսի արդյունավոր տեղեր տվեցին «կանանցահանդերձ» մարդկանց (այսինքն եկեղեցականներին, որ կանանց նման երկար զգեստներ էին հագնում)... Եվ եթե ես, Հայր Մարդպետս, կենդանի կմնամ և թագավորի մոտ կհասնեմ, այն ժամանակ այդ բոլորը, ինչ որ կա այստեղ, փոփոխել կտամ, — ամեն ինչ հարքունիս գրավել կտամ, և այս վանքը թագավորական սենյակներ կդարձնեմ ...»:

Ներքինապետի հանդգնությունը սաստիկ ազդեց Ներսես Մեծի վրա և նա, բնավ չակնածելով նրա ավագությանը, խստությամբ պատասխանեց, — Մեր տեր Հիսուս Քրիստոսը, որ պատվիրեց ամենևին աչքը չդնել ուրիշի ունեցածին, նա թույլ չի տա ագահությամբ հափշտակել յուր նվիրական վայրերը: Եվ բանսարկուն, որ անպատկառ սպառնալիքներ է կարդում, երբեք չի հասնի յուր չար նպատակներին, այլ յուր գործած անթիվ մեղքերը կխափանեն նրա անիրավ դիտավորությունները... »:

Ներքինապետը լռեց:

Սեղանին ներկա էր Շավասպ Արծրունին: Ներքինապետի լրբությունը, որով վիրավորեց մեծ քահանայապետին, սաստիկ զայրացրեց երիտասարդ իշխանին: Բայց նա զսպեց յուր բարկությունը:

Ճաշից հետո, երբ ներքինապետը նստեց յուր կառքը, կամենում էր գնալ, իշխանը տարավ նրան ճանապարհ դնելու: Նրանք ցած իջան Աշտիշատի վանքի բարձրությունից, մտան Եփրատի անտառախիտ ձորը: Այդ միջոցին իշխանը հրապուրեց նրան, ասելով, թե այդ անտառում գեղեցիկ սպիտակ արջեր է տեսել: Ներքինապետը դուրս եկավ կառքից, ձի նստեց, որ գնան որսալու: Երբ փոքր-ինչ հեռացան և մտան անտառի խորքերը, իշխանը ետևից նետով զարկեց ամբարտավանին և դիակը ծածկեց թուփերի մեջ...

Շավասպ Արծրունին ուներ և այլ պատճառներ ներքինապետին սպանելու:

Մինչդեռ Լուսավորչի տոհմը լարված մաքառման մեջ էր մարմնավոր իշխանության հետ, Հայաստանում աճում և հետզհետե ուժ էին ստանում մյուս եկեղեցական տարրերը: Նրանց զորանալուն նպաստում էր ինքը մարմնավոր իշխանությունը, որպեսզի թուլացնե պարթևների ազդեցությունը:

Որքան Լուսավորչի տոհմը սիրելի էր ժողովրդին, նույնքան նա անտանելի էր դարձել թագավորներին: Գուցե այդ ծանրությունը այնքան զգալի չէր լինի, եթե հայրապետական տունը գտնվեր Արարատից դուրս՝ մի այլ գավառում: Արշակունի թագավորները, որոնք, բացի թագաժառանգից, իրանց տոհմից մի այլ թագավորազնի չէին ներում Արարատում բնակություն ունենալ, — հանկարծ իրանց արքունիքի մոտ գտնում էին մի այլ տուն, մի սրբազան վեհարան, որ ոչ միայն համափառ և համապատիվ էր արքայական պալատին, այլ նրանից ավելի բարձր հարգանք էր վայելում: Թագավորից նեղվածները այնտեղ պաշտպանություն և ապաստան էին գտնում: Եվ այդպիսով, այդ վեհարանը ներկայացնում էր մի հակաթոռ իշխանություն, որ թուլացնում էր արքայական գահի բարձր նշանակությունը:

Այդ անընդհատ ընդհարումները արդեն թագավորին այն մտքին էին հասցրել, որ պետք էր ազատվել Լուսավորչի տոհմի ճնշումներից և ստեղծել մի նոր կաթողիկոսություն, որ ամեն հարաբերությունների մեջ ենթարկվեր թագավորի իրավասությանը: Տիրան Բ-ը առաջինը եղավ, որ ձեռնարկեց իրագործելու այդ նպատակը: Նրան նպաստեցին մի քանի հանգամանքներ:

Երբ Հուսիկ կաթողիկոսը չարաչար մահվամբ սպանվեցավ նույն իսկ Տիրանից, այդ ժամանակ Լուսավորչի տոհմի մեջ չգտնվեցավ մեկը, որ արժան լիներ հայրապետական աթոռին: Որովհետև, սպանված կաթողիկոսի երկու՝ որդիները — Պապ և Աթանագինես — ծնված լինելով նույն Տիրան թագավորի դուստրից և ամուսնացած լինելով նրա երկու քույրերի հետ, արքայական տան հետ այդքան մերձ ազգակցության պատճառով բոլորովին զինվորական կրթություն էին ստացել և կաթողիկոսության վայել վարք չունեին: Իսկ Աթանագինեսի որդի Ներսեսը Կեսարիայյում դեռ ուսում էր առնում:

Ահա այդ հանգամանքներից օգուտ քաղելով, Տիրանը Փառեն կամ Փառներսեհ անունով մեկին կաթողիկոս ձեռնադրել տվեց, որը Աշտիշատի վանքիցն էր: Նա կատարելապես հնազանդվում էր թագավորին, ամեն գործի մեջ նրա կամքի համեմատ էր վարվում, և մինչև անգամ շողոքորթում էր նրան:

Այդ ժամանակ եկեղեցականների ագահությունը չափ և սահման չուներ: Պատմությունը թողել է մի քանի զզվելի օրինակներ թե որպիսի́ անարգ միջոցներով այդ՝ աշխարհը ուրացած և կյանքից հրաժարված աբեղաները աշխատում էին հարստանալ, գյուղերի և կալվածքների տեր դառնալ:

Հիշյալ Փառեն կաթողիկոսի որդին էր Հոհան եպիսկոպոսը, որը ներկայանում էր որպես մի օրինակելի ագահություն: Այդ կեղծավորը իրան ցույց էր տալիս վերին աստիճանի ճգնասեր, խստակյաց և անփառասեր: Հագնում էր ցնցոտիներ, ման էր գալիս կիսամերկ, և մինչև անգամ սանդալներ չէր հագնում, այլ ամառը ոտները պատում էր «հեսկով» (ճիլոպով), իսկ ձմեռը «կեմով» (բույսերից հյուսած թոկերով):

Ցուր ստարոտի զգեստավորությամբ շատ անգամ հայտնվում էր նա արքունիքը և սկսում էր Տիրան թագավորի առաջ զանազան հիմար խաղեր ու կատակներ անել: Պառկում էր չորս թաթիկների վրա, իրան ձևացնում էր որպես ուղտ, սկսում էր թռչկոտել և ուղտի նման ձայներ հանել, ասելով: «Ես ուղտ եմ... ես ուղտ եմ... թագավորի մեղքերը կտանեմ... դրեք իմ վրա թագավորի մեղքերը, որ ես տանեմ... »:

Իսկ թագավորը, յուր մեղքերի փոխարեն, դնում էր նրա մեջքի վրա գյուղերի և ագարակների պարգևական հրովարտակներ:

Այսպիսով հարստացավ նա և հարստացրեց յուր վանքը:

Որքան Լուսավորչի տոհմը խիստ և անաչառ էր դեպի բարձի

մարմնավոր իշխանությունը, դրանք այնքան քուն և հաճոյամոլ դարձան: Որքան Լուսավորչի տոհմը ազնիվ էր և վեհանձն, դրանք այնքան ստորաքարշ դարձան:

Շնորհավաճառությունը այդ խաբեբաների ձեռքում հասել էր ամենավատթար անարգության: Մի անգամ նույնիսկ այդ Հոհան եպիսկոպոսը ճանապարհին հանդիպում է մի լավ հագնված երիտասարդի, որ նստած էր գեղեցիկ նժույգի վրա: Նժույգը հրապուրում է սրբազանին: Նա կանգնեցնում է երիտասարդին, հրամայում է ցած իջնե՜լ ձիուց: Երիտասարդը կատարում է նրա հրամանը: «Խոնարհեցրո՛ւ գլուխդ, — ասում է նրան եպիսկոպոսը, — ես պետք է քահանայության ձեռք դնեմ քո վրա»: Զարմացած երիտասարդը պատասխանում է. «Ես մի ավազակ, սպանող և չարագործ մարդ եմ, ես արժան չեմ մի այսպիսի պաշտոնի»: Եվ իրավ, երիտասարդը հենց նույն ժամին վերադառնում էր ասպատակությունից: Բայց եպիսկոպոսը ուշադրություն չէ դարձնում նրա ընդդիմադրությանը, բռնությամբ խլում է նրա վերարկուն, հագցնում է «աղաբողոն» (փարաջա) և ձեռքը գլխին դնելով, ասում է, «Ահա՛ քեզ երեց ձեռնադրեցի, հիմա գնա՛, քո գյուղի քահանան դարձի՛ր»: Հետո նստում է երիտասարդի նժույգի վրա, հեռանում է, ասելով. «Այդ էլ թո՛ղ իմ վարձը լինի...»:

Կաթողիկոսի որդին էր այդ անողը, երիտասարդը ի՞նչ համարձակություն ուներ նրան հակառակելու:

Նա ապշած, շփոթված գնում է յուր տունը, կնոջը պատմում է ճանապարհի վրա պատահած անցքը: Կինը ծիծաղելով հիշեցնում է նրան, թե դու մինչև անգամ մկրտված չես, ինչպե՞ս քահանա ձեռնադրվեցար: Երիտասարդը ստիպված է լինում կրկին գնալ եպիսկոպոսի մոտ և գտնում է նրան յուր վանքում: Երբ հայտնում է, թե ինքը դեռ քրիստոնյա չէ և մկրտություն անգամ չէ ընդունել, — այդ միջոցին եպիսկոպոսը վեր է առնում մի սափորով ջուր, թափում է նրա գլխին, ասելով. «Ահա՛ մկրտվեցար, այժմ կարող ես գնալ... »:

Ոչինչ սրբություն չէր կարողանում սանձահարել այդ ագահների ընչասիրությունը: Արշակ թագավորի Դրան երեցը, Մրջյունիկ անունով, կատարեց մի անօրինակ եղեռնագործություն, որի համար իբրև վարձ ստացավ Գոմկունք գյուղը, Տարոնի գավառում: Նա թագավորի երկրորդ կնոջից, Փառանձեմից կաշառվելով, սուրբ հաղորդության բաժակի մեջ թույն խառնեց և մատույց թագավորի առաջին կնոջը Ոլիմպիադային, որով և մեռավ նա:

Բարձր հոգևորականությունը մի ծայրահեղությունից մյուս ծայրահեղության մեջ ընկավ: Ի դեմս Լուսավորչի տոհմի, նա ձգտում էր իշխել և մինչև անգամ բռնանալ թագավորի վրա: Իսկ ի դեմս մյուս կաթողիկոսական տոհմերի, նա ընդունեց հլու կամակատար լինել:

Այդ մյուս տոհմերից ավելի ուժ էր ստացել այն սերունդը, որ մենք կոչեցինք քրմական տարր: Դրանց մեջ նշանավոր էր Ալբիանոսի տոհմը, որ սկսյալ Լուսավորչի և Խոսրով Բ-ի օրերից, պահպանում էր Մանազկերտի անընդհատ, ժառանգական եպիսկոպոսությունը:

Ալբիանոսի տոհմը ուներ յուր խորին անցյալը և յուր վաղեմի ավանդությունները: Առաջ գալով քրմական ծագումից, այդ տոհմի ներկայացուցիչները քրիստոնեական կրոնավորի զգեստի տակ դեռ պահպանում էին այն սովորությունները, որոնք հեթանոսական բնավորություն ունեին, գոնե իրանց հարաբերությունների կողմից դեպի թագավորը: Հին քուրմը, նոր կրոնի քահանայի կերպարանքով, գիտեր, թե ի՛նչպես պետք է վարվել թագավորի հետ: Եվ թագավորները սկսեցին նրանց առաջ քաշել և ուժ տալ:

Այդ տոհմը սկսեց համարձակ կերպով մաքառել Լուսավորչի տան հետ, որ միշտ պահպանել էր յուր անարատությունը, — սկսեց հետամուտ լինել գրավելու հայրապետական աթոռը, որ միայն Լուսավորչի տան ժառանգություն էր: Քծնությունը, բանսարկությունը, թագավորի և նախարարների բոլոր հաճույքները կատարելը — ահա այն գլխավոր զենքերը, որով նրանք մրցում էին Լուսավորչի տան հետ և որով աշխատում էին իրանց նպատակին հասնել: Եվ թագավորին ու նախարարներին այս տեսակ կամակատարներ էին հարկավոր և ոչ Լուսավորչի ժառանգների նման անաչառ, կրոնասեր կաթողիկոսներ, որոնք, մարմնավոր իշխանության հակառակ, միշտ ներկայանում էին մի մեծ, ընդդիմադիր զորություն:

Շողոքորթները տարան հաղթությունը:

Ներսես Մեծի ցավալի վախճանից հետո Լուսավորչի հայրապետական աթոռը գրավեցին Հուսիկը, Զավենը, Շահակը և Ասպուրակեսը: Այդ չորսն էլ, որ մինը մյուսից հետո կաթողիկոսներ դարձան, Աբլիանոսի որդիներից էին և քրմական ծագումից:

Այդ կաթողիկոսները մարմնավոր իշխանության բարձր ներկայացուցիչներին նմանվելու մեջ այնքան հեռու գնացին, որ հոգևոր կաթողիկոսությունը դարձրին մի տեսակ նախարարություն և նախարարների նման էին ապրում: Շրջում էին ոսկեսանձ, ոսկեսարաս նժույգներով, որ հոգևորականներին վայել չէր նստել: (Հոգևորականները սովորաբար ջորիներ էին նստում, կաթողիկոսը սպիտակ գույնով, իսկ նրանից ստոր աստիճան ունեցողները՝ հասարակ գույներով): Հագնում էին սամուրենի, կընդմենի, որ հոգևորականներին արգելված էր կրել: Հագնում էին գույնզգույն նարոտներով, ժապավեններով և ոսկեհուռ ծոպերով զարդարած հագուստներ: Եվ իրանց պճնասիրությունը այն աստիճան ծայրահեղության հասցրին, որ իրանց անզուսպ հաճույքներին բավականություն տալու համար սկսեցին մինչև անգամ զինվորական զգեստներ հագնել: Զավենը առաջին օրինակը տվեց զինվորական զգեստներ հագնելու, և նրան հետևեցին նրա հաջորդները: Լուսավորչի տան անկումից հետո, մինչդեռ բարձր հոգևոր իշխանությունը այս տեսակ անկարգության մեջ էր, Հայաստանում լուռ ու մունջ աճում և հետզհետե զորանում էր օտարազգի կրոնավորների տարրը — հունականը և ասորականը:

Թեև քրիստոնեության մուտքի սկզբում, բնիկներից պատրաստի

անձինք չլինելու պատճառով, նրանց հանձնվեցան մինչև անգամ վիճակային եպիսկոպոսություններ, — բայց որովհետև վիճակային եպիսկոպոսությունը հայոց հոգևոր կառավարության մեջ ներկայացնում էր մի տեսակ ինքնուրույն և ինքնակա իշխանություն, որ, բացի հայնմանե, որ կենտրոնացած էր յուր մեջ, այլ պահպանվում էր միևնույն տոհմի մեջ իբրև ժառանգություն, — այդ պատճառով, այդ պաշտոնը առնվեցավ օտարներից և հետզհետե գրավեցին բնիկները — ազգով հայ եկեղեցականները:

Օտարազգի կրոնավորների ձեռքում մնացին վանքերը, վանական միաբանությունները և անապատները:

Թե յուրաքանչյուր վանքում որքա՞ն էր դրանց թիվը, բավական է բերել մի օրինակ, որ երբ սուրբ Եպիփանը թողեց Հայոց երկիրը և վերադարձավ Հունաստան, նա յուր ջանքերով հաստատած շատ կրոնական միաբանություններ թողնելուց հետո, տարավ յուր հետ միայն յուր ձեռնասուն աշակերտներից 500 հոգի:

Այդպես է նկարագրում ժամանակի պատմագիրը այդ անապատականների կյանքը.

...«Բնակվում էին անապատներում, առանձնացած էին երկրի քարանձավներում, ժայռերի այրերում և խոռոչներում: Միայն մեկ հանդերձ ունեին, շրջում էին բոբիկ ոտներով, կերակրվում էին խոտերով, ընդեղեններով և արմատներով: Գազանների նման թափառում էին լեռների մեջ, պատած էին մաշկերով և այծի մորթիներով, և անապատներում մոլորված, աստուծո սիրո համար, խորին նեղության մեջ, տանջվում էին ցրտից, տոթից, քաղցից և ծարավից: Եվ իրանց կյանքի ամբողջ օրերը այսպիսի համբերությամբ էին տանում, բոլորովին ունայն համարելով այս աշխարհը... և թռչունների երամների նման բնակվում էին ապառաժների խոռոչներում կամ քարանձավների խորքերում, առանց որևէ կայք կամ ստացվածք ունենալու, առանց որևէ խնամք կամ դարման տանելու իրանց մարմնին»:

Օտարազգի կրոնավորները, որոնք լցրել էին հայոց անապատներն ու վանքերը, կամ այս տեսակ ճգնավորներ էին, որոնց կրոնամոլությունը հասնում էր վերին աստիճանի մոլեռանդության, — կամ խիստ ամուր հաստատությամբ կազմակերպված կղերական միաբանություններ էին, որոնք հարստահարում էին երկրի արդյունքները հօգուտ իրանց վանքերի:

Առաջինները — անապատականները — անձնուրացությունը, կյանքից և աշխարհի վայելչություններից հրաժարվիլը ընդունելով իբրև միակ փրկարար հոգևոր գաղափար, իրանց սպանիչ օրինակներով մեռցնում էին ժողովրդի մեջ ամեն կյանք, ամեն աշխույժ և ամեն ձգտումն դեպի հառաջադիմություն: Ժողովրդի մեջ վհատություն և ունայնասիրություն զարգացնելով, կտրում էին նրան թե՛ աշխարհից և թե՛ գործունեությունից: Իզուր չստացան նրանք «խոստաճարակ» անունը, որով մարդը հավասարացրել էին անասունի:

Միշտ խոնարհություն քարոզելով, միշտ հեզություն քարոզելով, նրանք սպանում էին ժողովրդի քաջազնական ոգին: Թե ո՛րքան աննպաստ կարող էին լինել այդ տեսակ քարոզները ժողովրդի պահանջներին, այդ մասին բավական է ի նկատի առնել Հայաստանի աշխարհագրական դրությունը, թե որպիսի՛ դրացիներ ուներ նա և որպիսի՛ բարբարոսներով էր շրջապատված նա: Մի ժողովուրդ, որ սուրը ձեռքում ամեն րոպե պետք է հսկեր, թե ո՛ր կողմից է գալիս թշնամին, — նրան ասում էին՝ սուրդ ցած դի՛ր մտի՛ր քարանձավների մեջ, և քո հոգու համար աղոթի՛ր... աշխարհը չարժե այնքանին, որ մարդ նրա համար մտածեր...

Տրդատ մեծը առաջինը եղավ, որ հետևեց այդ խրատներին և այն սուրը, որ հայոց դրացիների վրա սարսափ էր տարածում, ցած դրեց և մտավ Սեպուհ լեռան այրերի մեջ:

Բայց դրացիներն ավելի լավ էին հասկանում իրանց գործը: Այդ մասին պատմությունը տալիս է մեզ մի շատ ինքնուրույն և ժամանակի բնավորությանը խիստ հատկանիշ օրինակ:

Երբ Լուսավորչի թոռ Գրիգորիս կաթողիկոսը, քրիստոնեություն տարածելով, հայտնվեցավ Աղվանից աշխարհում, և երբ հանդիման եղավ Մազքութների Սանեսան թագավորին, յուր քարոզի մեջ, ի թիվս այլ խրատների, հայտնեց այն միտքը, թե «Ատելի է աստծուն ավարառությունը, հափշտակությունը, սպանությունը, ագահությունը, ուրիշներին զրկելը, այլոց սեփականության աչք դնելը» և այլն: Նրան բարկությամբ պատասխանեցին. «Եթե չհափշտակենք, եթե այլոց ունեցածը ավարի չառնենք, ուրեմն ինչո՞վ պետք է ապրենք մենք և մեր զորքերի բազմությունը»: Հետո թագավորը և ավագանին իրանց մեջ խորհեցին. «Դա եկել է և այդպիսի քարոզներով կամենում է զրկել մեզ մեր կյանքի պետքերը հայթայթելու քաջությունից. եթե դրան լսելու լինենք, և ընդունենք քրիստոնեական օրենքները, այն ժամանակ կխափանվին մեր ապրուստի միջոցները...»: Եվ ավելացրին. «Այդ հայոց թագավորի խորամանկությունն է, դրան ուղարկել է մեզ մոտ, որ այդ ուսմունքով խափանե մեր ասպատակությունները և մեր արշավանքները յուր աշխարհից դադարեցնե. եկեք դրան սպանենք, և հետո արշավենք դեպի Հայաստան և ավարով լցնենք մեր աշխարհը... »:

Այդպես էլ արեցին. աստուծո մարդուն կապեցին մի կատաղի ձիան պոչից և բաց թողին Վատնյան դաշտի տարածության վրա:

Այժմ պարզ է, թե ի՞նչ տեսակ դրացիներ ուներ Հայաստանը: Եվ աղվանները դեռ ամենալավ դրացիներն էին: Իսկ հայերը պետք է քրիստոնեական հեզությամբ այդ բարբարոսների հետ մրցեին...

Օտարազգի կրոնավորների մեծ մասը, որպես հիշվեցավ, վերևում նկարագրած անապատականներն էին, որ իրանց սպանիչ օրինակով մեռցնում էին ամեն կենդանություն: Մնացյալները զանազան կղերական միաբանություններ էին, որ գրավել էին վանքերը: Որքան առաջինները արհամարհում էին կյանքը և աշխարհի վայելչությունները, նույնքան վերջինները ամեն հնար գործ էին դնում հարստացնելու իրանց վանքերը:

Ցավալին այն էր, որ դրանք էին հայոց վարժապետները: Այն բոլոր դպրոցներում, որ հիմնվեցան Լուսավորչի ձեռքով, Տրդատի օրերում, և այն բոլոր դպրոցներում, որ հիմնվեցան Ներսես Մեծի ձեռքով, Արշակ Բ-ի օրերում, — բոլորի մեջ տիրապետում էին հունաց և ասորոց լեզուները, բոլորի մեջ ուսումը ավանդվում էր հունաց և ասորոց գրքերով: Ուսման նպատակը լինելով՝ ծանոթացնել քրիստոնեության և սուրբ գրքերի հետ, իսկ սուրբ գրքերը գրված լինելով հիշյալ լեզուներով,— այդ պատճառով նրանք դարձան դպրոցական լեզու: Հայոց լեզուն, հայոց գիրն ու դպրությունը արտաքսվեցան հայոց ուսումնարաններից, որովհետև դեռ սուրբ գրքերի թարգմանություններ չէին եղած, և հայկական դպրությունը տակավին մնացել էր յուր հեթանոսական բովանդակության մեջ, և այդ պատճառով արհամարհված էր:

Այդ հունական և ասորական դպրոցները, որ կառավարվում էին հույն և ասորի կղերի ձեռքով, կարող էին ավելի վտանգավոր լինել, եթե դուրս գային վանքերի պարիսպներից և տարածվեին ժողովրդի մեջ: Բայց վանքերի մեջ փակված լինելով, ժողովուրդը, թեև չէր օգտվում նրանցից, բայց գոնե չէր էլ վարակվում: Նրանք պատրաստում էին միայն հոգևորականներ — ասորոց և հունաց լեզուներով կրթված հոգևորականներ:

Այդ օտար, հայի համար խորթ և անհասկանալի լեզուները տիրապետում էին և հայոց եկեղեցիներում: Բոլոր սուրբ գրքերը և բոլոր աղոթքներն ու մաղթանքները այդ լեզուներով էին կատարվում: Ժողովուրդը ոչինչ չէր հասկանում և ոչինչ էլ չէր շահվում եկեղեցուց: Այդ էր պատճառը այն խորին դանդաղկոտության որով քրիստոնեությունը տարածվում էր Հայաստանում:

Հայոց լեզուն մնացել էր հեթանոսական հին երգերի մեջ, որ դեռ երգում էր ժողովուրդը, որ դեռ սիրում էր ժողովուրդը: Հայոց լեզուն մնացել էր հեթանոսական հին արարողությունների մեջ, որոնցից դեռ բոլորովին չէր բաժանվել ժողովուրդը: Հայոց լեզուն մնացել էր նույնիսկ ժողովրդի բերանում, որ հալածում էր օտարազգի կղերը:

Այդ բոլորից հետո, շատ հասկանալի է, թե ինչ կործանիչ ազդեցություն կարող էին ունենալ այնքան բազմաթիվ վանքերն իրանց օտարազգի կրոնավորներով, երբ ժողովուրդը յուր հոգևոր և մտավոր կրթությունը պետք է այդ անհարազատ ձեռքերից սպասեր:

Օտարազգի կրոնավորները երկար չմնացին իրանց ճգնավորական կեղևի մեջ: Հարստությունը հետզհետե խլեց այն կեղծ բարեպաշտական դիմակը, որով ծածկված էին նրանք: Աշխարհի փառքն ու վայելչությունները արհամարհող աբեղաները, որոնք առաջ ցնցոտիներով էին ծածկում իրանց մերկությունը, բոբիկ ոտներով էին շրջում, միայն արմատներով ու բույսերով էին կերակրվում, — երբ հարստացան և հարստացրին իրանց վանքերը, սկսեցին ոչ միայն չափազանց շռայլ կյանք վարել, այլ բոլորովին այլ փառասիրությունների ձգտել:

Ցուր տեղում հիշվեցավ, որ Արշակունյաց վերջին թագավորները մասամբ ուղղեցին Տրդատի սխալը նրանով, որ օտարազգի կրոնավորներին թույլ չէին տալիս եկեղեցու վարչական պաշտոնների մեջ մտնել, որպիսի էր վիճակային եպիսկոպոսությունը, բայց միայն համբերում էին նրանց վանքերին, որ մի անգամ ձեռք էին ձգել: Բարձր հոգևոր իշխանությունը — կաթողիկոսությունը — միայն Լուսավորչի տան ժառանգությունն էր, որ հետո ժամանակավորապես Ալբիանոսի տոհմի ձեռքն անցավ: Իսկ վիճակային եպիսկոպոսությունների պաշտոնը վարում էին նույնպես բնիկները, միայն ազգով հայ եկեղեցականները: Բացառություններ խիստ սակավ էին լինում:

Բայց Արտաշես Գ-ի թագավորության վերջին օրերում՝ օտարազգի կրոնավորները հետամուտ են լինում ոչ միայն հայոց վիճակների եպիսկոպոսությունները գրավելու, այլ մինչև անգամ հայրապետական աթոռը իրանց ձեռքը ձգելու: Ժամանակի քաղաքական դառն հանգամանքները նպաստեցին նրանց: Արշակունյաց իշխանությունը անկման վիճակի մեջ էր. թագավորի մեջ այլևս զորություն չէր մնացել: Նախարարների մեջ տիրում էր անհաշտ երկպառակություն: Նրանք ապստամբվել էին Արտաշեսի դեմ և ավելի բարվոք էին համարում օտարի ծանր լուծը կրել, քան իրանց թագավորին խոնարհվել: Հայաստանը հոգեվարքի մեջ էր: Մնում էր վերջին հարվածը, որ տար պարսիկը և Արշակունյաց, տան վերջին շառավիղը հանգչեր...

Ահա այդ տագնապի միջոցներում օտարազգի կղերը աշխատեց օգուտ քաղել հանգամանքներից: Նա հայոց կաթողիկոսի ընտրության մեջ, որ վաղեմի ավանդություններով կախված էր միայն հայոց թագավորից, հայոց նախարարներից և հայոց ժողովրդից, խառնեց օտարի նենգավոր ձեռքը: Սուրմակը առաջինը եղավ, որ այդ դավաճանության օրինակը տվեց, և պարսից Վռամ թագավորի հրամանով հայրապետական աթոռը բարձրացավ: Նրան հաջորդեցին Բրքիշո և Շմուել ասորիները, դարձյալ պարսից թագավորից նշանակվելով: Թե որպիսի ագահությամբ այդ մատնիչները սկսեցին այնուհետև վիճակները գրավել և եպիսկոպոսների ժառանգությունները հափշտակել, — այդ մասին պատմությունը թողել է խիստ պախարակելի օրինակներ:

Այդ դավաճանները դարձան պարսից թագավորի ձեռքում մի անարգ գործիք և հայոց ազատ եկեղեցու բոլոր կարգերի մեջ խառնեցին նրա կործանիչ միջամտությունը: Եպիսկոպոսների ձեռնադրությունը և նրանց վիճակներ տալու իրավունքն անգամ՝ կախումն ստացավ պարսից թագավորից: — Հայոց կաթողիկոսը դարձավ պարսից մարզպանի ընկեր և գործակից, որի կառավարությանը ենթարկվեցավ այդ ժամանակ Հայաստանը:

Այդ բոլոր ցավալի դեպքերը կատարվեցան այն ժամանակ, երբ Լուսավորչի տան վերջին ժառանգը, Սահակ Պարթևը, տակավին կենդանի էր: Թեև ասորին պարսից բռնակալ ձեռքով հափշտակեց նրանից հայրապետական աթոռը, բայց նա արդեն յուր գործը կատարել էր — Հայաստանի փրկության մեծ գործը: Նա հեռացավ ասպարեզից, բայց հաղթությունը յուր հետ տարավ: Յուր տոհմի մեջ վերջինը լինելով, նա հասցրեց և վերջին ամենաասաստիկ հարվածը, որով խորտակեց օտարազգի կղերի ամբողջ ապազան: Մարգարեական ոգով նախագուշակելով գալոց վտանգները, նա այդ վտանգների դեմ մի ամուր պատնեշ դրեց: Արդարև, Արշակունյաց արքայական գահը ընկավ, հայրապետական աթոռը պարսից վերահսկողությանը ենթարկվեցավ, բայց նա ազատեց եկեղեցին, ազատեց ազգը: Ինչո՞վ:

Մեծ հայրապետը, յուր գործակից Մեսրոպի աջակցությամբ, ստեղծեց հայոց գիրը և նոր դպրությունը: Հայոց լեզուն սկսեց թագավորել թե՛ հայոց դպրոցներում և թե՛ հայոց եկեղեցիներում: Հայը սկսեց յուր լեզվով աղոթել և յուր լեզվով կարդալ: — Եվ դրա մեջն էր օտարազգի կղերի մահը: Մինչ այդ ժամանակ, ինչպես տեսանք, հունաց և ասորոց լեզուներն էին տիրապետում հայոց դպրոցներում. հույները և ասորիներն էին հայոց վարժապետները. նրանց լեզուներն էին տիրապետում և հայոց եկեղեցիներում: Բայց հայկական տառերի գյուտից հետո արտաքսվեցան նրանք: Բոլոր սուրբ գրքերը թարգմանվելով մայրենի լեզվով, թե՛ եկեղեցին և թե՛ դպրոցը դարձավ բուն ազգային և ազատվեցավ օտարազգի կղերի հոգաբարձությունից: Իսկ նրանց դավաճանությամբ հափշտակված կաթողիկոսությունը տևեց խիստ սակավ ժամանակ:

Ահա՛ այդպես, Լուսավորչի տոհմի վերջին Լուսավորիչը, Սահակ Պարթևը, սկիզբը դրեց հայոց վերածնելության «Ոսկյա դարին», որով կրկին կենդանացավ Հայաստանը, և ընկավ խավարի թագավորությունը ...

ԵՐԿՐՈՐԴ ԳԻՐՔ

ՄԵԿԸ — ԱՐԵՎՄՈՒՏՔՈՒՄ ՄՅՈՒՍԸ — ԱՐԵՎԵԼՔՈՒՄ

I

ՊԱՏՄՈՍ

Ծովը լուռ էր: Ալիքները զգուշությամբ զարկվում էին Պատմոս կղզու ապառաժոտ ափերին, վախենալով, միգուցե խանգարեն նրա երեկոյան խաղաղությունը: Արեգակը արդեն սկսել էր թեքվել դեպի յուր հանգստարանը: Նրա վերջին ճառագայթները մի առանձին սիրելությամբ շողշողում էին ափերի մոտ սփռված սպիտակ խճերի և ոստրեների նախշուն խեցիների վրա և, կարծես, դժվարանում էին բաժանվել այդ գեղեցիկ առարկաներից:

Այդ մենավոր կղզին այնպիսի տպավորություն էր գործում, որ կարծես, մի փոքրիկ սունկի նման բուսած լիներ ջրերի տակից: Ծովը վաղուց կրկին կուլ տված կլիներ նրան, եթե նրա վրա բնակվելիս չլիներ մի սրբազան անձնավորություն:

Ջրերով շրջապատված, համարյա թե անջուր էր նա: Ոչ մի գետ, ոչ մի վտակ չէր ոռոգում նրա շռայլ կանաչազարդությունը: Ինքը ծովը, յուր խոնավ և լի գոլորշիներով մթնոլորտով, որպես մի զովարար ջերմանոց, պահում էր նրան մշտական զվարթության մեջ: Նրա անհավասար, կոնաձև մակերևույթի վրա ամեն բույս աճել, ամեն բույս բազմացել էր՝ յուր անզուսպ վայրենության մեջ: Տեղ-տեղ քմահաճ թզենին յուր մերկ արմատներով քարշ էր ընկած ժայռերի ծերպերից և յուր լայն տերևներով ծածկում էր ապառաժների կուրծքը: Տեղ-տեղ նռնենին ժպտում էր յուր վառ-ծիրանեգույն ծաղիկներով: Տեղ-տեղ հսկա կիպարիսը համբուրվում էր ամպերի հետ: Արեգակի ճառագայթները բոլորովին անզոր էին թափանցելու նրա սաղարթախիտ թանձրության մեջ, ուր պահպանվում էր խիստ ախորժելի, խիստ սրտապարար զովություն: Այնպես էր թվում, որ այդ կղզու ստեղծման օրից մարդկային բարբարոս ոտքը երբեք չէր շոշափել նրա ամայությունը: Այնտեղ չկային և անասուններ: Երբեմն սպիտակ ճագարը ոստոստալով հայտնվում էր յուր դարանից, երկչոտ կերպով նայում էր յուր շուրջը և դարձյալ անհետանում էր խիտ մացառների մեջ: Թռչուններն անգամ չէին համարձակվում չափել ծովի անհուն տարածությունը և մերձենալ նրա անհյուրընկալ ափերին: Միայն աներես ճնճղուկը, մի քանի տեսակ երգեցիկ ծտերի հետ իրանց անհանգիստ ճիչ ու աղմուկով խռովում էին տիրող լռությունը:

Բայց կղզում բնակիչներ կային, թեև նրանց թիվը երեք հոգուց ավելի չէր:

Ահա՛ այնտեղ, ափի մոտ, մեկը նստած է ավազների վրա և անթարթ աչքերը հառած է դեպի ջուրը: Նրա սուր աչքերը թափանցում են մինչև պարզ ու վճիտ հատակը: Այնտեղ դրած է մի կողով, ձկնորսների ծուղակի նման կազմված մի կողով: Նա նայում է այդ կողովի վրա: Քարերի բեկորներից մի բոլորակ պատնեշ է շինված նրա շուրջը, որ ալիքներն իրանց հետ չտանեն: Այդ բոլորակի մեջ լճացել է ջուրը, որը ծովի հետ հաղորդակցություն ունի արհեստական նեղուցով:

Մի այլ երիտասարդ, առաջինից փոքր-ինչ հեռու, նստած է նույնպես ավազների վրա և ինչ-որ մի բան է շինում: Նրա առջև ածած են ամուր կայծքարի մեծ և փոքր կտորտանք: Նրանցից մեկը բռնած ունի յուր ձեռքում, երբեմն լեսում է, երբեմն հղկում է, մի այլ քարի կտորի վրա քսելով: Իսկ երբեմն մատով փորձում է, թե որքան սրվեցավ նա: Նա նմանում էր այն նախնական մարդիկներին, որ մի ժամանակ քարից իրանց համար զենք էին պատրաստում: Բայց նրա պատրաստածը զենք չէր, թեև տապարի ձև ուներ: Նա գործիք էր շինում, — և տաշելու գործիք: Երբ հոգնեցավ, ձեռքը նեցուկ տվեց գլխին, նայում էր դեպի ծովի մուգ-կապտագույն տարածությունը:

Երկու երիտասարդներն ևս լուռ էին և հազիվ խոսում էին միմյանց հետ: Յուրաքանչյուրը զբաղված էր յուր գործով, յուրաքանչյուրը խորասուզված էր յուր խոկումների մեջ: Նրանց թերմաշ հագուստը, որ կրոնավորի զգեստի պատկառելի ձևն ուներ, բոլորովին կորցրել էր յուր վայելչությունը: Պատառոտած ծվենները, երևի, ասեղի և թելի չքության պատճառով, կապած էին միմյանց հետ զանազան հանգույցներով: Տեղ-տեղ ձկան սրածայր ոսկրը, քորոցի փոխարեն, կցում էր մի պատառը մյուսի հետ: Իսկ այդ ողորմելի հագուստը մի ժամանակ ունեցել էր յուր վայելչությունը, ունեցել էր և յուր շքեղությունը: Այժմ նրանց քրքրված պատառներր կարծես լալով ասում լինեին միմյանց, «Եթե մենք էլ ցած թափվենք, այլևս ինչ կմնա այդ խեղճերի վրա...»:

Այդ թշվառ հագուստի մեջ անգամ դեռ փայլում էր երկու երիտասարդների հարգելիությունը: Գոհ էին նրանց խաղաղ դեմքերը, երկնային միսիթարությամբ վառվում էին նրանց զվարթ աչքերը: Երևում էր, նրանք վաղուց հաշտվել էին իրանց աննախանձելի վիճակի հետ:

Հասակով շատ չէին տարբերվում միմյանցից, երկուսն էլ քսանևհինգ տարեկանից ավելի չէին լինի: Տարբերվում էին միայն կազմվածքով ու դեմքով: Մեկը որքան ամուր էր կազմված, մյուսը նույնքան նրբակազմ էր և թույլ: Մեկը որքան սևուկ էր դեմքով, մյուսը նույնքան ճերմակ էր, և խարտյաշ գիսակները ծածանվում էին ուսերի վրա: Առաջինի անունն էր Տիրանամ, որ կրճատյալ ձևով կոչում էին Տիրե, իսկ երկրորդինը՝ Ռոստոմ: Այդ վերջինն էր, որ նստած էր ափի մոտ և նայում էր կողովի վրա: Նրա խաժ աչքերը տեսնում էին, թե ինչ է կատարվում ջրի պարզ խորության մեջ:

— Որքա՛ն խորամանկ են դարձել այդ անիրավները, — ընդհատեց նա տիրող լռությունը: — Մոտենում են կողովին և կարծես, հոտ են քաշում, պտտվում են նրա շուրջը, և դարձյալ հեռանում են: Ա՛խ, եթե մի կտոր երկաթ լիներ, ես դրանց համար մի կարթ կշինեի...

Նրա խոսքը ձկների մասին էր: Նա թողեց յուր բռնած դիրքը, եկավ, նստեց առաջինի մոտ, որին կոչում էին Տիրե:

— Բայց իմ գործը այսօր լավ է գնում, պատասխանեց Տիրեն, — եթե այդ էլ վերջացնեմ, երկրորդ տապարը կլինի... դեռ արև շատ կա. նա նայեց դեպի երկինքը, ավելացնելով. — քարը վատ է, շուտ է բթանում, մի օր բանեցնում ես, այլևս ոչինչ չէ կտրում, պետք է միշտ սրել... — Նա սկսեց մատով փորձել տապարի սուր կողմը:

— Մրի՛ր, սիրելի Տիրե, — ասաց Ռոստոմը մի առանձին փափագով.— երբ որ բութ է լինում, այդ սաստիկ հոգնեցնում է նրան... Ա՛խ, ո՛րքան աշխատում է նա... Այսօր առավոտյան (դու դեռ քնած էիր, չնկատեցիր) տեսնում եմ դուրս եկավ յուր քարանձավից, ուշիկ քայլերով անցավ մեր մոտով, որ չխանգարե մեր քունը: Հետո դիմեց դեպի աղբյուրը, որ մի հրաշքով բխեցրեց, երբ այդ կղզում խմելու ջուր չէինք գտնում: Այնտեղ լվացվեցավ և, ծունր դնելով ավազների վրա, սկսեց կատարել առավոտյան աղոթքը: Երբ վերջացրեց, վեր առեց տապարը, գնաց անտառը բանելու: Երկար ես լսում էի նրա տապարի ձայնը, որ հնչվում էր մեղմ սաղմոսերգության հետ: Այլևս քնել չկարողացա: Լույսը բացվեցավ, արևը ծագեց, նա դեռ աշխատում էր: Եվ մինչև այժմ, որ արևը մտնելու մոտ է, նա դեռ աշխատում է... Չեմ կարողանում առանց արտասուքի նայել նրա վրա, սիրելի Տիրե, որքա՛ն մաշվել է, որքա՛ն ուժաթափ է եղել... Ինչո՞ւ է այդքան հոգնեցնում իրան...

— Շտապում է... շա՛տ է շտապում... Գիտե՞ս, սիրելի Ռոստոմ, ո՛րքան ժամանակ է, որ մենք այստեղ բանտարկված ենք... Հիմա ի՞նչեր չեն պատահել մեր աշխարհում... Ո՞վ գիտե, թե ի՞նչ է անում թագավորը, ի՞նչ են անում նախարարները, և կամ այլևս ի՞նչ անկարգություններ է հարուցել Շապուհը... Իսկ մենք ոչինչ տեղեկություն չունենք: Հիշո՞ւմ ես, որպիսի՛ խռովյալ դրության մեջ թողեցինք մեր երկիրը... Ուրեմն, ինչպե՞ս կարող է համբերել նա: Նրա սիրտը այնտեղ է-հայրենի աշխարհում: Նրա անխոնջ ոգին ձգտում է մի րոպեում անցնել օվկիանոսի անհուն տարածությունը, գնալ, հասնել սիրելի երկիրը, և դարման տանել նրա վերքերին:

— Ա՛խ, ե՞րբ պիտի վերջանա այդ նավակը...— ձայն տվեց Ռոստոմը և նրա գեղեցիկ դեմքը մռայլվեցավ խորին թախծությամբ:

— Կվերջանա, շուտով կվերջանա... — պատասխանեց Տիրեն մի առանձին վստահությամբ: — Առաջիկա լուսինը մեզ այլևս այստեղ չի տեսնի...

Վերջին խոսքերը բավական քաջալերեցին Ռոստոմին և նա, ձեռքը մեկնելով դեպի ընկերը, խնդրեց.

— Տո՛ւր ինձ, փոքր-ինչ օգնեմ քեզ:

— Դու վեր առ այդ մյուս կտորը:

Նա վեր առեց մի կտոր կայծքար, որ դեռևս հարթած չէր, սկսեց հղկել:

— Աշխատանքը նրան այնքան չէ հոգնեցնում, — առաջ տարավ Տիրեն, — նա խիստ փոքր է քնում, համարյա ամենևին չէ քնում: Ես շատ անգամ նկատել եմ, գիշերը վեր է կենում, սկսում է լուռ, մտախոհ կերպով թափառել կղզու շուրջը: Մի քանի տասնյակ անգամ պտույտներ է գործում, հետո նստում է ծովի ափի մոտ և անշարժ նայում է… Նայում է դեպի այն կողմը, ուր թողեց յուր կորցրած փառքը… Նայում է դեպի այն կողմը, ուր անտեր մնաց յուր հոտն ու եկեղեցին… Եվ երկար այնպես նստած է մնում, մինչև արևը ծագում է, և առաջին ճառագայթները հիշեցնում են նրան, թե ժամանակ է կրկին սկսել աշխատանքը…

Ռոստոմի գեղեցիկ դեմքը կրկին մռայլվեցավ: Քարի կտորը ձեռքից ցած դնելով և յուր տխուր աչքերը դարձնելով դեպի ընկերը, պատասխանեց.

— Անհանգիստ է… անհանգիստ է սրտով… անհանգիստ է հոգով… Այդ դրության մեջ ինչպե՞ս կարելի է քնել: Նա մեզ մոտ աշխատում է թաքցնել յուր վշտերը, որ մեզ ևս չվշտացնե: Նա մեզ դեռևս այնքան թուլասիրտ է համարում, որ կարծում է, թե չենք կարող ցավակից լինել իրանը: Եվ այդ պատճառով յուր մխիթարությունը որոնում է լուռ սրտամաշության մեջ…

Նա ձեռքը տարավ դեպի ճակատը, մի կողմ տարավ մազերի խիտ հոսանքը, որ այդ րոպեում ծածկեցին նրա երեսը, և ապա շարունակեց.

— Այդպես ապրել չէ կարելի, Տիրե՛: Նա խիստ սակավ է ուտում, և համարյա ոչինչ չէ ուտում: Դրանով բոլորովին կտկարացնե իրան: Երեկ ասաց ինձ. «Ռոստոմ, որոնիր անտառը, գուցե սունկ կգտնես»: Ուրախ-ուրախ վազ տվի, որոնեցի և մի քանի հատ գտա: Բայց արդյոք կուտե՞ նա… Մի քանի օր առաջ խոսում էր թուզերի մասին: Մի ծառի վրա թուզ էի տեսել, ամեն օր գնում էի, ներքևից նայում էի, արդյոք հասունացե՞լ են, թե ոչ: Ծառը բարձր էր, մի ապառաժի կուրծքին կպած: Երեկ վաղ-առավոտյան գնացի, անհնարին դժվարությամբ վեր բարձրացա և հասունները քաղեցի: Երբ տերևների վրա դրած տարա, իրան տվի, շատ ուրախացավ և օրհնեց ինձ: Այսօր տեսնում եմ, ինչպես դրած էր, այնպես էլ մնացել էր, մի հատ անգամ չէր կերել:

— Երևի, մոռացել էր:

— Այո՛, նա այժմ խիստ շուտ է մոռանում:

— Այդ հասկանալի է…

Երկու երիտասարդների խոսակցությունը երբեմն ընդհատվում էր խուլ տրոփյունով, որ լսելի էր լինում անտառի խորքից: Տրոփյունը պարբերական ծանր հարվածների էր նմանում:

— Նա դեռ բանում է:

— Այո՛, բանում է:

— Ի՞նչ ես կարծում, Տիրե՛, այդ լաստափայտը, որ նա շինում է, կարո՞ղ է մեզ հասցնել ցամաքը: Ես փոքր-ինչ…

— Դու փոքր-ինչ կասկածում ես… Գիտե՞ս, Ռոստոմ, եթե նա յուր վերարկուն տարածե ծովի վրա և ասե մեզ՝ «նստեցե՛ք, գնա՛նք», — ես մեծ վստահությամբ կնստեի նրա վրա և կգնայի նրա հետ: Բայց ես մի այլ բան կասեմ քեզ, Ռոստոմ, մենք այնքան հեռու չենք ցամաքից, որքան դու կարծում ես:

— Այդ դու որտեղի՞ց գիտես:

— Նա ինքն ասաց ինձ: Մի անգամ նկատեց մի քանի թռչուններ, որ

դիմում էին դեպի մեր կղզին: «Այդ թռչունները ծովային թռչուններ չեն, — ասաց, — դրանք ցամաքիցն են գալիս. ցամաքը շատ հեռու չէ մեզանից»:

Ռոստոմը մտածության մեջ ընկավ:

— Այդ բոլորովին ուղիղ նշան է, — ասաց նա, ինքն ևս համոզվելով: — Բայց մեզ ժամանակ չէ՞ խրճիթը գնալու:

— Գնանք, կրակ վառենք, ընթրիքի համար մի բան պատրաստենք, մինչև նա կգար, — պատասխանեց Տիրեն և սկսեց հավաքել յուր շինած քարե գործիքները:

Ռոստոմը կրկին դիմեց դեպի յուր կողովը, քաշեց ճապուկ ճյուղերից հյուսած պարանը, որի ծայրին կապած էր նա, և կողովը մոտեցրեց եզրին: Հետո ձեռքը տարավ նրա մեջ, սկսեց դուրս հանել ձկները և լցնել փոքրիկ սապատի մեջ: Երբ դարձյալ ձեռքը ներս տարավ, դուրս հանեց երկու խեցգետիններ: «Դուք ինչպե՛ս մոլորվեցաք, ընկաք այստեղ», — ասաց, և նրանց ևս ձգեց ձկների մոտ: Երբ այն գիշերվա ընթրիքի պաշարը արդեն հավաքել էր, նա կողովը կրկին ետ մղեց յուր տեղը և, սապատը վեր առնելով, հեռացավ ծովեզրից: Երկու ընկերներ, շարունակելով ընդհատված խոսակցությանը, սկսեցին դիմել դեպի խրճիթը:

Անտառի այն կողմում, որտեղից լսելի էր լինում տրոփյունի ձայնր, գործում էր այն անձը, որի մասին խոսում էին երկու երիտասարդները:

Դա մի բարձրահասակ մարդ էր, պատկառելի դեմքով և խորին, վեհանձնական հայացքով: Փառավոր մորուքը, որի յուրաքանչյուր մազերը փայլում էին սև սաթի նման, ծածկում էր նրա հզոր կուրծքը: Աչքերի մեջ վառվում էր սրբազան կրակ: Գեղեցի՛կ էր եղել նա իբրև երիտասարդ, այժմ տակավին գեղեցիկ էր մնացել յուր այրական հասակում: Բոլոր շարժմունքների մեջ նշմարվում էր եռանդ և վեհություն: Նրա մեջ միացած էր երևում երկնայինը՝ յուր սրբազնական ազդեցությամբ և երկրայինը՝ յուր բարձր ազնվապետական վսեմությամբ: Հագուստը, որ կրոնավորի զգեստի տարազն ուներ, համարյա թե մաշված էր: Ոտներին հագել էր ծառի կեղևից պատրաստած սանդալներ: Այդ անշուք զգեստավորության մեջ անգամ նմանում էր նա այն երկնաբնակներից մեկին, որին դժբախտ հանգամանքները դատապարտել էին մի տաժանական կյանքի...

Վարպետ ձեռքով շարժում էր նա քարե ծանր տապարը, և ահագին գերանը թնդում էր նրա հարվածների ներքո: Տապարը ավելի քերթում էր, քան թե տաշում էր: Այսուամենայնիվ, նրա հարվածները, որպես անդուլ և անխոնջ համբերություն, հաստաբուն գերանի վրա գործ էին կատարել:

Այդ գերանը, որ մի վիթխարի կետ ձուկի նմանությամբ տարածված էր նրա առջև, յուր անտառի արքան և նահապետն էր: Դարեր էին անցել, որ նա այնքան աճել ստվարացել էր, մինչև ստացել էր յուր հսկայական ծավալը: Եվ երկար ժամանակներ գործ դրվեցան, մինչև քարե տապարը, թեև ինքը անզոր, բայց անվաստակելի և համբերատար ձեռքում, կարողացավ հատանել նրան յուր արմատից և ցած գլորել յուր բարձրությունից:

Այնուհետև աշխատում էր նա այդ գերանից պատրաստել մի

լաստափայտ: Նրա փութաջանությունը այն աստիճան անզուսպ էր, որ եթե յուր եղունգները երկաթից լինեին, ամենևին գործ չէր դնի քարե տապարը: Գործը արդեն մոտեցել էր յուր վախճանին: Լաստափայտի կողքերը հարթած էին. մեջը մեծ մասամբ դուրս էր փորված: Մնում էր մի քանի շաբաթների աշխատանք ևս, որ նա բոլորովին պատրաստ լիներ: Դրանով նա վստահություն ուներ՝ դուրս գալ յուր արգելանից, որտեղ աքսորված էր ինքը, պատերազմել օվկիանոսի ալիքների հետ և գնալ, հասնել այն աշխարհը, ուր պարտքը և երկրի աղետավոր անցքերը կոչում էին նրան...

Տաշեղների կույտի հետ ընկած էին բազմաթիվ քարե տապարներ, որ բթացել և անպիտանացել էին: Որձաքարը մաշվեցավ, բայց նրա եռանդը, նրա տոկունությունը մնաց անխորտակելի:

Նա արդեն ավարտել էր յուր այսօրվա պարապմունքը: Տապարը դրեց ցած, անցավ դեպի լաստափայտի երկարությունը, ուշադրությամբ զննեց փորվածքի խորությունը և ապա վեր առեց վերարկուն, որ ընկած էր տաշեղների վրա, ձգեց ուսերին և դանդաղ, չափավոր քայլերով սկսեց դիմել դեպի կղզու զառիվերը:

Նեղ շավիղը, որ կազմվել էր այդ միակ մարդու ոտքի հետքերից, անցնում էր թուփերի և մացառների միջով և, ոլորվելով խոնավ, մամռապատ ապառաժների վրայով, կորչում էր ստվերախիտ ծմակի մեջ: Այդ շավիղով գնում էր նա: Երբեմն դժնիկը յուր լրբենի տատասկներով մագլցում էր նրա վերարկուից: Երբեմն արքայական կաղնին յուր խարտոցի պես անհարթ տերևներով զարկվում էր նրա փառահեղ դեմքին: Բայց նա ոչինչ չէր զգում: Մտախոհ կերպով անցավ այդ տարածությունը և մերձեցավ մի քարանձավի: Նրա մուտքի մոտ կազմված էր մի նստարան, հյուսած թարմ ոստերից: Բազմեցավ այդ նստարանի վրա և բազմահոգ դեմքը դարձրեց դեպի հանգչող արեգակը: Նայում էր, և նրա խորախորհուրդ աչքերը, կարծես, ձգտում էին կլանելու այն անհուն տարածությունը, որով անցել էր տիեզերքի լուսատուն, և այժմ գնում էր լուսավորելու մի այլ աշխարհ...

Իսկ ի՞նքը: — Ինքը նույնպես մի ժամանակ մի ամբողջ աշխարհի լուսավորության արեգակն էր... Իսկ ա՞յժմ: Այժմ մի սգավոր աքսորյալ այդ անբնակ կղզում: Անողոք օվկիանոսը անանցանելի պատնեշ էր դրել նրա շուրջը, և ալիքների անընդհատ հարվածները ամեն րոպե հիշեցնում էին նրան, թե դու միշտ բանտարկված կմնաս այստեղ, քանի որ մենք կանք և կլինենք...

Քարանձավը, որի մուտքի առջև նստած էր նա, գուցե շատ խաղաղ բնակարան կարող էր լինել մի ճգնավորի համար, որ աշխարհը ուրացած, կյանքից ձանձրացած, նրա լռության մեջ մխիթարություն կգտներ: Գուցե այնտեղ երջանիկ կապրեր և մի ծովային աստված, որ մերժված աստվածների ակումբից, հալածված Արամազդի շանթերից, յուր վրեժխնդրությունը կգտներ այն զվարճությունների մեջ միայն, որ կկախարդեր, կքարացներ անցնող նավերը, երբ կհամարձակվեին մերձենալ յուր կղզուն և վրդովել նրա խաղաղությունը:

Բայց այստեղ կարո՞ղ էր երջանիկ լինել գործի և գաղափարի մարդը:
Որքա՜ն վիճակների փոփոխություն…

Կար ժամանակ, որ այդ մարդը երիտասարդ էր, մի գեղեցիկ, վայելչահասակ երիտասարդ, որի նմանը չկար յուր աշխարհում: Մի արքունիքի զարդն էր նա և ուրախությունը: Ինքը արքայի հոր քեռորդին լինելով, էր, միևնույն ժամանակ, և նրա սենեկապետը: Ոսկեհուռ զգեստներով, գոհարազարդ կամարը մեջքին, ոսկեպատյան սուրը ձեռքում, միշտ կանգնած էր լինում արքայի սնարքում, երբ նա հանդիսավոր ընդունելություններ էր անում: Մոր կողմից թագավորազն, իսկ հոր կողմից մի աշխարհի մեծ քահանայապետի թոռն էր նա: Եղավ, որ այդ աշխարհը զրկվեցավ յուր քահանայապետից: Հավաքվեցավ ավագանին, հավաքվեցավ ազատանին, հավաքվեցան և իշխանները: «Մեզ քահանայապետ տո՛ւր», — ասում էին արքային: Արքան յուր ձեռքով հանեց ոսկեհուռ զգեստները, յուր ձեռքով արձակեց գոհարազարդ կամարը, յուր ձեռքով առեց ոսկեպատյան սուրը և, նրան ժողովրդին տալով, ասաց. — «Ահա ձեր քահանայապետի զավակը, թո՛ղ ձեզ քահանայապետ լինի»: Ուրախացավ ավագանին, ուրախացավ ազատանին, ուրախացան և իշխանները: Բայց երիտասարդը հրաժարվում էր, ասելով, թե ինքը արժան չէ այդ սուրբ պաշտոնին: Խնդրում էր ավագանին, խնդրում էր ազատանին, խնդրում էին և իշխանները: Երիտասարդը դարձյալ հրաժարվում էր: Չլսեց արքան, ականջ չդրեց խոսքերին: Կանչեց սափրիչին, հրաման տվեց՝ կտրել սիրուն գիսակները և գանգրահեր վարսերը, որ զարդարում էին նրա գլուխն ու թիկունքները: Երբ կտրում էին, լաց էր լինում ավագանին, լաց էր լինում ազատանին, լաց էր լինում և արքան: Գեղեցկությունը զրկվեցավ յուր շքեղությունից, պալատական վայելչությունը ծածկվեցավ կրոնավորի սև զգեստի ներքո...

Որպես զինվորական, նա քաջ էր և ազնիվ, որպես պալատական, նա արքունիքի զարդն էր, իսկ որպես հոգևորական, նա եղավ եկեղեցու զարդը: Իբրև մի ջահ լուսապայծառ, լուսավորեց նա աստուծո տունը: Աշխարհը լցվեցավ երջանկությամբ: Քաջ զինվորականը դարձավ քաջ հովիվ և յուր անձը դրեց յուր հոտի վրա: Աղքատը հաց ուներ ուտելու, հիվանդը ապահով պատսպարան: Որբը սնուցանող հայր ուներ, իսկ այրին՝ խնամող ձեռք: Ամենուրեք թագավորում էր գթությունը, ամենուրեք տիրում էր ողորմածությունը: Նեղյալների հայր եղավ նա և սրբեց թշվառների արտասուքը: Իբրև կրոնավոր, աստվածանման էր նա, իսկ իբրև քահանայապետ, էր, միևնույն ժամանակ, մի բարձր պետական անձնավորություն: Մեծ եռանդով կառավարում էր յուր աշխարհի գործերը և նրանց կանոնավոր ընթացք էր տալիս: Կարգը նրանով էր հաստատվում, իսկ անկարգությունը նրա ջանքերովն էր անհետանում: Զորավոր ձեռքով արմատախիլ էր անում չարությունը, և բարերար ձեռքով սերմանում էր առաքինությունը: Ոգևորված յուր աշխարհի բարեկավության բարձր գաղափարով, նա յուր կենսատու շնչով ոգի և կյանք էր բաշխում նրան:

Եղավ, որ յուր աշխարհի մի կարևոր գործի համար եկավ նա Բյուզանդիա: Ներկայացավ Վաղես կայսրին, նրա հետ բանակցելու:

Հոգեմարտ կայսրը կատաղած էր այդ ժամանակ Արիոսի մոլորություններով և սաստիկ հալածանք էր հարուցել ուղղափառ եկեղեցու դեմ: Նա թողեց քաղաքական խնդիրը, որի մասին եկած էր մեծ քահանայապետը, և նրա հետ կրոնական վիճաբանությունների մեջ մտավ: Համարձակ կերպով հանդիմանեց նա կայսեր մոլորությունները և նրան դեպի ուղղություն հրավիրեց: Բարկացավ կայսրը և նրան յոթանասուն եպիսկոպոսների հետ հրամայեց աքսորել օվկիանոսի խորքերը: Ձմեռային դառնաշունչ ցրտերի ժամանակ տասննիհնգ տիվ և տասննիհնգ գիշեր լողում էր նավը և տանում էր սրբազան աքսորյալներին: Յուրտը փչեց, բարձրացավ մրրիկ, ծովը ալեկոծվեցավ, և նավը խորտակվեցավ... Մի մակույկի մեջ ազատվեցավ նա յուր երկու սարկավագների հետ: Մակույկը ձգեց նրանց այդ կղզին...

Որքա՛ն ամառ, որքա՛ն ձմեռ անցել էր այն օրից... այդ անբնակ կղզում տանջվում էր նա... հեռու սիրելի հայրենիքից, հեռու սիրելի հոտից... Այժմ այն անձը, որ մի ամբողջ ազգի հոգևոր պետն էր, որի մեծաշեն վեհարանում հարյուրավոր պաշտոնյաներ էին սպասավորում, միայնակ նստած էր անշուք քարանձավի մուտքի մոտ, ոստերից հյուսած նստարանի վրա, և լի անձկությամբ նայում էր հանգչող արեգակին: Նրա սիրտը լցված էր խորին թախծությամբ: Դեռևս քանի՞ անգամ պետք է մտաներ արեգակը, դեռևս քանի՞ անգամ նա յուր կենսատու ճառագայթներով պետք է լուսավորեր աստուծո աշխարհը, — իսկ ինքը պետք է արգելված մնար այդ կղզում, հեռու այն աշխարհից, որի արեգակն էր և պայծառությունը...

Քարանձավից փոքր-ինչ հեռու՝ ծառերի խտության մեջ թաքնված էր մի տաղավար. դա մի խորանաձև խրճիթ էր, ոստերից հյուսած և կավով ծեփած: Այստեղ ապրում էին երկու սարկավագները, որ անբաժան մնացին իրանց վարդապետից:

Նրանք արդեն վերադարձել էին ծովեզերքից, կրակ էին վառել, ընթրիք էին պատրաստում: Պատրաստությունների մեջ երևում էր քաղաքակրթված մարդը, որ հանգամանքներից ստիպված նախնական դրության մեջ էր ընկել: Դրանք գիտեին, թե ի՛նչպես պետք է վառել կրակը, գիտեին, թե որպիսի՛ անոթների մեջ պետք էր կերակուր պատրաստել և ի՛նչպես պատրաստել: Բայց որտեղի՞ց գտնել անոթները: Անբնակ կղզում ոչ պղնձագործ կար, ոչ դարբին և ոչ բրուտ: Կրակը մի հրաշքով գտան նրանք, և անշիջանելի պահպանում էին, որպես որմզդական սուրբ հուր: Իսկ անոթների տեղ գործ էին ածում կամ ոստրեների խոշոր խեցիներ, կամ բույսերից հյուսած զամբյուղներ:

Փայտակույտը բորբոքված կերպով վառվում էր, տարածելով յուր շուրջը խիստ ախորժելի ջերմություն: Շիկացած ածուխները մի կողմ. էին քաշել և նրանց մեջ ձգել էին խոշոր խիճեր, որոնք նույնքան տաքացել էին, որքան ածուխները: Խիճերի մաքուր մակերևույթի վրա, որպես տապակների վրա, շարել էին ձկները և խորովում էին: Խեցգետիններն արդեն կարմրել էին և վարդի գույն էին ստացել: Դրանցով զբաղված էր Տիրեն: Իսկ Ռոստոմը տաք մոխրի մեջ թաղել էր շագանակներ, որոնք երբեմն պայթում էին և դուրս էին թռչում, բարձրացնելով իրանց հետ մոխրի թանձր տարափ: Միջուկները բաժանում էր նա ճղված կեղևներից և դնում էր սաղափի լայն զաղտակուրի մեջ, որ ափսեի տեղ էր ծառայում:

— Խորոված շագանակներ սիրում է նա, — ասաց Ռոստոմը, ինքը ևս ուրախանալով, որ նա սիրում է:

— Խորոված կաղիններ նույնպես սիրում է, — նկատեց Տիրեն, — բայց ափսո՛ս, որ կաղինները դեռ չեն հասած:

— Ձուկ ամենևին չէ ախորժում ուտել:

— Առհասարակ մսեղենից նա իրան հեռու է պահում:

— Բանջարեղենը մեծ ախորժակով է ուտում, կարելի էր երբեմն աղցաններ պատրաստել, բայց ի՞նչ արած, աղ չկա:

— Քո փորձը աղի մասին անհաջող անցավ:

— Այո՛, անհաջող անցավ: Ծովեզերքում մի փոքրիկ լճակ շինեցի, ջուրը այնտեղ բաց թողի, մտածում էի՝ արևի տակ գոլորշիացնելով, աղ գոյացնել: Դու ինքդ տեսար, երբ ջուրը բոլորովին ցամաքել էր, հատակի վրա մնացել էր բավական թանձրությամբ աղային խավ, բայց այնքան դառն էր, ինչպես լեղի: Ա՛խ, որքա՛ն ուրախ կլինեի, եթե այդ վարձը հաջողվեր:

Նա դեռ նստած էր քարանձավի մուտքի մոտ:

Քարանձավը, որի մեջ բնակվում էր նա, այն այրերից մեկն էր, որ բնությունը պատրաստում է գազանների որջ լինելու համար: Անցքը նեղ էր, ներս մտնելու միջոցին պետք էր բավական կորանալ: Հետո հետզհետե լայնանում էր և գոգավոր խոռոչի ձև էր ստանում: Արեգակի աղոտ շողքը, նրա մուտքից ներս ցոլանալով, հազիվ կարողանում էր փոքրինչ մեղմացնել ներսի թախծալի խավարը: Մի կողմում դրած էր մահճակալի նման մի բան, կազմված անտաշ փայտերից, որի յուրաքանչյուր մասը կապված էր միմյանց հետ ոստերից ոլորած փոկերով: Ցամաք մամուռը, որ տարածված էր նրա վրա, ծառայում էր իբրև անկողին: Այրի մյուս կողմում, մահճակալի հանդեպ, չորս քարե սյունակների վրա դրած էր մի սալ, որը փոքր-ինչ հարթելով, իբր թե սեղանի ձև էին տվել: Նրա մոտ ամրացած էր մի աթոռ, որը դրսի նստարանի թե՛ նմանությունը և թե՛ կազմվածքն ուներ: Ջրով լի դդմաարվակը, որ դրած էր սեղանի վրա, լրացնում էր այդ անշուք բնակարանի չքավոր կարասիների թիվը:

Դրսից քարանձավը յուր բնական գեղեցկությունն ուներ: Մշտականաչ պատուտակները իրանց խիտ հյուսվածքով շուրջանակի տարածվելով պսակում էին նրա մուտքը: Իսկ երկու ազավոր ուռենիներ իրանց վարսագեղ ճյուղերով հովանավորում էին նրան: Մի զույգ եգիպտական աղավնիներ, սպիտակ որպես ձյուն, բույն էին դրել ուղիղ անձավի մուտքի վերևում, ապառաժի խորին ճեղքվածքի մեջ: Դրանք անձավի նախկին բնակիչներն էին, իրանց տեղը սիրով թողեցին կղզու սրբազան հյուրին, իսկ իրանք նոր բույն շինեցին հիշյալ ճեղքվածքի մեջ, չհեռանալով նոր դրացիից: Ձագուկները մնչում էին, և նա խորին մտահուզությամբ լսում էր նրանց մանկական մնչյունը և, կարծես, նրա տխուր դեմքի վրա կարդացվում էին այդ խոսքերը, «Երջանի՛կ են դրանք, որ գոնե խնամող հայր և մայր ունեն... իսկ այն բազմաթիվ որբանոցները, որ ես հիմնեցի իմ հայրենիքում, այժմ ո՞ւմ խնամակալության ներքո են գտնվում…այժմ ո՞վ է իմ ձագուկների հոգատարը…»:

Արևը արդեն մտել էր, բայց հորիզոնը դեռ վառվում էր ոսկեղեն բոցերով: Լուսավորված ծովը, որպես մի շողշողուն հայելի, միախառնված էր երկնքի ծիրանեգույն պայծառության հետ, որի վրա տակավին փայլում էին վերջին ճառագայթները, իրանց սուր, սլաքաձև ճաճանչներով: Այդ վսեմ, հանդիսավոր րոպեում՝ ամեն երեկո երկար նստած էր լինում նա, մինչև ճառագայթները հետզհետե անհետանում էին, բոցավառ լուսավորությունը հանգչում էր, և հորիզոնի վրա տիրում էր մուգ-կապտագույն մռայլ.., Իսկ այս երեկո նույնը կատարվեցավ նրա սրտում... Նա վեր կացավ յուր նստած տեղից և սովորականից վաղ մտավ յուր քարանձավը:

Այնտեղ տիրում էր խորին մթություն: Մոտեցավ մահճակալին և ընկողմանեցավ նրա վրա: Հոգնած էր նա, աշխատում էր փոքր-ինչ հանգստանալ: Քարանձավի խոնավ օդը խեղդելու չափ ծանր էր: Զգացվում էր խիստ սուր բորբոսային հոտ: Երկար նա տանջվում էր, մի կողքից դեպի մյուսը շուռ գալով: Ցամաք մամուռը խշրտում էր նրա ծանրության ներքո: Գլխի տակին, բարձի փոխարեն, դրած էր մի խուրձ ծովային խոտ:

Վերջապես ներս մտավ Ռոստոմը, ձեռքում բռնած ունենալով մի վառած ջահ եղևնու երկար տաշեղներից: Այդ տաշեղները մոմերի նման ամրացրեց անձավի ճեղքերից մեկի մեջ, որպես քարշ ընկած ճրագ, և ինքը զգուշությամբ հեռացավ: Խիժալի եղևինը խնկահոտ լուսավորությամբ լցրեց ամբողջ քարանձավը:

Լույսի ներկայությունը դուրս կոչեց քարանձավի խորքից երկու այլ արարածներ, որոնք, երկու փշապատ գնդակների նման գլորվելով, մոտեցան մահճակալին: Փշերի միջից երկարացան երկու սուր գլուխներ և փոքրիկ մոխրագույն աչիկներով սկսեցին նայել դեպի վեր: Նա ձեռքը ցած տարավ: Նրանք սկսեցին իրանց բարակ լեզուներով լիզել նրա մատները, կարծես, համբույրներ էին մատուցանում այն աջին, որ ամենայն խնամքով սնուցանում էր նրանց: Դրանք երկու ընտանիացրած ոզնիկներ էին, որոնք, մի զույգ արթուն պահապանների նման, հսկում էին քարանձավին, ոչնչացնելով օձերին և այլ թունավոր միջատներին: Խլուրդներն անգամ նրանց երկյուղից համարձակություն չունեին անձավի մեջ մուտք գործելու: Պատսպարված իրանց փշալից և վահանափակ մորթի մեջ, բոլորի հետ պատերազմում էին: Բավական էր, որ նրանցից մեկը նկատեր օձին, իսկույն կբռներ պոչից և, գլուխը ներս քաշելով յուր փշալից պատյանի մեջ, գունդ կձևանար: Օձը, ծուղակի մեջ բռնված թռչունի նման, կսկսեր յուր մարմնով և գլխով այնքան զարկվել նրա փուշերին, մինչև հոգին կտար: Զվարճալի էին այդ կռիվները և, միևնույն ժամանակ, քստմնելի:

Դարձյալ ներս մտավ Ռոստոմը և մի սայլակի մեջ, որ հյուսած էր բույսերից և բոլորակ մատուցարանի ձև ուներ, բերեց ընթրիքը, դրեց սեղանի վրա: Նա դարձավ դեպի երիտասարդը, հարցնելով.

— Ինչպե՞ս է Տիրեն, երեկ իրան լավ չէր զգում:

— Բոլորովին առողջ է, տեր իմ, — պատասխանեց սարկավագը, — ամբողջ օրը բանում էր:

— Այդ դեռ չի նշանակում, որ առողջ է: Նա հիվանդ ժամանակ ևս բանում է: Գնա՛, հանգստացիր, ասա, որ նա ևս հանգստանա:

Սարկավագը գլուխ տվեց և հեռացավ: Նա վեր կացավ մահճակալի վրայից, մոտեցավ սեղանին, նստեց նրա մոտ: Ոզնիկները մերձեցան նրա հագուստի քղանցքներին և մի առանձին մտերմությամբ սկսեցին քծնվել: Նա վեր առեց խորոված շագանակներից մի-մի հատ և մոտեցրեց նրանց բերաններին: Նրանք ուրախությամբ խլեցին անուշ պատառները և մեծ ախորժակով սկսեցին կրծոտել:

Մի քանի հատ ևս ինքը կերավ: Բայց նա ավելի հոգ էր տանում յուր երկու սեղանակիցներին, քան թե յուր մասին էր մտածում: Երբ նրանք կշտացան, քաշվեցան իրանց խորշը և մինը մյուսի մոտ կծկվելով, սկսեցին ննջել:

Նա մնաց միայնակ, սեղանի մոտ նստած:

Եղևնիի տաշեղները, որ մոմի փոխարեն վառվում էին, արդեն սպառվելու վրա էին: Քարանձավի մեջ խավարը հետզհետե թանձրանում էր, — մի թախծալի խավար, որ գերեզմանների մեջ է թագավորում: Դրսից լսելի էր լինում ալիքների խուլ ձայնը: Ծովը անհանգիստ էր: Քամին շառաչելով անցնում էր ծառերի կատարների վրայով, որ հեծում և հառաչում էին նրա ուժգին հարվածների ներքո: — Այդ բոլորը տրամադրում էր դեպի տխրություն, դեպի հոգեկան խորին վրդովմունք:

Նա դեռ նստած էր սեղանի մոտ և, հենված աջ ձեռքի վրա, լսում էր, թե ինչ է կատարվում դրսում:

Երբեք բարկությունը չէր դուրս կոչել նրա շրթունքներից մի հուսահատական բառ. երբեք նրա առաքինի սիրտը չէր արտահայտել ամենափոքր տրտունջ անգամ յուր վիճակից:

Ոգևորված երկնային մխիթարությամբ, նա միշտ իրան բարձր էր պահել կենցաղական դժբախտ արկածների վիատությունից, և միշտ անվեհեր վստահությամբ հավատացել էր յուր աստղին: Իսկ այս գիշեր ներքին վրդովմունքը դուրս կոչեց նրա սրտի խորքից հետևյալ խոսքերը.

«Ապերա՛խտ Բյուզանդիոն, քո վարմունքը աններելի կմնա իմ սրտում... Դու վատությամբ վարձատրեցիր իմ հայրենիքի մատուցած ծառայությունները... Քանի՛, քանի՛ անգամ մենք հեռացրինք քո գլխից պարսկական սոսկալի սուրը... քանի՛, քանի՛ անգամ ազատեցինք քեզ ամոթալի անկումից.,. Իմ հայրենիքը մի անխորտակելի վահանի պես միշտ պատսպարեց քեզ արևելյան խուժադուժների արշավանքներից... իմ հայրենիքը կրեց բարբարոսների հարվածները և քեզ ողջ պահեց,.. Ի՞նչն էր ստիպում մեզ անել այդ: — Քրիստոնեական եղբայրությունը: Մենք թողեցինք հեթանոս պարսկին և քո ձեռքը բռնեցինք: Իսկ դու միշտ դավաճանեցիր մեզ... Մենք դարձյալ քրիստոնեական ներողամտությամբ մոռանում էինք բոլորը: Իսկ դու չէիր զղջանում, որովհետև խաբեբայությունը քո քաղաքականության հենարանն էր... Վերջը քաղաքական գործի մեջ դու խառնեցիր կրոնական խնդիրներ: Կամեցար մեզ Արիոսի մոլորությունների մեջ ընկղմել... Ե՛ս, իմ ընդդիմադրության համար, դատապարտվեցա և աքսորվեցա... Բայց նախախնամության աչքը երկար չի թողնի աքսորյալին այստեղ... Երբ նա ոտք կդնե հայրենի հողի վրա, դու կկրես քո պատիժը, նենգավո՛ր Բյուզանդիոն...»:

Եղևնի տաշեղների վերջին կայծերը պլպլացին, պլպլացին և, վերջապես, հանգան: Մելամաղձոտ խավարը կրկին տիրեց անձուկ քարանձավի մեջ: Նա դեռևս երկար նստած էր քարե սեղանի մոտ, և նրա տխուր մտածությունները թռչում էին դեպի այն երկիրը, որ սիրում էր նա, և որին նվիրված էր յուր հոգու բոլոր զորությամբ:

Այսպիսի շատ գիշերներ, անքո՜ւն, սրտամա՜շ գիշերներ, հանդիպում էին Պատմոսի հզոր աքսորյալին — հայոց սուրբ քահանայապետ Ներսես Մեծին, — որին պաշտում էր Հայաստանը, որին սպասում էր Հայաստանը...:

II

ԱՆՈՒՇ ԲԵՐԴ

Անունը Անուշ, ինքը լի դառնություններով...

Եկեղյաց գավառից դեպի Տիզբոն տանող ճանապարհի մի կողմում բարձրանում է մի սեպաձև քարաժայռ: Նրա լայն, վիմային ստորոտը բռնում է բավական ընդարձակ տարածություն, որի վրա, որպես մի հաստահիմն պատվանդանի վրա, բնությունը դրել է հիշյալ քարաժայռը: Մի ափ հող անգամ անկարելի է գտնել նրա լերկ, ապառաժային մակերևույթի վրա: Մի հատ բույս անգամ չէ բուսնում նրա ամուր, քարեղեն կողքերի վրա: Հարավային բոցակեզ արեգակը այրել, թրծել է նրան, որպես մի անոթ, որ դրած է բրուտի մշտավառ քուրայի մեջ:

Այդպես էր այդ քարաժայռը դարերով, անհիշելի շատ դարերով առաջ:

Եղավ որ, մի անգամ բռիչը ուսին դրած, այդ լեռան ստորոտով անցնում էր Փարհադը՝ Պարսկաստանի մեծ քանդակագործը: Հանկարծ փողերի խառնաձայն հնչյուններ արթնացրին նրան յուր խորին մտահուզությունից, որի մեջ ընկղմված էր այդ րոպեում: Նա կանգ առեց: Երևացին որսորդական բարակներ, երևացին բազեակիր ձիավորներ, և ուրախ, անհոգ ասպախումբը փոթորկի նման հայտնվեցավ, և փոթորկի նման անցավ նրա մոտով...

Մեկի պատկերի աղոտ ստվերագիծը մնաց նրա սրտում...

Այդ պատ կերը խլեց նրա հանգստությունը: Ամեն անգամ, նույն օրը, նույն ժամին, նա կանգնած էր լինում այդ ճանապարհի վրա: Սպասում էր, յուր հոգու ամենաքաղցր զգացմունքներով սպասում էր, մինչև հայտնվում էր սիրելի պատկերը և, մի թեթև հայացք ձգելով նրա վրա, կայծակի նման անցնում էր:

Նա կորցրեց յուր սրտի խաղաղությունը, թողեց արհեստը, թողեց ճարտարությունը և սկսեց խելագարի նման թափառել այդ լեռների ամայության մեջ:

Անցան օրեր, անցան շաբաթներ, անցան ամիսներ... Մի անգամ նստած էր նա և դարձյալ սպասում էր: Հայտնվեցավ նա: Բայց այս անգամ ոչ որսորդական բարակներ կային նրա հետ և ոչ բազեակիր ասպետներ: Միայնակ էր նա, մի խումբ նաժիշտների հետ: Ձին քշեց, մոտեցավ Ֆարհադին:

— Ողջու՜յն քեզ, ո՜վ մեծ վարպետ, — ասաց նրան: — Ի՞նչն է կապել քեզ այդ լեռների, այդ անապատների ամայության հետ: Ես քեզ միշտ այստեղ եմ տեսնում...

— Այն բախտավորությունը, — պատասխանեց Ֆարհադը, — որ երբեմն մի աննման պատկեր լուսավորում է այդ անապատների ամայությունը:

— Միթե այդքան վա՞տ է քո մեջ սերը... — հարցրեց նա ժպտալով:

— Ո՞վ չի սիրի նրան, որ անմահների մեջ յուր հավասարը չունի... Ո՞վ չի սիրի նրան, որի շունչը կյանք է բաշխում, որի մի հայացքը պարգևում է հավիտենական երջանկություն... Միթե դու կարծո՞ւմ ես, որ միշտ քարի և քերիչի հետ զբաղված արհեստավորի սիրտը այն աստիճան քարացած է, որ գեղեցկության համար տեղ չունի:

— Այդ ես չեմ կարծում: Նա, որ անձև քարին ձև և կյանք է տալիս, նա, որ սառն մարմարիոնից ստեղծագործում է գեղեցկության տիպարներ, ինքը չի կարող չսիրել գեղեցկությունը: Բայց լսի՜ր, վարպետ, արդյոք արքայադստեր սիրտը գրավելու համար մե՜ծ զոհեր են հարկավոր...

— Այդ ես գիտեմ...մեծ աստվածուհիները մեծ զոհեր են պահանջում...

— Ես անկարելին չեմ պահանջի քեզանից. ես միայն պետք է փորձեմ քո սերը: Նայի՜ր, Ֆարհադ, տեսնո՞ւմ ես այդ ապառաժը, — նա ձեռքը տարավ դեպի սեպաձև քարաժայռը, — դու պետք է այդ ապառաժից ինձ համար ապարանքներ հրաշակերտես, որ ես նրանց բարձրությունից նայեմ և սքանչանամ, թե ի՜նչպես Տիգրիսը արծաթափայլ պտույտներով գծում է Ասորեստանի գեղեցիկ դաշտավայրերը, կամ ի՜նչպես մեղմ հողմի շնչելուց ծածանվում են Բաղիստանի բարձրադիտակ արմավենիները: Եվ ապառաժի սրտում պետք է իմ զանձերի համար մթերանոցներ փորես, իսկ նրա ստորոտում՝ իմ նժույգների համար օթևաններ: Երբ այդ բոլորը պատրաստ կլինի, այն ժամանակ ես քոնը կլինեմ...

Ասաց և հեռացավ:

Այն օրից անցան տարիներ, քարաժայռի անխորտակելի ամրության մեջ գործում էր անխոնջ վարպետի մուրճն ու քերիչը: Գիշեր և ցերեկ լսելի էր լինում ծանր հարվածների անլռելի ձայնը: Գործը հաջողությամբ առաջ էր գնում: Սերը ուժ էր տալիս մեծ արհեստավորի հանճարին, իսկ արյաց արքայադստեր գեղեցկությունը բորբոքում էր նրա եռանդը: Կերտեց սենյակներ, կերտեց դահլիճներ, կերտեց պատկերազարդ սրահներ և միակտուր քարից սքանչելի ապարանք ստեղծեց: Դահլիճների և սրահների պատերը կենդանացրեց բարձրաքանդակ նկարներով: Մի տեղ պատկերացրեց Իրանի հին հսկաների և փեհլևանների կռիվները դևերի և չար ոգիների հետ: Մի տեղ պատկերացրեց Իրանի վաղեմի արքաների փառքն ու մեծությունը և նրանց քաջությունների ու հաղթությունների հանդիսավոր տոնախմբությունները: Գծեց քարը և նրա վրա արձանագրեց նախնական թագավորների մեծագործությունները: Նրանց առաքինությունները և նրանց պարգևած բարօրությունները Արյաց աշխարհին: Այդ հրաշալիքները կատարեց նա այն էակի համար, որին նվիրված էր յուր սիրո բոլոր ջերմությամբ: Այդ հրաշալիքները կատարեց նա, որ միշտ հիշեցնեին նրան Իրանի փառավոր անցյալը, որ միշտ զգվեին նրա սիրտը այն վսեմ հպարտությամբ, թե ինքը սերունդ է մի մեծ տոհմի, որ շառավիղում է աստվածներից և աստվածանման գործեր է կատարել:

Նա եկավ և տեսավ բոլորը:

— Այդ բոլորը շատ գեղեցի՛կ է, — ասաց նա, — բայց այստեղ ջուր չկա, այստեղ ծառեր չկան: Շինի՛ր ինձ համար շատրվաններ, որ ամպերից բարձր ցայտե ջուրը, տնկիր ինձ համար ծառեր, որոնց հովանիի ներքո հանգչեի ես, և հանգչեի քո գրկում...

Ասաց և հեռացավ:

Ամենահեռավոր վտակների ընթացքը փոխեց նա և ստորերկրյա ջրմուղներով բարձրացրեց մինչև ապառաժի գագաթը: Կոփեց քարը, փորեց ավազաններ, կերտեց արծաթափայլ շատրվաններ: Անսպառ ջուրը տիվ և գիշեր դուրս էր վիժում շատրվաններից և մարգարտյա կաթիլներով ցողում էր չորեքկողմի կանաչազարդությունը: Կտրեց վեմը, հարթեց ապառաժը և, հեռու տեղերից հող բերելով, ածեց նրա վրա: Այդ հողի մեջ տնկեց ծառեր և. ստեղծագործեց բարձր, կախաղանավոր պարտեզներ, որոնք, կարծես, օդի մեջ բուսած լինեին: Տարիներ անցան, աճեցին ծառերը և պտուղ տվեցին: Ծաղկեցին ծաղիկները և սրտապարար անուշահոտությամբ լցուցին բուրաստանը: Հավաքվեցան թռչունները և իրանց ուրախ ձայներով կենդանացրին շրջակայքը: Իսկ նա, որ այդ գեղեցիկ դրախտի զարդն ու թագուհին պետք է լիներ, չհայտնվեցավ...:

Մի օր, ձեռքը ծնոտին դրած, նստել էր վարպետը յուր կառուցած ապարանքի ստորոտում և տխուր կերպով նայում էր դեպի մեծ ճանապարհը:

Երգելով անցավ մի շինական, որը, տեսնելով նրան մոտեցավ, նստեց նրա մոտ մի փոքր հանգստանալու:

— Որտեղի՞ց ես գալիս, — հարցրեց վարպետը: — Երանի՛ քեզ, որ այդպես ուրախ ես:

— Տիզբոնից, — պատասխանեց շինականը: — Ինչո՞ւ ուրախ չլինել, երբ ամբողջ աշխարհը ուրախանում է:

— Ի՞նչ է պատահել:

— Միթե չգիտե՞ս, որ քաղաքում արդեն յոթն օր է, յոթն գիշեր է, որ հարսանիք է: Գինին հոսում է վտակների պես, անուշահամ խորտիկները չափ չունեն: Ուտում են, խմում են և ուրախանում: Ամբողջ քաղաքը թնդում է նվագներով, և պարողների ոտները չեն հոգնում: Ես էլ իմ բաժինը վայելեցի: Այնքան կերա, այնքան խմեցի և այժմ այնքան էլ տուն եմ տանում, որ մի քանի շաբաթ իմ կնոջ և երեխաներիս համար բավական կլինի:

— Ո՞ւմ հարսանիքն է:

— Թագավորի:

— Ո՞ւմ հետ:

— Անուշի հետ:

Նա այլևս չխոսեց, շանթահարի նման ցնցվեցավ և մնաց անշարժ: Հետո վեր կացավ և անզոր, դողդոջուն ոտներով սկսեց բարձրանալ դեպի յուր հրաշակերտած ապարանքը: Նայեց յուր շուրջը, վերջին անգամ յուր թախծալի հայացքը դարձրեց այն բոլոր շինվածքների վրա, որ արդյունք էին ջերմ սիրո և գեղեցիկ արհեստի: Եվ ապա մտավ յուր արհեստանոցը: Այնտեղ դրած էին նրա գործիքները: Վեր առեց մի ծանր մուրճ և դուրս եկավ փոքրիկ հրապարակի վրա: — «Նա ինձ դավաճանե՛ց...», — ասաց և նետեց մուրճը օդի մեջ: Մուրճը պտույտվեցավ և ընկավ ուղիղ նրա գլխի վրա: Տաք արյունը սրսկեց այն սքանչելիքները, որ նրա ճարտար ձեռքի գործն էր...

Ճարտարը չհասավ յուր նպատակին, բայց նրա սիրելի Անուշի անունը մնաց այդ քարեղեն ամրոցի վրա և կոչվեցավ Անուշի բերդ:

Այդ վիմափոր, կոփածո ապարանքը, որ պատրաստված էր սիրո և հավիտենական երջանկության տաճար լինելու համար, հետո դարձավ արտասուքի և մշտական հեծության մի դժոխք: Պարսից վերջին թագավորները աքսորում էին այնտեղ իրանց ձեռքը գերի ընկած մյուս թագավորներին:

Կեսօր էր, բայց Անուշ բերդի վիմափոր նկուղներից մեկը, օրվա պայծառ լուսավորության ժամանակ, դեռ պահպանում էր յուր մեջ խորին մռայլ և մթություն: Վերևից, առաստաղի մոտ, բացված էր մի նեղ պատուհան, որ ավելի ծակի նմանություն ուներ, քան թե լուսամուտի: Արեգակի բարակ շողքը, որ երկչոտ կերպով ներս էր ցոլացել այդ ծակից, կարծես, վախենում էր ներսի խավարից և չէր համարձակվում փոքր-ինչ ավելի տարածվել: Նկուղը ներկայացնում էր մի քառակուսի, փոքր-ինչ երկայնաձև արկղ, քան թե սենյակ, — բայց քարեղեն արկղ: Քար էր հատակը, քար էր առաստաղը, քարից էին չորեքկողմի պատերը, — միակտուր և միապաղաղ քարից: Մի այլ նյութ խառնված չէր նրա վիմային կազմության մեջ, բացի երկաթյա ծանր դռնից, որ դարևոր ժանգից սևացել, մրճոտել էր և նույն քարի մույգ–աղյուսագույն երանգն էր ստացել:

Երկաթյա դռան հակառակ կողմում, հատակի մեջ, ամրացած էր նույնպես երկաթյա հաստ ցից: Դա նույն ցիցերի նմանությունն ուներ, որոնցից ծովեզերքում կապում են նավակներին: Բայց դրանից կապված էր մի մարդ: Ցցի գլխին կար մի շարժական օղակ, որ միանում էր ծանր շղթայի ծայրի հետ: Իսկ շղթայի մյուս ծայրը փակված էր երկաթյա ստվար անուրի հետ, որ անց էր կացրած այդ մարդու պարանոցով: Շղթայի երկարությունը չափում էր այն սահմանը, որի մեջ կարող էր այդ մարդը շրջել, առանց թույլ տալու նրան մինչև դուռը հասնել: Այդ դրության մեջ նա նմանում էր մի առյուծի, որ փակված էր երկաթյա գառազի մեջ: Երկու ձեռքերի բազուկները կապված էին շղթայով: Ոտները նույնպես ազատ չէին երկաթյա կապանքներից:

Այդ մռայլ նկուղի մեջ, նույն շղթան, նույն երկաթյա ստվար անուրը մի ժամանակ կրում էր յուր պարանոցին հռոմայեցոց Վալերիանոս կայսրը, որ գերի էր ընկած Շապուհ Ա-ի ձեռքում: Երկնքի և արեգակի որդին վարվում էր յուր օգոստափառ գերիի հետ որպես մի բարբարոս: Ամեն անգամ, երբ նա որսի էր գնում, դուրս էին բերում դժբախտ բանտարկյալին, լվանում էին, օծում էին, հագցնում էին կայսերական ծիրանին և հանդիսավոր կերպով կանգնեցնում էին արքունիքի դռան մոտ: Դուրս էր գալիս արևի որդին, կայսրը մեջքը խոնարհեցնում էր, և նա յուր ոտքը դնելով նրա մեջքի վրա, հեծնում էր ձին: Եվ այդպես, ամեն անգամ նա յուր զոռոզ ոտքի տակ խոնարհեցնում էր Հռոմը... Այդ բոլոր անարգանքներից հետո, սպանել տվեց նրան և, կաշին տկահան անելով, լցրին խոտով և, ի ցույց ամենեցուն, կախեցին Տիզբոնի մեծ տաճարի պատից:

Շապուհ Ա-ն այդ երկաթյա անուրը դրեց Վալերիանոս կայսրի պարանոցին: Իսկ Շապուհ Բ-ը նույն անուրը դրեց մի այլ թագավորի պարանոցին, որ այժմ գտնվում էր նույն քարեղեն նկուղի մեջ:

Այնտեղ կար և մի այլ մարդ, որ մի անկյունում, անշարժ արձանի նման, կանգնած էր քարե պատվանդանի վրա և անթարթ աչքերով նայում էր առաջինի վրա: Ոչ մի մկնակ, ոչ մի նշույլ կենդանության չէր շարժվում նրա ցամաք դեմքի վրա, որ դեղնել և մագաղաթի գույն էր ստացել: Մեջքին կրում էր սպարապետական ոսկեպատյան սուրը, որի կոթը բռնել էր աջ ձեռքով և որով այնպիսի մի տպավորություն էր գործում, կարծես, ամենայն պատրաստականությամբ հսկում էր բանտարկյալ արքայի կյանքի վրա:

Արքան ոտքի վրա էր, խռովյալ կերպով անցուդարձ էր անում յուր նեղ սահմանի մեջ, և ամեն անգամ նրա շղթաները աղմկում էին նկուղի խորին լռությունը: Պարանոցի շղթան այնքան կարճ էր, որ նա չէր հասնում ոչ այն անձնավորությանը, որ արձանի նման կանգնած էր քարե պատվանդանի վրա, և ոչ երկաթյա դռանը, որ փակում էր նրա արգելանի մուտքը: Դա մի հաղթանդամ, հսկայատիպ և թավամազ տղամարդ էր, որի մորուքի և գլխի մազերը այս բանտի մեջ ավելի անկարգ կերպով աճելով, տալիս էին նրա կերպարանքին ահռելի արտահայտություն: Նա անցավ դեպի նկուղի անկյունը, նստեց հարդի վրա, որ ծառայում էր թե՛ իբրև օթոց և թե՛ իբրև անկողին:

Այդ միջոցին երկաթյա ծանր դուռը ճռնչալով բացվեցավ, ներս մտավ բանտապետը և նրա հետ մի ծառա: Շապիկի և պատմուճանի թևքերը մինչև արմունկները ծալած, բազուկները հոլանի, հողաթափները առանց գուլպաների հագած, գլխին գիշերային թասակ դրած, միայն տակի հագուստով, — այսպես անփույթ և անպատշաճ կերպով ներկայացավ նա բանտարկյալ թագավորին, կարծես, նրան ավելի վիրավորելու համար: Նա գլուխ տվեց և, կանգնելով դռան մոտ, կիսահեգնական և կիսածաղրական եղանակով ասաց.

— Ողջո՛ւյն հայոց արքային: Հուսով եմ, որ իմ տեր թագավորը խաղաղ քնով և անուշ երազներով վարած լինի գիշերային խավարը: Եվ թո՛ղ փարատեն նրանից բարի ոգիները Աhրիմանի խոլական անուրջները.,,

Բանտարկյալը արհամարհական կերպով նայեց նրա վրա և ոչինչ չպատասխանեց:

— Ինչո՞ւ չես խոսում, տեր արքա, — առաջ տարավ նա ավելի ստահակությամբ: — Հայերը եթե ձեռքի քաջության մեջ խիստ ժլատ են, գոնե լեզվի քաջության մեջ բավական առատ են:

Նա դարձյալ ոչինչ չպատասխանեց:

— Երևի, իմ տեր թագավորը դժգոհ է յուր նվաստ ծառայից, — ասաց նա, մի քայլ դեպի առաջ փոխելով: — Ես կաշխատեմ ավելի հաճելի լինել իմ տեր թագավորին: Ահա այս րոպեիս փոխել կտամ քո փառավոր անկողինը և անուշահոտ փափկությամբ հորինել կտամ քո արքայական մահիճը, այնպես որ դու կմոռանաս Հայաստանի գեղեցիկ մետաքսն ու ասրը:

Նա դարձավ դեպի յուր հետ եկած ծառան, հրամայեց, որ անկողինը փոխե:

Ծառան մոտեցավ, հավաքեց անկյունում տարածված հարդը, որը խոնավությունից տամկացել էր և թաղիքի նման կպել էր հատակին: Նրա փոխարեն դրեց նոր և ավելի ցամաք հարդ:

— Անուշահամ խորտիկներով կճոխացնեմ այսօր իմ տեր թագավորի սեղանը, — ասաց նա, կրկին դառնալով դեպի բանտարկյալը: — Թո՛ղ նա չմտածե, թե արիք (պարսիկները) անհյուրասեր են, թո՛ղ նա մոռանա այն բոլորը, ինչ որ կորցրել է յուր արքունիքում:

Ծառան դրեց հարդյա անկողնի մոտ մի կտոր գարեհաց և մի կոտրած խեցեղեն անոթի մեջ ջուր:

— Բարի ախորժակ եմ ցանկանում, ողջ լերու՛ք, տեր արքա, — ասաց նա և, գլուխ տալով, հեռացավ:

— Լի՛րբ... — այս անգամ միայն մռնչաց բանտարկյալը:

Երկաթյա դուռը կրկին փակվեցավ, և նա մնաց միայնակ յուր քարեղեն նկուղի մեջ:

Մի քանի անգամ լռությամբ անցավ նա մի անկյունից դեպի մյուսը, հետո կանգ առեց և դարձավ դեպի քարե պատվանդանի վրա կանգնած անշարժ արձանը,

— Լսո՞ւմ ես, Մամիկոնյան տեր, ինչպե՛ս ամեն րոպե խոցոտում են քո թագավորին, ինչպե՛ս ամեն վայրկյան դառնացնում են նրա սիրտը: Պարսիկը, ամեն վեհանձնությունից զուրկ պարսիկը,սովոր է յուր տան մեջ վիրավորել յուր հյուրին: Ինչո՞վ է մեղավոր այդ ողորմելի զեռունը, որ ամեն անգամ այստեղ մտնելիս՝ լրբենի բերանով լուտանքներ է կարդում: Նրան հրամայել են, նրան պատվիրել են: Ցա՛ծ և անա՛րգ Շապուհ, մինչև ա՛յդ ատիճան վատություն: Ես չնկա քո ձեռքը պատերազմի դաշտում, դու իմ քաղաքները պաշարելով գերի չվարեցիր ինձ: Դու ինձ հրավիրեցիր քո մոտ իբրև հյուր և քո ասպնջականությունը խաբեությամբ պսակեցիր: Դավաճա՛ն... Մի՞թե դրա մեջն է թագավորի և արքայից արքայի մեծությունը՝ նենգավոր բարեկամությամբ պատրել յուր դրացուն և դաշնակցին և նրան որոգայթի մեջ ձգել... Ինչե՛ր չէիր առաջարկում դու ինձ, ինչե՛ր չէիր խոստանում դու ինձ: Առաջարկում էիր քո դուստրը կնության տալ ինձ, խոստանում էիր իմ պետության սահմաններից մինչև քո մայրաքաղաքը Տիզբոն յուրաքանչյուր իջևանում մի-մի պալատ կառուցանել ինձ համար, որպեսզի ես, մոտ գալու ժամանակ, ճանապարհին իմ սեփական պալատները մեջ իջևանեի: — Ահա՛ քո խոստումնքը, այդ քարեղեն նկուղը նվիրեցիր ինձ այն պալատների փոխարեն... Թո՛ղ հավիտենական անեծքով ծածկվին իմ նախարարները... թո՛ղ ամոթը և մշտական ապաշավանքը լինի նրանց բաժինը... որ ինձ այս դրության մեջ դրեցին... Եթե նրանց անմիաբանությունը չլիներ, ես երբեք չէի ընկնի քո ծուղակի մեջ, նենգավո՛ր Շապուհ...

Նա խոսում էր, նա թափում էր զայրացած սրտի դառնությունը, բայց Մամիկոնյան տերը չէր լսում: Նա ընկողմանեցավ նոր սփռած հարդի վրա և շարունակեց նայել դեպի անշարժ արձանը: Տխուր հիշողությունները զարթեցրին նրա մեջ վաղեմի դեպքը: Երբ մի անգամ ինքը մտավ Շապուհի ապարանը արքայական նժույգները տեսնելու, այն ժամանակ ախոռապետը, պարսկական լրբությամբ, վեր առեց մի խուրձ խոտ և, առաջարկելով նրան, ասաց. «Հայոց այծերի արքա, եկ նստի՛ր այս խոտի վրա»: Լրբությունը իսկույն պատժվեցավ: Այդ հզորը, որ այժմ յուր քարե պատվանդանի վրա կանգնած խորին սառնասրտությամբ լսում էր բանտապետի դառն պարսավները, քաշեց սուրը և ախոռապետի գլուխը երկու մաս բաժանեց: Այժմ դարձյալ նա ձեռքը նույն սրի վրա էր դրել, բայց ձեռքը չէր շարժվում...

— Ծա՛ղր... խիստ կծո՛ւ կատակ... — բացագանչեց բանտարկյալը խորին վրդովմունքով և վեր կացավ նստած տեղից: — Իմ աչքի առջև դրել են Հայաստանի զորությունը.., նրա զինվորական և պատերազմական ներկա յացուցչին... իմ աչքի առջև դրել են այն հերոսին, որ մշտական սարսափի մեջ էր պահում ամբողջ Պարսկաստանը... Դրել են, որ նա, իբրև հարաժամ հանդիմանություն, ամեն րոպե, ամեն վայրկյան հիշեցնե ինձ, թե ի՛նչ եմ կորցրել ես.., Բայց մի՞թե այդ քաջը իմ պես պարսկական ստոր նենգավորության զոհը չդարձա՞վ... միթե նա ընկավ պատերազմի՞ դաշտում...

Նա ձեռքերը տարածեց, մի քանի քայլ փոխեց, աշխատում էր գրկել անշարժ արձանը: Բայց շղթաները արգելեցին:

— Սիրելի՛ Վասակ, — գոչեց նա գորովալի ձայնով, — ամենքը դավաճանեցի՛ն ինձ, ամենքը թողեցին ինձ, բայց դու չբաժանվեցար քո թագավորից... Դու մասնակից էիր նրա փառքին, մասնակից եղար և նրա դժբախտությանը... Պարտքը, պատիվը, հայրենիքի սերը մղեցին քեզ դեպի անձնազոհություն... Եվ, իբրև ճշմարիտ հերոս, դու հերոսի պես պսակեցիր քո վախճանը... Անշարժ արձանը, որին դիմում էր նա այդ խոսքերով, հայոց սպարապետ Վասակ Մամիկոնյանն էր-Սամվելի հորեղբայրը և Մուշեղի հայրը: Իսկ նրա հետ խոսողը — Հայաստանի արքան-Արշակ թագավորը: Երբ Շապուհը երկուսին ևս խաբեությամբ հրավիրեց յուր մոտ, թագավորին աքսորեց այդ քարեղեն բերդում, իսկ սպարապետին, սպանել տալով, հրամայեց՝ կաշին տկահան անել, լցնել խոտով և մշտապես դնել յուր թագավորի աչքի առջև: Այժմ սպարապետի պաճուճապատանքն էր այդ, որ կանգնած էր քարե պատվանդանի վրա: Ոչինչ ցավ, ոչինչ դառնություն այնքան չէր խոցոտում գահազուրկ թագավորի սիրտը, որքան այդ լուռ, անմռունչ ուրվականը, որ յուր լռությամբ ավելի ազդու լեզվով հիշեցնում էր նրան յուր կորցրած փառքը: Իբրև սպարապետ, ներկայացնում էր նա Հայաստանի զինվորական զորությունը ընկճված, առաթուր կործանված պարսկական նենգության ներքո: Իսկ իբրև մի քաջ զորավար, յուր փայլուն հաղթություններով, որ մի քանի տասնյակ տարիների ընթացքում շարունակ կատարել էր պարսից դեմ, հիշեցնում էր նա յուր թագավորի մեծությունը, որին ինքն ևս փառակից էր և բաժանորդ: Բոլորը կորա՜վ, բոլորը խորտակվեցավ,., Դառն արհավիրք, մշտական տանջանք և տխուր հիշողություններ միայն մնացին իբրև անբաժան կենակից դժբախտ թագավորին, որ շղթայակապ Արտավազդի նման կաշկանդված էր այդ մռայլ, քարեղեն նկուղի մեջ, որ գերզմանի պես ամեն րոպե ճնշում էր, խեղդում էր նրան:

Նա չդիպավ աղքատիկ ճաշին, որ բերել էին նրա համար, միայն վեր առեց խեցեղեն ամանը, խմեց ջուրը, փոքր-ինչ զովացնելու սրտի տապը: Հետո անցավ, ընկողմանեցավ յուր հարդյա անկողնի վրա:

Նա դարձյալ շարունակեց նայել անշարժ արձանի վրա: Թավամազ դեմքը արտահայտում էր և զայրույթ, և ապաշավանք: Զայրո՜ւյթ, որ այնպես տմարդի կերպով վարվեցավ յուր հետ արյաց արքան: Ապաշավա՜նք, որ ինքը հարթեց յուր կործանման ճանապարհը: Խիղճը հանգիստ չէր: Ամեն անգամ, որ վերջին միտքը ծագում էր նրա մեջ, նա ամբողջ մարմնով դողում էր, որպես մի հանցավոր, որ ինքն ևս դեռ ոչ բոլորովին համոզված էր յուր հանցանքի մեջ:

Նա դեռ նայում էր արձանի վրա: Նա դեռ մաքառում էր յուր սրտի և զգացմունքների հետ:

— Ո՜չ... հազար անգամ ո՜չ... ես մեղավոր չեմ.., — բացագանչեց նա, և կատաղության կրակը վառվեցավ մռայլ աչքերի մեջ: – Իմ նախարարների անդադար խռովությունները, վերջապես, ձանձրացրին ինձ,.. Ես, իրա՜վ է, պատերազմ հայտնեցի նրանց դեմ, ցանկանում էի պատժել ընբոստ անհնազանդությունը, ցանկանում էի ոչնչացնել նրանց, որպեսզի ի մի ձուլեմ հայոց բաժան-բաժան եղած ուժերը և նրանցից ստեղծեմ մի հզոր, միահեծան պետություն: Ես ավելի բարձր էի դասում Հայաստանի ամբողջությունը, քան հարյուրավոր առանձնացած իշխանություններ, որոնք, իմ նախորդների անհոգությունից, այն աստիճան բռնացել էին, որ ամեն անգամ ամբարտավանությամբ եղջյուր էին թոթափում իրանց արքայի դեմ... Ես կամեցա չափի և սահմանի մեջ դնել նրանց կամայականությունները... Իսկ նրանք միաբանվեցան և ապստամբվեցան իմ դեմ... Այդ բավական չէր, նրանք ներքին, ընտանեկան կռվի մեջ հրավիրեցին օտարի միջամտությունը... Պարսկի՜ն, մեր դարևոր թշնամուն գրգռեցին իմ դեմ... Ես միայնակ մնացի և ստիպվեցա թշնամու դուռը գնալ և նրա հետ հաշտության դաշն կապել... Իսկ թշնամին ինձ ուղարկեց այստեղ...

Նա դարձյալ վեր կացավ և, գլուխը խոնարհեցրած մի քանի անգամ անցավ նկուղի մեջ: Ներքին վրդովմունքը ալեկոծում էր նրան: Կրկին դիմեց դեպի անշարժ արձանը այդ խոսքերով.

— Դու վկա ես, Մամիկոնյան տեր, թե ո՜րքան անկեղծ էին իմ ցանկությունները, թե ո՜րքան բարձր էի դասում ես հայրենիքի բախտավորությունը... Իմ հարաբերությունները իմ նախարարների հետ այն աստիճան լարվեցան, որ երկուսից մեկը պետք է զոհվեր, կամ թագավորությունը նախարարության, կամ նախարարությունը թագավորության: Ես բարվոք համարեցի վերջինը: Ինձ համար սուրբ էր հայոց գահի հաստատությունը, որ ժառանգել էի իմ նախնիներից: Բայց եթե իմ ձեռքով չկործանվեցավ նախարարությունը, անշուշտ կկործանվի նա պարսկի ձեռքով, որի թեկնածությունը մի հզոր պաշտպանություն համարեց յուր թագավորի դեմ պատերազմելու... Այդ քարեղեն նկուղի անթափանցիկ թանձրության միջով տեսնում եմ ես, Մամիկոնյան տեր, թե ի՜նչ է անում Շապուհը Հայոց աշխարհում.., Նա կտրեց գլուխը, այժմ պետք է սկսե հոշոտել անդամները... Գլուխը աքսորեց այստեղ... իսկ Սագաստանի մթին բանտերը կլցնե հայոց նախարարներով... Եվ անտեր Հայաստանը կմնա պարսկական բարբարոսության մի արձակ ասպարեզ... Նրանց կանայքը և աղջիկները կբազմացնեն պարսից արքունիքի հարճերի և աղախինների թիվը... Նրանց դեռահաս որդիները կսկսեն ավել ածել պարսից արքունիքի մարմարյա սալահատակի վրա... Բայց իմ կի՜նը... իմ որդի՜ն...

Վերջին խոսքերը արտասանելու միջոցին նրա ամուր ձայնը դողդողաց, դողդողացին և ծնկները, և նա հազիվհազ կարողացավ յուր հսկայատիպ իրանը բաց թողնել հարդի կույտի վրա: Երկու ձեռքով բռնեց աչքերը, և արտասուքը ջերմ հոսանքով թանում էր դժբախտ թագավորի շղթայակապ ձեռքերը...

Քանի՜ քանի՜ այդպիսիները այդ վիմափոր բերդի մթին խորշերում նույն տառապանքների մեջ մաշվում, տրորվում էին: Ո՜րքան թագավորներ, ո՜րքան թագավորազներ կլանել էր այդ բերդը և, անհագ վիշապի նման, երբեք չէր կշտացել: Ո՜րքան ևս հեծում, հառաչում էին նրա անգութ, քարեղեն սրտում: Մի անգամ այնտեղ ընկնողը կորչում, անհետանում էր հավիտենական մոռացության մեջ: Իզուր չվաստակեց նա Անհուշ անունը, որ անհիշելի խավարի մեջ, որպես մթին գերեզմանում, թաղում էր յուր դատապարտյալների տխուր հիշատակը...

Միևնույն քարեղեն նկուղի մեջ, միևնույն շղթաներով, որ այժմ կապված էր որդին, մի ժամանակ կապված էր հայրը — հայոց Տիրան թագավորը: Որդին գոնե արևի մի նշույլը տեսնում էր յուր բանտի նեղ պատուհաններից: Բայց հայրը այդ ևս չէր տեսնում: Պարսից արքան զրկել էր նրան թե աչքերից և թե լույսից: Կուրացյալ թագավորը յուր խավար շրջապատի մեջ տանում էր խավարի իշխանության դառն տանջանքները...

Որպես մի այլանդակ հրեշ, լի ամենայն զարհուրանքով, կանգնած էր Անուշ բերդը յուր բարձր, քարեղեն ստորոտի վրա: Նա տարածում էր յուր շուրջը մահ և սարսափ: Թունավոր էր նրա շունչը, սպանիչ էր սպառնական հայացքը: Ոչ ոք համարձակություն չուներ մոտենալ նրան, ոչ ոք չէր համարձակվում նայել անգամ նրա վրա: Մարդիկ մի քանի մղոն հեռվից էին անցնում, և ուղևորը շեղվում էր յուր ճանապարհից: Ամեն հաղորդակցություն խզված էր: Եվ նա, որպես մի կղզիացած պատիժ ու պատուհաս, ապրում էր յու մռայլ, դժոխային առանձնության մեջ:

Բայց ահա՜ մի անսովոր երևույթ գրավեց պահակների ուշադրությունը: Մի խումբ ձիավորներ ուղիղ մոտենում էին բերդին: Աչքերը վառվեցան, աղեղները լարվեցան և սրերը զգացվեցան իրանց պատյաններում: Ովքե՞ր էին այդ ստահակները: Բայց ասպախումբը լուռ մոտենում էր, և որքան մոտենում էր, այնքան ավելի փութացնում էր յուր համարձակ ընթացքը: Շփոթված բանտապետն անգամ բարձրացավ յուր դիտանոցի վրա, սկսեց նայել: «Գուցե մի նոր հյուր են բերում... » — մտածեց նա և այլայլված դեմքը փայլեց դիվական ուրախությամբ:

Երեկո էր, արևը բավական խոնարհվել էր և մտնելու մոտ էր: Ձիավորները, որպես երևում էր, շտապում էին, որ դեռ արևը չմտած հասնեն բերդը, որովհետև գիշերը անհնար էր այնտեղ մուտք գործել: Բոլոր դռները փակվում էին և ոչ ոքի համար չէին բացվում:

Բանտապետը դեռ շարունակում էր նայել: Երբ ձիավորները բավական մոտեցան, նկատեց նա, որ նրանցից մեկի, որը բոլորից առաջ էր ընկած, գլխի փակեղի մեջ ցցված էր մի ինչ-որ բան, որ արևի ճառագայթների առջև փայլում էր: Նա լարեց յուր ուշադրությունը: Տեսածը գալարված փողի ձև ուներ և մագաղաթի փաթոթի էր նմանում: «Հրովարտա՛կ...» — բացականչեց նա մի առանձին ակնածությամբ, և շտապով իջավ դիտանոցից:

Անցնելով բերդի բակը, հրաման տվեց յուր պաշտոնյաներին՝ ընդառաջ գնալ և հանդիսավոր կերպով ընդունել եկվորներին: Մի քանի րոպեի մեջ ամենքը պատրաստվեցան և դուրս եկան բերդից: Երբ բավական մոտեցան, ամբողջ խումբը ծունր դրեց գետնի վրա և գլուխը լռությամբ խոնարհեցրեց արքայական հրովարտակի առջև:

Հրովարտակը յուր ոսկյա նկարներով դեռ փայլում էր յուր բարձրության վրա, բերողի ճակատին կապած: Նա ձեռքով նշան տվեց. երկրպագուները վեր բարձրացան և սկսեցին առաջնորդել նրան դեպի բերդը: Երբ հասան գլխավոր դռանը, եկվորները ցած իջան ձիերից: Այդ ժամանակ միայն նա առեց հրովարտակը և, երկու ձեռքով բռնած, մատույց բանդապետին: Վերջինը կրկին ծունր իջավ և, երկու ձեռքերը մեկնելով, խորին երկյուղածությամբ ընդունեց մագաղաթը: Նախ համբուրեց, հետո գլխի վրա դրեց և, ապա բաց անելով, վեր կացավ, սկսեց բարձր առոգանությամբ կարդալ:

Երբ ընթերցումը վերջացած էր, հրովարտակը կրկին հանձնեց բերողին, ասելով.

— Իմ տեսչությանը հանձնված բերդի դռները բաց են քո առջև, ներքինապետ տե՛ր:

Ամենքը ներս մտան:

Մինչև այցելուներին պատշաճավոր իջևաններ տվեցին, մինչև նրանց ձիաները տեղավորեցին, արևը մտավ, մութը պատեց, ճրագները վառվեցան:

Այդ ժամանակ բանտապետը մտավ յուր հյուրի սենյակը և, գլուխ տալով, ասաց.

— Ես հուսով եմ որ տեր ներքինապետը այս գիշեր կհանգստանա ճանապարհի հոգնածությունից և առավոտյան լուսով կտեսնե յուր թագավորին:

— Ոչ, բանտապետ տե՛ր, ես այս գիշեր պետք է տեսնեմ իմ թագավորին, — պատասխանեց նա անհանգիստ կերպով, — և, եթե կարելի է, հենց այս րոպեիս:

— Տեր ներքինապետի համար անկարելի ոչինչ չկա, երբ նա արքայից արքայի օրինյալ հրովարտակովն է ներկայանում, — ասաց բանտապետը անվճռական ձայնով: — Միայն տեր ներքինապետին պետք է հայտնի լինեն այդ բերդի կարգերը... պետք է փոքր– ինչ...

— Հասկանում եմ... դու կամենում ես փոքր-ինչ վայելուչ դրության մեջ ցույց տալ ինձ իմ թագավորին, բայց ես կցանկանայի տեսնել նրան նույն դրության մեջ, որպես միշտ ապրել է այստեղ: Այո՛, այդ բերդի կարգերը ինձ բավական հայտնի են... Դու քաշվելու ոչինչ չունես, բանտապետ տե՛ր, եթե ես նրան ամենազզվելի վիճակի մեջ կտեսնեմ:

Բանտապետը դարձյալ տատանվում էր անվճռականության մեջ և, որպես մի հանցավոր, խղճահարությունից գլուխը ցած էր գցել:

— Այնուամենայնիվ, — ասաց նա, — ինձ խիստ ծանր է քո սիրտը ցավեցնել... ներքինապետ տե՛ր:

— Լսի՛ր, բանտապետ, — ասաց այցելուն, բավական խրոխտ ձայնով: — Քեզ, կարծեմ, հայտնի եղավ արքայից արքայի հրովարտակի բովանդակությունը: Իմ թագավորի վիճակը վայելուչ դրության մեջ դնելը և նրա վշտերը թեթևացնելը — այդ բոլորը իմ գործը պետք է լինի: Դու միայն հրամայիր, որ այս րոպեիս ինձ առաջնորդեն դեպի նրա կացարանը:

— Ես ինքս կառաջնորդեմ, ներքինապետ տե՛ր, — ասաց բանտապետը հոժարվելով:

Տանջանքի մատակարարը վերջապես խոնարհվեցավ բարձրագույն հրամանի առջև: Այն օր, որպես մեզ հայտնի է, նա ավելի հանդգնությամբ էր վարվել դատապարտյալ թագավորի հետ, ցանկանում էր՝ յուր մեղքը ո՛րևէ կերպով քավել, չնայելով, որ այգ իսկ մեղքի մեջն էր նրա պաշտոնի առաքինությունը:

Մութ էր դրսում: Բոլոր դռները փակված էին: Պահակները, սանդարամետական չար ոգիների նման, ամենուրեք հսկում էին: Երկնքի թռչունն անգամ գիշերային այդ պահուն չէր համարձակվի բերդի մոտով անցնել: Ոչ ոք չէր շարժվում, ոչ ոք չէր երևում: Տիրում էր խորին, մահահրավեր լռություն:

Մի ծառա, լապտերը ձեռին, գնում էր առջևից և լուսավորում էր ապառաժի քարակոփ սանդուղքները, որ տանում էին դեպի վեր, դեպի բերդի բարձրությունը: Լույս-ցերեկով անգամ այդ ոլորապտույտ սանդուղքներով գնացողը կարող էր ամեն րոպե մոլորվել: Մի փոքրիկ սխալ, մի թեթև սայթաքումն կտաներ նրան դեպի ցած, դեպի անդունդը... Ծառայի ետևից գնում էր բանդապետը, իսկ նրա ետևից` Նորեկ ներքինապետը: Տխո՛ւր էր նա, որպես մի սգավոր, որին տանում էին ցույց տալու յուր սիրելու անհայտ գերեզմանը: Ինչպե՛ս պետք է տեսներ նրան, ինչպե՛ս պետք է հանդիպեր նրան: Արդյոք նա կունենա՞ր այնքան ուժ, այնքան սրտի զորություն, որ կարողանար զսպել յուր հոգու ամենադառն զգացմունքները:

Նրանք կանգ առին մեզ ծանոթ նկուղի դռան հանդեպ:

— Այստեղ է... ներքինապետ տե՛ր, — ասաց բանտապետը, դուռը ցույց տալով:

— Բաց արա՛, — հրամայեց Նորեկը: — Բայց ես կխնդրեի քեզանից` ինձ միայնակ թողնել իմ թագավորի մոտ:

Բանտապետի դեմքի վրա դարձյալ երևացին անվճռականության նշաններ: Նորեկը նկատեց այդ և հանգստացնելով նրան, ասաց

— Դու կարող ես ապահով լինել, որ դրանից քեզ ոչինչ չարիք չի ծագի:

— Թո՛ղ տեր ներքինապետի կամքը կատարված լինի,— պատասխանեց բանտապետը բռնի հոժարությամբ: — Բայց թո՛ղ ների ինձ տեր ներքինապետը ասել, երբ նա ցանկություն ունի յուր թագավորի հետ միայնակ լինել, ես ստիպված կլինեմ դուռը փակել նրա ետևից:

— Կարող ես: Բայց ես պետք է վեր առնեմ ինձ հետ այդ լապտերը, անտարակույս, այնտեղ լույս չպիտի լինի:

Բանտապետը ջոկեց յուր գոտիից քարշ ընկած բանալիների ծանր փնջից մեկը, մոտեցավ երկաթյա դռանը և, բաց անելուց հետո ասաց.

— Ներս համեցիր, ներքինապետ տե՛ր: Դու կարող ես մնալ քո թագավորի մոտ, որքան քո կամքն է: Երբ կցանկանաս դուրս գալ, բավական է ներսից փոքր-ինչ բախել. իմ պահապաններն այստեղ պատրաստ են. ինձ իմացում կտան, և ես կգամ, կրկին բաց կանեմ:

Նա ցույց տվեց պահապանների խումբը, որ կանգնած էին հատկապես այդ նկուղի պահպանության համար:

Նորեկը առեց լապտերը և սրտի սաստիկ բաբախմունքով ներս մտավ: Նրա ետևից դուռը կողպվեցավ:

Դողդոջուն քայլերով անցավ նա, լապտերը դրեց մի անկյունում: Դատապարտյալը պառկած էր: Կարծես, դժոխքը յուր ամբողջ զարհուրանքով ներկայացավ տառապյալ այցելուի առջև: Խորին տրտմությամբ նայում էր նա շղթայակապ արքայի վրա, որ տարածված էր հարդյա անկողնի վրա և ծանր շնչառությամբ հառաչում էր: Տեսավ դեռ չկերած ցամաք զարեհացը, որ դրած էր նրա մոտ, տեսավ ջրի խեցեղեն ամանը, որից ստրուկներն անգամ կվիրավորվեին, եթե առաջարկեին նրանց: Նա աչքերը դարձրեց դեպի քարե պատվանդանի վրա կանգնած անշարժ ուրվականը: Նրա աչքերը լցվեցան արտասուքով, և հազիվհազ կարողացավ իրան պահել ոտքի վրա: Նրա առջև դրած էր Հայաստանը — ընկճվա՛ծ և անպատվա՛ծ Հայաստանը...

Նա մի քանի քայլ առաջ գնաց, բայց սոսկալով կրկին ետ դարձավ: Ինչպե՛ս վրդովել նրա հանգստությունը, ինչպե՛ս խանգարել նրա քունը, որ խիստ հազիվ անգամ է վիճակվում բանտարկյալին: Նա շարունակեց նայել նրա վրա: Երբեմն արձակում էր խորին հառաչանքներ, իսկ երբեմն լսելի էին լինում հեգնական դառն ծիծաղներ: Երևում էր, որ խառն երազներ ալեկոծում էին նրան: Նա պառկած էր մի կողքի վրա և աջ թևքը դրած ուներ գլխի տակին: Երեսը դարձրած էր դեպի այցելուն: Որքա՛ն փոխվել էր, որքա՛ն այլանդակվել էր նա: Այցելուն սարսափում էր: Ինչպե՛ս մոտենալ: Գուցե անրջային կատաղության մեջ՝ վեր կբարձրանար նա և, տեսնելով յուր նկուղի մեջ մի անակնկալ մարդ, կփշրեր, կխորտակեր նրան յուր ոտքերի ներքո:

Միջահասակ մարդ էր այցելուն, ցամաքած և նիհար կազմվածքով: Երեսը բոլորովին զուրկ էր մազերից, ոչ մորուք ուներ և ոչ ընչացք: Եթե այրական հագուստը փոխվեր, մի պառավ կնոջ տպավորություն կգործեր, — մի կնոջ, որ հարգանք է ազդում և պատկառանք: Թանկագին գոտիի մեջ խրած ուներ մի դաշույն, որի գոհարազարդ կոթը կիսով չափ երևում էր վերևից: Հագուստը մի բարձր պաշտոնակալի վայելուչ շքեղություն ուներ: Նրան կոչում էին Դրաստամատ: Ներքինի էր նա, շատ հարգված և սիրելի, և մի ժամանակ հայոց արքունիքում, բոլոր նախարարներից վեր էր դրած նրա բազմոցն ու բարձը: Անգեղ — տան իշխանն էր նա և կառավարիչ թագավորական գանձերի, որ պահված էին Ծոփաց գավառի Բնաբեղ բերդում:

«Վասա՛կ, — լսելի եղավ նրա ձայնը, — կազմի՞ր իմ քաջ գունդերը... գրո՛հ տանք դեպի արյաց աշխարհը... պատժե՛նք Շապուհի հանդգնությունը...»

Նա խոսում էր քարե պատվանդանի վրա կանգնած անշարժ ուրվականի հետ:

Ներքինապետի աչքերը կրկին լցվեցան արտասուքով:

Նա մի անսովոր ցնցում գործեց, ձեռքը, որ դրած էր գլխի տակին, դուրս հանեց և, սպառնական կերպով շարժելով, սկսեց մռնչալ.

«Հրդեհված Տիեզրնի բոցերի մեջ կխորովեմ քեզ, խարդա՛խ Շապուհ...»:

Մյուս ձեռքը, որ ծանր շղթայով կապված էր առաջինի հետ, ձգեց նրան, և երկուսն էլ շառաչելով ընկան նրա կուրծքի վրա... Նա, կարծես թե, արթնացավ, քնեած աչքերը բաց արեց և կրկին խփեց: Այդ միջոցին ներքինապետը վստահացավ մոտենալ և, մի քայլ հեռավորության վրա կանգնելով, կոչեց.

— Տե՛ր արքա...

Նա չարթնացավ:

— Տե՛ր արքա... — կրկնեց նա:

Նա գլուխը բարձրացրեց և, պղտոր աչքերը դարձնելով դեպի այցելուն, որոտաց.

— Անամո՛թ, գոնե գիշերն ինձ հանգստություն տուր:

Կարծում էր, որ բանտապետն է:

— Տե՛ր արքա, ճանաչի՛ր քո ծառային... — խոսեց այցելուն լալագին ձայնով:

— Իմ ծառայի՞ն... — կրկնեց նա ծիծաղելով: — Դո՛ւ, անզգամ, ամեն օր իմ դահիճն էիր, իսկ այժմ ծառա դարձար...

Այցելուն այլևս չկարողացավ զսպել յուր զգացմունքները, խոնարհվեցավ, գրկեց նրա ոտները և, ջերմ արտասուքով թանալով նրա շղթաները աղաղակեց.

— Տե՛ր արքա, զգաստացի՛ր, նայի՛ր իմ վրա, ես քո ծառան եմ... քո ստրուկը... քո նվաստ Դրաստամատը...

— Դրաստամա՛տ-բացագանչեց նա, մի կողմ հրելով այցելուին: — Ո՞ր աստվածը կտար ինձ Դրաստամատին, իմ քաջ և հավատարիմ ծառային... Հեռո՛ւ ինձանից խաբեություն, հեռո՛ւ գնացեք երազական ցնորքներ... Ես կորցրի իմ ամենալավ,մարդիկներին, ես զրկվեցա իմ ընտիր պաշտոնյաներից,., աստված պատժե՛ց ինձ... այլևս նրանց տեսնել չեմ կարող...

— Նրանցից մեկը քո սպասումն է, տե՛ր արքա:

Դժբախտ թագավորին այնպես էր թվում, որ յուր տեսածը և լսածը յուր երազների շարունակությունն է: Այժմ միայն ուղիղ նայեց այցելուի վրա և ապշած կերպով հարցրեց.

— Այդ ո՞վ է այստեղ:

— Քո ծառան, Դրաստամատը:

Նա շփոթված կերպով վեր թռավ, առաջ վազեց, աղաղակելով.

— Դրաստամա՛տ… որտեղի՞ց հայտնվեցար...ինչպե՞ս թողեցին ինձ մոտ... Տեր աստված, այդ ի՛նչ բախտ է.., մերձեցի՛ր, սիրելի Դրաստամատ, մերձեցի՛ր, գրկեմ քեզ…

Ներքինապետը կրկին ծունր իջավ, սկսեց համբուրել նրա ոտները: Նա զորեղ ձեռքով բարձրացրեց նրան, ասելով.

—Այդ համբույրները չեն թեթևացնի իմ շղթաների ծանրությունը, սիրելի Դրաստամատ, պատմի՛ր, որտե՞ղ էիր, ինչպե՞ս եկար այստեղ, ի՞նչ լուր ունես..,

Նա մի քանի քայլ անցավ յուր նեղ նկուղի մեջ, հետո նստեց հարդյա անկողնի վրա: Ներքինապետը մնաց ոտքի վրա, խորին տատանման մեջ տարուբերվելով, արդյոք որտեղի՞ց սկսել և ի՞նչ պատմել: Նա շատ բան ուներ պատմելու, բայց յուր տեղեկությունները այն աստիճան տխուր և այն աստիճան անմխիթար էին, որ չկամեցավ ավելի դառնացնել յուր թագավորի առանց դրանց ևս վշտացած սիրտը:

— Ինչո՞ւ ես լուռ, Դրաստամատ , — ասաց նա, նկատելով ներքինապետի մտատանջությունը: –Դու կարծում ես, Արշակը այնքան թուլացել է սրտով, որ չէ՞ կարող տանել նոր հարվածներ: Ես առանց քո պատմելու ևս շատ բան գիտեմ... Այդ քարեղեն բանտի միջից ես ամեն րոպե, ամեն վայրկյան տեսնում եմ, Դրաստամատ, թե ի՜նչ է կատարվում այնտեղ, Հայոց աշխարհում,.. Դու միայն այն ասա՛, թե ինչպե՞ս թույլ տվեցին քեզ մտնել իմ մոտ: Այդ ինձ շատ զարմացնում է...

Ներքինապետը սկսեց պատմել, թե յուր սիրելի արքայից բաժանվելուց հետո ինքը մնաց այն հայազունդ այրուձիի թվում, որ պահված էր Տիզբոնում: Այդ միջոցներում Շապուհը մի նոր արշավանք գործեց քուշանաց դեմ և հասավ մինչև նրանց Բահլ մայրաքաղաքը: Նրա զորքերի թվում գտնվում էր թե՛ ինքը և թե՛ հայոց այրուձին: Տեղային Արշակունի թագավորը դուրս եկավ Շապուհի առաջ, և սկսվեցավ այրունահեղ պատերազմը: Պարսիկներր ջարդվեցան, և Շապուհը փորձեց փախուստով ազատել յուր կյանքը: Բայց չհաջողվեցավ, որովհետև փախչելու միջոցին քուշաներից մի խումբ շրջապատեցին նրան և գերի բռնեցին: Բայց ինքը ներքինապետը, յուր հայ ձիավորներով վրա հասավ և ազատեց Շապուհին: Երբ վերադարձան Տիզբոն, Շապուհը ատյան կազմեց, հրապարակով հանդիմանեց յուր զորապետների անպիտանությունը և ցավելով գովաբանեց հայերի քաջագործությունը:

— Նույն ատյանի մեջ, տե՛ր արքա, — շարունակեց ներքինապետը, — Շապուհը դարձավ ինձ, ասելով. «Դրաստամատ, իմ կյանքով ես քեզ եմ պարտական, դու ազատեցիր ինձ անարգ գերությունից. խնդրի՛ր քեզ վարձատրություն, փառք, պատիվ, իշխանություն, հարստություն, երդվում եմ իմ նախահարց սուրբ հիշատակով, ինչ որ խնդրելու լինես, կստանաս ինձանից»: Բայց ես ոչ հարստություն պահանջեցի և ոչ իշխանություն, տե՛ր արքա, ես պահանջեցի միայն, որ ինձ իրավունք տան գնալ Անուշ բերդը և տեսնել իմ սիրելի թագավորին...

— Եվ քեզ իրավունք տվեցի՞ն:

— Այո՛, տեր արքա: Շապուհը չէր կարող երևակայել, որ ես այդ շնորհը կխնդրեի: Երբ իմ ցանկությունը հայտնեցի, նա երկու ձեռքով կոծեց ծնկները, և ստրջացավ յուր խոստման մասին, ասելով. «Անհնարին բան խնդրեցիր, Դրաստամատ, որովհետև արյաց օրենքներին հակառակ է՝ ոչ միայն այցելություն գործելն Անուշ բերդի դատապարտյալներին, այլ նրանց մտաբերելն անգամ: Խնդրի՛ր մի այլ բան. իմ գանձարանները լի են ոսկով և գոհարներով, ազգք և ազինք խոնարհած են իմ իշխանության ներքո, ո՛ր երկիրը ցանկանալու լինես, կտամ քեզ»: Ես կրկնեցի միևնույն խնդիրքը : Որովհետև հրապարակով երդվել էր, չկարողացավ զանց առնել:

Աքսորյալի մռայլ դեմքի վրա անցավ մի դառն ժպիտ:

— Միթե այդպես երդմնապա՛հ է դարձել նա...Ինձ ևս երդվեցավ...

ինձ ևս շատ խոստումներ արեց...բայց վերջը դավաճանեց... Նա վարազագիր մատանիով աղ կնքեց և ուղարկեց ինձ, որը, պարսից թագավորների օրենքով ամենահավատարիմ երդման ուխտն է: Ինձ կանչեց յուր մոտ սիրո և հաշտության դաշն կռելու և կրկին խաղաղությամբ դեպի իմ աշխարհը վերադարձնելու: Բայցփոխարենը-ուղարկեց այստեղ...

Նրա ձայնը ներքին վրդովմունքից դողդողաց, և բոպեական լռությունից հետո, կրկին դարձավ դեպի ներքինին, ասելով.

— Գովում եմ քո անձնանվիրությունը Դրաստամատ, դու միշտ հավատարիմ ես եղել քո թագավորին: Քո այժմյան վարմունքը ես կհամարեմ այն բազմաթիվ զոհաբերությունների պսակը, որոնցով դու շատ անգամ ապացուցել ես քո բարձր արժանավորությունները: Ես փառք եմ տալիս ամենակալին, և այժմ միայն հավատացած եմ, որ նա ինձ բոլորովին ձեռնաթափ չէ արել: Ես կարոտ էի իմ աշխարհից մեկին, և նա ուղարկեց ինձ:

Դրաստամատը, հոգով չափ փառավորվելով յուր թագավորի խոսքերից, հայտնեց, թե ինքը ներկայացել է այդ բերդը արքայական հրովարտակով, թե իրան իրավունք է շնորհված յուր թագավորի վիճակը արքայավայել դրության մեջ դնելու, ամեն կերպով թեթևացնելով նրա ծանրությունները և ամեն կերպով մխիթարելով նրան:

— Այդ ինձ շատ փոքր մխիթարություն կլինի, Դրաստամատ, — պատասխանեց նա վշտալի ձայնով: — Այժմ ինձ համար միևնույն է այդ հարդի վրա պառկել, թե ամենափափուկ անկողնի մեջ: Նույնպես ինձ համար զանազանություն չունի՝ ջուրը այդ կոտրած խեցեղեն անոթից խմել, թե ոսկյա բաժակից: Տանջանքը, տաժանակիր կյանքը չի մաշում ինձ: Ինձ մաշում է միայն ա՛յն, որ ես այստեղ եմ, իսկ իմ անտեր մնացած երկիրը կեղեքվում է իմ թշնամիներից...

Վերջին խոսքերից այն աստիճան զգացվեցավ ներքինապետը, որ մի բառ անգամ չգտավ պատասխանելու: Աքսորյալը հարցրեց.

— Ինչո՞ւ ես լուռ, Դրաստամատ, ասա՛, ի՞նչ գիտես մեր աշխարհից, ի՞նչ է մտածում անել Շապուհը, ի՞նչ են մտածում նախարարները: Դու, թեև Տիզբոնից ես գալիս, բայց դարձյալ շատ բան լսած, շատ բան իմացած կլինես:

Նա, իրավ, շատ բան լսել և շատ բան իմացել էր, բայց միթե կարո՞ղ էր բոլորը պատմել նրան: Թույլ տվեց, որ ինքը հարցեր առաջարկե:

— Ո՞վ է իմ զորքերի հրամանատարը,

— Մուշեղ Մամիկոնյանը, տե՛ր արքա:

Ուրախության նման մի բան փայլեց նրա տխուր դեմքի վրա, և, դառնալով դեպի քարե պատվանդանի վրա կանգնած անշարժ արձանը, ասաց,

— Լսի՛ր, Մամիկոնյան տեր, որդիդ իմ զորքերի ընդհանուր սպարապետն է այժմ: Ես վստահ եմ, որ քաջ հոր քաջ որդին կարդարացնե յուր տոհմի հայրենասիրությունը: Ես հիշում եմ նրան, երբ դեռ նոր էր սկսել ձիավարել, տեսել եմ նրան մի քանի մրցությունների մեջ, տեսել եմ և կռիվներում, երբ արդեն երիտասարդ էր: Ամենափոքր հասակից քաջազնական աստղը փայլում էր նրա ճակատի վրա: Հպարտ էր յուր հոր նման և մեծամիտ: Երբ մի անգամ նրան ասեցի `«քեզ արքունի հավերի վրա վերակացու պիտի կարգեմ», — նա վիրավորվեցավ և աչքերը լցվեցան արտասուքով: Այդ ժամանակ տասներկու տարեկան հազիվ կլիներ:

Որդու գովասանքները, կարծես լսում էր հայրը, և այնպես էր թվում, որ նրա մռայլ, սպառնալի դեմքը արտասանում էր այդ խոսքերը. «Հոր արյան վրեժխնդրությունը կոգևորե նրան, և նա յուր ծնողած հարազատը չի լինի, եթե հարյուրավոր պարսիկ սպաների մորթիքը խոտով չի լցնի և չի ուղարկի իբրև նվեր ստորոգի Շապուհին …»:

Բանտարկյալը շարունակեց հարցուփործը,

— Որտե՞ղ է հայոց տիկինը (թագուհին):

— Ամրացած է Արտագերս բերդում, տեր արքա, և յուր հրամանի ներքո ունի տասներկու հազար ամենաընտիր զորքեր:

— Իսկ իմ որդի՞ն:

— Դեռ գտնվում է Բյուզանդիայում, կայսեր մոտ, տե՛ր արքա:

— Ինչո՞ւ չեն կանչում, ինչո՞ւ են թողել այնտեղ:

— Դեռ մտածում են երկիրը խաղաղացնել պարսիկների հարձակումներից, որ նա հետո գա և ամենայն ապահովությամբ ժառանգե հոր գահը, տե՛ր արքա:

Բանտարկյալը դառնացած կերպով շարժեց գլուխը, և նրա շրթաների շառաչյունը արձագանք տվեց սրտի բարկությանը:

— Դու խնայում ես ինձ, Դրաստամատ, — կոչեց նա խրոխտ ձայնով, — դու խիստ մեղմությամբ ես հաղորդում իմ աշխարհի աղետները: Խոսի՛ր ճշմարիտը, ես քեզ կլսեմ ամենայն սառնասրտությամբ, որքան և տխուր լինեին քո պատմությունները: Իմ որդուն պահում են Բյուզանդիայում, պահում են կայսեր մոտ, որովհետև վախենում են հայրենի աշխարհը բերել, որպեսզի Շապուհի ձեռքը չընկնե, և նրան ևս հոր մոտ այդ բերդում չաքսորե... Այդ չէ՞ իսկությունը: — Կարծեմ, այդ է:

— Այո, տեր արքա:

— Որտե՞ղ է Ներսեսը:

— Նույնպես Բյուզանդիայում, տեր արքա:

Չնայելով բանտարկյալի թախանձանքին, նա դարձյալ ծածկեց, որ հայոց մեծ քահանայապետը աքսորված է Պատմոս կղզում :

— Երևի, այդ նպատակով է սպասում Բյուզանգիայում, որ որդուս հետ միասին վերադառնան:

— Այո՛. տեր արքա:

Նա գլուխը խոնարհեցրեց, և խառնված գիսակների թավ հոսանքը սքողեց տխրամած դեմքը: Րոպեական մտահուզությունից հետո, կրկին դարձավ դեպի ներքինին, ասելով.

— Այդ ինձ և՛ մխիթարում է, և՛ խոցոտում է, Դրաստամատ: Ես երբեք Ներսեսի հետ լավ հարաբերությունների մեջ չեմ եղել: Այժմ նա հովանավորում է իմ որդուն: Դա մի տեսակ վրեժխնդրություն է և քրիստոնեական վրեժխնդրություն — չարության փոխարեն բարություն մատուցանել...

— Այդ նրա պարտքն է, տեր արքա, որպես Քրիստոսի աշակերտի:

— Ասա՛, և որպես ճշմարիտ հայրենասերի, Դրաստամատ, — ավելացրեց բանտարկյալը: — Ես եթե միշտ հակառակել եմ Ներսեսին, բայց երբեք չեմ դադարել հարգել նրա մեջ մեծ մարդու ամենաբարձր հատկությունները:

— Ի՞նչ է շինում Մերուժանը, — խոսքը փոխեց նա:

— Անիծվի՛ Մերուժանը, — պատասխանեց ներքինին խորին զզվանքով: — Շապուհից զանազան հրահանգներ է ստացել...և նրանց ի կատար ածելու մասին է աշխատում...

— Իհարկե, ոչ լավ հրահանգներ:

— Այդ շատ հասկանալի է, տեր արքա: Բայց ես մեծ հույսեր ունեմ, որ հայոց նախարարների միաբանությունը կխորտակե նրա չար դիտավորությունները...

— Նախարարների միաբանությո՛ւնը... — կրկնեց բանտարկյալը դառնացած ձայնով: — Միթե կարելի՞ է հավատալ նրանց անկեղծությանը...

— Ոչ միայն կարելի է, այլ պետք է հավատալ, տեր արքա: Նրանք այժմ շատ և շատ ստրջացել են իրանց անխոհեմ վարմունքների մասին...

— Այն բոլոր վնասներից հետո, որ կատարվեցան, Դրաստամատ... իրանց թագավորին կորցնելուց հետո... հայրենի երկիրը ավերակ դարձնելուց հետո... այժմ, ասում ես, ստրջացել են... Դա շա՛տ և շա՛տ ուշ է արդեն...

— Ուշ է, բայց բոլորովին անցած չէ, տեր արքա: Իրանց անձնազոհությամբ այժմ կքավեն հին մեղքերը: Ինձ հայտնի են բավական տեղեկություններ, թե ո՛րպես նախարարությունը, հոգևորականության հետ ձեռք ձեռքի տված, պատրաստվում է պատերազմել հայրենիքի փրկության համար:

— Պատմի՛ր, ի՛նչ գիտես:

Ներքինին սկսեց մի ըստ միոջե պատմել, նախ, Շապուհի դիտավորությունները՝ քրիստոնեական կրոնը ոչնչացնելու և Հայաստանում պարսից կրակապաշտությունը տարածելու մասին: Հետո պատմեց նրա ձեռք առած միջոցները յուր նպատակը իրագործելու համար, որոնց մեջ գլխավոր դերը պատկանում էր Մերուժան Արծրունուն: Պատմեց Շապուհի մեծամեծ խոստումները Մերուժան Արծրունուն, որոնց կարժանանա նա, երբ արյաց թագավորի ցանկությունները կկատարե:

Նկարագրեց հայոց նախարարների ուխտը և նրանց պատրաստությունները՝ սպառնացող չարիքների առաջը առնելու համար և թե՛ եկեղեցին, թե՛ Արշակունյաց գահը պարսից բռնապետությունից ազատելու համար: Յուր հաղորդած տեղեկությունները վերջացրեց նա խիստ մխիթարական հուսադրություններով, թե ինքը համոզված է, որ Շապուհին չի հաջողվի յուր չար դիտավորությունները կատարել, թեև, գուցե Հայաստանը բավական վնասներ կկրե նրանցից, բայց երբեք չի նվաճվի:

Թագավորը, գլուխը խոնարհած, խորին վրդովմունքով լսում էր: Նրա թավամազ, փոքր-ինչ թխագույն դեմքը, ավելի մռայլ արտահայտություն էր ստացել: Այդ բոլորը, կարծես, սպասում էր նա, այդ բոլորը նախազուշակել էր նա այն օրից, երբ դժբախտ հանգամանքները նրան ձգեցին Շապուհի ձեռքը: Նա դարձավ դեպի ներքինին, հարցնելով.

— Ինչպե՞ս հասան քեզ այդ տեղեկությունները, Դրաստամատ:

— Տիզբոնում եղած ժամանակս, տեր արքա, միշտ հետամուտ էի գիտենալու, թե ինչ են մեքենայում պարսից արքունիքում: Այդ մասին ես ունեի մի հավատարիմ անձն, որ շատ մոտ էր գործերին և ամեն ինչ հաղորդում էր ինձ: Հավաքած տեղեկություններս գաղտնի սուրհանդակների միջոցով անմիջապես հաղորդում էի հայոց նախարարներին, նրանց զգուշացնելու համար, և նրանցից պատասխաններ էի ստանում: Ես ինչ որ կարող էի անել, արել եմ, տեր արքա, այժմ մնում է ինձ՝ դյուրացնել իմ թագավորի դրությունը, և, եթե կհաջողվի ինձ, որի մասին մեծ հույս ունեմ, ազատել նրան յուր դառն կապանքներից...

Վերջին խոսքերը արտասանեց նա հազիվ լսելի ձայնով:

Թագավորի դեմքի վրա երևաց մի տխուր ժպիտ:

— Գովում եմ քո եռանդը, Դրաստամատ, — ասաց նա, — բայց չեմ կարող հավանություն տալ քո անչափ ոգևորությանը: Դու, քան թե այստեղ իմ ազատության հոգսերով զբաղվելու, որը ժամանակի և հաջող հանգամանքների գործ է, ավելի օգտավետ կլինեիր այնտեղ, Տիզբոնում, որպեսզի, պարսից արքունիքին մոտ լինելով, շարունակեիր քո սկսած դերը: Հայոց նախարարներին մի հավատարիմ ականջ է հարկավոր ունենալ Տիզբոնում, և ամենահարմարը դու ես, որ վայելում ես Շապուհի առանձին շնորհը:

— Այնուամենայնիվ, իմ տեր թագավորի վիճակը... նրա աննախանձելի դրությունը,.... — կրկնեց ներքինին դողդոջուն ձայնով:

— Իմ վիճակը այժմ մասամբ դյուրացած եմ համարում,Դրաստամատ, որովհետև քո հաղորդած տեղեկությունները բավական հանգստացրին ինձ: Կրկնում եմ, Տիզբոնում մի հավատարիմ մարդ է հարկավոր, և այդ մարդը դու պետք է լինես: Իսկ ինձանով զբաղվելը — դա միայն ժամանակ կխլեր քեզանից: Ես ավելին կասեմ. իմ այստեղից ազատվելը, Հայաստան գնալը և կրկին իմ կառավարության գլուխը անցնելը, գործերի այժմյան խառն և անորոշ դրության ժամանակ, — ես մինչև անգամ վնասակար եմ համարում: Ինչո՞ւ : Որովհետև ես չպիտի կարողանամ հաշտվել իմ նախարարների հետ, իսկ այդ հայրենիքի փրկության համար անհրաժեշտ է: Մեր մեջ այլևս վաղեմի մտերմությունը կայանալ չէ կարող: Իմ ներկայությունը կբորբոքե մի նոր, ներքին պատերազմ, երբ արտաքին թշնամու հետ կռվելու շատ պետքեր կան: Ես կմնամ այստեղ. ես կզոհեմ ինձ հայրենիքի խաղաղությանը: Թո՛ղ իմ նախարարները հաշտվեն իմ որդու հետ: Նա նոր է նրանց համար և նրա հետ հին հաշիվներ չունեն: Իսկ ես այստեղ կաղոթեմ նրանց հաջողության համար և կսպասեմ ասատուծո տնօրենությանը... Ներքինին չկարողացավ զսպել յուր դառն զգացմունքները, խոնարհվեցավ և, գրկելով դատապարտյալի շղթայակապ ոտները, բացագանչեց.

— Տե՛ր արքա, մեծ է աստուծո աշխարհը և անբավ է նրա գթությունը, եթե դու Հայոց երկիրը գնալ չես ցանկանում, աստված շատ ապահով տեղեր ունի քո բնակության համար...

Դատապարտյալը վեր կացավ և նրան ևս յուր հետ բարձրացրեց, ասելով.

— Երբեք չեմ ցանկանա փախստականի անուն ժառանգել,Դրաստամատ: Ո՞ւր գնամ: Հռոմայեցո՞ց մոտ: Պարսկի բանտը ինձ համար ավելի տանելի է, քան թե նրանց կեղծավորությամբ լի պալատները: Իմ այստեղ մնալը թեև կուրախացնե իմ նախարարներին, բայց իմ ժողովրդի սիրտը կլցնե արդար վրեժխնդրությամբ: Իմ ժողովուրդը սիրում է ինձ: Նա կմտածե, որ աքսորյալ թագավոր ունի և կթափե յուր բարկությունը անիրավ աքսորողի վրա: Իսկ այժմյան հանգամանքներով այդ կնպաստե իմ երկրի ազատությանը: Թո՛ղ Հայոց երկիրը ազատ լինի, այնուհետև իմ տանջանքները կթեթևանան այդ մթին բանտում:

— Իսկ քո ազատությունը կմխիթարե քո ժողովրդի սգավոր սիրտը...

— Լսի՛ր, Դրաստամատ, չափազանց սերը քեզ երեխայության մեջ է դրել: Միթե այնքան միամի՞տ ես կարծում պարսիկներին. Եթե սատանային պետք լինի մի նոր բան սովորել, անշուշտ նրանց կդիմեր: Դու պետք է գիտենաս, այն հրովարտակը, որ շնորհել են քեզ և որով անսահման իրավունք են տվել քեզ քո թագավորի կեցությունը բարվոքելու և նրա համար յուր բանտի մեջ արքայավայել ապրուստ տնօրինելու, — մի նույնպիսի հրաման կամ ստացել է, կամ, անտարակույս, շուտով կստանա այդ բերդի տեսուչը: Հսկողությունը իմ վրա ավելի կսաստկացնեն, և զգուշությունը ավելի կզորացնեն: Դու կկրողանաս կատարել միայն ա՛յն, որքան քեզ իրավունք է տված, ինձ լավ կերակրել, լավ հագցնել և ավելի մաքուր արգելարանի մեջ պահել: Այդքանը միայն: Ուրեմն ինչպե՞ս կարող պիտի լինես ազատել ինձ: Կաշառել բանտապետին, կաշառել պահապաններին, անկարելի է: Դու պետք է մնաս այստեղ և սպասես հրաշքների: Իսկ քո այստեղ մնալը, մի քանի րոպե առաջ հայտնեցի, որ ապարդյուն է: Դու ավելի հարկավոր ես Տիզբոնում...

Ներքինին խորին տրտմությամբ լսում էր: Դատապարտյալը շարունակեց.

— Ինձ համար մինչև անգամ խիստ ծանր է, Դրաստամատ, ընդունել այն բարվոքումները, որ պիտի լինեն իմ կեցության մեջ: Ինձ համար ավելի տանելի կլիներ մնալ այդ դրության մեջ, բայց ամենափոքր շնորհ չընդունել տմարդի Շապուհից: Ընդունելով նրա շնորհը, ես թեթևացնում եմ նրա հանցանքի չափը: Բայց, որպեսզի հայտնի լինի, որ դու մի այլ նպատակ չես ունեցել այդ բերդը գալով, ես ստիպված եմ ընդունել:

Այսպես խոսում էր վշտացած թագավորը, այսպես թափում էր սրտի դառն կսկիծները, մինչև նկուղի լուսամուտներից երևացին վաղորդյան արեգակի առաջին շողքերը: Նա նայեց դեպի ծագող լույսը, և դառնալով դեպի ներքինին, ասաց,

— Տխո՛ւր են աղետները, շա՛տ տխուր, Դրաստամատ... թագավորը այստեղ — արևելքում... քահանայապետը այնտեղ-արևմուտքում... իսկ երկիրը-մնացած անտեր... Բայց կա մի էակ, որ բոլորի տերն է. ես նրա վրա եմ դրել իմ հույսը...

ՃԱՆԱՊԱՐՀՆԵՐԸ ԲԱԺԱՆՎՈՒՄ ԵՆ

Ա

ՈՇՏՈՒՆՔ

Մի շաբաթ առաջ երկու եղբոր որդիներ դուրս եկան Ողական ամրոցից: Մեկը՝ Սամվել Մամիկոնյանը: Մյուսը՝ Մուշեղ Մամիկոնյանը:

Երկուսի ճանապարհները բաժանվեցան:

Առաջինը գնում էր Վանա ծովակի հարավ-արևելյան եզերքով: Իսկ երկրորդը գնում էր նույն ծովակի արևմտյան եզերքով: Նրանք գնում էին վտանգների և սարսափի միջով: Երկիրը ընդհանուր հուզման մեջ էր. մի հուզմո՛ւնք, որ նման էր կատաղության: Սոսկալի է, երբ կատաղում է ժողովուրդը, նրա կատաղությունը նմանում է արջի կատաղության, որ, բերանը փրփրած, աչքերը մթնապատած, նախ յուր ձագերին է յուր ոտքերի տակ փշրում...

Մի շշուկ չար ոգու նման անցել էր Հայոց աշխարհով: Նրա խուլ, անորոշ ձայնը ամեն ոք յուր կերպովն էր հասկանում, ամեն ոք յուր կերպովն էր բացատրում: Բայց որքան անհասկանալի էր նա, այնքան ավելի վրդովեցուցիչ էր: Եղբայրը ձեռք էր բարձրացրել եղբոր վրա. մինը մյուսին չէր հասկանում: Երկիրը ալեկոծվում էր անգիտակցության մեջ, — մթին, մրրկածուփ անգիտակցության մեջ:

Ժողովրդի բերանում ստեղծվել էր մի նոր բառ-«ուրացող»: Ո՞վ էր ուրացողը, ո՞վ չէր ուրացողը, — ոչ ոք չգիտեր: Բայց կասկածավորին քարկոծում էին: Ծառան խեթ աչքով էր նայում յուր տիրոջ վրա, իսկ տերը վստահություն չուներ ծառայի վրա:

Տեղ-տեղ խլրտվում էր ստորերկրյա հեթանոսությունը, որ քրիստոնեությունից հալածված, գետնի տակ էր ապրում: Հին աստվածները նոր կրոնի դեմ գործ էին կամենում սկսել:

Հաղորդակցությունները համարյա դադարած էին. անցուդարձը անկարելի էր դարձել: Անզեն գյուղացիք, իրանց խրճիթները թողած, հավաքվել էին լեռների բարձրությունների վրա և ճանապարհից անցնողների վրա քարեր էին գլորում: Քարերը գլորվում էին որպես փուլ եկած լեռան մի մասը և իրանց կույտերի ներքո ծածկում էին ամբողջ քարավաններ: Բայց ո՞ւմ վրա էին գլորում, — իրանք ևս չգիտեին: Ամեն ոք նրանց համար «ուրացող» էր...

Տեղ-տեղ թափառում էին զինված խումբեր:

Տղամարդիկ վազում էին կռվելու, իսկ կանայք, հաստ բիրերը ձեռքներին բռնած, կանգնել էին դատարկ խրճիթների դռանը, և ոչ ոքի թույլ չէին տալիս, որ մոտենա այն խրճիթներին, ուր ամեն մի օտարական կարող էր հանգիստ ապաստան գտնել:

Այդ խառն, աղմկալի միջոցում Սամվելի ասպախումբը անցնում էր Տարոնից դեպի Ռշտունիք տանող ճանապարհով: Նրա առջևից տանում էին Մամիկոնյան տան դրոշը: Այդ դրոշը,որ միշտ պահպանել էր յուր անարատությունը, այժմ և պատսպարում էր նրան, և՛ մատնում էր նրան: Պատսպարում էր, որովհետև ամեն ոք սովոր էր հարգանքով վերաբերվիլ դեպի նա: Մատնում էր, որովհետև նույն դրոշի գլխավոր ներկայացուցիչը այժմ անցել էր «ուրացողների» գլուխը: Դա Սամվելի հայրն էր, Վահան Մամիկոնյանը: Ո՞ւմը կարող էր հասկացնել որդին, թե ինքը յուր հոր շավղովն չէ գնում: Կատաղած խուժանը ականջ ուներ լսելու, բայց ժամանակ չուներ դատելու:

Երեք օր էր, որ նրա ասպախումբը մտել էր Ռշտունյաց լեռնային երկիրը, որ ծածկված էր մթին անտառներով: Այգ անտառները կորստյան մի խորին անդունդ էին, լի ամեն չարիքով: Այդ անտառներում, սկսյալ ամենահին ժամանակներից, կատարվել էին սոսկալի գործողություններ: Այստեղ Նեբրովթը կորցրեց յուր տիտանների մեծ մասը: Այստեղից էր հզոր Բարզափրանը, որ լցրեց Հայաստանը հրեից գերիներով: Այստեղից էր անգութ Մանաճիհրը, որ արյունով ծածկեց Ասորեստանը: Այստեղ էր «երկաթահատաց» լեռը, որի ստորերկրյա խավերում գործում էր մի մռայլ, սրամուտ բազմություն, որ յուր երկրի քաջերի համար նետեր ու զրահներ էր դարբնում:

Այդ երկրի մի կողմը ծփում էր Աղթամարա ծովակը, իսկ մյուս կողմում՝ պատնեշ էին դրել Մոկաց անմատչելի լեռները, իրանց դիվաբնակ խոխոմներով և ձորերով:

Սամվելը դուրս եկավ Ողական ամրոցից 300 ձիավորներով և փառավոր պատրաստությամբ: Այժմ նրա ասպախումբից մնացել էր 43 հոգի միայն: 257 հոգի կորան Ռշտունյաց անտառներում:

Սարսափելի՜ էին այդ անտառները: Խաղաղության ժամանակ նրանք անհետացնում էին մենավոր ճանապարհորդներին, իսկ խռովության ժամանակ՝ կլանում էին ամբողջ գունդեր: Այնտեղ տիրում էր հավիտենական մռայլը՝ մի մռայլ ժողովրդի հետ: Այնտեղից անցնողը տեսնում էր միայն յուր առջևի նեղ շավիղը, որ ծածկված էր մացառներով, տեսնում էր վերևում՝ սաղարթախիտ ոստերի մթին կամարը, որից հազիվ անգամ նշմարվում էին արեգակի ճառագայթները, — տեսնում էր յուր աջ և ձախ կողմերում դարևոր ծառերի անթափանցիկ ցանցը, որ կենդանի պատվարի նման պարփակում էին ճանապարհի եզերքը: Ուրիշ ոչինչ չէր տեսնում: Եթե հարյուրավոր աչքեր ունենար մարդը, դարձյալ անկարող կլիներ նկատել, թե ո՛ր կողմից է գալիս վտանգը: Նրան կարելի էր հանդիպել ամեն քայլում և ամեն րոպեում: Թշնամին թաքնվել է կիսափուտ ծառերի փիչուկների մեջ, և յուր դարանից նետեր է արձակում: նա օձի նման սողել է մերկարմատ ծառերի ստորին խոռոչներում և հանկարծ հայտնվում է նիզակը ձեռին: Նա կապիկի նման մագլցում է ոստերի բարձր հյուսվածքի մեջ և այնտեղից մահ է տարածում: Նա աճել է, միացել է հսկա ծառաստանի հետ, որ նրա անմատչելի պատսպարանն է կազմում:

Կեսօր էր, երբ Սամվելի ասպախումբը դանդաղ ընթացքով անցնում էր այդ անտառի միջով: Նրանք ճանապարհ էին ընկել գիշերով, որպեսզի, դեռ արևը չծպզած, դուրս գան անտառից և մյուս անգամ չհանդիպեն դարանամուտների: Մի խումբ ձիավորներ գնում էին առաջ բավական հեռավորության վրա, ճանապարհը հետազոտելու համար: Նրա մի կողմում յուր ձին քշում էր պատանի Արտավազդը: Իսկ ետևից գալիս էին ծերունի Արբակը, Հուսիկը և մի քանի թիկնապահներ: Հոգնած էին թե՛ ձիաները և թե՛ ձիավորները: Բայց դարձյալ մի տեղ իջնելու և հանգստանալու պետք չէին զգում, որովհետև շտապում էին շուտով դուրս գալ անտառից:

Սամվելը դարձավ դեպի ծերունի Արբակը, հարցնելով.

— Դեռևս երկա՞ր պետք է գնանք:

— Եթե վոըշիկները դարձյալ ճանապարհը չկտրեն, շուտով գուրս կգանք անտառից, — պատասխանեց ծերունին յուր սովորական սառնասրտ ությամբ:

«Վոըշիկներ» կոչում էր նա ոշտունցիներին, որ թե՛ նվազական, և թե՛ նախատական անուն էր:

— Այդ սարի մյուս կողմում վերջանում է անտառը, — ավելացրեց ծերունին:

Պատասխանը զոհացրեց Սամվելին, բայց գրգռեց պատանի Արտավազդի անհանգստությունը:

— Ո՞ր սարի մյուս կողմում, — հարցրեց նա զայրացած ձայնով: — Ես ոչ մի սար չեմ տեսնում:

Ծերունին ոչինչ չպատասխանեց: Նա անվստահ աչքերով շարունակեց նայել յուր շուրջը: Նրա մտահույզ դեմքը արտահայտում էր փորձված մարդու վիրավորված ինքնասիրությունը և ծերունու անհամբերությունը, որ գործ ուներ մանուկների հետ: «Ո՞ր սատանան մոլորեցրեց մեզ, — մտածում էր նա, — ի՞նչն էր ստիպում անպատճառ այդ անիծված երկրով անցնել… միթե ուրիշ ճանապարհ չկա՞ր… Բայց ինձ չլսեցի՛ն… և իրանք տուժեցի՛ն…»:

Նեղ ճանապարհը, որով գնում էին նրանք, երբեմն կապվում էր պատնեշի նման ամբարտակներով, բայց փայտեղեն ամբարտակներով: Ծառերը կտրել և այնպես, առանց ճյուղակոտոր անելու, դիզել էին ճանապարհի վրա: Սամվելի ասպախումբը մեծ դժվա րությամբ կարողանում էր անցնել այդ տեղերից:

Ինչ-որ կատարվել էր այդ կողմերում: Շրջակայքը իրանց բնական դրության մեջ չէին : Այդ լցնում էր Սամվելի սիրտը մթին տարակուսանքներով, որ հետզհետե աճելով վհատության կերպարանք էին ստանում: «Գոնե մի մարդ երևնար, — մտածում էր նա, — գոնե մի հարցուփորձ անեի...»:

— Ոչ ո՛ք չէ երևում... — խոսեց նա ինքն իրան:

— Կամենո՞ւմ ես մարդ տեսնել, — հարցրեց ծերունին յուր սովորական բարեհիրտ ժպիտով: — Բավական է վոլշիկների եղանակով մի անգամ աղաղակել «հա՛յ-հո՛ւյ», և կտեսնես, որ քո ձայնը կրկնվեցավ հազարավոր բերաններում, և անցավ հեռու և հեռու, մինչև անտառի խորքերը... Այդ ժամանակ գետնի տակից, ժայռերի խոռոչներից, մացառների միջից դուրս կհոսե վայրենի բազմությունը... Այդ մարդիկը սատանայի նման ամեն տեղ կան, բայց ո՛չ մի տեղ չեն երևում...

Արբակի դիտողությունը սխալ չէր: Ընծակա լեռան կիրճերից և ապառաժոտ, անհավասար զառիվայրերից ազատվելուց հետո, անտառը սկսեց հետզհետե ցանցառանալ, և ծառերը սկսեցին հետզհետե մանրանալ: Վերևում բացվեցավ կապտագույն երկինքը, իսկ ներքևում — Աղթամարա ծովակի մույգ — մանիշակագույն հայելին: Այժմ շրջակա բլուրները ծածկված էին կարճահասակ թուփերով, որ աճել և կանաչազարդ գորգի նման հյուսվել էին ճոխ բուսականության հետ:

Կեսօրից բավական անցել էր, երբ Սամվելի բոլորովին հոգնած ասպախումբը հասավ գոզավոր նավամատույցին, որտեղից պետք էր անցնել Աղթամար կղզին: Այն ջերմ հույսերը, այն ըղձալի փափագները, որ մղում էին երիտասարդին դեպի այդ կղզին, իսկույն տխրության փոխվեցան, երբ նկատեց նա, որ նավամատույցի մոտ ոչ միայն մարդիկ չկային, այլ չէր երևում և նավակների խումբը, որ մշտապատրաստ պահվում էր այնտեղ՝ անցուդարձի համար:

«Ի՞նչ է պատահել...» — այդ մթին հարցը տվեց ինքն իրան, և մնաց շվարյալ դրության մեջ: Նա ցանկանում էր անպատճառ տեսնել այդ կղզին: Առանց այդ կղզին տեսնելու, նա չէր կարող ոչ հանգիստ լինել և ոչ երջանիկ: Այդ կղզին տեսնելու համար, նա ծռեց յուր ճանապարհը, մտավ Ռշտունյաց անտառների մարդակուլ թավուտների մեջ և տվեց այնքան զոհեր, կորցնելով յուր քաջերի մեծ մասը:

Աղթամար կղզու ապառաժների բարձրության վրա կանգնած էր նույնանուն ամրոցը, որ սկսյալ ամենահին ժամանակներից ներկայացնում էր Ռշտունյաց նախարարների զորությունը: Բարզափրան նահապետը առաջինը եղավ, որ Տիգրան Բ-ի օրերում այդ ամրոցի հիմքը դրեց:

Սամվելը յուր վշտահար դեմքը դարձրեց դեպի շրջակայքը: Նրա աչքին ընկավ Ռշտունյաց իշխանների դրսի ապարանքը, որ կանգնած էր ծովեզերքում, նավամատույցից փոքր-ինչ հեռու: Նա բոլորովին շփոթվեցավ: Կրակը այնտեղ մեծ գործ էր կատարել: Կիսակործան ապարանքը դեռ ծխում էր...

— Այդ ի՞նչ ծուխ է... — բացականչեց նա, և նրա աչքերը վառվեցան խորին բարկությամբ:

— Այրվո՛ւմ է... — պատասխանեց ծերունի Արբակը, գլուխը ցավակցաբար շարժելով: — Բայց արի՛ ու իմացի՛ր, թե ո՞ր սատանան է այրել:

Կրակը անարգել կերպով ճարակում էր գեղեցիկ շինվածքները, և ոչ ոք չկար, որ նրա հանդգնության առաջը առներ:

Ամբողջ ասպախումբը ոչ սակավ խռովության մեջ ընկավ: Այդ երևույթը տեսնելուց հետո, ամենքը լցվեցան սաստիկ բարկությամբ: Պատանի Արտավազդի մշտազվարթ դեմքն անգամ ծածկվեցավ խորին տխրությամբ: Բայց Սամվելի մեջ սիրտ չէր մնացել:

Մինչ այդ շփոթության մեջ էին, հեռվից երևաց մի մարդ: Սամվելը փոքր-ինչ ոգի առեց: Գոնե մի մարդ գտնվեցավ: Նա ուղիղ մոտենում էր խումբին: Թեթև կերպով զինված էր նա. ձեռքում կրում էր երկար նիզակը, գոտիի մեջ խրած ուներ կարճ դաշույնը, իսկ մեջքին կապել էր լայն վահանը, որ զամած էր երկաթյա հեղույսներով: Երբ բոլորովին մերձեցավ նա, արևա կեզ դեմքը դարձրեց դեպի խումբը, երևի, տեսնելու համար, թե ո՛վքեր են, հետո նիզակի ծայրը ցցեց գետնին, հենվեցավ նրա վրա և կանգնեց ուղիղ Սամվելի առջև: Երիտասարդ իշխանը զարմացավ, նա չէր հավատում յուր աչքերին:

— Այդ դո՞ւ ես, Մալխաս, — հարցրեց նա հուզված ձայնով:

Եկվորը նրա գյուղացին և նրա սուրհանդակն էր: Նա փոխանակ մի խոսք ասելու, անվստահությամբ նայեց յուր շուրջը, հետո գլխարկի փաթոթի միջից հանեց մի ծրար և հանձնեց Սամվելին: Երիտասարդ իշխանը իսկույն գունաթափվեցավ: Այդ փակ ծրարը նրան ավելի բան ասաց, քան թե կլսեր եկվորից: Այդ ծրարը յուր գրած նամակն էր, որ հանձնել էր նրան տեղ հասցնելու համար: Այժմ կրկին վերադարձնում էին իրան: Ուրեմն այն անձինքը, որ պետք է ստանային այդ նամակը, կա՛մ չկային... կա՛մ չէր գտել... Երկու մտքերն ևս Սամվելի համար սպանիչ էին: Հազարումեկ վշտեր ալեկոծեցին նրա խռովյալ սիրտը: Հազարումեկ հարցեր ծագեցան նրա գլխում: Բայց նա զսպեց յուր վրդովմունքը, ցած իջավ ձիուց և, դառնալով դեպի յուր մարդիկը, ասաց,

— Այստեղ պետք է մի փոքր հանգստանալ:

— Այդ կրակների՞ վրա, — հարցրեց ծերունի Արբակը գլուխը զարմացական կերպով շարժելով:

— Այո՛, այդ կրակների մեջ, — պատասխանեց նրան Սամվելը:

Ամենքը ցած իջան ձիերից, բանակ դրեցին ամայի ծովեզրի մոտ: Այնտեղ մի քանի օր առաջ դրված էր եղել մի այլ բանակ: Երևում էին տրորված, ոտնակոխ եղած խոտերի հետքեր, երևում էին հանգած խարույկների տեղերը, որ բոլորակ ձևով այրել էին չորեքկողմի դալար բուսականությունը, երևում էին արյունով ցողված թուփերը, — բայց արդյոք անասունների՞, թե մարդու արյունով...

Սամվելն առեց յուր հետ Մալխասին և դիմեց դեպի նավամատույցը: Երբ հասան, նա դարձավ դեպի սուրհանդակը, հարցնելով.

— Այստեղ կարելի" է մի նավակ գտնել:

— Ոչ, տեր իմ, տեսնո՞ւմ ես, բոլորը այրված են:

Երիտասարդ իշխանը աչք ածեց յուր չորեքկողմը. ափազների վրա նկած էին միայն կտրատված պարանները, ջարդված թիակներ և մակույկների կիսավառ մնացորդներ: Նա վախենում էր միանգամից հարցնել սարսափելի իրողությունը: Նա դողում էր այն պատասխանից, որ պիտի բաց աներ նրա առջև կատարված անցքերի սոսկալի պատկերը:

— Ես պետք է անպատճառ տեսնեմ կղզին, — կրկին դարձավ նա դեպի սուրհանդակը:

— Կղզում ոչ ոք չկա, տեր իմ:

Կղզին հեռու էր ցամաքից մեկ ժամու ծովային ճանապարհով միայն: Սամվելը նայեց դեպի այն կողմը: Մերկ, ապառաժոտ կղզին, հսկայական սեպի նման, դուրս էր ցցվել ալիքների միջից, և նրա անմատչելի բարձրության վրա նկարված էր Ռշտունյաց նախարարների աheելի ամրոցը: Նա նույնպես ծխում էր.., և չարագուշակ ծուխը մոխրագույն ամպիկներով տարվում էր ծովային մեղմ հողմերի հետ: Այնտեղ ծխում էր և Սամվելի սիրտը…

Նա այլևս չկարողացավ իրան պահել, հարցրեց.

— Պատմի՛ր, Մալխաս, ի՞նչ է պատահել:

— Ցավալի՛ է, տեր իմ, շա՛տ ցավալի, — խոսեց սուրհանդակը վշտալի ձայնով: — Ինչպե՞ս պատմեմ...

— Ասա՛, ինչ որ գիտես, ոչինչ մի՛ ծածկիր: Նա դարձյալ մնաց շփոթության մեջ:

— Ո"վ ոչնչացրեց այդ բոլորը:

— Քո հայրը, տեր իմ:

— Իմ հա՞յրը... — գոչեց որդին, և կարծես կայծակով շանթեցին նրա ճակատը: նա ձեռքը տարավ, բռնեց գլուխը, և մի քանի րոպե մնաց լուռ:

Մալխասը ավելացրեց,

— Քո հայրը պարսիկների հետ եկավ և կործանեց բոլորը…

— Ինչպե՞ս եկավ,., ինչպե՞ս մտավ կղզին...

Մալխասը պատմեց, թե նրանք եկել էին ծովային ճանապարհով, Վանա կողմից: Գիշերով պաշարել էին կղզին, երբ ամենքը քնած էին: Եթե ցամաքի ճանապարհով եկած լինեին, իհարկե, կպատահեին վոըշիկներին, և նրանց անտառների մեջ իրանց վարձը կստանային... Այդ վտանգից խույս տալու համար, արշավանքը կատարել էին գիշերով և. ծովային ճանապարհով: Եվ իրանց անակնկալ հարձակմամբ կարողացել էին տիրել թե՛ կղզուն և թե՛ իշխանական ամրոցին:

Սուրհանդակի պատմության մեջ մի կետ ավելի գրավեց Սամվելի ուշադրությունը, թե արշավանքը կատարվել էր Վանա կողմից: Ուրեմն, Վանը անցել էր թշնամու ձեռքը: նա փոքր — ինչ զայրացած կերպով դարձավ դեպի սուրհանդակը, ասելով,

— Եթե դո՛ւ քեզ հանձնած նամակը յուր ժամանակին տեղ հասցնեիր, գրանցից և ոչ մեկը չէր կատարվի:

— Ես չուշացա, տեր իմ, ես թռչունի թռիչքով հասա, տեր իմ, բայց մինչև իմ հասնելը, ամեն ինչ կատարված էր:

Նամակի մեջ հաղորդել էր Սամվելը սպառնացող վտանգը: Բայց, դժբախտաբար, նա ինքն էր արել, մեծ սխալը, ուշացնելով նամակը: Այդ սխալի մեջ նա ևս մեղավոր չէր: Եթե կիիշե ընթերցողը, նրա խորթ մայրը, Որմիզդուխտ տիկինը, նրան շատ անազան հայտնեց աղետավոր իսկությունը, թե նրա հայրը սկզբից Տարոն չպիտի մտնե, այլ պետք է նախ հարձակվի Վասպուրականի քաղաքների վրա, և հետո այնտեղից պետք է անցնե Ռշտունյաց աշխարհը և այլն:

— Այժմ որտե՞ղ է Ռշտունյաց նահապետը, Գարեգին իշխանը: Երևի, գերեցի՞ն նրան:

— Ոչ, տեր իմ: նա գնաց Ռշտունյաց տիկնոջը որոնելու :

— Տարա՞ն նրան:

— Հայտնի չէ, տեր իմ: Միայն, որպես պատմում էին ամրոցի մարդիկը, գիշերային հարձակման խռովության միջոցումտիկինը կորավ:

— Իսկ Ռշտունյաց օրիո՞րդը...

Վերջին հարցի միջոցին, երիտասարդի շրթունքները դողացին, նրա սիրտը սկսեց սաստիկ բաբախել: Այդ Հարցի պատասխանիցն էր կախված նրա սրտի թե՛ հանգստությունը, և թե՛ նրա խպառ խորտակումը: Նա հարցնում էր գեղեցիկ Աշխենի մասին, որին նվիրված էր յուր հոգու բոլոր էությամբ, որին պաշտում էր յուր սիրո բոլոր ջերմ ութ յամբ:

Մալխասը նկատեց երիտասարդի խռովությունը, շտապեց պատասխանել,

— Թո՛ղ հանգիստ լինի իմ տերը, Ռշտունյաց օրիորդը ազատված է:

Սամվելի դեմքը փայլեց անսահման ուրախությամբ:

— Ճշմարի՞տ ես ասում... մի՛ խաբիր ինձ, Մալխաս... քեզ երդում եմ տալիս երկնքի և երկրի բոլոր սուրբերով... ուղիղն ասա՛, Մալխաս... Ազատվա՞ծ է նա... որտե՞ղ է այժմ...

— Յուր քաջերի հետ ամրացած է հայրենի անտառներում:

— Ո՞ր անտառներում:

— Հայտնի չէ, տեր իմ, երբեք մի տեղում չեն մնում: Այդ քանը միայն գիտեմ, որ մի քանի օր առաջ գտնվում էին Արտոսի անմատչելի բարձրությունների վրա:

Սամվելը յուր գոհությամբ լի դեմքը դարձրեց դեպի երկինքը:

— Ես կգնամ, ես կգտնեմ նրան, — ասաց նա խորին ոգևորությամբ:

— Որտեղ և. լինի, կգտնեմ նրան:

— Խորհուրդ չեմ տա, տեր իմ, — պատասխանեց Մալխասը փորձված մարդու եղանակով:

— Ի՞նչ կա, Մալխաս, ինչո՞ւ ես վախեցնում ինձ: Նրա համար ես դժոխքն անգամ կմտնեմ, ամեն տեղ կգնամ...

Մալխասը իշխանի մտերիմ ծառաներից մեկն էր, և որքան քաջ էր, նույնքան ևս խելացի մարդ էր: Նա յուր անվստահությունը բացատրեց նրանով, թե Ռշտունիները սաստիկ զայրացած են Մամիկոնյանների դեմ և որտեղ որ հանդիպելու լինեն, անխնա վրեժխնդիր կլինեն: Եվ այդ վրեժխնդրության ամենածանր մասը, անտարակույս, կվիճակվի Սամվելին, որովհետև նրա հոր ձեռքովն է կատարվել նրանց երկրին հասած բոլոր վնասը:

— Հիմարանո՛ւմ ես, Մալխաս, — պատասխանեց երիտասարդը, ընդհատելով նրա խոսքը: — Աշխե՞նը, իմ սիրելին, ինձ պետք է վրեժխնդի՞ր լինի, այդ ի՞նչ ասելու բան է:

— Աշխենը վրեժխնդիր չի լինի, տեր իմ, այլ նրան շրջապատող քաջերը վրեժխնդիր կլինեն: Եվ նազելի օրիորդը հազիվ թե կկարողանա զսպել վայրենի խուժանի կատաղությունը:

— Սխալվում ես, Մալխաս, ամբողջ Ռշտունիքը պաշտում է նրան, որպես յուր աստվածուհուն: Նրա մի խոսքը բավական է սանձահարելու բոլորին:

Մալխասը մտածության մեջ ընկավ: Մտածության մեջ ընկավ և Սամվելը: Երկու փափագներ, մինը մյուսից ավելի սաստիկ, մաքառում էին նրա մեջ: Առաջինը, յուր սիրելի նշանածին տեսնելու իղձը, իսկ երկրորդը, այն վճռական նպատակը, որի իրագործման համար նա ճանապարհ էր ընկած, որի կատարումը նա հանդիսավոր կերպով ուխտել էր յուր խղճի և աստուծո առջև... Այժմ դեպի ո՞րը դիմել: Դեպի սիրած օրիո՞րդը, թե դեպի ուխտած նպատակը: Երկուսն էլ թանկ էին նրա համար, երկուսն էլ սուրբ էին նրա համար: Բայց սիրո կրակը ավելի վառ էր երիտասարդի սրտի մեջ: Նա թեև չժխտեց յուր ուխտը, բայց — հետաձգեց նրան...

— Լսի՛ր, Մալխաս, — դարձավ նա դեպի սուրհանդակը, — դու պետք է գնաս, որոնես օրիորդին, դու պետք է գտնես նրան, և ինձ շուտով լուր բերես, թե որտե՞ղ է նա: Կարո՞ղ ես գտնել:

— Կարող եմ, տեր իմ:

— Ես այդ ծովեզրում կսպասեմ, և իմ հոգնած մարդիկներին փոքր-ինչ հանգստություն կտամ, մինչև դու կվերադառնաս: Եթե հարկավոր կհամարես, վեր ա՛ռ քեզ հետ իմ. մարդիկներից մի քանիսին:

— Նրանք միայն կխանգարեն ինձ, տեր իմ: Ես միայնակ կգնամ:

— Դու այսօր պետք է ճանապարհ ընկնես:

— Ես հենց այս րոպեիս կգնամ: Եթե աստված հաջողե ինձ՝ գտնել օրիորդին, հայտնե՞մ, թե իմ տերը ցանկանում է տեսնել նրան:

— Հայտնի՛ր:

— Իսկ եթե նա չհավատա՞, որ ես իմ տիրոջ կողմից եմ ուղարկված:

— Ցույց տո՛ւր նրան այդ մատանին:

Սամվելը հանեց մատանին, հանձնեց սուրհանդակին: ,

Նա գլուխ տվեց և ճանապարհ ընկավ:

Բ

ԱՐՏՈՍ

Արտոսը Ռշտունյաց լեռների արքան է: Նա Ռշտունյաց լեռների և հսկան է: Նրա սոսկալի ձորերի մեջ ցերեկը տիրում է խորին մթություն, իսկ գիշերը — անվերծանելի խավար:

Ամպամած գիշեր էր:

Մի սարավանդի գոգավոր բարձրության վրա դեռ չշիջած խարույկի կարմրագույն լույսը երևան էր հանում մի քանի մռայլ դեմքեր, որոնք, բոլորած կրակի շուրջը, տաքանում էին: Ամառնային գիշերը այդ լեռան անհյուրընկալ գրկում սառցնելու չափ զովություն է շնչում: Խարույկի շուրջը նստած մարդիկ և խոսում էին, և՛ զբաղված էին իրանց զենքերով: Մեկը քարե հեսանը ձեռին սրում էր նիզակի բթացած ծայրը, մյուսը կարում էր կապարճի քանդված փոկը, երրորդը կապում էր մազեղեն տրեխների խրացները: Մնացածները, մի կողքի վրա պառկած, մի առանձին բավականությամբ նայում էին կրակին:

Խարույկից փոքր-ինչ հեռու, փաթաթված իրանց թաղյա հաստ վերարկուների մեջ գետնատարած պառկել էին ուրիշ շատերը: Խավարի միջից հազիվ նշմարվում էր և վրանների մի շարք, որ իրանց ձևով հովիվների տաղավարների նմանություն ունեին: Նրանք պատրաստված էին թանձր, բրդեղեն մույգ-մոխրագույն կապերտներից, որոնք անձրևի ներքո այն աստիճան ամրանում են, որ մի կաթիլ անգամ թույլ չեն տալիս ներս թափանցելու: Դրանց մեջ քնած էին կանայք և երեխաներ:

Վրաններից մեկը յուր վրա առանձին ուշադրություն էր դարձնում: Նա առանձնացած էր մյուսներից և յուր ընդարձակությամբ իշխում էր բոլորի վրա: Վարագույրները ցած էին թողած: Դրսի սպիտակ գույնը, միախառնվելով աստառի կարմրության հետ, արտափայլում էր նուրբ-վարդագույն շառավիղներով: Երևում էր, որ ներսում ճրագը դեռ մարած չէր:

Խարույկի շուրջը խոսակցությունը դեռ շարունակվում էր:

— Ամոթի մի կաթիլ անգամ չմնաց մեր երեսին, — ասաց ՛նստողներից մեկը, — դրանից հետո մենք պետք է ձգենք մեր քոլոզները և մեր կնիկների լեչակները ծածկենք մեր գլխին…

— Ինչ՞ ւ, — հարցրեց մյուսը:

— Դու դեռ հարցնում ես, թե ինչ՛ ւ, — պատասխանեց առաջինը: — Նրա համար, որ մենք դրանից հետո տղամարդիկ չենք, մենք կանայք ենք... Կորցրի՛նք մեր պարծանքը, կորցրի՛նք մեր տիկնոջը... Նրանց ամրոցները կրակի ճարակ դարձան... Իսկ մենք ազատել չկարողացանք... Արժե՞ այդ բոլորից հետո ապրել...: Այլևս ի՞նչ երեսով պետք է նայենք աշխարհին,.. Ամեն մարդ կթքե, ամեն մարդ կմրե մեզ...

— Ուղիղ է ասածդ, բայց մենք ի՞նչ գիտեինք: Մենք մեր տանը նստած, թշնամին գողի նման ներս մտավ և յուր ավարը տարավ: Եթե այս րոպեին երկնքից հանկարծ մի քար ընկնի մեր գլխին, մենք կարո՞ղ ենք նրա առաջը առնել: Այդպես հասավ փորձանքը: Եթե առաջուց գիտենայինք, թշնամին չէր կարող ոտք դնել մեր հողի վրա:

— Հիմա խո գիտենք:

— Հիմա գիտենք, մեր վրեժը կառնենք և մեր նախատինքը մեր թշնամու արյունով կսրբենք:

— Այդ դեռ «սկիզբն է երկանց», — մեջ մտավ մի ուրիշը, որ բոլորից ծեր էր և, որպես երևում էր, կարդացած մարդ էր: — Մեծ փոթորիկը գալու է վաղը: Մեր իշխաններին մեր ձեռքից խլելուց հետո, մեզ անգլուխ թողնելուց հետո, կփակեն մեր եկեղեցիների դռները, կպատառոտեն մեր ավետարանները, ոտնակոխ կանեն մեր սրբությունները, և ապա կասեն մեզ. «Եկե՛ք կրակին ու արևին երկրպագություն տվեցեք, դրանք են ձեր աստվածները»: Մեզ կստիպեն պարսկերեն խոսել և պարսկերեն աղոթել, որովհետև այդ է նրանց աստվածների լեզուն: Մեր խրճիթները կծեփեն կովի աղբով, որովհետև այդ է նրանց սրբությունը: Մեր մեռյալներին անթաղ կթողնեն, որովհետև այդպես է նրանց սովորությունը: Եվ մեր տաճարները կպղծեն իրանց կրակի ծուխով ու մուխով...

— Հետո ո՞վ թույլ կտա, ո՞վ կընդունե, — պատասխանեցին միաձայն:

— Ընդունել կտան... փայտի ու մտրակի ուժով ընդունել կտան... — ասաց ծերունին, գլուխը խորհրդավոր կերպով շարժելով:

Մի երիտասարդ, որ կողքի վրա պառկած էր խարույկի մոտ, գլուխը բարձրացրեց և աչքերը լայն բաց անելով ասաց.

— Խոսք չկա, եթե մենք ձեռքներս ծալած նստենք մեր տանը, կբռնեն մեր ականջից, քարշ կտան կրակի մոտ և կասեն. «Գլուխդ ծռի՛ր, դա՛ է քո աստվածը»: Բայց ես թույլ չեմ տա, որ նա իմ տունը մտնե և իմ ականջից բռնե.

— Նա արդեն մտել է մեր տունը, — պատասխանեց ծերունին: — Այդ ո՞վքեր էին, որ եկան և մեր տիկնոջը տարան:

— «Ուրացողները»:

— «Ուրացողները» հենց մեր տան և մեր աշխարհի մարդիկն են, մեզանից են, որ առաջնորդում են մեր թշնամուն:

— Ով որ «ուրացող» է, մեզանից չէ, թեկուզ մեր եղբայրը և մեր հայրը լինի: Մենք նրանց կկոտորենք:

— Կկոտորե՛նք, — կրկնեցին մյուսները:

— Այդ կտեսնե՛նք... — ասաց ծերունին: — Բայց այժմ մեր տիկնոջ մասին մտածելու է... Քանի որ Ռշտունյաց տիկինը թշնամու ձեռքումն է, Ռշտունիքը կմնա անպատվության մեջ:

— Եվ սուգի մեջ, — ավելացրին մյուսները: — Բայց մեր նահապետը գնացել է, յուր հետ տարել է մեր քաջերից շատերին, աստված կօգնե նրան, և որտեղ որ գտնելու լինի տիկնոջը, կազատե, և կվերադարձնե մեզ: Այն ժամանակ մեծ կլինի մեր ուրախությունը:

Խոսակցությունը Ռշտունյաց տիկնոջ, Համազասպուհիի մասին էր, որը, Աղթամարա ամրոցի պաշարման միջոցին, անհետացավ իշխանական ընտանիքի միջից: Նրա ամուսինը, Գարեգին նահապետը, գնացել էր որոնելու կնոջը, յուր հետ տանելով յուր զորքերի մի մասը:

Խոսակցությունը ընդհատվեցավ, երբ հեռվից լսելի եղավ մի ձայն, որ ավելի նման էր վագրի մռնչալու ձայնին: Նա կրկնվեցավ մի քանի անգամ: Ամենքը առեցին իրանց զենքերը , ոտքի ելան, և լարված ուշադրությամբ նայում էին իրանց շուրջը:

— Մարդիկ են մոտենում, — ասաց մեկը:

— Մեր գիշերապահների ձայնն է, — ասաց մյուսը:

Բանակի մեջ տիրեց մի թեթև իրարանցում: Շներն անգամ սկսեցին զայրացած կերպով ռռնալ:

Կես ժամ չանցած մի խումբ գիշերապահներ մոտեցան առաջիններին: Նրանք բերում էին մեկին, որի թևքերը կապած էին քամակին, իսկ վզին դրել էին մի երկայն պարան, որից քարշ էին տալիս: Երեսի վրա երևում էին կապտուտակներ, որ առաջ էին եկել բռունցքների հարվածներից:

— Լրտե՛ս է, — գոչեցին բերողները:

— Պետք է այրել այդ խարույկի մեջ, — ձայն տվեցին առաջինները:

Դատապարտյալը լուռ էր, ոչինչ չէր խոսում: Նա մի առանձին սառնությամբ նայում էր թե՛ բերողների և թե՛ խարույկի մոտ գտնվածների վրա: Նրա անշարժ դեմքը արտահայտում էր անձնավստահ մարդու անվեհերությունը:

— Պետք է այրե՛լ, — կրկնեցին ամենքը միաձայն:

Ոմանք սկսեցին խարույկի վրա փայտեր ավելացնել: Այդ ժամանակ միայն դատապարտյալը բերանը բաց արեց և հանդարտ կերպով հարցրեց.

— Դուք իրավունք ունե՞ք առանց Ռշտունյաց օրիորդի հրամանին այրել ինձ:

Ամենքը նայեցին միմյանց երեսին: Նա ավելացրեց.

— Կարելի է ես մի անմեղ մարդ եմ:

— Անմեղ մարդը գիշերով ի՞նչ գործ ունի մեր բանակի շուրջը, — հարցրին նրանից:

— Այդ ձեր գիտենալու բանը չէ: Ինձ տարեք օրիորդի մոտ, թող նա դատե ինձ:

— Օրիորդին այժմ չի կարելի անհանգստացնել: Նա քնած է:

— Ինձ պահեցեք մինչև առավոտ, մինչև օրիորդը վեր կկենա:

— Դու ո՞վ ես, որտեղացի՞ ես, ինչպե՞ս է քո անունը:

— Ես ձեզ ոչինչ չեմ ասի:

Աղմուկը և աղաղակները հասան մինչև սպիտակ վրանը, որի վարագույրներից մեկը կիսով չափ բարձրացավ և կրկին ցած իջավ: Ամենքը նայեցին դեպի այն կողմը, միմյանց ասելով.

— Օրիորդը դեռ քնած չէ:

Մի քանի րոպեից հետո օրիորդի ծեր սպասավորներից մեկը մոտեցավ խմբին, հարցրեց, թե ի՞նչ է պատահել: Եղելությունը նրան պատմեցին, նա հեռացավ: Շատ չանցավ, կրկին վերադարձավ նա, հայտնեց, թե օրիորդը հրամայում է, որ լրտեսին բերեն յուր մոտ: Այնպես կապած, կաշկանդած, տարան նրան:

Սպիտակ վրանը մի թեթև, շարժական պալատ էր յուր բոլոր հարմարություններով; Նա կազմված էր մի քանի մասերից, որոնք բաժանված էին միմյանցից առանձին պարտակներով: Յուրաքանչյուր մասը որոշված էր օրիորդի զանազան սպասավորների կացության համար, համեմատ նրանց պաշտոնին և ծառայություններին: Մի մասնում կենում էին նրա նաժիշտները, մյուսում՝ նրա դայակներն ու դաստիարակները, երրորդը յուր քնարանն էր, իսկ չորրորդը ընդունելության խորանը:

Նա դեռ քնած չէր, թեև գիշերի կեսից վաղուց անցել էր: Միայնակ էր յուր քնարանում և, առանց հանվելու, նստած էր մի գահավորակի վրա: Բարակ շղթայով՝ սյունից քարշ ընկած պղնձյա ճրագը, որ մի առասպելական թռչունի նմանություն ուներ, ճարճատելով վառվում էր, և յուր աղոտ լույսը թափում էր նրա գունաթափ դեմքի վրա: Տխո՛ւր էր նա, և ավելի տխուր, քան թե մի սգավոր հրեշտակ: Ոսկեգույն գիսակները, որ Ռշտունյաց լեռնական օրիորդների գեղեցկության գլխավոր հարստությունն է, մեղմ զանգուրներով ծածկում էին նրա սիրուն թիկունքները: Աչքերի մեջ վառվում էր խորին թախծություն: Ի՞նչն էր ալեկոծում քնքուշ սիրտը, որ ուրախ լինելու, և հավիտյան ուրախ լինելու համար էր ստեղծված: Նա մտածում էր... և այդ մտածություններն էին, որ խլել էին թե՛ նրա քունը և թե՛ հանգստությունը: Մտածում էր հայրենի ամրոցների կործանման մասին, մտածում էր կորած, անհետացած մոր մասին, որին սիրում էր որդիական բոլոր տարփանքով, մտածում էր տառապյալ հոր մասին, որ գնացել էր պատերազմելու սարսափելի վտանգների դեմ, որ գնացել էր ազատելու սիրելի ամուսնին: Եվ, վերջապես, մտածում էր Սամվելի մասին, որից շատ ժամանակ էր, որ ոչինչ տեղեկություն չուներ: Ինչո՞վ բացատրել նրա լռությունը: Այդ հարցի վրա խորհելիս, նա ամբողջ մարմնով դողում էր, մանավանդ երբ մտաբերում էր, որ կատարված բոլոր աղետների հեղինակը այն երիտասարդի հայրն էր, որին ինքը այնքան սիրում էր, որի սիրով միայն իրան կատարյալ երջանիկ և բախտավոր էր համարում: Իսկ նա՞, Սամվելը... արդյոք չէ՞ր փոխվել նա... արդյոք ինչպե՞ս էր նայում յուր հոր գործողությունների վրա... Այդ հարցերը խելագարության չափ վրդովեցնում էին խեղճ օրիորդին, և նա, անհնարին տարակուսանքների մեջ ընկղմված, ոչ մի սփոփանք, ոչ մի դյուրություն չէր գտնում խռովյալ սրտին: Եթե Սամվելը հավատարիմ կմնար սիրած աղջկան և նրա տոհմին, նա պետք է հակառակեր յուր հորը, որ ատելով ատում էր այդ տոհմը: Նա պետք է կորցներ բոլորը և զրկվեր բոլորից, միայն յուր սիրած աղջիկը շահելու համար: Բայց արդյոք, կտա՞ր նա մի այդպիսի զոհ, — մի այդչափ մեծ զոհ, որով խսպառ խորտակվում էր նրա բախտը և գուցե — նրա ապագան... Եվ ինչպե՞ս ընդուներ ինքը այդ մեծ զոհաբերությունը, զրկելով Մամիկոնյանների նշանավոր ժառանգին հայրենական ժառանգությունից: Միթե յուր սերը բավակա՞ն էր լրացնելու այն անհուն կորուստը, որին պետք է ենթարկվեր դժբախտ երիտասարդը, որ յուր բարձր արժանապատվություններով երջանիկ լինելու և մի՛շտ երջանիկ լինելու իրավունք ուներ... Այն դառն մտածությունների խռովության մեջ էր օրիորդը, երբ բանակում տեղի ունեցած աղմուկը գրավեց նրա ուշադրությունը:

Միայնության բոպեներում տխուր խոկումները գիտեին ալեկոծել նրա զգայուն սիրտը, իսկ երբ պետք էր սառնասիրտ լինել, այդ ժամանակ նա ուներ յուր աստիճանին և մեծապատվությանը վայել զգոնությունը: Երբ հանցավորին կանգնեցրին վրանի հանդեպ, նա վեր կացավ, ձայն տվեց յուր նաժիշտներին, որոնք խմբով ներս մտան, և առաջնորդեցին նրան դեպի ընդունարանի խորանը: Իբրև սգավոր, նա գլուխը ծածկեց մի թեթև, սևաթույր շղարշով և դուրս եկավ քնարանից:

Ընդունարանում դրած էր մի փառավոր բազմոց, որի վրա նստեց նա; Նաժիշտները շարվեցան աջ և ձախ կողմերում, իսկ փոքր-ինչ հեռու կանգնած էին նրա դրանիկները: Հրամայեց ջահերը վառեն և վարագույրը բարձրացնեն: Ամբողջ բազմությունը, որ կանգնած էին վրանի հանդեպ, մի մարդու նման, խոնարհվեցան մինչև գետին, և գլուխ տվին:

Հանցավորին առաջ բերեցին: Օրիորդը հարցրեց,

— Ի՞նչ մարդ ես:

Հանցավորը համարձակ կերպով ասաց:

— Իմ պատասխանը լսելու համար թո՛ղ Ռշտունյաց մեծափառ օրիորդը հրամայե, որ բաց անեն իմ թևքերը:

Ամենքը կասկածանքով նայեցին նրա երեսին, զարմանում էին անծանոթի հանդգնության վրա: «Միթե օրիորդի կյանքի դեմ փորձ անելու դիտավորությո՞ւն ունի», — մտածում էին նրանք:

— Բա՛ց արեք դրա թևքերը, — հրամայեց օրիորդը;

Դրանիկներից մեկը նկատեց.

— Լեզուն բաց է, օրիորդ, ինչ որ խոսելու ունի իրան արդարացնելու համար, կարող է խոսել:

— Բա՛ց արեք, — կրկնեց օրիորդը:

Հրամանը կատարեցին:

Հանցավորը ձեռքը տարավ ծոցը, հանեց մի ինչոր բան, որ փաթաթված էր կերպասի կտորի մեջ, և հեռվից բարձրացնելով, ասաց.

— Ահա՛ այդ ծրարի մեջն է իմ պատասխանը, թո՛ղ Ռշտունյաց մեծափառ օրիորդը բարեհաճի բաց անել և տեսնել:

Դրանիկներից մեկը մոտեցավ, առեց ծրարը և մատույց օրիորդին: Մի առանձին հետաքրքրությամբ, որ նրան թե՛ բերկրանք էր պատճառում և թե՛ ներքին խռովություն, բաց արեց ծրարը: Նրա միջից հայտնվեցավ մի մատանի: Այդ գեղեցիկ առարկան նրան և՛ ծանոթ էր, և՛ սիրելի: Կրկին դրեց ծրարի մեջ և ուրախությամբ թաքցրեց յուր ծոցում: Հետո դարձավ դեպի յուրայինները, ասելով.

— Այդ մարդը լրտես չէ. դա մի բարի ավետաբեր է. իզուր դուք չարչարել եք դրան, թողեք այդ մարդուն միայնակ ինձ մոտ, և դուք հեռացեք:

Ամենքը զարմանալով հեռացան, անծանոթին տարան վրանը, վարագույրը կրկին ցած իջավ: Օրիորդը նշան տվեց, յուր մոտ եղողները նույնպես հեռացան: Ինքը և անծանոթը մնացին միայնակ: Նա հարցրեց.

— Ինչպե՞ս է քո անունը:

— Մալխաս:

— Այժմ որտե՞ղ է իշխանը:

— Բանակ է դրել Աղթամարա նավամատույցի մոտ:

«Ուրեմն նա եկած է եղել ինձ տեսնելու»… — մտածեց նա խորին

տխրությամբ, — «իսկ իմ փոխարեն տեսավ մեր ամրոցների ավերակները... ուրեմն նրան հայտնի են ցավալի անցքերը...»:

— Որքա՞ն մարդիկ ունի յուր հետ:

— Հիսուն հոգի հազիվ կլինի:

— Ինչո՞ւ այդքան սակավ:

— Չգիտեմ, օրիորդ:

— Քեզ ինչո՞ւ համար ուղարկեց:

— Ինձ ուղարկեց, որ որոնեմ, գտնեմ Ռշտունյաց մեծափառ օրիորդին, և իմ տիրոջը իմացում տամ, թե ո՛րտեղ է գտնվում նա:

Օրիորդը մտածության մեջ ընկավ: Սամվելը, նրա սիրելին, նրա ուրախությունն ու կյանքը, ցանկանում էր տեսնվել նրա հետ: Այդ տեսությունը որքան և ըղձալի էր, այնքան և դժվարին: Որտե՞ղ տեսնվիլ: Արդյոք ի՞նքը գնա նրա մոտ, թե նրան ժամանակ նշանակե, որ գա յուր մոտ: Սամվելն այդ վերջինն էր խնդրում: Բայց կարո՞ղ էր նրան ընդունել յուր բանակում: Արդյոք չէ՞ր հանդիպի նա անսպասելի վտանգների: Ինչպե՞ս ընդուներ այն մարդու որդուն, որ ավերակ դարձրեց Ռշտունյաց ամրոցները, որ գերի տարավ Ռշտունյաց տիկնոջը: Նրան լավ հայտնի էր, թե որ աստիճան յուր մարդիկը կատաղած էին Մամիկոնյանների և առհասարակ տարոնցիների դեմ: Ի՞նչ ասել նրանց, ինչո՞վ հանգստացնել նրանց...

Նա խորին տատանման մեջ նայեց յուր շուրջը: Նազելի դեմքը արտահայտում էր անզուսպ անհամբերություն: Որոնում էր մի ելք, բայց դյուրությունները պակասում էին նրան: Մալխասը ապշած կերպով նայում էր նրա վրա, նայում էր և ուրախանում էր, որ յուր տերը վայելում էր երկրի ամենաչքնաղի և ամենաշնորհալիի սերը:

Նա ցած իջավ բազմոցից, մոտեցավ վրանի վարագույրին, ուշիկ կերպով բարձրացրեց նրա եզրը և. նայեց դեպի երկինքը: Դեռ բավական գիշեր կար: Պետք էր օգուտ քաղել գիշերային խավարից: Վճռեց ինքը գնալ Սամվելի մոտ: Բայց տեսնվիլ նրա հետ ոչ թե Մամիկոնյանների բանակում, այլ — մի չեզոք տեղում:

Նա կրկին նստեց բազմոցի վրա և, դառնալով դեպի Մալխասը, հարցրեց.

— Դու ծանո՞թ ես մեր կողմերի հետ:

— Այո՛, օրիորդ:

— Դու տեսե՞լ ես Մանազկերտը:

— Այո՛, օրիորդ: Այնտեղից Մանաճիհրը սուրբ Հակոբ Մծբնա հայրապետի յոթն սարկավագներին նետեց ծովը: Ռշտունյաց Ոստանից շատ հեռու չէ:

— Քեզ ծանո՞թ է այն աղբյուրը, որ բխում է Մանազկերտի ստորոտից:

— Այո՛, օրիորդ : Այդ աղբյուրը գոյացել է սուրբ Հակոբ Մծբնա հայրապետի արտասուքներից, երբ նրա սարկավագներին ծովը նետեցին, և ինքը լաց եղավ: Աղբյուրի մոտ կա մի վայրենի տանձենի, որի ոստերից կանայք շորի կտորներ են կախում, երբ ջերմ ու տենդ ունեն:

— Լավ: Որքա՞ն ժամանակում կարող ես հասնել իշխանի մոտ:

— Եթե ինձ կրկին չբռնեն, դեռ լույսը չծագած կհասնեմ:

— Քեզ չեն բռնի: Կգնաս, կհայտնես իշխանին, որ նույն «Արտասուքի աղբյուրի», մոտ սպասե ինձ:

Նա տվեց յուր մետաքսյա թաշկինակը սուրհանդակին, պա տվիրելով.

— Այդ նշանը կկապես նիզակիդ ծայրին, և ոչ մի ոշտունեցի չի մոտենա քեզ:

Նա կանչեց յուր դրանիկներից մեկին, հրամայելով.

— Տա՛ր այդ մարդուն, ասա՛, որ դրա զենքերը տան, և շուտով ճանապարհ դնեն:

Մալխասը ծունր իջավ, համբուրեց օրիորդի պատմուճանի քղանցքի ծայրը, և ապա դուրս եկավ վրանից:

Օրիորդը մնաց միայնակ, զոհ և բախտավոր: Կրկին անգամ հանեց մատանին, և խորին հրճվանքով նայում էր նրա վրա: Ցուր ոգևորության մեջ այն աստիճան հափշտակվեցավ նա, որ մոտեցրեց մատանին յուր բոցավառ շրթունքներին, և նրա աչքերը լցվեցան ուրախության արտասուքով: Այդ լուռ, անբարբառ առարկայից լսում էր սիրելի ձայնը այն էակի, որ յուր համար այնքան թանկագին էր, որ յուր համար անփոխարինելի էր: Այդ սառն, անշունչ առարկայից զգում էր նրա շունչի ջերմությունը և հոգով միանում էր նրա անմոռանալի հիշատակի հետ:

Նա կանչել տվեց յուր հազարապետին, հրամայեց.

— Կպատվիրես, որ թամբեն իմ նժույգները, տասն թիկնապահներ պատրաստ լինեն ինձ հետ գալու:

— Հիմա՞, — հարցրեց հազարապետը զարմանալով:

— Այո՛, այս րոպեիս:

Գ

ԱՐՏԱՍՈՒՔԻ ԱՂԲՅՈՒՐԸ

Չնայելով: որ արևը ծագել էր, բայց այն ձորի մեջ, որտեղ գտնվում էր «Արտասուքի աղբյուրը»,դեռ տիրում էր խորին մթություն: Սարերի բարձր գագաթները դեռ նոր շողշողում էին առաջին ճառագայթների նուրբ — վարդագույն լույսով: Օդի մեջ բուրում էր խիստ ախորժելի զովություն,որ ներշնչված էր ճոխ բուսականության մեղմ անուշահոտությամբ:

Շրջակայքը լուռ էր: Լուռ էր և անտառը,որ տարածվում էր մինչև կապուտագույն ծովեզրը: Լսելի էր լինում միայն նվիրական աղբյուրի տխուր մեղեդին, որ ողբաձայն հնչյուններով աղմկում էր տիրող լռությունը: Լսելի էր լինում նա որպես սգավոր սրտի դառն հառաչանք: Վշտացած հայրապետի արտասուքներից գոյացած աղբյուրը և այժմ արտասվում էր...

Նրա մոտ կանգնած էր Աշխենը:

Նազելի օրիորդի մտահույզ հայացքը դարձրած էր դեպի սգավոր աղբյուրը, որ, պարզ արծաթփայլ վտակի նման, դուրս հոսելով մի ժայռի ճեղքվածքից, ցած էր թափվում և , համբուրվելով ու գրկելով յուր ուղին զարդարող գույնզգույն խճերի հետ, արագ վազում էր, և յուր թախծալի շշնջյունով, կարծես, ասում էր ափերին, «Մնաք բարյա՛վ, մենք այլևս չենք տեսնվի...»:

Մի այդպիսի մնաքբարյավ ասելու համար եկել էր և օրիորդը:

Զինված էր նա: Հոր անդրանիկը լինելով, նա փոխարինում էր և՛ տղայի, և՛ աղջկա: Այդ պատճառով ծնողքը տվեցին նրան այրական կրթություն, թեև Ռշտունյաց օրիորդները իրանց քաջությամբ ետ չեն մնում տղամարդերից: Գլխին դրած ուներ ոսկե նկար սաղավարտ, մեջքը սեղմել էր պողովատյա զրահի մեջ, աջ ձեռքում կրում էր մի թեթև նիզակ: Այդ զինավառության մեջ նմանում էր նա Աթենաս-Պալլասին, որ, կարծես, եկել էր այցելություն գործելու քարացյալ Նիոբեի արտասուքներից գոյացած աղբյուրին:

Աղբյուրից փոքր-ինչ հեռու, ծառերի մթին թավուտների միջից հազիվ նշմարվում էին մի խումբ ձիաներ, որոնց սանձարձակ թողել էին արածելու: Նրանց մոտ երևում էին և մարդիկ, որոնք պառկած էին խոտերի վրա: Դրանք օրիորդի հետ եկած մարդիկն էին:

Որպես մի մարմնացած անհամբերություն, սրտի խորին բաբախմունքով, դեռ կանգնած էր օրիորդը աղբյուրի մոտ և նայում էր: Նա մեծ կարոտով անդադար նայում էր դեպի այն կողմը, որտեղից պետք է հայտնվեր Սամվելը: Նրան հայտնի էր հայրենի երկրի հուզված դրությունը: Նա գիտեր, որ իրանց լեռների յուրաքանչյուր քարի, յուրաքանչյուր ծառի ետևում մի-մի մարդ էր թաքնված: Նրան ծանոթ էր և Սամվելի անձնավստահությունը: Ինչե՛ր չէին կարող պատահել... ի՛նչ փորձանքների չէր կարող հանդիպել նա... Եվ այդ բոլորը ո՞ւմ համար: — Յուր համար... Վերջին միտքը, որքան ուրախացնում էր նրան, որքան լցնում էր նրա սիրտը մի անսահման երանությամբ,— նույնքան և սարսափեցնում էր նրան, երբ մտածում էր, որ նա կարող էր յուր սիրո զոհը դառնալ...

Հեռվից երևացին երկու ձիավորներ: Երրորդը, իբրև փայակ, վազում էր նրանց առջևից ոտով: Օրիորդի դեմքը սկսեց փայլել: Մինչև նրանք կմոտենային, մինչև կստուգեր, թե ովքեր են, այդ մի քանի րոպեն՝ հավիտենականության չափ երկար թվեցավ նրան:

Նրանք փութացրին ձիաների ընթացքը: Այդ միջոցին օրիորդի մարդիկը, որ հանգստանում էին ծառերի ներքո, իսկույն ոտքի ելան և, լարելով իրանց աղեղները, նետերի ծայրը դարձրին դեպի եկվորները: Մեկը ձայն արձակեց, այն հարցական եղանակով, որ տալիս է անծանոթը անծանոթին, երբ հանդիպում են ճանապարհի վրա, — «Թշնամի՞ եք, թե բարեկամ». — «Բարեկա՛մ», — եղավ պատասխանը:

Օրիորդը դեռ անշարժ կանգնած էր աղբյուրի մոտ:

Ձիաներն այժմ քշում էին բոլոր թափով, չնայելով, որ լեռնային

քարակարկառ ճանապարհի վրա կարելի էր ամեն րոպե սայթաքել և ամեն րոպե դեպի ցած գլորվել: Երբ բոլորովին մոտեցան, օրիորդը վազեց ընդառաջ: Այդ միջոցին մեկը ցատկեց ձիուց, գրկեց նրան, բացագանչելով.

— Ա՜խ, Աշխեն, ինչո՞վ կարող եմ մխիթարել քեզ...

— Նրանով, որ դու այժմ իմ գրկումն ես...

Ճանապարհի բոլոր ընթացքում, Սամվելը անդադար տանջվում էր այն մտածություններով, թե ի՞նչ դրության մեջ կգտնե յուր Աշխենին, կամ ինչո՞վ կարող կլինի մխիթարել նրան, այն ցավալի անցքերից հետո, որ կատարվել էին նրա հոր տան մեջ: Նա յուր մտքում հորինել էր սփոփիչ խոսքերի մի ամբողջ շարք, որոնցով պետք է աշխատեր հանգստացնել նրա վշտացած սիրտը: Բայց այն խոսքերից և ոչ մեկը պետք չեղավ, երբ լսեց Աշխենի պատասխանը: Սիրելի աղջկա գրկում մոռացվեցան բոլորը:

«Արտաասուքի աղբյուրից» ոչ այնքան հեռու, անուշահոտ եղևինների ստվերախիտ հովանիի ներքո, կանաչ խոտերի վրա, սփռված էր մի գորգ: Սամվելը և Աշխենը առանձնացան այնտեղ: Իսկ իշխանի հետ եկած մյուս երկու հոգիները, որոնցից մեկը Հուսիկն էր, մյուսը Մալխասը, գնացին օրիորդի մարդիկների մոտ:

Թե՛ Սամվելը և թե՛ Աշխենը՝ երկուսն էլ լուռ էին, ա՜յն սրտատռոփ լռությամբ, որ տեղի է ունենում հոգեկան խորին հուզմունքների ժամանակ: Երկուսն էլ հիացած կերպով նայում էին միմյանց վրա և, կարծես, խոսք էին որոնում իրանց զգացմունքները արտահայտելու: Սամվելը առաջինը ընդհատեց լռությունը:

— Լսի՜ր, Աշխեն, ես ինձ շատ դժբախտ եմ համարում, որ երկար անջատումից հետո, երբ կրկին պատահում է հանդիպել միմյանց, ես, փոխանակ սքանչանալու քո սիրո քաղցրությամբ, փոխանակ վայելելու այն անսպառ երանությունը, որ բաշխում է սիրված աղջիկը սիրող երիտասարդին, — ստիպված եմ քեզ հետ խոսել վշտի և դառնության խոսքեր: Մենք հանդիպում ենք միմյանց որպես երկու սգավորներ: Դու կորցրած մայր ունես, իսկ ես — կորցրած հայր: Քո մայրը կորավ յուր առաքինության համար, իսկ իմ հայրը կորած է յուր չարագործության համար: Մտնելով քո հայրենի երկիրը, ես անցա կրակի և մոխիրների միջով: Ես տեսա քո քաջ նախահարց պատկառելի ամրոցների ավերակները: Ամոթը և նախատինքը պատում է ինձ, երբ մտածում եմ, որ այդ բոլորը կատարվել է իմ հոր ձեռքով... այն մարդու ձեռքով, որի հարսը պետք է լինես դու...

— Ինչո՞ւ համար է այդ բոլորը, Սամվել, — ընդմիջեց օրիորդը: — Դու, կարծես, որպես մի հանցավոր, եկել ես քեզ արդարացնելու իմ առջև: Այն օրը ինձ համար մահ կլիներ, եթե ես ամենափոքր կասկած ունենայի քո մասին:

— Իսկ իմ կողմից հանցանքը այն կլիներ, եթե ես աշխատեի արդարանալ քո առջև: Ես գիտեմ, թե որքան բարի ես դու, Աշխեն, ես գիտեմ, թե որքան բարձր ես դու հասարակ մահկանացուներից: Ինձ հայտնի է, որ քո անսահման սիրո մեջ՝ ամեն հանցանք իմ կողմից ինքնըստինքյան կոչնչանա որպես մի դյուրավառ նյութ՝ կրակի սպառող բորբոքման մեջ: Բայց խիղճս հանգիստ չէ, Աշխեն: Ես կանխապես գիտեի գալոց վտանգը: Ես տեսնում էի, թե որպիսի չարագուշակ թուխպ պտտվում էր քո հայրենի երկրի վրա: Ես շտապեցի զգուշացնել թե՛ քեզ և թե՛ քո հորը: Բայց վտանգը ավելի շուտ հասավ ձեզ, քան թե իմ նամակը...

— Գուցե այդպես էր աստուծո տնօրինությունը, — պատասխանեց օրիորդը հանդարտ կերպով: — Թողնենք այդ, Սամվել: Դու ինձ այն ասա, թե ինչո՞ւ համար եկար և այժմ ո՞ւր ես գնում:

Հարցը շատ ուղիղ դրվեցավ: Սամվելը մնաց շվարյալ դրության մեջ: Չգիտեր՝ ինչ պատասխանել: Րոպեական շփոթությունից հետո, կրկնեց նա.

— Ինչո՛ւ համար եկա... և այժմ ո՞ւր եմ գնում... Դա չափազանց տխուր հարց է, սիրելի Աշխեն, ես դժվարանում եմ պատասխանել: Քո առջև պետք է բաց անել վարագույրը այն սոսկալի գործողությունների, որ կատարվում են և պիտի շարունակվեն կատարվել մեր հայրենյաց ավերակների վրա: Այնուհետև դու ինքդ կհասկանաս, թե ինչո՛ւ համար եկա կամ ո՛ւր եմ գնում:

Փակված լինելով հայրենական լեռների խլության մեջ, Աշխենը շատ փոքր տեղեկություններ ուներ դրսի աշխարհից: Նրան թեև հասել էին բոթաբեր ձայներ, բայց այդ ձայները դեռևս ա՛յն աստիճան անորոշ և մութն էին նրա համար, որ տակավին մի պարզ հասկացողություն չէր կարողացել կազմել, թե ինչ են կամենում անել չար մարդիկ, որ մրրկածուփ խռովության մեջ էին դրել երկիրը: Սամվելն սկսեց մի ըստ միոջե պատմել թե՛ կատարված և թե՛ կատարվելիք գործերը: Խորին դառնությամբ նկարագրեց նա յուր հոր և Մերուժան Արծրունու ուրացությունը, բացատրեց այդ երկու դավաճանների բոլոր չար դիտավորությունները և նրանց հանձն առած ամոթալի պաշտոնը՝ քրիստոնեությունը ոչնչացնելու և պարսից կրոնը Հայաստանում տարածելու մասին: Պատմեց նրանց դարանագործությունը Արշակունյաց արքայական գահը կործանելու և Հայաստանում մի նոր թագավորություն հիմնելու մասին, պարսից գերիշխանության ներքո: Պատմեց նրանց դրած հանդիսավոր ուխտը պարսից Շապուհ արքայի առջև, և պարսիկ զորքերով Հայաստան գալը՝ Շապուհի ցանկությունները կատարելու համար: Նկարագրեց նրանց ձեռք առած բարբարոսական միջոցները, նրանց անգթությունները, իրանց նպատակին հասնելու համար: Մի խոսքով, հաղորդեց բոլորը, ինչ որ գիտեր ինքը, և ինչ որ նախատեսում էր ինքը:

Օրիորդը խորին վրդովմունքով լսում էր: Նրա վառվռուն աչքերը արտահայտում էին զգայուն սրտի թե՛ ցավը և թե՛ բարկությունը: Նրա գեղեցիկ դեմքը հարյուր անգամ փոխեց յուր գույնը, մինչև Սամվելը ավարտեց աղետալի պատմությունը:

— Իսկ այդ բոլոր չարիքների դեմ ի՞նչ են մտածում անել հայոց նախարարները, — հարցրեց նա խռովյալ ձայնով:

— Ոմանք «ուրացողների» կողմն են: Իսկ հայրենի գահին և եկեղեցուն հավատարիմ մնացողները ուխտել են՝ մի մարդու պես կանգնել, կամ մեռնել, կամ ազատել հայրենիքը սպառնացող վտանգից:

Հետո պատմեց նա հավատարիմ մնացած նախարարների նախապատրաստությունները, Մուշեղի սպարապետության կոչվիլը, հայոց տիկնոջ, Փառանձեմի, հրավերը՝ զինվելու ընդհանուր թշնամու դեմ, և այլն: Յուր պատմությունը վերջացրեց հետևյալ խոսքերով.

— Այժմ կասեմ քեզ, սիրելի Աշխեն, թե ինչո՞ւ համար եկա կամ ո՞ւր եմ գնում: Երկու սիրելիներ դրած են իմ առջև, մեկը վտանգի մեջ գտնվող հայրենիքը, մյուսը, վտանգի մեջ գտնվող կինը՝ դու: Երկուսն էլ ինձ համար հավասար չափով պաշտելի են, երկուսն էլ ինձ համար հավասար չափով անգնահատելի են: Երկուսի ձայնն ևս կոչում են ինձ: Երկար ես տանջվում էի այն մտքով, թե դեպի ո՞րը դիմեմ: Երկուսի համար ևս ես ուխտել եմ անկեղծ անձնազոհություն: Բայց իմ զգացմունքները դժվարացնում են ինձ վճռել, թե ո՞րին պետք է նվիրել առաջին զոհը: Ահա՛, իմ սրտագին ընձերը, իմ ամենաջերմ փափագները թափում եմ քո առջև, սիրելի Աշխեն, դու ցույց տո՛ւր ինձ ճանապարհը , թե դեպի ո՛րը գնամ:

— Դեպի հայրենիքի փրկության գործը, — պատասխանեց օրիորդը ոգևորված ձայնով: — Դու ինձ արժան չես լինի, Սամվել, եթե քո արյունը չխառնես այն անբավ արյան հեղեղների հետ, որ պիտի թափվին մեր աշխարհի ազատության համար: Եվ ոչ ես արժան կլինեմ քեզ, եթե նույնը չանեմ...

— Դո՛ւ, — բացագանչեց Սամվելը, և նրա տխուր դեմքը փայլեց անսպառ ուրախությամբ: — Թույլ տո՛ւր զրկել իմ հրեշտակին, վրեժխնդրության և արդար բարկության հրեշտակին...

Նրանք գրկվեցան:

— Աշխարհի բոլոր երանությունները չէին կարող այնպես , մխիթարել ինձ, որպես այդ խոսքը, որ թռավ քո շրթունքներից, սիրելի Աշխեն: – Այդ խոսքը լցնում է իմ սիրտը մի սրբազան հպարտությամբ, որ ես վայելում եմ հայոց քաջազնուհիներից ամենաընտրյալի սերը:

— Կգնամ, Սամվել, անպատճառ կգնամ, — կրկնեց օրիորդը ավելի ջերմ կերպով: — Իմ մայրը կորավ, հայրս գնաց որոնելու մորս: Չգիտեմ, կվերադառնա, թե ոչ: Մեր լեռնականները սաստիկ հուզման մեջ են, ես հազիվ կարողանում եմ զսպել նրանց կատաղությունը: Նրանք սիրում էին իմ մորը: Մի մասը կթողնեմ մեր երկրի պահպանության համար, իսկ մի մասը ինձ հետ առնելով, կգնամ և իմ խումբով կմիանամ այն բանակի հետ, որ պիտի գումարվի Փառանձեմ տիկնոջ շուրջը: Թո՛ղ հայոց Տիկինը մի օրիորդ զորապետ ևս ունենա յուր քաջերի թվում: — Այդ նրան կուրախացնե...

Սամվելը այժմ սկսեց ավելի լուրջ կերպով յուր համակրությունը հայտնել օրիորդի դիտավորության ո՛չ միայն վերին աստիճանի հերոսական բնավորություն ունենալու մասին, — այլ բացատրեց նրա ձեռնարկության և՛ անհրաժեշտությունը, ասելով.

— Եթե դու այդ մտքին չգայիր, ես ինքս պետք է խնդրեի քեզնից այդպես անել, սիրելի Աշխեն: Թե իմ հայրը և թե Մերուժան Արծրունին պարսից Շապուհ թագավորից հատկապես հրահանգներ են ստացել նախարարների կանանց և զավակների մասին, որ ամեն տեղ ձերբակալեն նրանց և պահեն առանձին բերդերում, մինչև նրանց ամուսինները անձնատուր կլինեին: Եվ քո մորը այդ նպատակով են տարել: Դու մի բախտով ազատվեցար, սիրելի Աշխեն: Եթե դու հորդ հետ որսի գնացած չլինեիր, եթե դու այն գիշերը, երբ նրանք պաշարեցին ձեր ամրոցը, այնտեղ գտնվեիր, ես անպատճառ քեզ կորցնելու դժբախտությունը կունենայի, որովհետև քեզ ևս կտանեին: Հայոց նախարարներին հայտնի է հիշյալ հրահանգը, այդ պատճառով շատերն իրանց ընտանիքների հետ շտապում են ապաստան գտնել գլխավոր բանակում, հայոց տիկնոջ մոտ:

Վերջին խոսքերը, երևի, վիրավորեցին օրիորդի անձնասիրությունը, և նա բավական ազդու ձայնով պատասխանեց.

— Ես չեմ գնում հայոց տիկնոջ բանակը ապաստանի կամ փախուստի տեղ որոնելու, Սամվել: Ես գնում եմ Ռշտունյաց փոքրիկ ուժերը խառնելու հայոց ընդհանուր զինվորության հետ: Եթե հարկավոր լիներ թաքչիլ և իմ անձը միայն պահպանել, դրա համար մեր լեռներում շատ ամուր տեղեր կան: Թե ի՞նչ հրահանգներ են ստացել Շապուհից քո հայրը կամ Մերուժան Արծրունին, այդ ես չգիտեմ, ես այժմ միայն լսում եմ քեզանից: Բայց այնքանը հաստատ գիտեմ, որ եթե նրանք ցամաքի կողմով մոտենային մեր ամրոցներին, ո՛չ միայն տիրել չէին կարող, այլ թե՛ իրանք և թե՛ իրանց բերած պարսիկ զորքերը կանհետանային մեր լեռների մեջ: Այդպես էլ եղավ, բայց ոչ բոլորովին...

Օրիորդը ավելի մանրամասն տեղեկություններ տվեց թշնամու արշավանքի մասին, քան թե գիտեր Սամվելը: Ասաց, իրավ, հարձակման գիշերը թե՛ ինքը և թե՛ յուր հայրը, որսորդության առիթով, բացակա էին ամրոցից, և այդ նպաստեց նրանց թշնամու ձեռքը չընկնել: Ամրոցում մնացել էր միայն մայրը փոքրաթիվ բերդապահների հետ: Թշնամին յուր արշավանքը կատարել էր երկու կողմից և այդ նպատակով յուր զորքերը երկու մասն էր բաժանել: Մի մասը եկել էր ցամաքի ճանապարհով, իսկ մյուս մասը ծովային ճանապարհով: Վերջինները պաշարել էին կղզին և, զորեղ ընդդիմադրություն չգտնելով, կարողացել էին տիրել ամրոցին: Իսկ ցամաքի ճանապարհով եկածների մեծ մասը ջարդվել էին լեռնային կիրճերի և փապարների մեջ: Նրանցից խիստ սակավներին հաջողվել էր փախչել դեպի Վան:

Սամվելն այժմ միայն հասկացավ այն պատերազմական տխուր երևույթների պատճառները, որ ճանապարհին ամեն քայլում հանդիպում էին նրան, և այնպես սաստիկ կերպով գրավում էին նրա ուշադրությունը: Նա գրկեց օրիորդին և խիստ զգացված ձայնով բացագանչեց.

— Հավատում եմ ձեր ահռելի լեռներին, հավատում եմ ձեր մթին անտառներին, հավատում եմ և ձեր լեռնականների քաջությանը, սիրելի Աշխեն, որովհետև իմ անձի վրա փորձեցի նրանց զորությունը...

— Ի՞նչպես, — հարցրեց օրիորդը, ազատվելով նրա գրկից:

— Ես ոտք դրի ձեր հողի վրա 300 հոգով, իսկ այժմ իմ մարդիկներից մնացել են 43 հոգի միայն:

Օրիորդը գունաթափվեցավ:

— Միթե կարելի՞ է այդպես անզգույշ լինել, Սամվել, — ասաց նա շփոթված ձայնով: — Ինչո՞ւ նախապես իմացում չտվեցիր ինձ քո գալու մասին: Ինչո՞ւ կորցրիր դու քո մարդիկը:

— Ես մի քանի րոպե առաջ ասացի, որ նամակ էի գրել, բայց,նամակը քեզ չէր հասել: Այդ թողնենք, — խոսքը փոխեց նա, — մնացած քառասուններեք հոգին դարձյալ շատ բավական են ինձ համար՝ գնալու այնտեղ, ուր ես ցանկանում եմ...

Վերջին խոսքերը այնպիսի մի հանգով արտասանեց նա,որ օրիորդը ստիպված եղավ հարցնել.

— Ո՞ւր պիտի գնաս:

— Հորս մոտ...

— Դու տակավին նրան հա՞յրս ես համարում, Սամվել, — գոչեց օրիորդը, և զայրացած կերպով երեսը շուռ տվեց:

— Այո՛, Աշխեն: Ես տակավին սիրում եմ նրան: Ես պետք է տեսնվեմ նրա հետ, անպատճառ պետք է տեսնվեմ: Ես դեռևս հույս ունեմ, որ իմ լացով և արտասուքով կարող կլինեմ դարձնել նրան յուր չար ճանապարհից: Իսկ եթե չի հաջողվի ինձ, այն ժամանակ...

— Այն ժամանակ ի՞նչ կանես:

— Այդ մի՛ հարցրու, սիրելի Աշխեն, աղաչում եմ քեզ: Մի՛ հարցրու:

Օրիորդը մնաց մտատանջության մեջ: Այսպիսի պատասխան նա չէր սպասում, և ոչ կարող էր երևակայել, թե կա աշխարհում մի բան, որ Սամվելը գիտե և նրանից թաքցնում է: Նա Սամվելի սիրտը յուր սիրտն էր համարում և նրա միտքը յուր միտքն էր համարում: Ուրեմն ի՞նչն էր ստիպում նրան ծածկամիտ լինել, և ո՞ւմ մոտ, — յուր մոտ:

— Ես չեմ հարցնի, Սամվել, թե դու ի՞նչ պիտի անես, — ասաց նա վշտացած ձայնով, — բայց կասեմ, որ մռայլ մտքեր են թաքնված քո խոսքերի մեջ...

Սամվելի ժպիտը ավելի գրգռեց նրան, երբ հեզնությամբ պատասխանեց,

— Եթե իմ խոսքերի մեջ ծածկյալ մտքեր կան, կարող ես հավատացած լինել, սիրելի Աշխեն, որ նրանք մռայլ չեն, այլ, ընդհակառակն, շատ պարզ ու պայծառ են... Ես այժմ այդքանով միայն կարող եմ հանգստացնել քեզ, որ երբեք վատ կամ անազնիվ գործ չեմ կատարի: Իսկ իմ տեսությունը իմ հոր հետ՝ ո՛չ միայն կարևոր է, այլ շա՛տ և շա՛տ անհրաժեշտ է...

— Իզուր ժամանակ պիտի կորցնես, Սամվել: Դու դեռևս հույս ունես, որպես ասում ես, քո լացով ու արտասուքով պիտի կարողանաս դարձնել քո հորը յուր չար ճանապարհից: Բայց ինչո՞ւ չես մտածում, որ նա ևս կաշխատե քաշել քեզ յուր ճանապարհի վրա: Ես բնավ տարակույս չունեմ, որ երբ դու կներկայանաս նրան, նա անպատճառ կառաջարկե քեզ աջակցել իրան: Դու, իհարկե, կմերժես: Այն ժամանակ, որպեսզի նրան խոչընդոտ չդառնաս, կկալանավորե քեզ, կդնե բանտը, և այսպիսով կզրկե քեզ քո բոլոր ձեռնարկություններից, որ ավելի կարևոր են:

— Նա այդ աստիճան անգութ չի լինի:

— Եվ դրանից ավելի անգութ կլինի: Նա՛, որ չխնայեց իմ մորը, յուր հարազատին, յուր. արյունակցին, յուր քրոջը, անտարակույս, չի խնայի և հարազատ որդուն:

«Այն ժամանակ ես էլ չեմ խնայի...» — յուր մտքում ասաց Սամվելը և, ,դառնալով դեպի օրիորդը, ավելացրեց,

— Վստահ եղի՛ր իմ խոհեմության վրա, սիրելի Աշխեն, ես մինչև այնտեղը չեմ հասցնի, որ նա ինձ բանտարկե:

Օրիորդը դեռ ոչ-բոլորովին հանգիստ էր:

— Ի՞նչ է մտածում քո մայրը, — հարցրեց նա:

— Իմ մայրը բոլորովին կամակից է հորս հետ: Քեզ հայտնի է նրա փառասիրությունը, քեզ հայտնի է և նրա ատելությունը դեպի առհասարակ բոլոր Արշակունիները: Շապուհը խոստացել է նրա եղբորը, Մերուժանին, տալ հայոց թագավորությունը, եթե կատարելու լինի պարսից ցանկությունները: Այդ խոստմունքը, որի իրագործման մասին մայրս մեծ հույսեր ունի, բոլորովին խելքից հանել է նրան: Նա այժմ պատրաստ է ամեն բանի համար, և պարսից կրոնը ընդունել, և քրիստոնեությունը ոչնչացնելու հոգ տանել, մի խոսքով ամեն ձեռնարկություն հանձն առնել, միայն թե յուր եղբայրը հայոց թագավոր լինի:

— Իսկ քո հորը ի՞նչ է խոստացել Շապուհը:

— Հայոց սպարապետությունը:

— Մայրդ գիտե՞, որ դու գնալու ես հորդ մոտ:

— Ի՞նչպես չգիտե: Նա ինքը կարգադրեց իմ ճան ապարհի բոլոր պատրաստությունները, և այնքան շքեղ, այնքան փառավոր հանդերձանքով, որ արքայավայել պետք էր համարել: Նա ինքը կազմակեպեց իմ ստվար ասպախումբը, իմ համհարզների բազմությունը, որոնք կորան ձեր անտառների մեջ: Եվ ես շատ ուրախ եմ, որ ազատվեցա նրանցից: Նրանք ինձ համար մի անտանելի ծանրություն էին: Պետք է շնորհակալ լինել ձեր լեռնականներից, որ իմ բեռը թեթևացրին...

Արևը արդեն լցրել էր փոքրիկ ձորակը յուր ջերմ ճառագայթներով, օրից բավական անցել էր: Նրանք տակավին խոսում էին: Օրիորդի դերը որոշված էր: Բայց Սամվելինը դեռ մնում էր տարակուսական: Աշխենը ոչինչ երկբայություն չուներ նրա անկեղծության մասին, գիտեր, թե որքան ազնիվ և հավատարիմ էր նա: Բայց վախենում էր նրա կյանքի մասին, այն կյանքի, որի հետ կապված էր և յուր կյանքը: Սամվելի ձեռնարկությունը նրան չափազանց վտանգավոր էր թվում, թեև, մյուս կողմից, նրա խելքի և քաջության վրա մեծ վստահություն ուներ: Նա չկասեցրեց սիրված երիտասարդին յուր նպատակներից, միայն հարցրեց,

— Դու ե՞րբ կվերադառնաս:

— Այդ չեմ կարող ասել, սիրելի Աշխեն, որովհետև չգիտեմ, թե ե՞րբ կամ որտե՞ղ կգտնեմ հորս: Բայց հույս ունեմ, որ շուտով կվերադառնամ:

— Մենք որտե՞ղ կհանդիպենք միմյանց:

— Այստեղ: Ես կրկին կգամ քեզ մոտ, և միասին կգնանք հայոց տիկնոջ բանակը:

— Ինձ շատ ցանկալի կլիներ սպասել քեզ, Սամվել, եթե քո վերադարձը որոշված լիներ: Բայց ես հենց այս շաբաթ պետք է պատրաստվեմ ճանապարհ ընկնելու դեպի բանակը: Այնտեղ կտեսնվենք, եթե աստված տնօրինել է կրկին տեսնվել միմյանց հետ... Վերջին խոսքերը արտասանելու միջոցին նրա ձայնը դողաց:

Սամվելը զգացվեցավ և նրա ձեռքը առեց յուր ափերի մեջ:

— Վճռվա՛ծ է, — ասաց նա ներքին վրդովմունքով: — Մենք կտեսնվենք հայոց տիկնոջ բանակում: Այն ժամանակ, ես հույս ունեմ, սիրելի Աշխեն, երբ առաջին անգամ կհանդիպենք միմյանց, դու կհամբուրես իմ ճակատը և կասես. «Դու արժա՛ն ես ինձ», և այդ կլինի իմ ամենամեծ վարձատրությունը այն վտանգ — զավոր ձեռնարկության համար, ուր հայրենյաց նախանձախնդրությունը մղում է ինձ... Մեր պայմանները վերջացած են: Ես այլևս չեմ ուշացնի քեզ, գիտեմ, որ քո լեռնցիները անհամբեր սպասելիս կլինեն քեզ: Գրկի՛ր ինձ, սիրելի Աշխեն, և տուր քո համբույրը և քո օրհնությունը: Աստված կլսե անմեղ շրթունքների ձայնը: Ես գնում եմ թշնամու բանակը: Իմ ճանապարհը և կորստյան, և փառքի ճանապարհ է: Քո համբույրը կոգևորե և թև կտա ինձ, իսկ քո օրհնությունը կփարատե ամեն արհավիրք: Գրկի՛ր ինձ, սիրելի Աշխեն...

Նրանք գրկվեցան: Երկար լուռ արտասուքը հեղեղի նման հոսում էր նրանց աչքերից, բայց անզոր էր շիջուցանելու այրվող սրտերի կրակը: Երկար լուռ հեկեկանքը ալեկոծում էր նրանց, և «Արտասուքի աղբյուրը» յուր տխուր հառաչանքներով ձայնակից էր լինում նրանց դառն հառաչանքներին...

Դ

ՀԱՄԱԶԱՍՊՈՒՀԻ

«Իսկ Վահանայ էր քոյրաթիւ ի Մամիկոնեան տոհմէն, քոյր Վարդանայ, Համազասպուհի , եւ էր նա կին Գարեգինի տեառնն Ռշտունեաց գաւառին... Իսկ անօրէնն Վահան եւ Մերուժանն հրամանտային բերդակալին (միջնաբերդին Վանայ) զի նեղեսցէ զկինն, եթե ոչ առցէ յանձն զօրէնս Մազդեզանցն... Իբրեւ ոչ առնոյր յանձն Համազասպուհի պահել զօրէնս Մազդեզանցն, հանէին ի բարձր աշտարակն... եւ մերկացուցին զնա իբրեւ ի մօրէ, եւ արկեալ կապ զոտիւն, գլխիվայր կախեցին զնա զբարձունէն կուսէ. եւ այնպէս մեռաւ ի կախաղանին»:

Փաւստոս:

Լուսինը շտապով սահում էր դեպի Սիփանի բարձր գագաթները, որ ընկղմված էին խորին, թախծալի մթության մեջ: Հայտնի չէ, թե ինչո՞ւ նա այնպես դժգոհությամբ թողնում էր այն գեղեցիկ վայրերը, ուր ամեն գիշեր նկարում էր այնքան սքանչելի պատկերներ: Նրա ներքևում անհանգիստ կերպով ծփում էր Վանա ծովակը: Նա ծփում էր որպես մի սիրահար, որ շուտով պիտի բաժանվի յուր սիրուհուց: Անզուսպ տարփանքով հափշտակվել էր նա երկնից դժխույի գունաթափ շառավիղներով, և շողշողալով գրկվում էր նրանց հետ, համբուրվում էր, և կարծես, յուր ալիքների տխուր շշնջյունով ասելիս լիներ. «Մի՛ գնացեք, մի՛ թողեք ինձ խավարի մեջ...»:

Բայց նա գնում էր...

Ծովակի արևելյան ափերի վրա դեռ նշմարվում էին մի հինավուրց քաղաքի բարձր աշտարակները և ատամնավոր շրջապարիսպները: Լուսնի լուսավորության ներքո այդ վաղեմի քաղաքը ներկայանում էր որպես մի պառավ կախարդ, որ յուր ծերության մեջ տակավին մնացել էր գեղեցիկ, տակավին մնացել էր հրապուրիչ: Այնտե՛ղ, նրա օդակառույց ապարանքների մեջ, այնտեղ, նրա բարձր կախաղանավոր պարտեզներում, մի ժամանակ, հայոց մի երիտասարդ թագավորի սիրով, զվարճանում էր աշխարհի ամենամեծ կախարդը — Շամիրամը:

Դա Վան քաղաքն էր:

Լուսինը ծածկվեցավ Սիփանի բարձրությունների մեջ և յուր ետևից թողեց մթին խավար: Այլևս չէր երևում սիրուն քաղաքը, այլևս չէր երևում փայլուն ծովակը: Լսելի էր լինում միայն ալիքների խուլ հառաչանքը, որ գիշերային լռության մեջ հնչում էին որպես մի սգավորի ողբաձայն աղաղակներ:

Լուսնի լուսավորությանը փոխարինեց մի այլ լուսավորություն:

Ուղիղ այն կողմում, որտեղ կանգնած էր քաղաքը, օդի մեջ երևացին բազմաթիվ հրեղեն գնդակներ: Այդ երևույթը սկզբից այնպիսի տպավորություն էր գործում, կարծես, ամբողջ երկինքը բոցավառվում էր մի ընդարձակ հրդեհով, և աստղերը այրվելով, մեկ-մեկ ցած էին թափվում: Բայց հրեղեն գնդակները բարձրանում էին ներքևից և, օդի մեջ զանազան պտույտներ գործելով, հետո ցած էին ընկնում: Այնտեղ կատարվում էր մի հանդիսավոր հրախաղություն, բայց — դժոխային հրախաղություն... Հրեղեն տարափը, հրեղեն կարկուտի նման, շարունակում էր տեղալ: Նա հետզհետե աճում էր ավելի փութով, նա հետզհետե ընդարձակվում էր ավելի եռանդով: Երբեմն շրջակայքը դղրդվում էր խառնաձայն աղաղակների խուլ արձագանքներով: Այդ աղաղակները, որպես մի զարհուրելի կատաղություն, լսելի էին լինում հրային սաստիկ ժայթքումներից հետո, որպես զայրացած երկնքի աղաղակը լսելի է լինում կայծակի ահռելի փայլատակումից հետո:

Վանը պաշարված էր:

Այդ կրակը, այդ հուրն ու բոցը թափվում էր դժբախտ քաղաքի վրա: Նրան պաշարել էին վայրենի ոշտունիները իրանց դրացի սասունցիների հետ: Նա պաշարված էր այդ լեռնականներից, որպես մի ժամանակ դժբախտ Տրոյան պաշարված էր հելլենացիներից: Նախանձախնդիր հելլենացին կռվում էր գեղեցիկ Հեղինեի պատվի համար, որին յուր թագավոր ամուսնի հյուրասեր տնից հափշտակեց անամոթ տարփածուն:

Իսկ ոշտունիները, կռվում էին իրանց աշխարհի սիրելի տիկնոջ համար, որին անգութ ձեռքով հափշտակեց — եղբայրը:

Լեռնականները, տիրելով մերձակա բլուրներին, նրանց բարձրությունից հուր էին ցանում քաղաքի վրա: Նրանց հրանոթներն ապագա հրանոթների նախապապերն էին — հասարակ պարսետներ, խիստ պարզ կերպով շինված, բայց, չայրվելու համար, շղթաներից շինված: Դրանց մեջ դնում էին կամ ծծումբով տոգորված շորի փաթոթներ կամ նավթի և այլ դյուրավառ հեղուկների մեջ թաթախված փայտի կտորներ, վառում էին և, պտույտացնելով օդի մեջ, ձգում էին դեպի քաղաքը: Ոմանք նույն պարսետներով նետում էին քարեր:

Շատ չանցավ, քաղաքը նույնպես սկսեց ներսից պատասխանել դրսի կրակներին: Զանազան տեղերից բարձրացան բոցեր: Բայց այդ բոցերը բարձրանում էին և դարձյալ հանգչում էին իրանց տեղում, առանց քաղաքի պարիսպներից դուրս գնալու: — Դրանք ներսի շինվածքների բոցերն էին, որ արդեն սկսել էին այրվիլ:

Քաղաքը պաշտպանող զորքը բաղկացած էր միայն պարսիկներից, որ բերել էին իրանց հետ Մերուժան Արծրունին և Վահան Մամիկոնյանը: Օրհասական տագնապի մեջ, այդ զորքերը այնքան հոգ չէին տանում դրսի թշնամու հետ մաքառելու, որքան աշխատում էին զսպել ներսի բնակիչներին, որոնք սարսափելի խռովությամբ դուրս էին փախչում իրանց տներից, որտեղ որ հրդեհը արդեն սկսել էր ճարակել: Զորքը վախենում էր, միգուցե քաղաքացիք բաց անեն քաղաքի դռները և թշնամուն ճանապարհ տան ներս մտնելու:

Բայց կրակը ավելի և ավելի տարածվում էր: Նախ այրվեցան ախոռատների կտուրների վրա դիզած խոտերը, հետո մարագներն ու մթերանոցները: Ցուկան յուր բոլոր հարստությամբ վառվում էր, որպես մի շորի կտոր: Կրակը սկսվեցավ ատաղձագործների խանութներից և այստեղից անցավ դեպի քաղաքացոց տները: Մարդիկ այլևս հոգ չէին տանում հանգցնելու, այլ շտապում էին փախչելու: Ուր և գնում էին, որ կողմ և վազում էին, նրանց առջևը փակում էր հրեղեն անանցանելի հեղեղը: Սարսափած բնակիչների հուսահատ աղաղակները, միախառնվելով կործանվող շինվածքների դղրդյունի հետ, ավելի սաստկացնում էին ընդհանուր զարհուրանքը:

Հրդեհի սոսկալի լուսավորությունը երևան հանեց մի սոսկալի հրեշ, որ քաղաքի հյուսիսային կողմից, որպես մի քարացած, գալարված վիշապ, բարձրացել էր դեպի երկինքը: Նա հետզհետե աճում էր, հետզհետե ավելի ահռելի կերպարանք էր ստանում, որքան աճում էր տիրող լուսավորությունը: Հպարտ հայացքով նայում էր նա դեպի յուր շուրջը ճարակող հրային ծովը, և կարծես, նրա մռայլ հայացքը արտահայտում էր այդ խոսքերը. «Չնչի՛ն տարր, որքան կամենում ես կատաղի՛ր, որքան կամենում ես հեռու տարածիր քո վայրագությունը, բայց դարձյալ քո ալիքները իմ բարձրությանը չեն հասնի...»:

Դա Վանա միջնաբերդն էր — այն վիմային հսկա ամրությունը, որ

բնությունը ինքն էր հրաշակերտել: Դա այն անմատչելի ամրոցն էր, որի սքանչելիքները հայոց ավանդությունները Շամիրամին էին ընծայում:

Ավելի մոտից նայելով, նա մի այլանդակ ուղտի նմանություն ուներ, բայց չոքած ուղտի, որը, որպես մի հրեշավոր սփինքս, կիսով չափ թաղվել էր ծովեզերքի ավազների մեջ: Վիթխարի գլուխը տարածել էր դեպի արևելք, իսկ ստվար զավակը դեպի արևմուտք: Նրա կրկնակի սապատները, որ բարձրացել էին մինչև ամպերը, կրում էին իրանց վրա ահագին աշտարակներ և անառիկ, բրգաձև մարտկոցներ: Աշխարհի բոլոր զորությունները անկարող էին ազդել նրա ապառաժային կողքերի վրա, որ պողովատի կարծրություն ունեին: Նրա քարեղեն սրտում փորված էին բազմաթիվ սենյակներ, խորին անձավներ և զանազան սրահներ ու սրահակներ, որոնք նույնքան խորհրդավոր և նույնքան անվերծանելի էին, որպես այդ ծածկամիտ սփինքսը:

Քարակոփ սրահակներից մեկի մեջ, ուր մի ժամանակ նստած էր լինում Շամիրամը, և նրա բարձրությունից նայում էր դեպի Վանա ծովակի կապուտակ հայելին, նայում էր դեպի Վարագա լեռան հրաշալի տեսարանները և հիանում էր հայոց երկրի գեղեցկությամբ, — այժմ նույն սրահակի մեջ գտնվում էր մի այլ իշխանուհի:

Քնած էր նա, այնպիսի մի անուշ և խաղաղ քնով, որ խիստ հազիվ անգամ բարի ոգիները պարգևում են մահկանացուներին: Նա քնած էր առանց հանվելու, յուր շքեղ անկողնի վրա: Գեղեցիկ դեմքը հրդեհի տաքությունից շառագունել էր: Քրտինքի մի քանի մարգարիտներ փայլում էին պարզ ճակատի վրա, որ պսակված էր սև գանգուրներով: Վարդագույն շրթունքներն երբեմն հազիվ նշմարելի կերպով ցնցվում էին, և մի թեթև ժպիտ յուր բոլոր հրապուրանքով վազում էր սիրուն դեմքի վրա: Ծանր շնչառությունը ամեն անգամ բարձրացնում էր նրա հարուստ կուրծքը, որի վրա հանգչում էր պարանոցի զոհարազարդ մանյակը: Երկու ձեռքերի հոլանի բազուկների ոսկյա ապարանջանների հետ կցած էին երկու երկաթյա օղակներ, որ միանում էին մի կարճ շղթայի երկու ծայրերի հետ: Ոտքերից մեկը նույնպես շղթայած էր: Այդ դրության մեջ նմանում էր նա մի բանտարկված հրեշտակի, որի հանցանքը հենց յուր անմեղության մեջն էր կայանում :

Հրդեհի կարմրագույն ճառագայթները, ներս ցոլանալով նրա բանտի լայն պատուհաններից, լուսավորում էին գեղեցիկ սրահակը վառվուն, շլացուցիչ լուսավորությամբ: Այդ սոսկալի լուսավորության մեջ նա ավելի սքանչելի էր երևում:

Շրջակայքում տիրող աղմուկն ու խռովությունը արթնացրին նրան: Գլուխը վեր բարձրացրեց, ապշած կերպով նայեց յուր շուրջը: Մի քանի րոպե նա իրան երազի մեջ էր զգում: Ոչինչ չէր հասկանում: Նրա ականջներին հասնում էին միայն ոտքերի խուլ տրոփյուններ, խառնաձայն աղաղակներ և հուսահատական դառն հառաչանքներ: Նրան այնպես էր թվում, որ աշխարհի վերջը հասել էր, և տիեզերքը ընդհանուր ալեկոծության մեջ էր գտնվում: Նրա սիրտը սկսեց դողալ: Փորձեց մոտենալ պատուհանին և նայել: Բայց ոտքին կապած շղթան արգելեց: Աղմուկը ավելի սաստկանում էր, և սրահակի մեջ տիրող լուսավորությունը հետզհետե ավելի պայծառ գույն էր ստանում: Նա այժմ սարսափում էր նայելու յուր շուրջը: Երկու ձեռքով բռնեց աչքերը և ողբաձայն աղաղակով բացագանչեց.

— Տե՛ր աստված, այդ ի՞նչ խռովություն է...

Այդ միջոցին մի անձնավորություն ծանր և հաստատուն քայլերով վեր էր բարձրանում միջնաբերդի քարակոփ սանդուղքներով,որ փորված էին միակտուր ապառաժի մեջ: Երբեմն յուր լուռ հայացքը դարձնում էր նա դեպի շուրջը կատարվող արհավիրքը և երբեմն նայում էր դեպի յուր առջևի խոտորնակի սանդուղքները, որ ձեռքի լապտերով լուսավորում էր մի սպա, թեև լապտերի ամե — նևին պետք չկար: Երկար զնում էր նա, մինչև բարձրացավ միջնաբերդի գագաթը և կանգ առեց հիշյալ սրահակի դռան մոտ: Նա գլխով նշան տվեց սպային, որ սպասե դրսում, իսկ ինքը հանեց գրպանից մի ծանր բանալի, բաց արեց երկաթյա դուռը և ներս մտավ:

— Ողջո՛ւյն, սիրելի Համազասպուհի, — ասաց նա մոտենալով տիկնոջը: — Ես կարծում էի, որ դու քնած կլինես, երևի դրսի աղմուկը անհանգստացրեց քեզ:

— Այդ ի՞նչ աղմուկ է, — հարցրեց տիկինը խռովյալ ձայնով:

— Ցնծությա՛ն աղմուկ, սիրելի Համազասպուհի: Այդ դեռ հարսանիքի առաջին գիշերն է, — քո հարսանիքի, սիրելի Համազասպուհի: Տեսնո՞ւմ ես, ինչպե՞ս գեղեցիկ լուսավորված է քաղաքը: Ո՛չ, դու չես տեսնում, ես այս րոպեիս քեզ ցույց կտամ...

Նա մոտեցավ, բաց արեց տիկնոջ ոտքի շղթան, բռնեց նրա ձեռքից և տարավ, կանգնեցրեց պատուհանի մոտ, ասելով.

— Նայի՛ր...

Կարծես դժոխքը յուր բոլոր զարհուրանքով բացվեցավ թշվառ տիկնոջ աչքերի առջև: Նա դողդողաց, թուլացավ և ընկավ անգութ այցելուի բազուկների վրա, որը գրկեց նրան և կրկին դրեց յուր անկողնի վրա:

Այցելուն Վահան Մամիկոնյանն էր — Սամվելի հայրը և ուշաթափ եղած տիկնոջ հորեղբայրը:

Հսկայատիպ էր նա և ամրակազմ, և, որպես առհասարակ բոլոր Մամիկոնյանները, օժտված էր շատ հաճելի կերպարանքով: Նրա փոքր-ինչ խիստ դեմքը արտահայտում էր հաստատամիտ մարդու թե՛ համառությունը և թե՛ անգթությունը, երբ այդ պետք էր: Կրում էր պարսից նշաններ: Տիկնոջ անակնկալ ուշաթափությունը բավական խռովություն պատճառեց նրան: Նա Համազասպուհիին այս աստիճան թուլասիրտ չէր կարծում, այդ էր պատճառը յուր այնպես անգգույշ վարվելուն նրա հետ: Բայց տիկնոջ ուշագնացությունը երկար չտևեց: Նա բաց արեց յուր լի տրտմությամբ աչքերը և, դառնալով դեպի յուր հորեղբայրը, ասաց.

— Ա՛յդ էիր ցանկանում, Վահան... Միթե այդ աստիճան քարացա՞ծ են քո մեջ մարդկային զգացմունքները, որ դու ծաղրում ես հազարավոր ընտանիքների լացն ու կոծը, որ դու առ ոչինչ ես համարում այդ թշվառների խորովվիլը իրանց տների ծածքերի ներքո, և նրանց թաղվիլը իրանց բնակարանների մոխրի մեջ...

— Ինչո՞ւ ես ի՛նձ հանդիմանում, սիրելի Համազասպուհի, — պատասխանեց նա հանդարտ կերպով: — Ա՛յդ քո ամուսինն է, որ կրակ է թափում քաղաքի վրա:

Տիկնոջ զայրացած դեմքը ավելի գունաթափվեցավ:

— Իմ ամուսի՛նը, — բացագանչեց նա դողդոջուն ձայնով: – Այդ չէ՛ կարող լինել, Վահան, նա յուր կյանքում մի մրջյունի անգամ չէ վիրավորել: Բաց արա՛ իմ շղթաները, Վահան, ես այս բոպեիս կգնամ, եթե նա է, իմ սրտի բոլոր դառնությունը կթափեմ նրա վրա…

— Այո՛, նա է, յուր վայրենի լեռնականներով պաշարել է քաղաքը:

— Եթե իմ ամուսինն է, անպատճառ ինձ համար է գործում այդ բարբարոսությունը: Ինչո՞ւ բերեցիր ինձ այստեղ, Վահան, ինչո՞ւ խռովեցրիր առաքինի մարդուն: Դու ավերակ դարձրիր մեր ամրոցները, և դրանով ևս չկարողանալով հագեցնել քո անգթությունը, դու քո հարազատին, քո արյունակցին գերի վարեցիր: Ի՞նչ էր իմ հանցանքը: Ինչո՞ւ եմ ես այստեղ, այս շղթաների մեջ, այդ քարեղեն բանտում, ուր ամենաթշվառ եղեռնագործներին են միայ՛ն աքսորում: Ինչո՞ւ համար էր այդ բոլորը: Նրա համար, որ բարի և ողորմած մարդուն գազանության մեջ դնեիր, որ նա գար և այդ դժոխային, այդ դիվական խաղը խաղար դժբախտ քաղաքի հետ…

Նա բռնեց աչքերը, սկսեց դառն կերպով հեկեկալ: Նրա արտասուքը ազդեց Մամիկոնյան իշխանի վրա, որը, զսպելով սրտի խռովությունը, բռնեց նրա շղթայակապ ձեռքը և խիստ զգացված ձայնով ասաց.

— Այդ հարգելի ձեռքերը, որ միշտ սովորած են եղել բարիք գործելու, այո՛, այժմ շղթայի մեջ են, և այդ շղթան դրել է եղբայրը: Բայց մի՛ նախատիր ինձ, սիրելի Համազասպուհի: Կյանքի մեջ, մանավանդ պետությունների կյանքի մեջ, լինում են այնպիսի դառն հանգամանքներ, երբ հայր, մայր, քույր, եղբայր կամ օտար — բոլորը հավասար են և հավասար կերպով են պատժվում, երբ խոչընդոտ են դառնում մի մեծ ձեռնարկության իրագործմանը, որի մեջն է հասարակաց բարին, որից կախված է նրա ապագա երջանկությունը: Մենք-թե՛ ես և թե՛ Մերուժանը, — ծառայում ենք այդ գործին…

— Ո՞րն է այդ գործը, ո՞րն է այդ մեծ ձեռնարկությունը:

— Քեզ հայտնի է, սիրելի Համազասպուհի, այլևս ինչո՞ւ ես հարցնում:

Տիկնոջ տխուր աչքերը փայլեցան բարկության բոցով. Նա գոչեց.

— Ամո՛թ քեզ, Վահան, որ ամոթալի գործով արատավորում ես Մամիկոնյանների պայծառ հիշատակը... Թո՛ղ այն օրը սև լիներ, երբ դու աշխարհ եկար… Թո՛ղ քո մայրը քո փոխարեն մի կտոր քար ծնած լիներ, և ոչ քեզ նման մի պատիժ ու պատուհաս Հայոց երկրի համար…

Եշխանը լռեց: Նրա ամբողջ մարմնով անցավ մի ցուրտ սարսուռ, և հանդարտ դեմքի վրա երևացին անորոշ ցնցումներ, որ արտահայտում էին նրա խորին վրդովմունքը:

— Դու ինձ անիծում ես, Համազասպուհի:

— Ուրիշ խոսքերի արժանի չես դու, Վահան: Նա՛, որ թողնում է

մայրենի եկեղեցին, և պարսից հեթանոսական կրոնն է աշխատում տարածել յուր հայրենիքում, — նա՛, որ դավաճանում է յուր թագավորին և պարսից բարբարոսական իշխանությունն է կամենում հաստատել յուր հայրենիքում, — նա՛, որ կրակով և արյունով ոչնչացնում է հայրենի երկիրը, — նա միա՛յն անեծքի է արժանի, Վահան: Կանիծե՛ն քեզ հազարավոր մայրեր, որ պիտի զրկվին իրանց որդիներից… կանիծե՛ն քեզ հազարավոր ամուսիններ, որ պիտի այրի մնան... կանիծե՛ն քեզ հազարավոր քույրեր, որոնց եղբայրները պիտի ընկնին ներքին կռիվներում… կանիծե՛ն քեզ հազարավոր մանուկներ, որ պիտի որբ մնան… կանիծե՛ քեզ ապագա սերունդը, քանի որ կիիշե չար մարդու գործերը…

Այդ խոսքերը կայծակի նման շանթում էին իշխանի սրտին:

— Այո՛, — պատասխանեց վշտալի ձայնով, — այդ բոլոր զոհերը պետք է կատարվին… և ես շատ ցավում եմ, որ պետք է կատարվին... Բայց առանց այդ զոհերի փրկություն չի լինի... Թո՛ղ ներկա և ապագա սերունդը անիծե ինձ: Բայց իմ խիղճը հանգիստ է: Ես համոզված եմ, որ վատ գործ չեմ կատարում: Ինչո՞ւ ես դու, Համազասպուհի, մոռանում անցյալը, ինչո՞ւ ես դու մոռանում պատմությունը — ամենամոտ ժամանակների աղետալի պատմությունը: Երբ Տիրանը, մեր այժմյան աքսորյալ թագավորի հայրը, կամենալով իսպառ ջնջել Արծրունի և Ռշտունի նախարարների ամբողջ տոհմերը, երբ բոլորին կոտորել տվեց, առանց խնայելու սեռի և հասակի, — ովքե՞ր էին այն երկու մանուկները, որ միայն ազատ էին մնացել ընդհանուր կոտորածից:

— Մեկը Տաճատ Ռշտունին էր-իմ ամուսնի հայրը, մյուսը Շավասպ Արծրունին էր — Մերուժանի հայրը:

— Այո, այդ երկուսը միայն կենդանի մնացին երկու նախարարական մեծ տոհմերի բազմանդամ գերդաստանից: Բայց երբ այդ երկու մանուկներին ևս դահիճները բերեցին Տիրանի առջև մորթելու, ովքե՞ր էին, որ մերկ սրերը ձեռքում հարձակվեցան արյան հրապարակը և ազատեցին անմեղ մանուկներին:

— Մեկը քո հայրն էր — Արտավազդը, մյուսը քո եղբայրն էր-Վասակը:

— Այո՛, Համազասպուհի, մեկը իմ հայրն էր, մյուսը իմ եղբայրը: Այդ երկու մանուկների պատճառով նրանք թողին Տիրանի ծառայությունը, թողին իրանց հայրենի ժառանգությունը — Տարոնը, և ամրացան Տայոց լեռների մեջ: Այնտեղ մանուկներին սնուցին, մեծացրին և իրանց աղջիկներին նրանց կնության տվեցին: Շավասպից ծնվեցավ Մերուժան Արծրունին, Իսկ Տաճատից՝ Գարեգին Ռշտունին — քո ամուսինը: Եվ այսպես կրկին շարունակվեցին երկու բնաջինջ եղած նախարարությունները:

— Ես չեմ հասկանում, ինչու համար ես հիշեցնում ինձ այդ բոլորը, — ընդհատեց տիկինը:

— Նրա համար, Համազասպուհի, որ Արշակունիների տան վրա արյուն կա, և արյունը պետք է արյունով մաքրվի…

— Բայց ոչ անմեղ ժողովրդի արյունով:

— Եվ անմեղ ժողովրդի արյունով, երբ նա հիմարաբար միջամտություն է գործում և պաշտպան է հանդիսանում Արշակունիների փչացած, անբարոյականացած տանը, որից եթե վաղուց ազատված լինեինք, ավելի բախտավոր կլինեինք, թե՛ մենք և թե՛ մեր աշխարհը:

— Ցնորքնե՛ր են պտտվում քո գլխում, Վահան, — ասաց տիկինը զայրացած ձայնով: — Կիրքը, ատելությունը, անզուսպ վրեժխնդրությունը կուրացրել են քեզ և խլել են քեզանից ամեն բան, ինչ որ մարդկային է, ինչ որ աստվածահաճո է: Ասա՛ ինձ, ինչո՞վ է մեղավոր Տիրանի որդի Արշակը, մեր ներկա դժբախտ թագավորը, որ այժմ հեծում է Անուշ բերդի մթին բանտերում, — ինչո՞վ է մեղավոր նա, որ յուր հայրը այսպես կամ այնպես է վարվել:

— Նրանով, սիրելի Համազասպուհի, — պատասխանեց իշխանը, դառն կերպով ծիծաղելով, — որ նրա ձեռքերն ևս մաքուր չեն արյունից: Մի փոքր անձնասիրություն ունեցիր, Համազասպուհի: — Ո՞վ սպանել տվեց քո հորը, կամենում եմ ասել և իմ եղբորը:

— Արշակ թագավորը:

— Ո՞վ կոտորել տվեց մեր փեսա Կամսարականների ցեղը և ազահ ձեռքով հափշտակեց նրանց Երվանդաշատ քաղաքը և Արտագերս ամրոցը:

— Արշակ թագավորը: Բայց դրանով ի՞նչ ես կամենում ապացուցանել, Վահան: Քո և Մերուժանի ապստամբությունը Արշակունյաց թագավորների դեմ չէ, այլ թագավորության դեմ է: Հասկանո՞ւմ ես, Վահան: Տիրանը կամ նրա որդի Արշակը կարող էին վատ թագավորներ լինել: Բայց ինչո՞վ են մեղավոր նրանց ժառանգները: Գուցե Արշակի որդի Պապը շատ լավ թագավոր կլինի մեզ համար:

— Սխալվում ես, Համազասպուհի, օձից ձուկն չի ծնվի, և ոչ գայլից գառն:

— Դու ես սխալվում, Վահան: Ահա՛ քեզանից ծնվել է Սամվելը, որ ամենապատվական երիտասարդ է:

Հազիվ թե ամբողջ աշխարհում կարող էր գտնվիլ մի արարած, որ համարձակվեր այնպես երես առ երես և այնպես կծու կերպով նախատել այդ զոռոզ, անձնասեր իշխանին և ինքը մնար անպատիժ: Բայց Վահանը ո՛չ միայն հարգում էր նրան, այլև սաստիկ սիրում էր: Մամիկոնյան բոլոր աղջիկների մեջ հայտնի էր Համազասպուհին թե՛ յուր բարձր առաքինությամբ և թե՛ յուր խելքով: Այդ էր պատճառը, որ վայելում էր բոլորի սերը: Բայց իշխանը, նկատելով, որ վիճաբանությունը խիստ սուր կերպարանք է ստանում, զանցառության տվեց յուր հարազատից կրած վիրավորանքը, ասելով.

— Սամվելը իմ որդին չի լինի, եթե ինձ չի հետևի... Բայց այդ թողնենք, մենք հեռանում ենք հարցից, Համազասպուհի: Իմ բերած ապացույցները Տիրանի և Արշակի անկարգ վարմունքների մասին միայն այն նպատակով էր, որ քեզ ցույց տամ, թե ես և թե Մերուժանը իրավացի պատճառներ ունենք Արշակունիներին ատելու: Նույն իրավացի պատճառները ունեիր ավելի դո՛ւ, Համազասպունի, որովհետև Արշակը քո հայրասպանն է: Նույն իրավացի պատճառներն ուներ և քո ամուսինը, որովհետև Արշակունիները կոտորել տվին նրա ամբողջ ազգատոհմը: Բայց թե դու և թե քո ամուսինը ո՛չ միայն հավատարիմ եք մնացել ձեր նախնիքը կոտորողներին, այլ մինչև անգամ ամենայն համառությամբ պաշտպանում եք նրանց: Ով որ նրանց պաշտպանն է, մեր թշնամին է: Եվ թշնամու հետ մենք կվարվենք թշնամաբար: Այդ էր պատճառը, որ ես և Մերուժանը կործանեցինք ձեր ամրոցները և քեզ այստեղ գերի բերեցինք, Համազասպուհի:

— Ինչո՞ւ համար բերեցիք:

— Որ քո ամուսինը անձնատուր լինի:

— Ահա՛, տեսնո՞ւմ ես, փոխանակ անձնատուր լինելու, նա այրում է Մերուժանի քաղաքը , և մենք այս րոպեիս գտնվում ենք հրեղեն ծովի մեջ: Ձեր վայրենությամբ ի՞նչ շահեցաք, Վահան, — ավելի ոչինչ, քան թե բորբոքեցիք մի ներքին, արյունահեղ պատերազմ: Եվ այդ պատերազմը կշարունակվի և ավելի զարհուրելի կերպարանք կստանա, քանի որ դուք չեք դառնա ձեր չար ճանապարհից: — Կրկնում եմ, ինչ որ մի քանի րոպե առաջ ասացի, աշխատել ոչնչացնելու քրիստոնեական կրոնը, աշխատել կործանելու հարազատ թագավորության գահը — դա միայն դավաճանների և մատնիչների գործն է: Թե՛ ես և թե՛ իմ ամուսինը դավաճաններին աջակից չենք լինի...

— Իզուր ես այսպես մտածում, Համազասպուհի: Մենք, կամենում եմ ասել թե՛ ես և թե՛ Մերուժանը, մեծ հանցանք գործած կլինեինք, եթե մեր դիտավորությունը ա՛յն լիներ, որպես դու ես կարծում, ոչնչացնել կրոնը: Մենք աշխատում ենք վերադառնալ մեր հին կրոնին, մեր նախահարց սիրելի աստվածներին: Մեր ժողովրդի մեծ մասը տակավին յուր հին կրոնին է հետևում և խորշելով խորշում է քրիստոնեությունից: Ի՞նչ տվեց մեզ քրիստոնեությունը: — Այդքանը միայն, որ մոտեցրեց մեզ խաբեբա բյուզանդացիներին և հեռացրեց, թշնամացրեց մեզ մեր վաղեմի բարեկամ և դաշնակից պարսիկների հետ:

— Միթե կարելի՞ է, Վահան, այդպես քաղաքական նկատառումներով նայել կրոնի վրա և նրան զանազան շահերի խաղալիք դարձնել: Որովհետև պարսիկների հետ բարեկամանալու համար հարկավոր է փոխել կրոնը, ուրեմն պետք է փոխե՞լ...

— Ես դեռ չվերջացրի, Համազասպուհի, դու ինձ միշտ ընդհատում ես:

— Վերջացրո՛ւ:

— Իզուր ես մտածում և ա՛յն, թե մենք աշխատում ենք կործանելու մեր արքայական հարազատ գահը: Միթե Արշակունիները մեր հարազատնե՞րն են: Նրանք մեզ համար խորթ են, անհարազատ են, որովհետև օտար երկրից եկած պարթևներ են: Նրանց միայն համբերում էինք մենք, համբերում էին և պարսիկները, քանի դեռ Պարսկաստանում նույնպես Արշակունյաց տոհմն էր տիրում: Այնտեղ ընկան նրանք, և հիմնվեցավ նոր, Սասանյան պետությունը: Այժմյան Սասանյանները չեն կարող համբերել և չեն համբերում մեր քրիստոնյա Արշակունիներին: Մենք աշխատում ենք այդ գայթակղության քարը մեջտեղից վերցնել: Մենք այսուհետև միայն կունենանք մեր հարազատ թագավորը, որովհետև Շապուհը խոստացել է տալ Մերուժանին հայոց թագավորությունը:

Տիկնոջ դեմքի վրա երևաց մի արհամարհական ժպիտ, և նա, գեղեցիկ գլուխը շարժելով, պատասխանեց.

— Թե որքա՞ն կարելի է հավատալ խորամանկ Շապուհի նենգավոր խոստումներին, — այդ դեռ մի երազական ցնորք է, որով խելագար Մերուժանը միայն կարող է հրապուրվել: Այդ թո՛ղ մնա: Բայց եթե այնպես դատելու լինենք, որպես դու ես դատում, Վահան, ասելով, թե Արշակունիները մեր հարազատները չեն, որովհետև օտար երկրից եկած պարթևներ են, — այդպիսով մեզանից ոչ ոք հարազատ չի լինի Հայոց երկրին: Մենք, Մամիկոնյաններս, ճենացիներ ենք, քո սիրելի Մերուժանի նախնիքը ասորեստանցիք են, և այդպես, շատ նախարարական տներ օտար ծագումներից են առաջ եկած: Բայց ժամանակները բոլորին հայացրին. այժմ հայոց լեզվով են խոսում, հայոց կրոնն են պաշտում և արյունով խառնվեցան հայերի հետ: Նույն պայմաններին ենթարկվեցան և Արշակունիները:

Իշխանի համբերությունը հատավ: Նա վեր կացավ և, կանգնելով տիկնոջ մոտ, արտասանեց հետևյալ խոսքերը.

— Դու սիրում ես վիճաբանել, Համազասպուհի, դու վիճաբա՛ն էիր և այն ժամանակ, երբ դեռ փոքրիկ էիր և մեր ամրոցի բակում միասին գնդակներ էինք խաղում: Ես կարճ կկտրեմ քեզ հետ: Ահա մեր ուխտը. քրիստոնեությունը պետք է ոչնչանա, Արշակունյաց իշխանությունը պետք է ընկնի, որովհետև այդ է պահանջում մեր երկրի խաղաղությունը: Մերուժանը պետք է հայոց թագավոր դառնա՝ պարսից գերիշխանության ներքո: Մենք պետք է կրոնով միանանք պարսիկների հետ՝ մեր բարեկամությունը ավելի ամրապնդելու համար: Մեր և նրանց մեջ կրոնի խտրություն չպիտի լինի:

— Թո՛ղ նրանք միանան մեզ հետ, — ընդհատեց տիկինը, — թո՛ղ նրանք ընդունեն քրիստոնեությունը, դարձյալ մեր և նրանց մեջ կրոնի խտրություն չի լինի:

— Միշտ տկարները հետևում են հզորներին: Մենք տկար ենք, իսկ նրանք զորավոր:

— Քրիստոնեության մեջ ամենափոքրը ամենից մեծն է, ամենատկարը՝ ամենից զորավորը:

— Այդ ցնո՛րք է. տկարը տկար է, զորավորը՝ զորավոր: Դու միայն այն ասա, Համազասպուհի, համաձա՞յն ես մեզ հետ:

— Երբե՛ք:

— Ով որ մեզ հետ համաձայն չէ, մեր թշնամին է:

— Ես ամենևին ինձ քո բարեկամը չեմ համարում, թեև քո եղբոր աղջիկն եմ:

— Ով որ մեզ չի հետևում, նա կպատժվի և անխնա կերպով կպատժվի:

— Դրանից ավելի պատիժ այլևս ի՞նչ պետք է լինի:

Նա ցույց տվեց յուր շղթաները:

— Դրանից ավելի սարսափելին կա, Համազասպուհի:

— Ես պատրաստ եմ, Վահան:

— Լավ մտածի՛ր:

— Ես բոլորը մտածել և վճռել եմ...

Դրսի աղաղակները լսելի եղան ավելի զարհուրելի հնչյուններով: Փոքրիկ սրահակը, ուր գտնվում էին նրանք, լուսավորվեցավ վառ-արյունագույն լույսով: Վիճաբանությունը ընդհատվեցավ: Տիկինը բռնեց աչքերը, բացագանչելով.

— Ահա՛, Վահան, քո սպառնալյաց պատասխանը... ահա՛ ի՛նչ եք ցանկանում դուք — այդ կրա՛կը, այդ արյո՛ւնը…

Ե

ՍԱՐՍԱՓԵԼԻ ԳԻՇԵՐՎԱ ԱՌԱՎՈՏԸ

Դեռ մութն էր, դեռ բավական ժամանակ կար մինչև առավոտ:

Մի սպիտակ ձիավոր, շրջապատված մի խումբ թիկնապահներով, անդադար արշավում էր խռովյալ քաղաքի մի փողոցից դեպի մյուսը, որտեղ հուզմունքը ավելի սաստկանում էր: Նա անցնում էր կրակների միջով, նա անցնում էր կործանվող շինվածքների տակով, առանց ամենափոքր երկյուղ կամ վտանգ զգալու: Նրա ծայրահեղ անձնավստահությունը այնպիսի տպավորություն էր գործում, կարծես, այդ վեհապանծ ձիավորի մարմինը դյութված կամ կախարդված լիներ, որ անմխելի էր դարձել ամեն զորությանց առջև: Եվ իրավ, նրա մասին մի այդպիսի կարծիք կազմվել էր հասարակության մեջ:

Դա Մերուժան Արծրունին էր:

Յուր փառասիրության չափ փառահեղ էր ստեղծել նրան բնությունը, իսկ յուր անզուսպ անգթության չափով — սոսկալի: Նրա տոհմային սարրական արյունը խառնվելով հայկականի և Ջայմար ամրոցի վիշապազունների արյան հետ, տվել էին նրա հզոր կազմվածքին վիշապի սիավորություն: Նույն սիավորության մեջ նա գեղեցիկ էր և վայելչակազմ, որքան գեղեցիկ է լինում հոգեառ Սադայելը:

Յուր պղնձյա ամրակուռ զրահավորության մեջ, յուր զենքերի շողշողուն փայլով, հրդեհների վառ ճառագայթների առջև փայլում էր նա յուր անվան համեմատ, որպես մի արեգակ լուսապայծառ, որ աչք էր շլացնում:

Ամեն տեղ, ուր և հայտնվում էր նա, լռում էր աղմուկը, դադարում էր խռովությունը: Բայց հենց որ անցնում էր, նրա ետնից լսելի էին լինում անեծքի խուլ մրմունջներ: Յուր սեփական քաղաքացիքը նզովում էին նրան:

Բայց կար ժամանակ, և այդ ժամանակը շատ հին չէր, երբ նա անցնում էր այդ քաղաքի փողոցներով, մանկահասակ աղջիկները ծաղիկներ էին սփռում նրա սպիտակ նժույգի ոտների ներքո, իսկ կանայքը օրհնության ներբողներ էին երգում...

Նա անցավ մեծ հրապարակը, որ գտնվում էր յուր ապարանքի առջև: Գեղեցիկ, սյունազարդ ապարանքը այրվում էր: Բայց նա այրվում էր ո՛չ թե թշնամու կրակներից, այլ քաղաքացիների նետած կրակներից: «Երբ մեր տները հրդեհի կերակուր են դառնում, թո՛ղ և նա դառնա», — ասացին նրանք և այրեցին: Նա նայեց յուր նախահայրերի շքեղ բնակարանի վրա և երեսը արտմությամբ շուռ տվեց:

Ապարանքը դատարկ էր, որովհետև նրա ընտանիքը և ազգականները գնացել էին ամառանոց՝ Արծրունյաց բնիկ Ռշտունում: Այստեղ մնացել էին մի քանի ծառաներ և սպասավորներ միայն:

Հրապարակի վրա հավաքված էր մեծ բազմություն: Այրվող տներից փախած կանայք, երեխայք, ազատված կարասիների հետ միասին, խառնափնթոր կերպով դիզված էին միմյանց վրա: Հրդեհի լուսավորության ներքո այդ ապշած, սասանված թշվառների կուտակությունը ներկայացնում էր մի զարհուրելի տեսարան:

Երբ նա մերձեցավ՝

— Մի՛ մոտենար, Մերուժա՛ն, — ձայն տվին կանայքը:

— Հանգցրո՛ւ կրակը, — աղաղակեցին երեխայքը:

Նա ձեռքը տարավ դեպի աչքերը: Ի՞նչ էր, որ սրբեց այնտեղից: Միթե արտասվել կարո՞ղ էր այդ քարեղեն սիրտը: Բայց երեխաների ձայնը փշրե՛ց քարը, խորտակեց ապառաժը...

Նա դիմեց դեպի քաղաքադռներից մեկը: Այստեղ ինչ-որ աղմուկ կար մի խումբ քաղաքացիների և դռների վրա հսկող պարսիկ պահապանների մեջ:

— Կամենում են բաց անել դռները, — զեկուցում տվին նրան:

— Կոտորեցե՛ք, — հրամայեց նա:

Սկսեցին կոտորել նրա սեփական քաղաքացիներին:

Նա անցավ:

Նրան ուղեկցում էր մի նշանավոր պարսիկ աստիճանավոր: Երբ փոքր — ինչ հեռացան, նկատեց նա

— Անհնարին կլինի երկար պաշտպանվել, իշխան:

— Ինչո՞ւ:

— Որովհետև այս րոպեիս ականատես եղանք, թե որպես քաղաքացիք կամենում էին դռները բաց անել և թշնամուն ներս թողնել:

— Դրա համար էլ ես հրամայեցի նրանց կոտորել:

— Ո՞ր մեկին կոտորել:

— Բոլորին, եթե այնպես կվարվեն:

— Այն ժամանակ մեզ անհնարին կլինի կռվել թե՛ քաղաքացիների հետ և թե՛ դրսի թշնամու հետ:

— Եթե այդ անհնար կլինի, մեռնելը, կարծեմ, շատ հնարավոր է:

— Այդ սպասում է մեզ... Բայց ավելի լավ չէ՞ր լինի քանի դեռևս

մութն է օգուտ քաղել գիշերային խավարից և, պատառելով պաշարվող թշնամու շղթան, հեռանալ քաղաքից:

— Այդ այնքան հեշտ չէ Ոշտունյաց գազանների շղթան պատառել: Պետք է պաշտպանել քաղաքը մինչև վերջին շունչը: Երբ փոքր-ինչ կլուսանա, այն ժամանակ մենք դուրս կգանք կռվելու:

Պարսիկ աստիճանավորը լռեց: Նրանք դիմեցին դեպի քաղաքի մյուս դռները, որոնք նույնպես սաստիկ հսկողության ներքո էին դրած:

Գիշերը անցավ կրակի և բոցերի դժոխային գործողության մեջ: Իսկ առավոտյան լուսաբացին, մոխիր դարձած քաղաքի ավերակների վրա, սկսվեցավ սոսկալի կոտորածը: Գիշերը կործանվում էին շինվածքներ, իսկ այժմ կործանվում էին մարդիկ…

Դեռ վաղորդյան շամանդաղը նոր էր սկսել պարզվել, դեռ նոր թռչունները իրանց ուրախ մնչյուններով սկսել էին ավետել տվնջյան լուսատուի ըղձալի ծագումը, երբ քաղաքի դռներից մեկը խորտակվեցավ: Նա խորտակվեցավ թե՛ ներսի բնակիչներից, և թե դրսի պաշարողներից: Ներս խուժեց կատաղի բազմությունը:

«Թո՛ղ մի կողմ ջոկվին քրիստոնյաները…» — որոտացին հազարավոր ձայներ:

Քաղաքի բնակիչները, մոռանալով իրանց կրած ծանր վնասը, միացան իրանց տները այրող, իրանց դժբախտացնող լեռնականների հետ, և սկսեցին կոտորել պարսից զորքերին: Այժմ գործում էր նիզակն ու սուրը: Փայլում էր երկաթը և յուր փայլատակման հետ՝ լսելի էր լինում երկաթապատ վահանների սաստիկ տրոփյունը: Կռիվը կատարվում էր փողոցներում: Պարսիկ զորքերը օրհասական տագնապի մեջ մարտնչում էին, — մարտնչում էին, որ մեռնելուց առաջ գոնե մի քանիսին իրանց հետ տանեին: Մերուժան Արծրունին սպառել էր յուր լեզվի բոլոր ճարտարությունը նրանց խրախուսելով: Հրամանները այլևս չէին ազդում: Նա կայծակի նման անցնում էր մեկ փողոցից դեպի մյուսը, երբ նկատում էր, որ պարսիկները այն կողմում թուլանում են:

Այդ միջոցին մեկը միջնաբերդի բարձրությունից խոժոռ դեմքով նայում էր, թե ինչ է կատարվում ներքևում: Ո՛րքան նայում էր նա, այնքան նրա դեմքը ավելի տխուր, ավելի հուսահատական արտահայտություն էր ստանում: Մերուժանի քաղաքացիները, միանալով Մերուժանի թշնամիների հետ, կոտորում էին նրա Պարսկաստանից բերած զորքերին: «Որքա՞ն սխալ հասկացողություն ունենք մենք հայ ժողովրդի մասին…» — մտածում էր նա, և նրա զայրացած սիրտը լցվում էր անհնարին դառնությամբ:

Այդ մարդը Վահան Մամիկոնյանն էր, որը տիկին Համազասպուհիի հետ ունեցած անհաջող բանակռվից հետո դուրս էր եկել դիտելու քաղաքի խռովությունը:

Դեռ արևը չէր ծագել: Բայց վաղորդյան մթին աղջամուղջը սկսել էր նոսրանալ, և շրջակայքը հետզհետե տեսանելի էին լինում:

Միջնաբերդի բարձրությունից նկատեց նա, որ լեռնականներից մի ստվար խումբ ուղիղ դիմում էր դեպի յուր կողմը: Նրանց առաջնորդում էր մի հաղթանդամ տղամարդ, որ հազիվ երևում էր յուր զրահավոր և ասպարափակ թիկնապահների միջից: Նա մոտեցավ և, միջնաբերդի ստորոտից դեպի վեր նայելով և տեսնելով այնտեղ կանգնած Մամիկոնյան իշխանին, ձայն տվեց.

— Մամիկոնյան տե՛ր, ինչո՞ւ ես այնտեղ՝ երկչոտ աղվեսի նման կանգնել այդ բարձր քարերի գլխին, ցած իջի՛ր, մենամարտենք և մեր կռվով վերջ տանք արյունահեղ կոտորածին: Դու, թեև կորցրիր քո տոհմի առաքինությունը, գոնե մի արատավորիր նրա քաջությունը:

— Մեզ համար չէ՛ ազնվության դասը լեռնացիից առնել, Ռշտունյաց տեր, դու, եթե չէիր ցանկանում հազարավոր անմեղների արյան հոսումը, դու, եթե չէիր ցանկանում հազարավոր տների կրակի ճարակ դառնալը, — դու պետք է այդ հրավերը սկզբից անեիր, երբ դեռ ո՛չ մի արյուն չէր թափված: Այն ժամանակ ես պատրաստ կլինեի դուրս գալ քաղաքից և իմ բազուկների ուժը չափել քոնի հետ: Բայց երբ սկսվեցավ կռիվը այդպես տմարդի կերպով, թո՛ղ նույն կերպով և շարունակվի...

— Լեռնացին այդ տմարդությունը քեզանից սովորեց, Մամիկոնյան տեր: Նա որ գողի նման մտնում է յուր քրոջ անպաշտպան ամրոցը, և հափշտակում է նրան յուր անմատչելի ննջարանից, նա իրավունք չունի խոսք խոսելու մարդավարության մասին...

Մամիկոնյան իշխանը խոսք չգտավ պատասխանելու, յուր փեսայի լուտանքները նետի նման ցցվեցան նրա սրտում: Նա դարձավ դեպի բերդապահ պարսիկ զորքը, հրամայեց, որ պաշտպանեն բերդը:

Իսկ Գարեգին Ռշտունին հրամայեց յուր լեռնականներին հարձակում գործել բերդի վրա: Հայոց երկիրը, յուր լեռնային և քարքարոտ դիրքի համեմատ, յուր զորքերի թվում ստեղծել էր առանձին գունդեր, որ կոչվում էին «քարագնացներ»: Դրանք վարժված էին անհնարին ապառաժների վրա մագլցել, այդ պատճառով դրանց գործ էին ածում բերդերի և ամրոցների գրավման համար, որոնք Հայաստանում ըստ մեծի մասին շինված էին բարձր և անմատչելի ժայռերի գագաթին:

Բայց Ռշտունյաց և Մոկաց լեռնականները, քարերի հետ ապրելով և քարերի հետ սնվելով, երեխայությունից ի վեր սովորած էին մողեսի նման վազել ապառաժների վրա: Դրանք պատրաստի «քարագնացներ» էին: Իսկ այժմ նրանց առջև ներկայանում էր մի հսկա, ուղղաձիգ քարաբլուր, որի հետ հեշտ չէր գործ ունենալ: Այդ քարաբլուրի գլխին կանգնած էր հզոր միջնաբերդը, և նույն բերդի մեջ պահված էր նրանց սիրելի տիկինը:

Հարձակումը գործեցին բերդի արևմտյան կողմից, որ նայում էր դեպի ծովը: Այդ կողմիցն էր միակ մուտքը, որ բարձրանում էր սանդխտաձև աստիճանների վրայով, որ փորված էին ապառաժի մեջ: Ուր բնությունը թերի էր թողել յուր ամրությունը, այնտեղ արհեստը լրացրել էր առանձին պարիսպներով և մարտկոցներով, որոնք կարգ-կարգ բարձրանում էին մինչև քարաբլուրի գագաթը:

Ռշտունյաց «քարագնացներ» սկսեցին վեր բարձրանալ: Նրանք զինված էին երկաթյա ճանկերով, որոնցով մագլցում էին միապաղաղ ապառաժների կուրծքի վրա: Այդ հանդուգն, աներկյուղ շահատակներին վերևից զանակոծում էին նետերի անթիվ հարվածներով: Բայց «քարազնացները» պաշտպանված էին կաշյա լայն վահաններով, որ մեծ ամպհովանիի ձև ունեին, և կապել էին իրանց ուսերի վրա: Նետերը դիպչում էին այդ անմխելի ասպարներին և անզոր փետուրների նման ցած էին թափվում:

— Քարեր նետեց է՛ք, — հրամայեց Մամիկոնյան իշխանը:

Սկսվեցավ սարսափելի քարեկարկուտը: Հարյուրավոր ձեռքեր, ծանր քարե գնդակները պարսատիկների մեջ դրած, պտույտացնում էին օդի մեջ և նետում էին դեպի ցած: «Քարազնացների» կաշյա վահանները այժմ անզոր էին այդ վիմային ռմբակոծության դեմ պաշտպանելու նրանց: Քարը դիպչում էր և յուր ծանրությամբ գլորում էր նրանց դեպի ցած:

Այդ միջոցին միջնաբերդի հյուսիսային կողմում կատարվում էր բոլորովին այլ գործողություն:

Ավելի քան երկու հարյուր ձեռքեր առաջ էին մղում մի փայտեղեն այլանդակ հրեշ, որ յուր վիթխարի ծանրությամբ հազիվհազ շարժվում էր թանձր անիվների վրա: Նա այն տափակ սայլակների նմանությունն ուներ, որ գործ են ածում հայ շինականները: Զանազանությունը նրանումն էր միայն, որ շինականի սայլակը ձգում են առջևից լծած անասունները, իսկ նրա անիվները տակից շարժում էին մարդիկ, որ թաքնված էին ամրակուռ տախտակամածի ներքո և ամենևին էին երևում:

Բազմաթիվ ձեռքեր բահերով ու բրիչներով հարթում էին նրա ուղին, և հրեշը, որպես մի մարմնացած ահավորություն, դանդաղ կերպով առաջ էր ընթանում: Նրա մռայլ, սպառնական երևույթը սարսափ ձգեց բերդապահների վրա: Ամենքը իրանց ուժերը դարձրին դեպի նրա կողմը: Վերևից սկսեցին պարսատիկներով քարե գնդակներ նետել: Գնդակները դիպչում էին նրա թանձր կազմվածքին և ոստոստելով մի կողմ էին ընկնում: Հրեշը ոչինչ չէր զգում, այլ որպես մի խուլ զարհուրանք շարունակում էր յուր ուղին:

Դա սոսկալի «փիլիկվանն» էր, — բերդերի և ամրոցների հիմքը փորող հսկա խլուրդը:

Միջնաբերդը, որ երեք կողմից բարձրաբերձ, ուղղաձիգ և անմատչելի դիրք ուներ, այդ կողմից միայն նրա ապառաժային կողքը փոքր — ինչ թեքված էր և այդ պատճառով ամրացրել էին հաստահիմն պարիսպներով և աշտարակներով:

Հրեշը մոտեցավ և, յուր ահարկու գլուխը հպարտությամբ վեր բարձրացնելով, հենվեցավ պարսպի վրա, որպես փափուկ բարձի վրա: Նրա կազմվածքի զաղտնածածուկ խորշերում թաքնված էին բազմաթիվ մարդիկ, որոնք զինված էին բահերով, բրիչներով և մուրճերով: Սկսեցին փորել պարսպի հիմքը: Կրակը միայն կարող էր ազատել բերդը այդ վիթխարի թշնամուց: Վերևից սկսեցին հրային գնդակներ նետել: Նա ոչինչ չէր զգում: Նրա տախտակամածը պատած էր թանձր թաղիքներով, որ թրջված էին ջրով: Հրային գնդակները ընկնում էին նրա վրա, թշշում էին և իսկույն հանգչում էին, թողնելով օդի մեջ անախորժ խանձահոտություն:

Հրեշի ներքո պատսպարված մարդիկ շարունակում էին եռանդով փորել պարսպի հաստահիմն ստորոտը: Արդեն բացվել էր մի մեծ ծակ, բայց ծակի առաջը փակում էր պարսպի ետևի ապառաժը: Երկար բրիչներն ու մուրճերը մաքառում էին այդ ժայռի հետ, բայց արդյունավոր հետևանքի չէին հասնում: Մտածեցին բարձրացնել քանդակի լայնությունը դեպի վեր, գուցե կարելի լիներ ազատվել ապառաժից:

Այդ գործողության միջոցին վերևից նայում էր Մամիկոնյան իշխանը: Նրա սառն դեմքը արտահայտում էր և՛ տխրություն, և՛ ծիծաղ: «Հիմարնե՛ր,— մտածում էր նա, — Ի՞նչ պիտի շահեք, եթե խորտակելու լինեք այդ պարիսպը...»: Եվ, իրավ, ոչինչ չպիտի շահեին, որովհետև, տիրելով այդ պարսպին, նրանց առջև դուրս կգար երկրորդը, երրորդը... որոնք կարգ-կարգ և աստիճան առ աստիճան բարձրանում էին միմյանց ետևից, որքան բարձրանում էր քարաբլուրը, որի գագաթին կանգնած էր հզոր միջնաբերդը:

Բայց իշխանին տանջում էր այն միտքը, թե լեռնականները այդ պատրաստությունները չէին կարող ունենալ, անտարակույս, նրանք վեր էին առել քաղաքից, ուրեմն, նրանք կատարելապես տիրապետել էին քաղաքին: Ի՞նչ եղավ Մերուժանը, ի՞նչ եղան պարսիկ զորքերը, որ պահպանում էին քաղաքը: — Այդ հարցը սաստիկ վրդովեցնում էր նրան: Մերուժանին կորցնելով, նա իսպառ կորած և սպանված էր համարում այն գաղափարը, որը յուր համար այնքան մեծ նշանակություն ուներ, և որի իրագործման համար նա զոհել էր ամեն ինչ...

Ոչ սակավ խռովության մեջ էր գտնվում և պարսիկ բերդապահ զորքը: Նրանք պարզ տեսնում էին, որ քաղաքը գրավված էր, իսկ իրենք մնացել էին քարի գլխին, պաշարված անթիվ թշնամիներով: Նրանց գլխավորը մոտեցավ իշխանին և շնչասպառ ձայնով ասաց.

— Տագնապը մե՛ծ է, տե՛ր իմ:

— Տեսնում եմ:

— Պետք է անձնատուր լինել, տե՛ր իմ:

— Երբե՛ք:

— Մի քանի րոպեից հետո ներս կխուժե վայրենի բազմությունը:

— Անկարելի է: Դու, ուրեմն, այդ բերդը չես ճանաչում:

— Եթե բերդի ամրությունը կարողանա պաշտպանել մեզ դրսի թշնամուց, հետո ինչո՞վ կարող ենք պաշտպանվել մենք ներսի թշնամու դեմ՝ քաղցի և ծարավի: Նրանք, պաշարման մեջ պահելով մեզ, բոլորիս սովամահ կանեն:

— Ավելի լավ: Կմեռնեք և կազատվեք...

— Ինչո՞ւ իզուր տեղը մեռնել:

— Որ չարատավորվի արքայից արքայի դրոշի փառքը: Որ չասեն, թե պարսիկ զինվորը երկչոտ է:

Սպան լռեց և գլուխ տալով հեռացավ:

«Անպիտաննե՛ր, — ասաց նրա ետևից զայրացած իշխանը, — դուք քաջ եք այն ժամանակ միայն, երբ թշնամին ձեր առջևից փախչում է...»:

Միևնույնը պատահեց ներքևում, քաղաքի մեջ: Երբ լեռնականները, խորտակելով քաղաքի դռները, ներս մտան, այդ ժամանակ պարսիկները բոլորովին փխտության մեջ ընկան: Մերուժանի բոլոր ջանքերը քաջալերելու նրանց — մնացին ապարդյուն: Մի հուսահատական ընդդիմադրությունից հետո պարսիկների մի մասը անձնատուր եղավ, իսկ մնացածները, քաղաքի մյուս դռներից դուրս գալով, փախան:

Մերուժանը մնաց միայնակ, լքված յուր քաղաքացիներից, և լքված պարսիկներից, որոնց վրա մեծ հույսեր ուներ: Նա վերջին անգամ յուր վշտալի հայացքը դարձրեց դեպի մոխիր դարձած քաղաքը, ուր ապրել էին, ուր իշխել էին նրա նախնիքը, և, օգուտ քաղելով ընդհանուր խռովությունից, յուր թիկնապահների փոքրիկ խումբով դուրս եկավ քաղաքից և անհայտացավ վաղորդյան մթության մեջ...

Իսկ այժմ վաղորդյան մթությունը բոլորովին չքացել էր, տեղի տալով նախաարփյան ախորժելի լուսավորության: Արշալույսը սկսել էր շառագունիլ, ներկելով հորիզոնը ոսկերանգ ծիրաններով: Շատ չանցավ, արևի առաջին արյունագույն ճառագայթները հանդիպեցան մի արյունոտ գործի...

Առաջին պարսպի քանդակը այն աստիճան լայնացել էր, որ լեռնականները ներս էին մտել և այժմ սկսել էին փորել երկրորդ պարսպի ստորոտը: Հրեշը մնացել էր դրսում, նա յուր վիթխարի մարմնով այդ բացված քանդակից անցնել չէր կարող: Միջնաբերդից համարյա ընդդիմադրություն չէին գործում: Պարսիկները այժմ իրանց փրկությունը միայն անձնատուր լինելու մեջ էին գտնում, թեև պաշտպանվելու ամեն միջոցներ ունեին: Մամիկոնյան իշխանը վաղուց հասկացած լինելով այն ճշմարտությունը, թե վտանգի ժամանակ պարսիկ զինվորի վրա հույս չի կարելի դնել, — նրանց թողել էր իրանց կամքին:

Մյուս կողմից, «քարագնացները» մեծ հառաջադիմություն էին գործել: Նրանցից մեկը արդեն մագլցելով հասել էր մինչև բերդի մուտքը, և յուր դաշույնի ծայրը ցցել էր երկաթապատ դռան վրա:

— Բա՜ց արեք, — աղաղակում էր նա, — եթե չեք ցանկանում, որ իմ հազարավոր ընկերների դաշույնները այսպես ցցվեն ձեր է սրտում:

Դռները բացվեցան: Վերևում բարձրացրին անձնատուր լինելու նշանը: Իսկ ներքևում տիրեց ընդհանուր ցնծություն բոլոր լեռնականների մեջ:

Այժմ Ռշտունյաց նահապետը, շրջապատված յուր ավագներով, հանդիսավոր կերպով մոտեցավ բերդի ստորոտին: Նույն միջոցին վերևից ցած իջավ բերդապահների պարսիկ գլխավորը և, առաջարկելով նրան բերդի բանալիները, ասաց.

— Հաղթված Մերուժանի բերդը հանձնում եմ հաղթողների ամենափառավորյալին: Ընդունիր այդ բանալիները, Ռշտունյաց տե՛ր: Այժմ թե՛ նվաստիս, թե՛ իմ հրամանի ներքո գտնված բերդապահների գլուխները խոնարհվում են ձեր սրերի և ձեր մեծահոգության առջև:

Նսելի եղան հաղթական ընդհանուր աղաղակներ, որ կրկնվեցան մի քանի անգամ:

Ռշտունյաց նահապետը ընդունեց բանալիները, պատասխանելով.

— Ձեր գլուխները ազատված կլինեն մեր սրերից, և թե՛ դու և թե՛ քո հրամանի ներքո գտնված բերդապահները՝ կվայելեք իմ կատարյալ մեծահոգությունը, եթե ցույց կտաք, թե որտեղ է պահված Ռշտունյաց տիկինը:

— Իսկույն ցո՛ւյց կտան... — միջնաբերդի բարձրությունից լսելի եղավ մի ձայն, որ խլացավ ընդհանուր աղաղակների մեջ:

Դա Վահան Մամիկոնյանի ձայնն էր: Դեռ միայնակ կանգնած էր նա վերևում և լի դառնությամբ դիտում էր, թե ինչ է կատարվում ներքևում: Երբ նկատեց բանալիների հանձնվելը, այնուհետև ամեն հույս կորած համարելով, նա դարձավ դեպի յուր մարդիկը և մի ինչ-որ խորհրդավոր նշան տվեց և ինքը հեռացավ...

Այդ միջոցին միջնաբերդի արևմտյան կողմի աշտարակներից մեկի բարձրությունից քարշ ընկավ մի սպիտակ մարմին, որ ձյունի պես փայլում էր արևի առաջին ճառագայթների առջև: Ամենքը նայեցին նրա վրա և սարսափեցան...

Չսարսափեցավ միայն Մամիկոնյան իշխանը: Բայց նա վշտացավ: Յուր տխուր հայացքը դարձրեց դեպի սպիտակ մարմինը, սրտի բոլոր բաբախմունքով նայեց նրա վրա, հետո սրբեց աչքերի արտասուքը, և յուր դողդոջուն քայլերը ուղղեց դեպի միջնաբերդի հյուսիսային կողմը: Ամբողջ տիեզերքը խավարած էր նրա համար: Նա գնում էր, բայց չգիտեր, թե ո՛ւր է գնում: Համարյա բնազդմամբ մոտեցավ նա այն քարակոփ անձավներից մեկին, որի մուտքը փակված էր երկաթյա դռնով: Գրպանից հանեց մի փոքրիկ բանալի բաց արեց դուռը: Ներս մտավ և դուռը յուր ետևից կրկին կողպեց: Անձավի մի խորշում, քարյա հատակի մեջ, ագուցած էր մի քառանկյունի սալ, որ յուր գույնով ամենևին չէր որոշվում հատակից: Նա ոտքը դրեց սալի մի անկյունի վրա, և նրա ճնշումից խուփը ինքն իրան բարձրացավ: Տակից հայտնվեցավ մի վիրապի նեղ բերանը, որից մի մարդ հազիվ կարող էր անցնել: Նա երկու ձեռքերը դրեց նրա բերանի երկու շրթունքների վրա, և անհայտացավ վիրապի մեջ: Բերանը դարձյալ փակվեցավ:

Դա մի ստորերկրյա գաղտնի անցք էր, որ ծառայում էր որպես փախուստի ճանապարհ:

Համարյա միևնույն ժամանակ, երբ հայրը մտավ գաղտնի վիրապի մեջ, Վանա մեծ քաղաքադռներին հասավ որդին — Սամվելը:

Առաջինը, որ գրավեց երիտասարդի ուշադրությունը, երկու թևավոր վիշապներն էին, որ հսկում էին այդ դռան աջ և ձախ կողմերում: Արհեստի այդ սքանչելի արդյունքները այժմ փշրված, խորտակված էին: Նա ներս մտավ: Մոխիր դարձած քաղաքը տակավին մխում էր դեռ չհանգած կրակների մեջ:

Նրա աչքին ընկավ աշտարակի բարձրությունից կախ ընկած սպիտակ մարմինը, որ դեռ ձյունի նման փայլում էր արևի առաջին ճառագայթներից:

— Այդ ի՞նչ է, — հարցրեց նա սոսկալով:

— Ռշտունյաց տիկնոջ մարմինն է, — պատասխանեցին նրան:

— Ո՞վ կախաղան հանեց:

— Վահան Մամիկոնյանը:

— Կայե՜ն,... — բացականչեց խեղճ երիտասարդը, աչքերը բռնելով:

— Նա սպանեց եղբորը, իսկ դու-քո քրոջը...

Զ

ՈՒՐԱՑՈՂԸ ՅՈՒՐ ՏԱՆ ՇԵՄՔԻ ՎՐԱ

Հաղամակերտի մայր եկեղեցում սուրբ պատարագը դեռ շարունակվում էր կատարվել: Չնայելով, որ այսօր ոչ տոն էր և ոչ կյուրակի, բայց եկեղեցին լիքն էր բազմությամբ:

Բեմի հանդեպ, եկեղեցու աջակողմյան անկյունում չորս մարմարյա սյուների վրա բարձրանում էր մի վերնատուն: Նրա դեպի սեղանը նայող կողմը կտրված էր ոսկեզօծ վանդակապատով: Բեհեզյա ծանր վարագույրները միջից ծածկում էին վանդակապատը և բոլորովին անտեսանելի էին կացուցանում վերնատան ներսը: Այդ դրության մեջ վերնատունը մի փակված, առանձնացած մատուռի ձև ուներ:

Նրա հատակը ծածկված էր թանկագին օթոցներով, իսկ մի կողմում դրած էր փառավոր բազմոց: Մի տիկին, սուրբ պատարագի խորհրդի համեմատ, երբեմն ծունր էր դնում և աղոթում էր, երբեմն կանգնում էր և երկրպագություն էր տալիս, երբեմն նստում էր բազմոցի վրա և խորին ուշադրությամբ լսում էր: Նա ներկայացնում էր մի մարմնացած ջերմեռանդություն, որ հոգվով և սրտով հափշտակված էր սուրբ պատարագի արարողություններով:

Ոչ մի ժամանակ նրա կրոնական զգացմունքները այնքան վառված չէին եղել, և ոչ մի ժամանակ նա յուր աղերսն ու պաղատանքը այնպես սրտագին փափագներով չէր մատուցել սուրբ սեղանի առջև, որպես այսօր: Տխո՛ւր էր նա, որպես մի սգավոր, և ջերմ արտասուքը հեղեղի նման թանում էր նրա վշտալի դեմքը:

Դա Վասպուրականի տիկինն էր — Մերուժանի մայրը: Մատուռը, որի մեջ առանձնացած էր նա, Արծրունիների տոհմային աղոթարանն էր: Արծրունիները, կառուցանելով Մայր եկեղեցին, այդ մատուռը հատկացրին իշխանական տանը:

Նա վեր կացավ, երբ սուրբ խորհուրդը ավարտվելուց հետո ներս մտավ պատարագիչ քահանան և մատույց նրան սուրբ սեղանի նշխարքը:

Նա ընդունեց, համբուրելով տեր հոր աջը: Այժմ նրա վշտահար դեմքը և այն հեզ աչքերը, որոնց մեջ փայլում էր անհուն բարություն, ստացան ավելի խաղաղ և ավելի մխիթարական արտահայտություն, որ միայն պատկառանք էին ազդում: Այդ հարգելի անձնավորությունը միացնում էր յուր մեջ բարձր ազնվականի բարձր հատկությունները բարեպաշտ քրիստոնյայի առաքինությունների հետ:

— Ինչպե՞ս է, տեր հայր, քո դստեր առողջությունը, — հարցրեց նա, — ինձ ասացին, որ շատ հիվանդ է:

— Այժմ բավական լավ է, տիկին, — պատասխանեց քահանան: — Վտանգը անցավ: Իմ դուստրը յուր կյանքով պարտական է քեզ, տիկին: Եթե Դրան բժիշկը այնպես շուտ ուղարկած չլինեիր, գուցե ես կզրկվեի իմ միակ զավակից: Աստված քեզ երկար կյանք տա, տիկին, որ այլոց կյանքի համար այդքան հոգ ես տանում:

— Այդ իմ պարտավորությունն է, տեր հայր, բոլորը իմ զավակներն են, — ասաց նա: — Ցավում եմ, որ այս օրերում այնքան զբաղված պետք է լինեմ, որ չպիտի կարողանամ անձամբ այցելել հիվանդին:

— Նա շատ կուրախանա, տիկին: Քո բարի ոտքը բոլորովին կփարատե նրա ցավերը:

Քահանան հեռացավ, երբ ներս մտան երկու նաժիշտներ, որոնք սպասում էին մատուռի նախազավիթում: Նրանք, բռնելով տիկնոջ աջ և ձախ թևքերից, սկսեցին ցած իջեցնել վերնատան քարյա սանդուղքներից:

Պատարագից հետո ժամավորները դարձյալ մնացին եկեղեցում, որովհետև Դրան ավագ երեցը պետք է քարոզ կարդար: Բայց տիկինը չսպասեց և առանձին դռնով դուրս եկավ եկեղեցուց:

Փողոցում սպասում էր մի փառավոր պատգարակ, յուր երկու նաժիշտների հետ մտավ նրա մեջ, և սպիտակ ջորիները սկսեցին հանդարտ քայլերով տանել: Պատգարակի առջևից ոտով գնում էին երկու զինված շաթրներ կարմիր զգեստներով, իսկ ետևից՝ մի խումբ դրանիկներ, նույնպես ոտով: Եկեղեցու դռնից սկսած, դեպի փողոցի երկարությունը, ձգվել էին երկու շարք աղքատներ, որոնք խորին փափագով սպասում էին այդ բարեխնամ պատգարակին: Տիկնոջ հազարապետը քսակը ձեռքին մոտեցավ նրանց և առատաձեռն ողորմածությամբ բաժանեց չքավորների սովորական պարենը:

Խորին հարգանքով անցնում էր պատգարակը քաղաքի փողոցներով, և ամեն ոք՝ մեծ, թե փոքր, հասակավոր, թե երեխա, կանգնում էին, գլուխ էին տալիս և ամենայն սիրով ողջունում էին: Անցնում էր հասարակաց մայրը և երկրի տիկինը: Նա, պատգարակի դռնակից գլուխը մեկնելով, բոլորի ողջույնը ամենայն քաղցրությամբ ընդունում էր:

Պատգարակը կանգ առեց իշխանական հոյակապ ապարանքի հանդեպ, որի մուտքի աջ և ձախ կողմերում հսկում էին երկու թևավոր վիշապներ: Դա Արծրունիների հատուկ նշանն էր, որ դրված էր լինում նրանց բոլոր քաղաքների և պալատների դռների մոտ: Տիկինը ցած իջավ և, շրջապատված յուր սպասավորներով, ներս մտավ: Նա անցավ փառավոր, կանաչազարդ բակերի ճեմելիքներով, որ հովանավորված էին դարևոր ծառերով, և մտավ յուր սենյակը: Սպասավորները հեռացան, նրա մոտ մնացին նաժիշտները միայն, որոնք փոքր-ինչ սպասելով և տեսնելով, որ իրանց տիկինը առանձին հրաման չունի, իրանք ևս հեռացան:

Առաջինը, որ ներս մտավ տիկնոջ օրհնությունն առնելու, նրա հարսն էր — Մերուժանի կինը: Մոր երկու ձեռքերից քարշ էին ընկած նրա երկու փոքրիկ երեխաները: Նրանք մոտեցան, համբուրեցին տիկնոջ աջը: Ամեն օր այդ սովորությունն ունեին, երբ նա վերադառնում էր եկեղեցուց: Տիկինը հանեց յուր բերած նշխարքը, բաժանեց, և տվեց թե՛ երկու երեխաներին և թե՛ նրանց մորը: Երեխաները, որոնցից մեկը տղա էր, իսկ մյուսը աղջիկ, իրանց գողտրիկ ձեռիկները դրեցին տիկնոջ ծնկների վրա և, իրանց փայլուն, հարցասեր աչքերը դարձնելով դեպի նա, հարցրին.

— Ինչո՞ւ տերտերի հացը այդպես քաղցր է լինում, մամիկ:

— Դա աստուծո հացն է, զավակներս, դրա համար այդպես քաղցր է լինում, — պատասխանեց տիկինը, փայփայելով նրանց գանգրահեր գլուխները:

Նրանց մայրը ոտքի վրա կանգնած էր յուր սկեսրոջ մոտ և համարձակություն չուներ նստելու: Նազելի մի կին էր նա, չափազանց նրբակազմ և քնքուշ: Նա այնպիսի տպավորություն էր գործում, կարծես, ասելիս լիներ՝ մի՛ դիպչեք ինձ, կփշրվեմ ես: Նա խոսում էր այն ժամանակ միայն, երբ սկեսուրը խոսեցնում էր, և ամեն անգամ նրա սպիտակ այտերի վրա նշմարվում էր մի թեթև կարմրություն: Նա դեռ անմեղ օրիորդի ամոթխածությունն ուներ, իսկ հնազանդ հարսի՝ պատկառանքը:

Վասպուրականի տիկինը այրի էր: Նրա ամուսինը, Շավասպ Արծրունին շատ ժամանակ չէր, որ վախճանվել էր: Այդ պատճառով նա դեռ կրում էր յուր գլխին սգավորության քողը: Զրկվելով սիրելի ամուսնից, նա փոխարինում էր նրան՝ յուր տան մեջ իբրև մի պատրիարք, որի հեղինակությանը ամենքը խոնարհվում էին, իսկ երկրի կառավարության մեջ՝ իբրև մի նահապետ:

Տիկինը Վահան Մամիկոնյանի (Սամվելի հոր) քույրն էր: Մամիկոնյան տոհմիցն էր և նրա հարսը — Մերուժանի կինը: Մոտ խնամությունները այդ ժամանակ սովորական էին հայոց մեջ, մանավանդ նախարարների տների մեջ: Եվ առավելապես Մամիկոնյան տան աղջիկները, իբրև մի շղթա, կապում էին միմյանց հետ ոչ միայն ավագ նախարարների տոհմերը, այլև թագավորի տունը, այլև հայրապետական տունը: Այդ տոհմի աղջիկներն էին, որ իրանց առաքինություններով զարդարում էին թե՛ նախարարների պալատները, թե՛ թագավորի արքունիքը և թե՛ հայրապետի վեհարանը:

— Նախաճաշիկդ պատրաստ է, — ասաց հարսը: — Ինչպե՞ս կհրամայեիր, այստե՞ղ տան, թե սեղանատանը:

— Ուտելու բնավ ախորժակ չունեմ, սիրելի Վահանդուխտ, — պատասխանեց տիկինը: — Գիշերը շատ անհանգիստ էի, քնել չկարողացա: Իսկ այժմ հիվանդի պես եմ զգում ինձ. ականջներիս մեջ մի բան մրմնջում է, և ինձ այնպես է թվում, կարծես գլուխս յուր տեղումը չլինի:

— Հանգստացիր մի փոքր. դու առավոտյան շատ վաղ վեր կացար:

— Ինչպե՛ս հանգստանամ... միթե կարո՛ղ եմ հանգստանալ...

Նա նայեց հարսի գունաթափ երեսին և սարսափեց: Մի գիշերվա մեջ խեղճ կինը բոլորովին հալվել ու մաշվել էր: Երևի, նա ևս չէր քնել, երևի, նա ևս անհանգիստ էր... Ի՞նչ էր պատահել:

Այդ հոյակապ տունը, ուր միշտ ուրախ, ուր միշտ երջանիկ լինելու համար ոչինչ թերություն չկար, այսօր այնպիսի տխուր տպավորություն էր գործում, որպես թե սգավորի տուն լիներ: Բոլորի դեմքերի վրա նկարված էր մի անբացատրելի տրտմություն: Ամենքը լուռ էին, ամենքը խորշում էին միմյանց հետ խոսելուց: Կարծես, կար մի բան, որից վախենում էին, միգուցե մինը մյուսին հիշեցնելով ավելի ևս սաստկացնե նրա սրտի ցավերը...

Երեկ լուր ստացվեցավ, որ Մերուժանը գալիս է: Այսօր ճաշից հետո նա պետք է մտներ յուր իշխանության Ոստանը: Թե՛ մոր համար և թե՛ ամուսնի համար ի՞նչ ավետիս, ի՞նչ բարի համբավ կարող էր այնքան ուրախալի լինել, քան թե այդ, որ նրանց սիրելին, երկար բացակայությունից հետո, վերադառնում էր յուր տունը: Բայց նրանք, փոխանակ ուրախանալու, տխուր էին:

Նա վերադառնում էր որպես ուրացող, որպես դավաճան: Եվ մայրն ու ամուսինը պետք է գրկեին նրան, պետք է սրբեին նրա ճակատից ճանապարհի փոշին: — Այդ ծա՛նր էր, մահվան չափ ծա՛նր էր թե՛ մոր և թե՛ ամուսնի համար: Նրանց արդեն հայտնի էին Վանա աղետալի անցքերը և իրանց արյունակցի — դժբախտ Համազասպուհիի ցավալի նահատակությունը: Նրանք գիտեին ևա՛յն, թե այլևս ինչե՛ր պիտի աներ Մերուժանը...

Մայրը վաղուց լսած էր որդու չար դիտավորությունները, բայց նա ամենայն զգուշությամբ ծածկում էր յուր հարսից, վախենալով, որ խեղճ կինը, որն առանց դրանց ևս շատ տկար էր յուր առողջությամբ, չպիտի կարողանար դիմանալ այդ հարվածներին: Բայց երկար գաղտնիք պահել անկարելի էր, որովհետև այսօր պետք է գար նրա ամուսինը: Այդ էր պատճառը, որ նրան փոքր-ինչ նախապատրաստելու համար երեկ երեկոյան կանչեց յուր մոտ և հայտնեց բոլորը:

Վանա ցավալի կործանումից հետո, որպես հայտնի է, Մերուժանը միայն յուր թիկնապահների փոքրիկ խմբով կարողացավ ազատվել յուր քաղաքացիների վրեժխնդրությունից: Եվ մտածելով, միգուցե յուր Ոստանը մտնելու ժամանակ նույն վտանգներին հանդիպի, — նա շտապեց կես ճանապարհից հառաջագույն մի մարդ ուղարկել յուր մոր մոտ, որպեսզի նախապատրաստվի որդուն ընդունելու: Այստեղ, յուր տան մեջ, դիտավորություն ուներ փոքր-ինչ դադար առնել, հանգստանալ մինչև կհասնեին պարսկական նոր զորքերը, որոնց մեծ անհամբերությամբ սպասում էր նա:

— Ես հրամայել էի՝ ինձ մոտ կանչել քաղաքապետին, — ասաց տիկինը: — Ցանկանում էի իմանալ, արդյոք ի՞նչ կարգադրություններ է արել նա:

— Նա այստեղ է, — պատասխանեց հարսը: — Դեռ դու եկեղեցուց չէիր վերադարձել, նա շատ վաղ եկել, սպասում էր: Ի՞նչ կարգադրություններ պետք է աներ նա:

Հարցը մնաց առանց պատասխանի: Այդ միջոցին ներս վազեց մի ուրախ, վառվռուն օրիորդ, որը, անդադար յուր վրա նայելով, մոտեցավ, կանգնեց տիկնոջ առջև և, յուր լի բերկրությամբ աչքերը դարձրեց դեպի նա, հարցրեց.

— Նայի՛ր, մայրիկ, այդ հագուստով լա՞վ է:

Դա Մերուժանի քույրն էր, զարդարվել էր, պատրաստվել էր եղբորը հանդիպելու համար: Տան մեջ ամենքը տխուր էին, նա միայն ուրախ էր: Մայրը նայեց նրա վրա, աչքերը լցվեցան արտասուքով: Նա խոսք չգտավ պատասխանելու յուր դստերը: Ի՞նչ ասեր, ինչպե՞ս վշտացներ նրա մեջ այն ջերմ սերը, որ ուներ նա դեպի եղբայրը: Կարո՞ղ էր բացատրել նրան, թե կյանքի մեջ կան այնպիսի հանգամանքներ, որ բաժանում են քրոջը եղբորից, մորը՝ որդուց: Օրիորդը թեև մեծ աղջիկ էր, բայց այդ մասին շատ փոքր հասկացողություն ուներ: Նա լսել էր շատ բան, նրան ասել էին բոլորը, բայց դեռ նա սիրում էր եղբորը: Դա այն աղջիկն էր, որին Սամվելի մայրը նշանել էր յուր որդու համար, չնայելով, որ Սամվելի սիրտը պատկանում էր Ռշտունյաց օրիորդին — Աշխենին:

Շավասպուհին, — այսպես էր նրա անունը, — նկատելով մոր տխրամած դեմքը, ընկավ նրա ծնկների վրա և, նրա դողդոջուն ձեռքերը սեղմելով յուր բոցավառ շրթունքների վրա, բացագանչեց.

— Մայրի՛կ, սիրելի՛ մայրիկ, ինչո՞ւ ես լաց լինում, եթե դու լաց լինես, ես էլ լաց կլինեմ...

— Մենք էլ լաց կլինենք, — ձայն տվեցին երկու երեխաները, որոնք ապշած կերպով նայում էին այդ սրտաշարժ տեսարանի վրա:

Երեխաների մայրը առեց նրանց և այրված սրտով դուրս եկավ դահլիճից:

Տիկինը համբուրեց յուր դստերը, փայփայելով վեր բարձրացրեց, և ասաց նրան.

— Գնա՛, սիրելի զավակս, ասա՛, որ քաղաքապետին իմ մոտ կանչեն: Ես նրա հետ շատ կարևոր խոսելիքներ ունեմ: Պատվիրի՛ր սպասավորներին, որ ոչ ոքի չեմ ընդունում: Իսկ եթե տեր հայրը գալու լինի, նրան իմ մոտ թողնեն:

Օրիորդը կրկին անգամ համբուրեց մոր ձեռքերը և հեռացավ:

Դահլիճում մնաց միայն տիկինը: Ոչ մի ժամանակ նրա պայծառ խելքը այնպես մռայլված չէր եղել, որպես այս առավոտ: Ոչ մի ժամանակ նա այնպես անճարացած և այնպես կաշկանդված չէր եղել անհնարին դժվարությունների մեջ, որպես այս առավոտ: Որքան մտածում էր, մի որևէ ելք չէր գտնում: Մոր զգացմունքները մաքառում էին նրա մեջ: Ինչպե՞ս ընդունել որդուն — մոլորյալ որդուն, բայց և — սիրելի որդուն: Դիցուք թե ինքն հանձն առներ հաշտվել նրա հետ այն հույսով, որ յուր ազդեցությամբ կարող կլիներ ուղղել նրան, դարձնել նրան չար ճանապարհից: Բայց կարո՞ղ էր հաշտվել նրա հետ ժողովուրդը: Նա՛, որ հայտնի պատերազմ էր սկսել ժողովրդի դեմ կամ հնազանդեցնելու նրան յուր չար կամքին և կամ սրի ճարակ տալու նրան, — կարո՞ղ էր հաշտվել նրա հետ ժողովուրդը: Այդ դա՛ռն, այդ ցավալի մտքերն էին ալեկոծում նրան, երբ ներս մտավ քաղաքապետը և, հեռվից մի քանի անգամ գլուխ տալով, մոտեցավ, և լուռ, շվարյալ դեմքով կանգնեց տիկնոջ բազմոցի մոտ:

Չնայելով տիկնոջ մի քանի անգամ կրկնած խնդիրքին, որ նստե, և չնայելով յուր հասակին, այդ զառամյալ ծերունին դարձյալ կանգնած մնաց ոտքի վրա, պահպանելով ավանդական մեծարանքը դեպի հարգելի տիկինը:

— Ի՞նչ արեցիր, Գուրգեն, — հարցրեց տիկինը:

— Ամեն ինչ կարգադրված է, տիկին, — պատասխանեց ծերունին տխուր ձայնով: — Ամեն ինչ այնպես կկատարվի, որպես դու հրամայեցիր:

Նա սկսեց մի առ մի պատմել, թե ընդունելությունը, ի՛նչ կերպով կկատարվի, կամ ի՛նչ կարգադրություններ են եղած:

— Դու կարծում ես, Գուրգեն, որ անկարգություններ չե՞ն պատահի, — հարցրեց տիկինը, դեռևս ոչ բոլորովին հանգստանալով ծերունու տված տեղեկու-թյուններով:

— Ես ո՛չ միայն կարծում եմ, այլ հավատացած եմ, տիկին, որ ոչ մի անկարգություն չի պատահի: Իրավ է, մեր քաղաքացիք սաստի՛կ զայրացած են, բայց նրանք կզայրանան, իսկ երբեք տիրադավ չեն լինի: Այդ ես գիտեմ, տիկին, հաստատ գիտեմ.,..

Վերջին խոսքերի միջոցին նա յուր գլուխը մի քանի անգամ դրական կերպով շարժեց և ապա շարունակեց.

— Ի՞նչ եղավ տեր հայրը, ուշացավ տեր հայրը: Նրա քարոզը թեև փոքր-ինչ երկար տևեց, բայց բոլորովին հանգստացրեց ժողովրդին: Ավետարանից, մարգարեներից, առաքյալներից շատ օրինակներ բերեց: Եկեղեցուց դուրս գալուց հետո բազմությունը չէր հեռանում, խմբված էին բակում, դեռ տաքացած կերպով վիճում էին: Տեր հայրը մոտենում էր այս և այն խմբին, խոսում էր, խրատում էր և հանգստացնում էր: Այն ուրիշ բան կլիներ, տիկին, եթե իշխանը պարսից զորքերով մտներ յուր քաղաքը, այն ժամանակ անհնար կլիներ բնակիչներին զսպել: Իսկ այժմ գալիս է մի քանի մարդիկներով միայն, — և հայ մարդիկներով:

— Բայց հայությունը ուրացած մարդիկներով...-ընդհատեց տիկինը դառնացած կերպով:

Ներս մտավ Դրան երեցը:

— Ահա՛ և տեր հայրը, — ձայն տվեց ծերունին:

Այդ ալևոր քահանան, որ դեռ պահպանել էր յուր առույգ հասակի թե՛ եռանդը և թե՛ կենդանությունը, իշխանական տան երեցն էր: Նա մոտեցավ, ողջունեց և կանգնեց տիկնոջ մոտ:

-Նստի՛ր, տե՛ր հայր, — ասաց նրան տիկինը:

Նա նստեց և սկսեց հաղորդել յուր արած կարգադրությունները:

Վահանդուխտ տիկինը, յուր երկու երեխաների հետ դուրս գալով

դաhլիճից, ուղիղ դիմեց յուր սենյակը: Երկու երեխաներից մեծը տղա էր, իսկ փոքրը՝ աղջիկ: Տղան հասկանում էր, որ այն օր գալու էր հայրը, և դեռ հիշում էր նրան, երբ նա գնաց Պարսկաստան: Երբ նստեցին՝

— Մայրի՛կ, — հարցրեց տղան, յուր փոքրիկ թևիկներով քարշ ընկնելով նրա պարանոցից, — հայրիկը այսօր կբերե՞ ձին:

— Ի՞նչ ձի, — ասաց մայրը տխուր ձայնով:

— Չե՞ս իմանում, երբ հայրիկը գնում էր, ասացի՝ ինձ համար մի ձի բեր, պստիկ ձի, նա պաչ արավ, ասաց՝ կբերեմ, շատ պստիկ ձի կբերեմ, ա՛յ, էսքան: — Նա ձեռքը բարձրացրեց ձիու մեծությունը ցույց տալու համար:

— Մենք ձիաներ շատ ունենք, զավակս, — պատասխանեց նրան մայրը:

— Մերոնքը մեծ են, շատ մեծ են, ես պստիկ ձի եմ ուզում,որ ինքս հեծնեմ:

— Ծառաները կնստացնեն քեզ:

— Ես խո Նուշիկը չեմ, որ ծառաները բռնեն ու դնեն ձիու վրա, ես ուզում եմ ինքս նստել:

Նուշիկ փաղաքշական ձևով կոչում էին նրա քրոջը, որի իսկական անունը Միհրանույշ էր:

Եղբոր նկատողությունը, երևի, վիրավորեց փոքրիկ Նուշիկին, որը ծտի նման թռավ գահավորակի կողքում դրած բարձերից մեկի վրա և, կլորիկ ոտիկները շարժելով, ասաց,

— Տեսնո՞ւմ ես, ինչպե՞ս հեծա:

Մայրը երկուսին ևս գրկեց, համբուրեց, հետո հանձնեց դայակներին, որ տանեն, դրսում ման ածեն, որպեսզի իրան չխանգարեն: Ինքը մնաց միայնակ:

Դժբա՛խտ հանգամանքների դժբա՛խտ ամուսին... Որդիքը ուրախ էին հոր գալուստով, իսկ ինքը ուրախանալ չէր կարող: Նա սիրում էր յուր ամուսնին, նա յուր մխիթարությունը միշտ նրա մեջ էր գտել: Իսկ այժմ որպե՞ս սիրել «ուրացողին», որպե՞ս սիրել չարագործին: Այդ միտքը կատաղության չափ ալեկոծում էր նրան, ալեկոծում էր, որովհետև սիրտը և միտքը չէին հաշտվում միմ—յանց հետ:

Յուր զավակներին հեռացնելուց հետո, նա գտնվում էր հոգեկան խորին տագնապի մեջ: Ներքին կռիվը, զգացմունքների սաստիկ մաքառումը դրել էին նրան տենդային հրաբորբոք դրության մեջ: Ահա՛ մի ժամ ևս...ահա՛ երկու ժամ ևս... քաղաքի մունետիկը պիտի քարոզեր բոթաբեր գալուստը, և ամեն ինչ պիտի վճռվեր նրա համար...

Նրա դրությունը նմանում էր դատապարտյալի վերջին րոպեներին, որ օրհասական հուզմունքների մեջ սպասում է. ահա՛ բանտի դռները բաց կլինեն, դահիճները կմտնեն և նրան կտանեն դեպի կախաղանի ոտքը... Ինքը այդպես պետք է դիմեր այն մարդու գիրկը, որին ամբողջ աշխարհը մերժում էր: Եվ նա պետք է ողջագուրեր յուր ամուսնին, այն ձեռքերով, որ շաղախված էին յուր հայրենիքի անմեղ արյունով: Միթե նա չէ՞ր լինի հայոց կանանցից ամենաթշվառը: Բայց նա սիրո՛ւմ էր... այո՛, սիրո՛ւմ էր:

Նա ձեռքը տարավ դեպի կուրծքը, սեղմեց բորբոքված սիրտը, որ փոքր-ինչ հանգստություն տա ներքին վրդովմունքներին: Արտասուքը հեղեղի նման թափվում էր տառապյալ աչքերից, բայց սրտի կրակը շիջուցանել չէր կարողանում: Երկար այդ դրության մեջ տանջվում էր նա:

Հանկարծ վեր թռավ և, որպես մի խելագար, պղտոր աչքերը դարձրեց դեպի յուր սենյակի շուրջը: Ապշած կերպով նայում էր այս կողմ ու այն կողմ և յուր անշարժ հայացքով, կարծես մի բան որոնում էր: Մի քանի քայլ փոխեց դեպի դուռը, բայց իսկույն կանգ առեց: Դարձյալ, որպես մի աներևույթ զորությունից առաջ մղվելով, փոխեց քայլերը, մոտեցավ և, դողդոջուն ձեռքը մեկնելով, կողպեց դուռը: Սկսեց գիշերաշրջիկ լուսնոտի նման՝ դեգերել դեպի այս, դեպի այն անկյունները: Մոտեցավ լուսամուտներին, ցած թողեց վարագույրները: Կրկին մոտեցավ դռանը ստուգելու, արդյոք փակվա՞ծ էր, թե ոչ: Նրա դեմքը այժմ խաղաղ էր. նա արդեն գտել էր մի միջոց, որ կարող էր հանգստացնել իրան: Սկսեց նայել պատուհանները, սկսեց քրքրել բոլոր դարակները, որոնց մեջ պահված էին յուր իրեղենները: Բայց որոնածը չգտավ: Նրա աչքին ընկավ մի գեղեցիկ արկղիկ, որի մեջ պահված էին յուր կարելու պարագայքը: Ուրախացավ նա, որպես մի մարդ, որ հանկարծ մի անսպասելի գանձ է գտնում: Վազեց դեպի արկղիկը, բաց արեց և նրա միջից դուրս հանեց մի փոքրիկ մկրատ: Մի քանի րոպե, այդ փայլուն գործիքը ձեռքում բռնած, հիացած կերպով նայում էր նրա վրա: Նա գտավ ցանկալի առարկան: Դա կհանգստացներ նրան և կվճռեր նրա սրտում անվճիռ մնացած տարակուսանքը — նրա զգացմունքների անհաշտ երկբայությունը...Մկրատի սուր ծայրը նախ տարավ դեպի բաբախող կուրծքը: Բայց մինչև սիրտը մխվելու համար բավական կարճ էր: Հետո բաց արավ և մոտեցրեց յուր կոկորդին...

Այդ միջոցին, կարծես, փրկության հրեշտակը բռնեց նրա ձեռքը: Մկրատը բարկությամբ մի կողմ նետեց, ասելով. «Ո՜չ, նա չա՛րժե, որ ես մեռնեմ նրա համար... Նա, այո՜ դավաճանեց յուր հայրենիքին, բայց դավաճանեց և — ի՛նձ...» :

Ի՞նչ զորություն էր, որ այդպես անսպասելի կերպով հեղափոխեց նրա միտքը: Այն զորությունը, որ ամեն կրքերից ավելի սաստիկ բռնանում է կնոջ զգացմունքների վրա — խանդոտությունը:

«Ես ճանաչում եմ նրան, — շարունակեց դառնացած կերպով, — նա՜ այնքան ցած չէր, որ ուրանար յուր կրոնը, նա՜ այնքան անգութ չէր, որ ոտնակոխ աներ յուր հայրենիքի բախտը, և նա՜ այնքան փառամոլ չէր, որ նրան հրապուրեր Շապուհի խոստացած թագավորությունը... Բայց նա՜ այդ բոլորը հանձն առեց և պարսից արքայի ձեռքում մի անարգ գործիք դարձավ միայն նրա քո՛ւյրը ստանալու համար... Ինձ ասում էին, որ նա սիրահարված է Շապուհի քրոջ վրա, բայց ես չէի հավատում... Այո՜, ես չէի հավատում, որ նա՜ այն աստիճան անհավատարիմ կգտնվի դեպի յուր երկու զավակների մայրը, որ երկրորդ կին կբերե Արծրունյաց տան մեջ... Ի՞նչ կլինի իմ դրությունը այնուհետև... Ես պետք է պարսից արքայադստեր աղախինը դառնամ և նրա մաշիկները շիտկեմ... Իսկ գեղեցիկ

Որմիզդուխտը կլինի ո՛չ միայն Վասպուրականի Տիկնանց Տիկինը, այլ ամբողջ Հայաստանի թագուհին... Իսկ ե՞ս... Ո՛չ, ո՛չ, չա՛րժե մեռնել նրա համար... Իսկ նա՛ ի՞նձ համար — արդեն մեռած է...»:

Նստեց բազմոցի վրա, երկու ձեռքով ծածկեց երեսը, և կրկին ջերմ արտասուքը սկսեց հեղեղի նման թափվել նրա աչքերից: «Ա՛խ, Մերուժա՛ն, Մերուժա՛ն...» — հառաչում էր նա, և դողդոջուն ձայնը խեղդվում էր դառն հեկեկանքների մեջ:

Մի քանի անգամ բախեցին սենյակի դուռը: Վերջապես լսեց նա, վերկացավ, սրբեց աչքերը և տխաձությամբ մոտեցավ, բաց արավ դուռը: Ներս մտավ աղախիններից մեկը:

— Ամենքը պատրաստվում են, տիկին, — ասաց նա, — չե՞ս հրամայում՝ հագցնել քեզ:

— Մտիր հանդերձատունը, Միրանույշ, և դուրս բեր իմ սև զգեստները, — հրամայեց նա:

— Ինչո՞ւ սև, տիկին:

— Այսօր սո՛ւգի օր է, Միրանույշ, — պատասխանեց նա վշտալի ձայնով...

Կեսօրից չորս ժամ անցել էր:

Մի խումբ ձիավորներ, փոշու ամպերի մեջ կորած, ամենայն արագությամբ արշավում էին Արսքանուսից դեպի Հաղամակերտ տանող ճանապարհով: Որքան մոտենում էին քաղաքին, այնքան ավելի փութացնում էին իրանց երիվարների ընթացքը: Նրանց թիվը շատ չէր. մեկը ձիավարում էր ամենից առաջ, որ ձեռքում տանում էր մի կարմիր դրոշակ, նրա ետևից գնում էր մի սպիտակ ձիավոր, որ բոլորի գլխավորն էր երևում, իսկ հետո ինը ձիավորներ, ընդամենը տասնմեկ հոգի:

Այդ գնում էր Մերուժան Արծրունին, գնում էր դեպի յուր նախահարց Ոստանը — իշխանական մայրաքաղաքը — Հաղամակերտ:

Այն կենդանի ճանապարհը, որով անցնում էր նրա ասպախումբը և որը ամբողջ օրը լցված էր լինում երթևեկների ուրախ բազմությամբ, այժմ բոլորովին դատարկ էր: Ոչ ոք չէր երևում: Այդ շատ զարմացնում էր Մերուժանին: Նա անհանգիստ կերպով աչք էր ածում յուր շուրջը: Չէր փայլում հնձավորի մանգաղը, որ օրվա այդ զովաբեր ժամուն ավելի եռանդով էր գործում. չէր լսվում հերկավարի երգը, որ կենդանացնում էր գեղեցիկ շրջակայքը, և անհոգ հովվի սրինգն անգամ լռել էր, ոչ ինքն էր երևում և ոչ յուր խաշինները: Նրան այնպես էր թվում, որ անցնում է անապատների միջով, ուր կյանքն ու գործունեությունը վաղուց արդեն դադարել էին:

Բայց նա այլ բան էր սպասում...

Նա սպասում էր, որ յուր քաղաքացիք խուռն բազմությամբ կդիմավորեն իրան, այդ ճանապարհի աջ և ահյակ կողմերը ծածկված կլինեն արանց և կանանց խումբերով, և բազմությունը ցնծության աղաղակներով ու նվագարանների հնչյուններով կտանե նրան մինչև յուր իշխանական ապարանքը: Բայց ոչ ոք չհայտնվեցավ: Մինչև անգամ յուր տոհմայիններից ոչ ոք չդիմավորեց նրան: Միթե յուր գալուստը հայտնի չէ՞ր նրանց: Այդ մասին մի օր առաջ իմացում էր տվել յուր մորը: Ուրեմն ի՞նչ էր նշանակում այդ ընդհանուր բացակայությունը մարդիկների, — ա՛յդ անապատը:

Այդ միտքը վրդովեցնում էր նրան և լցնում էր նրա ալեծուփ սիրտը մի խուլ տարակուսանքով, որ հետզհետե կասկածի կերպարանք էր ստանում: Ետ դառնալ՝ թույլ չէր տալիս նրա անսահման անձնասիրությունը, իսկ առաջ գնալու համար՝ ոչինչ բարիք չէր սպասում: Գուցե կհանդիպեր յուր քաղաքացիների ապստամբությանը, գուցե զենքերը ձեռքում կդիմավորեին նրան... «Ինչ էլ որ պատահելու լինի, փո՛ւյթ չէ», — մտածեց նա խորին սրտմտությամբ և վճռեց առաջ գնալ:

Վերջապես հասավ նա քաղաքադռներին: Նայեց դռան ճակատին և սոսկաց: Այդ հոյակապ դուռը, որի բարձր կամարները ամեն մի հանդիսավոր մուտքի ժամանակ զարդարած էին լինում ծաղիկներով ու պսակներով, — այժմ ներկայացնում էր մի տխուր տեսարան: Դռան ճակատը պատած էր սև պաստառներով, իսկ վերևում փողփողում էին երկու սև դրոշակներ: Այդպես անում էին միայն այն ժամանակ, երբ երկրի իշխանի դագաղն էին ներս տանում: Իսկ այժմ ո՞վ էր մեռյալը... ո՞ւմ համար էր այդ սգավորությունը...

Սրտի խորին բաբախմունքով ներս մտավ նա:

Առջևից գնացող դրոշակակիր ձիավորը առեց գոտիից քարշ ընկած շեփորը և մի քանի անգամ հնչեցրեց: Նրան պատասխանեց կոչնակի ձայնը, որ երեք անգամ լսելի եղավ Մայր եկեղեցու բարձրությունից: Այդ ձայնը, որպես երկնքի սպառնական ձայնը, սարսափ ազդեց «ուրացողի» վրա...

Նա շարունակեց առաջ գնալ:

Ուրախ, աղմկալի Հաղամակերտը ներկայացնում էր մի մեռյալ քաղաք: Փողոցներում ոչ ոք չէր երևում, չէին երևում և անասուններ: Ո՛չ մի ձայն չէր լսվում, ո՛չ մի շշունջ անգամ չէր խռովում ընդհանուր գերեզմանական լռությունը:

Այն փողոցը, որով գնում էր նա և որը ուղիղ տանում էր դեպի իշխանական ապարանքը, նրա վրա խիստ ծանր և սպանիչ տպավորություն էր գործում: Հատակը ծածկված էր մոխրով: Բոլոր տների դռները փակ էին, իսկ դռների ճակատները նույնպես պատած էին սև պաստառներով:

«Իմ քաղաքացիքը, — մտածում էր նա, — երես են դարձրել ինձանից... նրանք իմ վրա նայել անգամ չեն կամենում... նրանք ինձ մեռած են համարում, այո, բարոյապե՛ս մեռած...»:

Բարկությունը խեղդում էր նրան, երբ մտաբերում էր վաղեմի ժամանակները: Եղել էին օրեր, երջանի՛կ օրեր, երբ նա հաղթական փառքով վերադառնում էր պատերազմից, այդ փողոցի հատակը ծածկված էր լինում ծաղիկներով ու կանաչ տերևներով: Իսկ այժմ նրանց փոխարեն մոխիր էր ցանած: Դռների ճակատները զարդարած էին լինում գորգերով, թավիշներով, գույնզգույն կերպասներով և ամենազեղեցիկ գործվածքներով: Իսկ այժմ ամբողջ քաղաքը սուգ էր զգեցել: Կանայք և աղջկունք, ծեր և տղա, տանիքներից ու լուսամուտներից ողջունում էին նրան: Իսկ այժմ ոչ մի ձայն չէր լսվում: Մկսյալ քաղաքադռնից, մինչև յուր ապարանքը հասնելը, ամեն մի քայլում զոհեր էին մատուցանում նրա առջև: Քահանայական դասը յուր ամբողջ սպասով, զգեստավորված ոսկեհուռ զգեստներով, խաչերով ու խաչվառներով առաջնորդում էին նրան և օրհնության շարականներ էին երգում: Ինքը շրջապատված էր լինում յուր ավագներով, իսկ առջևից տանում էին իշխանական տան նժույգները, զարդարած ամենաթանկագին ապազենքով: Իսկ այժմ դրանցից և ոչ մեկը չկատարվեցավ...

Նա հասավ իշխանական ապարանքը, բայց դռները յուր առջև փակված գտավ: Այդ սարսափեցրեց նրան: «Ուրեմն ինձ մերժում է և իմ տունը, և իմ ընտանիքը... » — մտածեց նա խորին, սրտատրոչոր դառնությամբ:

Այստեղ ևս նույն տխուր, նույն հուսահատական տեսարանը ներկայացավ նրա առջև: Իշխանական հոյակապ դռան փառավոր կամարները պատած էին սև պաստառներով, իսկ նրա աջ և ահյակ կողմերում փողփողում էին երկու սև դրոշակներ:

Անհնարին խռովության մեջ կանգնած էր նա հայրենական տան մուտքի առջև և չգիտեր ի՛նչ անել: Այդ ահարկու մարդը,որի համար աշխարհում ոչինչ դժվարություններ, ոչինչ արգելքներ չկային, այժմ գտնվում էր բոլորովին անել և հուսակտուր դրության մեջ: Մտածեց ետ դառնալ: Բայց ինչպե՞ս ետ դառնալ: Ամոթը և նախատինքը խեղդում էին նրան: Մտածեց բախել դուռը: Իսկ եթե բաց չանեի՞ն: Եվ անպատճառ բաց չէին անի: Այդ աստիճան արհամարհանք, այդ աստիճան զզվանք նա չէր սպասում մորից, և մանավանդ, յուր կնոջից: Նրան, որպես անառակ որդու,թողնում էին դրսում : Դա մի ծա՛նր ապտակ էր նրա երեսին, դա մի դա՛ռն պատիժ էր նրա համար... Այդ բոլոր հանդերձանքը, այդ բոլոր ցույցերը ուղղակի ասում էին նրան. «Դո՛ւ արժանի չես ոտք դնելու հայրենական տան շեմքի վրա... «Ուրացողի » ոտքերը կպղծե՛ն նրան...»:

Նրա մարդիկն ևս գտնվում էին բոլորովին շվարյալ դրության մեջ. ոչ ոք նրանցից չէր համարձակվում մի բան ասել:

Դռան բարձրության վրա կար մի սյունազարդ վերնահարկ, բաց երեսով, որ պատշգամբի ձև ուներ: Առջևից ծածկված էր վարագույրներով: Վարագույրները ետ գնացին, վերևում հայտնվեցավ մայրը: Տառապյալ կինը հազիվհազ կարողանում էր իրան ոտքի վրա պահել: Նրա ձախ թևքից բռնել էր աղջիկը՝ Մերուժանի քույրը, իսկ աջ թևքից բռնել էր հարսը՝ Մերուժանի ամուսինը: Վերջինի առջևում կանգնած էին Մերուժանի երկու զավակները: Դրանց ետևում կարգով կանգնած էր իշխանական ամբողջ ընտանիքը: Ամենքը սգավորի հագուստով, ամենքը արտասվալի աչքերով: Տեսնելով նրանց, Մերուժանը ամբողջ մարմնով դողաց:

— Մա՛յր, — խոսեց նա խռովյալ ձայնով, — իմ քաղաքացիքը ինձանից երես դարձրին, այժմ իմ հայրենական տունն էլ յուր դռները փակում է իմ առջև...

— Այո՛, Մերուժա՛ն, — պատասխանեց վերևից մայրը դառնացած

կերպով. — քո հայրենական տունը յուր դռները փակում է քո առջև, որովհետև դու քո սրտի դռները փակեցիր թե՛ աստուծո, թե՛ քո հայրենիքի և թե՛ քո խղճի առջև... Ուրացողը, ապստամբը չէ կարող մտնել այդ տունը, Մերուժա՛ն... Այն օրից, որ դու դավաճանեցիր քո եկեղեցուն և քո թագավորին, այն օրից զրկվեցար այդ տան զավակը լինելուց... Դու՛, Մերուժան, այժմ այդ տան համար խորթ ես և օտար, որովհետև դու արատավորեցիր Արծրունիների պայծառ հիշատակը... Ուղղությունը միայն կարող է փրկել քեզ, Մերուժան,.. Դարձի՛ր չար ճանապարհից, դարձի՛ր քո մոլորություններից... Լսի՛ր, Մերուժան, մոր ձայնը, որ դեռ սիրում է քեզ, որ յուր դառն արտասուքների հետ այդ խոսքերը թափում է քո առջև... Լսի՛ր Մերուժան, մոր ձայնը, որովհետև նրա բերանով խոսում է ամբողջ Վասպուրականը... Եթե դու կամենում ես կրկին վայելել քո ընտանիքի և քո աշխարհի սերը, պետք է դառնաս չար ճանապարհից... Ահա՛ ուղիղ ճանապարհը, Մերուժան, — նա ձեռքը տարավ դեպի Մայր եկեղեցին և ապա շարունակեց: – Քո հայրերը, երբ հոգնած, վաստակած տուն էին վերադառնում պատերազմներից, նախ գնում էին եկեղեցին, գոհության աղոթք էին մատուցանում և ապա գալիս էին իրանց ընտանիքի սերը վայելելու... Եթե դո՛ւ քո նախահարց հարազատ որդին ես, հետևի՛ր նրանց օրինակին... Այնտեղ, Մայր եկեղեցում, քահանայական դասը և քո քաղաքի ծերերը սպասում են քեզ... Գնա՛, Մերուժան, նախ եկեղեցին, հաշտվի՛ր Հիսուս Քրիստոսի հետ, զղջա՛ քո մեղքերը, խոստովանի՛ր քո հանցանքները աստուծո տաճարի մեջ և ապա վերադարձիր, այն ժամանակ քո տան դռները բաց կգտնես քո առջև...

— Այդ երբե՛ք չէ կարող լինել, — մռնչաց նա և երեսը շուռ տվեց:

— Մայրի՛կ, մայրի՛կ, — վերևից լսելի եղան երկու երեխաների ձայներ. — ո՞ւր է գնում հայրիկը...

Այդ ձայները խոցոտեցին նրա սիրտը...

Է

ԽԱՅԹ

Սոսկալի խռովության մեջ, որպես մի խելագար, դուրս եկավ Մերուժանը Հաղամակերտից: Նրա ականջներին դեռ զարկում էին մոր կծու խոսքերը և սուր սլաքների նման թափանցում էին մինչև սրտի խորքը: Նրանից չէին հեռանում կնոջ թախծալի դեմքը և սիրելի զավակների անմեղ ժպիտը,որոնք տեսնելով հորը յուր տան վերնահարկի բարձրությունից , կամենում էին ծտի նման թռչել և թևատարած նրա գիրկն ընկնել: Դեռ նրա առջև էր սգազգեստ քաղաքը յուր բոլոր տխուր և սպանիչ երևույթներով:

Ի՞նչ էր այդ:

Ցուր սրտին այնքան մոտ պատկերները յուր համար այնքան

թանկագին էակները այժմ, մթին ու մռայլ ուրվականի նման, հետևում էին նրան, հալածում էին նրան և ամենևին դադար ու հանգստություն չէին տալիս:

Այնտե՛ղ, հայրենական խաղաղ օջախի մոտ, ուր հույս ուներ նա մխիթարություն գտնել ,այնտե՛ղ, յուր ընտանիքի ջերմ գրկում, ուր փափագում էր վայելել մոր օրհնությունը, կնոջ գգվանքը և յուր զավակների սերը, — այնտեղից մերժվեց նա, այնտեղից արտաքսվեցավ նա, որպես մի անառակ, որպես մի մոլորյալ որդի:

Կրքերի սաստիկ մաքառումը կատաղության չափ վրդովեցնում էր նրան: Վասպուրականի տերն ու իշխանը այժմ նույն երկրի պարսկ զավակն էր: Նա, որ նայում էր այդ ընդարձակ աշխարհի վրա որպես մի մոմի կտորի վրա, համոզված լինելով, որ նրան ամեն ձև և ամեն կերպարանք կարող էր տալ, — այժմ նույն աշխարհից մերժվեցավ: Այո, մերժվեցավ, կոցնելով յուր նախնիքներից ստացած մեծ ժառանգությունը: Այն, որ թշնամու ահագին զորությունները չէին կարող խլել նրանից, — խլեց մոր մի քանի խոսքը...

Ի՞նչ էր այդ: — Այդ հարցը նա անդադար տալիս էր իրան, և նրա վրդովմունքը ավելի ու ավելի սաստկանում էր:

Յուր խռովության մեջ, դուրս գալով քաղաքից, ամենևին նկատել չկարողացավ նա, որ ինքը միայնակ է: Բավական հեռացել էր, երբ ետ նայեց, տեսավ, որ յուր թիկնապահները յուր հետ չեն: «Նրա՛նք ևս թողեցին ինձ»...-մտածեց նա, և մի դառն ծիծաղ անցավ զայրացած դեմքի վրա:

Նրա թիկնապահները հաղամակերտցիք էին: Հայրենի քաղաքի տխուր տպավորության ներքո, որոնք այնքան սաստիկ ազդեցին նրանց սրտերի վրա, նրանք մոռացան իրանց իշխանին: Մյուս կողմից, երկար տարիների բացակայությունը և ընտանիքի կարոտությունը ձգեց նրանց դեպի իրանց տները:

Արեգակը վաղուց արդեն մայր էր մտել,երեկոյան թանձր խավարը պատել էր շրջակայքը: Մերուժանը այժմ միայն զգաց յուր բոլորովին լքյալ դրությունը: «Ո՞ւր գնամ...» — այդ միտքը սկսեց տանջել նրան: Երկրի տերը յուր երկրում մի անկյուն չէր գտնում գլուխը դնելու..

Սաստիկ հոգնած էր նա: Վանա դժբախտ անցքերից հետո ամբողջ երեք օր ճանապարհի վրա էր, առանց մի տեղ դադար առնելու: Բացի դրանից, հոգեկանն ծանր տանջանքները բոլորովին վաստակաբեկ էին արել նրան: Որոնում էր մի տեղ փոքր-ինչ հանգստանալու: Գյուղերը մտնել չէր կարող գյուղացոց կոպտությանը չհանդիպելու համար: Ո՞ւր գնար: Ամեն տեղ գիտեն նրա մասին, ամեն տեղից հալածված էր նա: Այդ բոլորը անցնում էր նրա մտքով, և նա, առանց մի որևէ որոշման հանգելու, շարունակում էր քշել յուր ձին ,թեև չգիտեր, թե ուր է գնում : Հոգնած էր և ձին, որ դժվարությամբ էր փոխում քայլերը:

Հոգնածության հետ սկսեց տանջել նրան և քաղցը: Ամբողջ օրը ոչինչ չէր կերել : Նա, իբրև պատերազմական մարդ , սովոր էր բացօթյա կյանքին, կարող էր մի ժայռի, մի ծառի ներքո գլուխը դնել և հանգստանալ: Բայց ի՞նչ անել քաղցի հետ: Բնությունը իրանը պահանջում էր: Մյուս կողմից, մի խուլ կասկած ալեկոծում էր նրան: Այդ վերին աստիճանի աներկյուղ և անձնավստահ մարդը սկսել էր տատանվել:«Իսկ եթե հետամուտ լինեն ինձ...»-մտածում էր նա : Յուր քաղաքում մոր երկյուղից ոչ ոք չհամարձակվեցավ նրա վրա քար նետել: Մայրը, իհարկե ամենախիստ պատվեր տված կլիներ այդ մասին: Բայց ո՞վ էր արգելում մի քանի ստահակների՝ գաղտնի դուրս գալ քաղաքից և նրա ետևից ընկնել: Նա կյանքից երկյուղ չուներ, բայց կյանքը նրա նպատակների համար հարկավոր էր: Այդ մտքով շուռ տվեց ձիու գլուխը և դուրս եկավ ուղիղ ճանապարհից:

Դուրս գալով ուղիղ ճանապարհից, դիտավորություն ուներ՝ խոտորնակի շավիղներով հասնել մի ամայի տեղ, փոքր-ինչ հանգստանալ ու ձիուն հանգստացնել և ապա շարունակել յուր ուղին: Նա աշխատում էր չկորցնել գիշերային խավարը, այլ մթով դուրս գալ յուր իշխանության սահմանից, որը արևելյան կողմից շատ հեռու չէր: Այստեղ ամեն ոք կարող էր ճանաչել նրան, այստեղ նա վտանգի մեջ էր:

Երկար ձիավարում էր, բայց տակավին մշակության դաշտերի ու անդաստանների միջից չէր դուրս եկել: Մշակությունը նշան էր մարդու ներկայության, որից խորշում էր նա: Որոնում էր անապատ, ամայություն: Տեղորայքը որքան և ծանոթ էին նրան, այնուամենայնիվ, տիրող խավարը արգելում էր որոշել, թե ո՛րտեղ է գտնվում: Նա անցնում էր անգիտակցության և տարակուսանքների միջով: Վերջապես դուրս եկավ մշակված դաշտերից: Այժմ նրա առջև տարածվում էին խոտավետ մարգագետիններ: Այդ արդեն նշան էր, որ մոտենում է լեռների ստորոտներին:

Մի քանի անգամ նրա ականջներին զարկեց շան հաչելու ձայն: Ոչինչ ձայն չէր կարող նրան այնքան ախորժելի լինել, որպես այդ ձայնը: Մտածեց, կամ հովիվների է մոտեցել, կամ որսորդների: Թե՛ առաջինները և թե՛ վերջինները նրա համար անվնաս մարդիկ էին: Ձիու գլուխը դարձրեց այն կողմը, որտեղից լսվում էր ձայնը: Երբ բավական մոտեցավ, մեկ շան տեղ սկսեցին հաչել մի քանիսը: Նա շարունակում էր գնալ, մինչև շները խմբով առաջ վազեցին և նրա ճանապարհը կտրեցին: Անհնար էր ազատվել այդ գազաններից: Նա յուր հետ մի այլ զենք չուներ, բացի դաշույնից: Հասկացավ, որ հովիվների հանգրվանի է մոտեցել: Բայց վիրավորել կամ սպանել հովվի շանը, — այդ նշանակում է՝ սպանել նրա եղբորը կամ լավ բարեկամին: Այնուհետև պետք է գործ ունենալ ուղղակի հովվի հետ: Նա միայն պաշտպանողական դիրք բռնեց: Կատաղի գազանները ամեն կողմից շրջապատել էին նրան և ամենահանդուգն կերպով հարձակումներ էին գործում: Անտարակույս պատառ-պատառ կանեին, եթե ձին չպաշտպաներ նրան: Որ կողմից որ հարձակվում էին, քացասիրտ անասունը իսկույն շուռ էր գալիս և աքացի էր տալիս:

Շների աղմուկից, նիզակը ձեռին, մոտ վազեց մի հովիվ, որը խավարի միջից հարցրեց.

— Ո՞վ ես, ի՞նչ գործ ունես այստեղ:

Նա պատասխանեց.

— Նախ հանգստացրո՛ւ շներիդ, հետո կիմանաս, թե ես ով եմ:

— Իմ շները չեն հանգստանա, մինչև դու չասես, թե ով ես:

Նկատելով, որ կոպիտ հովվի հետ վիճելը բոլորովին ապարդյուն կլիներ, ասաց նա.

— Ես Որսիրանի սեպուհն եմ, որսորդությանս ժամանակ մութը վրա հասավ, մոլորվեցա և կորցրի իմ մարդիկներին:

Պատասխանը ոչ միայն զոհացուցիչ էր, այլ շատ փաղաքշական էր հովվի համար, որ Որսիրանի բարձրաստիճան սեպուհը, հանգամանքներից ստիպված, նրա տաղավարում գիշերային պատսպարան էր խնդրում: Նա սաստեց, շները լռեցին: Հետո մոտենալով բռնեց ձիու սանձից, ասաց,

— Հետևիր ինձ, տե՛ր սեպուհ:

Շները նկատելով, որ իրենց մեծավորը որպիսի բարեսրտությամբ վերաբերվեցավ դեպի նորեկը, իրանք ևս հանգստացան, և յուրաքանչյուրը գնաց յուր տեղը:

Տարաժամ հյուրին հովիվը տարավ յուր տաղավարը, որը այնքան հեռու չէր: Իսկույն լապտերը վառեց և, տարածելով տաղավարի հատակի վրա մի թանձր թաղիք, խնդրեց նստել, իսկ ինքը մնաց ոտքի վրա՝ նրա սպասում:

— Նստիր և դու, բարի հովիվ, — ասաց նրան Մերուժանը, — մի ծածքի տակ հյուրը և հյուրընկալը պետք է հավասար բարձի վրա նստեն: Հանգամանքները ինձ բերեցին քո տաղավարը, և ես շատ ուրախ եմ, որ լավ մարդու հանդիպեցա:

— Բայց ինձ պետք է նախ իմ հյուրի հանգստության մասին հոգալ, տե՛ր սեպուհ, — պատասխանեց հովիվը, ոտքի վրա մնալով: — Ճանապարհից եկած մարդը ուտելու պետք կունենա:

— Իզուր նեղություն մի՛ կրիր, — ասաց հյուրը: — Ինչ որ աստված տվել է, ինչ որ պատրաստի կա, ես նրանով ևս կգոհանամ: Քեզ մոտ, իհարկե, հաց կամ պանիր կգտնվի, իսկ եթե փոքր-ինչ մածուն ավելացնես, դա ինձ համար ամենապատվական ընթրիք կլինի: Ես իրավ շատ քաղցած եմ:

Տաղավարը մի շարժական քառակուսի սենյակի նմանություն ուներ, որի ստորին մասը կազմված էր բարակ և կլորիկ ձողերից, որոնք միմյանց հետ կապված էին գույնզգույն դերձանների հյուսվածքով, որ զանազան նկարներ էին ձևացնում: Իսկ ձեղունը պատած էր նույնպես գունավոր հաստ կապերտներով, որ տարածված էին զմբեթաձև առաստաղի վրա: Դեպի ամեն կողմ նայելիս, աչքի էր զարկում մի առանձին շքեղություն, որ հասարակ հովվի կացարանի համար բավական շռայլ էր: Այդ դրդեց Մերուժանին հարցնել,

— Ո՞ւմ հոտերն են արածում այստեղ:

— Տերունի են, — պատասխանեց հովիվը մի առանձին ձայնով, որ արտահայտում էր նրա անմեղ հպարտությունը:

Մերուժանի դեմքի վրա անցավ մի թեթև շփոթություն, և նա երեսը իսկույն շուռ տվեց, որ հյուրընկալը չնկատե յուր խռովությունը: «Տերունի՜», — մտածեց նա, և մնաց շվարած: Նա գտնվում էր յուր սեփական հովիվների տաղավարում: Հոտերը «տերունի» էին, այսինքն պատկանում էին իշխանական տանը: Հովիվը, ինչպես երևում էր, չէր ճանաչում յուր տիրոջը: Բայց միթե չէ՞ր գտնվի նրա ընկերների մեջ մեկը, որ ճանաչեր նրան: Նա քաշվեցավ դեպի տաղավարի մթին անկյունը, ասելով.

— Այդ լապտերը փոքր-ինչ հեռացրու, և ավելի լավ կանես, եթե դրսում քարշ տաս: Իմ աչքերը սաստիկ խտղտվում են լույսի վրա նայելիս: Առանց դրան ևս, շուտով լույս կլինի: Ահա՜, լուսինը դուրս է գալիս:

Հովիվը կատարեց հրամանը և հեռացավ ընթրիք պատվիրելու: Նա յուր ընկերների գլխավորն էր երևում: Իսկույն մի գառն մորթեցին և տաղավարից փոքր-ինչ հեռու կրակ վառեցին՝ թաժա հաց թխելու համար: Իսկ գլխավորը յուր հյուրին միայնակ չթողնելու համար կրկին վերադարձավ նրա մոտ:

Մերուժանը տակավին գտնվում էր այն մտածության մեջ, թե ինքը որոգայթի մեջ էր ընկած, և թե նախախնամության կամքը մատնեց իրան այդ պարզամիտ հովիվների ձեռքը, որոնք որքան բարի էին, նույնքան ավելի անհամբեր էին դեպի ամեն վատություն: Նրանց համար տերը, իշխանը ոչինչ նշանակություն չուներ, եթե աստուծո ուղիղ ճանապարհով չէր գնում: Բայց Մերուժանը սիրում էր ճակատագրի խաղերը և անհամբերությամբ սպասում էր, թե ինչո՞վ կվերջանա այդ դառն կատակը:

— Նստի՛ր, — կրկին դարձավ նա դեպի հովիվը: — Դու քո գործը վերջացրիր, այժմ կարող ես նստել: Ինչպե՞ս է քո անունը:

Հովիվը դարձյալ չհամարձակվեցավ տաղավարի ներսումը նստել, այլ տեղավորվեցավ մուտքի մոտ, դրսումը, և մի առանձին բավականությամբ պատասխանեց.

— Դու իմ անո՞ւնն ես հարցնում, տե՛ր սեպուհ: — Տերտերը իմ անունը Մանեճ դրեց, բայց մարդիկ Մանի են կոչում:

— Ես էլ Մանի կկոչեմ, այդպես ավելի լավ է: – Ասա՛ ինձ, բարի Մանի, որտե՞ղ է այժմ քո տերը, ի՞նչ լուր ունես Մերուժանից:

Այդ անունը լսելիս՝ հովվի արևից այրված դեմքը ավելի մռայլվեցավ և, յուր խռովությունը ծածկելով, ասաց,

— Ի՞նչ գիտեմ, տե՛ր սեպուհ, այդ դու պետք է լավ գիտենաս, թե որտե՛ղ է նա և ի՛նչ է շինում... Այստեղ, այդ լեռների մթության մեջ, մեզ խիստ սակավ լուրեր են հասնում, և ինչ էլ որ հասնում են, տխո՛ւր են, շատ տխո՛ւր... բոլորովին այրում են մարդու սիրտը...

Երևում էր, որ տիրասեր Մանին չէր կամենում Որսիրանի սեպուհի առջև, որպես մի օտար մարդու մոտ, անվայել կերպով վերաբերվել դեպի յուր իշխանը, թեև նրա մասին շատ սակավ բան գիտեր, բայց որքան էլ և գիտեր, յուր համար սաստիկ անմխիթարական էին:

Մոտ վաթսուն տարեկան կլիներ Մանին, բայց տակավին պահպանել էր յուր երիտասարդական ժրությունը: Վասպուրականի լեռների հովիվները դարերով են ապրում և հազիվ են ծերանում: Խոշոր մարդ էր նա՝ դեմքի նույնպես խոշոր գծագրությամբ, որ արտահայտում էր անկեղծ և ամուր բնավորություն: Աչքերի մեջ նշմարվում էր մի անբացատրելի թախծություն:

— Դու տեսե՞լ ես Մերուժանին, — հարցրեց ծպտյալ սեպուհը:

— Տեսել եմ, ինչպես չեմ տեսել, — պատասխանեց նա վշտալի ձայնով: — Բայց այն ժամանակ դեռ շատ երիտասարդ էր, ընչացքները դեռ նոր էին սկսել աճել: Հետո գնաց Պարսկաստան, այնտեղ պարսից անօրեն թագավորը խելքից հանեց նրան... Այնուհետև շատ ժամանակ է, որ չեմ տեսել:

— Այդ բոլոր հոտերը Մերուժանի՞ն են պատկանում :

— Բոլորը, տե՛ր իմ: Երկնքի աստղերը թիվ և համբարք ունեն, բայց նրա անասունները չունեն: Այստեղ միայն արածում են նրա ոչխարների հոտերը. յուրաքանչյուր հոտը միագույն է և միատեսակ սևը առանձին, ճերմակը առանձին և մյուս գույները իրանց կարգով: Բայց անցի՛ր, տե՛՛ր սեպուհ, այդ լեռան մյուս կողմը, այնտեղ կտեսնես նրա այծերի հոտերը, դարձյալ յուրաքանչյուրը դասավորված իրանց գույների և բուրդերի համեմատ: Մի փոքր հեռու գնա՛, տե՛ր սեպուհ, դեպի Երվանդունիք, այնտեղ կտեսնես նրա ձիաների, ջորիների և ավանակների երամակները և կհիանաս նրանց վրա նայելիս: Այնտեղից անցի՛ր, տե՛ր սեպուհ, դեպի Անձնացյաց կողմերը, այնտեղ կտեսնես նրա արջառները, կովերի և եզների նախիրները: Հետո գնա՛, տե՛ր սեպուհ, դեպի Տիգրիսի ջերմասուն ափունքը, դեպի Ջերմաձոր, այնտեղ ճահճային եղեգնաբույսերի մեջ արածում են նրա գոմեշների գեր ու պարարտ խումբերը: — Մի խոսքով, ինչո՞ւ իզուր գլուխդ ցավացնեմ, տե՛ր սեպուհ, սկսյալ Զարեվանդից մինչև Կորդիք և այնտեղից մինչև Վանա ծովակը, Մերուժանի անասուններն են արածում: Ո՞վ ունի այդքան անչափ հարստություն, որքան նա ունի: Աստված նրան ամեն կողմից լիացրել էր, աստված նրան շա՛տ էր տվել, բայց նա չիմացավ գոհացնել յուր աստծուն...

Վերջին խոսքերը արտասանելու միջոցին ծերունու ձայնը զգալի կերպով դողդողաց:

— Գալի՞ս է յուր անասունները տեսնելու:

— Ոչ մի անգամ չի եկել: Նա չգիտե, թե ի՞նչ ունի և որքա՞ն ունի: Նա մանկությունից սկսեց միայն կռիվներով զբաղվել և յուր գործին չնայել: Բայց այդպես չէր հանգուցյալ հայրը: Ամեն տարի, աշնան ժամանակը, կգար: Մենք առաջուց կլվանայինք կմաքրեինք ոչխարները, և սպիտակ, ձյունափայլ հոտերը կհանեինք նրա առջև: Նա կնայեր և փա՛ռք կտար աստծուն: Այդ տաղավարի մեջ շատ անգամ կերակրել եմ նրան: Կնստեր և մեծ բավականությամբ կուտեր հովվի աղքատիկ ճաշը:

— Այժմ ո՞վ է նայում այդքան հարստությանը:

— Տիկինը: Թո՛ղ աստված նրան երկար կյանք տա և մեր գլխից միշտ անպակաս անե: Նա խելքի և իմաստության մի մեծ ծով է: Հանգուցյալ նահապետի մահից հետո նա է կառավարում բոլոր գործերը: Կգա, կտեսնե, կուրախանա և ամեն բանի մասին հարցուփորձ կանե: Նա ո՛չ միայն ճանաչում է յուր բոլոր հովիվներին՝ իրանց անուններով և տեղերով, այլ ճանաչում է յուր անասուններից շատերին: Գիտե, որը որքա՛ն է մեծացել, կամ որը քանի՛ ձագ է բերել: Նա էլ ինձ Մանի է կանչում: Ախորժելի է լինում ծառային, երբ տերը նրան ճանաչում է և յուր անունով է կանչում: Բայց այդպես չէ Մերուժանը, եթե մոտիցը անցնելու լինեմ, չի իմանա, թե ես ով եմ, թեև քառասուն տարի ես նրանց անասունների վրա կյանք եմ մաշում: Այդ փոքր ժամանակ չէ՛, տե՛ր սեպուհ…

— Ի՞նչ են անում այդքան անասունները:

— Դեռևս հարցնո՛ւմ ես, տե՛ր սեպուհ, — ասաց նա, և մի զարմացական ժպիտ անցավ նրա բարի դեմքի խորշոմների միջով: — Ամեն շաբաթ հարյուր հատ ամենաընտիր խոյերից ուղարկում եմ իշխանական տան խոհանոցի համար: Գիտե՞ս, որքա՛ն մարդիկ այնտեղ ճաշ են ուտում: Ամեն օր մի քանի հարյուր հոգի սեղան են նստում: Այնպես էլ յուղը, պանիրը, մածունը, — բոլորը գնում է իշխանական տունը: Հետո, ընծաներ են լինում, աղքատներին են բաժանում, մատաղ են անում, բայց աստված այնքան առատություն է պարգևել, որ այդքան ծախսվում է և երբեք չի սպառվում:

Մինչդեռ անծանոթ տերը և յուր հովիվը այդպիսի մտերմական խոսակցության մեջ էին, լուսինը արդեն բավական բարձրացել էր հորիզոնից, և լուռ ու խաղաղ շրջակայքը հանգչում էր սքանչելի լուսավորության մեջ: Տաղավարի հանդեպ, փոքր-ինչ հեռու, վառվում էր կրակը, և նրա բոցափայլ լույսի միջից երևում էին մյուս հովիվները, որ բոլորել էին կրակի շուրջը: Նրանցից ոմանք փայտյա շամփուրներով զառան միս էին խորովում, ոմանք երկաթյա կասկարայի վրա թաժա հաց էին թխում, բայց, միևնույն ժամանակ, չէին դադարում շատախոսել, ծիծաղել և զանազան դատողություններ անել իրենց որսիրանցի հյուրի մասին:

Որսիրանցիք հայտնի էին իրանց օտարոտի սովորություններով, այդ պատճառով, ժողովրդի բերանում ստեղծված բոլոր ծիծաղելի առակները նրանց էին վերաբերում: Հովիվներից մեկը ասաց.

— Երկու որսիրանցիք հյուր եղան մեկ տան մեջ. տանտիկինը սև պողոձն ու սև չամիչը խառնեց միմյանց և դրեց նրանց առջև: Պողոձներն սկսեցին փախչել: Ընկերը ընկերին ասաց, — «Առաջ այդ ոտովներն ուտենք, քանի դեռ անոտներն քնած են»:

Ամենքը ծիծաղեցին, և յուրաքանչյուրը սկսեց յուր լսածն ու իմացածը պատմել: Երկար պատմում էին նրանք և երբեմն առանձին-առանձին մոտենում էին տաղավարին, հեռվից հետաքրքրությամբ նայում էին որսիրանցի հյուրի վրա, կարծես, ստուգելու համար, թե ո՛րքան ճշմարիտ էին իրանց պատմածները:

Ընթրիքի սեղանը Մերուժանի սպասածից ավելի ճոխ գտնվեցավ: Փայտյա խանի մեջ դրվեցավ նրա առջև թաժա հաց, պանիր, երկու զլուխ սոխ, իսկ խորովածը շամփուրներով տաք-տաք բերում էին, երբ սպառվում էր, դարձյալ կրկնում էին: Այն մարդը, որ հայոց թագավորի սեղանի մոտ նախապատիվ և առաջնակարգ նախարարի բարձ ուներ, այն մարդը, որ պարսից թագավորի հետ շատ անգամ մեկ թախտի վրա էր ճաշել, երբեք այնպիսի ախորժակով չէր կերել, որպես ուտում էր նա հովվի պարզ սեղանից: Բարեխիտ Մանիի մոտ գտնվեցավ մինչև անգամ գինի: Երբ սեղանը դրեցին, նա անցավ տաղավարի մի կողմը, մատներով փորեց գետինը և դուրս բերեց մի խեցեղեն փոքրիկ աման, ասելով.

— Ես գինին միշտ այդպես թաղում եմ, այդպես ավելի լավ է լինում, տե՛ր սեպուհ, թե՛ սառն կմնա և թե՛ արևի տաքությունից չի քացախի:

Մերուժանը խնդրեց նրան, որ ինքն ևս սեղանակից լինի, որը մեծ դժվարությամբ ընդունեց, ասելով.

— Այդ ինձ համար չափազանց մեծ շնորհ է, տե՛ր սեպուհ: Թո՛ղ ծերունի Մանին առիթ ունենա մարդկանց մոտ պարծենալու, որ յուր կյանքում մի անգամ մի սեպուհի հետ հաց է կերել:

Նա նստեց և գինու ամանը դրեց յուր մոտ:

Առաջին թասը Մերուժանը քամեց մինչև վերջին կաթիլը: Այդ տեսնելով, Մանին խրախուսվեցավ և սկսեց թե՛ ինքը խմել և թե՛ ավելի հաճախ մատուցանել թասը յուր հյուրին: Երբ բավական խմել էին, նա դարձավ դեպի հյուրը, հարցնելով.

— Ասա՛ ինձ, տե՛ր սեպուհ, դու ի՞նչ համբավ ունես Մերուժանից: Դու աշխարհի մարդ ես, գիտես նրա չարն ու բարին: Մենք կտրված ենք աշխարհից, չգիտենք, թե ո՞րտեղ ի՛նչ է կատարվում, ճշմարի՞տ է ա՛յն, որ խոսում են...

— Ի՞նչ են խոսում:

— Ի՛նչ ասեմ... դու ինձանից լավ գիտես, տե՛ր սեպուհ... լեզուս չի բռնում, որ ասեմ...

— Ես էլ ուղիղը չգիտեմ, բարի Մանի՛... շատ բան են խոսում... ո՞ր մեկին կարելի է հավատալ... Ես միայն այդքանը գիտեմ, որ շուտով կգա Մերուժանը և շատ կարելի է, որ նա հայոց թագավոր դառնա...Հովվի խորշոմներով պատած դեմքը բոլորովին մռայլվեցավ. վերջին խոսքերը փոխանակ ուրախացնելու նրան, որ յուր տերն ու իշխանը թագավոր է դառնալու, ընդհակառակն, ավելի տխրացրին:

— Այդ լավ չէ, — ասաց նա վշտալի ձայնով, — այդ աստուծո կամքին հակառակ բան է: Թագավորը պետք է թագավոր լինի, իսկ իշխանը՝ իշխան: Աստված ինձ կպատժեր, եթե ես մտածեի Մերուժան լինել: Ես նրա հովիվն եմ և պետք է գոհ լինեմ իմ վիճակով:

— Բայց Մերուժանի նախնիքը նույնպես թագավոր են եղել, — ընդհատեց հյուրը:

— Այդ ես չգիտեմ, եղե՞լ են, թե ոչ, գուցե եղել են: Բայց ի՞նչ ուներ նա պակաս մի թագավորից: Նա հենց յուր աշխարհի թագավորն էր: Երասխից սկսած մինչև Վանա ծովակը տարածվում է նրա իշխանության երկիրը: Միթե Արշակ թագավորը այդքան երկիր ունի՞: Ես շատ եմ թափառել, տե՛ր սեպուհ, ես շատ տեղեր եմ տեսել: Ես տեսել եմ Արշակ թագավորի ձիաների երամակները, տեսել եմ և նրա ոչխարների հոտերը, բայց մեր ունեցածի կեսը, կեսի կեսը չեն լինի: Ես տեսել եմ Արշակ թագավորի որսորդության լեռները և նրա անասունների արոտամարգերը. դարձյալ մեր ունեցածի չափ չեն լինի: Այլևս ի՞նչ ուներ պակաս Մերուժանը, որ աստուծո կամքին հակառակ գնար... և թե յուր հոգուն և թե յուր աշխարհին մեղք ավելացներ... Դա՛ռն է այդ բոլորը, շատ դա՛ռն, տե՛ր սեպուհ... Թող աստված ինքը մի ողորմություն անե, չարը խափանե և բարին առաջնորդե...

Վերջին խոսքերը արտասանելու միջոցին, նա լցրեց թասը, նայեց դեպի երկինքը և աղոթելով դատարկեց, կարծես սրտի բոցն ու կրակը հանգցնելու համար:

Մերուժանը զգացվեցավ: Մի խուլ խայթ սկսեց խայթել նրա սիրտը...

Երկրորդ թասը լցրեց նա և առաջարկեց յուր հյուրին, ասելով.

— Խմի՛ր, տե՛ր սեպուհ, դու ևս խնդրի՛ր, որ աստված չարը խափանե և բարին առաջնորդե: Մերուժանը որպես իմ, նույնպես և քո իշխանն է: Ես նրա նվաստ հովիվն եմ, իսկ դու նրա հարգելի սեպուհներից մեկն ես: Աղոթե՛նք մեր իշխանի համար. տեր ամենակալը կլսե մեր ձայնը:

Դողդոջուն ձեռքով ընդունեց նա բաժակը և մնաց շփոթված, տատանման մեջ: Նա պետք է աղոթեր յուր չարությունների համար, նա պետք է աղոթեր ա՛յն աստծուն, որին, պարսից արքայի առջև, հրապարակով ուխտել էր չճանաչել: Նա պետք է աղոթեր, որ այդ աստվածը դարձներ իրան չար ճանապարհից: Նա պետք է յուր լեզվով կարդար յուր մեղայականը: Բայց ի՞նչ սրտով կարդար: — Դեռ չզղջացած, դեռ չհաշտված սրտով: Այդ խիստ ծանր էր նրա համար: — Յուր հյուրընկալը սաստիկ դժվարին դրության մեջ դրեց նրան: Ինչպե՞ս կեղծել, ինչպես խարդավանել: Երկար տատանմունքից հետո, վերջապես, կրկնեց նա յուր հովվի խոսքերը և թասը դատարկեց...

Նա իսկույն հեռացավ սեղանից: Հովիվը նկատեց նրա թախծությունը և կարեկցաբար հարցրեց.

— Դու, տե՛ր սեպուհ, որպես ճանապարհից եկած մարդ, երևում է, որ շատ հոգնած ես: Ես իսկույն կպատրաստեմ քո անկողինը: Անուշ քունը միակ դարմանն է հոգնածության: Քո անկողինը թեև անշուք կլինի, բայց հանգիստ կլինի, քեզ կտամ իմ վերարկուն, կփաթաթվես նրա մեջ և կքնես: Իսկ բարձի փոխարեն այդ տոպրակը կդնես գլխիդ տակին: Նա լցրած է խիստ փափուկ խոտով, փետուրից ավելի կակուղ է այդ խոտը:

Մերուժանը շնորհակալություն հայտնելով բարեսիրտ հովվի հոգածությունների համար՝ ասաց.

— Գիշերը գեղեցիկ է, Մանի, իսկ սիրուն լուսինը խլեց իմ քունը: Բայց քո գինին այնքան ախորժելի էր, որ բորբոքեց իմ գլուխը: Կցանկանայի մի փոքր ման գալ, մի փոքր ցրվել սրտիս ամբոխմունքը: Առաջնորդիր ինձ, բարի Մանի, որ քո շները կրկին չհանգարեն ինձ:

Մերուժանը վեր կացավ, իսկ Մանին առեց յուր ցուպը, ընկավ նրա առջևը, հարցնելով, թե դեպի ո՞ր կողմն է ցանկանում գնալ:

— Դեպի լեռան կողմը, — պատասխանեց նա:

Նրանք անցան անաստնների լուռ և խաղաղ հանգրվանի միջով և մոտեցան լեռան ստորոտին:

— Դու ինձ միայնակ թող, բարի Մանի, — ասաց նրան Մերուժանը: — Այստեղ ես փոքր-ինչ կթափառեմ, հետո կնստեմ մի ժայռի վրա և նրա բարձրությունից կնայեմ, թե ի՛նչպես լուսինը սահելով ընթանում է թափանցիկ ամպերի տակով, և կլսեմ լեռնային վտակի անուշ ձայնը:

Պարզամիտ Մանին ոչ սակավ զարմացած էր իշխանի հուզված տրամադրության վրա, որ մի առանձին հոգեզմայլության մեջ էր դրել նրան: Այդ անակնկալ փոփոխությունը վերաբերում էր նա գինու ազդեցությանը: Եվ կամ, ո՞վ գիտե, ի՛նչ անհայտ զգացմունքներ ալեկոծում էին նրա սիրտը: Նա յուր հյուրին թողեց միայնակ և, տալով նրան յուր սրինգը, ասաց.

-Մնացի՛ր այստեղ, տե՛ր սեպուհ, որքան և քո սիրտը կիաձի, և վայելի՛ր զով գիշերի քաղցրությունը: Բայց երբ կցանկանաս կրկին վերադառնալ իմ տաղավարը, հնչեցրու այդ սրինգը, ես կլսեմ, կգամ և կտանեմ քեզ: Մեր շները բավական չար են, տե՛ր սեպուհ:

— Շնորհակալ եմ, բարի Մանի, — ասաց նա և ընդունեց սրինգը:

Հովիվը հեռացավ:

Մերուժանը մնաց միայնակ: Երկար նա, խորին այլայլության մեջ, թափառում էր լեռան ստորոտում և յուր սրտի հուզմունքներին հանգստություն տալ չէր կարողանում: Տխո՛ւր էր նա այն հուսահատական տխրությամբ, որ մարդուն անհնարին շվարման մեջ է դնում: Երբեք նրա հզոր կամքը այնպես տկարացած չէր եղել, որպես այս գիշեր: Երբեք նրա անզուսպ ինքնավստահությունը այնպես թուլացած չէր եղել, որպես այս գիշեր: Նա հենվեցավ մի ժայռի վրա և կանգ առեց: Նայում էր դեպի յուր շուրջը տիրող մռայլը, որ լուսավորված էր լուսնի աղոտ լուսով: Նայում էր դեպի թախծալի երկինքը, որ պատած էր մոխրագույն ամպերով: Լուսինը երբեմն հայտնվում էր, երբեմն ծածկվում էր ամպերի անթափանցիկ պատառների տակ: Եվ նրա հետ խավար շրջապատը բոպեապես լուսավորվում էր և դարձյալ խորասուզվում էր գիշերային մթության մեջ: Այսպես երբեմն երևում էին նրան հույս և բաղձանքների պայծառ նշույլները, և դարձյալ ընկղմվում էին անստուգության անվերծանելի խավարի մեջ...

Հոգնած էր նա, հոգնած էր հոգով, հոգնած էր և մարմնով: Նստեց ժայռի վրա: Նստեց յուր լայնատարած իշխանության մի կտոր քարի վրա, որպես մի փախստական, որպես մի թշվառ արտաքսյալ, որ յուր սեփական երկրի վրա յուր ոտքը դնելու մի հաստատ կռվան չուներ: Մտաբերում էր այն օրվա տխուր անցքերը, մտաբերում էր յուր մոր և յուր հովվի կծու խոսքերը, և նրա սիրտը խոցոտվում էր դառն կսկիծներով...

Նա ցած իջավ ժայռից, կանգ առեց և, յուր լի սրտմտությամբ դեմքը դարձնելով դեպի երկինքը, արտասանեց հետևյալ խոսքերը.

«Ի՞նչը ձգեց ինձ այդ թշվառ դրության մեջ... Արդյոք փառասիրությո՞ւնը... ոչ, հազար անգամ ոչ... Հայոց գահը, Հայաստանի թագն ու գավազանը, որ խոստացավ ինձ պարսից սեպուհ արքան, երբե՛ք չէին կարող հրապուրել ինձ, երբե՛ք չէին կարող մի անարգ գործիք դարձնել ինձ պարսից արքայի ձեռքում... Ես այնքան վատ չէի, ես այնքան անսիրտ չէի, որ ոտնակոխ անեի սուրբ պարտականությունը և ապստամբվեի իմ թագավորի դեմ... Ես ավելի մեծ հոժարությամբ կընդունեի մահը և իմ պատիվը ինձ հետ գերեզման կտանեի, քան թե իմ ճակատի վրա կընդունեի դավաճանի սև կնիքը... Ուրեմն ի՞նչը ձգեց ինձ այդ թշվառ դրության մեջ... Արդյոք վրեժխնդրության անզուսպ կի՞րքը, արդյոք արյան անշեջ ծարա՞վը... Դարձյալ ո՛չ... Արդարև, իմ հայրերը, իմ ամբողջ ազգատոհմը սրի ճարակ դարձան և անխնա կերպով խողխողվեցան Արշակունիների ձեռքով... Եվ սկսյալ մանկությունից վրեժխնդրության սրբազան պարտքը միշտ բորբոքում էր ինձ՝ վրեժխնդիր լինել և դրանով հաշտվել իմ նախահարց ուրվականների հետ, որ ամեն րոպե և ամեն վայրկյան տանջում էին ինձ... Բայց ես չէի ցանկանա իմ նախահարց արյան վրեժը Արշակունիների թագավորության կործանման մեջ գտնել և իմ դավաճանությամբ հափշտակած զահը դնել նրանց դժբախտ ավերակների բեկորների վրա... Ուրեմն ի՞նչը ձգեց ինձ այդ թշվառ դրության մեջ... Ի՞նչը հարկադրեց ինձ՝ ուրանալ իմ աստծուն, ուրանալ հայրենական կրոնը, ուրանալ ամեն ինչ, որ նվիրական էր ինձ համար, և երկրպագություն տալ պարսից աստվածներին... Ի՞նչը քարացրեց իմ հավատը, ի՞նչը խեղդեց իմ մեջ ազգային բոլոր սուրբ զգացմունքները... — Միայն դո՛ւ, քո սերը միայն, ո՛վ Որմիզդուխտ...

Այդ անունը արտասանելու միջոցին՝ նա խոնարհվեցավ, ծունր դրեց գետնի վրա, կարծես, երկրպագություն էր մատուցանում մի երկնային աստվածուհու:

«Ես սիրում էի քեզ, Որմիզդուխտ, խելագարության չափ սիրում է քեզ... Այդ գիտեր քո թագավոր-եղբայրը և իմ այդ թուլությունից օգուտ քաղեց նա... Ամեն խոստումներ, ամեն պարգևներ, ինչ որ ամենաբարձր էր մարդկային փառքի և վայելչության համար, խոստացավ նա ինձ, բայց չկարողացավ խախտել իմ հավատարմությունը թե՛ դեպի իմ հայրենիքը և թե՛ դեպի իմ թագավորը: Իսկ քեզ տալով, նա խլեց ինձանից բոլորը, ինչ որ սուրբ էր ինձ համար, ինչ որ թանկագին էր ինձ համար... Ես հանձն առի կատարելու քո եղբոր ամենավատ ցանկությունները, միայն քե՛զ ստանալու համար, ո՛վ Որմիզդուխտ...

Մի քանի րոպե տիրեց նրան մի խորհրդավոր լռություն. ջերմ արտասուքը հեղեղի նման թափվում էր աչքերից, և խուլ ապաշավանքը ալեկոծում էր նրա սիրտը:

«Սիրո՛ւմ եմ... չեմ կարող սպանել իմ մեջ այդ սերը...» — հանկարծ բացագանչեց նա և բարձրացավ յուր տեղից:

Նա կրկին աչքերը դարձրեց դեպի երկինքը և, երկու ձեռքերը դեպի վեր տարածելով, գոչեց.

«Ով տեր տերանց, ո՛վ աստված աստծոց, ցույց տո՛ւր ինձ այն անոթը, որ կրում է յուր մեջ սիրո կենսատու կաթիլները, ցույց տո՛ւր, ո՛վ տեր, ես կփշրեմ, ես կխորտակե՛մ այդ անոթը, որովհետև նրա մեջն է ամփոփված իմ բոլոր թշվառությունը... Ինչո՞ւ դրեցիր իմ մեջ այդ անոթը, ո՜վ տեր, ինչո՞ւ վառեցիր իմ սիրտը այդ անշեջ կրակով... Թո՜ղ չլիներ կնոջ սերը, թո՜ղ հավիտյան չլիներ նա, և ես ավելի բախտավոր կլինեի... Այդ սիրո համար ես հանձն առի մի ամոթալի պաշտոն... Այդ սիրո համար ես կատարեցի և պիտի շարունակեմ կատարել դժոխային բարբարոսություններ... Ես թույլ եմ, ես անզոր եմ, ո՜վ տեր, քո հզոր ձեռքը միայն կարող է մահացնել նրան... Աղաչում եմ, մեռցրու նրան և բոլորովին ցամաք անապատ դարձրո՜ւ իմ սիրտը, որպեսզի դադարեն իմ մեջ բոլոր կրքերը...»:

Հանկարծ լռեց: Դարձյալ արտասուքը սկսեց հոսել նրա աչքերից: Դարձյալ զգացմունքների կատաղի մրրիկը սկսեց ալեկոծել նրան: Երկար այդ խռովության մեջ տանջվում էր նա, մինչև խելագարի նման ձեռքը տարավ դեպի բորբոքված ճակատը և դողդոջուն ձայնով արտասանեց.

— Ո՜չ, ո՜չ, ո՜վ տեր, ես սիրում եմ... առանց նրան ինձ համար լույս և կյանք չկա... Դո՜ւ ստեղծեցիր սերը, դո՜ւ դրեցիր իմ մեջ սերը և դո՜ւ պետք է լինես նրա զորավիգը... Նա քո արարչագործության ամենամեծ արդյունքն է... Ժամանակներից առաջ քեզ հայտնի էր նրա և՜ կեցուցիչ, և՜ մահացուցիչ զորությունը... Դու գիտեիր, թե որպիսի՜ անողորմ ձեռքով պետք է դարձնե նա մարդկանց սրտերը թե՜ դեպի բարին և թե՜ դեպի չարը... Ինձ ձգեց վերջին ճանապարհի վրա, և պետք է շարունակեմ առաջ գնալ... Թո՜ղ աշխարհի մեջ մի անարգ նշավակ դառնամ ես, թո՜ղ ապագայի համար հավիտենական դատապարտության առարկա դառնամ ես, թո՜ղ ամեն ոք անեծքով արտասանե իմ անունը, բայց ես սիրում եմ և կսիրեմ... Իմ անգին Որմիզդուխտը պետք է լինի Հայաստանի թագուհին, իսկ ես պետք է դառնամ թագավոր, միայն նրա՜ն արժանի լինելու համար... Թո՜ղ արյունով ողողվի այն ուղին, որ տանում է ինձ դեպի հայոց գահը... Թո՜ղ դիակներով կազմվի այն սոսկալի ամբարտակը, որ կհասցնե ինձ մինչև այդ բարձրությունը... Բոլորը քա՜ղցր է ինձ համար, բոլո՜րը ախորժելի է ինձ համար, որովհետև այդ բարձրության վրա պետք է վայելեմ նրա սերը...

Առավոտյան, դեռ արևը նոր էր ծագել, դեռ նոր հոտերը քշում էին դեպի մերձակա արոտները, երբ Մանիի տաղավարին մոտեցան երեք սպառազինված ձիավորներ:

— Այստեղից անցա՞վ մի սպիտակ ձիավոր, — հարցրեց նրանցից մեկը:

— Նա գիշերը ինձ մոտ հյուր էր, — պատասխանեց հովիվը:

— Ի՞նչ եղավ:

— Գնաց:

— Ե՞րբ գնաց:

— Նա եկավ գիշերով և գնաց գիշերով:

— Ո՞ւր գնաց:

— Մութն էր, ես նրա ետևից երկար նայեցի, բայց նկատել չկարողացա, թե ո՜ւր գնաց: — Ո՞վ էր նա, — հարցրեց հովիվը ինքը ևս հետաքրքրվելով:

— Մերուժանը:

«Ա՛խ, եթե գիտենայի…» — յուր մտքում ասաց հովիվը և մնաց շվարած:

«Ա՛խ, եթե փոքր-ինչ շուտ հասնեինք…» — մտածեցին ձիավորները և հեռացան:

Ը

ՇԱՊՈՒՀԸ ԶԱՐԵՀԱՎԱՆԻ ԱՎԵՐԱԿՆԵՐԻ ՄՈՏ

«Ապա յետ այսօրիկ խաղաց գնաց թագաւորն Պարսից Շապուհ ամենայն իշխանութեամբ զօրաց իւրոց եւ չոգաւ եկ յերկիրն Հայոց. եւ առաջնորդ ունէր ընդ իւր զՎահան ի Մամիկոնեան տոհմէն, եւ զՄերուժանն յԱրծրունեաց տոհմէն…

«Իբրեւ էր բանակն Շապհոյ թագաւորին Պարսից ի գաւառն Բագրեւանդայ յաւերս քաղաքին Զարեհաւանիք… ածին ժողովեցին առաջի թագաւորին Պարսից զամենայն գերին մնացորդաց աշխարհին Հայոց. ապա հրաման տայր թագաւորն Պարսից Շապուհ, զամենայն այր ի չափ հասեալ կոխան արարեալ փղաց եւ զամենայն զկին եւ զմանուկ հանել ընդ ցից սայլից: Հազարք հազարաց եւ բիւրք բիւրուց սպանին, զի ոչ գոյր թիւ կամ համար սպանելոցն: Եւ զկանայս ազատացն եւ նախարարացն զփախուցելոցն հրաման տայր ածել յասպարէզն՝ որ էր ի Զարեհաւան քաղաքի: Եւ հրաման տայր հոլանել զամենայն ազատ կանանին, եւ նստուցանել աստի անտի ասպարիսին. եւ ինքն Շապուհ արքայ հեծեալ ի ձի, շավակի (արշավակի) անցանէր առ կանանովն…

«Եւ զազգի Սիւնեաց տոհմին ամենայն զայր ի չափ հասեալ կոտորեցին, եւ զկանայս սպանին, եւ զամենայն մանր մանկտին ներքինիս հրամայէր առնել. եւ խաղացուցանել յերկիրն Պարսից: Եւ առնէր զայս ամենայն վասն վրիժուցն Անդովկայ, որ եղեւ պատերազմ ընդ Ներսեհ արքայ Պարսից»:

Փաւստոս:

Մերուժանի և Վահան Մամիկոնյանի պարտության համբավը կայծակի արագությամբ հասավ Տիզբոն: Այդ բոթը այն աստիճան ազդեց գոռոզ Շապուհի վրա, որ վճռեց անձամբ անցնել յուր զորքերի գլուխը և մի մեծ արշավանք կատարել դեպի Հայաստան: Նրան այնքան չէր ցավեցնում յուր գունդերի կորուստը, որ ընկան Վանա պարիսպների մոտ, որքան կատաղեցնում էր այն միտքը, որ յուր նպատակները հայոց վերաբերությամբ հենց առաջին անգամից անհաջողության հանդիպեցին:

Նրա զորքերի բազմությունը դեռ Ատրպատական չէր հասած, բայց սոսկալի շարշափը տարածվեցավ դեպի ամեն կողմ: Նա գալիս էր, որպես մի մրրկածուփ հեղեղ, ամեն ինչ ողողելու, ամեն ինչ ոչնչացնելու համար: Հայոց նախարարներից շատերը նրա երյուղից թողեցին իրանց ընտանիքները, թողեցին իրանց բերդերը և փախան դեպի զանազան կողմեր: Իսկ մնացողները ամրացան անմատչելի լեռներում:

Հայաստանի արևելյան մասը, որ սահմանակից էր պարսից, նա յուր առջև բոլորովին բաց գտավ: Որտեղից և անցնում էր, յուր ետևից թողնում էր ավերակներ, տխուր անապատ և ամայություն: Քաղաքներն ու ավանները կրակի ճարակ էին դառնում, իսկ փախչելու անկարող բնակիչները գերվում էին: Նրան առաջնորդում էին Մերուժան Արծրունին և Վահան Մամիկոնյանը:

Նա մտավ Բագրևանդ գավառը և յուր ծանր բանակը դրեց Զարեհավանի ավերակների մոտ, որ կործանված էր նրա հառաջապահ զորքերից:

Այստեղ դիմեց նա հայոց տիկնոջը, Փառանձեմին, ձերբակալելու մտքով, որ այդ ժամանակ գտնվում էր Ծաղկանց լեռների սարավանդների վրա — Շահապիվանում: Ծաղկանց լեռները արքայական ամառանոցներ էին: Բայց մինչև նրա հասնելը, հայոց տիկինը խույս տվեց և տասնումեկ հազար զինվորներով մտավ Երասխաձորի Արտագերս բերդը:

Առավոտ էր, այն ողբալի առավոտը, որի մյուս օրը Շապուհը պետք է չվեր պաշարելու Արտագերս բերդը: Այս առավոտ նրա հրամանով կատարվեցան այնպիսի գործողություններ, որ վայել չէին ոչ արքայի և մարդու:

Լուռ և տխուր հոսանքով վազում էր Արածանին (Եփրատը), կարծես չտեսնելու համար այն զազանային անգթությունները, որ այս առավոտ պետք է կատարվեին նրա ափերի մոտ:

Գետի մի կողմում, նպատ լեռան լանջաց վրա, կազմված էին արքայական վրանները, բոլորը լաջվարդի գունով և մինը քան մյուսը ավելի շքեղ և ավելի փառավոր: Վրանների գույնը, միախառնվելով լեռան կանչազարդության հետ, ներկայացնում էին հիանալի տեսարան: Նրա հետ էր և յուր կանանոցը: Պարսից թագավորները սովորություն ունեին, երկարատև արշավանքների ժամանակ, կանանոցը իրանց հետ տանել: Կանանց փակ վրանները դրսից չէին երևում, որովհետև շրջապատված էին բարձր սարայփարդաներով, որ կտավյա սպիտակ պարտակներից կազմված, բոլորակ վանդակապատի ձև ունեին:

Գետեզերքի գեղեցիկ տափարակների վրա, հեռու և հեռու, տարածվում էր ընդարձակ բանակը: Այնտեղ զետեղված էին զորքերի և զորապետների վրանները: Գույնզգույն դրոշակները ծածանվում էին, որ նշանակ էին յուրաքանչյուր գնդի առանձնությանը:

Արքայական վրանի կոնաձև գագաթին դրած էր մի ոսկեղեն գունդ, որի վրա փայլում էր պարսկական սրբազան վառը — ոսկեձույլ, ոսկեճաճանչ արեգակը: Այդ վրանի մեջ Շապուհը նստած էր փղոսկրյա քառակուսի թախտի վրա, որ զարդարած էր գեղեցիկ քանդակներով: Այս առավոտ հագած ուներ արյունագույն — կարմիր պատմուճան: — Այդ արդեն նշան էր, որ արյան հետ գործ պետք է ունենա: Գլխին կրում էր փառավոր խույրը, որի առջևի կողմից, ճակատի վրա, մարգարտաշար նարոտներով կապած էր արքայական ոսկյա գարգմանակը, որ փողփողում էր արեգնային ճաճանչներով: Կուրծքը, ուսերից սկսած, պատած էր գոհարազարդ ապիզակով, որ հասնում էր մինչև նույնպես գոհարազարդ գոտին: Թևքերի վրա, արմունկներից վերև, կապված էին ոսկյա ապարանջաններ: Երկու ականջներից քարշ էին ընկած երկու ծանր գինտեր: Իսկ աջ ուսից ձգած էր հմայքներով լի համայիլը, որ զարդարած էր գույնզգույն խոշոր քարերով, և որը կողմնակի կերպով անցնում էր կուրծքի վրայով և յուր երկու ծայրերով միանում էր ձախ թևքի տակում: Այդ համայիլի վրա գործ էին դրել նրա մոգերը իրանց բոլոր կախարդական արհեստն ու գիտությունը: Յուր թախտի վրա նստած էր նա չոքած կերպով: Գավազանի փոխարեն երկու ձեռքով բռնած ուներ մի երկաթյա ծանր լախտ, գնդաձև գլխով, որ հորիզոնական դիրքով դրած ուներ ծնկների վրա: Նրա ետևում հսկում էր Դրան զինակրապետը, որ ձեռքում բռնած ուներ արքայական սուրը: Աջ կողմում կանգնել էր Մերուժան Արծրունին, իսկ ձախ կողմում՝ Վահան Մամիկոնյանը — Սամվելի հայրը: Երկուսն էլ նրա փեսաներն էին, երկուսն էլ գտնվում էին կատարյալ զինավառության մեջ:

Վրանից դուրս, մուտքի այս և այն կողմերում, կարգով շարված էին նրա գլխավոր զորապետները, պալատականները և այլ ավագանին: Ամենքը լուռ էին և խորին երկյուղածությամբ սպասում էին թագավորի ձայնին:

Միջահասակ էր նա, թուխ դեմքով և խոշոր, վառվռուն աչքերով: Կարճ կտրած սև մորուքը սփռված էր ոսկու փոշիով: Դեմքի վրա նշմարվում էր ահավորություն և խստություն: Նա գտնվում էր այն սրբազան ձորի մեջ, որ լի էր անմոռանալի հիշատակներով, որ ամենահին ժամանակներից եղել էր կրոնների և պաշտամունքների օրրան: Այդ ձորով անցնում էր Արածանին — հայոց սիրելի Հորդանանը: Այդ գետի նվիրական ափերի մոտ բարձրանում էր վեհապանծ Նպատը — հայոց սուրբ Սինան, — որի այրերում մի ժամանակ ճգնում էր հայոց Լուսավորիչը, որի այրերում և հանգչավ նա: Այժմ քրիստոնեության թշնամի թագավորի բանակը դրած էր քրիստոնեության նախկին օրրանի մեջ: Լուռ էր նա, և մտահույզ աչքերը հառած էին դեպի մի հոյակապ վանք, որ կանգնած էր նրա հանդեպ, Նպատ լեռան լանջաց վրա: Գեղեցիկ վանքը, յուր գմբեթների բարձրությամբ, կարծես, մրցել էր կամենում շրջակա բարձրությունների հետ:

— Այդ ի՞նչ վանք է, — դարձավ նա դեպի Մերուժան Արծրունին:

— Դա ս. Հովհաննու վանքն է, տե՛ր արքա, — պատասխանեց Մերուժանը, ավելացնելով. — Այդ վանքի տեղումն էր հայոց ամենահին սրբարաններից մեկը՝ Բագավանը, որի մեջ կանգնած էր «վանատուր» (հյուրասեր) Արամազդի մեծազանձ մեհյանը: Ամեն մի անցորդ, ամեն մի օտարական նրա բազմաթիվ օթևաններում հյուրասիրություն և գիշերային հանգստություն էր վայելում: Այստեղ, յուրաքանչյուր տարի, հայոց Նավասարդ ամսի սկզբում, կատարվում էր «ամանորի» (նոր տարու) աշխարհախումբ տոնախմբությունը: Ներկա էր լինում հայոց թագավորը յուր նախարարների հետ: Օրհնում էին հասունացած պտուղները և նվիրում էին հյուրասիրության աստուծուն: Մշտավառ պահվում էր նրա տաճարում որմզդական երկնային հուրը, և քուրմերի ահագին բազմություն սպասավորում էին սուրբ սեղանին:

Շապուհի թուխ դեմքը ավելի մռայլվեցավ այն տպավորության ներքո, որ այդ բոլորը, որ այնքան նման էին, որ այնքան զուգապատշաճ էին պարսից պաշտամունքներին, — այժմ չկային, վաղուց ոչնչացրած էին, և այժմ նրանց տեղում կանգնած էր քրիստոնեական վեհափառ տաճարը:

— Ո՞վ կործանեց այդ մեհյանը, — հարցրեց նա:

— Հայոց Գրիգոր քահանայապետը, — պատասխանեց Մերուժանը, — որին անմտությամբ Լուսավորիչ են կոչում:

— Նա՞, որ հայերին Մազդեզանց լույսից հանեց և քրիստոնեական մոլորությունների մեջ ձգեց:

— Այո՛, նա, տե՛ր արքա: Այդ կատարվեցավ այն ժամանակ, երբ նա նույնիսկ այդ գետի մեջ, որ մեր առջևում հոսում է մկրտեց հայոց Տրդատ թագավորին յուր բոլոր մեծամեծների հետ: Հայերը մինչև այսօր հավատում են, թե մկրտության միջոցին երկնքից սյունի նմանությամբ լույս ծագեց, որի գլխին արեգնային ճառագայթներով փայլում էր խաչի նշանը, և մնաց գետի վրա այնքան ժամանակ, մինչև ամենքը մկրտվեցան:

Լսելով Մերուժանի վերջին խոսքերը, Շապուհի դեմքի վրա անցավ ժպիտի նման մի ցնցում:

— Պետք է այդ կյանքը կործանվի՛, — ասաց նա, — և որպես առաջ, նույնպես և այժմ, պետք է կրկին վառվի՛ նրա մեջ որմզդական սուրբ հուրը:

— Արքայից արքայի կամքը արդեն կատարված է, — պատասխանեց Մերուժանը մի առանձին պարծենկոտությամբ: — Նրա մեջ ատրուշանը պատրաստված է և սուրբ հուրը վառվում է: Երեկ հրավիրեցի գերիներին և առաջարկեցի, որ երկրպագություն տան կրակին. ոմանք ընդունեցին, իսկ շատերը համառությամբ մերժեցին: Այժմ արքայից արքայի բարձր հրամանիցն է կախված, թե ի՞նչ պետք է անել այդ մոլորյալների հետ:

— Բոլորին պատժել, որ մյուսներին օրինակ լինի, — ասաց թագավորը, և նրա խոշոր աչքերը վառվեցան անողոք բարկությամբ: — Արևելքից մինչև արևմուտք պետք է տիրե Մազդեզանց կրոնը, և ամեն ընդդիմացող մահվան չարաչար պատիժը պետք է կրե:

— Այդպես ևս կարգադրված է, տե՛ր արքա, այժմ կսկսվի դատապարտության հանդեսը:

Մի տափարակի վրա, որ մոտ էր գետեզերքին, անհամբերությամբ սպասում էին փղերի վարժեցրած երամակները: Փղապանները ավելի և ավելի գրգռում էին նրանց, և ամեհի գազանները զարհուրելի ձայներ էին հանում: Հրապարակի մի կողմում կանգնեցրել էին այն գերիներին, որոնք մերժել էին կրակին երկրպագություն տալ: Լուռ և թախծալի դեմքերով սպասում էին այդ թշվառ նահատակները օրհասի վերջին րոպեներին: Բայց նույն թախծության մեջ նշմարվում էր մի վսեմ, հոգևոր մխիթարություն:

Կարծես Եփրատի սրբազան հովիտին վիճակված էր նահատակությունների հանդիսարան լինել: Այստեղ նահատակվեցան Ոսկյանք, այստեղ նահատակվեցան և Սուքիասյանք: Այստեղ, որպես

Իսրայելի Մովսեսը Նաբավ լեռան խորքերում, նույնպես և Հայաստանի Մովսեսը — Լուսավորիչը — անհայտացավ Նպատ լեռան մթին այրերի մեջ: Ամենախորին ժամանակներից այդ հովիտը միշտ մի արյունոտ հանդիսարան է եղել կրոնների պատերազմի: Եվ սկսյալ Մաժան քրմապետի արյան հեղեղումից մինչև Շապուհի կատարած վերջին նախատակությունները նա միշտ ցողված է եղել սուրբերի արյունով...

Մի խումբ նվագածուներ սկսեցին հնչեցնել փողերը և դափել թմբուկները: Այդ ձայներից փղերը ավելի զվարճացան, ավելի ոգևորվեցան: Սկսեցին դիվական ուրախությամբ պարել: Այդ միջոցին պարսից կարմրազգեստ դահիճները բերում էին հայոց չափահաս և անչափահաս գերիներին և խմբերով ածում էին փղերի առջև: Նախ ձգեցին նրանց առջև փոքրիկ մանուկներին: Անագորույն անասունները նույն զվարճալի խաղն էին խաղում իրանց զոհերի հետ, ինչ խաղ որ խաղում է կատուն մկան հետ, երբ ծուղակից հանելով նրա առջևն են ձգում: Ահարկու կնճիթներով հափշտակում էին թշվառներին և գնդակի նման դեպի վեր էին նետում: Նրանք ընկնում էին, դառն հառաչանքներ արձակելով: Դարձյալ բռնում էին, և, օդի մեջ պտտացնելով, զարկում էին գետնին: Այսպես շարունակում էին դժոխային խաղը, մինչև բոլորովին անշնչանում էին: Հետո ոտքերի տակ կոխ տալով, փշրում էին նրանց բոլոր ոսկերոտիքը և, իբրև մի տափակացրած բամբակի կտոր, կրկին բռնում էին կնճիթներով և նետում էին գետի մեջ: Դժբախտ Եփրատը հետզհետե լցվում էր դիակներով, և նրա պարզ ու հստակ ջուրը արյունի գույն էր ստանում... Այսպես հազարավոր անձինք փղերի ոտքի կոխան եղան:

Այդ տեսնում էր Շապուհը յուր վրանից: Այդ տեսնում էին Մերուժան Արծրունին և Վահան Մամիկոնյանը, որ ներկա էին նրա մոտ: Եվ նրանց զվարճությունը ավելի մեծ էր փղերի զվարճությունից...

— Հիմա այդ դատապարտյալները դժոխքը կգնան, թե՞ հայոց դրախտը, — հարցրեց արքայից արքան դառն ծիծաղով:

— Նրանք հավատացած են, որ դրախտը կգնան, — պատասխանեց Մերուժանը նույնպես ծիծաղելով:

— Այդ հիմարները, — մեջ մտավ Վահան Մամիկոնյանը, — ոչինչ մահ այնքան ուրախությամբ չեն ընդունում, որպես մահը կրոնի համար:

— Իսկ մեր փղերը այս տեսակներին պատժելուց չեն հոգնի, — ասաց արքայից արքան: — Եվ մեր աստվածներին շատ հաճելի կլինի այսպիսիների արյան հեղումը: Երդվում եմ իմ հարց երեսի պայծառ լույսով, երդվում եմ Որմիզդի սուրբ անունով, որ չպիտի խնայեմ ոչ սեռի, ոչ հասակի և ոչ աստիճանի, և ամեն ոք, ազնվատոհմ, թե ռամիկ, չարաչար կպատժվին, երբ կընդդիմանան մեր կամքին, որը հզոր աստվածների կամքն է:

Այսպես խոսում էր արքայից արքան, և նրա ահավոր ձայնը դղրդեցնում էր ամբողջ բանակը:

Այդ միջոցին, փղերի զազանային հանդիսարանից փոքր-ինչ հեռու, ներկայանում էր այլ բարբարոսություն: Հրապարակի վրա շտապով քարշ էին տալիս մի տեսակ շարժական մեքենաներ, որ անիվավոր սայլակների ձև ունեին: Մայլակների յուրաքանչյուրի վրա բարձրանում էր մի երկաթյա ձող, որ երկար, սրածայր ցիցերի նմանություն ունեին: Նրանց բազմությունը իրանց ձողերով հեռվից պատկերացնում էին նավակների մի խումբ, որ խարսխած էր լինում նավահանգստում, և միայն ցցված կայմերն են երևում: Երբ մեքենաները կարգով կանգնեցրին հրապարակի վրա, սկսվեցավ դժոխային գործողությունը:

Հայոց գերիների թվում կային և շատ ազատանի կանայք ու օրիորդներ: Դրանք այն փախստական նախարարների կանայքն ու օրիորդներն էին, որ, Շապուհի գալուստը լսելով, չկամեցան անձնատուր լինել, այլ թողին իրանց ամրոցները անտեր և գնացին դեպի զանազան կողմեր: Այդ ազատանի կանայքը պահվում էին առանձին վրաններում, որ շատ հեռու չէին Շապուհի խորաններից: Թագավորական ներքինիները մտան նրանց վրանները, մերկացրին բոլորին և այնպես մերկ ու հոլանի դուրս բերեցին վրաններից և երկար շարքով կանգնեցրին հրապարակի վրա, ձողավոր մեքենաների շուրջը:

Գարշելի՜ մի տեսարան էր այդ, որ պարսկական անպատկառ անամոթությունը միայն կարող էր հնարել: Բայց անամոթությանը գերազանցում էր պարսկական անգթությունը: Մերկանդամ շարքերով կանգնած էին պարկեշտասուն կանայք ու օրիորդները և իրանց մտքում երանություն էին տալիս այն բախտավորներին, որոնք փղերի ոտքի կոխան էին դառնում և գոնե միանգամից ազատվում էին Շապուհի վայրագությունից: Շատերը կանգնել չէին կարողանում, ուշաթափ էին լինում և ցած էին ընկնում: Բայց ներքինիները կրկին բարձրացնում էին նրանց: Շատերը, խելագարի նման, փետտում էին իրանց մազերը, ծվատում էին իրանց աչքերն ու երեսը, կծում էին իրանց կուրծքը և լալագին ձայնով աղաղակներ էին բարձրացնում: Բայց ներքինիների մտրակը շառաչում էր նրանց մերկ մարմնի վրա, թողնելով յուր տեղում մի երկար արյունագույն գիծ: Նրանք լռում էին...

Դա՜ մի դա՛ռն նախատինք էր, դա՜ մի ծա՛նր անարգանք էր, որով Շապուհը կամեցել էր պատժել հայոց ազնվականներին, նրանց կանանցը, մերկանդամ կանգնեցնելով յուր բանակի առջև:

Զինվորները խուռն բազմությամբ հավաքվում էին հանդիսատես լինելու:

Հայտնվեցավ մովպետան-մովպետը, շրջապատված յուր ձերմակազգեստ մոգերով: Տիրեց ընդհանուր լռություն: Անցավ նա հրապարակի վրա, ձեռքը բարձրացրեց և, դառնալով դեպի կանանց շարքերը, խոսեց.

— Ձեր ամուսինների համառությունը ձեզ այդ նախատական վիճակի մեջ դրեց: Դուք քավում եք նրանց մեղքերը: Մե՜ծ է արյաց արքայից արքան, և անբա՜վ է նրա գթությունը: Նա ձեզ ներումն կշնորհե, և դուք վերստին կվայելեք ձեր նախկին փառքն ու պատիվը, եթե կկատարեք նրա բարձր հրամանը: Որպես արեգակը սփռում է յուր կենսատու լույսն ու ջերմությունը համորեն աշխարհում, այնպես և ամբողջ աշխարհը պետք է գոհության ծունր խոնարհեցնե նրա առջև: Նա է լույս և կյանքի աղբյուրը. նրանից է բխում ամեն բարություն: Առանց նրան, կյանք և երջանկություն չկա. առանց նրան, տիրում է Աhրիմանի մթին խավարը: Նրա լուսապայծառ օրինակն է երկրի վրա որմզդական սուրբ հուրը: Երկրպագություն տվե՛ք նրան, և ձեզ փրկություն կլինի: Ձեզանից, որպես ազնվատոհմ կանանցից, ավելի իրավունք ունենք պահանջել այդ, որովհետև ձեր օրինակին պետք է հետևե ամբողջ Հայաստանի ռամիկը: Իսկ եթե դուք ևս ձեր ամուսինների նման կհամառվեք ձեր մոլորությունների մեջ, այն ժամանակ ձեզ համար պատրաստ կլինեն այդ սոսկալի մեքենաները, — նա ձեռքը տարավ դեպի ձողավոր սայլակները: — Կատարեցե՛ք արյաց արքայից արքայի կամքը, մե՛ծ է նրա զորությունը և անքա՛վ է նրա զթությունը:

— Թո՛ղ նրա զորությունը, թո՛ղ նրա զթությունը յուր հետ ի կորո՛ւստ մատնվի, — աղաղակեցին կանայք միաձայն: — Եվ թո՛ղ հավիտենական անեծքը լինի նրա մասն ու բաժինը: Մենք պատրաստ ենք միշտ այդպես գերի մնալ և ընդունել ամեն դատապարտություն, քան թե նրա չար կամքի և նրա անիրավ հրամանի գերին դառնալ:

— Կրկնում եմ, երեքկնում եմ, — ձայն տվեց մովպետան-մովպետը, — խնայեցե՛ք ձեր անձերին, խղճացեք ձեր զավակներին: Ձեր զավակները ձեր աչքերի առջև փղերի ոտքի կոխան կլինեն, իսկ դուք այդ սայլակների վրա կդատապարտվեք չարաչար մահվամբ:

— Ոչինչ չէ կարող խախտել մեր հավատը, ոչինչ չէ կարող վախեցնել մեզ: Թո՛ղ կատարվի չար բռնակալի չար կամքը: Մենք պատրաստ ենք:

Տեսնելով զայրացած կանանց հաստատամտությունը, մովպետան-մովպետը դարձավ դեպի դահիճները, հրամայելով.

— Կատարեցե՛ք...

Մոտեցան կարմրազգեստ դահիճները և, կատաղի գայլերի նման, հափշտակեցին հավատավոր կանանցից շատերին և տարան, կանգնեցրին սայլակների տախտակամածի վրա: Մեքենան որքան վարպետությամբ էր կազմված, այնքան և ահռելի էր: Դա ներկայացնում էր պարսկական անգթությունը յուր բոլոր բարբարոսությամբ: Երկաթյա ձողը, որ կայմի պես տնկած էր նրա մեջտեղում, կայմի նման պարաններ ուներ: Անմեղ զոհերին կապում էին պարաններով, քարշ էին տալիս և մի րոպեում բարձրացնում էին և շամփրում էին սրածայր ձողի գլխին: Քառորդ ժամ չանցավ, հրապարակի ամբողջ մթնոլորտը լցվեցավ մերկ դիակներով, որ կախված էին օդի մեջ: Բայց ավելի քան մահվան տագնապը, զարհուրելի էր այդ քաջ նահատակների զվարթությունը, որով նրանք մերձենում էին սոսկալի մեքենային: Բարձրանալով նրա գլխին, այդ առաջին աստիճանն էին համարում, որի վրա ոտք էին դնում՝ դիմելու դեպի հավիտենական երանությունը: Կնոջ արիությունը խորտակում էր ամբարտավան թագավորի մեծամտությունը, որ յուր վրանում նստած տեսնում էր նրանց տանջանքները, լսում էր նրանց դառն հառաչանքները և լի սանդարամետական բարկությամբ վրդովվում էր, ալեկոծվում էր, նկատելով, որ յուր անօրինակ բարբարոսությունններն անգամ մնում են ապարդյուն, մնում են առանց ազդեցության... Նա ցած իջավ թախտից և դուրս եկավ վրանից: Նրա հետ դուրս եկան Մերուժան Արծրունին և Վահան Մամիկոնյանը: Ամբողջ ավագանին, բոլոր դրանիկները, որ կանգնած էին նրա վրանի մուտքի հանդեպ, ընկան գետնի վրա և երկրպագություն մատուցեցին:

Նա նստեց յուր ձին և դիմեց բանակը: Նրան հետևում էին Մերուժան Արծրունին և Վահան Մամիկոնյանը: Իսկ նրանց ետևից գնում էին արքայական թիկնապահները, ամենքը ձիավորված:

Թե՛ ինքը թագավորը և թե՛ յուր ձին վառվում էին ոսկու և գոհարների մեջ: Ձիու զազաթի վրա փայլում էր մի ճաճանչավոր մահիկ: Բանակը դիտելուց հետո, նա դիմեց դեպի այն կողմը, ուստեղ կատարվում էր բարբարոսական գործողությունը:

Խորին ուշադրությամբ անցնում էր նա մերկանդամ կանանց շարքերի միջով և նայում էր յուրաքանչյուրի վրա: Մեկը նրանցից զայրացած կերպով ձայն արձակեց.

— Շապո՛ւհ, այդ վայել չէ մի թագավորի, որ իրան հասարակաց հայր է կոչում: Այսպես հրապարակապես խայտառակելով պատվավոր կանանց, դու խայտառակում ես քեզ: Քո բոլոր զորությամբ տկար կնոջ հետ այդպես վարվելով, դու ապացուցանում ես քո հոգեկան ողորմելի տկարությունը...

Նա ձիու զլուխը պահեց և, դառնալով դեպի Մերուժան Արծրունին, հարցրեց.

— Ո՞վ է այդ կինը:

— Սյունյաց Անդովկ իշխանի տիկինն է, — պատասխանեց Մերուժանը:

Վահան Մամիկոնյանը ամոթից, թե խղճի խայթից, գլուխը քարշ ձգեց: Սյունյաց Անդովկ իշխանը Մամիկոնյանների փեսան էր, և այդ պատկառելի տիկինը նրա հոր քույրն էր: Այդ պատկառելի տիկինը միևնույն ժամանակ հայոց թագուհու՝ Փառանձեմի մայրն էր: Որովհետև Արշակ թագավորը ամուսնացած էր Սյունյաց Անդովկ իշխանի դստեր՝ Փառանձեմի հետ:

Լսելով Անդովկի անունը, Շապուհի սպառնալի դեմքի վրա անցավ մի դառն ծիծաղ:

— Դու ինձ նախատում ես, տիկին, — ասաց նա հեգնական ձայնով: — Դու ինձ նախատում ես, որ ես թագավորապես չեմ վարվում: Ապա այն վայելո՞ւչ էր, ապա այն լա՞վ էր, տիկին, որ քո ամուսին Անդովկ իշխանը գերի վարեց իմ նախորդ Ներսեհի արքայի ամբողջ կանանոցը և այդքան տիկնանց–տիկնոջը հափշտակեց, տարավ Սյունիք:

— Եվ անվայել չէր, Շապուհ, — պատասխանեց արիասիրտ տիկինը: — Իմ ամուսինը, իրավ է, քո նախորդ Ներսեհի արքայի կանանոցը գերի վարեց: Բայց որտեղի՞ց: Պատերազմի դաշտից, յուր մեծ հաղթությունից հետո: Իսկ դու գողի նման մտար իմ ամուսնի անտեր ու անպաշտպան ամրոցը և նրա ընտանիքը հափշտակեցիր: Եթե իմ ամուսինը Բյուզանդիայում չգտնվեր, դու այդ գողությունը անել չէիր կարող: Նա յուր գերիների հետ վարվեցավ այնպես, որպես օրեն էր մի ազնիվ իշխանի: Նա Ներսեհի կանանցից ո՛չ մեկի քողը չբարձրացրեց: Իսկ դո՛ւ մեզ մերկանդամ կանգնեցրել ես այդ հրապարակի վրա: Նա Ներսեհի կանանցը արքայավայել պատվով պահելուց հետո դարձյալ պատվով ետ ուղարկեց: Իսկ դու քո կին-գերիներին բարբարոսությամբ բարձրացնում ես այդ երկաթյա անարգ սյուների վրա: Ամո՛թ քեզ, Շապո՛ւհ, դու արատավորեցիր թե՛ թագավորի մեծությունը և թե՛ մարդու առաքինությունը:

— Մի՛ նախատիր ինձ, տիկին, — ասաց նա զայրացած կերպով: — Անմոռանալի են ինձ համար սյունեցիների հասցրած տառապանքները, և անբուժելի են իմ սրտում քո ամուսնի դրած վերքերը: Նա չէ՞ր, որ հրդեհեց, ավերակ դարձրեց իմ մայրաքաղաք Տիզբոնը և իմ բոլոր գանձերը ավարի առեց: Մինչև այսօր Տիզբոնը չէ կարողանում մոռանալ քո ամուսնի հասցրած հարվածները, մինչև այսօր իմ արքունիքի դարպասում դրված է մոխրով լի սանդը, որը ծեծելով ողբում են և անիծելով ասում են, «Սյունյաց իշխանների տերությունը և նրանց կյանքն ու զորությունը թո՛ղ այդ մոխրի նման փոշի դառնա... Եվ ես փոշի՛ կդարձնեմ... »

— Այդ դեռևս ստված գիտե, Շապո՛ւհ... — պատասխանեց տիկինը, և նրա վշտալի աչքերը վառվեցան բարկության կրակով: — Դու քո բոլոր հույսը դրել ես քո անգթության վրա և այդ երկու անպատիվ մարդկանց վրա, որ ընկած են քո ետևից, — նա ձեռքը տարավ դեպի Մերուժան Արծրունին և Վահան Մամիկոնյանը: — Դրանք երկուսն էլ դժբախտաբար իմ ազգականներն են, բայց եթե բնավ չլինեին, ես ավելի երջանիկ կհամարեի ինձ: Որքան դրանք հավատարիմ մնացին իրանց հարազատ թագավորին, այնքան և հավատարիմ կմնան քեզ...

Նա լռեց, և ապա շարունակեց.

— Դու, Շապո՛ւհ, հիշեցնում ես ինձ, թե ի՛նչպես իմ ամուսինը հրդեհեց Տիզբոնը և կողոպտեց քո գանձերը: Այդ ճշմարիտ է: Բայց այն ծանր վիրավորանքից հետո, որ դու հասցրիր իմ ամուսնին քո տան մեջ, քո սեղանի վրա, նրա կատարած վրեժխնդրությունը դեռ շատ բավարար չէր: Նա՛, իրավ է, հրդեհեց քո քաղաքը, կողոպտեց քո արքունիքը, բայց քո կանանցը ձեռք չմեկնեց, թեև, շատ հեշտ էր նրա համար՝ բոլորին գերի վարել Սյունիք և նրանց ձեռքով յուր ամրոցի՝ Բաղաբերդի փողոցները ավլել տալ: Բայց նա, իբրև ազնիվ մարդ, ազնվաբար վարվեցավ: Իսկ դո՛ւ...

Վերջին խոսքը մնաց տիկնոջ բերանում: Իսկույն դահիճները վրա հասան, նախ կտրեցին նրա լեզուն և ապա մաս-մաս հոշոտեցին նրա մարմինը...

Կատաղած թագավորի անգթությունը անցավ ամեն չափից, ամեն սահմանից: Հրամայեց՝ Սյունյաց իշխանի ամբողջ իգական սեռը կոտորել, իսկ տղաներին ներքինի դարձնել, որպեսզի Անդովկից ո՛չ մի ժառանգ չմնա և նրա տոհմը իսպառ բնաջինջ լինի ...

Թ

ԱՐՏԱԳԵՐՍ

«Ապա իբրեւ ետես տիկինն աշխարհին Հայոց, կինն Արշակայ թագաւորին Հայոց՝ Փառանձեմ, զզօրս թագաւորին Պարսից... առեալ ընդ իւր մարդիկ իբրեւ մետասան հազար՝ ազատս ընտիրս սպառազէնս պատերազմողս, եւ հանդերձ նոքօք դիմեաց եմուտ ի բերդն Արտագերից՝ որ ի յերկրին Արշարունեաց... Ապա եկին հասին ամենայն զօրքն Պարսից, շուրջ զբերդաւն նստէին, պահ արկանէին, պատեցին պաշարեցին... Եւ նստան շուրջ զբերդաւն ամիսք երեքտասան եւ առնուլ զբերդն ոչ կարացին, զի կարի ամուր էր տեղին»:

Փաւստոս:

Զարեհավանի եղեռնագործություններից հետո, Շապուհը ուղղակի դիմեց Արտագերս բերդը, որի մեջ ամրացած էր հայոց Փառանձեմ տիկինը՝ արքայական գանձերի հետ: Պարսից ընչաքաղց թագավորին այնքան չէր հրապուրում հայոց արքայի գանձերը, որքան հայոց արքայի կինը: Նրան ձերբակալելով նա ամբողջ Հայաստանը ձերբակալած էր համարում: Թագավորին վաղուց արդեն յուր ճանկերի մեջ ուներ նա: Մնում էր թագուհին:

Արտագերսը ուներ յուր տխուր պատմությունը: Նա Արշարունյաց գավառի ամուր և անմատչելի բերդերից մեկն էր, որ նախ պատկանում էր Կամսարականներին: Արշակ թագավորը խիստ ապօրինի միջոցներով խլեց նրանցից այդ բերդը և սեփականեց իրան: Այժմ անիրավությամբ հափշտակված բերդը նրա կնոջ ապաստարանն էր դարձել:

Տիկինը մտավ այդ բերդը տասնևյոթ հազար հոգով, որոնցից տասն և մեկ հազարը տղամարդիկ էին, իսկ վեց հազարը կանայք: Այդ բազմության մեծ մասը բաղկացած էր հայոց իշխանական տոհմերից, որոնք տագնապի ժամանակ միայնակ չթողին իրենց թագուհուն:

Մի քանի ամիսների համառ պաշարումից հետո, մի քանի ամիսների սաստիկ կռիվներից հետո, Շապուհը յուր բաղձանքների մեջ բոլորովին հուսախաբ զտնվեցավ: Նրա զորքերի անթիվ բազմությունը, իրանց ռազմական աիարկու պատրաստություններով, ո՛չ միայն բերդը գրավել չկարողացան, այլ ամեն անգամ պաշարվածներից չարաչար ջարդ կերան: Արյաց արքայից արքան, որի առջև ամբողջ արևելքն ու արևմուտքը դողում էր սարսափից, սկսեց կատաղությունից մրրկածուփ ծովի նման ալեկոծվիլ, սկսեց գազանային բարկությամբ փրփրիլ, երբ տեսնում էր, որ յուր բոլոր զորությունները ապաղյուն կերպով փշրվում էին, խորտակվում էին Արտագերսի անսասան ապառաժների վրա:

Ծա՛նր էր Շապուհի դրությունը: Նա ընկել էր այն սոսկալի ցանցի մեջ, ուր Երասխը և արագավազ Ախուրյանը, հատանելով լեռնային սարավանդները և, խորին կիրճերի ու խոխոմների միջով ընթանալով, վերջապես, զրկվում են, իրանց ուժերը միացնում են, բազմաթիվ անհնարին որոգայթներ պատրաստելով հայոց թշնամիների համար: Այդ գետերի մթին քարանձավներում մի ժամանակ որջացած էին հայոց վիշապները և սարսափ էին տարածում դեպի ամեն կողմ: Իսկ այժմ իրանց թագուհու հետ ամրացած էին հայոց հսկաները: Հսկաները գործ ունեին արևելքի ահարկու հսկայի հետ:

Այնտե՛ղ, ուր Ախուրյանը և Երասխը միանում են միմյանց հետ, կազմելով մի սուր եռանկյունի, այնտե՛ղ, ուր սեղմված էր հին Երվանդաշատը, որի բարձրադիր ոռձաքարյա ամրության վրա ոտք դնելով, Երվանդը մինչև Արշակունիների գահը բարձրացավ, — այնտեղ կանգնած էր և Արտագերսը, ոչ այնքան հեռու հիշյալ բերդից: Նա կանգնած էր բարձր, կապտագույն ապառաժների վրա, և նրա ստորոտում, խորին անդունդի մեջ, որոտում էր Կապույտ գետը:

Արտագերսը ծանոթ էր Հռոմին, ծանոթ էր և Բյուզանդիային: Կայիոս կեսարը, Օգոստոս կայսրի որդեգիրը, նրա հզոր պարիսպների մոտ մահացու վերք ստացավ բերդի Ատտոն իշխանից: Իսկ Շապուհը համառությամբ պաշարումը շարունակում էր, համոզված լինելով, որ եթե զենքի ուժով չկարողանա գրավել, անշուշտ քաղցը և սովը կստիպեն անձնատուր լինել: Բայց բերդի ամբարներում բավական պաշար կար:

Նա բնության մեծ հրաշալիքն էր, որի հետ մարդը մաքառելու համար խիստ անզոր միջոցներ ուներ: Ժամանակի ռազմական անոթները ո՛չ հասնել և ո՛չ ազդել կարող էին նրա անմատչելի, բարձրադիր ամրությունների վրա:

Ավելի քան բերդի ամրությունը անխորտակելի էր պաշարյալների եռանդը: Անձնազոհությունը չափ և սահման չուներ: Ազատանի կանայք գիշերները պարիսպների վրա էին պառկում: Ազատանի օրիորդները անքուն հսկում էին աշտարակներից թշնամու ամեն մի շարժումը: Ինքը թագուհին յուր ձեռքով էր դարմանում յուր զինվորների վերքերը: Այր և կին վառված էին հայրենասիրության ջերմ ոգվով, և մեկը մյուսին աշխատում էր գերազանցել: Եվ բոլորին ոգևորողը, բոլորին քաջությունը բորբոքողն էր ինքը թագուհին:

Մի անգամ Շապուհը հրամայեց վճռական հարձակում գործել: Պարսից վահանափակ և ասպարապատ զինվորները բարձրացան մինչև բերդի պարիսպները: Կռվում էին նրանք հերոսաբար, և բերդից կարկուտի նման տեղացող նետերը չէին կարողանում զսպել նրանց կատաղությունը: Թագուհին, զրահավորված, կանգնել էր պարսպի վրա և խրախույս էր տալիս յուր զինվորներին: Մի նետ դիպավ նրա ուսին, ծակեց զրահը, և ցցված մնաց յուր տեղում: Զորապետներից մեկը շտապով մոտ վազեց, ձեռքը մեկնեց, որ դուրս քաշե նետը: «Ինչո՞ւ ես իզուր ժամանակ կորցնում, — նկատեց նրան թագուհին, — այդ հետո էլ կարելի է հանել»: Այդ խոսքը այն աստիճան ազդեց, որ զինվորները, խորին քաջալերություն ստանալով, կրկնապատկեցին իրանց եռանդը, և վանեցին թշնամուն պարիսպների մոտից:

Երբեմն գիշերով, երբեմն ցերեկով, բերդից դուրս էին գալիս

զանազան խումբեր և զարկվում էին պարսիկների հետ: Այդ փոքրիկ խմբակները, հանկարծահաս կայծակի նման, ոչ միայն շփոթում էին թշնամու ամբողջ բանակը, այլ շատ անգամ հաջողվում էր նրանց՝ գերիներով կամ ավարով ետ դառնալ:

Պաշարման համեցողությունը, հաջողության հապաղումը վրդովեցնում էր Շապուհին: Արտագերսի պարիսպների մոտ նա երկար մնալ չէր կարող: Պարսկաստանից ավելի կարևոր գործեր կոչում էին նրան: Իսկ այնպես, առանց որևէ հետևանքի հասնելու, թողնել և հեռանալ,— այդ թույլ չէր տալիս նրա անսահման գոռոզությունը: Երբ տեսավ, որ ուժը չէ ներգործում, նա դիմեց յուր սովորական խորամանկությանը: Պատգամավոր ուղարկեց թագուհու մոտ, մեծամեծ խոստումներով խնդրեց, որ երկու կողմից ևս զինադուլ լինի, և թագուհին ցած իջնէ բերդից, գա նրա մոտ, հաշտության պայմանների մասին անձամբ բանակցելու համար: Թագուհին խստությամբ մերժեց, պատասխանելով, որ չէր ցանկանա մի այնպիսի խաբեբայի ոչ երեսը տեսնել և ոչ խոսել նրա հետ: Որքան և դառն էր վիրավորանքը, այնուամենայնիվ, պարսից արքայից արքան զիջավ՝ գոնե հեռվից խոսել նրա հետ: Ավագանին խորհուրդ տվեց թագուհուն՝ ընդունել վերջին առաջարկությունը:

Նշանակած օրը, ամբարտավան թագավորը միայնակ, և միայն Մերուժան Արծրունու և Վահան Մամիկոնյանի առաջնորդությամբ, մոտեցավ բերդի ստորոտին: Եվ որպեսզի ձայները հասնեն միմյանց, նրան թույլ տվին ոտով մինչև պարիսպները բարձրանալ: Այստեղ նրա համար պատրաստված էր մի փառավոր բազմոց, և մի խումբ պալատականներ կանգնած էին ընդունելու: Նա եկավ, բայց տհաճությունը թույլ չտվեց նրան նստել, մնաց ոտքի վրա: Այդ միջոցին, աշտարակի վրա, շրջապատված յուր նախարարներով, հայտնվեցավ թագուհին: Բարձրահասակ, վայելչագեղ տիկինը, յուր ավագների խումբի մեջ, հանդիսանում էր որպես մի հրաշափառ աստվածուհի: Տեսնելով, նրան, Շապուհը ներքնից ձայն արձակեց.

— Դո՛ւ, որ այդքան գեղեցի՛կ ես, տիկին, քեզ համար, որ Արշակ թագավորը այն աստիճան խելագարվեցավ, որ յուր դժբախտ եղբորորդու, Գնելի արյունը թափելով, քեզ հափշտակեց նրա ձեռքից, — դո՛ւ, տիկին, ավելի նազելի կլինեիր, եթե այդ սքանչելի գեղեցկությանդ հետ՝ փոքր-ինչ խելք ու խոհեմություն ունենայիր: Բայց այունեցուն չէ տված խելքը, չէ տված և խոհեմությունը: Նրան տված է վայրենի կոպտությունը և անսանձ հպարտությունը միայն: Նրա սիրտը, նրա միտքը, յուր լեռների ապառաժների նման, կոշտ է և անզգա: Այդպես էր քո հայրը՝ Անդովկ իշխանը, այդպես էր և քո մայրը: Ես քո մոր մարմինը, յուր հանդուգն համարձակախոսության համար, մաս-մաս հոշոտել տվի Զարեհավանի ավերակների մոտ: Ես քո բոլոր ազգատոհմը ջնջեցի: Մնում են քո եղբայրները միայն, որոնք գտնվում են իմ գերիների թվում: Նրանց ևս սպասում է նույն ցավալի վախճանը, եթե դու, տիկին, կշարունակես քո համառության մեջ մնալ: Ինչո՞ւ ես ամրացել այդ բարձրության վրա: Միթե այդ ապառաժները կարո՞ղ են փրկել քեզ: Մե՛ծ է արյաց արքայից արքայի զորությունը և սոսկալի է նրա բարկությունը: Նրա ահավոր շունչից լեռները մոմի նման հալվում են և ծովերը ցամաքում են: Իսկ դու, տիկին, անմտությամբ կռզիացած ես այդ քարերի գագաթների վրա, առանց մտածելու, որ ալիքները կբարձրանան, մրրիկը կփոթորկվի, և այդ ողորմելի կռզին կկործի, կանհետանա իմ բարկության անողոք հոսանքի մեջ... Ինչո՞ւ ես ամրացել այդտեղ: Դրանով դու չես կարող ազատել, տիկին, ոչ քո անձը և ոչ քո երկիրը: Ամբողջ Հայոց աշխարհը իմ ոտքի տակն է: Բավական է մի թեթև ճնշում, — և նա մոխիր կդառնա: Քեզ համար, տիկին, մի ա՛յլ հույս չկա, բացի իմ մեծահոգությունը: Նրա վրա հենվի՛ր, և քեզ փրկություն կլինի: Եթե դու կին չլինեիր, ես քեզ չէի ների: Բայց կներեմ, որովհետև կին ես: Ցած իջի՛ր այդ բարձրությունից, համբուրի՛ր արյաց արքայից արքայի ոտքերի փոշին, և նա ողորմած կլինի դեպի քեզ:

Թագուհին անվրդով կերպով լսում էր: Վրդովված էին միայն նրա նախարարները, վրդովված էր և ավագանին: Այդ սպառնալիքների պատասխանը կարող էր լինել մի նետ, որ վերևից արձակելով, կլռեցներ գազանին: Եվ նախարարները պատրաստ էին հարվածելու նրան, եթե տիկնոջ լուռ ակնարկությունը չզսպեր նրանց բարկությունը: Նա չկամեցավ դավաճանին դավաճանությամբ պատասխանել, և յուր ամրոցի դռնից հյուրի դիակը ետ ուղարկել:

Նա պատասխանեց.

— Լսի՛ր, Շապուհ, դու թագավորի վեհության հետ կորցրել ես և՛ թագավորի քաղաքավարությունը: Դու մոռանում ես, որ խոսում ես թագուհու հետ, դու մոռանում ես, որ խոսում ես կնոջ հետ: Դու ինձ հիշեցնում ես, Շապուհ, քո գազանային վարմունքը իմ մոր և իմ ազգատոհմի հետ, և ամբարտավանությամբ պարծենում ես քո բարբարոսություններով: Բայց դու պետք է սարսափեիր քո կատարած եղեռնագործությունների առջև, եթե քո սրտում մարդկային զգացմունքի մի ամենափոքր նշույլ մնացած լիներ: Դու սպառնում ես ինձ, Շապուհ, այն աղետալի վախճանը, որով դատապարտվեցան իմ տոհմայինները: Բայց չես մտածում, որ այդ սպառնալիքը ավելի կբորբոքեր իմ վրեժխնդրությունը և ավելի կամրապնդեր իմ համառությունը՝ ձեռք չմեկնել այն մարդուն, որի ձեռքերը շաղախված են իմ մոր և իմ հարազատների արյունով: Դու ինձ ներումն ես խոստանում, և հրավիրում ես՝ ցած իջնել իմ ամրոցի բարձրությունից: Լավ մտածի՛ր, Շապուհ, այն բոլոր խաբեբայություններից հետո, որ դու մինչև այսօր գործ ես դրել մեզ հետ, — միթե թողե՞լ ես մի ամենափոքր հավատարմություն՝ թե՛ դեպի քո խոսքը և թե՛ դեպի քո խոստումները: Այն օրից, որ դու իմ թագավոր-ամուսնին, որ քեզ շա՛տ և շա՛տ վտանգներից ազատել էր, — այն օրից, որ դու նենգությամբ նրան քեզ մոտ հրավիրեցիր, և քո հյուրին, և քո մտերիմ դաշնակցին, վատությամբ Անհուշ բերդը աքսորեցիր, — ա՛յո այն օրից դու զրկեցիր քեզ հայոց բոլոր հավատարմությունից: Դու հայոց աշխարհը քո ոտքերի տակն ես համարում, Շապուհ, և սպառնում ես՝ մի հարվածով ոչնչացնել նրան: Այդ ցնորքը իրականություն կլիներ, եթե պարծենկոտությունը, եթե անսանձ պոռոտախոսությունը քաջություն համարվեր: Չափազանց գոռոզությունը խլել է քո հիշողությունը, Շապուհ: Մտաբերո՞ւմ ես, թե քանի՛, քանի՛ անգամ քո զորքերի դիակները թողել ես մեր դաշտերի վրա, իսկ ինքդ միաձի փախել ես մեր երկրից: Եվ եթե քո բանակը այսօր դրած է իմ ամրոցի մերձակայքում, — այդ ոչ քո և ոչ քո զինվորների քաջության շնորհիվն է: Այլ այդ քո նենգավորության և քո դավաճանության ամոթալի արդյունքն է, որ վայելում ես դու, Շապուհ: Դու իմ թագավոր-ամուսնին խաբեությամբ հեռացրիր յուր աշխարհից, և նրա երկիրը անտեր թողնելով, քեզ համար ճանապարհ բաց արեցիր: Եվ որպես ճարպիկ գողը օգուտ է քաղում տան տիրոջ բացակայությունից, նույնպես և դու մտար անպաշտպան երկիրը: Դու ավելի ցած գտնվեցար քո գողության մեջ, դու կաշառեցիր տան ծառաներին, և գիշերով դռները քո առջև բաց արին: Ահա՛ այդ տիրավաճառ և տիրանենգ ծառաներից երկուսը քեզ մոտ կանգնած են, — երկուսին ևս, իբրև կաշառք, տվել ես քո քույրերին:

Նա ձեռքը տարավ դեպի Մերուժան Արծրունին և դեպի Վահան Մամիկոնյանը, և ապա շարունակեց.

— Բայց մի՛ մոռանար, Շապուհ, հայոց աշխարհը դարձյալ տեր ունի. նախ նա, որ ամբողջ տիեզերքի տերն ու թագավորն է, — նա ձեռքը տարավ դեպի երկինքը, — երկրորդ, ե՛ս, որ խոսում եմ քեզ հետ, և ապա իմ որդին, որ այժմ գտնվում է կայսրների քաղաքում (Բյուզանդիայում): Մնոտի հպարտությունը և կույր անձնախաբեությունը մոլորության մեջ են դրել քեզ, Շապուհ: Լա՛վ մտածի՛ր, և ուշի՛ եղի՛ր, Շապուհ: Եթե ամենքը կջնջվեն, եթե կմնա հայոց խրճիթներում մի թույլ աղջիկ միայն, — նա դարձյալ կպատերազմե քեզ հետ: Բայց դեռ այդ տեղը չէ հասել: Դու չե՞ս տեսնում, որ քո բոլոր զորությամբ զարկվեցար այդ ամրոցի ապառաժների վրա, և ոչինչ ազդել չկարողացար: Բայց որքա՞ն այդպիսի ամրոցներ դեռ կան մեր աշխարհում, որոնց մեջ իմ նախարարները զենքը ձեռքում սպասում են քեզ: Դու ընկել ես հայոց լեռների որոգայթի մեջ, և շատ բախտավոր կլինես, եթե դուրս գալ կարողանաս: Գնա՛, Շապուհ, հեռացի՛ր այստեղից: Գնա՛, բորբոքի՛ր քո բոլոր չարությունները, և ինչ որ բարբարոսություններ, որ տակավին կարող ես կատարել, մի՛ խնայիր: Քո սպառնալիքները չեն կարող վախեցնել ինձ: Գնա՛: Այն բոլոր վատություններից հետո, որ դու գործ դրեցիր, այլևս մեր մեջ ոչինչ հաշտություն կայանալ չէ կարող: Քանի որ իմ թագավոր-ամուսինը հեծնում է Անհուշ բերդում, — Հայոց աշխարհը, վրեժխնդրության զենքը ձեռքում, կպատերազմե քեզ հետ...

— Տեսնե՛նք... — կատաղաբար մռնչաց գազանը, և սկսեց ցած իջնել բերդի բարձրությունից:

Անցավ համարյա մի ամբողջ ամիս:

Արտագերս բերդը զվարճանում էր ընդհանուր ցնծության մեջ: Փողոցները զարդարված էին, գույնզգույն դրոշակները ծածանվում էին աշտարակների բարձրության վրա: Բնակիչների խուռն բազմությունը լցրել էր հրապարակները: Այր և կին, տղա և աղջիկ պար էին բռնել և նվագարանների ուժգին հնչյունների եղանակով թնդեցնում էին գետինը: Արքայական պալատի շուրջը հավաքված էին՝ հարուստ զենքերով ու զարդերով պճնված զինվորականների ուրախ խումբերը:

Երեկ Շապուհը թողեց բերդի պաշարումը և հեռացավ դեպի Պարսկաստան: Այսօր բերդը տոն էր կատարում:

Արքայական պալատի ընդարձակ սրահներից մեկը շքեղ կերպով զարդարված էր: Մի կողմում, երկար սեղանի վրա, դրված էին թանկագին զգեստներ, գեղեցիկ զենքեր ու զրահներ, և զանազան տեսակ ոսկեղեն ու արծաթեղեն անոթներ, որոնց փայլը աչք էր շլացնում: Դրանք դուրս էին բերված թագավորական գանձարանից պարգևաբաշխության համար: Թագուհին, ամրանալով այդ բերդում, յուր հետ բերեց և թագավորական գանձը:

Շքեղազարդ բազմոցի վրա նստած էր թագուհին և գտնվում էր, օրվա պատշաճին վայել, փառավոր զգեստավորության մեջ: Այսօր հանդիսավոր ընդունելություն ուներ: Նրա չքնաղ դեմքը՝ յուր պալատականների ընդհանուր ուրախությունից՝ ավելի զվարթություն էր ստացել, թեև այդ բռնի զվարթությունը, որ ավելի պաշտոնական էր, հազիվ կարողանում էր սքողել այն խորին տխրությունը, որ թաքնված էր նրա գեղեցիկ աչքերում:

Այո՛, գեղեցի՛կ էր Սյունյաց աշխարհի այդ հրաշագեղ դիցուհին, և նրա գեղեցկությունն էր, որ Արշակ թագավորին կատարել տվեց մի եղերական գործ, որ միայն ծայրահեղ սիրահարությունը կարող էր արդարացնել...

Գլխին կրում էր փոքրիկ գոհարազարդ թագը, որ բոլորակ պսակի նման՝ հավաքել էր նրա սև գանգուրները, որոնք սփռված էին գունաթափ այտերի վրա, իսկ ետևից մանր հյուսերով ծածկել էին հարուստ թիկունքը: Սպիտակ շղարշը յուր թափանցիկ ծալքերով սքողում էր վեհափառ գլխի այդ սիրուն զարդը, որ նրա կախարդիչ դեմքին մի առանձին վայելչություն էր ընծայում: Ոսկյա գինդերը ծածկված էին գանգուրների սև ալիքների ներքո, և միայն վառվռուն ակների փայլը երբեմն երևան էր հանում նրանց ներկայությունը: Այդ թանկագին գինտերը այն աստիճան ծանր էին, որ ականջների փոխարեն, կարթաձև ճարմանդներով քարշ էին ընկած թագի երկու կողմից: Իսկ նրանց ծայրերը վերջանում էին զանգակաձև փնջիկներով, որոնց յուրաքանչյուրի մեջ բռնված էր մի-մի խոշոր գոհար: Մի մարգարտաշար շղթա միացնում էր գինդերի երկու ծայրերը և իջնում էր մինչև կուրծքը: Պարանոցին կրում էր նույնպես գոհարազարդ մանյակը, որից քարշ էր ընկած արքայական լանջաց պատիվը, որը ճաճանչավոր լուսնի ձև ուներ և հանգչում էր փառավոր կուրծքի վրա: Հոլանի բազուկները զարդարված էին ոսկյա ապարանջաններով, իսկ աջ ձեռքի ճկույթի վրա փայլում էր թագուհու հատուկ մատանին: Նա հագել էր ծիրանի պարեգոտ, որ երկար և մեղմ ալիքներով իջնում էր մինչև ոտները, որ կրում էին նախշուն, մարգարտահյուս մաշիկներ: Մեջքը պնդած էր միաձույլ ոսկյա լայն կամարով, որի ծայրերը առջևից կցված էին երկու ականակուռ վահանակներով: Ուսին կրում էր թեթև սամույրենի թիկնոցը, որ պատած էր վարդագույն թավիշով:

Նրա աջ կողմում, առաջին տեղում, կանգնած էր Մուշեղ Մամիկոնյանը՝ հայոց զորքերի ընդհանուր սպարապետը: Հետո Սահակ Պարթևը՝ Ներսես Մեծի որդին: Դրանցից ներքև, իրանց աստիճանի և տոհմային գերազանցության համեմատ, կարգով շարված էին զանազան նախարարներ և զանազան ավագներ: Վերջինների թվումն էր Մեսրոպ տարոնեցին: Իսկ ձախ կողմում, նույն կարգով, կանգնած էին ազատանի կանայք և օրիորդներ, որոնք իրանց ամուսինների հետ բերդն էին մտել: Բոլորի դեմքերի վրա նկարված էր անսահման ուրախություն, բոլորի աչքերը փայլում էին խորին բերկրությամբ:

Հանդիսականներից ոչ ոք նստած չէր, բացի Խադ եպիսկոպոսը, Ներսես Մեծի տեղապահը, որին նա յուր փոխանորդ կարգեց, երբ ուղևորվեցավ Բյուզանդիա:

Դրսից լսելի էին լինում նվագարանների ձայներ, և ամբողջ բերդը թնդում էր ցնծության աղաղակներով: Իսկ սրահում տիրում էր խորին լռություն:

Թագուհին դարձավ դեպի հանդիսականները այդ խոսքերով.

— Երկարատև պաշարումից հետո, վերջապես, Շապուհը թողեց մեր բերդը: Նրա բոլոր ահարկու զորությունները փշրվեցան մեր ապառաժների վրա: Բայց ավելի քան ապառաժների ամրությունը, անխորտակելի եղավ ձեր քաջությունը, ձեր անձնազոհությունը, իմ սիրելի զորապետներ: Տերը ուժ տվեց ձեր բազուկներին և դուք իբրև լավ հերոսներ, հերոսաբար կռվեցաք մեր հայրենիքի վայրագ թշնամու հետ: Դուք ապացուցեիք, որ նրա արժանավոր զավակներն եք: Դա՛ ոն էր այդ երկարատև պատերազմը և լի ցավալի աղետներով: — Դա՛ ոն էր, կրկնում եմ, որովհետև, բացի օտար թշնամուց, մենք ստիպված էինք կռվել և մեր հարազատների հետ: Մեր թշնամուն առաջնորդում էին մեր հարազատները: Որդին կռվում էր հոր դեմ, եղբայրը՝ եղբոր դեմ: Եվ դրա մեջն էր ձեր հայրենասիրության բարձր ոգին, որ դուք չխնայեցիք ձեր տոհմայիններին և նրանց զենքերին զենքով պատասխանեցիք: Գովում եմ ձեր առաքինությունը և տալիս եմ իմ մայրական օրհնությունը:

Ամենքը լռությամբ գլուխ խոնարհեցին, արտահայտելով իրանց խորին շնորհակալությունը: Նա շարունակեց.

— Բայց դեռ շատ գործեր են մնում մեզ կատարելու, և ամենադժվար գործեր: Մենք թշնամուն վանեցինք մեր բերդի չորեք կողմից, բայց ոչ մեր աշխարհից: Մենք պաշտպանեցինք մեր անձերը, բայց ոչ մեր աշխարհը: — Մեր աշխարհը, մեր սիրելի աշխարհը, դեռ դրած է նրա բարբարոսության առջև: Ես տարակույս չունեմ, որ Շապուհը, այնպես ամոթալի կերպով հեռանալով մեր բերդի ստորոտից, պիտի կարողանա՞ արդյոք մոռանալ այդ դառն վիրավորանքը: Նա յուր մաղձն ու թույնը կթափե, անշուշտ, մեր աշխարհի մյուս անպաշտպան մնացած տեղերի վրա: Իսկ այսպիսի տեղեր սակավ չեն: Մեր նախարարներից ոմանք այնքան երկչոտ գտնվեցան, որ իրանց երկիրը թողին անտեր և փախան դեպի զանազան կողմեր: Նրանց ամրոցները գրավել է թշնամին: Նրանց ընտանիքները բանտարկված են իրանց սեփական ամրոցների մեջ և պահվում են որպես պատանդ: Բացի դրանցից, Զարեհավանի ցավալի արյունահեղությունից հետո, ուր Շապուհը ցույց տվեց յուր գազանային կատարյալ վայրագությունը, — մեր գերիներից դեռ ստվար բազմություն գտնվում է թշնամու ձեռքում: Մեզ համար չէ հանգստությունը, քանի դեռ մեր եղբայրները ու քույրերը գերության մեջ են գտնվում: Մեզ համար չէ հանգստությունը, քանի դեռ կմնա այն անպատվության մուրը, որ քսեց Շապուհը մեր նախարարների երեսին, նրանց կանանցը և օրիորդներին մերկանդամ կանգնեցնելով յուր բանակի առջև... Դա՛ ոն է, սաստիկ դա՛ ոն ինձ՝ մի ըստ միոջե հիշել, թե որքա՛ն անթիվ են մեր տառապանքները, և որքա՛ն անբժշկելի են մեր վերքերը: Ես իմ հույսը դրել եմ աստուծո օգնության և ձեր հայրենասիրության վրա, ո՛վ քաջեր, և աներկբա եմ, որ դուք այսուհետև ավելի մեծ եռանդով կապացուցանեք, որ արժանի եք ձեր կոչմանը...

Նրա քաղցր և ազդու ձայնը, որ մետաղի հնչյուններով արձագանք էր տարածում ընդարձակ սրահի մեջ, նրա ոգելից խոսքերը, որ կրակի նման հեղվում էին բոցավառ շրթունքներից, խորին տպավորություն գործեցին բոլոր հանդիսականների վրա, որոնք կրկին և կրկին գլուխ խոնարհեցին արտահայտելով իրանց անձնանվիրության անկեղծ հավաստիքը:

Հետո խոսեց եպիսկոպոսը.

— Հայրենիքը վտանգի մեջ է, այո՛, բայց ավելի մեծ վտանգի մեջ է եկեղեցին: Պարսկական պղծությունը արդեն մուտք է գործել մեր տաճարներում: Մեր սուրբ սեղանների վրա վառվում է որմզդական կրակը: Մոգերով ու մոգպետներով լցված են մեր վանքերը: Միանձնուհիք հալածվում են, իսկ միանձանց բռնադատում են պաշտոն տանել կրակին: Մեր նախարարներից ոմանք, պարսից արքային ավելի հաճոյանալու համար, իրանց տներում ատրուշաններ են կառուցել: Մեր բազմաչարչար Լուսավորիչ հոր դառն աշխատանքներով հիմնած եկեղեցին այժմ կործանվելու մոտ է: Պարսիկը շատ անգամ արշավել է մեր երկիրը, շատ անգամ հաղթել է մեզ, և շատ անգամ հաղթվել է մեզանից: Մեր երկիրը միշտ ողողված է եղել անընդհատ պատերազմների արյունով: Բայց անցել են կռվի ու կոտորածի տխուր օրերը, և արյան հետքերի վրա՝ կրկին ծաղկել է ժողովրդի կյանքը և նրա բարօրությունը: Իսկ այժմ սպանվում է եկեղեցին, սպանվում է կրոնը, և յուր հետ դեպի հավիտենական մահ է տանում ամբողջ ժողովրդին: Օրհասը մոտ է, և այդ օրհասից փրկություն չկա: Դա մա՛հ է, որ հարություն չունի: Դա՛ ազգի մահն է: — Դա՛ հայության մահն է: Որքա՛ն ազգեր, որքա՛ն ազինք, անհագ վիշապի նման, կլանեց Զրադաշտի սոսկալի դևը: Որքա՛ն սրբություններ այրվեցան նրա վառած կրակի անշեջ բոցերի մեջ: Պետք է մարել այդ կրակը, որ արդեն սկսել է բորբոքվիլ մեր աշխարհում: Պետք է մարել այդ հուրն ու բոցը, որ պիտի լափե մեր սրբությունները: Այո՛ պետք է մարել նրան, որ վերստին կյանք ստանա մեր եկեղեցին, որի մեջն է կայանում և մեր ազգի ու պետության կյանքը:

— Թո՛ղ օրհնյալ լինի աստուծո կամքը, թո՛ղ տերը ինքը պահպանե

յուր սուրբ եկեղեցին, իսկ մենք նրա ուխտապահ զինվորները կլինենք, — միաձայն գոչեց ամբողջ ավագանին:

Թագուհին վերկացավ: Կրկին տիրեց լռությունը: Ուշիկ քայլերով մոտեցավ նա երկար սեղանին, որի վրա դրված էին պարգևաբաշխության համար պատրաստված իրեղենները: Այնտեղից վեր առեց մի սուր և, առաջարկելով եպիսկոպոսին, ասաց.

— Սրբազան հայր, թշնամին սրով և արյունով մտցրեց յուր պղծությունը մեր սուրբ տաճարներում, մենք նույնպես սրով և արյունով պետք է մաքրենք մեր տաճարները այդ պղծությունից: Ահա՛ քեզ մի զենք, և օրինակ տուր քո պաշտոնակիցներին՝ դրանով նախանձախնդիր լինել եկեղեցու փառքին:

Եպիսկոպոսը ընդունեց զենքը:

Հետո թագուհին վեր առեց մի ոսկեհուռ վերարկու, և մոտենալով Մուշեղ Մամիկոնյանին, ասաց.

— Դու, Մուշեղ, այդ կռիվների մեջ ապացուցեցիր, որ քո արժանահիշատակ հոր հարազատ զավակն ես, — ա՛յն հոր, որ յուր կյանքը դրեց յուր հայրենիքի և յուր թագավորի վրա: Քեզ վայել է մեծարել այն ընծայով, որ ամենաբարձրն է արքայական պարգևների մեջ: Դու այժմ քո հզոր ուսերի վրա ես տանում հայոց աշխարհի բոլոր ծանրությունը: Եվ ես այդ արժանի ուսերը կզարդարեմ այն վերարկուով, որ մի ժամանակ կրել է իմ թագավոր-ամուսինը:

Սպարապետը խորին երախտագիտությամբ ծունր դրեց տիկնոջ առջև, և նա ձգեց նրա ուսերի վրա արքայազգեստ վերարկուն:

Հետո թագուհին մերձեցավ ընծաների մթերքին, վեր առեց մի ոսկյա բաժակ և, մոտենալով Սահակ Պարթևին, ասաց.

— Քո հայրը, Սահակ, յուր հայրենիքի ամենահաստատուն նեցուկն էր, և նրա սիրո համար՝ այժմ կրում է աքսորի տաժանական կյանքը: Քո վեհափառ ճակատի վրա փայլում է հորդ լուսապայծառ աստղը, և այդ երևեցավ վերջին կռիվների մեջ: Ընդունի՛ր այդ բաժակը, և ամեն անգամ, երբ ըմպելու լինես դրանով, հիշի՛ր իմ դեպի քեզ ունեցած ջերմ զգացմունքը :

Պարթևազն երիտասարդը ծունր դրեց և ընդունեց նրա ձեռքից գեղեցիկ բաժակը:

Այսպես առատաձեռն պարգևներով վարձատրում էր խելացի տիկինը յուրաքանչյուրի քաջությունը, և նրա քաղցրախոս լեզվում ամենի համար կային խիստ իմաստալի գովասանքներ, համեմատ նրանց տոհմային նշանակությանը և նրանց մատուցած ծառայություններին: Մե՛ծ էր նրա նախարարների գոհունակությունը, և անսահման էր նրանց մխիթարական ոգևորությունը: Տիկնոջ ամեն մի ժպիտը, ամեն մի մայրական զգացմունքներով լի հայացքը՝ նրանց նոր ոգի, նոր եռանդ և անձնանվիրություն էր ներշնչում: Նրանք ուրախ էին, որ իրանց ծառայությունները ոչ միայն վարձատրվում են, այլ հասկացվում են, և մի այնպիսի ազնվամիտ կնոջ համակրության են արժանանում, որպիսին էր հայոց տիկինը:

Երբ տղամարդերի պագնաբաշխությունը վերջացավ, տիկինը դարձավ դեպի ազատանի կանայքը, որոնք պաշարման ժամանակ խիստ փայլուն ծառայություններ էին ցույց տվել: Նրա գեղեցիկ աչքերը որոնում էին մեկին, որը կանանց խմբի մեջ չէր երևում:

— Իմ քաջերի թվում կար և մի օրիորդ հերոսուհի, — ասաց նա: — Ո՞ւր է Աշխենը, կանչեցե՛ք այստեղ Աշխենին:

Ռշտունյաց նազելի օրիորդը համեստությունից թաքնվել էր: Մի քանի րոպեից հետո ներս մտավ նա, զինվորական շքեղ զրահավառության մեջ: Բոլորի աչքերը դարձան դեպի գեղեցիկ, վայելչակազմ հերոսուհին: Տիկինը գրկեց նրան և, ճակատը համբուրելով, ասաց. — Սիրելի՛ Աշխեն, կար մի ժամանակ, հանգստի և խաղաղության երջանիկ ժամանակներում, մեր իշխանազուն օրիորդները իրանց մատների ճարտարությունը ցույց էին տալիս գեղեցիկ գործվածքների մեջ, որոնցով զարդարում էին նախարարների փառավոր սրահները և մեր տաճարների սուրբ սեղանները: Անցավ խաղաղության ժամանակը, եկավ արյան և կոտորածի տագնապը: Եվ դո՛ւ, քո գովելի օրինակով, մի գեղեցիկ դաս տվեցիր քո իշխանազուն քույրերին, թե երբ հայրենիքը վտանգի մեջ է, կնոջ քնքուշ մատներն ևս, ասեղի փոխարեն, պետք է նիզակ բանեցնեն, իսկ թելի փոխարեն, պետք է ձգեն աղեղի ամրապինդ լարը: Դու արդյամբ կատարեցիր այդ, և կատարեցիր հրաշալի կերպով: Եվ ես, սիրելի Աշխեն, ահա այդ արժանավոր կամարով գոտևորում եմ քո արիական մեջքը, ցանկանալով քեզ ավելի աշխույժ և զորություն:

Տիկինը յուր ձեռքով կապեց ականակուռ կամարը նրա մեջքին, իսկ օրիորդը ուրախության արտասուքը աչքերում համբուրեց նրա բարերար ձեռքը:

Մյուս կանանցից և օրիորդներից շատերը նույնպես ընծաներ ստացան: Երբ պարգևաբաշխության հանդեսը վերջացավ, եպիսկոպոսը կարդաց օրհնության մաղթանքը: Այդ միջոցին սեղանատան մեջ հնչեցին պալատական նվագարանները, և թագուհին ամենայն սիրելությամբ դարձավ դեպի հանդիսականները, հրավիրեց յուր մոտ ճաշելու:

Մինչև երեկո բազմությունը պալատի դռան հանդեպ, հրապարակի վրա, անհամբերությամբ սպասում էր նախարարներին: Երբ նրանք հայտնվեցան, լսելի եղան ուրախության բարձրագոչ աղաղակներ: Ամբոխի ոգևորությունը չափ չուներ: Ամեն կողմից շրջապատեցին սիրելի իշխաններին, ամեն կողմից նետվում էին, որ ձեռքերի վրա բարձրացնեն և այնպես տանեն, հասցնեն նրանց մինչև իրանց օթևանները: Իշխանները համեստությամբ մերժեցին այդ մեծ պատիվը: Բայց բազմությունը, դարձյալ նրանց առջևը ընկած, երգերով ու ցնծության ծափահարությամբ տարան, հասցրին մինչև իրանց օթևանները:

Ծ

ՄՈՒՇԵՂ «ԽՈՏՈՐՆԱԿԻՆ ԽՈՏՈՐՆԱԿ»

«Եւ հասանէր սպարապետն զօրավարն Հայոց Մուշեղ, անկանէր ի վերայ բանակին (Պարսից) քառասուն հազարաւն, եւ անդէն ձեռն ի գործ արարեալ կոտորէր: Ապա միաձի մազապուր թագաւորն Պարսից Շապուհ ձողոպրեալ փախչէր... Զի զբազումս կոտորէին, եւ զբաղումս յաւազանց Պարսից ձերբակալս առնէին, և առնուին զգանձս թագաւորին Պարսից յաւարի, եւ ըմբռնէին զՏիկնանց Տիկինն հանդերձ այլովք կանամբքն... Եվ զամենայն աւազանին, արս իբրեւ վեց հարիւր հրամայէր մորթել զօրավարն Հայոց Մուշեղ, եւ լնուլ խոտով... Առնէր զայս ի վրէժս հօրն իւրոյ Վասակայ»:

Փաւստոս:

Արտազերսի պաշարումը լուծելուց հետո, Շապուհը յուր զորքերի մեծ մասը հանձնեց Մերուժան Արծրունուն և Վահան Մամիկոնյանին, թողեց նրանց Հայոց գրավված երկրներում, իսկ մնացածը յուր հետ առնելով, ճանապարհի ընկավ դեպի Պարսկաստան: Երկու ամբողջ շաբաթ տևեց, մինչև նա հասավ Թավրիզ և յուր ծանր բանակը դրեց այդ քաղաքի մոտ:

Միևնույն ժամանակ մի քանի գունդեր, բոլորովին այլ ճանապարհով, դիմում էին դեպի պարսկական բանակը: Դրանք անցել էին Հեր և Զարևանդ գավառները, և Կապուտան ծովակի հյուսիսային եզերքով ավելի առաջ գնալով, արդեն հասել էին Աղի գետի ափերի մոտ:

Այդ գունդերը կազմված էին միայն թեթև ձիավորներից, որոնք ավելի ասպատակ-հրոսակների էին նմանում, քան թե կանոնավոր զորքերի, թեև նրանց թիվը փոքր չէր: Գնում էին գիշերով, իսկ ցերեկները, ճանապարհից դուրս գալով, հանգստանում էին թաքթաքուր տեղերում: Զարևանդից մինչև Թավրիզ տարածված արևակեզ անապատների տվնջյան անտանելի տոթը չէր ,որ ստիպում էր նրանց գիշերով ճանապարհ գնալ, այլ գուցե մի ուրիշ նպատակ, որ չէին ցանկանում շատ աչքի ընկնել: Գունդերը միասին չէին գնում, նրանք բաժանված էին զանազան խումբերի, որոնց մինը մյուսից մի քանի մղոն հեռավորություն ուներ:

Գիշերից բավական անցել էր, երբ առաջին խումբը հասավ Աղի գետի մոտ: Գարնանային հորդությունների ժամանակ գետը, յուր հեղեղուկ ափերը ողողելով, բացել էր բավական լայն և խորընկած հեղեղատ, որի միջով հոսում էր նա: Իսկ այժմ ջուրը պակասելով, քաշվել էր, թողնելով յուր ափերի մոտ ընդարձակ լիլային տարածություն, որ պատած էր ճոխ բուսականությամբ: Այդ տարածությունը այնքան խորն էր ընկած շրջակայքի մակերևույթից, որ եթե հազարավոր անձինք տեղավորվեին այնտեղ, դարձյալ վերևից ճանապարհով անցնողը տեսնել չէր կարող: Այստեղ, գետի աջ ափի մոտ, իջևանեցին նրանք փոքր-ինչ հանգստանալու համար: Ձիաների ոտները պնդեցին ոտնակապերով, թողեցին գետեզերքի շամբուտներում արածելու, իսկ իրանք ինչ որ ունեին պայուսակների մեջ հանեցին, կերան, հետո գլուխները դրեցին իրանց զենքերի վրա և քնեցին: Բայց մեկը մնաց արթուն:

Որպես մի մարմնացած անհամբերություն, թափառում էր նա գետի ափերի մոտ և, միևնույն ժամանակ, կրծում էր ձեռքի ապխտած մսի կտորը, որ յուր հետ վեր էր առել: Գիշերային խավարը ծածկել էր շրջակայքը, և ոչինչ չէր երևում: Միայն հեռվից մանր, հրեղեն աստղիկների նման նշմարվում էին պարսկական բանակի դեռ չշիջած լապտերները: Նա անդադար նայում էր դեպի այդ կողմը:

Նա սկսեց գետի հակառակ ուղղությամբ վեր բարձրանալ, մինչև հասավ կամուրջին: Պղտոր–լերդագույն հոսանքով վազում էր գետը բազմաթիվ կամարների տակով, և յուր խուլ դղրդյունով աղմկում էր գիշերային լռությունը: Նա չանցավ կամուրջը, այլ կանգնեց նրա մի կողմում, բարձր սյուներից մեկի մոտ, և այստեղից թե՛ յուր աչքերը և թե՛ յուր լսելիքը լարեց դեպի պարսկական բանակը: Երկար նայում էր նա, թեև որոշ ոչինչ չէր տեսնում, և որոշ ոչինչ չէր լսում, բացի գետի խուլ դղրդյունից: Բանակը դրած էր Թավրիզ քաղաքի մոտ, որ գտնվում էր գետի ձախ կողմում, երեք ժամյա հեռավորության վրա:

Այդ միջոցին մեծ ճանապարհի եզրում, որ տանում էր դեպի կամուրջը, մեկը խլուրդի նման գլուխը դուրս հանեց գետնի մեջ փորված գուբից և սկսեց դիտել յուր շուրջը: Նրա աչքերը այն աստիճան սովորած էին գիշերային խավարին, որ, գազանի նման, մթության մեջ ևս տեսնում էին: Նա իսկույն նկատեց սյունի մոտ կանգնած մարդուն և, յուր գետնափոր որջից դուրս գալով, սկսեց մեծ ջանքերով սողալ դեպի նա:

— Ողորմացե՛ք խեղճին, — ձայն արձակեց նա, երբ բոլորովին մոտեցավ:

Սյունի մոտ կանգնած մարդը ցնցվեցավ, երբ տեսավ, որ յուր ոտների մոտ խլրտում էր մի անորոշ, գնդաձև մարմին:

— Երկու օր է, ոչինչ չեմ կերել, մեռնում եմ սովից, ողորմացե՛ք խեղճին, — կրկնեց նա ավելի խղճալի ձայնով:

Սյունի մոտ կանգնած մարդը ձգեց յուր ձեռքի ապխտած մսի կտորը, թեև ինքը նույնպես ոչ սակավ սոված էր: Նա շան նման խլեց անուշ պատառը, և իսկույն սկսեց կրծել, ոսկորներն ևս մանրելով յուր սուր ատամներով:

— Դու շատ քաղցած ես երևում, — նկատեց նրան սյունի մոտկան գնած մարդը:

— Ինչպե՞ս քաղցած չլինել, տե՛ր իմ, երկու օր է, որ կամուրջով ոչ ոք չէ անցնում:

— Ինչո՞ւ:

— Չե՞ս տեսնում, այնտեղ դրած է թագավորի բանակը: Նրա երկյուղից ոչ ոք այդ կողմերով չէ անցնում: Ճանապարհները դատարկված են: Մարդիկ վախենում են տանից դուրս գալ և նրա զինվորներին հանդիպել: Անիրավները, սոված գայլի նման, դեպի ամեն կողմ թափառում են,,.

— Նրանք քեզ ոչինչ չտվի՞ն:

— Անիծվի՛ն նրանք... ես շատ ուրախ կլինեի, եթե ինձ չկողոպտեին... Զինվորներից մեկը վերարկուս խլեց, տարավ: Ամբողջ տասն տարի՝ ինձ համար այդ վերարկուն թե՛ անկողին էր և թե՛ վերարկու... Ստացել էի մի հայ ուխտավորից... Չգիտեմ, ի՛նչ կլինի իմ դրությունը այսուհետև... Ինձ մնում է ցրտից սառչել, և արևից այրվել...

Վերջին խոսքերը մի այնպիսի խղճալի ձայնով արտասանեց նա, որ սյունի մոտ կանգնած մարդը առեց յուր ուսերից զինվորական վարապանակը և, տալով նրան, ասաց.

— Ահա քեզ մի վերարկու:

Նա մեծ ուրախությամբ խլեց անսպասելի ընծան և, օրհնելով յուր բարերարին, խնդրեց.

— Օգնի՛ր ինձ, ողորմած տեր, տանել այդ վերարկուն մինչև իմ խուցը: Նա շատ հեռու չէ այստեղից:

Նա սկսեց սողալով քարշ գալ դեպի յուր որջը, իսկ անծանոթ բարերարը տանում էր նրա ետևից վերարկուն: Այդ թշվառականը ուրիշ ոչինչ չէր, եթե ոչ այն ողորմելի ուրուկներից մեկը, որոնց արտաքսում են մարդկային բնակություններից, և նրանք կենում են քաղաքներից դուրս, մեծ ճանապարհների եզերքի մոտ, գետնափոր ծակերի մեջ, և ապրում են անցուդարձ անողների ողորմությամբ:

Եթե լույս լիներ, անկարելի էր առանց սոսկալու նայել այդ այլանդակված ճիվաղի վրա: Ձեռքերն ու ոտքերը գոսացած էին: Երկու ծայրատ մատներ միայն շարժվում էին ձախ ձեռքի վրա: Երեսի վրա քթի կամ շրթունքների նշան չկար: Դուրս ցցված ատամները ամբողջապես երևում էին: Խորն ընկած աչքերը անհանգիստ կերպով վառվում էին մազերը թափված, կոշտացած հոնքերի տակից: Ձայնը խանձված էր, կարծես, կոկորդը ամբողջապես քայքայված լիներ: Նրա խուղը իսկապես մի ծակ էր, որ փորել էր գետնի մեջ: Նրանում նստել կարող էր նա, բայց ձգվելու կամ պառկելու չափ ընդարձակություն չուներ: Եվ այդ այնքան հարկավոր ևս չէր, որովհետև նրա գնդաձև մարմինը տարածվելու պետք ևս չուներ: Նրա ամբողջ կարասին մի խեցեղեն ջրի աման էր, որ դրած էր յուր համար հատկապես փորված մի խորշում: Նրա ողորմելի բնակարանն առանց ծածքի չէր: Չորս երկճղի փայտեր, քառակուսի ձևով, ցցված էին այդ ծակի չորս անկյուններում, և նրանց վրա դրած էին ուրիշ փայտերի կտորներ ու մացառներ, հետո ծեփել էին կավով: Այդ ծածքը պահպանում էր նրա խուղը թե՛ անձրևից և թե՛ արևից: Նա մտավ յուր որջի մեջ, բայց անծանոթ բարերարը չհեռացավ նրանից: Երբեմն մարդկային հասարակությունից բոլորովին արհամարհված և բոլորովին մերժված արարածներն անգամ մի բանի պիտանի են լինում:

— Դու ասացիր, որ երկու օր է, ոչ ոք չէ՞ անցել կամուրջից, — հարցրեց նրանից անծանոթը:

— Ոչ ոք, տեր իմ: Ես, ամբողջ օր ու գիշեր, իմ ծակից գլուխս դուրս հանած, նայում եմ: Եթե մի ճանճ էլ անցնի, կտեսնեմ: Միայն այս առավոտ, դեռ բավական մութն էր, անցան երկու հոգի: Նրանք գնում էին դեպի բանակը:

— Դու լավ տեսա՞ր նրանց: Ի՞նչ տեսակ մարդիկ էին:

— Տեսա, ինչպես չտեսա, — և նա սկսեց նկարագրել տեսած մարդիկներին:

— Այդ մարդիկը չե՞ն վերադարձել:

— Չեն վերադարձել: Եթե վերադառնային, ես կտեսնեի:

Կամուրջի այդ անքուն պահապանի հաղորդած տեղեկությունները փոքր-ինչ հանգստացրին անծանոթին, և նա, բարի գիշեր մաղթելով թշվառ արտաքսյալին, հեռացավ նրա ողորմելի բնակարանի մոտից: Սկսեց կրկին դիմել դեպի ձիավորների բացօթյա իջևանը:

Ամենքը քնած էին ծանր, անզգա քնով, որ վայելում է ճանապարհորդը երկար հոգնությունից հետո: Ձիաներից շատերը կերել, կշտացել էին, նույնպես պառկած էին խոտերի վրա, և հոհոալով թավալվում էին, որ փոքր — ինչ կազդուրեն իրանց խոնջացած մարմինը: Միակ անձնավորությունը, որ յուր հանգստության մասին չէր մտածում, նա էր, որ կամուրջի մոտից վերադառնալով, լուռ անցավ յուր փոքրիկ բանակի միջով, նայեց յուրաքանչյուրի վրա, հետո գնաց, անշարժ արձանի նման կանգնեց գետեզերքի մոտ: Նրա վառվռուն աչքերը հառած էին դեպի այն մանր, իրեղեն բծերը, որ նշմարվում էին հեռվից, երբեմն հանգչում էին, երբեմն դարձյալ հայտնվում էին: Եվ նրա սիրտը, այդ կրակների նման, վառվում էր անհնարին ջերմությամբ, և ավելի ու ավելի բորբոքում էր նրա անհամբերությունը:

Այդ միջոցին կամուրջով անցնում էին երկու հոգի: Ամենայն աչալրջությամբ նայում էին նրանք ետ ու առաջ և, միևնույն ժամանակ, հազիվ լսելի ձայնով խոսակցում էին.

— Եթե եկած լինեն...

— Անպատճառ եկած կլինեն...

— Այս գիշերվա համար ժամանակ նշանակեցին...

— Եվ այդ կամուրջի մոտ...

Նրանց ոտնաձայնը հասավ գետնափորի մեջ պահված ուրուկի սուր ականջներին: Նա գլուխը դուրս մեկնեց ծակից և ուշադրությամբ նայեց շուրջը: «Այն երկու հոգին են... » — մտածեց նա, և սկսեց յուր գնդաձև մարմնով գլորվիլ դեպի եկվորները:

— Մի մարդ հարցնում էր ձեզ, — խավարի միջից ձայն տվեց նա:

Եկվորները մնացին շվարած, չգիտեին, թե ո՛րտեղից լսելի եղավ անսպասելի ձայնը: Ուրուկը ավելի մոտեցավ: Նրանք տեսան խոսող գունդը:

— Ի՞նչ եղավ այն մարդը, — հարցրին նրանից:

— Այսպես, գետի ընթացքով գնաց դեպի ցած: Թո՛ղ աստված նրա գործին հաջողություն տա, — ավելացրեց նա, — թե՛ իմ սոված փորը կերակրեց, և թե՛ մերկ մարմինս զգեստավորեց:

Երկու մարդիկը գետի ընթացքով սկսեցին ցած իջնել, միմյանց ասելով...

— Լավ ժամանակ հասանք...

— Բայց որտե՞ղ գտնել սպարապետին...

Պատասխանը չուշացավ.

— Դո՞ւք եք, — լսելի եղավ սպարապետի ձայնը, որ դեռ կանգնած էր գետեզերքում:

— Այո՛, տեր, — ասացին նրանք մոտենալով:

Սպարապետը ուրիշ ոչ ոք չէր, եթե ոչ Մուշեղ Մամիկոնյանը:

— Պատմեցե՛ք, ի՞նչ տեսաք, — դարձավ նա դեպի եկվորները:

Նրանք սկսեցին պատմել: Սպարապետը խորին ուշադրությամբ լսում էր: Նա չհամբերեց՝ մինչև վերջացնեին, սկսեց ինքը զանազան հարցեր առաջարկել.

— Դու ինձ այն ասա՛, քաղաքի ո՞ր կողմումն է բանակը:

— Քաղաքի արևելյան կողմում, կարմիր լեռան ստորոտից փոքր-ինչ ցած:

— Բանակի ո՞ր կողմում են զետեղված արքայական վրանները:

— Դեպի վերևի կողմը, այսինքն՝ դեպի լեռան ստորոտը, մի բարձրության վրա:

— Իսկ արքայական կանանո՞ցը:

— Դեպի արքայական վրանների աջակողմը:

— Ինչպե՞ս է դասավորված բանակը:

— Ինչպես միշտ՝ պայտի ձևով, որի ծայրերը հասնում են մինչև արքայական վրանները:

— Որտե՞ղ են պահվում հեծելազորի ձիաներ:

— Տարել են ավելի քան տասն փարսախ հեռավորության վրա արածացնելու:

— Ե՞րբ դիտավորություն ունեն չվելու:

— Երեք օրից հետո:

Մի քանի այլ հարցեր ևս առաջարկելուց հետո և բոլորի մասին մանրամասն տեղեկություններ ստանալուց հետո սպարապետը դարձավ նրանց, ասելով.

— Գնացեք հանգստացեք:

Նրանք հեռացան: Հարցուփորձը Շապուհի բանակի մասին էր: Այդ երկու մարդիկը ծպտյալ կերպով ուղարկված էին լրտեսելու նրա բանակը:

Սպարապետը մնաց միայնակ և սկսեց դարձյալ անհանգիստ կերպով դեգերել գետի ափերի մոտ: Նա այժմ գիտեր թշնամու բանակի դիրքը, գիտեր նրա ամենամանրամասն դրությունը, և այդ տեղեկությունները բավական էին նրան, որ նրանց հիման վրա՝ կազմեր յուր վերին աստիճանի վտանգավոր ձեռնարկության ծրագիրը: Նա դիտավորություն ուներ այս գիշեր հարձակվելու Շապուհի բանակի վրա: Եվ նրա դիտավորությունը որքան երկյուղալի էր, այնքան և վճռական էր:

Արտագերսի պարիսպների մոտից՝ Շապուհի կորագլուխ կերպով հեռանալուց հետո, սպարապետը բավական չհամարեց պարսից արքայից արքայի այդ ամոթալի պարտությունը, և վճռեց թույլ չտալ նորան՝

ողջանդամ դուրս գալ հայոց սահմաններից: Նրա կատարած չարագործությունները ա՛յն աստիճան զգալի էին, նրա գործ դրած միջոցները ա՛յն աստիճան վիրավորական էին, որ պետք էր պատժել այդ գազանին: Նա ավերակ դարձրեց յուր անցած երկրները, նա կոտորել տվեց յուր ձեռքն ընկած գերիները, — այդ դեռևս կարելի էր տանել, Հայոց աշխարհը սովոր էր այդ տեսակ հարվածների: Բայց նա Զարեհավանի ավերակների մոտ՝ ազատանի կանանց վերաբերությամբ գործ դրած տմարդի վարմունքով՝ վիրավորեց հայոց ազնվականների պատիվը: — Այդ անկարելի էր տանել, մանավանդ այն խոսքերից հետո, որ Արտագերսի տոնախմբության օրը հայոց թագուհին արտասանեց յուր ճառի մեջ, «Մեզ համար չէ հանգստությունը, քանի դեռ կմնա ա՛յն անպատվության մուրը, որ քսեց Շապուհը մեր նախարարների երեսին, նրանց կանանցը և օրիորդներին մերկանդամ կանգնեցնելով յուր բանակի առջև...»: Մի խումբ ազատանի երիտասարդներ, որ ներկա էին հանդեսին, հենց այն րոպեում վճռեցին վրեժխնդիր լինել: Այդ էր պատճառը, որ սպարապետի հրոսակների մեծ մասը բաղկացած էր հայոց նախարարների որդիներից, որոնք ուխտել էին վերականգնել վիրավորված պատիվը:

Սպարապետը անցավ նրանց գլուխը, առեց յուր հետ մի քանի գունդեր, և Շապուհի Արտագերսից հեռանալուց հետո սկսեց անմիջապես հետամուտ լինել: Նա այնքան չմոտեցավ, մինչև Շապուհը յուր զորքերի բազմությունը բաժանեց մի քանի մասների: Մի մասը հանձնեց Մերուժան Արծրունուն և Վահան Մամիկոնյանին, և մի մասը յուր Զիկ և Կարեն զորավարներին, թողեց նրանց հայոց գրաված երկրները պահելու և նոր նվաճումներ անելու: Իսկ մնացած մասը յուր հետ առնելով, ճանապարհ ընկավ դեպի Պարսկաստան: Այդ վերջին մասին հետամուտ եղավ սպարապետը: Մինչև Թավրիզ հասնելը, նա մի հարմար տեղ, կամ մի հարմար ժամանակ չգտավ յուր դիտավորությունը ի կատար ածելու: Այժմ թշնամին եկել, հասել էր Հայոց երկրի սահմանագլխին: եթե այժմ ևս չդիմեր յուր նպատակին, այնուհետև ամեն հույս պետք էր կորած համարել: Որովհետև նա կանցներ սահմանը, ոտք կդներ պարսկական հողի վրա, և գործը կդժվարացներ: Ուրեմն պետք էր օգուտ քաղել այգ գիշերից, այդ վերջին և միակ գիշերից:

Նա շարունակում էր դեգերել գետի ափերի մոտ և լի սրտմտությամբ նայում էր դեպի արևելքը: Հեսուն՝ Իսրայելի հերոսը հրամայեց արեգակին կանգնեի մինչև վերջացնե յուր կռիվը: Իսկ Մուշեղ Մամիկոնյանը հայոց հերոսը կցանկանար հրամայել նրան, որ ամենևին չդուրս գա, մինչև սկսե յուր կռիվը: Երբեմն նրա անհամբեր աչքերը դառնում էին դեպի այն ճանապարհը, որով եկել էր նա: Նայում էր դեպի խավար մթությունը, և նրա մրրկածուփ սրտում անդադար կրկնվում էր այդ հարցը. «Ի՞նչ եղան... ինչո՞ւ այդքան ուշացան...»:

Շատ չանցավ, նույն տեղում, ուր իջևանել էին նրա ձիավորները, հասան մի քանի խումբ նոր ձիավորներ: Նա փոքր-ինչ հանգստացավ. դրանց էր սպասում: Բայց այդ դեռ բոլորը չէր. դեռ ետ մնացած մի քանի խումբեր ևս կային:

Նորեկ խումբերի գլխավորը մոտեցավ սպարապետին:

— Տեղեկություններ ստացա՞ր, — հարցրեց նա անհամբեր կերպով:

— Ստացա, — պատասխանեց սպարապետը ուրախ կերպով:

— Ի՞նչ կա:

— Ամեն ինչ լավ է: Բայց մերոնք շատ ուշացան: Ինչո՞ւ պետք է այդքան ուշանային...

— Երևի, կգան: Դեռ բավական գիշեր կա:

— Բայց այստեղից մինչև բանակը բավական էլ ճանապարհ կա: Մինչև հասնենք,բոլորովին կլուսանա:

— Ավելի լավ: Գոնե կտեսնենք, թե ինչ ենք անում, և կույր հավկուրի նման խավարի մեջ չենք խարխափի:

Սպարապետը ժպտաց, բայց գիշերային մթությունը թույլ չտվեց նկատել նրա հեգնական ժպիտը:

— Դու բավական վստահություն ունես քո վրա, Մեհրուժ, — ասաց նա:

— Ես ոչ թե բավական, այլ մեծ վստահություն ունեմ իմ ձիավորների վրա, Մուշեղ, — պատասխանեց փոքրիկ սպան:

Դա, իրավ, Մեհրուժ տարրնեցին էր: Ինքը՝ կարճ, լեզուն՝ երկար: Խոսակցությունը ընդհատեցին զանազան խուլ հնչյուններ, որ հայտնի չէր, թե որ կողմից էին լսվում: Երկուսն էլ իրանց ուշադրությունը լարեցին դեպի այդ հնչյունները:

— Շեփորի և թմբուկների ձայներ են, — ասաց սպարապետը: — Բանակի կողմիցն են լսվում:

— Այդ ի՞նչ է նշանակում, — հարցրեց Մեհրուժը փոքր-ինչ անհանգստանալով:

— Այդ պարսից առավոտյան ամենօրյա սովորությունն է, — հանգստացրեց նրան սպարապետը: — Գիշերը լուսանալու մոտ է. շեփորները հնչեցնում են, թմբուկները դափում են, որ մարդիկ զարթնեն, պատրաստվեն, ծագող արեգակին երկրպագություն տալու համար:

— Շա՛տ գեղեցիկ, թող զարթնեն: Իսկապես չավ բան չէ քնած մարդու վրա հարձակվիլը:

— Բայց այդ դեռ առաջին կոչնական ձայնն է: Մինչև արևի ծագելը երկու անգամ ևս պետք է հնչեցնեն:

Նրանք սկսեցին ետ ու առաջ շրջել գետի ափերի մոտ, մինչև բոլոր սպասվող խումբերը եկան: Թե՛ սպարապետը և թե՛ Մեհրուժը երկուսն էր վազեցին դիմավորելու: Տեսնելով նրանց, մի բարձրահասակ երիտասարդ շտապով ցած իջավ ձիուց և գրկեց երկուսին ևս:

— Ես, երևի, երկար սպասել տվի ձեզ, — ասաց նա ներողություն խնդրելով: — Բայց այդ իմ մեղքը չէ: Իմ բռնած ճանապարհը սաստիկ ցեխ էր: Ձիաները հազիվհազ կարողանում էին շարժվել: Երեկվա անձրևը բոլորովին փչացրել էր ճանապարհը:

— Ուրեմն պետք է սպասել, մինչև ձեր ձիաները փոքր-ինչ հանգստանան և, — հարցրեց սպարապետը:

— Անպատճառ: Սաստիկ հոգնած են:

Այդ զվարթ, փառահեղ երիտասարդը Սահակ Պարթևն էր՝ Ներսես Մեծի որդին: Նրա ձիավորները առանձին խումբերով զետեղվեցան առաջիններից փոքր-ինչ հեռու, իսկ ինքը, սպարապետին և Մեսրոպին յուր հետ առնելով, մեկուսացան դեպի մի այլ կողմ, նստեցին գետեզրի մոտ, փափուկ խոտերի վրա: Սպարապետը հաղորդեց նրանց՝ յուր լրտեսների միջոցով ստացած բոլոր տեղեկությունները: Իսկույն կազմվեցավ մի բացօթյա պատերազմական խորհուրդ, որը տևեց մինչև պարսկական բանակից լսելի եղավ թմբուկների և շեփորների երկրորդ կոչնական ձայնը: Այդ խորհրդավոր ձայնը շտապեցրեց նրանց: Այդ ձայնը կոչում էր բարեպաշտ զրադաշտականներին դեպի աղոթք, դեպի երկրպագություն տվնջյան լուսատուին, իսկ հայոց ուխտապահներին կոչում էր նա դեպի կռիվ, դեպի արյունհեղություն...

Նրանք վերկացան, հրամայեցին պատրաստվել և ճանապարհ ընկնել: Շեփորների և թմբուկների երրորդ ձայնը պիտի ավետեր արշալույսի ծագումը: Վճռեցին՝ որ գոնե այդ ժամանակ հասած լինեն նշանակած տեղը…

Կեսօրից բավական անցել էր: Շապուհի բանակատեղը ներկայացնում էր խիստ տխուր տեսարան: Կիսակործան վրանները, իրանց տեղում անշարժ մնացած, դատարկ էին: Զինվորներ չկային նրանց մեջ, կար միայն պարսից վայելչասեր զինվորի հարուստ կարասին, որ մնացել էր իբրև ավար հաղթողին: Ամբողջ բանակատեղը և նրա շրջակայքը ծածկված էին դիակներով: Արյան թացությունը ամեն կողմում սարսափ էր ազդում: Կենդանի մնացածները գերվել էին: Փոքր չէր և փախստականների թիվը, որոնց դեռ որոնում էին:

Ինքը՝ արքայից արքան չէր երևում ոչ դիակների մեջ և ոչ գերիների թվում: Ասողներ կային, նույնիսկ պարսիկներից, որ նա փախավ հենց այն ժամանակ, երբ առաջին հարձակումը գործեցին: Նա փախավ յուր սենեկապաններից մեկի հագուստով, որ չճանաչվի: Ձիավորների մի քանի սրընթաց խումբեր գնացել էին դեպի զանազան կողմեր բռնելու նրան:

Արքայական փառավոր վրանները՝ իրանց բոլոր հարստությամբ մնացել էին իրանց տեղում: Մնացել էր և կանանոցը, լի արևելքի և արևմուտքի գեղեցկուհիներով: Նրանց թվումն էր արյաց տիկնաց-տիկինը — Շապուհի թագուհին: նրանց թվումն էր և Որմիզդուխտ օրիորդը — Մերուժան Արծրունու նշանածը: Հայ պահակների մի զինված շղթա բոլորել էր կանանոցի շուրջը և նրան անմատչելի էր կացուցել:

Պայտաճև բանակի հրապարակի վրա կանգնացրել էին գերիներին: Նրանց միջից ջոկում էին ազնվականներին, ինչպես ոչխարները զատում են այծերից: Երբ վերջացրին, ազնվականների թիվը հասավ վեց հարյուրի, որոնք զանազան աստիճանի զորապետներ և սպաներ էին:

Հրապարակի մեջտեղում, բարձր սայլացիցի ծայրին, շամփրած էր մի ճերմակազգեստ մարմին: Դա մովպետան-մովպետն էր, այն հրեշը, որ Զարեհավանի ավերակների մոտ սայլացիցերի վրա բարձրացրեց հայոց իշխանազն տիկիններին և օրիորդներին: Ամենի աչքերը հառած էին դեպի այդ տոսկալի մարմինը:

Այդ միջոցին, Շապուհի արքայական վրանների մի կողմում հարած էր հայոց սպարապետի հասարակ զինվորական վրանը: Այստեղից երևում էր նրա հաղթության ամբողջ արդյունքը՝ յուր բոլոր բավարար պատկերներով: Ինքը, սպարապետը, նստած էր մի անշուք ճանապարհորդական բազմոցի վրա, որ բնավ չէր պատշաճում ոչ նրա աստիճանին և ոչ նրա փառքին: Նրան շրջապատել էին յուր զինակից սպաները, որոնց մեջ առաջին տեղը բռնել էր Սահակ Պարթևը, և ապա Մեսրոպ տարոնեցին:

Լուռ էին նրանք, և բոլորի դեմքերի վրա նկարված էր մի տեսակ զայրացյալ դժգոհություն, որ տեղի է ունենում ջերմ հակաճառություններից հետո: Ինքը, սպարապետը, սաստիկ խռժռոված էր, և յուր անհանգիստ մատներով անդադար ոլորում էր գեղեցիկ, սևորակ ընչացքները, կարծես թե, նրանք արգելում էին բոցավառ շրթունքներին թափելու այն կրակը, որ մի քանի րոպե առաջ հեղում էր նա յուր զինակիցների գլխին: Ոչ սակավ խռովյալ դրության մեջ էր գտնվում և Սահակ Պարթևը: Նա կթողներ և իսկույն դուրս կգար այդ վրանից, եթե զինվորական պարտաճանաչությունը չզսպեր նրան: Իսկ վաքրիկ Մեսրոպը, ինչպես ասում են, յուր կաշու մեջ չէր պարտակվում. անդադար շարժվում էր յուր տեղում, կարծես թե, փշերի վրա նստած լիներ:

Ի՞նչ էր, որ այդպես վրդովմունքի մեջ էր դրել նրանց: Ի՞նչ էր, որ այն րոպեում, երբ պետք էր հաղթության ուրախությունը վայելել, որի մեջն է զինվորի փառքը և նրա մխիթարությունը, — ընդհակառակը, ձգել էր նրանց խորին սրտմտության մեջ:

Այդ բռնադատյալ հուզմունքը, որ րոպեապես լռության մեջ ամբոխվում էր, անտարակույս, նորից պետք է պայթեր, եթե սպարապետի թիկնապահներից մեկը ներս չմտներ և զեկուցում չտար, թե դահճապետին բերել են: Երբ կանգնացրին նրան վրանի հանդեպ, սպարապետը հարցրեց,

— Դո՞ւ ես պարսից արքայից արքայի դահճապետը:

— Այո՛, նվաստս է, տեր իմ, — պատասխանեց նա, խորին կերպով գլուխ տալով:

— Քեզ համար գործ բացվեցավ, — ասաց նրան սպարապետը Ժպտալով, որ արտահայտում էր ավելի մաղձ և դառնություն, քան թե հեզնություն: — Դու, անտարակույս, կձանձրանայիր, եթե մի օր առանց մարդիկ մորթելու մնայիր: Իսկ ես այսօր կտամ քեզ բավական մեծ պաշար: Դու միայն այն ասա՛, քանի՞ օգնականներ ունես քո ձեռքի տակ:

— Օգնականներս սակավ չեն, սպարապետ տե՛ր, դու միայն ինձ գործ տուր, գո՛րծ, ես ծույլ չեմ իմ պաշտոնի մեջ, — ասաց նա դիվական ծիծաղով, և ապա ավելացրեց. — արքայից արքան միշտ գոհ էր իմ ծառայություններով, և տարի չէր անցնի, որ ինձ մի քանի գյուղեր և ագարակներ չպարգևեր: Հույս ունեմ, որ հայոց մեծափառ սպարապետը նույնպես առանց վարձատրության չի թողնի յուր ծառային: — Վերջին խոսքերի միջոցին՝ նրա գազանային աչքերում դարձյալ երևաց դիվական ծիծաղը:

— Դու ինձանից առատ վարձատրություն կստանաս և արքայից արքայի շնորհած պարգևները կմոռանաս: Լսի՛ր, դահճապետ: Մենք երկար մնալու չենք այստեղ. մի քանի օրից հետո չվելու ենք այստեղից, և մեզ հետ պետք է տանենք մեր ձերբակալած գերիներին: Եվ որպեսզի այդ բազմությունը մեզ համար չափազանց ծանրություն չլինի, դու պետք է փոքրինչ թեթևացնես մեր բեռը:

Դահճապետը շանթահարի նման ամբողջ մարմնով դողաց:

— Այդ քո մարդիկն էլ կարող են անել, սպարապետ տե՛ր, — ասաց նա րոպեական շփոթությունից հետո: — Իսկ ե՛ս, քա՛վ լիցի, իմ ձեռքերը չեմ թաթախի իմ ազգայինների արյան մեջ:

— Իրավ է, այդ իմ մարդիկն էլ կարող էին անել, եթե միայն մորթել պետք լիներ: Բայց ա՛յդ չէ իմ ցանկացածը: Իմ մարդիկը սաստիկ անվարժ են կենդանի մարդկանց մորթազերծ անելու և նրանց պաճուճապատանը խոտով լցնելու արհեստում: Իսկ դո՛ւ, Շապուհի ծառայության մեջ, կատարյալ վարպետ ես դարձել այդ գործում: Եվ ինձ այդ է հարկավոր: Չէ՞ որ կենդանի մարդիկ յուր հետ տանելը՝ այդ բավական մեծ ծանրություն է, իսկ նրանց մորթիքը տանելը այդ բավական հեշտ է և թեթև:

Դահճապետը, որ առաջ կարծում էր, թե յուր հանձն առնելիք ծառայությունը հայերի վերաբերությամբ կլինի և այդ պատճառով այնքան մեծ հաճույթյուն ցույց տվեց, այժմ հասկանալով սպարապետի ցանկությունը, ոչ միայն դժկամացավ նա, այլ նրան տիրեց մի տեսակ կատաղություն, որով հանդգնություն ունեցավ պատասխանելու.

— Ճշմարիտ է, տե՛ր սպարապետ, մենք, պարսիկներս, շատ վարպետ ենք այդ արվեստի մեջ: Եթե դու տեսնեիր, բոլորովին կհիանայիր, թե ինչպես ես մորթազերծ արեցի քո հորը և նրա պաճուճապատանը ցրի խոտով... Իմ ձեռքով կատարեցի այդ... Այժմ նս ո՛վ որ տեսնելու լինի, չի ասի, թե սպանված է նա... Դեռ գույնը յուր տեղումն է, դեռ աչքերը նայում են, և նայում են միշտ յուր թագավորի վրա, և այնտեղ, Անուշ բերդում, մխիթարում են միմյանց... Ես իմ գործը միշտ մեծ հաճույթյամբ եմ կատարում, երբ իմ ձեռքը տալիս են ազնվականներ... Իսկ քո հայրը, քեզ նման, ընդհանուր հայոց սպարապետն էր...

Դահճապետի լրբությունը, որով հիշեցնում էր նա սպարապետի հոր ցավալի վախճանը Տիզբոնում, վերին աստիճանի կծու էր: Բայց դժբախտ հոր մեծահոգի որդին զսպեց յուր բարկությունը, ասելով.

— Տեսնո՞ւմ ես, այդ կնշանակե, որ ես չսխալվեցա իմ կարծիքի մեջ քո վարպետության վերաբերությամբ: Դու սիրում ես ազնվականներին մորթազերծ անել, և ես քո ճաշակը գոհացնելու համար կտամ՝ քո ձեռքը նույնպես ազնվականներ, և գիտե՞ս որքան՝ թվով վեց հարյուր...Գնա՛, հագի՛ր քո արյունագույն համազգեստը, գնա՛, բորբոքիր քո բոլոր անգթությունները և կատարի՛ր քո ըղձալի ծառայությունը: Ինձ նույնպես շատ ցանկալի է՝ պարսկին պարսկի ձեռքով մորթել տալ...

— Այդ ես չեմ կարող անել, — պատասխանեց նա համառությամբ:
— Հրամայի՛ր, թող ինձ մորթեն:
— Քեզ անել կտան... — ասաց սպարապետը և, դառնալով դեպի յուր դրանիկները, հրամայեց.
— Տարեք այդ մարդուն, հավաքեցեք Շապուհի բոլոր դահիճներին, և կատարել տվեցեք...
Նրան հեռացրին:
Ներկա գտնվողները անհամբերությամբ լսում էին սպարապետի խոսակցությունը դահճապետի հետ, որը վերջանալուց հետո, դարձավ նա դեպի շրջապատողները, ասելով.
— Ես այդ բարբարոսությունը ամենայն հաճությամբ կատարել կտամ. ես այդ վեց հարյուր պարսիկ ազնվականներին մորթել կտամ, և նրանց պաճուճապատանները կտանեմ, կնվիրեմ հայոց տիկնոջը, թող նրանցով զարդարե յուր ամրոցի աշտարակների բարձրությունները: Այո՛, ես այդ կանեմ, և դրանով գուցե կզոհացնեմ իմ հոր անմահ հոգին, ա՛յն հոր, որի կյանքը հազարավոր ազնվականների արժեր, ա՛յն հոր, որին Շապուհը այնպես տմարդի կերպով մորթազերծանել տալով, կանգնացրեց Անուշ բերդի նկուղներից մեկի մեջ, յուր աքսորյալ թագավորի աչքերի առջև: Վրեժխնդրության սուրբ պարտականությունը թույլ է տալիս ինձ անել այդ: «Խոտորնակին՝ խոտորնակ», — այսպես ավանդեցին մեր հայրերը: Իսկ ա՛յն, որ դուք եք պահանջում, ես երբե՛ք ընդունել չեմ կարող...
— Ինչո՞ւ, Մուշե՛ղ, — հարցրեց Սահակ Պարթևը զայրացած ձայնով, — ինչո՞ւ չես կարող ընդունել: Եթե դու հիմնվում ես վրեժխնդրության վրա, որպես մի սուրբ պարտականության վրա, մի՛ մոռանար, որ այդ դեպքում ևս կատարվում է նույն սուրբ պարտականությունը. դարձյալ «խոտորնակին խոտորնակ... »:
— Այդ դեպքում, Սահակ, կատարվում է մի աններելի անազնվություն միայն: Իսկ մեզ վայել չէ այդ աստիճան ստորանալ: Մենք պետք է ապացուցանենք, որ շատ բարձր ենք պարսիկներից:
— Մենք պետք է ապացուցանենք և ա՛յն, թե գիտենք անազնվությունը ըստ կարգին պատժել: Ինչո՞ւ ես դու այսպես մոռացկոտ դարձել, Մուշեղ: Դեռ շատ ժամանակ չէ անցել այն աղետավոր օրից, երբ Շապուհը Բարեհավանի ավերակների մոտ՝ հայոց իշխանազն տիկիններին և օրիորդներին մերկանդամ կանգնացրեց յուր բանակի առջև: Եվ այդ բավական չհամարեց. շատերին սայլացիցերի վրա բարձրացրեց, շատերին գերի վարեց: Երբ անգամ Շապուհը իրան թույլ տվեց այդպես վարվել, այլևս ինչո՞ւ մենք պետք է խնայենք նրան:
— Ինչ որ կարող է իրան թույլ տալ պարսիկ Շապուհը, նույնը չէ կարող իրան թույլ տալ քրիստոնյա Մամիկոնյանը: Ես մոռացկոտ չեմ, Սահակ, ես գիտեմ և հիշում եմ նրա վարմունքների բոլոր վայրագությունը: Բայց դու ես մոռանում քեզ, ամենևին ի նկատի չառնելով, որ մեր վիճաբանության առարկան կին է: Շապուհի եղեռնագործությունների վրեժը մենք պետք է առնենք նրա կանանցից: — Այդ ես պահանջում դու: Իսկ ես

նրա բոլոր կանանցը կդնեմ պատգարակների մեջ, և ամենայն հարգանքով կուղարկեմ Շապուհի այրքունիքը, — և այդ կլինի իմ ամենամեծ վրեժխնդրությունը...

Սպարապետի կծու ակնարկությունը սաստիկ վիրավորեց պարթևազն երիտասարդին և նրա սեգ աչքերը վառվեցան բարկության բոցով: Նա դրեց յուր պատրաստ ձեռքը ականակուռ դաշույնի վրա, և յուր լիահնչյուն, խրոխտալի ձայնով, որ ավելի որոտում էր, քան թե խոսում, արտասանեց հետևյալ խոսքերը.

— Ես հասկանում եմ, որ մեր վիճաբանության առարկան կին է, Մուշե՛ղ: Բայց դու կարծո՞ւմ ես, որ այն վսեմ, այն սրբազան պատկառանքը, որ կարող է զգալ Մամիկոնյանը դեպի կինը, դրա համար փակվա՞ծ է Պարթևի սիրտը: Դու կարծո՞ւմ ես, որ միայն դո՛ւ ընդունակ ես՝ քեզ այնքան բարձր պահել և չստորանալ մինչև կնոջ հողաթափները: Սաստիկ սխալվում ես, Մուշե՛ղ: Այս գործի մեջ՝ քո ասպետական փափուկ զգացմունքները ամենևին տեղիք չունեն: Ես նայում եմ գործի վրա բոլորովին զինվորական տեսակետից: Մենք Շապուհի հետ պատերազմ ունենք, և այդ պատերազմը, անտարակույս, կտևե երկար, այո՛, շատ երկար: Նրա կանայքը մեր ձեռքումն են, որոնց թվում է և այրաց տիկնանց-տիկին: Կպահենք նրանց ամենայն պատվով մեզ մոտ, իբրև պատանդ, ինչպես Շապուհը պահել է մեր նախարարներից շատերի կանանցը առանձին բերդերում: Մեր վարմունքի մեջ պախարակելի ոչինչ չկա, որովհետև դա վաղուց արդեն ընդունված զինվորական օրենք է: Քանի դեռ տևում է պատերազմը, գերիներին ետ չեն տալիս: Սպարապետը նույնպես ձեռքը դրեց դաշույնի վրա, պատասխանելով.

— Այդ ես էլ գիտեմ, Սահա՛կ, ինձ պետք չէ զինվորական օրենքները քեզանից սովորել: Բայց դու մի բան չգիտես, լսի՛ր, Սահակ: Դու չգիտես հայոց տիկնոջ՝ Փառանձեմի խստասրտությունը: Նրա գեղեցիկ, մեղմ և քնքուշ կեղևի ներքո թաքնված է մի հրեշավոր հոգի: Դու չգիտես, որ եթե տանելու լինենք այդ անմեղ կանանցը նրա մոտ, նա, անպատճառ, բոլորին կախ կտա Արտագերսի աշտարակներից: Նա՛, որ դժբախտ Ողիմպիադային սպանել տվեց և հափշտակեց նրանից հայոց տիկնանց — տիկնությունը, նա՛, որ հայոց արևելյան գնդերի քաջ զորավար Վաղինակին սպանել տվեց և յուր հորը հանձնեց արևելյան գնդերի մեծ զորավարությունը, նա՛, որ յուր հին ոխակալության համար սպանել տվեց յուր ամուսնի եղբոր որդի Տիրիթին, անտարակույս, չի խնայի և Շապուհի կանանցը: Ես, իհարկե, պետք է ընդդիմանամ նրան, և դրանից կծագի մի մեծ հակառակություն իմ և նրա մեջ, որ շատ նպաստավոր չի լինի մեր գործերի այժմյան խառն դրության մեջ: Նա իրավունք կհամարի կոտորել տալ Շապուհի բոլոր կանանցը, որովհետև Շապուհը Բարեհավանի ավերակների մոտ սպանել տվեց նրա մորը: Ուրեմն, թե՛ ազնվությունը և թե՛ խոհեմությունը պահանջում է, որ մենք այդ կանանցը ուղարկենք պարսից արքունիքը: Իսկ ես առանց ոչ ոքին լսելու պետք է անեմ այդ: Եվ եթե մեզ հարկավոր է պատանդ, այդ պատանդը կպահենք մեր ձեռքում : Շապուհի կանանցում գտնվում է և Շապուհի ի քույրը՝ Որմիզդուխտը — Մերուժանի գեղեցիկ նշանածը: Մենք կպահենք այգ օրիորդին, և այդ բավական է: Դու գիտե՞ս, Սահակ, որ մեր պատերազմների սկզբնապատճառը միայն այդ նազելի օրիորդն է եղել: Նրա գեղեցկությունը խելքից հանեց Մերուժանին, և նրան մոլորության մեջ դրեց: Մերուժանը վատ մարդ չէր. նա յուր սիրահարության զոհը դարձավ: Իսկ Շապուհը, օգուտ քաղելով այդ սիրահարությունից, խոստացավ տալ նրան Որմիզդուխտին, և դրանով հաջողացրեց Մերուժանին մի պատուհաս դարձնել Հայոց աշխարհի համար: Այժմ պահելով մեր ձեռքում Մերուժանի սիրած օրիորդին, միևնույն ժամանակ, մենք Մերուժանի թե՛ սանձը և թե՛ սիրտը մեր ձեռքում կունենանք, իսկ Շապուհը, առանց Մերուժանի գործակցության, ոչինչ անել չէ կարող:

Այսպես ջերմ կերպով վիճում էին երկու մեծ տոհմերի երկու հզոր ներկայացուցիչները՝ հայոց սպարապետի որդին և հայոց քահանայապետի որդին: Բայց վերջինը այլևս ոչինչ չխոսեց, դժգոհությամբ վեր կացավ և դուրս եկավ սպարապետի վրանից: Նրա հետ դուրս եկան Մեսրոպ տարոնեցին և մի քանի այլ իշխանազն երիտասարդներ: Մեծամիտ Պարթևի արհամարհանքը ավելի վրդովեցրեց Մամիկոնյան իշխանին: Նա դարձավ դեպի յուր սենեկապաններից մեկը, հրամայելով,

— Գնա՛, արքայական կանանոցի ներքինապետի միջոցով իմացում տուր արյաց դշխոյին, որ ես խնդրում եմ այցելել նրան:

Նա վերկացավ, նրան շրջապատող բոլոր սեպուհները նույնպես ոտքի ելան: Սկսեց դիմել դեպի Շապուհի կանանոցը, յուր հետ առնելով միայն յուր թիկնապահներին:

Շապուհի հարուստ կանանոցը բաղկացած էր առանձին– առանձին վրաններից, որոնց յուրաքանչյուրի մեջ զետեղված էր նրա կանանցից մեկը՝ յուր բազմաթիվ աղախիններով և նաժիշտներով: Ներքինիների մի ստվար բազմություն հսկում էր գեղեցկության և փափկության այդ անմատչելի թանգարանի վրա, որ այժմ գերության մեջ էր ընկած:

Տխուր և արտասվալի աչքերով նստած էր յուր վրանում արյաց տիկնանց-տիկինը, և յուր ոսկու ու գոհարների մեջ՝ պատկերանում էր որպես մի հուսահատ թախծություն: Նրա փառավոր վրանը հեշտության մի դրախտ էր, որ հորինել էր նրա համար պարսկական պճնասիրությունը: Երբ ներքինապետը ներկայացավ, հայտնեց նրան, թե հայոց սպարապետը կամենում է այցելել, այդ միջոցին նրա գեղեցիկ դեմքը բոլորովին գունաթափվեցավ, և շփոթությունից չգիտեր՝ ինչ պատասխանել: Բարկությունը և երկյուղը փոփոխակի կերպով սկսեցին վրդովեցնել նրան: Բարկանում էր, որովհետև մի հայ զորավար համարձակվել էր նրան մի այսպիսի լուր տալ: Վախենում էր, որովհետև ինքը նրա գերին էր… Բայց, միևնույն ժամանակ, նրան զարմացնում էր այն միտքը, թե, որպես գերի, սպարապետը կարող էր նրան քարշ տալ յուր մոտ, իսկ այդ ի՞նչ բարեհոգություն էր, որ սպարապետը յուր ոտքովն էր գալիս նրա մոտ: Երկար մտատանջությունից հետո, ասաց նա ներքինապետին.

— Թող գա...

Հետո ավելացրեց.

— Խստությամբ կպատվիրես բոլոր ներքինիներին, որ ոչ մի անկարգություն չպատահի...

Եվ իրավ, սպարապետի կողմից սաստիկ անհոգություն էր, որ այնպես անփույթ կերպով, միայնակ, մի խումբ թիկնապահների հետ, պիտի մտներ պարսից արքայից արքայի կանանոցը, ուր ոչ մի օտար արարած մինչև այն օր ոտք չէր դրել: Բոլոր ներքինիները ալեկոծվում էին գազանային կատաղության մեջ: Ո՞վ կարող էր արգելել այդ մոլեռանդներին, ո՞վ կարող էր զսպել նրանց կատաղությունը, թեև ամբողջ կանանոցը շրջապատված էր հայոց զինվորներով: Նրանք հենց կանանոցի շեմքի վրա կխողխողեին հանդուգն այցելուին, որ համարձակվում էր մուտք գործել արքայից արքայի սրբարանը: Բայց ներքինապետի սաստիկ պատվերը հանգստացրեց նրանց: «Հայոց սպարապետը ձեր դիակների վրայով կանցնի և կգնա տիկնանց-տիկնոջ մոտ, եթե դուք ամենափոքր անկարգություն անելու լինեք», — սպառնացավ նրանց ներքինապետը:

Նա դուրս եկավ դիմավորելու սպարապետին, իսկ մյուս ներքինիները երկու կարգով շարվեցան մինչև դշխոյի վրանի մուտքը: Սպարապետը, շրջապատված յուր թիկնապահներով, անցավ նրանց շարքերի միջով, որ կանգնած էին որպես երկու կենդանի պատեր: Թիկնապահները մնացին վրանի մուտքի աջ և ձախ կողմերում, իսկ ինքը ներքինապետի հետ ներս մտավ:

Վրանում ոչ ոք չերևաց, որովհետև, դեռ սպարապետը ներս չմտած, թագուհին յուր բազմոցի վրայից վերկացավ և անցավ վարագույրի ետևը, որ երկու մասն էր բաժանում վրանը: Ներքինապետը ձեռքով ցույց տվեց, թե այնտեղ է թագուհին, և կարող է սպարապետը խոսել: Որքան սպարապետի համար տարօրինակ էր այդ, այնուամենայնիվ, հարգելով ընդունված սովորությունը, այլևս չնստեց, և ոտքի վրա արտասանեց հետևյալ խոսքերը.

— Ողջո՛ւյն և խաղաղությո՛ւն արյաց մեծափառ դշխոյին: Ես շատ ցավում եմ, որ ներկայանում եմ այնպիսի դառն և ցավալի դեպքերից հետո, որ խիստ սակավ բառեր պիտի գտնեմ մխիթարելու քեզ, ո՛վ մեծափառ դշխո: Բայց պետք է հաշտվենք պատե — բազմի տխուր արկածների հետ: Այդ գործում մենք, հայերս, այնքան հանցավոր չենք, որքան հանցավոր է քո թագավոր-ամուսինը, ո՛վ մեծափառ դշխո: Նա զենքը ձեռին ոտք դրեց մեր երկրի վրա և մեզ ստիպեց նույնպես զենք բարձրացնել նրա դեմ: Բայց ես եկա ավետելու քեզ, ո՛վ մեծավառ դշխո, որ հայոց նախարարները գիտեն թշնամու վատությունը լավությամբ ջնջել: Դու, իհարկե, ականատես եղար, թե ո՛րպես վարվեցավ քո թագավոր–ամուսինը մեր կանանց հետ՝ Զարեհավանի ավերակների մոտ: Բայց ես չեմ ցանկանա նրա չարության փոխարեն՝ չար գործել: Ես քեզ, մեծափառ դշխո, և Շապուհ արքայի բոլոր կանանցը, որ այժմ գերի են իմ ձեռքում, իրանց աղախիններով ու ներքինիներով, կդնեմ ժանվարների մեջ, և էգուց ամենայն պատվով կուղարկեմ Տիզբոն: Ձեզ կուղեկցեն իմ ձիավորների զինված խումբերը, և ապահովությամբ կհասցնեն մինչև Շապուհի արքունիքը: Թո՛ղ Շապուհը տեսնե ձեզ, և գուցե ստրջանա, թե ինքը ո՛րքան անիրավ վարվեցավ...

Դեռ սպարապետը յուր խոսքերը չէր ավարտել, հանկարծ թագուհին վարագույրի ետևից դուրս հայտնվեցավ և, հափշտակված կերպով գրկելով սպարապետի ոտները, բացագանչեց.

— Դու մարդ չես, քո լեզվով խոսում է անմահ Որմիզդի ոգին, որ բոլոր բարության արարիչն է:

Այդ անակնկալ հայտնությունը այն աստիճան շփոթեցրեց սպարապետին, որ նա հազիվհազ կարողացավ վեր բարձրացնել նրան և նստեցնել յուր բազմոցի վրա: Ոչ սակավ ապշության մեջ էր գտնվում և ներքինապետը, որ ներկա էր այնտեղ: Տիկինը մի քանի րոպե մնաց լուռ խռովության մեջ, և ապա, յուր արտասվալի աչքերը բարձրացնելով, խոսեց.

— Քո մեծահոգությունը, ո՛վ քաջ, միշտ անմոռաց կմնա իմ սրտում: Երբ կհասնեմ Տիզբոն, իմ առաջին խոսքը այդ կլինի իմ թագավոր-ամուսնին. «Հայոց սպարապետը յուր ազնվությամբ մի ծանր պարտք դրեց քո վրա, և այդ պարտքը միայն նույնպիսի ազնվությամբ կարող ես վճարել...»:

Տիկինը այժմ միայն նկատեց, որ սպարապետը ոտքի վրա էր, և մի առանձին սիրով խնդրեց նրան.

— Նստի՛ր, տե՛ր սպարապետ, քո առաքինությունը այնքան մեծ է, որ դու իրավունք ունես վայելելու իմ ամենախորին հարգանքը:

Սպարապետը, շնորհակալություն հայտնելով, նստեց և, միևնույն ժամանակ, բացատրեց նրան, որ դեռևս տևող պատերազմական հանգամանքները պահանջում են՝ պարսից արքայական ընտանիքից մեկին, իբրև պատանդ, պահել հայոց տիկնոջ մոտ, և ինքը, սպարապետը, ազնիվ խոսք է տալիս, որ նրա թե՛ պատիվը և թե՛ կյանքը ամեն կերպով ապահովված կլինի:

— Որպես հաճո է քեզ, տե՛ր սպարապետ, այնպես արա, — պատասխանեց տիկինը խորին հոժարությամբ: — Մենք ամենքս քո գերին ենք և քեզ ենք պատկանում: Դու միայն շնորհում ես մեզ մեր թագավորին, առանց ո՛րևէ փրկանք պահանջելու: Ընտրի՛ր մեզանից՝ որին որ քո կամքը կհաճի:

— Ես որոշել եմ Որմիզդուխտ օրիորդին:

— Շատ գեղեցիկ: Ես կհրամայեմ ներքինապետին, որ Որմիզդուխտ օրիորդին յուր բոլոր աղախիններով ու ներքիններով քեզ հանձնե:

Սպարապետը վերկացավ: Երբ նա գլուխ տալով և բարի ճանապարհ ցանկանալով կամենում էր հեռանալ, տիկինը կանգնեցրեց նրան, ասելով.

— Անմահ աստվածներին է միայն հայտնի, տե՛ր սպարապետ, մարդկանց ճակատագիրը և նրանց զալոցն ու ապազան: Ո՞վ գիտե, թե էգուց ի՛նչեր կարող են պատահել: Մարդկային բախտն ու դժբախտությունը միևնույն սանդուղքներով են ելևէջ անում: Ես թողնում եմ քեզ մոտ մի հիշատակ, որպես առհավատչյա իմ երախտագիտության: Ամեն անգամ, երբ դու ո՛րևէ կարյաց մեջ կգտնվես, ուղարկի՛ր ինձ մոտ այդ նշանը, և արյաց տիկնանց — տիկինը ամեն ջանք գործ կդնե, օգնության ձեռք մեկնելու քեզ: – Այդ խոսքերի հետ նա հանեց յուր մատից արքայական մատանին և առաջարկեց յուր ազատողին:

Սպարապետը քաղաքավարությամբ մերժեց, ասելով.

— Քո բարեսրտությունը, թագուհի, ինձ համար մեծ առհավատչյա է:

Նա կրկին ու կրկին անգամ գլուխ տվեց և դուրս եկավ թագուհու վրանից:

Ազատության լուրը արդեն տարածվել էր ամբողջ կանանոցում, և Շապուհի գեղեցկուհիների ուրախությունը չափ չուներ: Ամենքը անսահման իրճվանքով օրհնում էին, փառաբանում էին այն մարդու կյանքը, որ նրանց ազատություն շնորհեց: Եթե սովորությունների խստությունը չզսպեր նրանց ոգևորությունը, անպատճառ, խմբովին դուրս կվազեին իրանց փակյալ օթյակներից, արտահայտելու իրանց շնորհակալության խորին զգացմունքները:

Երբ սպարապետը դուրս եկավ թագուհու վրանից և սկսեց գնալ յուր իջևանը, այդ միջոցին զարմացած ներքինիները՝ խուռն բազմությամբ թավալվում էին նրա ողորմած ոտքերի տակ և համբուրում էին զգեստների դրոշակները: Իսկ կանանց վրանների հետ քաշած վարագույրների ետևից՝ հարյուրավոր գեղեցիկ աչքեր, լի գոհունակության արտասուքներով, նայում էին վայելչագեղ երիտասարդի վրա, որ յուր քաջության հետ միացրել էր այնքան հոգեկան ազնիվ հատկություններ:

Նա ո չ միայն բոլորին ազատություն շնորհեց, այլ չկողոպտեց և կանանոցի անբավ հարստությունը, որ ժամանակի սովորությամբ՝ յուր սեփականությունն էր համարվում: Նա թողեց կանանոցը յուր ամբողջ պարագաներով անձեռնմխելի, յուր զինվորներին պատվիրելով, մի շյուղ անգամ չհափշտակել, ինչ որ կանանոցին է պատկանում: Նա ավարի առեց միայն Շապուհի արքայական վրանների հարստությունը և նրա բանակը յուր բոլոր ռազմամթերքով: Իսկ կենդանի մնացած զինվորներին գերի վարեց:

Մուշեղի վարմունքը ընդհանուր համակրության և խորին զարմացման արձագանք գտավ Տիզբոնում: Պարսից համար մի տարօրինակ հրաշք էր այդ տեսակ վարմունքը: Շապուհը հրամայեց իսկույն վեր առնել նրա հոր պաճուճապանը, որ Անուշ բերդում դրած էր Արշակ թագավորի առջև, և պահել Տիզբոնի մեծ տաճարում: Իսկ նրա մեծահոգության հիշատակը հավերժացնելու համար, նրա պատկերը, յուր ճերմակ ձիու վրա նստած, նկարել տվեց յուր ոսկյա բաժակի վրա, որով միշտ սովորություն ուներ խմել: Եվ ամեն անգամ, հանդիսավոր տոնախմբությունների ժամանակ, երբ ձեռքն էր առնում այդ բաժակը, հիշում էր ազնիվ հերոսի ազնիվ գործը, և խմում էր կրկնելով. «Ի փառս ճերմակաձիոյն», — այսինքն՝ ճերմակ ձի նստողի փառքի համար:

Այդ՝ Մամիկոնյան իշխանի բարոյական վեհության արձանն էր, որ քանդակել տվեց պարսից արքայից արքան յուր սրտի և յուր ուրախության բաժակի վրա: Բայց նա ուներ և յուր քաջության արձանը, որ մի ժամանակ կանգնեցրին նրա համար աստրիները Միջագետքում, որ կոչվում էր «Դուռն –Հոնի»: Եփրատի ափերի մոտ բարձրանում էր մի ահագին քարաժայռ, որի հարթած ճակատի վրա քանդակած էր մի սպառազինված հերոս, նստած սիզապանծ նժույգի վրա, իսկ նրա ոտների՝ տակին ընկած էր մի հաղթահարված հսկա: Ձիավորը ներկայացնում էր Մուշեղ Մամիկոնյանին յուր անբաժան ճերմակ նժույգով, իսկ ընկած հսկան ներկայացնում էր այն տոսկալի ելուզակին, որ երկար ժամանակ ասպատակում էր Միջագետքը և Հայաստանի հարավային գավառներր: Մի մենամարտության մեջ Մուշեղը սպանեց նրան և ազատեց երկիրը այդ հրեշի կատարած ավերմունքներից:

Բայց նրա մեծահոգության արձանը ավելի բարձր եղավ քաջության արձանից...

ԺԱ

«ԵՐԿՈՒ ՉԱՐՅԱՑ ՓՈՔՐԱԳՈՒՅՆԸ»

«Ապա յետ այսր ամենայնի Մուշեղ Որդի Վասակայ ժողովեաց զամենայն ազատագունդ մարդկանն... եւ չոգաւ հանդերձ նոքօք առ թագաւորն յունաց: Եւ եցոյց զպաղատանս աշխարհին Հայոց, և զամենայն անցս տառապանաց՝ որ անցեալ էր ընդ նոսա, և խնդրեաց ի կայսերէն զՊապ զորդի Արշակայ թագաւոր ի վերայ Հայոց աշխարհին»:

Փաւստոս:

Մուշեղ Մամիկոնյանի հաղթական փառքով վերադարձը ընդհանուր ուրախություն պատճառեց թե՛ հայոց տիկնոջը՝ Փառանձեմին և թե՝ նրա շուրջը խմբված ավագներին: Մի քանի օր Արտագերսը տոնում էր այդ փայլուն հաղթությունը: Տիկնոջը հաճելի չթվեցավ միայն Շապուհի կանանցը վերադարձնելը, այնուամենայնիվ, թաքցնելով յուր խորին դժկամությունը, հենց առաջին րոպեում, երբ սպարապետը ներկայացավ նրան, նա գրկեց և համբուրեց յուր քաջ հերոսի արժանի ճակատը:

Թշնամուց հափշտակած ավարը տիկինը հրամայեց բաժանել ա՛յն զինվորներին, որոնք մասնակցել էին այդ կռվի մեջ: Ինքը ընդունեց միայն, իբրև թանկագին պարգև, Մուշեղի բերած վեց հարյուր պարսիկ ազնվականների պաճուճապատանները, որոնց մի մասը դրեցին Արտագերսի աշտարակների բարձրության վրա, իսկ մյուս մասնով՝ հրամայեց նա զարդարել սպարապետի տան ճակատը:

Այդ օրերում սպարապետը խիստ հազիվ անգամ յուր տանից դուրս էր գալիս՝ բազմության ուրախաձայն խնդակցությանը չհանդիպելու համար, որը սաստիկ ազդում էր նրա անփառասեր համեստության վրա: Ազատանի կանայք և օրիորդներ խումբերով այցելում էին նրա տիկնոջը և «աչքալուսանք» էին տալիս: Քահանան խաչը ձեռին հայտնվում էր և օրհնության մաղթանք էր կարդում:

Այդ բոլորի մեջ՝ ամեն ինչ ուրախալի էր, ամեն ինչ վերին աստիճանի գոհացուցիչ էր, միայն Մուշեղի և Սահակ Պարթևի մեջ տեղի ունեցած հակառակությունը Շապուհի կանանց վերաբերությամբ, ոչ սակավ հոգսեր պատճառեց հայոց թագուհուն: Նրա համար խիստ ծանր էր, գործերի դեռ բոլորովին խառն դրության ժամանակ, հայոց այդ երկու նշանավոր տոհմերի ներկայացուցիչներին՝ միմյանց հետ անհաշտ հարաբերությունների մեջ տեսնել: Նա մտածեց հաշտեցնել նրանց, բայց, ի նկատի առնելով երկուսի անողոք համառությունն ևս, այդ միտքը թողեց մի ավելի հարմար ժամանակի:

Որքան Մուշեղը, Շապուհի կանանցը վերադարձնելով, շատերին տհաճություն պատճառեց, այնքան Որմիզդուխտին գերի վեր առնելով, մասամբ մեղմացրեց այդ տհաճությունը: Թագուհին որոշեց նրա բնակության համար առանձին բաժին արքայական ապարանքում, և պահում էր խիստ հսկողության ներքո, թեև այնտեղ՝ նրա կացության համար ամեն արժանավայել բավականություններ պակաս չէին:

Ոչ սակավ ուրախություն պատճառեց թագուհուն յուր եղբայրների և մյուս ազնվականների ազատությունը, որոնց գերի էր տարել Շապուհը Զարեհավանի կոտորածից հետո, և որոնք Մուշեղի հաղթությամբ փրկություն գտան: Այդ գերիների թվում կային շատ իշխանազն կանայք, օրիորդներ, պատանիներ, որոնց պետք է վարեին Պարսկաստան:

Մի քանի շաբաթ անցել էր այն օրից, որ Մուշեղը հաղթական փառքով մտավ Արտագերսի ամրոցը: Գիշեր էր: Բերդի մեջ ամենքը քնած էին, ամեն շարժում դադարել էր: Անքուն էր միայն բերդի թագուհին — Փառանձեմը: Արքայական ապարանքի սենյակներից մեկում միայնակ նստած էր նա, իսկ նրա մոտ՝ խորին մտախոհության մեջ՝ կանգնած էր Մուշեղ Մամիկոնյանը: Սպարապետի այրական դեմքը այս գիշեր չէր ցույց տալիս այն սովորական զվարթությունը, որ հատուկ էր նրա զինվորական ամուր բնավորությանը: Մտախոհ էր և թագուհին: Նա գտնվում էր յուր գիշերային զգեստի մեջ, որ յուր պարզությամբ մի առանձին վայելչություն էր ընծայում նրա շնորհալի իրանին: Գլուխը հերարձակ էր, առանց որևէ զարդի, հոլանի բազուկները միայն կրում էին մի զույգ ոսկյա ապարանջաններ, որոնց ուրախ փայլը ամենևին չէր համապատասխանում տիկնոջ մռայլված դեմքին: Պղնձյա բարձր աշտանակի վրա վառվում էր արծաթյա ճրագը, և տարածում էր յուր շուրջը խիստ թախծալի լուսավորություն: Թախծալի էր և թագուհին, որը երբեմն վեր էր առնում մի բաց նամակ, նայում էր, և կրկին դնում էր յուր բազմոցի վրա, թեև մի քանի անգամ կարդացել էր այդ նամակը, որ նոր էր ստացել Բյուզանդիայից:

— Մեր գործերի այժմյան խառն դրության ժամանակ, Բյուզանդական կայսրության մեջ կատարված այդ փոփոխությունները ես բավական նպաստավոր եմ համարում մեզ համար, Մուշեղ, — դարձավ նա դեպի սպարապետը: — Անիծյալ Վաղեսը մեռել է իրան արժանի չարամահ վախճանով, նրա տեղ այժմ կայսր է դարձել առաքինի Թեոդոսը: Եվ տարակույս չունեմ, որ նա մեզ հետ լավ հարաբերություններ կկսե:

— Ես նույնպես տարակույս չունեմ... — պատասխանեց սպարապետը անվճռական ձայնով:

Թագուհին շարունակեց.

— Մեզ հարկավոր է հռովմեական դաշնակցություն, Մուշեղ: Մենք մեր սեփական ուժերով, իրավ է, պաշտպանվել կարող ենք, բայց մեր երկիրը թշնամուց իսպառ մաքրել՝ հազիվ թե: Մենք կարոտ ենք դրսի ուժերի և մի լավ դաշնակցի:

— Բայց գիտե՞ս, տիկին, որքա՛ն թանկ է նստում մեզ հռովմեական դաշնակցությունը...

— Գիտեմ: Բայց ես ընտրում եմ երկու չարյաց փոքրագույնը: Մեր հարաբերությունները պարսից հետ այն աստիճան թշնամական կերպարանք են ստացել, որ ես ամենևին հույս չունեմ, թե այսուհետև մեր և Շապուհի մեջ որևէ հաշտություն կկայանա, ինչպես հույս չունեմ, որ նա իմ ամուսնին կվերադարձնե Անուշ բերդի աքսորանքից: Մյուս կողմից, իմ որդին գտնվում է Բյուզանդիայում, կայսրի մոտ: Նրան պետք է բերել, և ես ցանկանում եմ,որ նա գա և հոր փոխարեն թագավոր դառնա: Առանց թագավորի Հայաստանը դանդաղկոտությամբ է շարժվում, ինչպես մարմինը առանց գլխի: Իսկ նրան բերել և յուր հոր գահը նստացնել՝ այդ, իհարկե, առանց նորընտիր կայսրի հաճության և նրա հետ նոր դաշնակցության լինել՝ չէ կարող: Իմ որդին նրա մոտ պատանդ է, նրա ձեռքումն է.,. Եվ ես ավելի բարվոք եմ համարում քրիստոնյա կայսրի հետ դաշնակցությունը, քան թե անօրեն պարսկի հետ հաշտությունը:

Վերջին խոսքերը արտասանելու միջոցին նրա գեղեցիկ աչքերում փայլեց բարկության կրակը և նրա ձայնը զգալի կերպով փոխվեցավ: Նա հոլանի ձեռքը տարավ դեպի ճակատը, ետ քաշեց սև գիսակների զանգուրները, որ անգիտակցաբար թափվել էին գունաթափ դեմքի վրա:

Սպարապետը լռությամբ լսում էր, թեև այդ բոլորը գիտեր նա: Լսում էր սրտի դառն զեղմունքը անբախտ տիկնոջ, որ կորուսյալ թագավոր-ամուսին ուներ, և նույնպես կորուսյալ թագաժառանգ-որդի: Անողոք հանգամանքները ձգել էին Հայաստանի այդ երկու հույսերին՝ մեկին դեպի արևելք, մյուսին դեպի արևմուտք: Թագավորը աքսորված էր Խուժաստանի Անուշ բերդում, իսկ թագաժառանգը պահված էր Բյուզանդիայի հռովմեական արքունիքում...

— Նստի՛ր, Մուշեղ, — դարձավ նա դեպի սպարապետը, — ես երկար պետք է խոսեմ քեզ հետ:

Սպարապետը նստեց: Տիկինը կրկին վեր առեց նամակը: Այդ նամակը ստացել էր նա յուր հորից՝ Սյունյաց Անդովկ իշխանից, որ այդ ժամանակ յուր Բաբիկ որդու հետ գտնվում էր Բյուզանդիայում: Նամակի մեջ իշխանը խոսում էր ավելի յուր մասին, քան թե հայոց գործերի մասին: Գրում էր, թե որպես նորընտիր Թեոդոս կայսրը հարգում է իրան, կամ որպես կայսրը շնորհեց իրան «պատրկաց պատրիկի» բարձր աստիճանը, նկարագրում էր յուր որդի Բաբիկի քաջագործությունները կրկեսների մրցությունների մեջ, մեծ ուրախությամբ ավելացնելով, որ թե՛ կայսրը և թե՛

յուր ավազանին բոլորովին հիացած են նրա ճարպկություններով: Նախագուշակում էր որդու համար փայլուն հառաջադիմություններ հռովմայեցոց ծառայության մեջ և այլն:

— Ինչպես երևում է, հայրս այդ նամակը շատ շտապով է գրել, — նկատեց տիկինը: — Ոչինչ չէ գրում Ներսեսի մասին, արդյոք վերադարձե՞լ է նա աքսորից, թե տակավին աքսորանքի մեջ է գտնվում:

Տիկնոջ տարակուսանքը հայոց քահանայապետ Ներսես Մեծի մասին էր:

— Ես կարծում եմ, որ նորընտիր կայսրը նրան չի թողնի աքսորանքի մեջ, — ասաց սպարապետը: — Թեոդոսը հայտնի է որպես մի բարեպաշտ մարդ: Նա անպատճառ Վաղեսի աքսորած բոլոր հոգևորականներին կազատե իրանց դատապարտությունից: Հարկավ, նրանց հետ և Ներսեսը ազատված կլինի:

— Ես էլ նույն կարծիքին եմ, — ասաց տիկինը խորին համոզմունքով, — մանավանդ, որ Թեոդոսը առաջուց ճանաչում է Ներսեսին և սաստիկ հարգում է նրան: Բոլոր պարագաները նպաստավոր են, Մուշեղ: Հայրս այնտեղ է և մեծ փառք է վայելում կայսրի մոտ. եղբայրս այնտեղ է և մեծ հռչակ է ստացել: Այնտեղ է և Ներսեսը, որ վայելում է կայսրի առանձին համակրությունը: Դու պետք է գնաս Բյուզանդիա, Մուշեղ, դու պետք է տանես իմ խնդակցության նամակը կայսրին, նրա գահակալության համար: Եվ այնտեղ, իմ հոր և Ներսեսի հետ, պետք է միջնորդես, որ իմ որդուն ուղարկե՝ հայոց թափուր մնացած գահը ժառանգելու:

— Ես կգնամ, տիկին, և մեծ հույս ունեմ, որ ինձ կհաջողվի ի կատար ածել քո սրտագին բաղձանքները: Բայց ինձ անհանգստացնում է այն միտքը, թե ի՞նչ կլինի իմ բացակայության ժամանակ,..

Սպարապետի հարցմունքը զգալի կերպով վիրավորեց տիկնոջ ինքնասիրությունը, և նա բավական գրգռված ձայնով պատասխանեց.

— Դու կարծում ես, Մուշե՛ղ, որ քո բացակայության ժամանակ ես չպիտի՞ կարողանամ պահպանել Հայոց երկիրը:

— Ես այդ չեմ կարծում, — ասաց սպարապետը սառն կերպով, — ես մեծ հավատ ունեմ քո խելքի և քո քաջասրտության վրա, տիկին: Բայց մի քանի նոր հանգամանքներ, որոնք, երևի, քեզ հայտնի չեն, պետք է սաստիկ դժվարացնեն մեր աշխարհի գործերը: Որմիզդուխտի մեր ձեռքը զերի ընկնելուց հետո, Մերուժանի կատաղությունը անցել է ամեն չափից: Ես հաստատ տեղեկություններ ունեմ, որ նա, չբավականանալով յուր հրամանի ներքո գտնված պարսկական նշանավոր ուժերով, աշխատել է յուր կողմը ձգել Աղվանից Ուռնայր արքային և Լեկաց Շերգիլ արքային: Պարսից զորքերը յուր ձեռքում ունենալուց հետո, երբ նա կմիանա այդ երկու կիսավայրենի թագավորների հետ, կարող է այնուհետև շատ վնասներ հասցնել մեր աշխարհին: Հեռավոր թշնամին, որպիսին է պարսիկը, այնքան վտանգավոր չէ կարող լինել, որքան դրացին: Իսկ աղվանները և լեկերը մեր ամենամերձավոր դրացիներն են: Եթե ուրիշ ոչինչ գրավիչ պատճառներ ևս չունենան նրանք, ավարառության և հափշտակասիրության փափագը բավական է, որ հրապուրե այդ գազանաբարո լեռնականներին՝ հեղեղելու մեր երկրի սահմանները:

Տիկնոջ գեղեցիկ աչքերը դարձյալ վառվեցան բարկության բոցով: Նա պատասխանեց սպառնալի ձայնով.

— Եթե Մերուժանը կհամարձակվի մի այդպիսի անիրավ քայլ անել, ես իսկույն Որմիզդուխտին կախ կտամ Արտագերսի պարիսպներից:

— Դրանով, տիկին, դու ավելի կկատաղեցնես նրան: Որմիզդուխտին, ընդհակառակն, պետք է կենդանի պահել, Մերուժանին միշտ այն երկյուղի մեջ պահելու համար, որ եթե նա չչափավորե յուր վայրագությունը, անպատճառ յուր սիրած օրիորդի կյանքը վտանգի կենթարկե:

Տիկինը ոչինչ չպատասխանեց: Նա սաստիկ զայրանում էր, երբ նրա հետ վիճաբանում էին: Իսկ այժմ, թաքցնելով յուր վրդովմունքը, մի քանի րոպե լուռ նայում էր արծաթյա ճրագի վրա, կարծես, նրա մռայլ լուսավորության մեջն էր որոնում յուր մռայլված և խառնաշփոթ մտածությունների պարզվիլը:

Նա մտածեց փոքր-ինչ զզալ տալ սպարապետին, որ նա շրջապատող հանգամանքների բոլոր կողմերը ճշտիվ կշռել չգիտե, և թե կատարվում են խիստ նշանավոր անցքեր, որոնց մասին տեղեկություն չունի, թեև, իբրև պետական ամենաբարձր անձնավորություն, պետք է նա ամենից առաջ գիտենար:

— Ես Մերուժանի կովկասյան լեռնաբնակների և Աղվանից ավազակների հետ միանալուց մեզ համար, գոնե այժմ, մի առանձին վտանգ չեմ տեսնում, Մուշեղ, — ասաց նա գլուխը վեր բարձրացնելով և ուղիղ սպարապետի վրա նայելով: — Ես ունեմ այլ տեղեկություններ, որ քեզ, երևի, հայտնի չեն: Պարսկաստանում գործերը վատ են: Ինձ հաղորդել են Տիզբոնից, որ Շապուհի այնպես շուտափույթ կերպով մեր երկրից հեռանալու պատճառը քուշանների արշավանքն է, որ այժմ կրկին սկսել են ասպատակել պարսից հյուսիս-արևելյան գավառները: Քուշաններին շուտով խաղաղացնելը՝ հեշտ բան չէ, նրանք բավական ժամանակ կզբաղեցնեն Շապուհին: Իսկ մենք այդ ժամանակից կարող ենք օգուտ քաղել: Ուրեմն ա՛յն, որ ասում ես դու, թե Մերուժանը յուր կողմն է ձգել Լեկաց և Աղվանից թագավորներին, ես չեմ կարծում, որ նրանք ժամանակ գտնեն մեզ հետ գործ սկսելու: Որովհետև, եթե Շապուհը գնալու է քուշանների դեմ, անպատճառ կկանչե Լեկաց և Աղվանից թագավորներին՝ մասնակցելու յուր արշավանքին: Այդ նրա սովորությունն է, և. ամեն անգամ այդպես է եղել, երբ նա քուշանների հետ պատերազմ է ունեցել:

Տիկնոջ քաղաքագիտական հմտությունները և, պարագաների համեմատ, նրա դատողությունները ընթացիկ գործերի մասին, որքան և ուրախացնում էին Մամիկոնյան իշխանին, այնուամենայնիվ, լսելով նրա ակնարկությունը յուր անուշադրության վերաբերությամբ, իբր թե յուր սպարապետը չգիտե, թե ինչ է կատարվում Պարսկաստանում, — այդ կծու ակնարկությունը դուրս կոչեց սպարապետի սառն դեմքի վրա մի աննկատելի ժպիտ, որը ամենայն զգուշությամբ ծածկեց նա:

— Ո՞վ է հաղորդել քեզ, տիկին, այդ տեղեկությունները Տիզբոնից, — հարցրեց նա մի առանձին հետաքրքրությամբ:

— Դրաստամատը, մեր հավատարիմ ներքինին, դու, կարծեմ , ճանաչում ես նրան: Նա ինձ նամակ էր գրել:

— Ե՞րբ ստացար այդ նամակը:

— Երեք օր կլինի:

— Այդ տեղեկությունները ինձ հայտնի են տիկին: Ես քեզանից ավելի վաղ ստացել եմ շատ մանրամասն տեղեկություններ Պարսկաստանի վերջին անցքերի մասին: Իզուր ես մտածում, թե ես չգիտեմ՝ ի՛նչ է կատարվում մեր շուրջը: Կարդա՛ այդ նամակը: — Նա հանեց յուր ծոցից մի ստվար ծրար, տվեց թագուհուն, և նա սկսեց անհամբերությամբ կարդալ:

Նամակը գրել էր Մանվել Մամիկոնյանը՝ սպարապետի հարազատ եղբայրը, որ Պարսկաստանում գտնված հայկական հեծելազորքի զորավարն էր: Գրում էր Մուշեղին, թե Շապուհի անձամբ արշավելը Հայաստան իրան ևս սաստիկ հոգսերի մեջ էր դրել. օր ու գիշեր մտածում էր, մի հնար գտնել՝ այդ գազանին հեռացնելու Հայոց երկրից: Վերջապես, երկար աշխատություններից հետո, կարողացավ հավատարիմ անձանց միջոցով՝ քուշանների արքային գրգռել պարսից դեմ, հասկացնելով նրան, թե բարեպատեհ ժամանակ է Պարսկաստանի վրա հարձակվելու, որովհետև Շապուհը յուր բոլոր զորքերով գնացել էր Հայաստան, և երկիրը մնացել է անպաշտպան: Այսպիսով հասավ յուր նպատակին: Քուշանները սկսեցին ասպատակել պարսից հյուսիս-արևելյան սահմանները: Այդ լսելով Շապուհը թողեց Հայոց երկիրը և շտապեց դեպի պարսից վաղեմի թշնամին: Այժմ նա գունդեր է կազմում, զորք է հավաքում, որ գնա քուշանների դեմ: Եվ ինքը, Մանվելը, յուր հայկական հեծելազորքով պիտի մասնակցե Շապուհի արշավանքին: Յուր ներկայությունը պարսից բանակի մեջ՝ միջոց կտա իրան պարբերաբար հաղորդել թշնամուն պարսից բոլոր թույլ կողմերը, և հետևապես, գործը այնպես տանել, որ պարսիկները ամեն ճակատամարտում հաղթված լինեն: Հույս ունի, որ Շապուհի բոլոր զորքերը ջարդել կտա Խորասանի անապատներում և, գուցե, իրան Շապուհին ևս նրանց հետ ի կորուստ կմատնե... Նամակի վերջում ավելացնում էր, թե ինքը ամեն հնար գործ կդնե որքան կարելի է, երկարաձգել պատերազմը, որպեսզի Շապուհը այդ կռիվներում զբաղված լինի, իսկ Հայաստանում ժամանակ գտնեն իրանց գործերը կարգի դնելու: Հետո շնորհակալություն էր հայտնում յուր եղբորը, Մուշեղին, գրելով. «Հայոց տառապանքները որքան քեզ, նույնքան և ինձ համար ցավալի էին, սիրելի եղբայր: Գովում եմ քո սրամտությունը, միևնույն ժամանակ, և քո հեռատեսությունը, որ այդ խորհուրդը տվեցիր ինձ: Ուրիշ ավելի նպատակահարմար միջոց չէր կարելի գտնել՝ Շապուհի ներգործությունը, գոնե առժամանակ, հեռացնելու մեր աշխարհից, քան թե՛ այդ, որ բոլորովին պիտի կլանե թե՛ նրա ժամանակը և թե նրա ուժերը: Շնորհակալ եմ, Մուշեղ, այդ միտքը քեզ է պատկանում... »:

— Ուրեմն դո՞ւ ես տվել Մանվելին այդ միտքը, — հարցրեց տիկինը նամակը կարդալուց հետո:

— Այո՛, ես եմ տվել, — պատասխանեց սպարապետը ցած ձայնով:

— Ե՞րբ:

— Հենց այն ժամանակ, երբ Շապուհը յուր զորքերի բազմությամբ ոտք դրեց մեր հողի վրա:

— Ինչո՞ւ մինչև այսօր չես հայտնել ինձ:

— Դու գիտես, տիկին, որ ես սովորություն չունեմ՝ դեռ չկատարած գործերիս մասին կանխապես խոսել: Ես սպասում էի տեսնել, թե ի՛նչ արդյունք կունենա իմ հղացած խորհուրդը:

— Արդյունքը անհամեմատ գեղեցի՛կ է, Մուշեղ, — պատասխանեց տիկինը, և նրա թախծալի դեմքը փայլեց անսահման ուրախությամբ: — Մի ավելի, քան թե այդ՝ նպատակահարմար արդյունք՝ ավելորդ կլիներ պահանջել: Թե՛ քո, Մուշեղ և թե՛ քո քաջ եղբոր՝ Մանվելի ջանքերը ամենայն գովության արժանի են:

Սպարապետը համեստությամբ գլուխը խոնարհեցրեց, չէր նայում ոգևորված տիկնոջ վրա, որ այդ րոպեում հրճվում էր խորին, սրտապարար երջանկության մեջ: Դժբա՛խտ եղավ նա որպես ամուսին, դժբա՛խտ եղավ նա որպես մայր: Դեռ պատանեկության հասակում սիրելի որդուն բաժանեցին նրանից և, իբրև պատանդ, տարան բյուզանդական արքունիքը: Իսկ այժմ բախտավոր էր համարում իրան որպես թագուհի, որպես մի տառապյալ երկրի տեր և իշխան, որի մոտալուտ փրկությունը ուրախացնում էր նրան:

— Ես այժմ կատարյալ մխիթարված եմ համարում ինձ, սիրելի Մուշեղ, — դարձավ նա դեպի սպարապետը զգացված ձայնով, — ես այժմ բոլորովին հավատում եմ, որ Հայոց աշխարհը անտեր չէ: Բախտավո՛ր է այն աշխարհը, երբ ձեզ նման զավակներ ունի: Քո այդ հաղթությունը, սիրելի Մուշեղ, ես ավելի գերազանց եմ համարում այն փայլուն հաղթությունից, որ դու մի քանի շաբաթ առաջ կատարեցիր Թավրիզի պարիսպների մոտ: Նա սրի և բազկի հաղթություն էր, իսկ դա խելքի և ռազմական հնարագիտության հաղթություն է: Դու առանց զենքի՝ հեռացրիր վայրագ թշնամուն մեր երկրից, նրա դեմ մի այլ թշնամի դուրս բերելով: Եվ մենք նրա բացակայությունից պետք է օգուտ քաղենք, պետք է շտապենք՝ շուտով կարգի դնել մեր գործերը: Պարագաները զարմանալի կերպով ներդաշնակվում են միմյանց հետ: Եվ ես ամենակարողի աջն եմ տեսնում այդ բոլորի մեջ: Նույն ժամանակ, երբ Պարսկաստանում Շապուհը զբաղվում է քուշանների պատերազմով, Բյուզանդական կայսրության մեջ մեռնում է անիծյալ Վաղեսը, և մենք միաժամանակ ազատվում ենք մեր երկու անիրավ թշնամիներից: Հանգամանքները ավելի ևս նպաստում են մեզ, և Վաղեսի փոխարեն կայսր է դառնում մեր բարեկամ Թեոդոսը, որի հետ մենք կարող ենք ամեն տեսակ համաձայնություն կայացնել: Կրկնում եմ, սիրելի Մուշեղ, պետք է օգուտ քաղել այդ բարեհաջող հանգամանքներից: Ամեն րոպե թանկ է մեզ համար: Դու պետք է գնաս

Բյուզանդիա, և պետք է աշխատես, որքան կարելի է, շուտով գնալ: Սպարապետը, դեռ գլուխը խոնարհեցրած, լուռ մտածության մեջ էր: Տիկինը շարունակեց.

— Դու պետք է գնաս որդուս բերելու: Այժմ իմ նախարարները բոլորովին տարակուսյալ դրության մեջ են: Ոմանք փախտությունից փախան դեպի զանազան կողմեր, ոմանք անցան պարսից կողմը, իսկ մնացողները տատանվում են անհաստատ երկբայությունների մեջ: Հարկավոր է մի միավորիչ գլուխ, որ բոլորին ձուլե ի մի մարմին, — և այդ գլուխը պետք է լինի իմ որդին: Պատրաստվի՛ր, սիրելի Մուշեղ, և շուտով ճանապարհ ընկի՛ր: Կայսրին հասցնելու նամակը ես իմ ձեռքով կգրեմ: Մի նամակ ևս կգրեմ հորս, մի նամակ էլ Ներսեսին: Հույս ունեմ, որ մեր հարգելի քահանայապետը, որ այնքան տառապանքներ կրեց յուր թագավորի և յուր հայրենիքի համար, այժմ վերադարձած լինի աքսորանքից: Ես էգուց բաց կանեմ արքայական գանձարանը և կպատրաստեմ ամենաթանկագին ընծաներ նորընտիր կայսրին տանելու համար: Իսկ քո դեսպանախումբը դու ինքդ կկազմես, և մեր նախարարներից, մեր ավագներից որին ցանկանում ես, կտանես քեզ հետ: Ես տարակույս չունեմ, որ դու Բյուզանդիայում փառավոր ընդունելություն կգտնես: Թեոդոսը թե՛ քեզ և թե՛ քո արժանահիշատակ հորը անձամբ ճանաչում է: Նա շատ անգամ լսել է ձեր քաջությունները պարսից դեմ և շատ անգամ ուրախացել է ձեզանով:

— Ես պատրաստ եմ, տիկին, — պատասխանեց սպարապետը խորին հոժարությամբ, — և մեծ հույս ունեմ, որ տերը կօգնե ինձ կատարելու քո սրտագին բաղձանքները, որ մեր ամենիս բաղձանքներն են: Բայց չեմ թաքցնում հայտնել քեզ, տիկին, որ ես տակավին մի որոշ եզրակացության չեմ հասել, արդյոք այդ բոլոր փոփոխություններից հետո, թե՛ Պարսկաստանում և թե՛ Բյուզանդական կայսրության մեջ, ի՞նչ դիրք պետք է բռնե Մերուժանը,,.

— Ես կարծում եմ, այսուհետև Մերուժանի մասին չարժե մտածել անգամ, որովհետև, Որմիզդախտի մեր ձեռքը գերի ընկնելուց հետո, նա բոլորովին հուսահատված է, և մանավանդ զսպված է երևում: Քանի օր առաջ ներկայացան ինձ նրա պատգամավորները, խնդրում էին, որ եթե Որմիզդուխտին հանձնելու լինենք Մերուժանին, նա պատրաստ է բոլորովին զինաթափ լինել և, գալով իմ ոտքը, զղջալ իր չարագործությունները: Միևնույն ժամանակ սպառնում էր նա, եթե Որմիզդուխտին հանձնելու չլինենք, նա մեր նախարարների բոլոր տիկիններին և օրիորդներին, որոնք յուր ձեռքումն են, կախ կտա նույն ամրոցների աշտարակներից, ուր պահվում են նրանք՝ պարսիկ բերդակալների հսկողության ներքո: Ես, իհարկե, չհավատացի Մերուժանի ո՛չ ղղջմանը, ո՛չ խոստումներին, և խստությամբ պատասխանեցի նրա պատգամավորներին, ասելով, եթե նրա ձեռքում գտնված գերիների գլխից մի մազ անգամ պակասելու լինի, նա Որմիզդուխտի մարմինը Արտագերսի պարիսպներից կախված կտեսնե: Այդ խոսքերը լսեցին պատգամավորները և գնացին: Այնուհետև Մերուժանը լուռ կացավ և ոչինչ չգործեց:

— Բայց նրա լռությունը ավելի վտանգավոր է, քան թե նրա գործողությունը…

— Այդ կթողնենք աստուծո տնօրինությանը, սիրելի Մուշեղ, մեզ հարկավոր է այժմ քո ճանապարհորդության մասին մտածել, որ մեր բոլոր հոգսերից ամենակարևորն է:

Կատարված իրողությունները, իրավ է, խիստ բարեպատեհ էին: Բյուզանդական գահը ժառանգել էր հայոց բարեկամ մի կայսր, որի հետ կարելի էր ամեն տեսակ նպատակահարմար դաշնակցություններ կապել: Իսկ պարսից թագավորը խառնված էր նոր պատերազմներով, որ կարող էին երկար ժամանակ նրա ուշադրությունը հեռացնել Հայաստանից: Բայց Հայաստանում տակավին բույն էր գրել ընտանի օձը — Մերուժանը — որի գլուխը պետք էր ջախջախել, որպեսզի երկիրը կատարյալ խաղաղություն ստանար: Այդ միտքն էր, որ անհանգստացնում էր Մուշեղին:

Թավրիզի հաղթությունից հետո, նա դիտավորություն ուներ հարձակվել Մերուժանի վրա, և մինչդեռ այդ արշավանքի ծրագրի մասին էր խորհում, հանկարծ թագուհին առարկում էր նրան` գնալ Բյուզանդիա: Նրան խիստ ծանր էր, ներքին թշնամին տան մեջ թողնելով, հեռանալ տնից:

Մերուժանը հեշտ կերպով ընկճվող մարդիկներից չէր: Թե նրա քաջության և թե՛ հաստատամտության մասին մեծ համարում ուներ սպարապետը: Այդ էր պատճառը, որ յուր բացակայության ժամանակ նրա առջև դնելու համար մի հավասարակշռող մարդ չէր գտնում սպարապետը: Նա ուներ, արդարև, հայոց իշխաններից շատ քաջ և անձնանվեր պատերազմողներ, բայց նրան պակաս էին այնպիսիները, որ Արծրունյաց հնարագետ իշխանի ռազմական ճարպկություններն ունենային:

Սամվելին դեռ շատ անփորձ էր համարում նա: Այդ ոգելից երիտասարդին սիրում էր նա որպես մի ազնիվ, փափկասիրտ հերոս, որի մեջ արիական ջերմության հետ միացած էր քնքուշ զգացմունքների կրակը: Նա կարող էր լավ զորապետ լինել, բայց չէր կարող լավ զորավար լինել: Ուրիշ ոչ ոքի վրա վստահություն չուներ նա: Ուրեմն ո՞վ պետք է պահպաներ երկիրը, ո՞վ պետք է մաքառեր ներքին թշնամու հետ:

Այդ հոգսերը, նրա բացակայության միջոցում, յուր վրա էր առնում հայոց թագուհին: Բայց միթե կարելի՞ էր հավատալ այդ, կրքերով լի կնոջը, որի մեջ ամեն հատկություններ անզուսպ ծայրահեղության էին հասնում: Նրա մեծամտությունը և վերին աստիճանի ինքնավստահությունը կարող էին շատ բան փչացնել:

Նա ընդդեմ չէր Բյուզանդիա գնալու խորհրդին, բայց ցանկանում էր, որ յուր երթը կատարվի երկիրը թշնամուց բոլորովին մաքրելուց հետո, որպեսզի, հայոց թագաժառանգը գալուց հետո` նոր խռովությունների չհանդիպի: Եվ նրա կարծիքով` քանի դեռ Մերուժանը կենդանի էր, այդ խռովությունները չէին պակսի, որովհետև պարսից արքայից — արքան նրան էր խոստացել հայոց գահը:

Դեռ այդ տխուր տարակուսանքների մեջ էր սպարապետը, երբ նա, թեև ակամա, հանձն առեց թագուհու առաջարկությունը և վերկացավ:

Թագուհին խորին գոհունակությամբ մեկնեց նրան յուր աջը, որը երկու ձեռքով բռնեց նա, նախ սեղմեց յուր շրթունքներին, և ապա տարավ դեպի ճակատը: Դա մի մեծ շնորհ էր տիկնոջ կողմից դեպի յուր հավատարիմ և անձնանվեր սպարպետը:

— Դու առավոտյան դարձյալ կգա՞ս ինձ մոտ, — հարցրեց նա մի առանձին սիրելությամբ:

— Կգամ, տիկին, — պատասխանեց սպարապետը: — Մենք բոլորովին չվերջացրինք մեր խոսակցությունը:

— Մնում է միայն խոսել այն բանի վրա, թե ի՞նչ կարգադրություններ պետք է լինեն քո գնալուց հետո: Այդ կխոսենք առավոտյան:

Սպարապետը գլուխ տվեց և դուրս եկավ սենյակից: Պալատական սպասավորները առաջնորդեցին նրան մինչև ապարանքի դուռը, ուր պահել էին նրա ձին և սպասում էին նրա ծառաները: Նա նստեց , և ծառաները, ետ ու առաջ ընկած, սկսեցին տանել նրան դեպի յուր բնակարանը: Երկու լապտերներ լուսավորում էին նրա ուղին, և լուռ մտախոհության մեջ անցնում էր նա ամրոցի խորդուբորդ փողոցներով, որ ընկղմված էին գիշերային խորին մթության մեջ: Ոչ ոք չէր երևում, բացի անքուն պահակներից, որ երբեմն խումբերով անցնում էին նրա մոտով, և ի պատիվ իրանց նիզակները բարձրացնելով, գնում էին դեպի զանազան կողմեր:

Իբրև սպարապետ, իբրև երկրի ապահովության հոգաբարձու, նվիրված էր նա Հայոց աշխարհին յուր հոգու բոլոր զորությամբ: Բայց, միևնույն ժամանակ, նա ընտանիքի խիստ գթառատ հայր էր: Արտագերս ամրոցումն էին նրա սիրելի զավակները և նրա սիրելի կինը: Ո՞ւմը կարող էր հանձնել նրանց մի այնպիսի խռովալի ժամանակում, երբ Արտագերսը դրած էր մի սոսկալի հրաբուխի վրա, որ ամեն րոպե կայրող էր բորբոքվել: Այդ բերդին էին ապավինած և հարյուրավոր իշխանազն ընտանիքներ: Այդ բերդին էր ապավինած և ինքը հայոց թագուհին: Ապագան նրան խիստ մթին գույներով էր երևում, և նրա զգայուն սիրտը ալեկոծվում էր նույնպես մթին տարակուսանքներով: Այդ մտատանջությունների մեջ հասավ նա յուր բնակարանը, ցած իջավ ձիուց և ներս մտավ: Նրան հանդիպեց դեռ չքնած կինը, որ անհամբերությամբ սպասում էր ամուսնին:

— Ինչո՞ւ այդքան ուշացար, — հարցրեց նա, ուրախությամբ ընդառաջ վազելով:

— Դու գիտես, սիրելիս, երբ մարդ Փառանձեմի ձեռքն է ընկնում, հեշտությամբ չի կարող ազատվել, — պատասխանեց սպարապետը գրկելով նրան:

Տիկինը ժպտաց:

Երկու օրից հետո, սպարապետը փառավոր պատրաստություններով և ստվար ազատագունդ համհարզներով ճանապարհ ընկավ դեպի Բյուզանդիա:

Նա ընդունեց թագուհու առաջարկությունը և գնաց: Բայց թագուհին տուժեց...

ԾԲ

ՀԱՅՐ ՄԱՐԴՊԵՏԸ

«Եւ եղեւ յետ չորեքտասաներորդ ամսեանն հարուածոց որ յԱստուծոյ հասին ի վերայ զաղթականին բեղնորդացն, զի մահ անկաւ ի վերայ նոցա՝ որք ի բերդին էին, զի ի Տեառնէ հասին պատուհասք: …Յանկարծակի ի միում ժամու հարիւր այր, եւ ի միւսում երկերիւր, եղ էր՝ զի հինգ հարիւր այր մեռան… Յորժամ սկսան , զամիս մի ոչ յերկարեաց զի սատակեցան առ հասարակ՝ զի էին արք իբրև մետասան հազար, եւ կանայք իբրեւ վեց հազար…

«Բաց մնաց ի բերդին Փառանձեմ տիկին, երկու նաժշտօք: Ապա եկն եմուտ զաղտո ի ներս ի բերդն Հայր Մարդպետ ներքինին, եւ թշնամանեաց զտի կինն մեծապէս… Եղ զաղտուկ, եւ փախեաւ: … Եւ եկին (զօրականք Պարսից) կալան զտիկինն, եւ իջուցին ի բերդէն: Ելանէին ի բերդն ի վեր… զերէին զգանձս թագաւորին Հայոց, որ կային ի բերդին,,, Զինն տիլ եւ զինն գիշեր համակ իջուցին զոր զտին յԱրտագերս բերդին, հանդերձ տիկնաւն խաղացուցին (ի Պարսս) »:

Փաւստոս:

Մուշեղ Մամիկոնյանի Բյուզանդիա գնալուց հետո, թագուհին կարգադրեց, որ յուր մոտ գտնված իշխաններից նրանք, որ գավառատերներ և բերդատերներ էին, գնային իրանց երկիրը պահպանելու, իսկ յուր մոտ թողեց միայն արքունական ազատազունդ զորքերին և յուր ոստանիկներին: Մեկնեցան բերդից Սահակ Պարթևը Մեսրոպ տարոնեցու հետ, մեկնեցավ և Ռշտունյաց օրիորդը՝ Աշխենը, յուր հետ տանելով յուր քաջ լեռնականներին: Իսկ սպարապետը յուր ընտանիքը տեղափոխեց Մամիկոնյանների սեփական բերդը Երախանի, որ գտնվում էր Տայոց երկրի անտառապատ լեռների մեջ:

Սպարապետի նախագուշակությունները կատարվեցան: Շատ չանցավ, Մերուժան Արծրունին պարսկական զորքերով եկավ և պաշարեց Արտագերսը: Թագուհին այն աստիճան արհամարհանքով էր նայում այդ պաշարման վրա, որ ամեն անգամ, երբ Մերուժանի պատգամավորները ներկայանում էին նրան, առաջարկելով, թե Մերուժանը ամենայն հոժարությամբ պատրաստ կլինի թողնել պաշարումը և հեռանալ, եթե Որմիզդուխտին նրան կհանձնեն, — բայց պատգամավորները միշտ տանում էին թագուհու խիստ պատասխանները: Կատաղած Մերուժանը ավելի ևս սաստկացնում էր պաշարումը, կտրելով բերդի հաղորդակցությունը ամեն կողմից, և աշխատելով, եթե զենքի ուժով անհնար կլինի գրավել, գոնե սովով ստիպե նրանց անձնատուր լինելու:

Բայց բերդը համառությամբ կանգնած էր յուր անսասան ապառաժների վրա, և առ ոչինչ էր համարում թշնամու սպառնալիքները:

Երբ Մերուժանը օրըստօրե ամրացնում էր պաշարումը, միևնույն ժամանակ Վահան Մամիկոնյանը յուր հրամանի ներքո եղած պարսկական մյուս զորքերով փակել էր բոլոր ճանապարհները, որպեսզի թույլ չտա, որ Հայոց նախարարները պաշարյալնե-րին օգնության հասնեն և Մերուժանի զորքերը ցրվեն բերդի շրջակայքից:

Բայց թագուհին դրսից օգնություն անգամ չէր սպասում: Նա սպասում էր միայն յուր որդուն՝ Պապին: Մի ամիս ևս, երկու ամիս ևս և գուցե շատ ամիսներ նա կարող էր ընդդիմանալ, մինչև կհայտնվեր բղձալի որդին և յուր հետ կբերեր հռովմեական լեգեոնները,..

Բայց Բյուզանդիայում գործերը դեռ հապաղման մեջ էին: Հայոց պատգամավորները, ժամանելով այնտեղ, նորընտիր կայսրին յուր մայրաքաղաքում չգտան: Նա զբաղված էր գոթաց պատերազմներով: Այդ պատերազմները, իբրև մի աղետալի ժառանգություն, մնացել էին նրա նախորդից՝ Վաղեսից:

Վաղեսի վերջին օրերում, գազանաբարո գոթերը, ահագին բազմությամբ դուրս գալով իրանց մթին լեռներից, հեղեղեցին կայսրության ընդարձակ գավառները և հասան մինչև Բյուզանդիայի պարիսպները: Վաղեսը կռվեց քաջությամբ և ընկավ քաջությամբ: Պատերազմի դաշտից նրան վիրավորված տարան մի գյուղական խրճիթ: Թշնամին այրեց խրճիթը, նրա մեջ այրվեցավ և դժբախտ կայսրը:

Երբ նրա մահից հետո, Սիրմիոնում Թեոդոսը ընդունեց Գրատիանոսի ձեռքից կայսերական ծիրանին, — նորընտիր կայսրին– վիճակվեցավ մի շատ դժվար գործ՝ նախ մաքրել երկիրը կիսավայրենի գոթերից և ապա գնալ Բյուզանդիա՝ ժառանգելու իրան հասած գահը: Ամբողջ ինն ամիս տևեց, մինչև կարողացավ նա խաղաղացնել գոթերին, և ամբողջ ինն ամիս հայոց պատգամավորները սպասում էին, մինչև վերադարձավ նա յուր մայրաքաղաքը:

Թեև Մուշեղ Մամիկոնյանը և յուր հետ եղած ավագանին խիստ փառավոր ընդունելության արժանացան Թեոդոսից, բայց դարձյալ նրանց խնդիրքը երկար մնաց անկատար, որովհետև նորընտիր կայսրը ա՛յն աստիճան խառնված էր յուր ներքին գործերով, որ ամենևին ժամանակ չուներ արտաքին քաղաքականությամբ զբաղվելու, մանավանդ Հայոց գործով, որ պիտի հարուցաներ նրա դեմ, անտարակույս, մի նոր պատերազմ, այն ևս պարսկական ծանր պատերազմ: Այդ էր պատճառը, որ նա միշտ հետաձգում էր Հայոց պատգամավորների գործը:

Նրա նախորդը, հալածասեր Վաղեսը, ուրիշ շատ հոգսերի հետ թողել էր նրան և կրոնական մեծ խնդիրը, որ այդ ժամանակ հռովմեական ամբողջ կայսրությունը ալեկոծման մեջ էր պահել: Թեոդոսը պետք է վերադարձներ Վաղեսի աքսորած բարձրաստիճան հոգևորականներին, և պետք է կռվեր բազմաթիվ աղանդների դեմ, որոնք Վաղեսի պաշտպանությամբ սաստիկ աճել և զորացել էին: Մայրաքաղաքում անդադար ժողովներ էին կազմվում, որոնց երբեմն ինքը կայսրը անձամբ ներկա էր գտնվում:

Երբ այստեղ զբաղված էին կրոնական ապարդյուն վիճաբանություններով, այնտեղ, Հայաստանում, Մերուժան Արծրունին ավելի և ավելի սաստկացնում էր Արտագերսի պաշարումը: Իսկ Հայոց թագուհին մեծ անհամբերությամբ սպասում էր յուր որդուն և կայսրի լեգեոններին…

Կայսրի խոստումնքների համեմատ, Բյուզանդիայից ստեպ սուրհանդակներ էին ուղարկվում, որոնք գալիս էին և, բերդի գաղտնի անցքերով մտնելով, ներկայանում էին թագուհուն, և միշտ միևնույն լուրերն էին բերում, թե, «մի փոքր ևս սպասիր, մի փոքր ևս դիմացիր, և ահա՛ կգա քո որդին, յուր հետ բերելով հռովմեական զորությունները…»:

Եվ թագուհին ամենայն անձկությամբ սպասում էր… և ամենայն եռանդով ընդդիմանում էր... Սպասում էր և նրա հետ գտնված բազմությունը,,,

Ամբողջ տասներեք ամիս սպասեց նա, ամբողջ տասներեք ամիս քաջությամբ ընդդիմացավ նա: Ո՜չ Մերուժանի վայրագությունը և ո՜չ պարսկական զորքերի կատաղությունը չկարողացան ազդել Արտագերսի անմատչելի ամրությունների վրա: Բայց ազդեց երկնքի պատուհասը…

Տասնչորսերորդ ամսում հայտնվեցավ մի նոր և ավելի կատաղի թշնամի, որի հետ այլևս հնար չկար մարտնչելու: Դա էր սոսկալի ժանտախտը: Անողորմ կերպով սկսեց կոտորել պաշարյալներին: Ամեն օր մի քանի հարյուր հոգի մեռնում էին: Մի անգամ թագուհու սեղանի մոտ, ճաշելու միջոցին, մեռան հինգ հարյուր հոգի: Մահվան տագնապը խանգարեց ամրոցի ընդհանուր կարգը: Ամեն ոք յուր կյանքի մասին էր մտածում: Թեև այդ անագորույն ախտի հենց հայտնվելու սկզբում՝ թագուհին հայտնեց բոլորին, թե ով ցանկանում է, կարող է թողնել և հեռանալ, բայց ոչ ոք չկամեցավ բաժանվել նրանից: Ամենքը ուխտել էին մնալ նրա մոտ, և մեռնել նրա ոտքերի մոտ: Բերդի խորքերում փախուստի համար շատ գաղտնի ճանապարհներ կային, բայց ոչ ոք օգուտ չքաղեց այդ ճանապարհներից: Իրանց սիրելի թագուհուն հավատարիմ մնացած բազմության մեջ՝ անձնազոհության իղձը ավելի սաստիկ էր, քան թե ճարակող մահվան կատաղությունը: Ժամանակ չէին գտնում դիակները թաղելու: Կենդանի մարդիկ թաղման միջոցում՝ իրանք ևս ընկնում էին դիակների մոտ: Ամեն ոք կանխապես փորում էր յուր գերեզմանը: Ամեն ոք գիտեր, որ վաղը, և գուցե մի քանի րոպեից հետո, կարող է այլևս չլինել,,.

Բայց բերդի դրսում դեռ չգիտեին, թե ներսում ի՜նչ է կատարվում: Պաշարյալները և՜ մեռնում էին, և՜ պատրաստվում էին մեռնելու համար, և՜, միևնույն ժամանակ, կռվում էին արտաքին թշնամու հետ:

Ժանտախտի հետ համարյա զուգընթաց կերպով սկսվեցավ և սովը: Սովը գերազանցեց ժանտախտին: Սովը մոռանալ տվեց ժանտախտի ահռելիությունը: Հեշտ էր մեռնել, բայց շատ դժվար էր կենդանի մարդուն քաղցի կատաղության հետ մաքառել:

Բերդի պաշարման տասներեք ամիսների ընթացքում՝ նրա մեջ խմբված ահագին բազմությունը սպառեց բոլոր ամբարները: Տասնչորսերորդ ամսում այլևս ոչինչ չէին գտնում ուտելու: Բերդում ո՜չ շուն մնաց, ո՜չ կատու և ո՜չ մի այլ չորքոտանի, — բոլորը կերան: Ազատանի կանայք երկանաքարը առջևում դրած, ոսկորներ էին աղում և բաժանում էին սովյալներին, որոնք փոխնդի նման ուտում էին: Ինքը թագուհին՝ կոշիկների և տրեխների կաշիներից՝ յուր ձեռքով ապուր էր եփում, և բաժանում էր սովյալներին: Դրանք ևս սպառվեցան: Սպառվեցան նաև բերդի ապառաժների վրա բուսած մացառները, որ ավելի փութացնում էին մահացությունը, քան թե կշտացնում էին: Օրհասական տագնապը այն աստիճան կատաղության հասավ, որ սովի խելագարության մեջ՝ ոմանք կերան իրանց զավակներին...

Այդ բոլոր սոսկալի արհավիրքների ժամանակ, երբ մարդկային ամեն հոգեկան և մտավոր զորությունները փշրվում են, խորտակվում են վերահաս փորձանքների հարվածների ներքո — երբ մարդը փոքրանում է, ոչնչանում է վտանգի սհավորության առջև, — անսասան մնաց միայն թագուհին: Մինչև յուր վերջին զինվորը կորցնելը՝ նա պահպանեց յուր հոգու բարձր զորությունը և յուր ամրոցի դռները բաց չարեց թշնամու առջև:

Նա մտավ այդ ամրոցը տասնևմեկ հազար սպառազինված տղամարդիկներով և հինգ հազար իշխանազն տիկիններով: Ամենքը մեռան, ամենքը զոհ եղան հայրենիքի պաշտպանության սիրույն: Կենդանի մնաց միայն թագուհին յուր երկու մանկահասակ նաժիշտների հետ: Կենդանի մնաց և Որմիզդուխտ օրիորդը: Տասներեք ամիս անցուցին նրանք անվտանգ: Տասնչորսերորդ ամսում միայն՝ միաժամանակ սկսվեցան սովը և ժանտախտը: Եվ այդ մի ամսում ոչնչացրին ամեն կենդանություն, — այդ մի ամսում տարան տասնյոթ հազար զոհեր...

Տասնչորսերորդ ամսի վերջին օրն էր վերջին աղետալի օրը:

Երեկոյան արեգակի դողդոջուն ճառագայթները մի քանի րոպե ևս փայլ-փայլեցին ամրոցի բարձր աշտարակների կապտագույն ապենկարների վրա, և ապա, մարող կյանքի վերջին նշույլների նման, իսկույն հանգան: Մթությունը սկսեց հետզհետե նսեմացնել ամրոցի պայծառ լուսավորությունը: Տիրում էր ընդհանուր լռություն, ընդհանուր դատարկության հետ: Տեղ-տեղ երևում էին միայն անթաղ դիակներ, որ մնացել էին որպես կերակուր գիշակեր թռչուններին: Սև անգղների անհագ երամը, սև ոգիների նման, պտտվում էր այդ այլանդակված դիակների շուրջը, և երբեմն յուր անախորժ կռնչյունով աղմկում էր օդի մեռելային հանգստությունը:

Այդ միջոցին երկու մանկահասակ օրիորդներ, երկու գեղեցիկ Արտեմիսների նման, շրջում էին ամրոցի ահռելի դատարկության մեջ: Երկուսի ուսին ևս ձգած էր միմի արծաթյա կապարճ լի նետերով, երկուսն էլ ձեռքում կրում էին մի-մի թեթև աղեղ: Որսորդության այդ սիրուն դիցուհիները հագել էին՝ սասունցի որսորդ կանանց նման՝ որսորդական կարճ զգեստներ: Գլխների երկայն գիսակները պսակաձև կապած ճակատի վրա, կուրծքները կիսով չափ բաց, բազուկները հոլանի, և մերկ սրունքների վրա կապել էին նախշուն, փետուրի պես թեթև, մույկեր: Դրանք թագուհու երկու նաժիշտներն էին: Մեկին կոչում էին Շուշանիկ, մյուսին՝ Հասմիկ: Երկուսն էլ շուշանների նման ճերմակ էին, երկուսն էլ հասմիկի նման հոտավետ էին: Նրանք հասան շրջապարսպի աշտարակներից մեկի մոտ: Նայեցին դեպի վերև, հետո լուռ ժպիտով նայեցին միմյանց երեսին:

— Թող այս երեկո ես առաջ փորձեմ իմ բախտը, — ասաց Շուշանիկը հազիվ լսելի ձայնով:

— Ոչ, առաջ ես, — խնդրեց Հասմիկը:

Այսպես վիճելով, մոտենում էին նրանք մի զույգ աղավնիի, որ նստած էին աշտարակի բարձության վրա, և խորին հրճվանքով զուրգուրում էին միմյանց:

Շուշանիկը զգուշությամբ ձեռքը տարավ դեպի կապարճը, հանեց մի նետ, հարմարեցրեց աղեղին և ուղղեց դեպի երջանիկ թռչունները: Լարը ճայթեց, նետը սլացավ... Բայց նետումն անցավ անհաջող... Նրան անմիջապես հետևեց Հասմիկի նետը: Աղավնիներից մեկը, թևերը թափահարելով, գլորվեցավ դեպի ցած: Մյուսը թռավ, և օդի մեջ մի քանի տխուր պտույտներ գործելով յուր սիրելի վարուժանի շուրջը, և ապա անհայտացավ երեկոյան մթության մեջ:

Հասմիկը վեր առեց յուր որսը, սկսեցին առաջ գնալ, և նրանց վառվռուն աչքերը ուշադրությամբ դեգերում էին աշտարակների բարձրության վրա, ուր ամեն երեկո գալիս էին աղավնիները գիշերային հանգիստ գտնելու: Շուշանիկը տխուր էր, որովհետև այդ առաջին անգամն էր, որ նրա նետը շեղվում էր նպատակից: Իսկ Հասմիկի դեմքը, ընդհակառակն, փայլում էր մի առանձին, ինքնաբավական ուրախությամբ:

Այդպես ամեն երեկո՝ այդ երկու մանկահասակ աղջիկները հայտնվում էին ամրոցի շրջապարսպի մոտակայքում և թռչուններ էին որսում: Այդ թռչուններից պատրաստում էին իրենց սիրելի թագուհու թե՛ ճաշը և թե՛ ընթրիքը: Այդ թռչուններով կերակրվում էին և իրանք:

Երեկոյան մթությունը սկսեց հետզհետե թանձրանալ, և գիշերային խավարը, վերջապես, ծածկեց այն սոսկալի տեսարանները, որ այդ օրերում պատկերացնում էր Արտագերսը: Այլևս չէին երևում դիակների կույտերը, որ նայողին սարսափ էին ազդում: Այլևս չէին երևում մարդկանց լուծված, այլանդակված կմախքները, որ անթաղ ընկած էին փողոցների վրա: – Երևում էր միայն մի բարձրահասակ կին, որ վառած ջահը ձեռքին՝ միայնակ շրջում էր այդ դիակների մեջ: Նա նմանում էր այն Արալեզ աստվածուհիներից մեկին, որ մի ժամանակ, կռվից հետո, շրջում էին պատերազմի դաշտում, և հայոց ընկած քաջերին կյանք և անմահություն էին շնորհում: Տխուր, սրտաբեկ հայացքով աչք էր ձգում նա անբախտ զոհերի վրա, և ուշիկ քայլերով անցնում էր: Նրանցից շատերը մի քանի օր առաջ կենդանի էին, նրանցից շատերը նրա սիրելիներն էին: Իսկ այժմ ընկած էին անխնամ, անտեր, զուրկ այն միակ մխիթարությունից, որ վայելում է մահկանացուն, մայր-հողի գրկում հանգիստ գտնելով: Տխո՜ւր էր տեսարանը, մահվան չափ տխո՜ւր էր: Մոր կուրծքին կպած, հանգել էր սիրելի զավակը: Նորափեթիթ օրիորդը՝ խամրած, դալկացած, ընկել էր, որպես մի նորափթիթ ծաղիկ, որ յուր արմատից կտրում է, ցած է տապալում հնձավորի անգութ մանգաղը: Սոսկալի՜ էր այդ հունձքը, դա անսիրտ Կրողների անողորմ հունձքն էր...,

Նա՛, ջահը ձեռին, շարունակում էր առաջ գնալ: Նրա գեղեցիկ դեմքը, ջահի պայծառ լուսավորության առջև, արտահայտում էր որդեկորույս մոր անմխիթար թախծությունը: Բայց նա՛, այդ դժբա՛խտ մայրը, կորցրել էր յուր հազարավոր զավակներին... Նա կորցրե՛ց բոլորին, բայց չկորցրեց յուր սրտի վեհությունը: Նա զրկվեցավ բոլորից, բայց պահպանեց յուր կամքի երկաթյա ամրությունը...

Նա հառաջ էր ընթանում և նրա թեթև զգեստների երկար քղանցքները, քսվելով փողոցների անհարթ սալահատակին, գիշերային լռության մեջ՝ արձակում էին խիստ մեղմ, մելամաղձական սոսափյուն: Նա դուրս եկավ նեղ, խորդուբորդ փողոցներից, և յուր արագ քայլերը ուղղեց դեպի երկու բարձր աշտարակներ, որ երկու վիթխարի հսկաների նման, կանգնած էին ամրոցի գլխավոր դռան աջ և ահյակ կողմերում: Ներս մտավ աշտարակներից մեկի դռնից, սկսեց ոլորապտույտ սանդուղքներով վեր բարձրանալ: Ջահի լույսը խռովեց չղջիկների գիշերային հանգիստը, որոնք ստվար խումբերով թաքնվել էին այդ հինավուրց շինվածքի մթին խորշերում: Մի ակնթարթում, որպես մի սև թուխպ, փոթորկեցին նրանք աշտարակի դատարկությունը, և նրա խուլ կամարները թնդացին հարյուրավոր մաշկաթևիկների թափահարումից: Մի քանիսն իրանց սառն, անախորժ թևիկներով զարկվեցան նրա գեղեցիկ երեսին: Բայց նա ոչինչ չզգաց, միայն ձեռքով պահպանեց ջահը, որ չհանգցնեն:

Երբ հասավ մինչև աշտարակի կատարը, մի առանձին խնամքով վեր առեց այնտեղ դրած ճրագները, վառեց ջահի լույսով և դրեց իրանց տեղում, նեղ լուսամուտների մոտ: Ավարտելով յուր գործը, շտապով ցած իջավ: Մոտեցավ ամրոցի երկաթյա դռներին: Խորին ուշադրությամբ զննում էր ծանր փականքները, նայում էր ամուր նիգերին և շոշափում էր հաստ սողնակներն ու պարզունակները: Ամեն ինչ յուր տեղումն էր, ամեն ինչ կազմ և պատրաստ էր, միայն պահապաններ չկային: Նա անցավ դեպի մյուս աշտարակները:

Աշտարակների բարձրության վրա՝ տեղ-տեղ հանդիպում էր նա գիշերապահ զինվորների, որ նիզակը կուրծքին սեղմած, պառկել էին մերկ հատակի վրա: Այդ մշտարթուն պահապանները, որ ամբողջ գիշերը իրանց դիտանոցի գագաթից հսկել գիտեին շրջակայքի վրա, — այժմ քնած էին, և քնած էին մահվան անզգա քնով... Դա՛ռն օրհասը ժամանեց նրանց՝ հենց իրանց պաշտոնավարության րոպեում...

Այսպես ամեն գիշեր, ջահը ձեռին, միայնակ, հայտնվում էր այդ գեղեցիկ, բարձրահասակ կինը, և լուսավորում էր այն բոլոր աշտարակները, որ նայում էին դեպի պաշարող թշնամու բանակը: Այդպես անում էր նա, որ թշնամուն կարծել տա, թե բերդում դեռևս մարդիկ կան, դեռևս ամեն ինչ յուր կարգումն է:

Այդ բարձրահասակ, գիշերաշրջիկ կինը հայոց թագուհին էր գեղաչյա Փառանձեմը: Նա այժմ յուր ամայի և անմարդացած ամրոցի թե՛ տերն էր և թե՛ նրա անքուն պահապանը, և յուր հոգու անսահման մեծությամբ լցնում էր նրա խորին դատարկությունը:

Համարյա միևնույն ժամանակ, երբ թագուհին ջահը ձեռին շրջում էր յուր բերդի ամայության մեջ և յուր սրտի սաստիկ բաբախմունքով զննում էր, վերաստուգում էր նրա յուրաքանչյուր ամրությունները, — այո՛, հենց միևնույն ժամանակ՝ բերդում հայտնվեցավ մի այլ խուզարկու: Նա եկավ դրսից: Նա ներս մտավ այն գաղտնի անցքերից մեկի միջով, որոնց թե՛ մուտքը և թե՛ ելքը հայտնի էր միայն թագուհուն, և որոնց հարաբերությունը դրսի հետ՝ պահվում էր որպես խորին գաղտնիք:

Հաղթանդամ էր այդ մարդը, և յուր անհեթեթ հագուստով, որի լայն ծալքերը ալիքավոր խորշերով իջնում էին մինչև ոտները, ներկայանում էր որպես մի մռայլ, հսկայամարմին դև, որ գիշերային մթության մեջ անգամ, յուր մթին կերպավորու-թյամբ որոշվում էր տիրող խավարից: Գոտիից կախ էր ընկած երկար թուրը, որ քարշ էր գալիս գետնով, և նա ձեռքով բռնել էր, որպեսի ձայն չհանե: Իսկ ազդրի վրա, հագուստի ներքո, թաքցրած էր երկսայրի նրանը: Գիշերային խավարը բարեբախտաբար սքողել էր նրա ահռելի, ծաղկահար դեմքը, որի աղյուսագույն կաշին ծակոտիքավոր սպունգի նմանություն ուներ: Քոսակ և սաստիկ զարգացած ծնոտների վրա դուրս էին ցցված մի քանի մազեր միայն: Աչքերի մեջ վառվում էր կատաղություն, որ խառն էր նրա ինքնաբավական, դիվական հրճվանքի հետ:

Նա հեռվից տեսավ թագուհուն, ջահը ձեռին, և ճանաչեց: Այդ միջոցին նրա ահռելի դեմքի վրա անցավ մի դառն ժպիտ, և ուռած շրթունքները արտասանեցին մի նույնպիսի դառն անեծք... նա կանգ առեց, խավարի մեջ սպասեց, մինչև թագուհին հեռացավ: Հետո սկսեց գաղտագողի կերպով հետևել նրան:

Ամրոցի խորին դատարկությունը, դիակների խառնափնթոր կույտերը և շրջակայքի ընդհանուր լռությունը, որ ամեն մի փոքր ի շատե զգացմունք ունեցող մարդուն կարող էին սարսափ և սոսկում ազդել, ընդհակառակն, հարուցանում էին այդ հրեշի մեջ թե՛ ուրախություն և թե՛ զարմացում: Ուրախանում էր, որ այդ թշվառ դրության մեջ էր գտնում ամրոցը, զարմանում էր, որովհետև նրան դեռ պարզ չէ, թե ի՞նչ դժբախտ պատահարներից պետք է առաջ եկած լիներ այդ հանկարծակի ավերմունքը, որը ամենևին չէր սպասում: Նրան այնպես էր թվում, թե վրեժխնդրության աստուծո անողոք բարկությունը մի քանի վայրկյանում ոչնչացրել և մոխիր էր դարձրել ամեն ինչ, թեև դեռ կանգնած էին հզոր պարիսպները, թեև դեռ գիշերային խավարի մեջ աղոտ կերպով նշմարվում էին սպառնալի աշտարակները: Բայց մարդիկ չէր տեսնում, և այդ էր, որ նրա անգութ սիրտը լցնում էր անսահման բավականությամբ:

Չկորցնելով թագուհուն յուր հետախույզ տեսությունից, նա, միևնույն ժամանակ, ուշադրությամբ աչք էր ածում յուր շուրջը: Նրան հանդիպում էին դիակներ միայն: Եվ ամեն անգամ, երբ այդ սառն և անշունչ մարմինները խոչընդոտ էին դառնում նրա զգույշ քայլերին, և երբ խավարի մեջ մատներով շոշափում էր նրանց, մի առանձին զվարճություն էր զգում: Նա այնքան սպասեց, մինչև թագուհին, ավարտելով յուր գործը, դիմեց դեպի արքայական ապարանքը: Այդ միջոցին նա սկսեց շրջել բերդի ամեն կողմերում, որպեսզի լավ ծանոթանա նրա դրության հետ, որը տակավին յուր համար երկբայական էր: Խորին ուշադրությամբ հետազոտում էր մարտկոցները և զինվորանոցները, քննում էր զենքերի մթերանոցները և ամեն ինչ յուր տեղումն էր գտնում: Միայն ո՛չ զինվորներ կային և ո՛չ այլ մարդիկ: Ի՞նչ եղան, ո՞ւր գնացին, միթե ամենքը մեռա՞ն, — այդ հարցերն էին պտտվում նրա խռովյալ գլխում, որ ամբոխված էր մռայլ մտքերով, որոնք նույնքան խավար էին, որոնք նույնքան զարհուրելի էին, որպես գիշերային ընդհանուր խավարը:

Երբ բոլորովին ստուգեց ամրոցի դատարկությունը, նա մոտեցավ արքայական ապարանքին: Երկար դեգերում էր նրա շուրջը, և յուր լսելիքների բոլոր զորությամբ աշխատում էր ըմբռնել, արդյոք չէ՞ լսվում որևէ շշունջ ներսից: Բայց այն ուրախ, մշտածիծաղ ապարանքը լուռ էր, լուռ էր որպես մի խուլ և անշարժ գերեզման: Այդ սիրո և երջանկության պալատը, այդ անլուռ երգերի և նվագածության տաճարը՝ յուր բոլոր հոգեզվարճ կյանքով ու սովորություններով վաղուց ծանոթ էր նրան: Նա գիտեր, թե օրվա ո՛ր ժամում ի՛նչ էր կատարվում այնտեղ: Նա գիտեր նրա աղմկալի գիշերները, ուր մինչև առավոտ գուսանների հերոսական տաղերգը և պարողների տրոփյունը թնդեցնում էին ընդարձակ սրահները: Իսկ այժմ ամեն ինչ մեռած, ամեն ինչ նիրհում էր խորին, անմռունչ անշարժության մեջ: Այդ անշարժությունը ավելի ծանր տպավորություն էր գործում ապարանքի թանձր մթությամբ, որ ապացույց էր մարդու և բնակիչների բացակայության: Եվ այդ ուրախացնում էր նրան: Այդ ապարանքը սովոր էր ամբողջ գիշերը վառված լինել, բազմաթիվ ճրագների անշեջ պայծառության մեջ: Իսկ այժմ ո՛չ մի սենյակ լուսավորված չէր, և ո՛չ մի լուսամատից ճրագ չէր երևում: Մի սենյակից միայն նշմարվում էր աղոտ լույս, որը մարելու մոտ էր: Դա թագուհու առանձնարանն էր:

Նա մի առանձին անվճռականությամբ ոտք դրեց գլխավոր դռան սյամի վրա, բայց տակավին չէր համարձակվում ներս մտնել: Զգուշանում էր, գուցե ապարանքի բազմաթիվ դրանիկներից և ոստանիկներից ոմանք դեռևս մնացած լինեին: Բայց միևնույն ժամանակ նրան խրախուսում էր այն միտքը, որ եթե ապարանքում մարդիկ մնացած լինեին, ուրեմն ինչո՞ւ էր թագուհին այնպես միայնակ շրջում, կամ ինչո՞ւ էր կատարում նա այն ծառայությունը, որ յուր գործը չէր: Նա յուր անվստահ քայլերը փոխեց և ներս մտավ: Նա ներս մտավ, և իսկույն անհայտացավ ապարանքի մթին նրբանցքների մեջ...

Այդ միջոցին Շուշանիկը ու Հասմիկը խոհանոցում զբաղված էին. մեկը փետրահան էր անում աղավնիները, մաքրում էր, մյուսը բորբոքում էր կրակը, որ շուտով խորովեն: Բախտը նպաստեց նրանց և այն երեկո որսացին չորս աղավնիներ, որ խիստ հազիվ անգամ էր պատահում: Իրանք ևս չորս հոգուց ավելի չէին, թագուհին, Որմիզդուխտ օրիորդը և այդ երկու նաժիշտներն էին միայն մնացել բերդում:

— Այս գիշեր ճոխ սեղան կունենանք, — ուրախանալով ասաց Հասմիկը:

— Եթե մի կտոր հաց լիներ, — տխրությամբ նկատեց Շուշանիկը: — Ա՜խ, որքան ժամանակ է, որ հացի երես չենք տեսել…

Շուշանիկի բաղձանքը նույնպես տխրություն պատճառեց ուրախ Հասմիկին, որը, յուր ընկերուհուն մխիթարելով, ասաց,

— Աստված ողորմած է, սիրելի քույրիկ, մենք արդեն սովորել ենք առանց հացի՝ միայն մսով կերակրվել և աստված ամեն օր ուղարկում է մեզ համար գեղեցիկ աղավնիներ:

— Թագուհին նույնպես սովորեց,,, այժմ խորոված որսի միսը մեծ ախորժակով է ուտում, բայց Որմիզդուխտ օրիորդը զզվանքով…

— Նա էլ կսովորի…

Շուշանիկը կրկին ընկավ տարակուսանքների մեջ:

— Մինչև ե՞րբ պետք է այսպես մնանք, Հասմիկ, — հարցրեց նա ցավալի ձայնով: — Ամենքը մեռա՛ն և հանգստացան: Մենք միայն մնացինք: Եթե մենք էլ մեռնեինք, կազատվեինք…

— Ինչո՞ւ մեռնեինք, — վշտանալով պատասխանեց Հասմիկը: — Եթե մենք մեռնեինք, ո՞վ պետք է ծառայեր թագուհուն: Աստված մեզ թողեց նրան ծառայելու համար: — Դու չե՞ս վախենում, Հասմիկ, — խոսքը փոխեց մելամաղձոտ Շուշանիկը:

— Ինչի՞ց պետք է վախենամ:

— Ինչպե՞ս ինչից: Եթե պարսիկները զիտենան, որ բերդում մարդ չէ մնացել, և հանկարծ կոտրեն դռները ու ներս մտնեն: Այն ժամանակ ի՞նչ կանես…

— Այն ժամանակ, — պատասխանեց Հասմիկը ծիծաղելով, — մենք մեր նետերով կկռվենք նրանց հետ և թող չենք տա, որ մեզ մոտենան…

Շուշանիկը նույնպես սկսեց ծիծաղել, բայց յուր ընկերուհու պարզամիտ խրոխտանքի վրա: Նա հասակով ավելի մեծ էր, քան ոգելից Հասմիկը:

Մինչ խոհանոցում երկու նաժիշտները այդ խորհրդածությունների մեջ էին, թագուհին վերադարձավ ապարանքը: Նա մտավ յուր առանձնարանը, աշտանակի վրայից առեց միակ ճրագը և իսկույն դուրս եկավ: Հանդարտ, չափավոր քայլերով անցավ նա դատարկ, խավարի մեջ ընկղմված լուռ սրահները և մոտեցավ մի սենյակի դռան: Գրպանից հանեց բանալին, դուռը բաց արավ: Այդ գործողությունը թեև չափազանց զգուշությամբ կատարվեցավ, այնուամենայնիվ, ծանր դռան ճռնչյունը զարթեցրեց մի օրիորդի, որ թախտի վրա պառկած էր:

— Ջո՜ւր եմ ուզում… ծարա՛վ եմ… — եղավ նրա առաջին խոսքերը, երբ քնած աչքերը բաց անելով, տեսավ յուր մոտ թագուհուն, ճրագը ձեռին: Այդ խոսքերը այնպիսի մի պարզությամբ արտասանեց նա, որպես միամիտ երեխան դիմում է սիրելի մորը, կամ մտերիմ դայակին:

— Միթե քեզ մոտ ջուր չե՞ն դրել, — հարցրեց թագուհին մի այնպիսի կարեկցությամբ, որի անկեղծ հնչյունները լսվեցան նրա զգով լի, քաղցր ձայնի մեջ:

— Շատ անգամ մոռանում են.,.

Թագուհին ճրագը ցած դրեց, շտապով դուրս վազեց, և մի քանի րոպեից հետո կրկին ներս մտավ, ջրով լի արծաթյա թասը ձեռին: Օրիորդը շնորհակալությամբ առեց թասը, շիջուց յուր ծարավը, ասելով.

— Բավական սա՛ ոն է ...

Այդ մանկահասակ աղջիկը Որմիզդուխտ օրիորդն էր՝ Շապուհ արքայի քույրը, հայոց թագուհու գերին, իսկ Մերուժան Արծրունու հանդերձյալ հարսնացուն: Նա տասնևյոթ տարեկան հազիվ լիներ, բայց, որպես արևելյան տաք երկնքի ծնունդ, վաղօրոք հասունացել և կազմակերպվել էր յուր չքնաղության բոլոր կախարդիչ հրապուրանքով: Գեղեցկության աստվածը, կարծես, նրա վրա թափել էր յուր բոլոր ճիգը՝ մահկանացուներից անմահ մի էակ ստեղծագործելու: Նրա խոշոր աչքերի անսահման պայծառությունը միայն բավական էր, որ յուր մեջ ընկղմեր Մերուժան Արծրունու բոլոր խելքը, միտքը և հոգին: Նրա մեջ ա՛յն աստիճան քաղցրություն և ա՛յն աստիճան մեղմ քնքշություն կար, որ հայոց թագուհին, չնայելով որ այնքան դառն ատելություն ուներ թե՛ դեպի Շապուհը և թե՛ դեպի առհասարակ պարսից արքայական ազգատոհմը, — այնուամենայնիվ, վերջին օրերում ո՛չ միայն մայրական խնամք էր տանում Շապուհի քրոջ Որմիզդուխտի վրա, այլ սկսել էր մինչև անգամ սիրել նրան: Վերահաս դժբախտությունները, սովը, ժանտախտը՝ ամրոցի ընդհանուր մահացությունըմոռանալ տվին հայոց թագուհուն այն անողորմ ոխակալությունը, որ բորբոքվում էր նրա մեջ դեպի Շապուհի ընտանիքը: Այո՛, նա սկսեց սիրել Որմիզդուխտին, նա սկսեց փայփայել յուր գերիին, որի կյանքը և մահը յուր ձեռքումն էր: Այդ սիրո մեջ գտնում էր նա յուր հոգու մխիթարությունը այն դժբախտ րոպեներում, որ վերջին օրերում վարում էր նա յուր ամրոցում: Վիճակների համանմանությունը առաջ էր բերել նրանց մեջ մի տեսակ փոխադարձ կարեկցություն: Օրիորդը, իրավ, գերի էր, բայց թագուհին միշտ գերության ենթակա էր յուր պաշարյալ ամրոցի մեջ: Ամեն վայրկյան սպասում էր նրան մի նույնպիսի վիճակ, գուցե ավելի դժնդակ, գուցե ավելի դաժանական, հեռավոր Պարսկաստանում...

Ճարակող ախտի միջոցում բռնվեցավ և նազելի օրիորդը: Այդ օրերում թագուհին հանգստություն չուներ: Ամբողջ գիշերներ լուսացնում էր նրա անկողնի մոտ: Երբ ազատվեցավ, թագուհին մխիթարվեցավ: Այնուհետև պահում էր նրան համարյա փականքի մեջ և թույլ չէր տալիս, որ ապարանքից դուրս դա: Զգուշանում էր, մի գուցե դրսի սարսափելի երևույթների ազդեցությունը կրկին վերադարձներ նրա հիվանդությունը: Օրիորդը սաստիկ վախենում էր մեռելներից. իսկ ամրոցի փողոցները դեռ լի էին դիակներով:

Թագուհու մատուցած սառը ջուրը խմելուց հետո, բոլորովին սթափվեցավ նա քնից և, հանկարծ վեր թռչելով յուր տեղից, գրկեց նրա պարանոցը և երկար բաց չէր թողնում յուր գրկից, համբուրում էր, փայփայում էր և, միևնույն ժամանակ, լսելի էր լինում նրա խուլ հեկեկանքը:

— Ինչ է պատահել քեզ հետ, սիրելիս, — հարցրեց թագուհին շփոթվելով:

— Ա՜խ, եթե գիտենայիր, որքա՜ն լաց եմ եղել... որքա՜ն լաց եմ եղել.,. — մրմնջաց նա լալագին ձայնով:

— Ինչո՞ւ էիր լաց լինում, սիրելիս: Ի՞նչ ունեիր լաց լինելու:

— Երազումս էի լաց լինում... բայց հիմա ուրախ եմ... շատ ուրախ եմ... դու դարձյալ կաս… դու դարձյալ իմ մոտս ես...

Թագուհին հասկացավ, որ տխուր երազներ խռովել էին նրա զգայուն երևակայությունը: Համբուրեց և, սեղմելով յուր կուրծքին, նստացրեց յուր մոտ բազմոցի վրա, և ապա հարցրեց, թե ինչու էր լաց լինում երազում:

— Չեմ ասի,., լեզուս չէ բռնում, որ ասեմ…

Երկար թախանձելուց հետո, պատմեց նա, թե ման էր գալիս ապարանքի բակում, տեսնում էր այնտեղ ընկած շատ մարդիկ այր, կին, ծեր և երեխա: Ոմանք մեռած էին, ոմանք դեռ մահվան տագնապի մեջ տանջվում էին: Նրանց թվումն գտավ և թագուհուն, ընկավ նրա դիակի վրա և լաց էր լինում, երկար լաց էր լինում, բայց նա ոչինչ չէր զգում...

— Մեզ պատահած դժբախտությունների դառն տպավորության ներքո այդպիսի տխուր երազ ես տեսել, սիրելի Որմիզդուխտ, — մխիթարեց նրան թագուհին: — Մեծ է աստուծո զթությունը, նա մեզ խնայեց մահից, և կպահպանե այսուհետև: Հանգիստ կաց, սիրելի Որմիզդուխտ, և սիրտդ միշտ ուրախ պահիր:

Տպավորությունները, իրավ, շատ ծանր էին օրիորդի քնքուշ սրտին: Բացի ամրոցի ընդհանուր մահացությունից, որի սոսկալի աղետներին ականատես եղավ, նա ուներ յուր հետ սպասավորների և աղախինների մի ստվար բազմություն, որոնք նույնպես զոհ եղան մահվան և նրանցից ոչ մեկը չմնաց: Այդ կորուստը սաստիկ վշտացնում էր նրան և բնավ մոռանալ չէր կարողանում: Քնի մեջ հաճախ տալիս էր նրանց անունները, և երբ չէին հայտնվում, սկսում էր լաց լինել: Այդ էր պատճառը, որ վերջին օրերում թագուհին հրամայեց, որ նրա անկողինը պատրաստեն յուր մոտ, յուր քնարանում, որպեսզի այդպիսի դեպքերում հանգստացնե նրան:

— Հիմա գնանք, սիրելիս — ասաց նրան թագուհին, ձեռքիցը բռնելով և վեր բարձրացնելով: — Գնանք, տեսնենք, Հասմիկը և Շուշանիկը մեզ համար ի՜նչ են պատրաստել ուտելու:

Օրիորդի արտասուքը այժմ ուրախության փոխվեցավ: Ծիծաղելով վազեց նա, խլեց ճրագը, որ դրած էր պատուհանում և , առաջ ընկնելով, խնդրեց.

— Ճրագը ես կտանեմ, թույլ տուր, մայրիկ, որ ես տանեմ:

Դու ինձ ոչ մի գործ անել չես տալիս:

Վերջին օրերում նա թագուհուն «մայրիկ» էր կոչում: Թագուհին բարեսրտությամբ ժպտաց և թույլ տվեց, որ ճրագը նա տանե:

Անցնելով մթին սրահների միջով, նրանք մտան սեղանատունը: Այստեղ երկու նաժիշտները՝ Հասմիկը ու Շուշանիկը արդեն պատրաստել էին ընթրիքի սեղանը: Թանկագին սփռոցի վրա դրած էին երկու արծաթյա պնակներ: իսկ նրանց մեջ երեք խորոված աղավնիներ: Այլևս ուրիշ ոչինչ չկար: Հայոց թագուհին և պարսից արքայադուստրը մոտեցան այդ աղքատիկ սեղանին և գոհունակությամբ նստեցին: Իսկ երկու նաժիշտները կանգնած էին նրանց սպասում: Տեսնելով երեք աղավնիները, թագուհին դարձավ դեպի նաժիշտները, հարցնելով.

— Այսօր քանի՞ հատ որսացիք:

— Չորս հատ, — շտապեց պատասխանել Հասմիկը, — երեքը՝ ես, մեկը՝ Շուշանիկը:

— Դու ամեն գործում այդպես քաջ ես, — ժպտալով նկատեց թագուհին: — Բայց ինչո՞ւ եք այդպես անհավասար կերպով բաժանել երեքը բերել եք մեզ համար, մեկը միայն թողել եք ձեր երկուսի համար:

— Մենք այդ մեկով միայն կբավականանանք, — դարձյալ պատասխանեց Հասմիկը: — Եթե մեզ համար քիչ է մնում, այդ մեր մեղքն է, որ շատ չենք որսացել:

— Ոչ, ինչ որ աստված տվել է, պետք է հավասար բաժանել, — այդ ասելով նա վեր առեց աղավնիներից մեկը, տվեց նրանց, իսկ երկուսը թողեց յուր և օրիորդի համար, կրկնելով. — մենք չորս հոգի ենք, աստված չորս աղավնի է տվել: Գնացեք, դուք ևս ընթրեցեք:

Երկու նաժիշտները հեռացան, թեև, ըստ սովորության, նրանք պետք է թագահու. սեղանի մոտ սպասեին այնքան ժամանակ, մինչև նա յուր ընթրիքը վերջացներ:

Որմիզդուխտը, որ մի առանձին բավականությամբ լսում էր բարեսիրտ թագուհու խոսքերը, մեջ մտավ և ժպտալով ասաց.

— Երբ կերակուրը հավասար ենք բաժանում, պետք է աշխատանքն էլ հավասար բաժանենք, մի օր մենք գնանք որսի, մի օր Շուշանիկն ու Հասմիկը: Այդպես հերթով լավ չի՞ լինի, մայրիկ:

— Լավ կլինի: Բայց դու որսալ իմանո՞ւմ ես:

— Ինչպե՞ս չէ: Էգուց հերթը մերն է, և դու կտեսնես իմ ձեռքի շնորհքը: Տիզբոնում եղած ժամանակ, երբեմն եղբայրս ինձ տանում էր յուր հետ որսի, և ամեն անգամ ես դատարկաձեռն չէի մնում: Մի օր ես նետահարեցի մի նապաստակ հենց փախչելու միջոցին: Երբ վերադարձանք տուն, ես ստացա եղբորս գովասանքը և մի գեղեցիկ մատանի:

— Ինձանից ևս կստանաս մի գեղեցիկ ընձա, եթե էգուց շնորհքդ ցույց կտաս:

Օրիորդը սկսեց երեխայի նման ուրախանալ:

Սեղանի վրա դրած էր մի արծաթյա մեծ սրվակ լի գինով, իսկ նրա մոտ երկու ոսկյա բաժակներ: Ամրոցում ամեն պաշար սպառվելուց հետո մնաց միայն գինին: Այդ ընտիր գինիները, Հայաստանի հատուկ տեղերից բերված, ահագին կարասներով թաղված էին գետնի մեջ, հողի տակ: Նրանցից շատերը մի քանի տասնյակ տարիների հնություն ունեին:

Թագուհին լցրեց անուշահոտ գինին, բաժակներից մեկը դրեց յուր առջև, մյուսը՝ օրիորդի առջև: Նա փոքր առ փոքր խմում էր և անլռելի ձայնով խոսում էր: Խոսում էր Տիզբոնից, խոսում էր յուր վարած կյանքի զանազան արկածներից պարսից արքունիքում: Եվ որքան խմում էր, այնքան հայկական կարմիր նեկտարը վառում էր մանուկ արյունը ուրախության կրակով, և այնքան նրա գունաթափ թշերը փայլում էին պայծառ գունով: Նա այն աստիճան ոգևորվեցավ, որ երգեց մի հին արիական երգ.

Բարձր ապառաժի ահռելի կուրծքին
Կպած էր ամրոց, ամրո՜ց ահագին.
Թռչունն այն տեղից՝ վախում էր անցնել,
Գազանն այն կողմից՝ շտապում էր փախչել:
Միայն քամին էր, քամի՜ն համարձակ,
Որ սլանում էր այն կողմից արագ,
Եվ ամեն անգամ տխո՜ւր, ողբալի
Յուր հետ բերում էր ձայներ սոսկալի:
Ո՜չ քար, ո՜չ աղյուս, ո՜չ փայտն անտառին,
Չէր նյութը նորա ահեղ շինվածքին,
Եվ ո՜չ վարպետի ձեռքը իմաստուն
Դրեց հիմքերը նորա հաստատուն:
Լոկ դիակներից, արյամբ շաղախված,
Լոկ կմախքներից, կույտերով դիզված,
Բարձրանում էին պարիսպներ մթին,
Թա՜նձր պարիսպներ՝ մահացու բերդին:
Եվ հրեշային բուրգ ու աշտարակ
Էին մարդկային կառափունք համակ,
Կառափունք իրար վերա շարեշար
Խիստ քստմնելի կապեին կամար:
Յոթն էին թվով, յոթն եղբայրներ,
Յոթն էլ վիթխարի խոլ-խոլ հսկաներ, —
Յոթն պատուհաս այդ խուլ ամրոցում
Մնուցանում էր Արհիմնն յուր ծոցում:
Ունեին նոքա մի քույր գեղանի,
Աչքերը սև-սև, ինքը նազանի,
Քաղցրությամբ լի ծով էր նա անսահման,
Եվ ողջ աշխարհում չուներ յուր նման:
Կասեր արեգին. «Դու հանգիստ մնա՛,
Երեսիս փայլը երկրին լույս կտա»:
Կասեր լուսնյակին. «Այդ թո՛ղ ինձ համար՝
Վանել գիշերի սևաթույր խավար»:
Եվ ամեն կողմից՝ քաջ-քաջ հսկաներ,
Ահարկու դևեր, մեծ փահլևաններ,
Գալիս էին նորա սերը խնդրում
Եվ իրանց սիրտը նորան զոհ բերում:
Եվ ամեն անգամ՝ կույսը աննման
Տալիս էր նորանց այսպես պատասխան.
«Եղբայրներիս հետ մենամարտեցե՛ք,

Հաղթության փառքով իմ սերն ստացեք»:
Ճոճվում էր նիզակ, կռվեին քաջեր,
Տրոփում էր ասպար, փայլում էր սուսեր,
Եվ հարվածների շռինդը ուժգին
Դղրդում էր օդը, թնդում էր գետին:
Գոռում էր մարտը, բերում էր սարսուռ,
Փշրվում էր վահան, զրահ ամրակուռ,
Մինչ աստվածները, խպառ զարմացած,
Բարձր եթերքից մնային հիացած:
Նայում էր կույսը, կո՛ւյսը աննման
Եվ ուրախության չկար չափ սահման ,
Երբ եղբայրները փառքով հաղթական
Թողնեին դաշտը՝ կովի և. արյան:
Այսպես ամեն մի այցելուն դժբախտ,
Այսպես ամեն մի քաջ հերոս, անհաղթ
Թողնում էր այստեղ յուր ընկած մարմին,
Որ նյութ էր տալիս ամրոցի շենքին:
Այսպես կառուցին հզոր պարիսպներ,
Մինչ զենիթ հասցրին բուրգ, աշտարակներ,
Բայց կույսի սիրտը միշտ մնաց անողոք
Եվ սիրույն արժան չեղավ դեռ ոչ ոք:
Եվ դեռ իշխում էր անգութ թագուհին
Այն դիակառույց արյունոտ բերդին,
Դեռ պահանջում էր զոհեր նորանոր,
Զոհե՛ր սուկալի, զոհե՛ր բյուրավոր:
Անցան տարիներ, անցան և դարեր,
Երբ հայտնեցան յոթն հսկաներ.
Յոթն արքայի էին թանկ որդիք,
Մինը քան զմյուս՝ չքնաղ, գեղեցիկ:
Թագուհին տեսավ, սիրտը թուլացավ
Այն քարե սիրտը՝ մաշվեց… հալվեցավ…
Որի՞ն ընտրել: Ո՞ր քաջ գեղանին: —
Թողեց որ մարտը վճռե արժանին:
Սկսվեց մարտը: Եղբայրներ յոթունք
Ունեն իրանց դեմ յոթն արքայազունք, —
Ուժեր հավասար, ուժե՛ր սոսկալի
Մարտնչում էին հուսով լի ու լի:
Երկարեց մարտը: Կողմերն աննկուն
Դեռ կռվում էին՝ եռանդով, տոկուն,
Եվ անգութ բախտը դեռ ոչ մի կողմին
Չէր տալիս կանաչ հաղթության դափնին:
Յոթն արքայազնից վեց հոգի ընկան ,
Վեց պայծառ արև ի սուգ պատեցան.

Մնաց մեկը միայն հուժկու, քաջալանջ,
Կռիվ էր մղում, կռի՛վ աննահանջ:
:
Ամրոցի կույսը այլ չհամբերեց,
Խելագարի պես բարձից ցած վազեց,
Եվ յուր մերկ կուրծքը նրանց դեմ տալով,
Նա եղբայրներին այսպես բարբառեց.
«Վայել չէ՛ ոթնին մեկի հետ կռվել,
Եվ զենք ու զրահարատով պատել.
Դա՛ է իմ ըղձալին, — այս քաջ ախոյան,
Իմ սերը պսակ զորա հաղթության»:
Իսկ եղբայրները զենքը ցած դրին,
Քաջի ճակատին համբույր մատուցին.
«Քե՛զ լինի, — ասացին, — այդ չքնաղ կույսը,
Որ տիեզերքի էր զարդն ու լույսը»:

Օրիորդի քաղցր, լիահնչյուն ձայնը մոտ կոչեց ապարանքում թաքնված դևին, որը դուրս գալով յուր դարանից, կամաց-կամաց մերձեցավ այն սենյակին, որտեղից լսվում էր սքանչելի երգը: Նրա փափուկ, կարմրագույն մուճակները ամենևին ձայն չէին հանում, իսկ տիրող մթությունը նպաստում էր նրան աներևույթ լինել: Նա ուշադրությամբ ականջ էր դնում և միևնույն ժամանակ, չարամտությամբ, խնդում էր…

Բայց օրիորդի երգը թագուհու վրա բոլորովին այլ տպավորություն գործեց: Սա այն աստիճան զգացվեցավ, որ ծածկեց յուր արտասուքը, որպեսզի երգիչը չտեսնե: Երգի իմաստը, բովանդակությունը թե՛ յուր և թե՛ այդ անբախտ աղջկա վիճակի հետ՝ մի զարմանալի համամասնություն ուներ, թեև նա երգեց բոլորովին անգիտակցաբար: Եվ ինքը օրիորդը ապրում էր այդ բերդում կատարյալ անգիտակցության մեջ: Նա չգիտեր, որ ինքն էր այն երկպառակության խնձորը, որի գրավելու համար այնքան մեծ կորուստներ եղան: Արտազերսը լցվեցավ դիակներով: Եվ որպես երգի մեջ նկարագրված ամրոցը, նույնպես և Արտազերսը, ներկայացնում էր հազարավոր զոհերի մի հսկայական գերեզման: Հայաստանը ողողվեցավ արյունով, և դեռևս շարունակվում էր կոտորածը, և պիտի տևեր գուցե շատ երկար…Նա չգիտեր, թե այդ բոլորի իսկական շարժառիթը ինքն էր և Մերուժանի խելագար սիրահարությունը, որի բավականությունը պետք է արյունով և զոհերով ստացվեր… Նա չգիտեր և այն, թե ինքն ի՞նչ նպատակով էր պահված այդ բերդում: Նա հիշում էր այնքանը միայն, թե ինքը գտնվում էր յուր եղբոր կանանոցում, Թավրիզի մոտ թշնամին հարձակվեցավ եղբոր բանակի վրա, այնտեղ կռիվներ եղան, մարդիկ սպանվեցան, և իրան բերեցին այդ բերդը: Բերդի բարեսիրտ թագուհին առեց նրան յուր խնամակալության ներքո, պահում էր յուր զավակի պես: Նա մինչև անգամ չգիտեր, թե ո՛վ էր պաշարել այդ բերդը: Նա կարծում էր, թե դարձյալ միևնույն մարդիկ էին, որ հարձակվեցան յուր եղբոր բանակի վրա: Այդ բոլոր անհասկացողությունները առաջ էին եկել նրանից, որ թագուհին մինչև այն օր միշտ աշխատել էր դառն իսկությունը ծածկել նրանից, որպեսզի նրա քնքուշ սրտին ցավեր չպատճառեր:

Մերուժանի մասին գաղափար անգամ չուներ նա, նրան երբեք չէր տեսել, այլ լսել էր անունը միայն: Նրան չէին ասել, թե ինքը Մերուժանի նշանածն է և մի օր պետք է նրա կինը լինի: Նա չգիտեր, այո, որ այդ բոլոր տառապանքները յուր պատճառով են կատարվում, և թե բերդի անգութ պաշարողը յուր ապագա փեսան է՝ նույն իսկ Մերուժանը:

Պարսից արքունիքում նա էակ չէր, այլ իր էր՝ այն գեղեցիկ և թանկագին իրերից մեկը, որոնցով լի էր արքայական գանձարանը: Եվ ինչպես այդ իրեղեններով պարսից արքան սովորություն ուներ վարձատրել յուր ավագների ծառայությունները, նույնպես և յուր քրոջը տալով, խոստացել էր նա վարձատրել Մերուժանի դժնդակ ծառայությունները: Այդ կիմանար օրիորդը այն ժամանակ միայն, երբ նրա ձեռքից կրոնեին և կհանձնեին Մերուժանին:

Թագուհին մինչև այն օր չէր խոսացել օրիորդի հետ Մերուժանի մասին, և խոսելու ցանկություն ևս չէր ունեցել: Բայց լսելով նրա երգը, հարևանցի կերպով հարցրեց.

— Գիտե՞ս, Որմիզդուխտ, ո՛վ է պաշարել մեր բերդը:

— Չեմ իմ անում, — պատասխանեց նա:

— Եթե թշնամին ասեր՝ «տվեք ինձ Որմիզդուխտին, ես կթողնեմ և կհեռանամ, — դու կգնայի՞ր»:

— Կգնայի:

— Ինչո՞ւ կգնայիր:

— Որ այդքան մարդիկ չմեռնեին, որ հաց լիներ, դրանք ուտեին, և որպեսզի դու այնքան նեղություն չկրեիր, ահա՛ ինչու համար կգնայի:

— Ուրեմն, դու նույնպե՞ս կվարվեիր, ինչպես վարվեց այն ամրոցի աղջիկը, որի երգը երգեցիր:

— Ոչ, ես այնպես չէի վարվի: Նա անսիրտ աղջիկ էր. նա յուր գեղեցկության համար զոհեր էր պահանջում, և որքան բազմանում էր զոհերի թիվը, այնքան այդ անգթությունը նրան զվարճություն էր պատճառում: Նա յուր պաշտողների դիակներից և գագաթներից յուր համար ամրոց հիմնեց: Բայց ես այդպես չէի անի, ես թույլ չէի տա, որ մի կաթիլ անգամ արյուն թափվեր, այլ իսկույն դուրս կգայի թշնամու հանդեպ, կուրծքս կդարձնեի դեպի նրա նետերը և կասեի. «Ահաեւ, եթե ինձ համար է կռիվը, թո՛ղ դադարի նա»: Ես կզոհեի ինձ, բայց կփրկեի այդ բերդը:

Նա խոսում էր յուր հոգու բոլոր անկեղծությամբ: Զոհաբերության այդ գաղափարը կազմվել էր նրա մեջ ո՛չ թե ընդհանուր մարդասիրական զգացմունքից, այլ կրթության այն պայմաններից, որոնցով, սկսյալ մանկությունից, շրջապատված էր եղել նա: Նրա պառավ դայակները լցրել էին նրա գլուխը հարյուրավոր վեպերով ու հեքիաթներով, որոնցով այնքան հարուստ էին պարսկական ավանդությունները, և որոնք ներշնչել էին նրա մեջ մի տեսակ հերոսական ոգի, և վառել էին նրա երևակայությունը անձնազոհության զգացմունքով:

Թագուհին, լսելով օրիորդի ոգևորությամբ լի խոսքերը, խիստ տխուր ձայնով նկատեց.

— Բայց այդ բոլորը, սիրելի Որմիզդուխտ, հակառակ քո բարի ցանկության, կատարվեցան արդեն...

Օրիորդը գունաթափվեցավ:

— Ի՞նչը կատարվեցավ,— հարցրեց նա շփոթվելով:

— Այն զոհերը... այն արյունը... այն կոտորածը...

— Ի՞մ պատճառով...

— Այո՛, քո պատճառով...

Փոքր էր մնում, որ ուշաթափ լիներ նա: Թագուհին գրկեց նրան, և յուր կուրծքին սեղմելով, ասաց.

— Հանգստացի՛ր, սիրելի Որմիզդուխտ, քո պատճառով կատարված դժբախտությունների մեջ դու չես հանցավորը: Դրանք կատարվեցան առանց քո կամքի և իմացության: Լսի՛ր, ես կպատմեմ քեզ տխուր իրողությունը:

— Թագուհին պատմեց օրիորդին գործի իսկությունը, թե նա գերի է այդ բերդում և պահված է իբրև պատանդ: Հասկացրեց, թե բերդի պաշարողը Մերուժան Արծրունին է, և պաշարել է նրան ազատելու համար: Հասկացրեց և այն, թե ինքը՝ օրիորդը Մերուժանի նշանածն է և ապագայում պետք է նրա կինը լինի: Բացատրեց, թե ի՛նչ քաղաքական հանգամանքներից առաջ եկավ նրա օտարոտի հարսնախոսությունը: Նկարագրեց օրիորդի եղբոր Շապուհ արքայի ներկա հարաբերությունները հայոց հետ, նրա վարած պատերազմների նպատակը, թե որպե՛ս ցանկանում է նա հայոց կրոնը և թագավորությունը ոչնչացնել և Հայաստանը պարսկական մի նահանգ դարձնել և այլն: Այդ բոլորը համառոտ կերպով հաղորդելուց հետո, թագուհին վերջացրեց յուր պատմությունը այս խոսքերով.

— Ահա, սիրելի Որմիզդուխտ, քո եղբոր այդ իսկ նպատակը, այսինքն՝ հայոց կրոնի և թագավորության ոչնչացնելու աշխատությունը՝ հանձն է առել Մերուժան Արծրունին, և քո եղբայրը, իբրև մի բարձր վարձատրություն, խոստացել է քեզ կնության տալ Մերուժանին:

— Այդ երբե՛ք չէ կարող լինել, — ձայն տվեց օրիորդը և նրա խոշոր աչքերը վառվեցան բարկության կրակով: — Ես մի այդպիսի չարագործի կինը չեմ լինի:

— Ինչո՞ւ, սիրելի Որմիզդուխտ, եթե Մերուժանին կհաջողվի ոչնչացնել հայոց թագավորությունը, նա ինքը հայոց թագավոր կդառնա, իսկ դու՝ հայոց թագուհի:

Օրիորդը սկսեց ծիծաղել:

— Քո՞ փոխարեն,— հարցրեց նա, շարունակելով յուր ծիծաղը, — ես պետք է հափշտակեմ քո՞ թագը... Այո՛, դա լավ երախտագիտություն կլիներ իմ կողմից այն բոլոր բարությունների համար, որ դու արել ես ինձ,., Բայց հայերը, կարծեմ, այնքան ծույլ չեն, որ հեշտությամբ տան մեզ իրանց թագավորի և թագուհու թագը,,.

Նախասենյակում թաքնված դևը յուր լսելիքը ավելի մոտեցրեց դռանը:

Թագուհին հարցրեց.:

— Չէ՞ որ դու ասացիր, որ եթե զիտենաս՝ կռիվը և պատերազմը քո համար է, դու քեզ կձգես թշնամու գիրկը: Այժմ ահա՛ հասկացար, որ Մերուժանը քո պատճառով է պաշարել այդ բերդը:

— Այո՛, ես ինձ կձգեի թշնամու գիրկը կռվի և պատերազմի սկզբում, երբ դեռ ոչ մի արյուն չէր թափվել, և երբ կզիտենայի, որ ինձանով ամեն ինչ կվերջանար: Բայց այժմ շատ ուշ է... դառն եղելությունները կատարվեցան... և մենք այժմ ապրում ենք դիակների կույտի վրա...

Թագուհին դարձյալ գրկեց նրան և սեղմեց յուր բորբոքված կուրծքի վրա: Նրա հարցուփորձը այն նպատակով չէր, որ համոզե օրիորդին կատարելու Մերուժանի բաղձանքները, այլ ցանկանում էր ավելի լավ ծանոթանալ նրա հոգու և սրտի գեղեցիկ հատկությունների հետ, որոնք այնքան մխիթարում էին նրան:

— Եթե ա՛յդ է Մերուժանի ցանկությունը, — շարունակեց օրիորդը, — ես կատեմ նրան, թո՛ղ բոլոր բարի և չար աստվածները վկա լինեն, որ հավիտյան կատե՛մ նրան: Ինձ փույթ չէ, որ իմ եղբայրը խոստացել է ինձ կնության տալ նրան, բայց ես ինձ կսպանեմ, և մի այդպիսի անպիտանի կինը չեմ լինի:

— Ինչո՞ւ չես լինի:

— Նրա համար, եթե նա լավ մարդ լիներ, յուր հայրենիքին, յուր թագավորին և քե՛զ, սիրելի մայրիկ, այդքան վատություն չէր անի:

— Բայց նա սիրում է քեզ, և այդ բոլորն արել է քո սիրո համար: Նա ցանկանում է, որ դու անպատճառ հայոց թագուհի դառնաս, իսկ ինքը՝ հայոց թագավոր...

Այդ խոսքերի մեջցին օրիորդի մեջ կատարվեցավ մի զարմանալի փոփոխություն. նա վեր թռավ տեղից և, գրկելով թագուհու պարանոցը, յուր բոցավառ շրթունքներով համբուրում էր նրան և անդադար հարցնում էր:

— Դու ինձ այն ասա՛, սիրելի մայրիկ, ի՞նչ եղավ Մուշեղը...ո՞ւր գնաց նա... ա՛խ, որքան լավ մարդ էր նա... որքա՛ն ազնիվ էր, որքա՛ն բարի էր... Երբ ինձ բերում էր այստեղ, ճանապարհին որքա՛ն ցանկանում էի խոսել նրա հետ... բայց նա գոնե մի անգամ չխոսեց ինձ հետ:

Նրա հարցմունքները սպարապետի մասին էին:

— Ասա, սիրելի մայրիկ, ո՛ւր գնաց նա:

— Գնաց Բյուզանդիա, — պատասխանեց թագուհին, հազիվ կարողանալով ազատել իրան նրա բորբոքված գրկից:

— Ե՞րբ կգա:

— Ամեն րոպե սպասում եմ նրան:

— Ա՛խ, ի՛նչքան կուրախանամ ես, երբ մի անգամ ևս կտեսնեմ նրան...

Օրիորդի մանուկ սրտում թաքնված էր մի կայծ, որ հանկարծ սկսեց վառվել: Թագուհին հասկացավ այդ և ժպտալով հարցրեց,

— Դու, երևի, սիրում էիր նրան, Որմիզդուխտ, ուղիղն ասա՛, սիրո՞ւմ էիր:

— Չեմ թաքցնում, սիրում էի... այժմ էլ սիրում եմ... ես կցանկանայի նրա կինը լինել... ա՜խ, որքա՜ն ուրախ, որքա՜ն բախտավոր կլինեի ես,,. Երբ նա այնպես մեծահոգությամբ վերադարձրեց իմ եղբոր կանանոցը Տիզբոն, այն ժամանակ ես հասկացա, որ աշխարհի բոլոր լավ տղամարդերի մեջ նրա նմանը չկա...

Հենց այն ժամանակ իմ սիրտը սիրեց նրան...

Նախասենյակում թաքնված դևը, լսելով վերջին խոսքերը, մի անսովոր շարժում գործեց, բայց դարձյալ մնաց յուր տեղում, և դռան փականքից անթարթ աչքերով նայում էր երկու խոսակիցների վրա: Օրհորդը հարցրեց.

— Ինչո՞ւ գնաց սպարապետը Բյուզանդիա:

— Գնաց որդուս բերելու...

— Ուրեմն նա կգա քո որդու հետ, և մեզ կազատե՞ն չար Մերուժանի պաշարումից:

— Ես այդ մասին մեծ հույս ունեմ...

Օրհորդը ուրախությունից այժմ ինքը լցրեց ոսկյա բաժակները, մեկը առաջարկեց թագուհուն, իսկ մյուսը ինքը միանգամից խմեց: Գինու ազդեցությունը մի կողմից, վառված զգացմունքները մյուս կողմից, դրել էին նրան մի տեսակ հոգեզվարճ հափշտակության մեջ, և նա անդադար կրկնում էր միևնույն ցանկությունները, թե սպարապետի գալուց հետո,ինչ պիտի անե ինքը, ինչպես պետք է հայտնե յուր սերը սպարապետին, կամ ինչպես երկուսը միասին պետք է պատժեն «չար Մերուժանին» և այլն: Թագուհին լսում էր և բարեսրտությամբ ժպտում էր:

Օրհորդի հուզված ոգևորությունը այն աստիճան զբաղեցրել էր թագուհուն, որ նա ամենևին չէր նկատել, թե գիշերի մեծ մասը արդեն անցել էր: Բայց նրա ոգևորությունը փոքր առ փոքր մեղմացավ, ինչպես մի սաստիկ լարված նվագարան, որի քաղցր հնչյունները հետզհետե սկսում են թուլանալ: Քունը մի կողմից, գինու ազդեցությունը մյուս կողմից, լցրել էին նրա խոշոր աչքերը մի ախորժելի խումարությամբ, որ առանձին հրապուրանք էր տալիս սիրուն դեմքին: Գեղեցիկ գլուխը արդեն օրորվում էր, և վերջին խոսքերը կցկտուր էին, և ըստ մեծի մասին անհասկանալի: Թագուհին բռնեց նրա ձեռքից, տարավ յուր քնարանը, և պառկեցրեց անկողնի մեջ: Երկար նստած էր նրա մոտ, մինչև քունը բոլորովին տարավ: Բայց մերթ ընդ մերթ նրա մարջանի նման կարմիր շրթունքները արտասանում էին այդ խոսքերը, «Ա՜խ, ո՜րքան ազնիվ էր նա...ա՜խ , ո՜րքան սիրում էի նրան...»:

Օրհորդի ննջելուց հետո, թագուհին կրկին վերադարձավ առաջին սենյակը: Այս գիշեր, ինչպես ամեն գիշեր, նրա քունը չէր տանում: Մի քանի անգամ լուռ անցավ սենյակի միջով, հետո մոտեցավ բաց լուսամուտին, կանգնեց նրա հանդեպ: Նայում էր դեպի խորին, մահահրավեր լռությունը, նայում էր դեպի մթին, թանձրամած խավարը: Ոչի՜նչ չէր երևում, ոչինչ չէր լսվում: Ամեն ինչ նիրհում էր ծանր, հավիտենական անշարժության մեջ: Միայն երկինքը ցույց էր տալիս փոքր ի շատե կենդանության նշույլ:

Աստղերը վառվում էին: Նրա անթարթ աչքերը դարձան դեպի այդ միլիոնավոր արծաթափայլ բծերը: Երկար նայում էր: Ի՞նչ էր որոնում նրանց մեջ, — ինքն էլ չգիտեր: Բայց նայում էր: Ահա՜, հորիզոնը կամարաձև գծելով, անցավ մի շողշողուն ցոլացմունք: Մի աստղ ընկավ…մի կյանք ևս խավարեց…

Նա հեռացավ լուսամուտից, մոտեցավ բազմոցին, նստեց նրա վրա: Ճրագի թախծալի լույսը, ընկնելով գեղեցիկ դեմքի վրա, երևան էր հանում նրա տխուր գծերը: Որքա՜ն մաշվել էր այդ բազմահոգ դեմքը, որքա՜ն գունաթափվել էր: Նրա մեջ չէր երևում ո՛չ նախկին վիսապանծ հպարտությունը, և ո՛չ նրա անողոք խստասրտությունը: Երևում էր միայն՝ մի մեղմ հեզություն, որ արտահայտություն էր խոնհարյալ սրտի: Կարծես թե, նա հաշտված լիներ հանգամանքների դառնության հետ: Կարծես թե, նա ընտելացած լիներ յուր անմխիթար վիճակի դառնության հետ: Ի՜նչ տանջանքներ չկրեց այդ տառապյալ կինը վերջին օրերում, ի՜նչ թշվառությունների ականատես չեղավ նա: Մի ուրիշը նրա տեղում՝ վաղուց արդեն բոլորովին հալված և հյուծված կլիներ: Բայց նա տակավին պահպանել էր յուր հոգու զորությունը, որ ավելի ամրանում էր այն ջերմ հավատով, որ ուներ նա դեպի նախախնամության անսահման գթությունը:

Նա նստած էր յուր դատարկ մենարանում, բայց նրա տխուր մտածությունները հածում էին երբեմն դեպի արևելք, երբեմն դեպի արևմուտք: Այնտեղ, արևելքում, Անուշ բերդի մթին նկուղների մեջ, աքսորված էր թագավոր ամուսինը: Այնտեղ, արևմուտքում, բյուզանդական պալատի սպանիչ փափկության մեջ, պահված էր թագաժառանգ որդին: Երկուսն էլ օտարության մեջ, երկուսն էլ դժբախտության մեջ: Իսկ ի՞նքը: — Ինքը նույնպես բանտարկված էր յուր անառիկ ամրոցում, որ այժմ յուր գերեզմանն էր դարձել,,.

Սպասում էր որդուն: Բայց չեկավ որդին, ուշացավ որդին: Վաղուց էր, ոչինչ լուր չուներ Բյուզանդիայից: Ի՞նչ էր կատարվում այնտեղ, ի՞նչ էր որդու համեցության պատճառը, — այդ մասին ոչինչ չգիտեր: Միթե թշնամին այնպես անխզելի՞ շղթայով շրջապատել էր յուր բերդը, որ ոչ ոքին թույլ չէին տալիս մոտենալ, որ գոնե մի համբավ բերեր: Ի՞նչ էին շինում յուր նախարարները, ինչո՞ւ օգնության չէին հասնում, որ վանեն թշնամուն, որ խորտակեն պաշարման անխզելի շղթան: Երևի, նրանք մտածում էին, թե բերդում դեռևս այնքան ուժ կա, որ կարող է առանց դրսի օգնության պաշտպանվել: Երևի, նրանք չգիտեին, թե ի՞նչ դժբախտություններ էին պատահել բերդում:

Եվ իրավ չգիտեին:

Այդ մտածությունների մեջ՝ կրկին վերկացավ նա, սկսեց անցուդարձ անել դատարկ սենյակում: Այդ առաջին գիշերն էր, որ անմարդացած ապարանքի դատարկությունը, մի լայներախ վիշապի նման, ահարկու բերանը բաց արած, սպառնում էր կլանել նրան: Մի առանձին սոսկումով նայում էր յուր շուրջը, և չէր համարձակվում գլուխը բարձրացնել: Նրան այնպես էր թվում, թե բերդի փողոցներում ընկած հազարավոր դիակների ուրվականները պտտվում էին յուր չորս կողմում, վժվժում էին, քրթմնջում էին, և դառն անեծքներ էին թափում յուր վրա... Սարսափելով բռնեց աչքերը և հազիվհազ կարողացավ մոտենալ բազմոցին, և յուր վաստակաբեկ մարմինը թողեց նրա վրա: Երկար, մի սրտատրոփ խռովության մեջ, տանջվում էր նա: Խնդիրը հանգիստ չէր: Եվ ո՛րքան մտաբերում էր յուր խելացի և հեռատես սպարապետի նախազգուշակությունները, որ խոսեց նա յուր Բյուզանդիա գնալուց առաջ, ա՛յնքան ավելի խղճահարվում էր նա, որպես մի թշվառ հանցավոր, որ յուր համառությամբ պատճառ դարձավ այնքան շատ զոհերի...

Նա երկու ձեռքով բռնեց աչքերը, ընկավ բազմոցի վրա: Երկար ջերմ արտասուքը թանում էր նրա այտերը, երկար անազան ապաշավության կրակը այրում էր նրա սիրտը:

Այդ միջոցին դուռը կամաց բացվեցավ, և նախասենյակում թաքնված դևը ներս մտավ: Խիստ դառն, սպառնական հայացք ձգելով տառապյալ կնոջ վրա անցավ նա դեպի սենյակի մի անկյունը, և ծածկվեցավ մռայլի մեջ: Այնտեղից նայում էր, և նրա թուխ շրթունքները բաբախում էին ներքին ուրախությունից: Ի՛նչ դրության մեջ էր գտնում այն հպարտ, մեծամիտ կնոջը, որի համար երբեք հոգ և արտասուք չկար: Ի՛նչ վիճակի մեջ էր գտնում այն վեհանձն, փառասեր դշխոյին, որ սովոր էր ո՛չ միայն հայոց նախարարներին, այլև թագավոր-ամուսնին յուր լեչակի ազդեցության ներքո պահել: Այժմ, լքված, հուսահատված, ընկած էր նա՝ յուր չքեղ ապարանքի դատարկության մեջ, շրջապատված վշտերով ու տառապանքներով, և զուրկ ամեն պաշտպանությունից...

«Այդ դրությունը երկար շարունակվել չէ կարող... — ասաց նա գլուխը վեր բարձրացնելով, և արտասվալի աչքերը սրբելով: — Վաղ թե ուշ թշնամին կհասկանա իմ ամրոցի դատարկությունը... Այն ժամանակ Մերուժանի վայրագությունը կանցնի ամեն չափից... Ես տանջանքներից երկյուղ չունեմ... Ես երկյուղ չունեմ և մահից... Բայց ինձ հետ կմեռնի մի մեծ գործ, որի համար այնքան աշխատեցի...»:Նրա զորեղ ձայնը թուլացավ, գեղեցիկ գլուխը խոնարհեցրեց և, երկու ձեռքերը փակելով, մի քանի րոպե մնաց լուռ ալեկոծության մեջ: Անկյունում թաքնված դևը դեռ անշարժ կանգնած էր, և ոխակալությամբ լի աչքերով նայում էր նրա վրա:

«Երբ առաջին անգամ, — շարունակեց նա, — Շապուհ արքան իմ ամուսնին խաբեությամբ հրավիրեց Տիզբոն, և պատվով պահում էր յուր մոտ իբրև հյուր, — հետո հրավիրեց և ինձ: Բայց ես, հասկանալով նենգավոր պարսկի չար դիտավորությունը, մերժեցի նրա հրավերը և չգնացի: Ես մտածեցի, եթե նա իմ ամուսնին արգելելու լինի Տիզբոնում, գոնե ես մնամ և պաշտպանեմ անտեր երկիրը: Իմ նախատեսության մեջ՝ չսխալվեցա ես: Նա իմ ամուսնին աքսորեց Խուժաստանի խորքերում, իսկ ինձ յուր ձեռքը ձգելու համար՝ ուղարկեց Մերուժան Արծրունուն: Աստված օգնեց ինձ, և ես կարողացա քաջությամբ պատերազմել ընտանի թշնամու հետ: Իսկ ա՞յժմ: — Այժմ ինձ շղթաներով կտանեն Շապուհի մոտ, և անիրավ պարսիկը յուր վրեժխնդրության բոլոր թույնը կթափե իմ վրա...

Նա դարձյալ լռեց, դարձյալ անմխիթար վշտերը պատեցին նրան:

— Այդ իմ հոգը չէ... թո՛ղ ես կորչե՛մ, թո՛ղ ես ոչնչանա՛մ, բայց Հայաստանը մնա... — գոչեց նա ողբալի ձայնով: — Բայց ես տեսնում եմ հայրենիքի անդարձ կորուստը... Իմ աչքի առջևն է նրա սգավոր ապագան... Ա՜խ, գոնե մի կողմից օգնություն լիներ, գոնե շո՛ւտ հասներ որդիս...

— Այդ մի՛ հուսար... — ստվերի միջից լսելի եղավ թաքնված դևի ձայնը:

Թագուհին սոսկալով գլուխը բարձրացրեց, նայեց յուր շուրջը: Անակնկալ ձայնը սաստիկ խռովության մեջ դրեց նրան, մի չարագուշակ ձայն, որ կարծես երկնքից լսվեցավ: Երկար նրա շվարյալ աչքերը հածում էին սենյակի շուրջը, բայց ոչինչ չէր տեսնում: Սկսեց երկնչիլ: Փորձեց կանչել նաժիշտներին, բայց ձայնը չէր հնազանդվում նրան:

— Այդ ո՞վ է... ո՞վ կա այստեղ... — վերջապես հարցրեց նա:

Գիշերային այցելուն դուրս եկավ յուր դարանից և լուռ կանգնեց նրա առջև: Թագուհին նայեց նրա վրա և ամբողջ մարմնով դողաց: Նրան այնպես էր թվում, որ տեսածը երազ է, կամ չար սատանաներից մեկը այդ ահարկու մարդու կերպարանքով ներկայանում է իրան: Բայց բարկությունը իսկույն փարատեց նրա երկյուղը, երբ ճանաչեց նրան:

— Այդ. դո՞ւ ես, Դղակ, — հարցրեց նրանից:

— Այո, ես եմ, տիկին, — պատասխանեց նա, ավելի մոտենալով:

— Որտեղի՞ց եկար… ինչո՞ւ եկար… — գոչեց նա զայրացած ձայնով:

— Ամրոցի բոլոր գաղտնի անցքերը ինձ հայտնի են, տիկին, — պատասխանեց այցելուն անվրդով կերպով: — Բայց թե ինչո՛ւ համար եկա, մի փոքր համբերություն ունեցիր, տիկին, ես իսկույն կասեմ քեզ:

— Հեռացի՛ր այստեղից: Ես միշտ ատելով ատում էի քեզ, և քո գարշելի երեսը տեսնելու ժամանակ, միշտ զզվելով զզվում էի քեզանից, իսկ այժմ՝ ավելի ևս...

***

Այցելուն սկսեց արհամարհանքով ծիծաղել:

— Հեռացի՛ր, ասում եմ քեզ, եթե ոչ...

Թագուհու զայրացած աչքերը դարձան դեպի յուր շուրջը:

— Ի՞նչ ես որոնում, տիկին, երևի, մտածում ես կանչել քո սպառազինյալ ոստիկանների բազմությունը... Երևի, կամենում ես կանչել քո արյունախում դահիճների խումբերը... նրանք չկան այժմ... Ես նրանց դիակները տեսա, դրսում... Իսկ քո երկու նաժիշտները, տիկին, պառկած են կից սենյակում..,

— Լի՛րբ, դու եկար ծաղրելո՞ւ իմ դժբախտությունը…

— Ո՛չ, տիկին, ինձ աստված ուղարկեց քեզ մոտ…

— Հեռացի՛ր, ասում եմ քեզ...

— Մի՛ վրդովիր, տիկին, ես իսկույն կգնամ…

Նրա սառնությունը ավելի վիրավորական էր, քան թե հանդգնությունը:

Այդ մարդը Հայր-Մարդպետն էր՝ Արշակ թագավորի խոշոր

ավազներից մեկը, որ միացնում էր յուր անձնավորության մեջ մի քանի բարձր պաշտոններ: Իբրև ներքինի՝ թագավորի կանանոցի ներքինապետն էր: Իբրև հոգաբարձու՝ թագավորի «հայր» էր կոչվում նա, պահում էր նրան մի տեսակ որդեգրության ներքո, իշխում էր նրա գործերի և կամքի վրա և, միևնույն ժամանակ, նրա պալատի թե՛ վերակացուն էր և թե՛ կառավարիչն էր: Ամբողջ արքունիքը յուր բոլոր պալատականներովգտնվում էին նրա անմիջական հսկողության ներքո: Իբրև բարձր ազնվական՝ նա Մարդպետական հարուստ նախարարության տերն և իշխանն էր: Իբրև զինվորական՝ նրա հրամանի ներքո էին գտնվում Ատրպատականի սահմանապահ զորքերը: Մի խոսքով, պետության մեջ նա այն զորեղ, ազդեցություն ունեցող անձինքներից մեկն էր, որից ո՛չ միայն վախենում էին հայոց նախարարները, այլ երբեմն բռնանում էր մինչև անգամ թագավորի վրա: Նրա իշխանությունը ժառանգական էր: Հայր-Մարդպետը ընտրվում էր միշտ Մարդպետական նախարարությունից, թեև լինում էին երբեմն բացառություններ:

Արշակ թագավորը սկսեց ճնշել նրան, աշխատեց սահմանափակել նրա իրավունքները և դրանով գրգռեց նրա ատելությունը ո՛չ միայն յուր անձի դեմ, այլ առհասարակ Արշակունյաց տոհմի դեմ: Երկար ժամանակ սնուցանում էր նա այդ ատելությունը յուր սրտում, և մի հարմար ժամանակի էր սպասում, որ արտահայտե: Այժմ ժամանակը հասած էր համարում:

Նրա նախորդը յուր հանդգնության համար սպանվեցավ Մերուժանի հայր Շավասպ Արծրունուց: Իսկ ինքը՝ Արշակ թագավորի դեմ յուր ունեցած ատելությանը հագուրդ տալու համար՝ Մերուժանի գործակից դարձավ, և պարսից Շապուհ արքայի սիրելին:

Ահա այդ դավաճանն էր, որ կանգնած էր Արշակի կնոջ՝ Փառանձեմ թագուհու հանդեպ: Նրա ահռելի դեմքը ճրագի աղոտ լուսավորության առջև՝ ավելի սոսկալի արտահայտություն էր ստացել: Դեռ մանկության հասակում ծաղիկը այդ դեմքի վրա մեծ հեղափոխություն էր գործել: Նա այլանդակեց ահագին քիթը, նա այլանդակեց թխագույն շրթունքները, նա թողեց կաշու վրա այն խորին խորշերը, որ ծակոտիքավոր չեչաքարի նմանություն ունեին:

Թագուհին դեռ լի վրդովմունքով նստած էր բազմոցի վրա և, գլուխը մտահույզ կերպով դեպի ցած խոնարհած, ամենևին չէր նայում նրա վրա: Նրա անակնկալ հայտնվիլը արդեն բացատրեց, թե ի՛նչ չար նպատակով էր եկած:

Իսկ Մարդպետի ահարկու դեմքը, որ սկզբում ցույց էր տալիս խիստ դառն ծաղր և խիստ մաղձոտ հեգնություն դեպի թագուհու վիճակը, — այդ զոռոզ դեմքը հետզհետե կատաղի կերպարանք էր ստանում, որքան նա լսում էր թագուհու կծու հանդիմանությունները: Բայց թաքցնելով յուր բարկությունը, բաց արեց լայն բերանը, և հաստ, թխագույն շրթունքները արտասանեցին հետևյալ խոսքերը,

— Հայր–Մարդպետը կարևոր ասելիքներ ունի, թո՛ղ հայոց տիկինը

առժամանակ թողնե յուր զեղեցիկ մտածությունները և բարեհաճի լսել նրան:

Թագուհին գլուխը վեր բարձրացրեց և դարձյալ խորին զզվանքով ասաց նրան.

— Ես քեզանից շատ շնորհակալ կլինեի, Հայր–Մարդպետ, եթե հանգիստ կթողնեիր ինձ: Դու արդեն հասար քո նպատակին: Գողի նման մտար իմ ամրոցը, և ինչ որ լրտեսելու էիր, լրտեսեցիր: Այժմ գնա՛, ում որ մատնելու ես, մատնի՛ր իմ ամրոցը: Ես պատրաստ եմ...

— Քե՞զ հանգիստ թողնել... դու տակավին հանգստությա՞ն ես սպասում... հանգստությունը այլևս քեզ համար չէ, տիկին... Այո՛, ախորժելի հանգստություն կլիներ հանգչել հազարավոր զոհերի դիակների վրա, որոնք հիմարացան և քեզ հետ այդ բերդը մտան... Այժմ դու քո երկու նաժիշտներով հանգստությո՞ւն ես որոնում այստեղ... Գիտե՞ս, տիկին, թե ի՛նչ է կատարվում քո շուրջը...

— Գիտեմ... — պատասխանեց թագուհին հուզված ձայնով:

— Ո՛չ, բոլորը չգիտես: Լսի՛ր, տիկին, ես խիստ հետաքրքիր նորություններ կպատմեմ քեզ: Մերուժանը այժմ զարմանալի հրաշքներ է գործում: Դու խլեցիր նրանից նրա սիրելի Որմիզդուխտին, իսկ նա խլեց քեզանից, հիմա հաշվի՛ր, թե որքա՛ն հոգիներ: Նա մտավ Վան քաղաքը, ավերակ դարձրեց և բնակիչներից գերի վարեց 18 000 հայ և 5 000 հրեա...

— Նա չխնայեց և յուր սեփական քաղաքացիների՞ն, — ընդհատեց թագուհին:

— Այո՛, չխնայեց, գլխավորապես այն վիրավորանքի համար,որ նրա քաղաքացիքը ցույց տվին նրան՝ Ռշտունյաց Գարեգին իշխանի հարձակման ժամանակ: Բայց այդ դեռ բոլորը չէ, լսի՛ր, տիկին: Վանից Մերուժանը անցավ Աղիովտի Զարիշատ քաղաքը, գերի վարեց 10 000 հայ և 14 000 հրեա : Այնտեղից անցավ Բագրևանդի Զարեհավան քաղաքը, գերի վարեց 5 000 հայ և 8 000 հրեա: Այնտեղից անցավ Արշարունյաց գավառի Երվանդաշատ քաղաքը, գերի վարեց 20 000 հայ և 30000 հրեա: Այնտեղից անցավ Արարատյան գավառի Վաղարշապատ քաղաքը, գերի վարեց 19000 հայ, կոտորելով չափահասներին և միայն կանանց ու մանուկներին առնելով: Այնտեղից անցավ Արտաշատ քաղաքը, գերի վարեց 40 000 հայ և 9 000 հրեա: Այնտեղից անցավ Գողթնյաց գավառի Նախճվան քաղաքը, գերի վարեց 2 000 հայ և 16000 հրեա: Տեսնո՞ւմ ես, տիկին, այդ բոլորը տարավ նա մեկ հոգու՝ Որմիզդուխտի փոխարեն:

— Ո՞ւր տարավ, — հարցրեց թագուհին զարհուրելով:

— Առայժմ գերիների մի մասը հավաքել, պահել են Երասխ գետի աջ ափի մոտ, Արտաշատի հանդեպ, իսկ ամենամեծ մասը՝ Նախճվանի մոտ: Սպասում են միայն քեզ, տիկին, որովհետև Մերուժանի ցանկությունն այն է, որ դու քո ժողովրդի հետ միասին գնաս դեպի Պարսկաստանի խորքերը... Նա շուտով կգա քեզ հրավիրելու...

— Եվ այդ ուրախացնո՞ւմ է քեզ, անզգամ: Դրանո՞վ ես փոխարինում այն բոլոր շնորհները, որոնցով իմ թագավոր-ամուսինը քեզ անհայտ դրությունից բարձրացրեց և մեծամեծ պաշտոնների հասցրեց: Ապերա՛խտ: Դու քո հայրենիքի ամենադժվարին տագնապի միջոցում, փոխանակ նրան պաշտպան հանդիսանալու, քո դավաճան ձեռքը մեկնում ես դեպի թշնամին: Քեզ հանձնված էր քո թագավորի տունը, նրա ընտանիքը, և դու, եթե ամենափոքր ազնվություն ունենայիր, պետք է քո անձը դնեիր նրա տան վրա, — բայց այժմ ուրախանում ես այդ տան գերեվարությամբ: Այդ բավական չէ, դու համարձակվում ես քո զազրելի բերանով նախատել ինձ, և նախատել քո բարերար Արշակունիներին: Այո՛, նրանք նախատելի են, որ քեզ նման ցած և ստոր արարածին այնպիսի բարձր պաշտոնների արժանացրին:

— Այդ իմ իրավունքն էր, տիկին, այդ իմ ժառանգական արտոնությունն էր, որ հասել էր ինձ իմ պապերից, — պատասխանեց նա սառնությամբ: — Ո՞վ կարող էր ջնջել մարդպետական իշխանությունը:

— Իմ թագավոր-ամուսինը:

— Այո՛, այդ նպատակին ձգտեց նա... Նա աշխատեց ոչնչացնել և բոլոր նախարարությունները... բայց ոչնչացավ ինքը... Այդ թողնենք: Ես չեմ թաքցնում, տիկին, իմ ատելությունը դեպի առհասարակ բոլոր Արշակունիները, ես չեմ թաքցնում և իմ ուրախությունը, որ դու, վերջապես, պիտի պատժվես: Քո համառության արդյունքներն են, տիկին, այդ բոլոր կործանումները: Եթե դու, երբ սկզբում Շապուհ արքան կոչեց քեզ Պարսկաստան, գնայիր, — եթե դու, երբ նրանից հետո Շապուհը պաշարեց այդ բերդը, անձնատուր լինեիր, — դրանցից և ո՛չ մեկը չէր պատահի: Քեզ կտանեին Պարսկաստան, այնտեղ կփակեին Անուշ բերդում քո թագավոր-ամուսնի մոտ, և դրանով ամեն ինչ կվերջանար...

— Դրանով, դու կարծո՛ւմ ես, Հայր — Մարդպետ, կվերջանար Արշակունյաց թագավորությունը, — ձայն տվեց թագուհին խորին վրդովմունքով:

— Այո՛, տիկին: Եվ պետք է, որ վերջանա: Աստուծո արդար վրեժխնդրության բաժակը լցվել է, և նա պետք է թափվի...

Լսելով Հայր-Մարդպետի վերջին խոսքերը, թագուհու զայրացած աչքերը վառվեցան բարկության բոցով, և նա, յուր ծանր, սպառնական հայացքը ձգելով դավաճանի վրա, պատասխանեց խիստ ձայնով.

— Այդ թո՛ղ չուրախացնե քեզ, անպիտան, թող չուրախանան և քո զարշելի համախոհները: Մերուժանը իմ մի քանի քաղաքները ավերակ դարձնելով և բնակիչներին դեպի Պարսկաստան գերի վարելով, — դրանով Հայաստանը չի դատարկվի: Իսկ ինձ ևս գերի վարելով և իմ ամուսնի մոտ՝ Անուշ բերդը աքսորելով, — դրանով Արշակունյաց թագավորությունը չի ընկնի: Ես պատրաստ եմ: Ես գիտեմ, որ դու այստեղից հեռանալուց հետո, պիտի մատնես պարսիկներին իմ ամրոցի դատարկությունը: Գնա՛, հայտնիր: Թող գան և կալանավորեն ինձ: Ես ո՛չ մահից և ո՛չ աքսորից երկյուղ չունեմ: Բայց կցա Արշակունյաց թագաժառանգը — իմ որդին — այո՛, կցա նա Բյուզանդիայից, և թե՛ հոր և թե՛ մոր վրեժը կառնե չարագործներից...

Մարդպետի սառն դեմքի վրա անցավ մի դառն ժպիտ:

— Այդ հույսերը թող չմխիթարեն քեզ, տիկին, — ասաց նա, գլուխը հեգնորեն շարժելով: — Քո մեջ խոսում է սյունեցու կրակոտ արյունը և Մամիկոնյանների անզուսպ գոռոզությունը: Լսի՛ր, տիկին: Այն անքավելի մեղքերը, որ ծանրացած են քո վրա և քո թագավոր — ամուսնի վրա, երբեք թույլ չեն տա, որ Հայաստանը ձեզանով ազատված լինի, և Արշակունիների գահը վերստին փրկություն գտնե: Կրկնում եմ, աստուծո արդար վրեժխնդրության բաժակը լցված է, և նա պետք է՝ թափվի... Աստված պահանջում է ձեզանից այն անթիվ զոհերի արյունը, որ թափել եք դուք... Ես օտար չեմ, ինձ հայտնի են այն բոլոր եղեռնագործությունները, որ կատարվում էին ձեր արքունիքում... Ես տեսնում էի, և ոխակալությամբ լռում էի, որովհետև վախենում էի քո ամուսնից... Դու ինքդ, տիկին, արյունով ստացար քո տիկնանց-տիկնությունը... Կարծես, հենց այս րոպեում, իմ աչքերի առջևն է դժբախտ Ոլիմպիադայի դիակը, որին սպանել տվեցիր դու: Նրա մահվամբ նրա թագը հափշտակեցիր... Որքա՛ն այդպիսի դժբախտներ զոհվել են քո չար կրքերին և քո անիրավ փառասիրությանը... Դու ապաստանեցիր այդ ամրոցը, տիկին, և հույս ունեիր, որ այդ ամրոցը կազատե քեզ: Բայց տեսա՞ր աստուծո պատուհասը: Ա՛յն, որ չկարողացավ կոտրել թշնամոր սուրը, — այն բազմությունը, որ այնպես քաջությամբ ընդդիմացավ թշնամուն, — այո, այն ամբողջ բազմությունը ոչնչացրեց աստուծո ուղարկած սովն ու մահը: Այդ ամրոցը պետք է պաշտպաներ քեզ, տիկին: Հիշի՛ր, ո՞ւմն էր պատկանում այդ ամրոցը: Նրա յուրաքանչյուր քարը ներկված է անբախտ Կամսարականների արյունով, որոնց կոտորել տվեց քո ամուսինը, և անիրավությամբ հափշտակեց նրանց տոհմային ժառանգությունը... Նրանց հոգիները մինչև այսօր բողոքում են աստուծո արդարադատության առջև...

Եվ նա շարունակեց մի ըստ միոջե թվել, թե՛ թագուհու և թե՛ նրա ամուսնի կատարած հանցանքները, ավելացնելով.

— Ահա՛ Արշակունիների բոլոր առաքինությունները... Պետք է անպատճառ կործանվի՛ այդ անբարոյական տունը, և Հայաստանը այն ժամանակ միայն հանգստություն կվայելե...

— Պարսից լծի տա՞կ...

— Այո՛, պարսից լծի տակ, որ ավելի թեթև է, քան Արշակունիների անտանելի բռնապետությունը...

— Կորի՛ր, չարագործ, — գոչեց թագուհին և վեր թռավ նստած տեղից: — Եթե թագավորը և թագուհին արյուն են թափում,այդ հանցանք չէ, ինչպես հանցանք չէ, երբ աստվածներն են մարդիկ կոտորում: Այդ անում են նրանք, դարձյալ մարդկանց բարօրության համար: Վատերին մաքրում են լավերից...

Նրա բարձրահնչյուն խրոխտալի ձայնը ներս կոչեց երկու նաժիշտներին-Շուշանիկին և Հասմիկին, — որոնք, երկու զայրացած հրեշտակների նման, ներս վազեցին և, իրանց աղեղները լարելով, ճչացին.

— Թույլ տուր մեզ, տիկին, նետահարել այդ անզգամին...

Հայր-Մարդպետը ժպտալով նայեց այդ երկու անմեղ արարածների վրա և հեռացավ...

Դեռ առավոտյան լույսը նոր էր սկսել բացվել, դեռ նոր լսվում էր թռչունների ուրախ տաղերգը: Բայց լսվում էր և մի այլ ձայն, — սաստիկ խառնաշփոթ և ահարկու ձայն: Դա բերդի պարիսպների մոտ որոտացող շեփորների և թմբուկների ձայնն էր: Թագուհին լսեց բոթաբեր ձայները և իսկույն վերկացավ նստած տեղից:

Հայր-Մարդպետի հեռանալուց հետո, նա ամբողջ գիշերը լուսացրեց անքուն: Տխուր մտախոհությունների մեջ նստած էր և, կարծես, սպասում էր: Այժմ հասավ տագնապի և անկման դառն րոպեն...

Բայց նա արդեն պատրաստված էր այդ րոպեի համար: Միրտը խաղաղ էր և խիղճը հանգիստ: Յուր աշխարհի փրկության համար՝ նա մաքառեց, որքան կարողացավ: Մնացյալը վերագրում էր նախախնամության կամքին: Հանդարտ քայլերով անցավ նա դեպի սենյակի մի անկյունը և ծունր դրեց հատակի վրա: Արտասվալի աչքերը դեպի երկինք դարձնելով, ձեռքերը կուրծքի վրա փակած,երկար մնաց լուռ հափշտակության մեջ: Աղոթում էր նա, աղոթում էր, որպես մահվան դատապարտյալը՝ կյանքի վերջին վայրկյաններում՝ փափագում է խոսել աստուծո հետ յուր իղձն ու պաղատանքը թափել նրա գթության առջև:

Աղոթքը բավական կազդուրեց նրան. աղոթքը զովացրեց հրաբորբոք սիրտը: Արտասուքը սրբեց և վերկացավ: Վերջին անգամ թախծալի հայացքը դարձրեց դեպի յուր շքեղազարդ մենարանի շուրջը, նայեց սիրելի առարկաների վրա, որ մի քանի րոպեից հետո պարսկական զինվորների ավարառության նյութ պիտի դառնային:

Նա անցավ քնարանը, որտեղ պառկած էր Որմիզդուխտ օրիորդը: Մոտեցավ նրա անկողնին, բայց դժվարանում էր խանգարել նազելի օրիորդի անուշ քունը: Այնպես, անշարժ կանգնած, լուռ նայում էր նրա վրա: Մտաբերում էր նրա գիշերվա խոսակցությունը, և ուրախանում էր նրանով: Սենյակի տոթի պատճառով՝ թեթև վերմակը կիսով չափ մի կողմ էր ձգված: Երևում էր հարուստ կուրծքը, երևում էր գեղեցիկ դեմքը, որ պճնված էր սիրուն գիսակների թեթև գանգուրների ներքո: Նա մոտեցավ և համբուրեց շառագունած երեսը: Օրիորդը չզարթնեց: Նա դեռ կանգնած, շարունակում էր նայել նրա վրա: Բայց մի մթին զգացմունք հանկարծ սկսեց ալեկոծել արդեն հանդարտած սիրտը: Նրա խոշոր աչքերը վառվեցան և խաղաղ դեմքի վրա երևացին անբացատրելի ցնցումներ: Նա յուր դողդոջուն ձեռքը տարավ դեպի բորբոքված ճակատը, հենվեցավ պատին, որ կարողանա իրան ոտքի վրա պահել: Այդ դրության մեջ մնաց մի քանի րոպե: Կատաղությունը հետզհետե սաստկանում էր և հուզված սիրտը բաբախում էր անհնարին խռովության մեջ: «Դա պետք է այն չարագործի ձեռքը չընկնի՛»... — մրմնջաց նա, և մի քանի քայլ փոխեց դեպի օրիորդի անկողինը: Բայց իսկույն սոսկալով ետ դարձավ և կրկին հենվեցավ պատին:

«Ո՛չ... ո՛չ... — մտածեց նա երկար տատանմունքներից հետո, — ես այդ արյունից մաքուր կպահեմ իմ ձեռքերը... Այո՛, ես վճռել էի, ես մինչև անգամ երդվել էի, որ նույն րոպեում, երբ Մերուժանը ոտք կդնի իմ ամրոցի շեմքի վրա, նա պետք է յուր առջև կախված տեսնե սիրած աղջկա դիակը... Բայց ինչո՞վ է հանցավոր այդ անմեղ աղջիկը... Ոչ, ես դրան կենդանի կթողնեմ, որ ավելի տանջե Մերուժանին... Չէ կարող լինել մի պատիժ այնքան դառն և այնքան դժնդակ, քան թե այն, երբ Մերուժանը, որ հանձն առեց այդ գեղեցիկ աղջկա համար այնքան եղեռնագործություններ, հանկարծ իրան խաբված կգտնե յուր սիրո մեջ, երբ Որմիզդուխտը կսկսե ատել նրան և մերժել նրա սերը... Նա ինձ խոստացավ այդ, և համոզված եմ, որ կկատարե...»:

Նա մոտեցավ, արթնացրեց օրիորդին:

— Գիտեմ, թե ինչո՛ւ, այդպես վաղ արթնացրիր ինձ, սիրելի մայրիկ, — ասաց նա ուրախանալով: — Գիշերը պայման դրեցինք, որ այսօր մե՛նք գնանք որսի, և ո՛չ Շուշանիկն ու Համիկը:

Նա դեռ չէր մոռացել գիշերվա խոսակցությունը:

— Ոչ, սիրելի Որմիզդուխտ, — պատասխանեց թագուհին տխուր ձայնով: – Այսօր մեզ պիտի որսան... Որսորդները արդեն եկել, ամրոցի դռանը կանգնել են... Լսո՞ւմ ես փողերի ձայնը...

— Լսում եմ... — ասաց օրիորդը շփոթվելով: — Ինչո՞ւ համար են այդ ձայները...

— Թշնամին հասկացել է, որ ամրոցը պաշտպաններ չունի, եկել է, որ գրավի նրան:

— Մերուժա՞նը:

— Այո՛, Մերուժանը:

Օրիորդը խելագարի նման վեր թռավ անկողնից, շտապեց հագնվել: Նա այնպես հերարձակ, առանց գլուխը կապելու, կամենում էր վազ տալ դեպի ամրոցի դռները: Բայց թագուհին բռնեց նրան, հարցնելով.

— Ո՞ւր ես գնում:

— Անիծյալ Մերուժանը եկել է գրավելու այդ բերդը իմ եղբոր զորքերով, իմ եղբոր զորքերը չեն կարող չհնազանդվել քրոջ հրամանին. ես գնում եմ նրանց հրամայելու...

— Ի՞նչ հրամայելու:

— Դու իսկույն կտեսնես մայրիկ:

Ամրոցի դրսում աղմուկը և շփոթությունը հետզհետե սաստկանում էին: Խառնաձայն աղաղակները խլացնում էին շրջակայքը: Հազարավոր ձայներ կրկնում էին միևնույն խոսքը. «Բա՛ց արեք... »:

— Ես իմ ամրոցի դռները չեմ բաց անի նրանց առջև, — ասաց թագուհին արհամարհանքով: — Նրանք արժանի չեն այդ պատվին: Թող կոտրեն...

Նա դեռ բռնել էր օրիորդի ձեռքից, չէր թողնում, որ գնա:

— Իզուր կանցնեն քո ջանքերը, սիրելի Որմիզդուխտ, — ասաց գրկելով նրան: — Մեզ հանձնենք աստուծո կամքին, ինչ որ լինելու է, թող լինի...

Աղմուկը արթնացրեց Շուշանիկին և Համիկին, նրանք ճչալով այս

կողմ և այն կողմ էին վազվզում, և տակավին չգիտեին, թե ինչ էր պատահել:

Շատ չանցավ, արևը ծագեց և յուր լուսապայծառ ճառագայթները տարածեց դեպի ամեն կողմ: Այդ միջոցին ամրոցի երկաթյա դռները խորտակվեցան և կատաղի բազմությունը ներս խուժեց: Նրանք վայրենի աղաղակներով դիմում էին ուղղակի դեպի արքայական ապարանքը: Առջևում վեհապանծ կերպով ընթանում էր Մերուժան Արծրունին, իսկ նրա հետ՝ մի պարսիկ զորապետ:

Այդ միջոցին թագուհին և օրիորդը դուրս եկան ապարանքի ընդարձակ, շքեղազարդ սրահը:

— Ե՛կ, համբուրեմ քեզ, սիրելի Որմիզդուխտ, — ասաց թագուհին վշտալի ձայնով: – Հասավ ժամը, որ անողորմ ճակատագիրը պիտի բաժանե մեզ միմյանցից...

Օրիորդը ընկավ նրա գիրկը, ասելով.

— Ոչ, մենք չենք բաժանվի միմյանցից, ուր. որ քեզ տանելու լինեն, ես էլ քեզ հետ կգամ:

Ապարանքի բազմաթիվ սենյակները լցվեցան զինվորներով: Որոնում էին թագուհուն և օրիորդին: Ամբողջ պալատը դղրդվում էր խառնաձայն աղաղակներից: Հանկարծ Շուշանիկը և Հասմիկը սարսափած դեմքով մտան սրահը, ուր գտնվում էին նրանք:

— Գնա՛, Հասմիկ, դու ավելի սիրտ ունես, գնա, ասա նրանց, որ մենք այստեղ ենք, — հրամայեց թագուհին:

— Ես այդ բանը չեմ ասի, — տիկին, — լալագին ձայնով հրաժարվեցավ նաժիշտը:

— Դու գնա՛, Շուշանիկ:

— Ես էլ չեմ մատնի իմ տիկնոջը, — հեկեկալով պատասխանեց նա:

Երկու նաժիշտները փարեցան իրանց սիրելի տիկնոջ ոտներին, համբուրում էին, ողջագուրում էին, և ողբաձայն հառաչանքներով լաց էին լինում: «Ա՜խ, քեզ պիտի տանեն... ա՜խ, մեզ պիտի զրկեն քեզանից...» անդադար կրկնում էին նրանք և չէին բաժանվում: Թագուհին հեռացրեց նրանց, երբ նախասենյակում լսվեցին ծանր ոտնաձայներ: Նա մոտեցավ, նստեց բազմոցի վրա, իսկ նրա մոտ նստեց օրիորդը:

Ներս մտան Մերուժան Արծրունին, պարսիկ զորապետը, մի խումբ թիկնապահների հետ: Մերուժանի գոհունակ դեմքը փայլում էր ուրախությունից: Խորին հրճվանքով առաջ ընթացավ նա և, յուր սուրը դնելով օրիորդի ոտների մոտ, արտասանեց հետևյալ խոսքերը:

— Այդ բոլորը կատարվեցավ քո ազատության համար, և քո սիրո համար, նազելի Որմիզդուխտ: Հայոց թագուհին քեզ գերի վարեց յուր ամրոցը, իսկ ես, քեզ ազատելու համար, ոչնչացրի նրա ամրոցը՝ յուր զորքերի ահագին բազմության հետ: Հույս ունեմ, որ դու այսուհետև կհարգես այդ սուրը, որ այնքան անձնանվիրաբար գործեց քո պատվի և քո կյանքի համար:

Օրիորդի խոշոր աչքերը վառվեցան բարկության բոցով: Նա ոչինչ

չպատասխանեց և ո՛չ արժանացրեց նայել նրա վրա: Այլ ոտքով սուրը մի կողմ հրեց և, դառնալով դեպի պարսիկ զորապետը հարցրեց.

— Ինչպե՞ս է քո անունը:

— Ալանաողան, քո ծառան, — պատասխանեց նա գլուխ տալով:

— Ո՛վ Ալանաողան, հրամայում եմ քեզ իմ եղբոր արքայից արքայի անունով, հեռացրո՛ւ այստեղից այդ մարդուն, — նա ձեռքը զզվանքով տարավ դեպի Մերուժան Արծրունին: — Նա չպիտի համարձակվի տեսնել իմ երեսը: — Պատրաստել տո՛ւր մեզ համար առանձին պատգարակներ, ես և հայոց թագուհին միասին պիտի գնանք Տիզրոն, իմ եղբոր մոտ:

Զորապետը, ի նշան հնազանդության, կրկին և կրկին անգամ խոնարհեցրեց գլուխը, պատասխանելով,

— Այրաց մեծափառ օրիորդի հրամանը կատարված կլինի, որպես նրա բարձր ցանկությունն է:

Կարծես, ամբողջ ապարանքը փուլ եկավ Մերուժանի գլխի վրա, և նա խորտակվեցավ, փշրվեցավ նրա փլատակների ներքո: Հարվածը մեծ էր և վերքը անբուժելի: Նա այն աստիճան շփոթվեցավ, նա այն աստիճան կորցրեց յուր վեհությունը, որ մի բառ անգամ չգտավ պատասխանելու, երբ պարսից զորապետը, որ յուր ստորադրյալն էր, բռնեց նրա ձեռքից, և դուրս հանեց սրահից:

Թագուհին նայեց նրա վրա, և խղճաց...

Մյուս օրը թագուհին և օրիորդը, Ալանաողանի հսկողության ներքո, ճանապարհ ընկան դեպի Պարսկաստան: Տարագրյալ թագուհուց չբաժանվեցան և նրա երկու նաժիշտները:

Այնուհետև պարսից զորքերը ամբողջ ինն օր ու գիշեր կրում էին Արշակ թագավորի գանձերը , որ ամբարված էին այդ ամրոցում: Այնտեղ անշարժ մնացել էր և սովից ու ժանտախտից մեռած բազմության հարստությունը: Երբ բոլորովին դատարկեցին, հետո հրդեհեցին գեղեցիկ Արտագերսը...

ԵՐՐՈՐԴ ԳԻՐՔ

Ա

ԱՐԱՐԱՏՅԱՆ ԴԱՇՏԻ ԱՌԱՎՈՏԸ

«Իսկ յայսմ ժամանակի (Մերուժանն Արծրունի, եւ Վահանն Մամիկոնեանն) աւերեցին զքաղաքսն, եւ գերեցին զբնակեալսն անդ... և զայլ գերութիւնս՝ զաւառաց զաւառաց, կողմանց կողմանց , փոքի փոքի զաշխարհի աշխարհի, ածին ժողովեցին ի քաղաքն Նախճուան, զի անդ էր զօրաժողով իւրեանց զօրացն»:

Փաւստոս:

Առավոտ էր: Արարատյան դաշտի լուսապայծառ առավոտներից մեկը:

Արևի առաջին ճառագայթների ներքո՝ Մասիսի սպիտակափառ գագաթը փայլում էր վարդագույն շողքերով, որ աչք էին շլացնում: Արագածի պսակաձև գագաթը չէր երևում: Նա դեռ պատած էր ձյունի պես ճերմակ մշուշով, որպես մի ամոթխած հարսիկ, որ սքողում է յուր դեմքը անթափանցիկ շղարշով: Կանաչազարդ դաշտավայրը, ցողված վաղորդյան մարգագետիններով, վառվում էր ծիածանի ամենանուրբ գույներով: Փչում էր մեղմ հովիկը, ծաղիկները ժպտում էին, դալար խոտաբույսերը ծփում ու ծածանվում էին, և դաշտի խաղաղ տարածությունը օրորվում էր սքնաչելի ալեկոծությամբ:

Գեղեցի՜կ էր այդ առավոտը:

Թռչունները ուրախ-ուրախ ճախրում էին մի թփից դեպի մյուսը: Գույնզգույն թիթեռները, գույնզգույն ծաղիկների նման, ցանված էին օդի մեջ: Սպիտակ արագիլը, կարմիր ոտները հորիզոնական դիրքով ուղիղ մեկնած, լայն թևերով թափահարում էր, շտապելով դեպի Արաքսի մորուտները: Ձեռնասուն եղջերուները, վայրենի վիթն ու այծյամը, դուրս էին եկել Խոսրովի արքայական անտառներից, և ազատ, համարձակ վազվզում էին շրջակա մարգերի վրա:

Չէր երևում միայն մարդը:

Ամեն առավոտ, արծաթյա փողերի հնչյունը, որսորդական բարակների մռնչյունը, սիգապանծ նժույգների խրխինջը, խռովում էին սորամուտ անասունների վաղորդյան հանգիստը: Ամեհի վարազը սարսափելով նետվում էր մթին շամբուտների մեջ, իսկ թավամազ արջը ապաստանի տեղ էր որոնում: Իսկ այս առավոտ չկային նրանք, — չկային նախարարական իշխանազն պատանիները, որոնց որսորդական ուրախ զվարճությունները մի առանձին կենդանություն էին բաշխում երեաշատ դաշտավայրին:

Ամեն առավոտ թռչունը կարդում էր յուր նախարշալույսյան մեղեդին, և նրա հետ լսելի էր լինում ժրաջան մշակի երգը: Փայլում էր մանգաղը, եռում էր գործը, և ոսկեղեն հունձքը յուր լիառատ բեղմնավորությամբ՝ պարզևատրում էր վաստակաբեկ շինա-կանի աշխատանքը: Իսկ այս առավոտ չկար հնձվորը, չկար և հերկավարը: Հասունացած արտը մնացել էր կիսաքաղ և անվաստակելի արորը անգործ ընկած էր դեռ չվերջացրած ակոսների մոտ:

Ամեն առավոտ սուրբ տաճարի կոչնակի առաջին հնչման հետ՝ զարթնում էր հովիվը: Ոչխարների անուշ բառանչը, արջառների ուրախ ձայնարկությունը կենդանացնում էին խոտավետ հովիտները խիստ ախորժելի աղմուկով: Իսկ այս առավոտ չէին երևում ո՛չ հովիվը, ո՛չ նրա հոտերը: Ցիրուցան գառնուկները թափառում էին սար ու ձոր, և հայրակորույս որբիկների նման, կարծես, որոնում էին հովվին:

Ամեն առավոտ, երբ ծագում էր տվընջյան լուսատուն, նրա առաջին ճառագայթները ողջունում էին շինական աղջիկների աշխատանքը: Կարմիր, դեղին, կապույտ հագուստներով, որպես կարմիր, դեղին, կապույտ ծաղիկներ, սփռված էին լինում նրանք այգիներում, բանջարանոցներում և ագարակներում: Երգում էին և գործում էին: Եվ նրանց ուրախությանը ձայնակից էր լինում երգասեր սոխակը: Իսկ այս առավոտ չէին երևում անխոնջ մշակությունների այդ գեղեցիկ զարդերը: Այգիները մնացել էին անխնամ, ագարակները կորցրել էին իրանց սիրելի բանվորներին:

Արևը բարձրացավ, և որքան բարձրանում էր նա, այնքան Արարատյան ըն — դարձակ դաշտավայրը, որպես մի հսկական բուրվառ, խնկարկում էր յուր վաղորդյան անուշահոտությունը: Ամբողջ հովիտը ծխում էր, գոլորշիանում էր: Ցողազարդ բուսականությունը ետ էր տալիս երկնքին յուր ընդունած մարգարտյա կաթիլները:

Ծխում էին և դաշտավայրի վրա խիտ առ խիտ սփռված գյուղերը: Բայց այդ ծուխը չէր նմանում այն խաղաղ, կապտագույն ծուխին, որ ամեն առավոտ օձապտույտ սյունակներով վեր էր բարձրանում խրճիթների գմբեթաձև երդիկներից: Այդ ծուխը, սև մառախուղի նման, ծածկել էր գյուղերը, և մերթ ընդ մերթ նրա մթին թանձրության միջից փայլատակում էին հրային կայծեր...

Ծխում էին և մեծաշեն քաղաքները: Ծխում էր Դվինը, ծխում էր Արտաշատը, ծխում էր Վաղարշապատը, ծխում էր էջմիածնի վանքը... Եվ թանձր ծուխը նսեմացնում էր Արարատյան դաշտի լուսապայծառ գեղեցկությունը...

Ոչ ոք չէր երևում: Ամենուրեք տիրում էր տխուր, անապատական դատարկություն: Դատարկ էին քաղաքները, դատարկ էին գյուղերը, դատարկ էին և ճանապարհները: Ի՞նչ էր պատահել: Կարծես թե մի մահաբեր շունչ անցել էր այդ սքանչելի դաշտի վրայով, և մարդկային ամեն արարած ոչնչացրել էր...

Բայց ահա՛, դեպի Արտաշատ տանող ճանապարհի վրա փոշի է բարձրանում: Անցնում են մի խումբ ձիավորներ: Ձիաների հարուստ ասպազենքը, հեծյալների թանկագին զենքն ու զրահը՝ ցույց են տալիս, որ այդ մարդիկը հասարակ ճանապարհորդներ չեն: Մի վայելչագեղ երիտասարդ առաջ է ընկած, մյուսները հետևում են նրան:

Նրանք հասան Արտաշատ քաղաքի կիսափուլ պարիսպների մոտ: Այստեղ երիտասարդը կանգ առեց, մի քանի րոպե յուր տխուր հայացքը դարձրեց դեպի ավերակ և տակավին ծխվող քաղաքը, և ապա ճանապարհը ծռեց դեպի Տափերական կամուրջը: Նա գալիս էր հեռվից, շատ հեռվից, և այսպիսի հրդեհված, անմարդացած քաղաքներ շատ էր տեսել յուր ճանապարհի վրա: Այդ էր պատճառը, որ նրա քնքուշ սիրտը, կարծես թե, ամրացել էր, նրա վառ զգացմունքները կարծես թե սառել էին, և նրա թախծալի աչքերում մի կաթիլ արտասուք անգամ չէր մնացել, որ թափեր դժբախտ Արտաշատի վրա:

Տափերական կամուրջը միակ անցքն էր, որ Արտաշատից տանում էր դեպի Արաքսի աջ ափը: Նա հասավ կամուրջին, բայց չանցավ կամուրջը: Այնտեղ մեկին սպասում էր, և լուռ մտախոհությամբ նայում էր գետի վրա:

Արևը տակավին փայլում էր, ծաղիկները շողշողում էին, թռչունները դեռ շարունակում էին իրանց առավոտյան տաղերգը: Բնության այդ ընդհանուր սառնասրտության մեջ՝ վրդովված էր միայն Արաքսը: Որպես մի սգավոր, որդեկորույս մայր, պղտոր հորձանքներով որոտում էր, աղաղակում էր, հառաչում էր նա հեղեղելով յուր կանաչազարդ ափերը: Որպես մի ահարկու վիշապ, փրփուրը բերանում, կատաղի կերպով առաջ էր մղվում, լայնանում էր, ընդարձակվում էր և, կարծես, որոնում էր լափելու, կլանելու այն չարագործին, որ այնպես անխնա ձեռքով այրեց, անապատ դարձրեց գեղեցիկ քաղաքներն ու ավանները, որ զարդարում էին յուր հրաշալի ափերը: Նրա կատաղությունը զսպում էր հսկա կամուրջը, որ սեղմել էր նրան յուր բազմաթիվ կամարների ներքո:

Կամուրջի մյուս կողմում, Արաքսի աջ ափի մոտ, ընդարձակ կանաչազարդ դաշտավայրը ծածկված էր խիտ վրաններով: Ուղտերի, ձիաների, ջորիների և փղերի երամակները արածում էին վրանների շուրջ: Ճոխորեն աճած խոտաբույսերը առատ սնունդ էին մատակարարում այդ անասուններին: Այնտեղ դրած էր մի մեծ բանակ: Երիտասարդը նայում էր դեպի բանակը:

Այդ միջոցին, կամուրջի հակառակ ծայրում, երևաց մի փայակ, որ, երկար նիզակը ձեռին, ուղիղ մոտենում էր երիտասարդի խումբին: Երբ բոլորովին մոտեցավ, խորին կերպով գլուխ տալով, կանգ առեց:

— Վերջապես, դու երևացիր, Մալխաս, — դարձավ դեպի նա երիտասարդը: — Ասա՛, ի՞նչ լուր ունես:

— Ո՛չ Մամիկոնյան տերը և ո՛չ Մերուժան Արծրունին այդ բանակում չեն, — պատասխանեց փայակը:

— Ապա որտե՞ղ են նրանք, — հարցրեց երիտասարդը և, միևնույն ժամանակ, նրա վշտահար դեմքի վրա նշմարվեցան անհամբերության նշաններ:

— Նրանք գտնվում են պարսից գլխավոր բանակում, որ այժմ դրած է Նախճվանի մոտ:

— Իսկ այդ ի՞նչ բանակ է:

— Դա գլխավոր բանակի մի փոքրիկ մասն է: Այստեղ հավաքել են միայն Դվինի և Արտաշատի գերիներին:

— Ո՞ւմ հրամանատարության ներքո է գտնվում այդ բանակը: — Պարսից Զիկ անունով զորապետի:

Երիտասարդը Սամվելն էր: նա գնում էր յուր հոր և յուր քեռու՝ Մերուժան Արծրունու մոտ:

— Հետևի՛ր ինձ, — դարձավ նա դեպի փայակը, յուր ձիու գլուխը շուռ տալով դեպի Նախճվանի ճանապարհը: Նրա հետ ամբողջ ասպախումբը դիմեց դեպի այն կողմը:

Նա որոնում էր հորը, որոնում էր և քեռուն: Որոնում էր այնպիսի սրտով, որպես կյանքից ձանձրացած, բայց դեռ անվճռականության մեջ տատանվող մարդը որոնում է մահադեղ և, միևնույն ժամանակ, ինքն իրան մխիթարում է, երբ չէ գտնում, որ բաղձանքը կատարե: Նույնպիսի մի անվճռականության մեջ տանջվում էր նա, սկսյալ այն օրից, երբ բաժանվեցավ յուր մորից, երբ թողեց Ողական ամրոցը և ճանապարհ ընկավ դեպի հոր բանակը: Այն օրից անցան ամիսներ, անցավ մի տարի, և ավելի: Որքա՛ն ցավալի դեպքեր պատահեցան, որքա՛ն դժբախտ իրողություններ կատարվեցան: Նա ապարդյուն կերպով կորցրեց թե՛ թանկագին ժամանակը և թե՛ այն փառքը, որ յուր դասակիցները ստացան զանազան կռիվներում, իսկ ինքը բոլորովին անմասն մնաց: Այդ բոլորը ավելի սաստկացնում էր նրա վշտերը և ավելի խորին կերպով խոցում էր նրա զգայուն սիրտը:

Բայց նա այդ ժամանակամիջոցում բոլորովին անգործ չէր: Նա դարձյալ պատերազմի մեջ էր, — մի ներքին, բարոյական պատերազմի մեջ, որ կատարվում էր նրա սրտում, և որը ավելի սարսափելի էր, քան զենքի ու զրահի արհավիրքը: Նա կռվում էր յուր խղճի հետ և յուր սրտի հետ. վերք էր տալիս և վերք էր ստանում: Այդ հարվածներին չդիմացավ մանուկ սիրտը, մինչև, վերջապես, նրան հիվանդության մահճի մեջ դրեց: Վանից անցնելու միջոցին, դժբախտ Համազասպուհիի աղետալի վախճանը տեսնելուց հետո, նա այլևս չկարողացավ շարունակել յուր ճանապարհը: Նրան բոլորովին անզգա դրության մեջ տարան Անձավացյաց Հոգվոց վանքը, որ յուր լեռնային անմատչելի դիրքի պատճառով՝ մեկուսացած էր պատերազմների աղմուկից: Այնտեղ՝ վանականների խնամատարության ներքո՝ բժշկվում էր նա: Նրանից չբաժանվեցան յոր հավատարիմ ծառաները, որ ամեն կերպով հոգ էին տանում երիտասարդ իշխանի առողջությունը վերականգնելու համար: Այնուամենայնիվ, մի քանի անգամ նրա մահվան դագաղը պատրաստվեցավ: Այնտեղ մնաց նա բոլորովին անգիտակցության մեջ, և նրա շրջապատողները ամենայն զգուշությամբ աշխատում էին թաքցնել նրանից, թե ի՛նչ էր կատարվում այդ ժամանակ Հայոց աշխարհում: Բայց հիվանդը յուր ջերմության տագնապի մեջ՝ միշտ Հայոց աշխարհի մասին էր խոսում և միշտ նրա մասին էր հարցնում:

Ո՛չ հայրը և ո՛չ մայրը ամենևին տեղեկություն չունեին նրանից, այդ պատճառով շատ անհանգիստ էին: Անհանգիստ էին և բարեկամները: Ոմանք նրան բոլորովին կորած էին համարում: Այդ տխուր հանգամանքների մեջ՝ կարելի էր երևակայել Ռշտունյաց Աշխեն օրիորդի վիշտը, որ հոգով և սրտով նվիրված էր յուր սիրելիին: Նա մարդիկ ուղարկեց դեպի ամեն կողմ՝ որոնելու նրան:

Բայց ճակատագիրը խնայեց մահամերձ հիվանդին, խնայեց մի նշանավոր գործի համար, որ ապագայում օրինակ պիտի դառնար շատերին: Հենց որ նա մի փոքր-ինչ առողջացավ, փոքր-ինչ կազդուրեց յուր սպառված ուժերը, իսկույն թողեց վանքը և ճանապարհ ընկավ դեպի յուր նպատակը: Այդ ժամանակ նրան հայտնի էր ամեն ինչ. այդ ժամանակ նրան արդեն պատմել էին, թե ի՛նչեր կատարվեցան յուր բացակայության միջոցին, կամ ի՛նչ դրության մեջ էին ներկա գործերը: Տեղեկանալով բոլորը, կազմեց նա յուր ամենավստահ ծրագիրը: Առանց ժամանակ կորցնելու, նախ գնաց Հաղամակերտ, Արծրունյաց ոստանը, և այնտեղ տեսնվեցավ Վասպուրականի տիկնոջ (Մերուժանի մոր) հետ: Հետո գնաց Ռշտունիք, տեսնվեցավ Գարեգին իշխանի հետ: Այնտեղից անցավ դեպի Մոկաց և Սասնո լեռնաբնակները, տեսնվեցավ և նրանց իշխանների հետ: Թե ի՞նչ խորհուրդ ունեին այդ տեսակցությունները, — արդյունքը կհայտնվի հետո: Նա չմտավ Տարոն, Մամիկոնյանների սեփական երկիրը, զգուշանալով, մի գուցե հանդիպի յուր մորը: Այլ յուր նպատակները կարգադրելուց հետո, ուղիղ ճանապարհ ընկավ դեպի Արարատ, ուր հույս ուներ գտնել թե՛ հորը և թե՛ Մերուժանին: Նրա հետ էր յուր սիրելի դայակը՝ ծերունի Արբակը, և յուր ազգակիցը՝ պատանի Արտավազդը: Նրա հետ էին և յուր հավատարիմ ծառաները: Նա անցավ մի շարք ավերակների տխուր հետքերի վրայով, որ թողել էին յուր հայրն ու յուր քեռին: Նա յուր ճանապարհի վրա ականատես եղավ այն բոլոր չարիքներին, որ գործել էին այդ երկու մարդիկը: Բայց մտնելով Արարատյան դաշտը, և տեսնելով նրա թշվառությունները, Սամվելի ցավերը ավելի սաստկացան: Կատարված իրողությունները, ո՛րքան դառն էին,ա՛յնքան ավելի հաստատեցին նրա մեջ այն մթին խորհուրդը, որ վաղուց հղացած էր յուր սրտում: Բայց նա իրան շատ ուշացած էր համարում... Յուր հղացած խորհուրդը խիստ փոքր դարման և փոխարինություն կլիներ այն ահագին վնասներին, որ արդեն կատարվել էին: Այդ էր, որ այնքան անմխիթար ապաշավության մեջ էր դրել նրան, և այնպես անողոք կերպով կեղեքում էր նրա քնքուշ սիրտը:

Երեկոյան արեգակը դեռ մայր չէր մտել, ձիաների ճեպընթաց քայլերով հասավ նա Նախճվան քաղաքը: Գեղեցիկ, բարձրադիր բլրակի վրա, Գողթնյաց աշխարհի զվարճասեր քաղաքը ներկայացնում էր ավերակների մի սոսկալի կույտ, որ հրդեհի անխնա բոցերից հետո՝ ստացել էր խիստ մռայլ, սևաթույր տեսք: Ամեն շենք կործանել էր կրակը, ամեն շունչ սպառել էր թշնամու սուրը: Կենդանի մնացածները գերված էին:

Քաղաքի արևմտյան ստորոտում, ընդարձակ տափարակի վրա, որ տարածվում էր մինչև Արաքսի ձախակողմյան ափերը, դրած էր պարսից գլխավոր բանակը: Սամվելը թողեց անմարդացած քաղաքը, և յուր ասպախումբով դիմեց դեպի բանակը: Բոլոր վրաններից, որ ծածկել էին տափարակի ամբողջ տարածությունը, ավելի աչքի էին զարկում երկուսը, որոնք գտնվում էին միմյանց հանդեպ, երկու հողաթումբ բարձրությունների վրա: Վրաններից մեկը երկնագույն էր, և գլխին ծածանվում էր մի դրոշակ արծվաթև վիշապի նշանով, իսկ մյուսը շիկակարմիր էր, և գլխին ծածանվում էր մի դրոշակ արծվի նշանով: Սամվելը յուր ձին քշեց դեպի վերջին վրանը:

Դեռ չհասած, երիտասարդի ասպախումբից լսելի եղավ շեփորի ճայն, որին բանակից պատասխանեցին նույն ձայնով: Շատ չանցավ, բանակից դուրս եկավ մի բարձր աստիճանավոր, և մի խումբ սպաների հետ դիմավորեց եկվորներին:

— Ես Վահան Մամիկոնյանի որդին եմ, — ասաց Սամվելը: — Ինձ առաջնորդեցեք դեպի իմ հոր վրանը:

Նրան տարան դեպի շիկակարմիր վրանը: Մինչև հասնելը, Սամվելի մեջ սիրտ չմնաց: Նա անցնում էր այն բարբարոսական բանակի միջով, որ մի քանի շաբաթվա ընթացքում ավերակ դարձրեց Հայոց աշխարհի ամենագեղեցիկ մասը: Նա անցնում էր այն թշվառ գերիների միջով, որ մի ժամանակ այդ աշխարհի երջանիկ զավակներն էին: Մահվան չափ դառն էին այն մի քանի րոպեները մինչև հասավ նա հոր վրանը: Ինչպե՞ս հանդիպել նրան, ինչպե՞ս նայել նրա երեսին: — Այդ հարցերը ավելի սարսափեցնում էին նրան, քան թե շրջապատող տխուր երևույթները: Նա հավաքեց յուր բոլոր սառնասրտությունը, ցած իջավ ձիուց, և իսկույն վազեց վրանի ներսը: Նրա մարդիկը մնացին դրսում:

— Ա՜խ, Աամվել, սիրելի՜ Սամվել... — բացագանչեց շփոթված հայրը և սեղմեց որդուն յուր կրծքին:

Մի քանի րոպե մնացին նրանք լուռ գրկախառնության մեջ: Հայրը չէր հավատում յուր աչքերին: Որդու անակնկալ հայտնվիլը այն աստիճան հափշտակեց նրան, որ մերթ երեխայի նման հեկեկում էր, մերթ համբուրում էր նրան, և սրտի սաստիկ բաբախմունքից մի բառ անգամ չէր գտնում յուր զգացմունքները արտահայտելու:

Նա բռնեց սիրելի որդու ձեռքից, տարավ, նստացրեց յուր մոտ՝ փառավոր բազմոցի վրա: Այն օրից, որ հայրը գնացել էր Տիզբոն, չէր տեսել որդուն: Այն օրից անցել էին տարիներ: Որդին աճել էր, գեղեցկացել էր, և բոլորովին այրական դեմք էր ստացել: Հայրը նայում էր նրա վրա և սքանչանում էր:

— Սամվե՜լ... թանկագի՜ն Սամվել... — անդադար բացագանչում էր նա, և կրկին ու կրկին անգամ ողջագուրելով, սփռում էր նրա գունաթափ դեմքը բազմաթիվ համբույրներով:

Որդին դեռ գտնվում էր հուզված կրքերի սաստիկ ալեկոծության ներքո, որ նրան մի տեսակ տենդային դրության մեջ էին դրել: Բայց հայրը վերաբերում էր այդ նրա զգացված սրտին, և երկար նրա դողդոջուն ձեռքը բաց չէր թողնում յուր ափերի միջից, և դեռ խորին զմայլմունքով շարունակում էր նայել որդու վրա: Նրա հոգին լցված էր անսահման բերկրությամբ, և իրան երանելի էր համարում, որ այնպիսի սիրուն որդի ունի:

— Ա՜խ, եթե քեզ գոնե մի անգամ տեսներ Շապուհ արքան, — ասում

էր նա սրտագին բաղձանքներով, — այդ շնորհալի դեմքով, այդ վայելչագեղ հասակով, նա անպատճառ քեզ հայոց ամբողջ հեծելազորի հրամանատար կկարգեր:

Այդ խոսքերը այնպիսի անսպասելի կերպով խոսվեցան, որ Սամվելը իսկույն ուշքի եկավ, և մտածեց որոշել յուր դերը, որպեսզի չմատնվի:

— Մի այդպիսի բարձր պաշտոն ինձ համար դեռ շատ վաղ է, սիրելի հայր, — պատասխանեց նա բռնի ժպիտով:

— Դու շատ համեստ ես, Սամվել: Բայց նայիր քեզ վրա հոր աչքով, և այն ժամանակ շատ վաղ չես համարի: Դու կհիացնես պարսից ամբողջ արքունիքը, եթե գեթ մի անգամ այնտեղ հայտնվելու լինես: Բավական է, որ դու մի ասպախաղ կատարես Տիզբոնի մեծ հրապարակի վրա, և Շապուհ արքան յուր պալատի բարձր պատուհաններից նայե քեզ վրա, — այն ժամանակ քո հոր ամենաշերմ փափագները կատարված կլինեն...

— Դու ի՞նչ գիտես, սիրելի հայր, որ ես ասպախաղի մեջ շնորհք ունեմ:

— Մայրդ գրում էր ինձ, մի՛շտ գրում էր, սիրելի Սամվել: Գրում էր քո հաջողակությունը նետաձգության մեջ, գրում էր քո քաջությունները զինավարժության մեջ, և հորդ կարոտ սիրտը ուրախացնում էր: Ես մխիթարվում էի իմ պանդխտության մեջ, մտածելով, որ արժանավոր որդու հայր եմ: — Ա՜խ, ես այնքան հափշտակվեցա քեզանով, որ բոլորովին մոռացա հարցնել, թե ովքե՞ր են եկած քեզ հետ:

Սամվելը պատմեց, թե ո՛վքեր են եկած յուր հետ: Հայրը հրամայեց, որ բոլորին տեղավորեն պատշաճավոր վրաններում:

Հետո կրկին դարձավ նա դեպի որդին, հարցնում էր մոր մասին, հարցնում էր քույրերի և եղբայրների մասին, հարցնում էր, թե ի՛նչ «պատրաստություններ» է տեսել մայրը, և մի առանձին հետաքրքրությամբ աշխատում էր տեղեկանալ, թե Տարոնում ինչպե՞ս են նայում «գործերի» վրա, քաղաքացիք ի՞նչ տրամադրության մեջ են, և այլն: Սամվելը հոր հարցասիրությանը բավականություն էր տալիս կա՛մ թեությամբ, կա՛մ անորոշ և երկդիմի ենթադրություններով, որոնք կատարելապես չէին զոհացնում նրա հետաքրքրությունը:

— Մայրդ նամակ չտվե՞ց, — հարցրեց նա:

— Ի՜նչպես չէ: — Սամվելը հանեց ծոցից մոր նամակը և տվեց հորը:

Հայրը նայեց նամակի թվականի վրա և զարմացավ:

— Այդ նամակը հին է, սիրելի հայր, — ասաց Սամվելը, և սկսեց պատմել յուր հետ պատահած արկածները, յուր մահամերձ հիվանդությունը, Անձավացյաց Հոգվոց վանքում երկար ժամանակ մնալը և այլն: Թաքցրեց հորից միայն՝ յուր առողջանալուց հետո՝ զանազան տեղեր գնալը և զանազան անձանց հետ տեսնվիլը:

— Դա կատարյալ միամտություն է, Սամվել, — նկատեց հայրը վշտանալով: — Դու այդքան ժամանակ հիվանդ ընկած ես լինում մի անհայտ վանքում, ո՛չ քո հորը և ո՛չ քո մորը իմացում չես տալիս:

— Ես իմացում տալիս էի... Բայց իմ մարդիկը գնում էին և տեղ չէին հասնում... Գիտե՞ս, հայր, ի՜նչ աղմկալի ժամանակներ էին... Մարդիկների գլուխները ծառի տերևների նման թափվում էին.,,

Սամվելը, իրավ, յուր հիվանդության մասին իմացում էր տվել, բայց ո՛չ հորը և ո՛չ մորը, այլ յուր բարեկամներին, որ այդ միջոցում գտնվում էին Արտագերս ամրոցի մեջ, պաշարված հոր և Մերուժանի զորքերով: Նրա մարդիկը չկարողացան մտնել ամրոցը, և այդ պատճառով նրա հետ պատահած դժբախտությունները մնացին անհայտության մեջ: Հայրը սաստիկ տխրեց այն բոլոր տառապանքների համար, որ կրել էր որդին և, գրկելով նրան, բացականչեց.

— Աստված քեզ կրկին անգամ պարգևեց ինձ, անգին Սամվել, զոհությո՜ւն և փառ՜ք նրա մեծությանը:

Նամակը թեև հին էր, այնուամենայնիվ, հոր համար շատ հետաքրքրական էր. նա իսկույն սկսեց խորին ուշադրությամբ կարդալ, խնդրելով որդուն, որ գնա կից խորանում լվացվի և ճանապարհի փոշին սրբե իրանից: Մի խումբ պատանիներ, շքեղ կերպով հագնված, պատրաստ էին այնտեղ սպասավորելու համար: Նրանք բոլորն էլ ազգով պարսիկներ էին, և չէին ճանաչում Սամվելին: Նրա հայրը այժմ հայ ծառա չէր պահում, և ո՛չ մի հայ նրա մոտ ծառայել չէր ցանկանում: Սամվելը, հորը միայնակ թողնելով, մտավ ցույց տված խորանը, ուր ամեն պարագայք պատրաստ էին լվացվելու համար:

Վրանը, որի մեջ գտնվում էին նրանք, յուր բոլոր հարմարություններով՝ ներկայացնում էր մի ամբողջ շարժական պալատ: Ժամանակի արհեստը տվել էր նրան՝ թե՛ վայելուչ ձև և թե՛ շքեղություն: Դրսից, որպես լինում էին ամենաբարձր ազնվականների վրանները, շիկակարմիր գույն ուներ, իսկ ներսից պատած էր բաց-մանիշակագույն ատլասով: Զանազան մուտքեր տանում էին դեպի զանազան բաժանմունքներ, որոնք առանձին խորանների ձև ունեին, և պատրաստված էին այլ և այլ պետքերի համար: Դռների փոխարեն ծառայում էին մետաքսյա վարագույրներ, որոնց եզերքը զարդարած էին գույնզգույն ծոպերով: Վարագույրները կախված էին հաստ նարոտների վրա, որոնց ծայրերից քարշ էին ընկած ոսկեթել փունջեր: Այդ ամբողջ կազմվածքը, որ պարսկական շռայլ ճաշակի գործ էր, ամրացած էր փայտյա ոսկեզօծ սյուների վրա, որոնք զարդարած էին ամենանուրբ ծաղկանկարներով: Տասն ջորիներ հազիվ կարողանում էին տանել նրան, երբ լուծվում էր այդ վրանը: Մի ամբողջ օր հազիվ կարողանում էին կանգնել նրան, երբ հարկավոր էր լինում կրկին կազմել: Այդ պատճառով, վրանը միշտ օրով առաջ տարվում էր հետևյալ իջևանը, որ ժամանակ ունենային պատրաստելու:

Նա կազմված էր բավական բարձր հողաթումբի վրա, որ շինված էր ժամանակավորապես վրանը զերծ պահելու համար անձրևային հեղեղներից, որ գարնան եղանակներում խիստ հաճախ էին պատահում այդ կողմերում: Այդ բարձր դիրքից երևում էր ամբողջ բանակը, որ տարածվում էր հեռու, շատ հեռու, մինչև Արաքսի ափերը, և բռնել էր կանաչազարդ տափարակի մեծ մասը: Երեկոյան կիսամռայլի միջից, բանակի մյուս ծայրում, հազիվ երևում էր պարսից Կարեն անունով նշանավոր զորապետի վրանը, որի գմբեթաձև կատարի վրա ծածանվում էին պարսկական դրոշակներ: Իսկ Մամիկոնյան իշխանի վրանի հանդեպ՝ երևում էր Մերուժանի երկնագույն վրանը, Արծրունյաց արծվաթև վիշապի վառով:

Երբ Սամվելը լվացվեցավ, հագուստը փոխեց և կրկին վերադարձավ հոր մոտ, նա դեռ չէր վերջացրել նամակի ընթերցումը: Նրան չխանգարելու համար, անխոս նստեց մի կողմում, և լուռ նայում էր հոր դեմքի մթին արտահայտությունների վրա որ ոչ բոլորովին մխիթարական էին: Դա նամակ չէր, դա մի ընդարձակ զեկուցում էր, որով Սամվելի աչալուրջ մայրը մանրամասնորեն հաղորդում էր յուր ամուսնին «գործերի» դրության մասին Տարոնում:

Նամակի ընթերցումից հետո՝ հայրը գտնվում էր մի տեսակ մտահույզ տրամադրության մեջ: Կինը, ի միջի այլոց, զգուշացրել էր նրան՝« շատ չհավատալ Սամվելին»... Կնոջ մի այդպիսի դիտողությունը բոլորովին տարօրինակ էր թվում նրան: Իբրև բարձր ազնվական, մանավանդ իբրև հայր, նա երևակայել անգամ չէր կարող, թե որդին կհամարձակվեր սեփական կամք և սեփական ցանկություններ ունենալ: Նա դեռ նայում էր Սամվելի վրա, որպես նախկին երեխայի վրա, առանց նկատելու, որ երեխան աճել էր, զարգացել էր և սեփական մտածությունների տեր էր դարձել: Նրա մեջ՝ ազնվապետական կամայականությունը՝ յուր հպատակներից հետո՝ անցնում էր և որդու վրա: Այդ էր պատճառը, որ նա յուր գործերի վերաբերությամբ՝ ոչինչ պատասխանատվություն դեպի որդին չէր զգում: Նա կարծում էր, թե ինչ որ հաճելի է եղել իրան, նույնը, անտարակույս, պետք է հաճելի լինի և որդուն: Նա համոզված էր, թե ինչ որ ինքը արել է, կամ ինչ որ դեռևս դիտավորություն ունի անելու, — բոլորը նույնքան ախորժելի պետք է լինեն որդուն, որքան իրան, որովհետև գործողը հայրն է: Նրա համար բոլորովին խորթ էր այն միտքը, թե որդին ընդունակ էր, կամ իրավունք ուներ քննադատելու հոր գործողությունները: Ուրեմն ինչո՞ւ չհավատալ Սամվելին:

Նա նայում էր կատարված իրողությունների սիավորության վրա յուր անձնական նեղ տեսակետից: Եթե կործանվեցան քաղաքներ և հրդեհվեցան մեծաշեն ավաններ, եթե գերի առնվեցան բազմաթիվ բնակիչներ և արյունով ներկվեցան հայրենի երկրի դաշտերն ու անդաստանները, — չէ՞ որ այդ բոլոր չարիքները չգործվեցան լոկ չարագործության համար, այլ հայտնի, որոշ, և կանխապես վճռված քաղաքական նպատակների համար, որ խոստանում էին փայլուն արդյունքներ: Եվ եթե հայրը կհասներ սպասած արդյունքներին, ո՞ւմ համար էր, եթե ոչ որդու համար, ո՞վ պետք է վայելեր, եթե ոչ որդին: — Ահա այդպես էր մտածում հայրը, այդպես էին փառասեր իշխանի դատողությունները, և այդ պատճառով, նրան բոլորովին տարօրինակ էին թվում կնոջ նախազգուշությունները, թե «շատ պետք չէ հավատալ Սամվելին... » — ինչո՞ւ չհավատալ: Միթե Սամվելը դեռ այնքան տհա՞ս էր, որ հասկանալ չէր կարող հոր բարի ցանկությունները, որ նույնիսկ որդու բախտավորության համար էին...

Բայց որդին այլապես էր մտածում. հայրենիքի կործանման մեջ որոնած փառքը՝ նա հայրենիքի դեմ դավաճանություն էր համարում: Առանց մոր նամակը կարդացած լինելու, նա արդեն գիտեր բովանդակությունը: Այդ պատճառով, նրան բոլորովին հասկանալի եղավ հոր հուզմունքը, որ նամակի ընթերցումից հետո՝ նա ամենայն դժվարությամբ աշխատում էր թաքցնել: Բայց որդուն պետք էր համակերպվել հոր հետ, պետք էր գոնե առժամանակ կեղծել, որը նրա համար սաստիկ ծանր էր:

Երեկոյան մթությունը բոլորովին պատել էր բանակը, երբ Մամիկոնյան իշխանի վրանում վառեցին լապտերները: Այդ ժամանակ բանակի մյուս վրաններում ևս հետզհետե սկսեցին երևնալ լույսեր, որ խիստ տխուր տպավորություն էին գործում Սամվելի վրա: Նա կցանկանար, որ բնավ լույս չլիներ, և ամեն ինչ հավիտյան խավարի մեջ մնար, որ չտեսներ այն ատելի բանակը, որ այնպես անխնա կերպով կեղեքում էր նրա սիրտը: Շրջակայքը արդեն ծածկված էին թանձր մթության մեջ, և ամենուրեք տիրում էր գերեզմանական հանգստություն: Միայն ահարկու բանակն էր, որ երեկոյան լռության մեջ՝ շնչում էր, որպես մի հրեշավոր մահացություն: Ընթրիքի ժամն էր: Նա, անշարժ վիշապի նման, պատրաստվում էր կերակրվել, որ ավելի մեծ կատաղությամբ կատարնե յուր առսկումները: Զինվորները հավաքված էին բացօթյա խարույկների շուրջը և իրենց համար կերակուր էին պատրաստում: Իսկ զորապետների շրջական խոհանոցները բուրում էին համադամ խորտիկների ախորժելի հոտով:

Միայն ընթրիքի ժամանակ Մամիկոնյան իշխանը հրամայեց կանչել յուր մոտ՝ Սամվելի հետ եկած մարդիկներից՝ ծերունի Արբակին և Արտավազդ մանուկին, որը նույնպես Մամիկոնյան տանից էր: Երբ ներս մտան, աշխույժ պատանին ուրախությամբ վազեց, փաթաթվեցավ իշխանի պարանոցին, իսկ ծերունին մնաց ոտքի վրա:

— Դու երևի, չէիր սպասում, որ ես կգայի Սամվելի հետ, — ասում էր նա, յուր անհանգիստ ձեռքերով փայփայելով իշխանի ուսերը: — Տեսա՞ր ինչպես եկա:

— Դու ամենափոքրիկ հասակումդ ևս միշտ այդպես քաջ էիր, սիրելի Արտավազդ, — պատասխանեց իշխանը, նստացնելով նրան յուր մոտ: — Իսկ այժմ բավական սիրուն և հասած տղա ես դարձել, իհարկե, հիմա ավելի քաջություն կունենաս:

Այս խոսքերը ավելի գրգռեցին Արտավազդի սնափառությունը, և առիթ տվին նրան հարցնելու:

— Այդ բանակում պարսիկ պատանիներ կա՞ն:

— Կան, ինչո՞ւ համար ես հարցնում:

— Ես եկել եմ նրանց հետ մրցելու, որ ցույց տամ, թե հայ պատանիները ո՜րքան ճարպիկ են պարսիկներից:

— Այդ դու կանես Տիզբոնում, սիրելի Արտավազդ, Շապուհ արքայի պալատական տղաների հետ:

— Դու ինձ կտանե՞ս այնտեղ:

— Իհարկե, կտանեմ:

Պատանին սկսեց ուրախանալ:

Կայտառ, կյանքով լի պատանին այն աստիճան հափշտակել էր իշխանին, որ նա նոր նկատեց, որ ծերունին ոտքի վրա էր, և դարձավ դեպի նա, ասելով.

— Նստիր, Արբակ, ինչո՞ւ ես կանգնած:

Ծերունին թոնթորալով նստեց: Նա Մամիկոնյան տան ամենահին դայակներից մեկն էր, յուր ձեռքերի վրա սնուցել էր որպես իշխանին, նույնպես և նրա որդի Սամվելին:

— Ինչպե՞ս ես, Արբակ, — ժպտալով հարցրեց իշխանը: — Ամենքը փոխվել են, դու միայն մնացել ես միևնույնը, որպես տեսել եմ մի քանի տարի առաջ: Ո՜չ ծերացել ես, և ո՜չ մանկացել:

— Արտաքին կեղևը միշտ խաբուսիկ է լինում, տեր իշխան, — պատասխանեց ծերունին յուր սովորական պարզախոսությամբ: — Միայն աստված է իմանում, թե ներսում ի՜նչ կա... Մազերս, իրավ է, շատ չեն ճերմակացել, բայց սրտումս այլևս կյանք չէ մնացել...

— Ինչո՞ւ, Արբակ, ի՞նչը կարող էր քեզ այդպես վշտացնել:

— Շատ բան, տեր իշխան: Աշխարհս փոխվել է... ամեն ինչ տակնուվրա է եղել... և նրանց հետ տակնուվրա է լինում մարդու սիրտը... Ո՞ւր են հին ժամանակները... գնացի՜ն, այլևս ետ չեն գա...

Իշխանը հասկացավ բարեսիրտ ծերունու վշտերը, և նրա զգացմունքներին ավելի ընթացք չտալու համար, իսկույն ընդհատեց խոսակցությունը, մանավանդ, որ սպասավորները ներս մտան, սկսեցին ընթրիքի սեղանը պատրաստել:

Ճոխ ընթրիքը պարսկական շռայլ խոհանոցի ամենանուրբ արդյունքներից մեկն էր, որ յուր վրա դարձրեց բոլորի թե՜ ախորժակը և թե՜ ուշադրությունը: Մինչև անգամ ծերունի Արբակը, որի համար անսովոր էին այն տեսակ կերակուրներ, մեծ ախորժակով ուտում էր: Արծաթյա մեծ սրվակների մեջ դրած էին զանազան տեսակ օշարակներ և գինիներ: Շքեղ հագնված սպասավորները, ոտքի վրա, ոսկյա մեծ գավաթներով մատովակում էին անուշ գինին, իսկ սեղանակիցները լուռ ուտում էին և խմում: Ուտում էր և վշտալի Սամվելը:

— Քեզ ինչպե՞ս են թվում այս կերակուրները, — հարցրեց հայրը:

— Ուտում եմ... — ասաց Սամվելը անփույթ կերպով, — որովհետև բավական ժամանակ է, որ տաք կերակուր չեմ կերել:

— Ինչո՞ւ:

Սամվելի փոխարեն պատասխանեց Արտավազդ մանուկը :

— Նրա համար, որ ճանապարհին ինչ գյուղ կամ ինչ քաղաք հասնում էինք, տեսնում էինք, որ մարդիկ չկան, տները այրված են, և ամեն ինչ ոչնչացրած: Որտեղի՞ց պետք է կերակուր գտնեինք:

Իշխանը լուռ մնաց: Պատանու պատասխանը կծու էր, քան ամեն հանդիմանություն:

Սամվելը ընթրիքի բոլոր ժամանակը չէր խոսում: Նա մի փոքր կերավ և ապա հեռացավ սեղանից: Հայրը հաճախ դառնում էր դեպի նա, աշխատում էր զբաղեցնել, հարցնում էր թախծության պատճառը, և միշտ միևնույն պատասխանն էր ստանում, թե սաստիկ հոգնած է, շատ գիշերներ չէ քնել, կցանկանար հանգստանալ և այլն:

Երբ հավաքեցին ընթրիքի սեղանը, հայրը հրամայեց, որ յուր ամենալավ վրաններից մեկը հատկացնեն Սամվելի կացության համար և այնտեղ պատրաստեն նրա անկողինը:

— Իմ անկողինն էլ թող այնտեղ պատրաստեն, — մեջ մտավ Արտավազդ մանուկը:

— Ես քեզ Սամվելից չեմ բաժանի, սիրելի Արտավազդ, — ասաց իշխանը և գրկեց նրան:

Հայրը հատկացրեց Սամվելին առանձին ծառաներ, պատվիրելով, որ միշտ նրա սպասումն լինեն: Բայց որդին հրաժարվեցավ, պատճառ բերելով, թե ինքը ընտելացած է յուր ծառաներին, որովհետև նրանք գիտեն յուր բոլոր սովորությունները:

— Քո ծառաների թիվը շատ փոքր է, Սամվել, — նկատեց հայրը: — Պարսից սովորությունների համեմատ, դու պետք է գոնե հարյուր, երկու հարյուր ծառաներ ունենաս, եթե ոչ, անպատշաճ կլինի քեզ մի որևէ տեղ երևնալ: Էգուց պետք է գնաս քեռուդ (Մերուժանին) տեսնելու, այլև պետք է այցելես մի քանի պարսիկ զորապետների, ինչպե՞ս կարելի է այդքան սակավ ծառաներով գնալ:

— Ես ծառաներ շատ ունեի, հայր, — ասաց Սամվելը հարկադրված ծիծաղով, — բայց մեծ մասը ճանապարհին կորցրի: Ես դուրս եկա տանից երեք հարյուր ծառաներով, իսկ այժմ մնացել են քառասուն հոգի միայն:

— Ես պակասած թիվը կլրացնեմ, — ասաց հայրը մի առանձին բավականությամբ: — Դու պետք է քո հորը և քո տոհմին վայել նիստ ու կաց ունենաս:

— Ես կարող եմ երկու ծառայով ևս գնալ Մերուժանի մոտ, ինձ շատ մարդիկ պետք չեն, — միամտությամբ ընդմիջեց Արտավազդ մանուկը:

— Դու կարող ես միայնակ էլ գնալ սիրելիս, — ասաց նրան իշխանը ժպտալով: — Դու դեռ փոքրիկ ես: Երբ կմեծանաս, Սամվելի չափ կդառնաս, այն ժամանակ շատ ծառաներ ման կածես քեզ հետ:

Բանակը արդեն մրափում էր ծանր, խաղաղական քնով. լապտերները մարել էին, և մի քանի զորապետների վրաններում միայն լույս էր երևում: Սամվելը վերկացավ, և հորը «բարի-գիշեր» մաղթելով, դիմեց դեպի յուր համար պատրաստված վրանը: Նրան հետևեց Արտավազդ մանուկը, համբուրելով իշխանի աջը: Տերունի Արբակի համար պատրաստված էր առանձին վրան, որ մոտ էր Սամվելի վրանին: Այնտեղ զետեղվեցան Սամվելի և մյուս մարդիկը:

Սամվելը իսկույն հանվեցավ, մտավ յուր անկողնի մեջ: Փափուկ անկողինը հրավիրում էր անուշ քուն, բայց երկար քնել չկարողացավ նա: Անդադար շուռ էր գալիս մի կողքից դեպի մյուսը և լուռ հոգվոց էր հանում:

Նրա մոտ պառկած էր պատանի Արտավազդը: Նա նույնպես անքուն էր, նա նույնպես անհանգիստ էր:

— Դու շատ անզգույշ ես քո խոսքերի մեջ Արտավազդ, — նկատեց նրան Սամվելը:

— Այդ ոչինչ, ես իմ բանը գիտեմ... — պատասխանեց խորամանկ պատանին:

Սամվելը դարձյալ լռեց, դարձյալ նրա քունը չէր տանում: Նույն միջոցին անքուն տանջվում էր յուր անկողնում և մի այլ անձն՝ նրա հայրը...

Բ

ՄԻ ՏԱՐՕՐԻՆԱԿ ՈՂՋԱԿԵԶ

«Սկսան այնուհետեւ (Մերուժանն Արծրունի եւ Վահանն Մամիկոնեան) յերկրին Հայոց աւերել զեկեղեցիս զտեղիս աղօթից քրիստոնէից յամենայն կողմանս Հայոց՝ գաւառաց գաւառաց եւ կողմանց կողմանց»:

Փաւստոս:

«Եւ զորս մի անգամ գիրս գտանէր (Մերուժան) այրէր»:

Խորենացի:

Սամվելը ամբողջ գիշերը անցկացրեց տենդագին անհանգստության մեջ, Առավոտյան լուսաբացին միայն նրա քունը տարավ, բայց երկար չտևեց, որովհետև պատանի Արտավազդի շատախոսությունները շուտով զարթեցրին նրան:

— Վեր կա՛ց, ի՞նչ քնելու ժամանակ է, — ասաց նա յուր սովորական կատակներով: — Երեկ, երեկոյան կիսամռայլի ժամանակ եկած լինելով, մենք ոչինչ տեսնել չկարողացանք, բայց ահա՝ արեգակը ծագել է և նկարել է մեր առջև հրաշալի տեսարաններ, որոնց վրա կարելի է նայել, և սարսափե՛լ... — նա արդեն, դեռ արևը չծագած, մի քանի անգամ գլուխը դուրս էր հանել վրանից և նայել էր նրա շուրջը:

Սամվելը քնեած աչքերը բաց արավ, բայց ոչինչ տեսնել չկարողացավ, որովհետև վրանի վարագույրները ցած էին թողած: Ներսում դեռ տիրում էր խորին մթություն: Պատանին վեր ցատկեց յուր անկողնից, բարձրացրեց վարագույրի մի կողմը: Արևի մեղմ ճառագայթները իսկույն լցրին վրանը ախորժելի ջերմությամբ:

Շատ չանցավ, ներս մտավ պատանի Հուսիկը, Սամվելի հավատարիմ սպասավորը, և հավաքեց անկողինները: Այդ ուրախ, անհոգ պատանին անգամ, դեպքերի ու հանգամանքների տխուր տպավորության ներքո, բոլորովին կորցրել էր յուր սովորական զվարթությունը: Ամեն առավոտ, երբ կհայտնվեր նա յուր տիրոջ մոտ, միշտ նրա բերանում պատրաստ էր մի նոր ծիծաղելի համբավ, մի նոր սրախոսություն, որով նա կվաներ յուր տիրոջ թախծությունը: Իսկ այս առավոտ ներս մտավ նա տրտում դեմքով, և միայն յուր վառվռուն աչքերով նայեց Սամվելի երեսին, տեսնելու, թե ինչ տրամադրության մեջ էր սիրելի տերը, և ապա լուռ կերպով սկսեց յուր գործը: «Դարձյալ նրա երեսին գույն չկա... դարձյալ նրա սիրտը հանգիստ չէ»... — մտածում էր նա, և ինքն իրան ավելի տխրում էր: Ավարտելով յուր գործը, կրկին լռությամբ դուրս գնաց նա:

Ներս մտավ ծերունի Արբակը և, «բարի-լույս» ասելով, նստեց մի կողմում: Նրա վշտալի սիրտը այս առավոտ ավելի խռովված էր, քան որևէ այլ ժամանակ:

Սամվելը արդեն լվացվել և հագնվել էր: Ծերունին հայտնեց, թե հայրը մի քանի անգամ մարդիկ է ուղարկել տեղեկանալու, արդյոք վե՞ր է կացել որդին, թե ոչ:

— Այդպես վաղ ինձ հետ ի՞նչ գործ ունի, — հարցրեց Սամվելը:

— Նախաճաշիկ ուտելու է հրավիրում, — պատասխանեց ծերունին: — Նրանք զինվորական մարդիկ են, վաղ վեր են կենում, և վաղ էլ ուտում են: Մենք էլ պետք է հարմարվեինք նրանց սովորություններին:

— Ավելի լավ կլիներ, եթե մեզ այստեղ մի բան տային ուտելու:

— Ոչ, դու պիտի գնաս հորդ մոտ, — խորհուրդ տվեց ծերունին:

— Ուղիղ է ասում Արբակը, հարկը պահանջում է, որ մենք գնանք այնտեղ, — հաստատեց և պատանի Արտավազդը ծիծաղելով:

Սամվելը ոչինչ չպատասխանեց: Նա այս առավոտ գտնվում էր բոլորովին սրտամաշ վրդովմունքի մեջ: Սկսեց լուռ կերպով նայել դեպի բանակը:

Արևը բարձրացավ, և որքան բարձրանում էր նա, այնքան նրա պայծառ լուսավորության ներքո՝ երևան էին գալիս ահարկու բանակի ահարկու տեսարանները: Սամվելի աչքերը կանգ առին Մերուժանի երկնագույն վրանի վրա: Նրա առջև բարձրանում էին մի քանի բրգաձև բլրակներ: Այդ բլրակները կազմված էին ո՛չ քարից, ո՛չ աղյուսից, և ո՛չ հողից, այլ մի տարօրինակ նյութից: Սամվելը երկար նայում էր նրանց վրա, բայց որոշել չէր կարողանում, թե ի՞նչ էին նրանք: Արևի ոսկեգույն ճառագայթները փայլում էին այն մույգ-կարմրագույն ներկի վրա, որով օծված էին բլրակները: Այդ ներկը արյո՛ւն էր, մարդկային չորացած, սևացած արյո՛ւն... Սամվելի ամբողջ մարմնով անցավ մի քստմնելի սարսուռ, երբ ավելի ուշադրությամբ սկսեց նայել: — Բլրակները կազմված էին մարդկային կտրված կառափներից, որոնց այլանդակ կուտակությունը սարսափ էր ազդում:

— Այդ ի՞նչ կառափներ են, — գոչեց երիտասարդը, աչքերը բռնելով:

— Ի՛նչ կառափներ են... — կրկնեց ծերունին, գլուխը շարժելով: — Հայ շինականի, հայ խաշնարածի և հայ երկրագործի կառափներ են: Մերուժանը այդ կառափների յուրաքանչյուրի համար մի-մի ոսկի է վճարել պարսիկ զինվորներին, և նրանք գնացել խեղճերին դաշտերեց որսացել են և գլուխները կտրել են: Դրանք Մերուժանի հայրենիքի ամենաթանկագին ընծաներն են, որ նա պետք է տանե և նվիրե պարսից արքային, պարծենալով, թե հայոց ազնվականների գլուխներ են:

Եվ իրավ, մի խումբ զինվորներ լցնում էին եղեռնական մթերքը մեծ տոպրակների մեջ, որ պետք է բառնային ուղտերի վրա և տանեին Տիզբոն:

Լսելով ծերունու բացատրությունները, Սամվելը խիստ շվարված մնաց: Նա գիտեր յուր հոր անգթությունը: Նա գիտեր և Մերուժանի վայրագությունը: Բայց երևակայել անգամ չէր կարող՝ մարդկային բարբարոսությունը այս աստիճան վայրենության հասած: Եվ այս բարբարոսությունը կատարել էր յուր քեռին, որին գործակից էր և յուր հայրը...

— Ահա՛ այն անակնկալ պատրաստությունը, որով հայրս վաղ առավոտյան հյուրասիրում է մեզ... — ասաց նա դառնացած ձայնով և աչքերը վառվեցան խորին վրդովմունքով:

Սոսկալի տեսարանը ազդեց և պատանի Արտավազդի վրա, որի պայծառ աչքերում հայտնվեցան արտասուքի խոշոր կաթիլներ:

— Այլևս ինչո՞ւ համար են դիզել այնտեղ այդ արյունաներկ գլուխները, — գոչեց նա լալագին ձայնով:

— Ցույցի համար, սիրելի Արտավազդ, — պատասխանեց ծերունին: — Մերուժանը սիրում է սարսափ ձգել, և այդ գլուխները դրել է յուր գերիների առջև, որ նրանց զզալ տա, եթե չեն խոնարհվի յուր հրամաններին, այն ժամանակ նրանց գլուխներն ևս կավելանան այդ կտրված գլուխների վրա:

— Ի՞նչ հրամաններ, — հարցրեց պատանին զայրանալով:

— Նա պիտի առաջարկե յուր գերիներին, որ թողնեն քրիստոնեությունը և ընդունեն պարսից կրոնը:

— Չարագո՜րծ, — գոչեց պատանին և մնաց զարմացած: Բանակից դուրս, ավելի ընդարձակ տարածության վրա, զետեղված էին կենդանի ընծաները — գերիները, — որոնց Մերուժանը պետք է տաներ պարգևելու պարսից արքային: Դրանք նույն գերիներն էին, որոնց թիվն ու համարը այնպես նախատական լեզվով հաղորդեց Հայր-Մարդպետը հայոց թագուհուն՝ Փառանձեմին, երբ գիշերը գաղտագողի կերպով մտավ Արտագերս ամրոցը: Այդ ահագին բազմությունը, իրանց սեռի և հասակի համեմատ, բաժանել էին զանազան խմբերի: Յուրաքանչյուր խումբը բաղկացած էր հիսունական հոգուց: Մի երկար պարան, օղակ-օղակ հանգույցներով, միացնում էր ամեն մի առանձնացած խմբի պարանոցները միմյանց հետ, կազմելով մի կենդանի շղթա: Եվ որպեսզի պարանի հանգույցները բաց անել չկարողանային, նրանց ձեռքերը պինդ կապած էին քամակի վրա: Ո՜չ մի ծեր մարդ, ո՜չ մի պառավ կին չէր երևում այդ թշվառ բազմության մեջ: Չէին երևում և փոքրիկ մանուկներ: Պարսկական անգութ սուրը ծերունիների և մանուկների կյանքին վերջ տվեց հենց իրանց տեղում: Այդ անպետք ծանրությունները իրանց հետ առնել չկամեցան, և ընտրեցին բատ մեծի մասին երիտասարդներին:

Գերիները պատսպարվելու համար վրաններ չունեին: Նրանք գետնատարած ընկած էին բացօթյա դաշտի վրա: Ցերեկը արևը խորովում էր նրանց: Իսկ գիշերը ցուրտը սառցնում էր: Նրանք բաղկացած էին հայերից և իրեաներից, որոնց մեծ մասը Լուսավորչի օրերում քրիստոնեություն էին ընդունել: Վերջինների թվումն էր և նրանց Զվիթա անունով նշանավոր երեցը, որ ինքնակամ, միացավ յուր հոտի հետ: Այդ իրեաները Տիգրան Բ-ի օրերում Բարզափրան Ռշտունու ձեռքով, գերի բերվեցան Հրեաստանից: Տիգրանի քաջ զորապետը նրանցով լցրեց հայոց քաղաքների դատարկությունը, և բազմամարդ դարձրեց երկիրը մի գործունյա և խելացի ժողովրդով: Իսկ այժմ, Մերուժան Արծրունին, դատարկելով նույն քաղաքները, նրանց վարում էր Պարսկաստան: Հայ գերիների թվում կային շատ եպիսկոպոսներ, վարդապետներ, երեցներ և եկեղեցական այլ պաշտոնյաներ, որոնց թիվը հասնում էր մի քանի հարյուրի: Նրանց շղթայակապ շարել էին միմյանց հետ, և զատել էին մյուս գերիներից:

Հայրը կրկին անգամ մարդ ուղարկեց կոչելու որդուն, բայց որդին դեռ շարունակում էր նայել հոր և յուր քեռու գործերի վրա: Սրտի և հոգու անհնարին ամրություն էր հարկավոր, որ այդ զարհուրելի տեսարաններից հետո մարդ կարողանար սառնասիրտ մնալ: Բայց Սամվելը չուներ այդ ամրությունը: Ճանապարհին, գալու ժամանակ, տեսավ նա այն ավերակ քաղաքներն ու ավանները, որ դեռ ծխում էին կրակի մեջ: Իսկ այժմ տեսնում էր նրանց դժբախտ բնակիչներին: Դրանց պետք է քշեին հեռո՛ւ և հեռու, դեպի Պարսկաստանի խորքերը: Եվ ո՞վքեր: — մեկը յուր հայրը, մյուսը՝ յուր քեռին, Մերուժանը...

Դարձյալ եկան կոչելու Սամվելին: Այս անգամ գնաց նա, և նրա հետ գնացին իշխանի մոտ ծերունի Արբակն ու պատանի Արտավազդը: Սամվելը աշխատում էր ուրախ ձևանալ, աշխատում էր, որքան կարելի է, սառնասիրտ լինել: Բայց բռնի կեղծավորությունը չէր հաջողվում նրան: Նա գտավ հորը միայնակ յուր վրանում, զբաղված էր նամակագրությամբ, և շատ հավանական էր, որ գրում էր կնոջ նամակի պատասխանը: Տեսնելով որդուն, մագաղաթյա թերթը մի կողմ դրեց, հարցնելով.

— Ինչպե՞ս ես այժմ, դու գիշերը շատ անհանգիստ էիր:

— Գիշերը բավական հոգնած էի, — պատասխանեց Սամվելը և, մոտենալով, մոտենալով համբուրեց հոր աջը:

Նրա օրինակին հետևեց և պատանի Արտավազդը: Արբակը միայն «բարիլույս» ասաց և նստեց:

Նախաճաշիկը արդեն պատրաստ դրած էր այնտեղ: Իշխանը խնդրեց նրանց ճաշակել, իսկ ինքը շարունակեց վերջացնել նամակը:

Հեռվից հայտնվեցավ մի սպիտակ ձիավոր, որ վեհապանծ կերպով շրջան էր գործում բանակի մեջ: Մի խումբ զինված համհարզներ, գեղեցիկ նժույգների վրա նստած, հետևում էին նրան: Սամվելը տեսավ և չկարողացավ զսպել յուր ծիծաղը: Բայց նրա ծիծաղը ա՛յն աստիճան դառն և ա՛յն աստիճան մաղձոտ էր, որ յուր վրա դարձրեց հոր ուշադրությունը: Նա նամակը մի կողմ դրեց, և հետաքրքրությամբ նայեց որդու երեսին:

— Մերուժանը բավական շտապե՛լ է, — ասաց որդին, — դեռ հայոց թագավորը չդարձած, թագավորի ձևեր է բանեցնում...

— Ինչպե՞ս, — հարցրեց հայրը փոքր-ինչ հուզված ձայնով:

— Ահա՛ այդպես... նստած է սպիտակ նժույգի վրա... նժույգի բաշն ու ագին ներկել է տվել վարդի գույնով... Չէ՞ որ այդ իրավունքները վայելում էին միայն Արշակունի թագավորներն ու թագավորազները...

Հայրը զարմացած լսում էր: Որդին, ավելի ուշադրությամբ նայելով Մերուժանի վրա, ավելացրեց.

— Եվ կարմի՛ր վարտիք ունի հագած... և կարմի՛ր կոշիկներ է կրում... դրանք ևս առանց նշանակության չեն...

Հայրը չգիտեր՝ ի՛նչպես բացատրել Սամվելի նկատողությունները. արդյոք հեգնությո՞ւն, թե իրավ որդին կանխաժամ էր գտնում Մերուժանի անափառությունը:

— Ինչո՞ւ է այդ զարմացնում քեզ, Սամվել, — պատասխանեց նա համոզիչ եղանակով: — Մերուժանին արդեն կարելի է հայոց թագավոր համարել: Բավական է, որ նա այս բազմաթիվ գերիներին հասցնե Տիզբոն, այն ժամանակ Շապուհ արքան մեծ ուրախությամբ կտա նրան Արշակունիների թագը:

— Այդ ինձ բոլորովին չէ զարմացնում, սիրելի հայր, — պատասխանեց Սամվելը կիսահեգնական ձայնով: — Ես համոզված եմ, որ Շապուհ արքան Մերուժանի այդքան մեծ ծառայությունների համար՝ անպատճառ կտա նրան Արշակունիների թագը...

— Կտա՛... — ընդմիջեց ծերունի Արբակը, որ բոլոր ժամանակը խորին վրդովմունքով լսում էր: — Կտա՛ նրան Արշակունիների թագը... Բայց այդ թագը յուր գլխին դնելն է ամենամեծ դժվարությունը...

Իշխանը խեթ կերպով նայեց պարզախոս ծերունու վրա, հարցնելով.

— Ինչո՞ւ, Արբա՛կ:

— Նրա համար, տե՛ր իշխան, որ այսօր կամ էգուց, հանկարծ կհայտնվի Պապը, Արշակունիների օրինավոր ժառանգը և, հավաքելով յուր շուրջը հայոց ցրիվ եկած նախարարներին, կրկին տեր կդառնա յուր հոր անտեր մնացած գահին... Այս ճերմակ գլուխը շատ բան է տեսել, տե՛ր իշխան, — նա ձեռքը տարավ դեպի ալևոր մազերը, — այդ ևս իմ աչքերով տեսնում եմ... Այո՛, կգա Պապը և տեր կդառնա յուր հոր գահին...

Իշխանը սկսեց արհամարհանքով ծիծաղել:

— Գլուխդ, — ասաց նա, — իրավ է, ճերմակացել է, բայց կուրծքիդ մեջ դեռ երեխայի սիրտ ես կրում, Արբակ: Դիցուք թե, հայտնվեցավ դեռ անփորձ, դեռ բոլորովին երիտասարդ Պապը: Դիցուք թե, հավաքեց յուր շուրջը հայոց ցրիվ եկած նախարարներին: Բայց ի՞նչ կարող են անել նրանք: Դու կարծում ես, որ այդ բոլորը չէ՞ նախատեսված: Մերուժանը ապառաժի վրա ցանող մարդիկներից չէ. նա գիտե յուր գործը. նա բավական մեծ խելքի տեր մարդ է:

Ծերունին, գլուխը բացասական կերպով շարժելով, ասաց.

— Ես նրա մեջ ո՛չ թե մեծ խելք, այլ մի կորյակի չափ խելք չեմ գտնում, տե՛ր իշխան: Նա կամենում է հայոց թագավոր լինել, բայց միևնույն ժամանակ ավերակ ու անմարդաբնակ է դարձնում այն երկիրը, որի թագավորը պետք է դառնա: Դա ի՞նչ խելք է: Մի՞թե խավարասեր բուի նման՝

նա ավերակների վրա պետք է թագավորել: Ո՞ւր է տանում այդ գերիներին և ի՞նչի համար:

Տերունին այն աստիճան հարգված էր Մամիկոնյանների տան մեջ, որ իշխանը չբարկացավ նրա վրա, այլ հարկավոր համարեց բացատրել եղելությունների բուն պատճառները, և ապացուցանել, թե իրավ Մերուժանը մեծ խելքի տեր մարդ է, և գիտե կանխապես նախագուշակել ապագան, և նրա համեմատ տնօրինել յուր գործերը:

— Հենց դրա մեջն է Մերուժանի խելքի մեծությունը, սիրելի Արբակ, որ նա դատարկեց Հայոց երկիրը, — պատասխանեց իշխանը ժպտալով: — Երբ կիայտնվի Պապը, նա Հայոց երկրում ո՜չ մի նշանավոր բերդ կամ ամրոց չի գտնի, որի մեջ կարող լինի պատսպարվիլ: Բոլորը կործանեց, բոլորը ոչնչացրեց Մերուժանը: Եվ ինչ ամրություններ նս որ այժմ մնացել են, գտնվում են մեր բերդապահների հսկողության ներքո: Բոլորի մեջ դրել ենք պարսկական զորքեր: Նրանց մեջ պահված են և՜ դեպի Հունաստան գնացած, և՜ հռովմայեցոց օգնությանը դիմող նախարարների կանայքն ու զավակները: Բավական է, որ այդ նախարարները իրանց բերած հռովմեական զորքերով մի քայլ անեն դեպի մեր գրաված բերդերը, — իսկույն իրանց առջն կգտնեն իրանց կանանց և զավակներին կախ տված բերդերի աշտարակներից: Թո՛ղ այն ժամանակ նրանք իրանց նետերը արձակեն դեպի իրանց զավակների դիակները: Իսկ այն, որ ասում ես դու, թե ինչո՞ւ համար է այդ գերությունը, — պետք է գիտենաս, որ Մերուժանը բնակիչներից դատարկեց այն գավառները միայն, որոնց ժողովուրդը կարող էր ավելի հզոր հենարան լինել Արշակունյաց թագաժառանգին յուր հոր գահը բարձրանալու: Մերուժանը ամայի դարձրեց միայն Արարատը և նրա շրջակա գավառները: Իսկ Արարատը Արշակունյաց գահի ամուր պատվանդանն է: Պետք էր, և անհրաժեշտ էր, խորտակել այդ պատվանդանը, որպեսզի թագաժառանգը՝ Բյուզանդիայից Հայաստան գալու ժամանակ՝ յուր ոտքերի տակը դատարկ գտներ և ո՜չ մի հաստատ կռվան չունենար, որի վրա կարող լիներ հենվիլ: Տեսնո՞ւմ ես, սիրելի Արբակ, այդ բոլոր գործողությունների մեջ նպատակ կա, խելք կա...

— Բայց եղեռնագործի խե՜լք... — ընդհատեց Սամվելը զայրացած ձայնով:

Հայրը և՜ զարմացած, և՜ բարկացած աչքերով նայեց որդու երեսին: Սամվելը իսկույն զգաց յուր սխալը, զգաց, որ ինքը դուրս եկավ խոհեմության սահմանից: Հայրը նույնպե՜ս զգաց յուր սխալը: Կինը գրել էր նրան, «զգույշ լինել Սամվելից...»: Իսկ նա չափից դուրս բացվեցավ որդու առջն, քան թե հարկավոր էր: Եվ այդ րոպեից հոր և որդու մեջ սկսվեցավ մի տեսակ կեղծ հարաբերություն:

Ամբողջ գիշերը անքուն մնալով, հոր վառ երևակայությունը զբաղեցնում էին այն գեղեցիկ ցնորքները, թե ո՜րպես պետք էր տնօրինել սիրելի որդու ապագան: Նա մի քանի անգամ անհամբերությամբ դուրս եկավ յուր վրանից և, լապտերը ձեռին, մոտեցավ որդու վրանին: Ցանկանում էր ներս մտնել, ցանկանում էր նայել քնած որդու վրա, երկար նայել և հիանալ նրանով: Բայց դարձյալ չկամեցավ խանգարել սիրելի որդու քունը: Ամբողջ գիշերը նրա մասին էր մտածում և նրանով էլ ուրախանում: Ի՜նչ երանելի հույսեր ասես, չէր խոստանում այն վայելչագեղ, շնորհալի երիտասարդը: Նրա մեջ կար ամեն ինչ, որ կարող էին հոր փափագներին լիակատար բավականություն տալ: Ամբողջ գիշերը հրապուրվում էր նա այն փայլուն հաջողակություններով, որ սպասում էին որդուն: Նրա մեջ գտնում էր՝ թե՛ ապագայի հերոսին և թե՛ ապագայի իշխանին: Պարսկական արքունիքի զարդը պետք է լիներ նա, իսկ Հայաստանի փառքը: Բայց այժմ սարսափեցնում էր նրան այն մտածությունը՝ մի՞թե որդին հակառակ պիտի գնար յուր սրտագին բաղձանքներին, մի՞թե արդեն կատարված կամ կատարվելու գործերը ընդդեմ էին նրան: Բացատրություն պահանջել այդ մասին՝ վախենում էր նա, — վախենում էր միանգամից զրկվիլ այս ջերմ փափագներից, որ յուր սրտում սնուցանում էր որդու համար: Նրա մի հակառակ բառը, նրա մի մերժողական խոսքը կարող էր ոչնչացնել ամեն ինչ: Նա գտնվում էր այն ծանր, երկբայական դրության մեջ, որպես մի մարդ, որ սպասում է մահամերձ որդու մասին մի լուր: Ստանում է նամակը, բայց չէ համարձակվում բաց անել: Նամակը կա՛մ պիտի ավետեր որդու առողջությունը, կա՛մ պիտի գուժեր նրա մահը: Ի՞նչ կլիներ յուր դրությունը, եթե այս վերջինը պատահած լիներ: Նա նույնպես չէր համարձակվում բաց անել Սամվելի սիրտը: Բայց եթե որդի՞ն բացվեր: — Այս ընդհարումից խուսափում էր նա, աշխատելով գոնե առ ժամանակ իրան քաղցր հույսերի փայփայման մեջ պահել:

Նա սիրում էր որդուն, սիրում էր հոր սրտի բոլոր ջերմությամբ: Բայց այս սերը նրա մեջ նույնքան եսական էր, որքան եսական էին նրա բաղձանքները որդու վերաբերությամբ: Նա նայում էր որդու վրա ո՛չ թե իբրև մի ազատ, ինքնակամ անհատի վրա, այլ որպես մի հաջողակ միջոցի վրա, որով միայն ինքը պետք է փառավորվեր: Եթե որդին բարձր պաշտոնների կհասներ, եթե նա կփայլեր բարձր շրջաններում, — այդ փայլը իրան էր պատկանում, որովհետև որդին նույնպես իրան էր պատկանում: Եթե մի նժույգ ձիարշավի ժամանակ տանում է մրցանակը, տերն է պարծենում, և ոչ թե նժույգը: — Այս եսական կետից էր նայում նա որդու վրա: Մի այսպիսի հայացք կազմվել էր նրա մեջ ավանդաբար, որ ստացել էր նա յուր ազնվապետական ժառանգության հետ: Ինքը նույնպես ծառայել էր յուր հոր բավականության համար, և յուր որդին ևս պետք է ծառայեր յուր բավականության համար: Նրա ընդդիմադրությունը կզրկեր հորը այն բոլոր երանություններից, որ ապագայում պետք է վայելեր նա: Այդ էր պատճառը, որ նա զգուշանում էր՝ չհանդիպել որդու ընդդիմադրությանը, և ամենայն ջանքով խուսափում էր հակաճառությունից, սպասելով, մինչև հանգամանքները ինքնըստինքյան կպարզեին յուր մթին կասկածները:

Սամվելի վերջին նկատողությունը Մերուժանի մասին՝ սաստիկ խիստ էր, բայց հայրը, անուշադրության տալով, դարձավ դեպի որդին այս խոսքերով.

— Բայց դու պետք է գնաս քեռուդ տեսնելու, Սամվել, և մորդ

ողջույնը մատուցանես նրան: Նա շատ կուրախանա քեզ տեսնելով, նա չափազանց սիրում է քեզ: Այս առավոտ մի քանի անգամ մարդ էր ուղարկել՝ հարցնելու քո առողջությունը: Դու դեռ քնած էիր:

— Ուրեմն գիտե՛, որ ես եկել եմ,— հարցրեց Սամվելը:

— Գիտե, և խնդրել է, որ այսօր ճաշին յուր մոտ լինենք: Այնտեղ կլինեն և պարսից նշանավոր զորապետները: Քեզ հարկավոր է բոլորի հետ ծանոթանալ:

Մերուժանը հեռվից անցավ նրանց առջևից:

— Ես հենց այս րոպեիս կգնայի քեռուս մոտ, բայց նա այժմ զբաղված է երևում...

— Այո՛, նա դուրս է եկել բանակը դիտելու... և մի քանի կարգադրություններ ունի անելու... որովհետև այս օրերում պետք է չվենք այստեղից...

— Իսկ ինձ չէ՞ հրավիրել Մերուժանը, — մեջ մտավ պատանի Արտավազդը:

— Հրավիրել է, սիրելիս, առանց քեզ ի՜նչպես կարելի է,— ասաց իշխանը: — Դու էլ կլինես ճաշին, Արբակն էլ կլինի: Մենք միասին կգնանք:

— Ես նրա հացը չեմ ուտի,— խոսեց համառ ծերունին, երեսը շուռ տալով:

Իշխանը ծիծաղեց:

Սամվելը նկատեց, որ իրանց ներկայությունը խանգարում էր հորը: Որովհետև առավոտ էր, անդադար մարդիկ էին մտնում, այս և այն գործի մասին նրա հրամանն էին խնդրում, և նա իբրև բարձր պաշտոնական անձն, պետք է բոլորին պատվերներ և հրահանգներ տար: Այդ էր պատճառը, որ նախաճաշիկը վերջանալուց հետո, նա իսկույն վերկացավ, և կամենում էր դուրս գալ հոր վրանից:

— Դու կձանձրանաս մինչև ճաշ քո վրանում սպասելով, Սամվել,— ասաց նրան հայրը: — Եթե կամենում ես, կպատվիրեմ՝ ձիաներ պատրաստեն, գնացեք Արաքսիափերի մոտ զբոսնելու: Եղանակը զով է, և այնտեղ գեղեցիկ տեսարաններ կան:

— Շնորհակալ եմ, սիրելի հայր, — ասաց Սամվելը: — Ես դեռ ոչ բոլորովին կազդուրվել եմ ճանապարհի հոգնածությունից, պետք է գնամ, մի փոքր հանգստանամ:

Գալով յուր վրանը, իրավ, Սամվելը իսկույն ընկողմանեցավ բազմոցի վրա և ծանրացած գլուխը տվեց բարձերին: Նրա գունաթափ դեմքը դարձրած էր դեպի ահռելի բանակը, և տխուր աչքերը հառած էին դեպի այն կողմը: Նա դեռ չէր մոռացել և մոռանալ ևս անկարող էր, թե որպիսի՜ համակրությամբ հայրը նկարագրեց Մերուժանի գործողությունները, որոնց գործակից էր և ինքը: Իսկ գործը ակներև էր, նրա աչքերի առջևն էր: Որքան մտածում էր նա, ոչնչով չէր կարողանում արդարացնել հորը, չէր կարողանում արդարացնել և քեռուն: Երկուսն էլ ներկայանում էին նրա առջև որպես երկու մահացու ոճրագործներ: Բայց նա սիրում էր հորը, սիրում էր և քեռուն: Նա պատրաստ էր տալ յուր կյանքը և ամեն ինչ, որ աշխարհում թանկ էր յուր համար, գեթ այդ երկու մարդիկը ուղղվեին և դառնային իրանց չար ճանապարհից: Բայց եթե իրանց մոլորության մեջ մնայի՞ն: — Այդ միտքն էր, որ ալեկոծում էր նրա խռովյալ սիրտը, այդ միտքն էր, որ սարսափելի կերպով կեղեքում էր նրա հոգին: Որդին նույնն էր մտածում հոր մասին, ինչ որ հայրն էր մտածում որդու մասին: Երկուսն էլ միմյանց կորած էին համարում, երկուսն էլ միմյանց մոլորված էին համարում: Հայրը մի հարմար առիթ էր որոնում բացատրվելու որդու հետ և յուր փափագները արտահայտելու նրան: Որդին նույնպես որոնում էր մի հարմար ժամ մի հարմար րոպե, խոսելու հոր հետ և յուր բոլոր ցավերը թափելու նրա առջև: Նա շտապում էր անել այդ, քանի դեռ բանակը չէր շարժվել յուր տեղից, քանի դեռ ճանապարհի ընկած չէր նա դեպի Պարսկաստան: Երբ յուր դիտավորությունները կուշացներ, երբ նրանք կանցնեին Արաքսը, — այնուհետև ամեն հույս կորած էր համարում...

Սամվելի մոտ նստած էր ծերունի Արբակը և լուռ նայում էր նրա վրա: Խե՛ղճ ծերունի, հասկանում էր անբախտ երիտասարդի դառն վշտերը, հասկանում էր նրա խորտակված սրտի ծանր վերքերը և մի բառ անգամ չէր գտնում մխիթարելու նրան:

Այդ միջոցին պատանի Արտավազդը կանգնած էր դրսում, վրանի մուտքի մոտ և չգիտեր՝ ինչ անել: Որպես մի անհանգիստ աշխույժ և անհամբերություն, որպես մանուկ հասակի անզուսպ հետաքրքրություն, շատ կցանկանար նա՝ ծտի նման թռչել, կամ փայլակի նման սլանալ և մի քանի վայրկյանում շրջագայել ամբողջ բանակը, ամեն ինչ տեսնել, ամեն ինչ քննել, — բայց յուր մի այդպիսի հետաքրքրությունը կարող էր անվայել և մինչև անգամ կասկածավոր երևնալ շատերին: Այդ էր, որ նրան զսպում էր:

Նա դեռ կանգնած էր վրանի մուտքի մոտ և այն տեղից ևս խիստ հետաքրքիր բաներ էր տեսնում: Բայց այդ բանակը չէր ներկայացնում սովորական բանակների այն ուրախ, այն զվարճալի կենդանությունը, որով նա յուր ներքին վայելչությունը խառնում է հասարակաց բավականության հետ: Գյուղացի աղջիկը, գյուղացի կինը, վստահ, համարձակ, բերում են իրանց այգիների ամենաընտիր պտուղները այնտեղ վաճառելու: Շինականը յուր տնտեսության ամենալավ բերքերը այնտեղ է տանում: Քաղաքացին յուր բազմատեսակ վաճառքների մթերքը այնտեղ է բաց անում, և բանակը մի կենդանի տոնավաճառի կերպարանք է ստանում: Խմբվում է հարցասեր ամբոխը և լսում է զինվորների քաղցր երաժշտությունը: — Դրանցից և ո՛չ մեկը չէր երևում: Այդ բանակը, որպես մի կործանող և ապականող հրեշ, յուր շուրջը անապատ էր դարձրել և ինքը ապրում էր խորին ամայության մեջ: Ոչ ոք չէր մերձենում նրան, և ամեն ոք փախչում էր նրանից: Նա կերակրվում էր այն անբավ հափշտակություններով, որ ագահ ձեռքով կողոպտել էր շրջակայքից: Նա հարստացել էր այն անհուն ավարներով, որ ավազակաբար հինահարել էր յուր ավերակ դարձրած քաղաքներից: Բայց այս մտածությունները չէին զբաղեցնում պատանի Արտավազդին: Նրա սուր ուշադրությունը գրավել էր մի այլ տեսարան:

Մերուժանի վրանի առջևից դիզված կառափների ահարկու

բլրակները արդեն անհետացել էին: Հավաքելով մեծ տոպրակների մեջ, ուղտերի մի ամբողջ կարավանի համար բեռներ էին պատրաստել այն կառափներից: Բայց նրանց տեղում այժմ կառուցանում էին մի այլ բլուր: Մարդիկ եռանդով աշխատում էին այնտեղ, և մի տեսակ աղյուսաձև մույգ-թխագույն նյութեր շտապով կուտակում էին միմյանց վրա: Տարօրինակ ամբարտակը հետզհետե բարձրանում էր և մռայլ կերպարանք էր ստանում: Աղյուսաձև նյութերի հետ, իբրև նեցուկ, դնում էին փայտի և տաշեղի կտորտանքներ: Երբ վերջացրին, ամբարտակը մի ահագին խարույկի ձև ստացավ:

Այդ երևույթը գրավեց և Սամվելի ուշադրությունը, որը ընկողմանած տեղից բարձրացավ և նստեց: Նայում էր, բայց որոշել չէր կարողանում, թե ի՞նչ էր տեսածը: Ծերունի Արբակը նույնպես ոչ սակավ հետաքրքրված էր այդ օտարոտի տեսարանով:

— Ո՞վ է իմանում, դարձյալ մի սատանայական բան կլինի... — ասաց նա գլուխը տարակուսական կերպով շարժելով և ձեռքը տարավ դեպի ճաղատ ճակատը՝ հովանավորելու աչքերը արևե շողքերից, որ արգելում էին նրան տեսնել:

Շատ չանցավ, զինվորները բերեցին մի քանի խումբ շղթայակապ, սնազգեստ գերիներ և կարգով կանգնեցրին խարույկի շուրջը: Դրանք թվով մի քանի հարյուր եպիսկոպոսներ, վարդապետներ և երեցներ էին: Գլուխները քարշ ձգած, խորին տխրությամբ նայում էին սրբազան գերիները խորհրդավոր խարույկի վրա, ուր, մի քանի րոպեից հետո, պիտի այրվեր նրանց սիրտը, նրանց հոգին...

Այնտեղ կանգնած էր և մի այլ անձնավորություն, մի ծանոթ մարդ, յուր երկար՝ անհեթեթ հագուստով, յուր մռայլ՝ ծաղկահար դեմքով յուր հաստ՝ թխագույն շրթունքներով, որ պատրաստ էին անեծք և հայհոյանք թափելու ամեն սրբության վրա: Նա ոխերիմ աչքերով երբեմն նայում էր դեպի սնազգեստ գերիները, երբեմն դեպի պատրաստված խարույկը: Դա Հայր-Մարդպետն էր՝ սարսափելի Դղակը, — որ զաղտագողի կերպով մտավ Արտագերս ամրոցը և մատնեց հայոց թագուհուն:

Հեռվից հայտնվեցավ սպիտակ թագավորը — Մերուժանը, — նստած յուր սպիտակ նժույգի վրա: Երբ մոտեցավ, խարույկը վառեցին: Թանձր, խանձահոտ ծուխը՝ յուր անախորժ ճենճերային բուրմունքով՝ տարածվեցավ օդի մեջ. իսկ կանաչագույն բոցերը բարձրացան դեպի երկինք: Այրվում էր մի սոսկալի ողջակեզ, կրոնի և եկեղեցու ողջակեզը...

Այդ միջոցին Սամվելի վրանը ներս մտավ նրա հայրը: Որդին պատկառանքով վերկացավ նստած տեղից:

— Այդ ի՞նչ են այրում, — հարցրեց նա վրդովված ձայնով:

— Մազաղաթ, — պատասխանեց հայրը անփույթ սառնասրտությամբ: — Դու չե՞ս գա տեսնելու: Ես եկա, որ քեզ տանեմ: Գնա՛նք, շատ հետաքրքիր է:

— Ոչ, ես այստեղից ևս տեսնում եմ... — ասաց վշտացած երիտասարդը հրաժարվելով:

— Այնտեղից կգնանք Մերուժանի վրանը: Քեզ ասացի, որ այսօր հրավիրված ենք նրա մոտ ճաշելու:

— Գիտեմ, բայց դեռ վաղ է... Մերուժանը ահա՜ զբաղված է յուր խարույկով... Թող վերջացնե, ես հետո կգամ... Իմ աչքերի վրա, ուղիղն ասեմ, սաստիկ վատ է ազդում կրակը...

— Մանավանդ մազաղաթի՜ կրակը... — ավելացրեց ծերունի Արբակը, գլուխը խորհրդավոր կերպով շարժելով:

Հայրը, նկատելով որդու համառությունը և ծերունու կծու ակնարկությունը, այլևս չստիպեց նրանց, դուրս եկավ և ինքը միայնակ գնաց դեպի խարույկը: Նրա ետևից վազեց պատանի Արտավազդը, որ դեռ կանգնած էր վրանի մուտքի մոտ, ասելով.

— Ես կգամ քեզ հետ, սիրելի Վահան, ես չեմ վախենում կրակից... ես մինչև անգամ սիրում եմ կրակը...

Սամվելը և ծերունի Արբակը մնացին վրանում միայնակ:

— Մազաղա՜թ են այրում, սիրելի Արբակ, — կրկնեց երիտասարդը, դառնալով դեպի ծերունին: — Այրո՜ւմ են մեր կործանված տաճարների սուրբ Կտակարանները... Այրում են մեր եկեղեցու գիրն ու դպրությունը, որ մեզ պարսկացնեն... Եվ իմ հայրը գնում է հանդիսատես լինելու, գնում է զվարճանալու մի այդպիսի չարագործությամբ...

Եվ իրավ, վառվող խարույկը ամբողջապես կազմված էր սուրբ գրքերից: Դրանք նույն եկեղեցիներից և նույն վանքերից հափշտակված գրքերն էին, որ կործանեց Մերուժանը, որ հրդեհեց Մերուժանը, և որոնց կրակը դեռևս չէր հանգել: Պարսից արքայից արքայի բաղձանքները կատարելու համար կործանեց նա քրիստոնեական տաճարները, որպեսզի նրանց տեղում ատրուշաններ հիմնե: Պարսից արքայից արքայի բաղձանքները կատարելու համար՝ այժմ այրում էր, ոչնչացնում էր նա քրիստոնեական մատյանները, որպեսզի, նրանց փոխարեն, հայերի ձեռքը տար պարսից կրոնական գրքերը, որ հայերը պարսկերեն կարդային, պարսկերեն աղոթեին և պարսից լեզվով արտահայտեին իրանց զգացմունքները:

Սամվելը գիտեր այդ բոլոր նախասահմանյալ մեքենայությունները, իսկ այժմ յուր աչքերով տեսնում էր այն անողորմ գործողությունները, որ պիտի հեշտացնեին պարսից արքայից արքայի նենգավոր նպատակները իրագործելու: Դեպի գերություն էին վարում եկեղեցականներին, որ անտեր թողնեն թե՜ եկեղեցին և թե՜ նրա հոտը, որ դյուրությամբ կարողանան կեղեքել քրիստոնյա ժողովուրդը: Այրում էին կրոնական գրքերը, որ ոչնչացնեն կրոնը: Սամվելը այլևս համբերել չկարողացավ, դարձավ դեպի ծերունին այս խոսքերով.

— Սիրելի Արբակ, ինչ որ անելու է, պետք է անել... ժամանակը թանկ է մեզ համար... Իջեցրու վրանի վարագույրները և ինձ միայնակ թող այստեղ: Ով որ հարցնելու լինի, կասես գլուխը ցավում է, քնած է: Իսկ մի ժամից հետո կուղարկես ինձ մոտ Մալխասին:

Ծերունին տխուր մտախոհության մեջ վերկացավ, վրանի

վարագույրները ցած թողեց և իսկույն դուրս գնաց: Սամվելը մի քանի րոպե մնաց լուռ տատանման մեջ: նրա քնքուշ զգացմունքները, նրա վերին աստիճանի բարի սիրտը՝ բռնանում էին խելքի և սառն մտածության վրա: Մի քանի անգամ վեր առեց մագաղաթի թերթը, կամենում էր գրել, բայց դարձյալ ցած դրեց: Ձեռքը տարավ դեպի ճակատը, որ բորբոքվում էր տենդային կրակով: Աշխատում էր ամփոփել յուր հիշողությունները, աշխատում էր վանել ա՛յն մռայլը, ա՛յն անբացատրելի մթությունը, որ այդ րոպեում պատել էին նրա միտքը: Նա վերկացավ, փոքր-ինչ ետ քաշեց վարագույրի մի եզրը, որ լույս լինի: Նստեց, կրկին առեց մագաղաթյա թերթը և գրիչը: Սկսեց դանդաղ ձեռքով գրել: Նա գրում էր և ամեն մի բառի վրա րոպեներով մտածում էր: Այդ նամակի ճշտությունից էր կախված՝ անվրեպ կերպով նպատակին հասցնել այն սրտագին խորհուրդը, որ վաղուց արդեն խմորվում էր նրա գլխում: Մի սխալ քայլ կարող էր ամեն ինչ ոչնչացնել: Նրա խորհուրդը որքան մեծ էր, նույնքան և վտանգավոր էր: Եվ այդ իսկ խորհրդից էր կախված թե՛ նրա խղճի հանգստությունը և թե՛ նրա հայրենիքի բախտը: Նա գրեց առաջին նամակը և սկսեց երկրորդը:

Նամակները արդեն վերջացրել էր, երբ ներս մտավ Մալխասը: Երիտասարդը դարձավ դեպի նա, հարցնելով.

— Դու ծանո՞թ ես Արաքսի աջակողմյան ափերի մոտ տարածվող ճանապարհների հետ:

— Ծանոթ եմ, — պատասխանեց մշտապատրաստ փայակը: — Բայց մի քանի ճանապարհներ կան, որի՞ մասին է հարցնում իմ տերը:

— Այն ճանապարհի մասին, որ ուղիղ գետի եզերքովն է գնում և հասնում է մինչև Աստղապատի անցքը:

— Գիտեմ: Դա ամենավատ ճանապարհն է և վտանգավոր: Երբեմն իջնում է գետի ափերի մոտ, երբեմն ոլորվում է ապառաժների լանջաց վրայով, իսկ երբեմն անցնում է նեղ կիրճերի միջով և երբեք չէ բաժանվում գետի ընթացքից:

— Այդ իսկ ճանապարհի մասին է իմ խոսքը: Ա՛ռ այս նամակները: Նախ կբռնես դեպի Երնջակ տանող ճանապարհը: Այնտեղից, Երնջակա գետակի ընթացքով, կմտնես մի նեղ ձոր, որ տանում է դեպի Ջուղայի կամուրջը: Այդ կամուրջով կանցնես Արաքսը: Հետո կգնաս նույն ոլոր-մոլոր ճանապարհով, որի մասին խոսեցինք, և որը Արաքսի աջակողմյան ափերով տանում է դեպի նախավկայի վանքը, որից շատ հեռու չէ Աստղապատի անցքը, ուր կամուրջ չկա, և մարդիկ տկանավերով են անցնում Արաքսը:

Փայակը ուրախությամբ առեց նամակները հարցնելով.

— Իմ տերը հենց ա՞յս րոպեիս է հրամայում ճանապարհ ընկնել:

— Ոչ: Դու կսպասես մինչև երեկո: Հետո, երբ գիշերային խավարը բոլորովին կպատե, այնպես զգուշությամբ դուրս կգաս բանակից, որ քեզ ոչ ոք չտեսնե:

— Սատանան անգամ չի տեսնի, — պատասխանեց փայակը ինքնավստահությամբ: — Բայց ո՞ւր տանել այդ նամակները և ու՞մ հանձնել:

— Նախավկայի վանքի մոտ, Մաղարթա լեռան ստորոտում, ժայռի վրա նստած կգտնես մի կրոնավոր: Նամակներից մեկը կհանձնես նրան:

— Ո՞ր նամակը: Իմ տիրոջ ծառան կարդալ չգիտե:

— Այն նամակը, որ կապած է կարմիր դերձանով:

— Իսկ եթե կրոնավորին ժայռի վրա նստած չգտնե՞մ:

— Անպատճառ կգտնես, նա այնտեղ, մի սգավոր ոգիի նման, նստած է յուր վանքի մոխիրների վրա, ա՜յն հրաշալի վանքի, որ ավերակ դարձրեց Մերուժանը, և անմխիթար կերպով ողբում է նրա ցավալի կործանումը:

— Հետո ինչ պիտի անե իմ տիրոջ ծառան:

— Հետո կթողնես վանքը և կշարունակես ճանապարհը դեպի Խրամ քաղաքը: Կգնաս, կգնաս, մինչև քո առջև կհայտնվի մի ծածկված պատգարակ, որը, դագաղակիր պատգարակի նման, պատած կլինի սգավորի սև պաստառներով: Նրան ուղեկցում են լեռնականների մի քանի զինված գունդեր: Այդ մյուս նամակը, որ կապած է կանաչ դերձանով, կհանձնես պատգարակի մեջ գտնվա անձնավորությանը:

— Իմ տիրոջ ծառան չպիտի՞ գիտենա, թե ո՞վ է նա:

— Ոչ ոք չգիտե, թե ով է նա, բացի յուր զինյալ ուղեկիցներից, որոնք նրա անձնավորությունը պահում են իբրև խորին գաղտնիք: Քեզ համար ևս մի առանձին պետք չկա գիտենալու, թե ով է նա:

— Նամակը հանձնելուց հետո ի՞նչ պիտի անե իմ տիրոջ ծառան:

— Կշարունակե յուր ճանապարհը: Քեզ կհանդիպի Ռշտունյաց Գարեգին իշխանը յուր զինյալ լեռնաբնակներով: Նրան իմ կողմից կասես մի բառ միայն՝ «շտապել»:

— Իսկ եթե ուրիշ բաներ ևս հարցնելու լինի:

— Ինչ որ գիտես, բոլորը կպատմես: Դու, կարծեմ, բավական ծանոթացած պետք է լինես պարսից բանակի այժմյան դրության հետ:

— Իմ տիրոջ ծառան ամեն ինչ տեղեկացել է, գիտե պարսիկ զորքերի թիվը, գոտե՝ ո՜րքանը ձիավորներ են, ո՜րքանը հետևակներ են, գիտե քանի՜ գունդերի են բաժանված և յուրաքանչյուր գունդին ո՜վ է հրամայում:

— Այդքանը ևս շատ բավական է: Այժմ կարող ես գնալ: Տեր ընդ քեզ:

Հավատարիմ փայակը, որ մտքի պես արագ էր և դևի պես ճարպիկ, որ հոգով ու սրտով նվիրված էր Սամվելին, որ միշտ ուրախ էր լինում, երբ նրանցից մի նոր հանձնարարություն էր ստանում, — այս անգամ ավելի ևս ուրախացավ, որովհետև նրա սրտի վրա ևս ծանրացած էին տխուր իրողությունների դառն հարվածները, և մխիթարվում էր, որ յուր ծառայություններով գուցե կարող կլիներ փոքր ի շատե օգնել գործին:

Նրա հեռանալուց հետո, ներս մտավ Արբակը:

— Բարձրացրո՜ւ վարագույրները, — ասաց նրան Սամվելը: — Նայի՜ր, որ մեր շուրջը օտար մարդիկ չլինին:

— Ոչ ոք չկա, ամենքը հավաքվել են խարույկի մոտ տեսնելու, թե ի՜նչպես են այրում աստուծո սուրբ գրքերը:

Ծերունին, վարագույրները բարձրացնելուց հետո, նստեց: Սամվելը հազիվ լսելի ձայնով ասաց նրան:

— Ես այսօր կգնամ Մերուժանի մոտ ճաշելու, թեև ինձ համար թույնի չափ անախորժ պիտի լինի նրա ճաշը: Բայց կաշխատեմ օգուտ քաղել այդ ճաշից: Ճաշի ժամանակ խոսակցությունը այնպես կտանեմ, որ մյուս օրը, երեկոյան, անպատճառ կարգադրվի որսորդության հանդես Արաքսի ափերի մոտ: Դու պատրաստ կլինիս ինձ հետ գալու և կանխապես կնախապատրաստես իմ մարդիկներին: Հասկանո՞ւմ ես:

— Հասկանում եմ... — պատասխանեց ծերունին խորհրդավոր ձայնով և երկյուղած աչքերը դարձրեց դեպի երկինքը, կարծես, ամենակարողի հաջողությունն էր խնդրում: Երիտասարդը շարունակեց.

— Իմ մարդիկներից յուրաքանչյուրը պետք է լավ գիտենա յուր դերը, եթե ոչ, մի ամենափոքր սխալ կարող է ամեն ինչ փչացնել: Նրանք պետք է հետևեն պայմանական նշաններին և նույն նշանների համեմատ գործեն: Իսկ թե հանգամանքները փոխվին, այդ դեպքերում դու պետք է, հանգամանքների փոփոխության համեմատ, փոխես և նրանց գործելու եղանակը...

— Արքակը այդ բոլորը կարգադրել է, դու անհոգ կա՛ց, — պատասխանեց ծերունին և գլխով հասկացրեց՝ ընդհատել խոսակցությունը, որովհետև նույն միջոցին դեպի որդու վրանը գալիս էր հայրը:

Ներս մտավ հայրը, ասելով.

Այժմ գնանք, սիրելի Սամվել, Մերուժանը սպասելիս կլինի մեզ, նրա հյուրերը արդեն հավաքվել են:

Գ

ՋՎԻԹԱ

«Ասեն զօրագլուխքն Պարսից ցՋուիթ երէց քաղաքին Արտաշատու. — Եկեալ ի միջոյ գերւոյդ, և րթ զնա՝ դու յո պետք է քեզ: Եւ ոչ առնոյր զայս յանձն երէցն Ջուիթ, այլ ասէր. — Ցո զխաշնդ տանիք, եւ զհովիւս տարայք, զի ոչ է մարթ հովուի թողուլ գլխաշն իւր, այլ պարտ ի հովուի դնել զանձն ի վերայ ոչխարին իւրոյ: Եւ զայս ասացեալ եմուտ ի գերութիւնն եւ խաղաց ի գերութիւն ընդ իւրում ժողովրդեանն յերկիրն Պարսից»:

Փաւստոս: Կեսօր էր: Մերուժանի ընդարձակ, երկնագույն վրանում արդեն հավաքված էին հյուրերը: Բոլորից բարձր նստած էր Հայր-Մարդպետը — Դղակը, որ յուր անհեթեթ հագուստով և վիթխարի մարմնով մի քանի մարդու տեղ էր բռնել: Նրա աջ և ահյակ կողմերում նստած էին մի-մի ճերմակազգեստ մոգեր, երկար, սրածայր գլխարկներով, որ, տաշած շաքարի գլուխների նման, յոթնանկյունի ձև ունեին, և յուրաքանչյուր անկյունի միջոցում գույնզգույն թելերով կարված էին խորհրդավոր նշանագրեր: Մոգերից մեկի մոտ նստած էր Վահան Մամիկոնյանը, մյուսի մոտ՝ Մերուժանը: Իսկ Մերուժանի մոտ նստած էին Սամվելը և պատանի

Արտավազդը: Հետո, իրանց բարձի և աստիճանի համեմատ, կարգով նստած էին զանազան պարսիկ սպաներ, որոնց թվումն էր և նշանավոր Կարեն զորապետը: Հյուրերի մեջ չէր երևում միայն ծերունի Արբակը: Նա բացարձակ կերպով մերժեց Մերուժանի ճաշը և չկամեցավ մասնակցել: Մերուժանը ամենևին չվիրավորվեցավ, որովհետև նրան ևս հայտնի էր համառ ծերունու օտարոտի բնավորությունը:

Մերուժանը զարմանալի նմանություն ուներ յուր քրոջ որդուն — Սամվելին: Թե՛ դեմքով և թե՛ կազմվածքով նա իսկական Սամվելն էր, միայն հասակը և տարիքը նրան ավելի զարգացած և ավելի այրական տեսք էին տվել: Նա իսկապես շատ գեղեցիկ մարդ էր, ուրախ, քաղցրախոս, և ոչ մելամաղձոտ, ինչպես էր մռայլ Սամվելը: Երկար ժամանակ Տիզբոնի արքունիքում ապրելով, և պարսից ամենաբարձր շրջանների հետ հարաբերություններ ունենալով, նա սեփականել էր իրան այդ ազգի կենցաղավարության ամենանուրբ ձևերը: Ամեն մի հասարակության մեջ նա շատ սիրելի էր և հրապուրիչ: Պարսկական քաղաքավարության հետ՝ միացրել էր նա և պարսկական խորագիտությունը, որ թաքցրած էր նրա գեղեցիկ, գրավիչ և խաբուսիկ դեմքի ներքո:

Իսկ այդ հրապուրիչ դեմքը, մանավանդ յուր վերջին հաջողություններից հետո, թեև ավելի իրավունք ուներ փայլելու և անսահման ուրախ լինելու, բայց, ընդհակառակն, կրում էր յուր վրա ներքին թախծության խորին դրոշմը, որը նա ամենայն ջանքով աշխատում էր ծածկել: Այն օրից, երբ նա Արտագերս ամրոցում այնպես նախատական կերպով մերժում ստացավ Որմիզդուխտից, այո՛, այն օրից նրա սրտի հետ՝ փշրվեցան և նրա ամենագեղեցիկ ցնորքները, որոնց մեջ թե՛ յուր փառքը և թե՛ յուր երջանկությունն էր որոնում: Ինչե՛ր չարեց նա, ի՛նչ գործեր չկատարեց նա սիրած աղջկա համար: Նա մեղանչեց խղճի դեմ, նա մեղանչեց պատվի դեմ, նա դավաճանի անարգ անունը ժառանգեց, միայն նրան արժանի լինելու համար: Բայց նա անողորմ ոտքով կոխ տվեց բոլորը և անցավ... Երազում էր պարսից այրքայից արքայի փեսան լինել, իսկ այժմ աշխարհի մեջ ծաղր ու ծանակ դարձավ: Որմիզդուխտը մի հարվածով խորտակեց նրա թե՛ ապագան և թե՛ հույսերը: Եվ այս բոլորը վերաբերում էր նա հայոց թագուհու կախարդիչ ազդեցությանը միամիտ օրիորդի վրա: Գուցե Որմիզդուխտը այնպես չէր վարվի, եթե նա այնքան երկար ժամանակ խորամանկ Փառանձեմի ձեռքում չտզվեր, — այսպես էր մտածում նա, և ոչինչ վրեժխնդրություն այնքան դառն և այնքան ծանր չէր համարում, քան թե այն, որով հայոց թագուհին պատժեց նրան պաշտած աղջկա բերանով նախատելով նրա թե՛ սերը և թե՛ սնափառությունը, որոնց զոհ դարձան թշվառ հայրենիքի այնքան նվիրական սրբությունները ...

Թեև նա իսպառ վհատած չէր, թեև տակավին հույս ուներ, որ Շապուհը անպատճառ կկատարի յուր խոստումները, — բայց ի՞նչ երջանկություն՝ կնոջ բռնի ամուսին լինել, որը զզվում էր նրանից, և մի երկրի բռնի թագավոր լինել, որը անիծում էր նրան: — Այդ մտքերը վերջին օրերում, թունավոր ուտիճի նման, սկսել էին կրծոտել, սկսել էին մաշել նրա սիրտը...

Սամվելի հանկարծակի հայտնվիլը նրան ճշմարիտ ուրախություն պատճառեց: Նայում էր շնորհալի երիտասարդի վրա և հիանում էր: Նրա մեջ նույն քաղցր զգացմունքներն էին զարթնում յուր քրոջ որդու վերաբերությամբ, ինչ զգացմունքներով որ հրապուրվում էր Սամվելի հայրը: Արդեն երազում էր այն փայլուն դերը, որ պիտի խաղար նա պարսից արքունիքում, և կանխապես հպարտանում էր նրա հաջողություններով: Եվ այդ ցանկալի օրը շատ հեռու չէր համարում նա, որովհետև դիտավորություն ուներ Սամվելին յուր հետ տանել Տիզբոն, թեև այդ մասին նրա կամքը դեռ չէր հարցրել, բայց համոզված էր, որ մեծ հոժարությամբ կընդունե նա:

Խոսում էին հյուրերը, և խոսում էր ըստ մեծի մասին Հայր-Մարդպետը: Նրա ազդու, վարդապետական ձայնը, նրա սառն, ծանրակշիռ խոսքերը յուր վրա էին դարձրել բոլորի ուշադրությանը: Խոսում էր նա այն նշանավոր հարցի մասին, թե երբ կհասնեին Տիզբոն, պետք էր ամենայն ջանքով համոզել Շապուհ արքային, որ անպատճառ հռովմայեցոց նոր կայսրի՝ Թեոդոսի՝ հետ խաղաղության դաշն կապե և հաշտվի նրա հետ: Հաշտության արդյունքը նա բոլորովին նպատակահարմար էր համարում հայոց գործերի մասին, որովհետև, նրա կարծիքով, երբ Շապուհը բարեկամական հարաբերությունների մեջ կլիներ Թեոդոսի հետ, այնուհետև կայսրը այլևս հանձն չէր առնի, հակառակ Պարսկաստանի շահերին, հռովմեական զորքերով օգնել հայերին: Եվ հայոց ուխտապահ նախարարները, կայսրի օգնությունից զրկվելով, այնքան զորություն չէին ունենա, որ Արշակունյաց թագաժառանգին Բյուզանդիայից Հայաստան բերեին և յուր հոր թափուր մնացած գահը նստացնեին: Մերուժանը բոլորովին բաժանում էր Հայր-Մարդպետի քաղաքական հայացքները, մտածելով, որ հայոց հարաբերությունները հռովմայեցոց հետ խզվելուց հետո, Հայաստանում ասպարեզը յուր համար միանգամայն բաց կմնար, և այնուհետև ավելի հեշտ կլիներ նպատակի հասնել: Սամվելը ուշադրությամբ լսում էր:

Խոսում էին և երկու մոգերը: Վերջինների խոսակցության առարկան ավելի գործնական էր: Հայտնում էին, թե ե՛րբ ավելի բարեհաջող կլիներ բանակը շարժել յուր տեղից և ճանապարհ ընկնել դեպի Պարսկաստան: Նրանց կարծիքով, դեռևս պետք էր երեք օր սպասել, որովհետև աստղերը ուղևորության համար լավ նշաններ չէին ցույց տալիս: Մերուժանը ո՛չ միայն հավատում էր աստղերի, այլ հավատում էր մինչև անգամ կախարդության և այս արհեստի մեջ իրան բավական հմուտ էր համարում: Նա նույնպես համաձայն էր մոգերի հետ և պնդում էր, թե անպատճառ պետք էր սպասել, մինչև երեք չարագուշակ օրերը անցնեին: Թե որքան ուղիղ էին նրանց աստղագիտական նկատողությունները, — դա այլ հարց է, միայն Սամվելի համար հիշյալ երեք օրերը շատ և շատ հարկավոր էին: Այդ էր պատճառը, որ նրա տխուր դեմքը սկսեց փոքր առ փոքր փայլել:

Բայց հանկարծ մի աղմուկ հյուրերի ուշադրությունը դարձրեց դեպի վրանի մուտքը:

— Ի սե՛ր աստուծո, թույլ տվեցեք թշվառիս ներկայանալ Մերուժանին, — վշտալի ձայնով աղաչում էր մեկը, բայց ծառաները քաշքշում էին նրան և թույլ չէին տալիս, որ մոտենա:

Լսելով աղաղակը, Մերուժանը հրամայեց սպասավորներից մեկին, որ չարգելեն եկվորին: Հայտնվեցավ մի պատկառելի ալևոր, կրոնավորի զգեստով, որ, խոնարհությամբ գլուխ տալով, հենվեցավ յուր հովվական ցուպի վրա և կանգ առեց վրանի մուտքի առջև: Վշտահար դեմքը արտահայտում էր խորին դառնություն: Աչքերի մեջ վառվում էր արտմտության կրակը, որ խառն էր անմխիթար հուսահատության հետ: Նա ներկայանում էր, որպես մի սգավոր, որից հափշտակել էին յուր ամենասիրելին, յուր ամենաթանկագինը: Եբրայական երկձղի գանգրամազ մորուքը, որ իջնում էր մինչև նրա մաշկեղեն գոտին, ցույց էր տալիս, որ այդ բարեշուք կրոնավորը հայկական ծագումից չէր: Կանխահաս ծերությունը բոլորովին արծաթացրել էր գլխի երկար գիսակները, բայց սև մորուքի մեջ դեռ նոր էին նշմարվում ճերմակի հետքերը: Առհասարակ ամբողջ կերպարանքի մեջ փայլում էր մի առանձին վսեմություն, որ խիստ ազդու տպավորություն էր գործում:

— Արտաշատից մինչև այստեղ, երեսս գետնին քսելով քո սպասին եմ եկել, Մերուժան, — ասաց նա ողոքավոր, բայց խռովյալ ձայնով: — Եկել եմ իմ աղերսը և իմ աղաչանքը թափելու քո գթության առջև: Մի ամբողջ շաբաթ զտնվում էի քո բանակի մեջ, բայց արգելում էին իմ ձայնը քո բարի ունկնդրությանը հասցնելու: Այժմ լսի՛ր տառապյալ ծերունուս, ո՛վ քաջդ Մերուժան:

— Ո՞վ ես դու, — հարցրեց Մերուժանը, ուշադրությամբ նայելով ծերունու վրա, որ արձանացած էր նրա առջև, որպես մի մարմնացած, սպառնական բողոք:

— Ես Արտաշատի հրեաների երեցն եմ, ինձ կոչում են Զվիթ. կարգս ընդունել եմ Ներսես Մեծից: Իմ հոտը, Հայաստանի մյուս հրեաների հետ, Տիգրան Բ-ի օրերում, գերի բերվեցավ Հրեաստանից: Հայոց հյուրասեր աշխարհը այնպիսի մարդասիրական ասպնջականություն ցույց տվեց մեզ, որ մոռանանք մեր ուխտյալ հայրենիքը, որը այնքան սուրբ է և այնքան նվիրական է յուրաքանչյուր հրեայի համար, մոռացանք և մեր աստվածավանդ կրոնը, որը ամեն մի հրեայի կյանքի և փրկության ամենաբարձր խորհուրդն է: Մոռացանք և մեր լեզուն, որով Մովսեսը գրեց Եհովայի սուրբ Կտակարանը: Տրդատի օրերում, Լուսավորչի ձեռքով, քրիստոնեություն ընդունեցինք և միացանք հայերի հետ: Այն օրից մենք ապրում էինք Հայոց աշխարհում, որպես բնիկ երկրացիներ, վայելում էինք հավասար իրավունքներ, սիրում էինք այս երկիրը և բնավ չէինք զգում, թե մենք այստեղ օտարներ ենք: Ուրախ էինք լինում նրա ուրախության հետ և մասնակից էինք լինում նրա վշտերին...

Նա փոքր-ինչ շունչ առեց և ապա շարունակեց.

— Բախտը և բարօրությունը միշտ ժպտում էր մեզ, և մեր շտեմարանները լցված էին աշխարհի բոլոր բարիքներով: Մեր ձեռքումն էր երկրի վաճառականությունը, մեր ձեռքումն էր արհեստի և ճարտարության բարգավաճումը: Բայց դո՛ւ, Մերուժան, անխնա ձեռքով քանդեցիր մեր նոր բույնը, որը այնքան դարերի մեծ խնամքով կազմել էինք, որը մեզ համար այնքան անդորր էր և ապահով: Դու ավերակ դարձրիր այն մեծափարթամ քաղաքները, որ ամբողջ աշխարհի առջև պարծենում էին իրանց անբավ հարստությամբ: Դու մինչև անգամ չխղճացար քո սեփական Վան քաղաքին, ուր Իսրայելի տարագրյալ որդիները, քո նախահարց օրերում վայելում էին կատարյալ երջանկություն: Այս անգթության դեմ կրողքեն քո արժանահիշատակ նախնյաց վեհ հոգիները, — բողոքում է և՛ ծերունկի երեցը, որ այժմ յուր դառն արտասուքն ու վշտերը թափում է քո խստասրտության առջև, որպես մի անզգա ապառաժի վրա, ո՛վ քաջդ Մերուժան:

Նա դարձյալ կանգ առեց: Սամվելը անհանգիստ կերպով լսում էր և հազիվ կարողանում էր յուր զգացմունքները զսպել: Մյուսները բարկությամբ նայում էին համարձակ ծերունու վրա և ակնարկում էին Մերուժանին, որ լռեցնե նրա հանդգնությունը: Բայց Մերուժանը թույլ տվեց շարունակել:

— Այո՛ մեր նախնիքը գերի բերվեցան Հայոց աշխարհը, բայց բախտավորություն գտան: Իսկ դու վարում ես նրանց դեպի մի նոր գերություն, դեպի մի նոր, անծանոթ աշխարհ: Գերությունը, հալածանքը, իրավ է, միշտ հրեից ճակատագիրն է եղել, սկսյալ այն օրից, երբ նրանք գերի էին Եգիպտոսում, փարավոնների ձեռքում, և ապա գերի գնացին Բաբելոն, տանջվում էին ասորեստանցոց ձեռքում: Երկար, շատ երկար ժամանակ, Եփրատի ափերի մոտ նստած, մեր հայրերը Բաբելոնի ուռիներից քարշ էին տալիս իրանց սուրբ Կտակարանները և ողբում էին կարոտյալ Երուսաղեմը: Այն տաժանական պանդխտության մեջ երկար մաշվում էին նրանք, մինչև Կյուրոսը, պարսից աստվածարյալ արքան ազատեց նրանց գերությունից, և, վերադարձնելով իրանց հայրենիքը, — վերստին Երուսաղեմը յուր փառքն ու պայծառությունն ստացավ: Պարսից արքաների պատմության հետ կապված է այդ մեծ գործը, որի մեջ փայլում է Կյուրոսի թե՛ բարձր առաքինությունը և թե՛ անմոռանալի մեծահոգությունը: Իսկ դո՛ւ, Մերուժան, մի անջնջելի բիծ կդնես պարսից արքաների պայծառ հիշատակի վրա, եթե այդ ազգը կրկին ի գերություն կվարես: Լսում ենք, որ մեզ պետք է տանես հեռավոր Սպահան: Տա՛ր, բայց մենք չենք մոռանա մեր նոր հայրենիքը՝ Հայաստանը: Մեր երեխաների հետ կնստենք այնտեղ՝ Զարգա-Ռուդի ափերի մոտ և, որպես մի ժամանակ Իսրայելը Բաբելոնում, կախ կտանք Սպահանի ուռիներից մեր սուրբ Ավետարանը և կողբանք Մասիսը՝ մեր սուրբ Սիոնը, կողբանք Արաքսը՝ մեր սուրբ Հորդանանը, կողբանք Արտաշատը՝ մեր սուրբ Երուսաղեմը, — կողբա՛նք և կանիծե՛նք այն մարդուն, որ մեզ տարագրեց մեր սիրելի հայրենիքից...

Վերջին խոսքերը կայծակի պես շանթեցին Մերուժանի քարացած սրտին: Նա սասանվեցավ, շփոթվեցավ և երկար մի բառ անգամ չէր գտնում պատասխանելու: Նրան շրջապատողները անհամբեր լռությամբ միմյանց երեսին էին նայում, և ամեն ոք սպասում էր, որ նա իսկույն կհրամայե՝ կա՛մ կտրել հանդուգն ծերունու լեզուն, կա՛մ հատանել աներկյուղ համարձակախոսի պարանոցը: Բայց մեծ եղավ բոլորի զարմացքը, երբ Մերուժանը բավական մեղմ կերպով պատասխանեց.

— Ես կատարում եմ պարսից արքայից արքայի բարձր հրամանը, հարգելի Զվիթա: Ծառաները պետք է հնազանդ լինեն իրանց տիրոջը, — այդ պատվիրում է այն Ավետարանը, որի անունով խոսում ես դու: Այլևս ինչո՞ւ այսպես անողորմ կերպով նախատում ես ինձ:

— Այո՛, Մերուժան, իմ Ավետարանը, որպես մի ժամանակ և քո Ավետարանը, պատվիրում է ծառաներին հնազանդ լինել իրանց տիրոջը: Բայց դու այն ծառաներից ես, Մերուժան, որ վայելում ես քո տիրոջ թե՛ հարգանքը և թե՛ կատարյալ վստահությունը: Եթե դու հրամայես՝ քո ձեռքում գտնված հրեա գերիներին՝ վերադառնալ իրանց տեղերը, — այդ մասին Շապուհ արքան երբեք դժգոհ չի լինի քեզանից և, գուցե, շատ շնորհակալ կլինի: Ես եկել եմ խնդրելու քո գթությունը, Մերուժան: Խղճա՛ այդ դժբախտ ժողովրդին, պատիվ դի՛ր Աբրահամի, Իսահակի և Հակոբի սուրբ հիշատակին և լսի՛ր ծերունի երեցին, որ յուր արտասուքն ու աղերսը թափում է քո մեծահոգության առջև: Ազատություն շնորհի՛ր այդ գերիներին, և դո՛ւ, Մերուժան, կլինես մի երկրորդ Կյուրոս, և քո անունը միշտ օրհնությամբ կհիշե Հայաստանի հրեա ժողովուրդը:

— Այդ բոլորը շատ գեղեցիկ է, հարգելի Զվիթա, — պատասխանեց Մերուժանը մի առանձին քաղցրությամբ, որի մեջ նշմարվում էր և նրա սրտի խորին դառնությունը: — Ես սիրով կկատարեի քո խնդիրքը, եթե իմ թագավորին հարկավոր չլիներ քո ժողովուրդը: Սպահանը՝ յուր շրջակա գավառներով՝ մնացել է դատարկ: Իմ թագավորը ցանկանում է բնակեցնել այդ երկիրը մի ժողովրդով, որի վրա կարող լիներ կատարյալ վստահություն ունենալ: Իսկ հրեաները որքան աշխատասեր, այնքան և հավատարիմ ժողովուրդ են: Կտանենք ձեզ այնտեղ, և դուք Սպահանում նույնքան բախտավոր վիճակի մեջ կլինեք, որքան էիք այստեղ՝ Հայաստանում: Եվ որպես հայաստանցոց սիրալի ասպնջականությունը ստիպեց ձեզ մոռանալ Հրեաստանը, — այնպես և պարսից սիրալի ասպնջականությունը կստիպի ձեզ մոռանալ ձեր նոր հայրենիքը՝ Հայաստանը, միայն թե, երբ դուք կընդունեք պարսից կրոնը, որպես այստեղ ընդունեցիք հայոց կրոնը:

— Այդ երբե՛ք մի հուսար, Մերուժան, — ասաց ծերունին խորին վրդովմունքով: — Եթե հրեան հավատափոխ է լինում և քրիստոնեություն է ընդունում, դա շատ բնական է. որովհետև նա միշտ սպասում է Քրիստոսին — յուր սիրելի Մեսիային: Բայց արեգակ պաշտել և կրակին երկրպագություն տալ՝ նա երբեք հանձն չառնի:

Երկու մոգերը իրանց նստած տեղում ցնցվեցան, և նրանց թթված երեսների վրա երևաց մի տեսակ զայրույթ, որ պատրաստ էր հարվածելու անձնազոհ ծերունուն, եթե Մերուժանը չընդմիջեր նրանց բարկությունը, պատասխանելով.

— Դա ապագայի գործ է, հարգելի Զվիթա, ես այդ մասին այժմ քեզ

հետ չեմ վիճի: Միայն չեմ թաքցնում հայտնել ձեզ, որ, որքան և հաճելի լիներ ինձ քո խնդիրքը, այնուամենայնիվ, ես իմ թագավորի երկրի շահերը ավելի բարձր կդասեմ քո արտասուքից: Ես լսել եմ քո համբավը, և ինձ հայտնի է, թե դու ո՜րքան սիրված ես քո ժողովրդից: Ես քեզ ազատություն կշնորհեմ, — միայն քե՜զ, և ո՜չ քո ժողովրդին: Գնա՜, ուր որ քո սրտին հաճելի է, և ոչ ոք այսուհետև բնավ չի համարձակվի նեղություն պատճառել քեզ: Գնա՜, ազատ ես, Զվիթա:

— Ես կգնամ իմ գերված ժողովրդի մոտ, Մերուժան, և երբե՜ք չեմ բաժանվի նրանից: Հովիվը պետք է յուր հոտի հետ լինի և յուր անձը դնե նրա պահպանության համար...

Այս եղավ տառապյալ ծերունու վերջին խոսքը և նա, արտասուքը աչքերում, երեսը շուռ տվեց, և հենվելով յուր հովվական ցուպի վրա, սկսեց դանդաղ ու չափավոր քայլերով դուրս գալ բանակից: Հետո բռնեց դեպի Արտաշատ տանող ճանապարհը, սկսեց դիմել դեպի պարսից մյուս բանակը, այնտե՜ղ, ուր Տափերական կամուրջի մյուս կողմում՝ պահված էր նրա սիրելի ժողովուրդը:

Ծերունու բողոքը, նրա անձնազոհությունը, խիստ ծանր տպավորություն թողեց բոլորի վրա: Նրան ազատություն շնորհեցին, բայց նա մերժեց: Նա չկամեցավ բաժանվել յուր հոտից, այլ ընդունեց նրա հետ միասին լինել և նրա հետ միասին կրել գերության ու պանդխտության տառապանքները: Ոչինչ հարված չէր կարող Մերուժանի սրտին այնքան զգալի լինել, որքան համառ ծերունու արհամարհանքը, որով նա այնպես դառնացած կերպով մերժեց իրան առաջարկած շնորհը: Այդ էր պատճառը, որ նրա հեռանալուց հետո Մերուժանը գտնվում էր մի տեսակ անհանգիստ շփոթության մեջ և, կարծես, նոր էր զգում, որ յուր պատրաստած թունավոր նետերը՝ հենց գործի սկզբում՝ ապառաժներին են դիպչում և կրկին դեպի ինքը ետ են դառնում...

Ոչ սակավ վրդովված էին երկու մոգերը, որ այնտեղ նստած էին: Նրանցից մեկը նկատեց.

— Ո՜վ քաջդ Մերուժան, դու իզուր ես թույլ տալիս այդ սնազգեստ, այդ սնազլուխ սատանաներին հետևել իրանց ժողովրդին: Դրանք այնտեղ, Պարսկաստանում շատ կդժվարացնեն մեր գործը...

— Այո՜, դրանք այնտեղ հանապազ իրանց ժողովրդին մոլորության մեջ կպահեն, — ավելացրեց մյուս մոգը: — Պետք էր կրոնավորներին միանգամայն զատել իրանց հոտից և թողնել այստեղ, որ մեզ Պարսկաստանում չխանգարեին...

Մերուժանը այնքան անձնասիրություն ուներ, որ յու՜ր գործողությունների վերաբերությամբ, որքան և սխալ լինեին, այնուամենայնիվ, ոչինչ նկատողության համբերել չէր կարող: Լսելով մոգերի տրտունջը, պատասխանեց.

— Եթե դրանք Պարսկաստանում մեզ կխանգարեն, եթե զգոտելով իրանց ժողովրդին, նրան միշտ քրիստոնեական մոլորության մեջ կպահեն, — դրա համար Շապուհ արքան շատ բանտեր ու դահիճներ ունի: Դժվար չէ՝

մի քանի րոպեում՝ բոլորին կենդանի մի գուբի մեջ թաղել և նրանց ձայները լռեցնել: Բայց եթե այստեղ թողնելու լինեինք դրանց, անտարակույս, կդժվարացնեին մեր այստեղի գործերը: Չէ՞ որ, մենք այստեղ ևս պետք է առաջարկենք՝ թողնել քրիստոնեությունը և ընդունել մազդեզանց սուրբ կրոնը: Այս էր պատճառը, որ ես աշխատեցի, որքան կարելի էր, ձեռք բերել հայոց հոգևորականներին և մեր հսկողության ներքո պահել:

Մերուժանի կարծիքին հավանություն տվին թե՛ Հայր-Մարդպետը և թե՛ Վահան Մամիկոնյանը՝ Սամվելի հայրը: Դրանք ևս պնդում էին, թե եկեղեցին գրավելու համար՝ նախ պետք է եկեղեցականներին գրավել, ինչպես հոտը գրավելու համար՝ նախ պետք է հովվին ձերբակալել:

— Ուրեմն ինչո՞ւ դու կամեցար ազատություն շնորհել այն ծերունի երեցին, — հարցրեց Սամվելը, դառնալով դեպի յուր քեռին:

— Նա վերին աստիճանի ազդեցություն ունեցող մարդ է, — պատասխանեց Մերուժանը: — Նա պաշտվում է յուր ժողովրդից, որպես մի սրբություն: Նրա ներկայությունը յուր ժողովրդի մեջ՝ կարող էր մշտական զգաստության մեջ պահել յուր ժողովրդին:

Իսկ նրա մահը (եթե հանգամանքները ստիպեին մեզ ոչնչացնել նրան) ավելի ևս պիտի բորբոքեր յուր ժողովրդի հավատը: Նա կդառնար մի քաջ նահատակ, որի անունը երբեք չէր մոռացվի, և նրա հիշատակը միշտ կոգևորեր յուր ժողովրդին: Կան մարդիկ, որոնց մահը ավելի վտանգավոր է լինում, քան թե նրանց կյանքը: Նա այն տեսակ մարդիկներից է:

Սամվելը ոչինչ չպատասխանեց, իսկ Մերուժանը նրա լռությունը համաձայնության տեղ ընդունեց: Բայց վշտալի երիտասարդը յուր մտքում այս էր խորհում. «Որքա՛ն ուսումնասիրել են այդ մարդիկը չարության գործը... որքա՛ն խորն են թափանցել իրանց անիրավությունների մեջ... »:

Խոսակցությունը այլ կերպարանք ստացավ, երբ Հայր-Մարդպետը, դառնալով դեպի Մերուժանը, հարցրեց.

— Ցանկալի էր գիտենալ՝ այժմ ուրտե՞ղ հասցրած կլինեն հայոց թագուհուն: Դու այդ մասին ո՛րևէ լուր ունե՞ս:

— Ունեմ, — պատասխանեց Մերուժանը փոքր-ինչ այլայլված ձայնով և, միևնույն րոպեում, նրա գոհունակ դեմքի վրա անցավ մի տեսակ տխուր մթություն: — Նրանք այժմ պետք է անցած լինեն Եկբատանը. գնում են ավելի կարճ ճանապարհով...

Հայր-Մարդպետը նկատեց Մերուժանի շփոթությունը և իսկույն ստրջացավ: Հիշեցնելով նրան հայոց թագուհուն, հիշեցրեց, միևնույն ժամանակ, և նրա սիրելի Որմիզդուխտին: Երկուսն էլ միասին էին գնում Պարսկաստան, այլ խոսքով, երկուսին ևս միասին էին տանում Պարսկաստան: Նրանց հետ տանում էին և Մերուժանի խորտակված սրտի բեկորները... նրա վիրավորված զգացմունքները...

Մերուժանի թախծությունը նկատեց և Սամվելը, մտածեց փոքր-ինչ զվարճացնել նրան: Նա գիտեր յուր քեռու բնավորությունը, գիտեր, որ նա այն ժամանակ միայն ուրախ էր լինում, երբ նրա հետ խոսում էին յուր զինվորական գործողությունների մասին, մանավանդ երբ գործողությունները բավական հաջող վախճան էին ստացել:

— Զարմանում եմ, սիրելի քեռի, — հարցրեց նա: — Ես ձեր զերիների թիվը համեմատաբար ավելի փոքր եմ գտնում, քան թե այն բազմաթիվ ավանների և քաղաքների թիվը, որ ես բոլորովին ավերակ և ամայի տեսա իմ գալու ժամանակ՝ Ճանապարհորդության ամբողջ տարածության վրա:

— Բոլորովին ուղիղ է քո նկատողությունը, սիրելի Սամվել, — ասաց նա դժգոհ մարդու եղանակով: — Մեր զինվորները սաստիկ դանդաղկոտ շարժվեցան, իսկ մեր զորապետները բավական անվարժ էին հայոց երկրի պայմաններին: Մինչև մեր հասնելը, շատ ավաններ և շատ քաղաքներ միանգամայն դատարկ էինք գտնում մեր առջև: Այրում էինք և անցնում էինք: Բնակիչները, լսելով մեր արշավանքի ձայնը, կանխապես թողած էին լինում իրանց բնակությունը և ամրացված էին լինում անմատչելի լեռների բարձրությունների վրա: Դաշտային տեղերում, տափարակների վրա մենք, իրավ է, մեծ հաջողություն գտանք: Բայց լեռներում մեր զինվորները բոլորովին անընդունակ հայտնվեցան:

Վերջին խոսքերի միջոցին նա նայեց պարսից Կարեն զորապետի երեսին, որ տհաճությամբ լսում էր:

— Ուրեմն դուք շատ խոր չթափանցեցի՞ք լեռնային կողմերում, — հարցրեց Սամվելը:

— Եվ դժվար էր թափանցել: Ես չկամեցա արքայից արքայի զորքերը իզուր կոտորել տալ: Ինձ համար թանկ է յուրաքանչյուր պարսիկ զինվորի մի կաթիլ արյունը: Հայերը լեռներից կռվում էին մեզ հետ ո՛չ միայն զենքերով, այլև քարերով ու փայտերով: Եվ կռվում էին ո՛չ միայն տղամարդիկը, այլև կանայքը: Այս վերջինների կատաղությունը ավելի շփոթեցնում էր մեզ: Այդ էր պատճառը, որ ես բավականացա ավելի դաշտային երկրներով, և աշխատում էի միշտ խույս տալ լեռներից:

— Այժմ գլխավորապես ո՞ր լեռներում ամրացած են փախստական բնակիչները:

Մերուժանին խիստ հաճելի էր յուր քրոջ որդու հետաքրքրությունը, որի մեջ նկատում է նրա առանձին համակրությունը և ուրախանում էր: Նա սկսեց մի առ մի տեղեկություն տալ երկրի դրության մասին, թե ո՛րտեղ ինչ էր կատարվել, կամ ո՛ր կողմերում գլխավորապես կենտրոնացած էին հայոց ուժերը: Նրա խոսքերից երևաց, որ պարսիկները մի քանի տեղերում սաստիկ պարտություն էին կրել, և շատ տեղերում ևս մուտք անգամ գործել չէին կարողացել:

— Մենք մեծ հաջողություն գտանք Արարատյան գավառում և առհասարակ այն կողմերում, որ արքունական կալվածքներ էին, — ասաց նա:

«Որովհետև մնացել էին անտեր... որովհետև ո՛չ թագավորը կար և ո՛չ թագուհին... » — յուր մտքում ասաց Սամվելը, և ապա ծիծաղելով նկատեց.

— Եվ այրեցի՞ք անպաշտպան քաղաքները...

— Պետք էր այրել, սիրելի Սամվել. մի ուրիշ անգամ ես կբացատրեմ քեզ, թե ինչո՛ւ համար պետք էր այրել...

— Հասկանում եմ... — ասաց Սամվելը, և նրա ձայնը զգալի կերպով դողաց... — Այո՛, մենք հետո կխոսենք այդ մասին...

Վահան Մամիկոնյանին շատ հաճելի չէր թվում Մերուժանի այս աստիճան մտերմական խոսակցությունը յուր որդու հետ, և եթե հնար լիներ, մի կերպով կզգուշացներ նրան: Բայց ի՞նչպես կասկածավոր ցույց տալ յուր որդուն, որի մասին ինքն ևս հաստատ ոչինչ չգիտեր, և տակավին խարխափում էր մթին անստուգությունների մեջ միայն:

Խոսակցությունը ինքնըստինքյան ընդհատվեցավ, երբ, սպասավորները ներս մտան, սկսեցին ճաշի սեղանը պատրաստել:

Պարսիկ զորապետը չէ զրկում իրան յուր սովորական բավականությունների և ոչ մեկից՝ մինչև անգամ յուր զինվորական կյանքում: Նա յուր բացօթյա բանակում գիտե շրջապատել իրան այն բոլոր վայելչություններով, որպես սովոր է ապրել յուր տան մեջ: Ժուժկալությունը և ռազմական խստակեցությունը անծանոթ են նրան: Մերուժանը յուր կրթությամբ թեև ճշմարիտ զինվոր և սակավապետ զորավար էր, բայց, հետևելով պարսից սովորություններին, նրանց կեցության միևնույն ձևերը, միևնույն եղանակն էր ընդունել: Եվ այլ կերպ վարվել կարող չէր, որովհետև նրանց հետ հարաբերություններ ուներ:

Մանկահասակ սպասավորների մի ստվար խումբ շքեղ կերպով հագնված ոտքի վրա ծառայում էին: Սեղանի բոլոր անոթները ոսկուց էին և արծաթից: Ո՛րքան հյուրերի ախորժակին բավականություն էին տալիս անուշահամ կերակուրները, ա՛յնքան ավելի նրանց գեղասեր ճաշակին բավականություն էր տալիս սեղանի փայլը, նրա փառավոր հանդերձանքը: Բոլոր պարագաների մեջ նշմարվում էր նրբության և չափազանցության հասցրած շռայլություն:

Հյուրերից յուրաքանչյուրի մոտ կանգնած էր մի-մի ծաղկապսակ պատանի և, մի ձեռքով բռնած գինու արծաթյա խառնարանը, իսկ մյուս ձեռքով՝ արծաթյա թասը, մատռվակում էին անուշահոտ ըմպելին: Մի խումբ երաժիշտներ, վրանի առջևում կանգնած, ածում էին զանազան նվագարանների վրա և անլռելի ձայնով երգում էին:

Ճաշը տևեց բավական երկար: Պատանի Արտավազդը կարծես թե, ասեղների վրա նստած լիներ, անհամբերությունից սկսեց ձանձրանալ: Նրան չէին զբաղվում՝ ո՛չ գուսանների անընդհատ երգերը և ո՛չ նվագարանների քաղցր հնչյունները, — նա բոլորովին ուրիշ ցանկություններ ուներ: Որսորդության գնալու մասին առաջին անգամ նա խոսք նետեց, որովհետև նրան ամեն համարձակություն ներվում էր:

— Քեռի, — դարձավ նա դեպի Մերուժանը ժպտալով, — բանակը դեռևս քանի՞ օր պետք է այստեղ մնա:

— Երեք օր:

— Օ՛հ, դա շատ երկար է, աստված վկա, շատ երկար է... — պատասխանեց նա, գեղեցիկ երեսը անբավականությամբ խոժոռելով: — ինչպե՞ս պետք է անցկացնենք այդ երեք անտանելի օրերը:

— Ինչպես որ քո սիրտը կկամենա, — ասաց Մերուժանը, փայփայելով նրա սիրուն գիսակները:

Պատանին շրթունքները մոտեցրեց Մերուժանի ականջին, փսփսաց.

— Եթե գիտենաս, թե որքա՜ն ժամանակ է, որ ես որսի չեմ գնացել, բոլորովին կզարմանաս:

— Որքա՞ն ժամանակ է, սիրելիս:

— Այն օրից, որ մեր տանից դուրս եմ եկել:

— Դա փոքր ժամանակ չէ, մանավանդ քեզ համար: Դու կարծեմ որսորդություն սիրում ես, Արտավազդ:

— Սաստիկ: Երբ մեր տանն էի, եթե շաբաթը մի քանի անգամ որսի չգնայի, ինձ այնպես կթվար, թե մի լավ բան, շա՜տ լավ բան կորցրել եմ:

Մերուժանը սկսեց բարեսրտությամբ խնդալ:

— Երևի, Սամվելն էլ սիրում է, — դարձավ նա դեպի քրոջ որդին:

Որդու փոխարեն պատասխանեց հայրը.

— Սամվելը ամենափոքր հասակից սիրում էր որսորդություն: Մեր ամրոցի թռչունները հանգստություն չունեին նրա ձեռքից, երբ դեռ տասն տարեկան տղա էր: Իսկ այժմ չգիտեմ հետևո՞ւմ է յուր հին սովորություններին, թե ոչ:

— Ես իմ սովորությունները հեշտությամբ չեմ փոխում, — պատասխանեց Սամվելը, ժպտալով: — Որսորդությունը իմ ամենասրտագին զվարճություններից մեկն է: — Եվ դառնալով դեպի Մերուժանը, հարցրեց, — այդ կողմերում, Արաքսի ափերը, ասում են, խիստ հարուստ են վայրենի երեներով:

— Այո՛, հարուստ են, — ասաց Մերուժանը մի առանձին հեգնությամբ: — Արշակունի թագավորները Արարատում բազմացրին վայրենի երեներ միայն: Ճահիճները չէին ցամաքացնում գետեզերքի ինքնորեն բուսած ծառաստանները չէին կտրում, որպեսզի թռչունների և երեների աճելության համար պատսպարաններ լինեին:

Սամվելի հայրը մեծ ցանկություն ուներ, որ որդուն մի որևէ առիթով ներկայացներ պարսիկ զորապետներին և նրա կատարելությունների մասին փոքր-ինչ գաղափար տար նրանց: Իսկ առայժմ, քանի դեռ կռիվների հանդեսներ չկային, որսորդությունը ամենահարմար միջոցներից մեկն էր, որի մեջ Սամվելը կարող էր ցույց տալ յուր քաջությունը:

Սամվելը, հասկանալով հոր փափագները, մտածեց օգուտ քաղել նրա տրամադրությունից: Նա դարձավ դեպի Մերուժանը, հարցնելով.

— Դուք վճռել եք անպատճա՞ռ երեք օր բանակը պահել այստեղ:

— Անպատճառ: Բացի այն, որ աստղերը բարի ճանապարհ չեն գուշակում, մենք դեռ սպասում ենք մի քանի գունդերի, որ ետ են մնացել, և նրանց գոյության մասին ամենևին տեղեկություն չունենք:

— Ուրեմն, այդ երեք օրում, ինչպես լավ նկատեց Արտավազդը, անգործունեության մեջ կարելի է բոլորովին ձանձրանալ:

— Քեռիդ թույլ չի տա, որ ձանձրանաս, սիրելիս, — մեջ մտավ հայրը: — Նա քեզ համար որսորդության ամենափառավոր հանդեսներ կպատրաստե Արաքսի ափերի մոտ:

— Եվ ինձ համար, — ընդմիջեց պատանի Արտավազդը:

— Իհարկե, և քեզ համար, — ասաց Մերուժանը ժպտալով: — Առանց քեզ ի՞նչ ուրախություն կունենա մեր որսորդությունը:

— Հանաքը մի կողմ, — ասաց նա ինքնավստահ պարծենկոտությամբ: — Ես ուզում եմ այդ պարսիկներին ցույց տալ հայ տղայի քաջությունը: — Վերջին խոսքերը արտասանեց նա հայերեն, յուր վառվռուն աչքերը խորամանկ կերպով դարձնելով դեպի ներկա գտնվող պարսիկ ավագները:

Բայց Մերուժանը ծիծաղելով թարգմանեց նրա ասածը.

— Գիտե՞ք ինչ է ասում իմ փոքրիկ ազգականը. նա պարծենում է զարմացնել ձեզ յուր քաջություններով: Եվ ես խոստանում եմ էգուց պատրաստել տալ նրա համար որսորդության հանդես:

— Տեսնենք, էգուց կտեսնենք, — ձայն տվին պարսիկ ավագները լուրջ կերպով:

— Բայց իմ դեմ դուրս բերեցեք իմ հասակակիցներին:

— Իհարկե, այնպես կլինի: Մենք այժմյանից հրաժարվում ենք քեզ հետ մրցելուց: Մեր բանակում քո հասակակից տղաներ շատ կան:

Սամվելը ոչինչ չէր խոսում: Նա արդեն յուր ցանկությանը հասած էր համարում: Մերուժանը հրամայեց, որ մյուս օրվա համար որսորդության պատրաստություններ լինեին Արաքսի ափերի մոտ:

Դ

ԱՐԱՔՍԻ ՈՐՈԳԱՅԹՆԵՐԸ

«Ապա որդի մի Վահանայ, անուն Սամուէլ, եհար սատակեաց զՎահան զՀայր իւր»...

Փաւստոս

Հին Արաքսը զարմանալի որոգայթներ ուներ: Նա և՛ զարմանալի քմահաճություններ ուներ: Անհիշելի ժամանակներից համառությամբ կռվում էր յուր անհավասար եզերքի հետ և կարծես դժգոհ էր այն նեղ շավղից, որ գծել էր նրա ընթացքի համար նույնքան քմահաճ բնությունը: Նա սիրում էր ընդարձակություն, սիրում էր ազատություն: Նեղ շավիղը վրդովեցնում էր նրան:

Երբեմն լեռնային երկու զուգահեռական գոտիներ միաբանվում էին և սեղմում էին նրան իրանց անձուկ և, խորին ձորակի մեջ: Այդ միջոցին նրա կատաղությունը չափ չուներ: Ահռելի հորձանքներով զարկվում էր յուր ապառաժոտ ափերին, գոռում էր, գոչում էր, փրփրում էր, և մարդ, կարծես, լսում էր նրա սոսկալի որոտմունքի մեջ այս ճակատագրական խոսքերը, «Նե՛ղ է... նե՛ղ է... խեղդվո՛ւմ եմ... »:

Երբեմն լեռնային գոտիների միաբանությունը խախտվում էր, բաժանվում էին միմյանցից, հեռանում էին միմյանցից, և բաց էին անում նրա առջև լայն, ընդարձակ տարածություն: Այդ միջոցին նրա կամայականությունը չափ չուներ: Ազատվելով յուր նեղ կիրճից, մի չար վիշապի նման, անխնա կերպով ողողում էր, հեղեղում էր յուր հարթ, կանաչազարդ ափերը, — և կամ, մի արբեցած հսկայի նման, երբեմն դեպի աջ էր թեքվում, երբեմն դեպի ահյակ էր խոտորվում, և երբեք ուղիղ ճանապարհով չէր գնում:

Նա յուր ազատությունը խելացի կերպով վայելել չգիտեր: Հանկարծ վիթխարի թևերը բաց էր անում, խլում էր ցամաքից մի կտոր հող և, ճնշելով յուր զով գրկի մեջ, կղզիացնում էր նրան: Առ ժամանակ երեխայական սիրելությամբ սկսում էր փայփայել և խնամել յուր խաղալիքը: Կղզին աճում էր, կանաչազարդվում էր, աճում էին թուփերը և վառվում էին ծաղիկները: Երկնքի թռչունը հյուսում էր այնտեղ յուր բույնը, վայրի անասունը սնուցանում էր այնտեղ յուր ձագուկներին: Կղզին ներկայացնում էր մի գեղեցիկ փունջ, որով զվարճանում էր նա և, պճնասեր երիտասարդի նման, զարդարում էր յուր հպարտ կուրծքը: Բայց հանկարծ, կարծես, ձանձրանում էր նա, ալիքները փրփրալով բարձրանում էին, կոհակները կատաղաբար մռնչում էին և մի քանի րոպեի մեջ կլանում, ոչնչացնում էին գեղեցիկ զարդը, և նրա հետքն անգամ չէր երևում: Հայոց գետերի թագավորը վարվում էր յուր հորինած կղզիների հետ նույն կերպով, որպես հայոց երկրի թագավորը վարվում էր յուր մեջ կղզիացած նախարարությունների հետ:

Եվ, իրավ, Արաքսը ներկայացնում էր յուր աշխարհի քաղաքական դրությունը: Երբ խորամանկ պարսիկը և նենգավոր հռովմայեցին, երկու լեռնային գոտիների նման, միաբանվելով ճնշում էին նրան, այդ միջոցին նրա ճիչն ու բողոքը սահման չուներ: Յուր բոլոր կատաղությունը գործ էր դնում՝ ազատվելու նրանց ճնշումից: Իսկ երբ երկու դաշնակիցները քանդում էին իրանց միաբանությունը, բաժանվում էին, և նա ազատություն էր գտնում, — այդ միջոցին սկսում էր զբաղվել ներքին երկպառակություններով: Ամենայն անգթությամբ ոչնչացնում էր յուր մեջ ամփոփված նախարարությունները, որպես հրեշավոր Արաքսը լափում, կլանում էր յուր մեջ սեղմված կղզիները:

Այդ կղզիներից մեկի վրա պետք է լիներ այն օր որսորդությունը, որ կոչվում էր «Իշխանաց կղզի», և որի մեջ Սյունյաց իշխաններից մեկը բաց էր թողել վայրենի անասուններ, և այնտեղ ազատ կերպով աճել, բազմացել էին:

Արեգակը դեռ նոր էր ծագել, երբ ուղի ընկավ որսորդների ասպախումբը: Զով ու խաղաղ էր առավոտը: Մինչև անգամ կարմրագույն քամին, որ երբեմն սովորություն ուներ փչել Արաքսի այդ կողմի ափերից, և բերելով յուր հետ նրա եզերքի վրա սփռված կարմրագույն ավազները, գիտեր հաճախ լցնել օդը մի ահռելի, բոսորային մառախուղով, — այդ բոթաբեր քամին անգամ այն առավոտ դադարել էր: Օրը պարզ էր և գեղեցիկ:

Ճանապարհը մինչև Արաքսի եզրը հասնելը պատած էր ճոխ, սիզավետ բուսականությամբ: Կռիվներից առաջ արածում էին այնտեղ Նախճվանի տիրոջ իշխանական նժույգները: Իսկ այժմ արածում էին պարսից բանակի զրաստները: Տեղ-տեղ բարձրանում էին մերկ, սրածայր բլրակներ, որոնք իրանց հրեշավոր գոյությունը պահպանել էին, կարծես, միմիայն նրա համար, որ ցույց տան անցորդներին, թե ի՜նչ անողորմ խաղեր էին խաղացել նրանց հետ վաղեմի ժամանակները: Դարերի անձրևները ողողել էին այդ բլրակների հողային փափուկ մասը, և թողել էին նրանց կազմության կարծր, քարացած կմախքը միայն, որ ներկայացնում էր այլանդակ պատկերներ: Ահա՛ այնտեղ երևում է ուղտերի մի ամբողջ քարավան: Կորաքամակ, ծռավիզ անասունները շարված են միմյանց ետևից և գրեթե կախված են օդի մեջ: Ահա՛ մյուս կողմում՝ մի քանի աշտարակներ կարգով դրված են միմյանց վրա, բարձրանում են դեպի երկինքը: Աշտարակների ամբողջ շարքը կանգնած էր բարակ, մաշված պատվանդանի վրա, և մարդ կարծում է, եթե փչելու լինի, բոլորը ցած կթափվի: Ահա՛ մի փոքր հեռավորության վրա՝ նկարված են օդի մեջ մարդկային սոսկալի ուրվագծեր, կարծես, քարացած հսկաների արձաններ լինեն: Ահա՛ մի գալարված վիշապ, հրեշավոր գլուխը վեր է բարձրացրել, և ահարկու բերանը բաց արած, սպառնում է կլանել անցորդին: Մի ժամանակ այդ կողմերում բնակեցրած էին Հայաստան գերի բերված վիշապազունները: Այժմ մնացել էին նրանց վիմային կմախքները միայն:

Մի կախարդված, քարացած աշխարհ էր այդ, որով ծանր ու հանդարտ կերպով ընթանում էր որսորդների ասպախումբը:

Նրանք Հասան Նախճվանի աղմկալի գետակին, որ աղաղակելով և յուր խճավետ հատակին զարկվելով, շտապով վազում էր և խառնվում Արաքսին: Այդ կողմում բնությունը այլ տեսարան էր ներկայացնում: Գետակի ամբողջ երկարությամբ աճել էին փարսավոր ուռեններ, կարճահասակ թթենիներ և զանազան վայրենի թուփեր, որոնք, միախառնվելով, հորինել էին մի կենդանի ցանկապատ, որ համարյա անանցանելի էր դարձնում ճանապարհը:

Այդ կողմումն էին քաղաքացիների բեղմնավոր այգիները: Կռիվներից առաջ այդ հրաշալի այգիները իրանց գեղեցիկ մշակությամբ բոլորովին արդարացնում էին ամենահին ավանդությունը, թե հայ մարդը ծանոթ էր այգեգործության հետ սկսյալ այն օրից, երբ Նոյը Արարատ լեռան ստորոտում տնկեց աշխարհի առաջին այգին: Գողթնյաց երկրի ընտիր խաղողը ծանր, հյութալի ողկույզներով, վառվում էր Հայոց արեգակի կյանք և քաղցրություն ներշնչող ճառագայթների ներքո: Այդ խաղողն էր պարգևում այն ազնիվ նեկտարը, որ ոգևորում էր Գողթնյաց երգիչներին: Իսկ այժմ տերևաթափ, որթակտոր եղած խաղողը, կարծես թե, ճմլած և ջարդված լիներ մի սարսափելի կարկուտից: Պարսից զինվորի ոտքն էր կատարել այդ սրտատրոչոր ապականությունը: Կռիվներից առաջ կարմիր խնձորը, դեռահաս աղջկա կարմիր թշերի նման, ժպտում էր, ծիծաղում էր, իսկ ծանրաբարձ տանձը՝ յուր ծանրությամբ դեպի ցած էր խոնարհեցրել ծառերի սաղարթախիտ ոստերը, որոնք մի այնպիսի հաճոյական տպավորություն էին գործում, կարծես թե, գլուխները ծռելով՝ ողջունում էին անցորդներին: Այժմ նույնպես կորացած էին ոստերը, այժմ նույնպես դեպի ցած էին կախված թառամած ճյուղերը: Բայց դա պարսից անհագ զինվորի անողորմ ձեռքի գործն էր: Կռիվներից առաջ դեղնագույն դեղձը համեստությամբ թաքնվել էր ծիրանի հսկա ծառերի ետևում, որոնք իրանց լայն, ստվերախիտ հովանավորության ներքո էին առել նրանց: Իսկ այժմ ծարավությունից թոշնած ծիրանիները մերկացրել էին իրանց հարուստ կանաչազարդությունը, և մի այնպիսի նիհար տեսք էին ստացել, կարծես, թե, աշնան վերջը լիներ: Չկար հոգատար այգեպանը, որ զովացներ նրանց ծարավը, որ ազատեր նրանց վաղահաս վախճանից:

Այգիների միջից բարձրանում էին հնձանների կրկնահարկ շենքերը: Շատ անգամ հայոց այգիների հնձանները ապաստան են եղել անմեղ հալածյալների: Հռիփսիմյան կույսերի խումբը երկար պատսպարված էին Վաղարշապատի այգիների հնձաններում: Խաղաղության ժամանակներում այդ հնձանների վերին հարկում, սկսյալ գարնան սկզբից` մինչև ձմեռնամուտը, բնակվում էին այգետեր ընտանիքները: Նրանք խնամք էին տանում այգիներին, հավաքում էին պտուղները և, միևնույն ժամանակ, վայելում էին զվարճալի ծառաստանի մաքուր և հովասուն օդը: Այգիները մի տեսակ ամառանոցներ էին նրանց համար: Իսկ այժմ ոչ ոք չէր երևում: Հնձանները մնացել էին դատարկ և այգիները անխնամ: Պատերազմների աղմուկը ցրեց բոլորին: Ոմանք փախան, ապաստանեցին Վայոց-ձորի մերձակա լեռներում, ոմանք գերի ընկան թշնամու ձեռքը:

Թշնամին այժմ անցնում էր նույն այգիների միջով, որ ավերակ և ամայի էր դարձրել ինքը: Այգիները բռնել էին բավական մեծ տարածություն: Նրանք բաժանված էին միմյանցից կավեղեն ցած պատերով, որոնց ոլոր-մոլոր, ցանցատեսակ փողոցները հորինել էին մի մթին լաբյուրինթոս, ծածկված ծառերի ստախիտ ստվերի ներքո: Երկար որսորդների ասպախումբը գնում էր նույն փողոցներով, բայց տակավին բավական ժամանակ էր հարկավոր, մինչև դուրս կգային: Շատ անգամ հայոց այգիների այդ ահարկու լաբյուրինթոսը կլանել էր թշնամիների ահագին գունդեր: Բայց Գողթնյաց այգիների ամայի փողոցներից այժմ համարձակ անցնում էր թշնամին:

Սամվելը նայում էր շրջակայքի տխուր տեսարանների վրա, և նրա զգայուն սիրտը խոցվում էր անբուժելի վերքերով: Բայց նրա հայրը ուրախ էր, ոչինչ չէր զգում և միայն ոգևորված էր այն խորին բավականությամբ, որ մի քանի ծանր տարիների անջատումից հետո առաջին անգամ բախտ ուներ սիրելի որդու հետ մասնակից լինել մի հանդիսավոր որսորդության:

Նրանք դուրս եկան այգիների մթին, ոլորապտույտ նրբանցքներից, և նրանց առջև բացվեցավ մշակված անդաստանների ընդարձակ տարածություն: Մի քանի շաբաթ առաջ այդ անդաստանները ներկայացնում էին մի սքանչելի ոսկեղեն ծով, ուր ցորյանի հասունացած արտերը` իրանց լիառատ բեղմնավորությամբ` լցնում էին երկրագործի սիրտը անսահման օրհնությամբ: Իսկ այժմ անքաղ և անխնամ մնալով, արևի կիզող ճառագայթներից չորացել, այրվել էին, և ցամաքած հասկերը ցած էին թափվել անգութ քամուց, որպես մի մեծ կոտորածից: Կորյակի, կտավահատի դեռ կանաչ, չհասունացած արտերը, անջուր մնալով, ծարավությունից թառամել, թարշամել էին և կպել գետնին: Չկար արթուն մշակը, չկար հոգատար խնամողը: Երևում էր միայն արտորայքի սիրահարը՝ ողբաձայն արտույտը, որ օդի մեջ անդադար ճախրում էր միևնույն կետի վրա և փոքրիկ թևիկները թափահարելով, սարսափած կերպով նայում էր դեպի ոչնչացրած հունձը, և որպես մի սգավոր ոգի, երբեմն դեպի ցած էր նետվում, հառաչանքներ էր արձակում, երբեմն դեպի վեր էր սլանում, և դարձյալ օդի մեջ միևնույն կետի վրա ճախրելով, շարունակում էր յուր տխուր, ողբալի երգը: Երևում էին և թշնամու ջորիների խումբերը, որոնք անպատիժ կերպով ցրիվ էին տալիս հնձած գարիի խուրձերը, և ավելի ոտնակոխ էին անում, քան թե ուտում էին:

Նրանք անցան անդաստանները, անցան մի քանի ավերակ արվարձանների և գյուղերի մոտից: Այժմ սկսվեցան Արաքսի մերձակայքի կանաչազարդ տափարակները, որ վերջանում էին խիտ մացառներով ու վայրենի ծառաստաններով, երբ ավելի մոտենում էին դետի ափերին: Տեղ-տեղ ջուրը լճացել էր, տեղ-տեղ գոյացել էին ճահիճներ: Ձիաների սմբակներից մի այնպիսի խուլ տրոփյուն էր լսվում, կարծես թե, գետնի տակը դատարկ լիներ: Երբեմն այնպես էր թվում, որ առաձգական գետինը կա՛մ բարձրանում և կա՛մ ցած էր իջնում ձիաների ծանրության ներքո: Այդ տեղերում թաքնված էին Արաքսի մթին որոգայթները և նրա ստորերկրյա սոսկալի անդունդները, որ լցված էին բոլորովին թանձր և սև հեղուկով, որի երեսը, սերի նման պնդանալով, կազմել էր այն խաբուսիկ, վտանգավոր ծածկոցը, որի վրայով գնում էին նրանք: Այդ անհատակ անդունդները սովորություն ունեին՝ երբեմն բաց անել իրանց ահարկու բերանը և, տարտարոսի նման, կլանել անցորդներին: Այս տեսակ անդունդներից մեկի մեջ, յուր ձիու հետ կորավ հայոց Արտավազդ թագավորը, երբ նա որսորդություն էր անում Արաքսի ափերի մոտ:

Արևը բավական բարձրացել էր, և առավոտյան զով օդը հետզհետե լցվում էր խիստ ախորժելի ջերմությամբ: Որսորդների ասպախումբը դեռ շարունակում էր հանդարտ և ուրախ ընթացքով առաջ գնալ:

Սամվելը նստած էր մի գեղեցիկ, ոսկեգույն նժույգի վրա, որ այն առավոտ ընծա էր ստացել յուր հորից: Նրա ետևից գնում էր պատանի Հուսիկը, որ զինակրի պաշտոն էր կատարում: Նա կրում էր յուր իշխանի երկար նիզակը, լայնալիճ աղեղը, նետերով լի կապարճը և մի երկար, կաշյա բարակ ճոպան, որ փաթաթած կախ էր տվել յուր ձիու թամբից: Իսկ ինքը Սամվելը կրում էր մի սուր միայն և մի արծաթյա փոքրիկ փող, որ քարշ էր ընկած նրա ուսկյա կամարից:

Ծերունի Արբակը կարծես բոլորովին մանկացել էր: Նա զոնվում էր կատարյալ զինավառության մեջ: Նա առաջ էր ընկած, և նրա ետևից գալիս էին Սամվելի քառասուն զինված ծառաները: Նրանցից ոմանք ձեռքերի վրա կրում էին որսորդական բազեներ... ոմանք բռնած ունեին անհանգիստ բարակների թոկերի ծայրից, որ կապած էին նրանց երկար պարանոցներին: Ազատ էին թողած միայն փոքրիկ, սորամուտ սկունդներին և ահագին թավամազ գամփռներին, որոնց որսորդների լեզվով կոչում էին «գայլ խեղդողներ»: Այս բոլոր պատրաստությունը Սամվելին ընծայել էր հայրը:

Որսորդական հուշարարները, դեռ արևը չծագած, վաղ առավոտյան գնացել էին դիտելու, հետազոտելու բոլոր վայրերը, որ տեսնեն, թե ո՛րտեղ ի՛նչ երեներ կան:

Սամվելին ուղեկցում էր հայրը, շրջապատված յուր թիկնապահներով: Իսկ փոքր-ինչ հեռու, յուր հայտնի սպիտակ նժույգի վրա նստած, գնում էր Մերուժանը, յուր առանձին խմբով: Նրանց հետ էր և պարսից Կարեն զորապետը՝ յուր մի քանի սպաներով: Որսորդությանը չմասնակցեց միայն Հայր-Մարդպետը:

Առջևից գնում էին մի խումբ պարսիկ տղաներ, որոնց թվում էր և պատանի Արտավազդը: Այդ մանկահասակ որսորդները՝ իրանց շքեղ զինավառությամբ՝ գրավել էին ամենքի հիացքը: Բայց բոլորի մեջ ավելի փայլում էր, ավելի աչքի էր ընկնում պատանի Արտավազդը: Ոգելից մանուկի ուրախությունը չափ չուներ: Յուր աշխույժ նժույգի հետ ներկայացնում էր նա մի մարմնացած զվարճություն: Ձախ կողմից կապած ուներ ուսին՝ նետերով լի արծաթյա կապարճը, իսկ աջ կողմից՝ ձգած ուներ լայնալիճ աղեղը, որ նրա համար բավական մեծ էր: Ձեռքում կրում էր մի թեթև նիզակ, իսկ գոտիից քարշ էր ընկած երկսայրի սուրը՝ արծաթապատ պատյանով:

Սամվելը ընկղմված էր լուռ մտախոհությունների մեջ: Երբեմն միայն հարևանցի կերպով նայում էր յուր շուրջը, նայում էր դեպի հեռուն, շատ հեռուն և, կարծես, աշխատում էր միանգամից ծանոթանալ բոլոր տեղորայքի հետ: Նրա վշտահար դեմքը, որպես միշտ, չէր ցույց տալիս ոչ մի բավականություն, թեև կցանկանար գոնե փոքր-ինչ ուրախ ձևանալ: Իսկ յուր տխրության մեջ անգամ սքանչելի էր նա: Ուրախ էր միայն նրա ամեհի նժույգը, որ անդադար ոստոստում էր և ահագին թռիչքներ էր գործում: Բայց նա վարժ ձեռքով այնպես հեշտությամբ դարձնում էր խստերախ երիվարի սանձը, կարծես, մի հեզ գառնուկ լիներ: Հայրը նայում էր նրա վրա և հիանում էր: Նա սաստիկ փափագում էր, որ որդին բաժանվեր խմբից և մի թեթև ձիախաղ կատարեր այն հարթ տափարակի վրա, որ կանաչ թավիշի նման տարածված էր նրանց առջև: Նա մինչև անգամ ակնարկեց որդուն, բայց Սամվելը հրաժարվեցավ, ասելով.

— Անհարմար է, հայր, որովհետև այդ գեղեցիկ նժույգը, որ այսօր ընծայեցիր ինձ, տակավին վարժված չէ իմ ձևերին, և ոչ ես ծանոթ եմ նրա բնավորության հետ: Կարող ենք չհասկանալ միմյանց:

— Ոչ ընդհակառակն, — պատասխանեց հայրը ժպտալով, — նա ո՛րքան դյուրազգիռ է, ո՛րքան համառ է, ա՛յնքան և խելացի է: Նրան կարելի է մոմի նման դեպի ամեն կողմ շուռ տալ: Դա Շապուհ արքայից արքայի ախոռատան ամենաընտիր նժույգներիցն է, որ ընծա էր ստացել Համավերանի իշխանից: Երբ վերջին անգամ ներկայացա արքայից արքային իմ խոնարհ հրաժեշտը տալու, նա պարգևեց ինձ այդ նժույգը, ասելով. «Գնա՛, Մամիկոնյան տե՛ր, պայծառ Արամազդի օգնությանն եմ հանձնում քեզ, գնա՛ և այդ նժույգով կատարիր քո արշավանքը Հայաստանում, նա անպատճառ բարեբեր ու բարեհաջող ազդեցություն կունենա քո ձեռնարկությունների վրա»:

Վերջին խոսքերի միջոցին՝ հայրը ձեռքը մեկնեց դեպի Սամվելի նժույգի ճակատը, հարցնելով.

— Դու դեռ չե՞ս նկատել այդ սպիտակ աստղը նրա ճակատին: – Նա ցույց տվեց բոլորակ խալը, որ, ճերմակ աստղի նման, բնությունը նկարել էր նժույգի ճակատի մեջտեղում:

— Առաջին անգամն եմ տեսնում, — ասաց Սամվելը:

— Դա հաջողության նշան է, — կրկնեց հայրը:

— Չգիտեմ՝ որքան այդ աստղը կառաջնորդի ինձ դեպի հաջողություն... — ասաց Սամվելը երկդիմի ժպիտով: — Բայց կարծեմ, մենք ճահիճների մոտով ենք գնում: Այդ կողմերում թաղթաղուկ տեղեր շատ կան: Կարող է պատահել, որ Շապուհ արքայի ընծայած նժույգի աստղը յուր նշանակությունը կորցնե Արաքսի թաղթաղուկների մեջ...

— Կարող է պատահել, — ասաց հայրը, թաքցնելով յուր տհաճությունը, որ պատճառեց նրան որդու կծու և հեգնական ակնարկությունը: — Բայց մենք թաղթաղուկներից անցանք արդեն:

Հոր և որդու խոսակցության միջոցին մոտեցավ պատանի Արտավազդը:

— Ես թաղթաղուկներից չեմ վախենում, — ասաց նա ուրախ դեմքով: — Իմ ձին թեև հաջողության աստղ չունի, բայց անդունդների վրայից անգամ կարող է թռչել: Սամվելը իզուր նազ է անում: Նա գիտե միշտ այսպես թանկ ծախել յուր շնորհքը: Տեսեք, ես ինչպե՛ս եմ խաղացնում իմ ձիուն:

Առանց սպասելու, որ խնդրեն նրան, պատանին, յուր ձիու սանձը սաստիկ քաշելով, սկսեց մտրակել և զայրացնել նրան, որ ավելի գրգռե: Ձին տաքացավ, բորբոքվեցավ, սկսեց սաստիկ ոստյուններ գործել: Նրա ահագին թռիչքները նայողի վրա սարսափ էին ազդում: Ամեն վայրկյան կարելի էր սպասել, որ զայրացած նժույգը յուր հանդուգն հեծյալին դեպի ցած կնետե: Բայց պատանին նրա հետ ամուր կերպով ձուլվում էր, կարծես, նրա անդամներից մեկը լիներ: Նա այնքան ազատ և համարձակ էր պահում իրան, որ անկարելի էր երևակայել այն աստիճան ինքնավստահություն:

Երբ ձին բոլորովին բորբոքվեցավ, պատանին սկսեց զանազան ճարպիկ շրջաններ գծել տափարակի վրա: Ձին յուր բոլոր թափով պտտվում էր, իսկ ինքը, միևնույն ժամանակ, զարմանալի արագությամբ անցնում էր նրա պարանոցով և կրկին նստում թամբի վրա: Այդ միջոցին նա մի արագաշարժ ճախարակ էր, որ հոլովվում էր յուր առանցքի շուրջը: Նրան հետևեցին մի քանի պարսիկ պատանիներ, որոնց ճարպկություններն ևս ոչ սակավ հետաքրքիր էին: Բայց ամենքը նսեմացան պատանի Արտավազդի գործողությունների առջև, մանավանդ, երբ սկսեց նա յուր անհնարին նիզակախաղը կատարել: Ձիու սրարշավ փախուստի միջոցին՝ նետում էր նիզակը, և ամեն անգամ նիզակը շեշտակի կերպով ցցված էր մնում նշանակված կետի վրա, առանց յուր նպատակից վրիպելու: Նա իսկույն կայծակի նման հասնում էր, խլում էր նիզակը և կրկին նետում էր: Իսկ երբ պատահում էր, որ նիզակը յուր ծայրի վրա ցցված չէր մնում, այլ վայր էր ընկնում, այդ դեպքում, նա առանց մի րոպե կորցնելու, շուտով վրա էր հասնում, և, առանց ոտները ասպանդակներից հանելու, թամբի միջից թեքվում էր և բարձրացնում էր ընկած նիզակը:

Երբեմն հետամուտ էր լինում յուր հետ մրցող պարսիկ պատանիներին, որոնք այնպես էին ձևացնում, իբր թե խուսափում են նրանից: Այդ միջոցին մանկահասակ հերոսը, կարծես թե, աճում էր, մեծանում էր նայողի աչքում և ահարկու կերպարանք էր ստանում: Արծվի արագությամբ վրա էր հասնում, և նրա ախոյաններին խիստ սակավ անգամ էր հաջողվում՝ իրանց վահաններով ետ նահանջել նրա նիզակի զարկը, թեև վնասելու նպատակով չէր հարվածում: Իսկ երբ ինքն էր փախուստ տալիս, ախոյանները նրա ձիու բարձրացրած փոշուն անգամ չէին հասնում:

Մի քանի այլ զինամարզություններ ևս կատարվեցան, մինչև ամեն կողմից լսվեցան հավանության բազմաձայն աղաղակներ, «Շա՜տ ապրի Արտավազդը, շա՜տ ապրի Արտավազդը... »: Պատանին քրտնած, կարմրած, մոտեցավ խմբին: Նրա վառվռուն աչքերը՝ ուժերի սաստիկ լարվելուց՝ փայլում էին մանկական ոգևորության բոլոր կյանքով:

— Դու քո զարմանալի ճարպկություններով նսեմացրիր մեր պատանիներին, Արտավազդ, — նկատեց պարսից Կարեն զորապետը: — Ասպարեզի փառքը քեզ է պատկանում:

Արտավազդը, որ երբեմն ցուցամոլի անմեղ պարծենկոտություններ ուներ, այս անգամ ինքն ևս հասկանալով յուր գերազանցությունը, համեստությամբ պատասխանեց.

— Ո՛չ, տեր զորապետ, ձեր պատանիները, երևի, խնայեցին ինձ, որովհետև ես մի նոր հյուր էի նրանց խմբի մեջ:

— Ընդհակառակն, նրանք խիստ անխնա կերպով էին մաքառում քեզ հետ, բայց դու հրաշալի քաջությամբ պաշտպանվում էիր: Այժմյանից քո ճակատի վրա փայլում է ապագա հերոսի աստղը:

— Ինչպես Սամվելի նժույգի ճակատի վրա, — ծիծաղելով ավելացրեց զվարճախոս պատանին:

— Կատակը մի կողմ, — նկատեց Մերուժանը մի առանձին նախազգուշակությամբ: — Դու մի բան կդառնաս, և անպատճառ՝ լավ բան:

Բավական ժամանակ պատանին խոսակցության առարկա էր դարձել, մինչև հասան Արաքսի ափերին: Այդ կողմերում Արաքսի ափերը ծածկված էին փափուկ, կարմրագույն ավազով: Նույն պարարտ փափկության վրա աճել էին զանազան թուփեր և թավախիտ մացառներ, որ կանաչ ժապավենի նման զարդարում էին նրա զեղեցիկ եզերքը: Ջուրը նույնպես կարմիր գույն էր ստացել: Գետը, անցնելով կարմրագույն լեռների միջով և յուր ընթացքում քերելով նրանց կուրծքը, ստացել էր և նրանց գույնը:

Այդ կողմերում Արաքսի խաղաղ և լուռ ընթացքը այնպիսի

տպավորություն էր գործում, կարծես թե, ջուրը կանգնած լիներ: Գետի մեջտեղում, գեղեցիկ օազիսի նման, երևում էր «Իշխանաց կղզին», որի վրա պետք է կատարվեր այսօրվա որսորդությունը:

Կղզին գետի ձախ կողմից ավելի մոտ էր ցամաքին, որից բաժանված էր բավական անձուկ նեղուցով: Որսորդության ժամանակ դնում էին նեղուցի վրա տախտակյա շարժական կամուրջ և անցնում էին, իսկ մյուս ժամանակներում վեր էին առնում կամուրջը: Այն օր դրած էր: Նրա մի ծայրը ցամաքի կողմից՝ հենված էր ամուր ապառաժի վրա, իսկ մյուս ծայրը՝ կղզու կողմից՝ դրած էր արհեստական թումբի վրա: Կամուրջի տակից սրընթաց կերպով վազում էր ջուրը, որ բավական խորություն ուներ: Կամուրջը այնքան նեղ էր և երկար, որ ամեն անգամ մի ձիավոր միայն կարող էր անցնել: Այդ էր պատճառը, որ բավական ժամանակ տևեց, մինչև ամենքը անցան:

Դեռ վաղ–առավոտյան, կղզու մեջ, գեղեցիկ կանաչ տափարակի վրա, կազմել էին մի քանի վրաններ՝ որսորդների հանգստանալու համար: Այնտեղ Մերուժանի խոհարարները կրակ էին վառել և նախաճաշիկի պատրաստություն էին տեսնում: Ճաշը պետք է պատրաստվեր հետո, որսի միից:

Երբ հասան վրաններին, ամենքը ձիերից ցած իջան, որ փոքր–ինչ հանգստանան, մի բան ուտեն և ապա սկսեն որսորդությունը: Պատանի Արտավազդը չսպասեց մինչև նախաճաշիկը տային, իսկույն առեց մի կտոր հաց ու պանիր և, ձեռքում ուտելով, վազեց կղզու մեջ պտտելու: Սամվելը մնաց հոր մոտ: Ծերունի Արբակը Սամվելի ծառաների հետ՝ նստեցին վրանների մոտ, խոտերի վրա: Իսկ Մերուժանը պարսից Կարեն զորապետի ձեռքից բռնած ճեմում էին վրանների առջևում և ինչ-որ հարցի մասին ջերմ կերպով խոսում էին:

Կղզին բավական ընդարձակ էր և ձվաձև: Գետի ընթացքի երկարությամբ՝ սեղմվել էր նրա երկու բաժանված ճյուղերի մեջ: Այնտեղ բնակություններ չկային: Երևում էին մի քանի փոքրիկ տաղավարներ միայն, որ այժմ դատարկ էին, և որոնց մեջ բնակվում էին առաջ կզզու պահապանները:

Գեղեցի՜կ էր կախարդական կղզին՝ յուր վայրենի չքնաղության մեջ: Որքա՜ն սեր, որքա՜ն արտասուք թափվել էր այնտեղ: Գալիս էր երբեմն Սյունյաց իշխանը, յուր հետ բերելով յուր հարճերի և յուր նվագածուների բազմությունը: Նվագարանները հնչում էին, հարճերը պարում էին, գինին զեղվում էր արծաթյա մեծ գավաթներով, և ամբողջ գիշերներ լուսանում էին ուրախ, անհոգ, աղմկալի ուրախության մեջ: Արաքսի ամրթխած հավերժահարսունքն անգամ նախանձում էին, տեսնելով, թե ո՜րպես անսպառ կերպով վայելել գիտե մարդը՝ կնոջ սերը և նրա գեղեցկությունը:

Այո՛, գեղեցի՜կ էր կախարդական կղզին: Բարձր, ուղղաձիգ եղեգնաբույսերը, իրանց ճերմակ, փնջաձև կատարներով, ծածանվում էին զեփյուռի մեղմ շունչից, արձակելով մի խորհրդավոր սոսափյուն, որ նման էր սիրաբորբոք հեշտախտության: Ուշիմ եղջերուն, երկար ու ճապուկ պարանոցը մեկնած, մի առանձին ախորժակով քաղում էր եղեգների թարմ տերևները: Նա իսկույն անհայտացավ, երբ լսեց կասկածավոր այցելուների ոտնաձայնը: Իսկ այնտեղ, շամբուտների խոնավ մթության մեջ, թավալվում էր ամեհի վարազը և յուր սառն, տղմային անկողնում գոռոզաբար արհամարհում էր արևի կիզող ճառագայթների ներգործությունը: Երկչոտ նապաստակը, երբեմն կանգ առնելով, երբեմն յուր շուրջը նայելով, շտապով վազվզում էր խոտերի մետաքսային փափկության միջով: Իսկ վրդովված այծյամը մամռապատ ժայռի գլխից դեռ շփոթված կերպով դիտում էր, ստուգելու, արդյոք ո՞վքեր են նորեկ հյուրերը:

Հարուստ բուսականությունը՝ հիացման չափ ճոխ էր և շռայլ: Թարմ, հյութալի կանաչազարդության միջից իրանց փայլուն գլխիկներով վառվում էին ջրածաղկի զանազան տեսակները, որոնք ուրիշ տեղերում՝ միայն ճահիճների պչրանքն են ներկայացնում: Տեղ-տեղ բարակ ծղոտներով և երկար թրաձև տերևներով՝ բարձրացել էր վայրենի շուշանը, որ յուր նուրբ անուշահոտությամբ լցրել էր օդը խիստ, ախորժելի բուրմունքով: Տեղ-տեղ քյաֆուր վարդը բաց էր արել յուր շքեղ ծաղիկը, որ ժպտում էր թավիշյա ծիրանեգույն թերթիկներով: Զանազան կողմերում՝ թուփերը, մացառները այն աստիճան աճել էին, որ մի փոքր հեռավորության վրա՝ մարդ յուր ընկերին տեսնել չէր կարողանում: Ձիաներով անհնար էր շրջել այնտեղ, որովհետև ամեն քայլում մացառների խիտ հյուսվածքը ծածկում էր հազիվ նշմարվող շավիղները: Ավելի հեշտ էր ոտով:

Երբ վերջացրին նախաճաշիկը, յուրաքանչյուրը առեց յուր զենքերը, և պատրաստվեցան սկսելու որսորդությունը: Արթուն հուշարարները՝ խուզարկու շների հետ՝ վաղուց արդեն ներս էին մտել մացառների մեջ և սուրալով խարխափում էին, որ դուրս վանեն անասուններին:

Երբ ճանապարհ ընկան, որսորդները բաժանվեցան մի քանի փոքրիկ խմբերի և տարածվեցան դեպի կղզու զանազան կողմերը: Պատանի Արտավազդը միացավ Մերուժանի խմբի հետ, իսկ Սամվելը յուր հոր խմբի հետ: Վերջինների թվում էր և պարսից Կարեն զորապետը: Ծերունի Արբակը, Սամվելի ծառաների հետ, հետևում էր նրանց: Պարսից միացյալ սպաները առանձին խմբեր կազմեցին և բաժանվեցան մյուսներից:

Սամվելը, երկար, հաստաբուն նիզակը ձեռին, լուռ առաջ էր գնում: Նրա մույգ դեմքը սովորաբար պղնձի գույն էր ստանում, երբ գտնվում էր հոգեկան սաստիկ ալեկոծության մեջ: Այդպես էր այժմ նրա դեմքը: Այդպես լինում էր նա կռվի ջերմ փոթորկի ժամանակ, այդպես լինում էր նա և որսորդության զվարճալի հրապույրների ժամանակ: Բայց դրանցից և ոչ մեկը չէր, որ նույն րոպեներում բորբոքում էր, վրդովեցնում էր երիտասարդական սիրտը: Նրան խռովության մեջ էին դրել բոլորովին այլ մտատանջություններ...

— Սամվե՛լ, — նկատեց նրան հայրը մի այնպիսի ձայնով, որի մեջ լսվում էր ծնողական սրտի բոլոր գորովը, բոլոր ջերմությունը, — զգուշացի՛ր, երբ վարազների կհանդիպես: Այստեղի վարազները սաստիկ կատաղի են:

— Կցանկանայի, հայր, վազրների հանդիպել, առյուծների հանդիպել, — պատասխանեց Սամվելը թախծալի ձայնով: — Բայց, ափսո՛ս, որ այստեղ ո՛չ վազրներ կպատահեն և ո՛չ առյուծներ: Կցանկանայի գոնե Արաքսի սոսկալի նիանգներից մեկը՝ հրեշավոր գլուխը ջրերից վեր բարձրացներ և յուր բոլոր կատաղությամբ հարձակվեր իմ վրա...

Սամվելը պարծենկոտ չէր: Այդ գիտեր հայրը: Ուրեմն ի՞նչը առիթ տվեց նրան այս տեսակ ցնորքների մեջ ընկնել: Նախաճաշիկի ժամանակ նա շատ փոքր խմեց: Այդ տեսավ հայրը: Ուրեմն գինին ևս չէր կարող գրգռել նրա երևակայությունը: Այսուամենայնիվ հայրը հարցրեց.

— Երևի նրա համար են այդ գեղեցիկ ցանկությունները, Սամվել, որ ցույց տաս քո քաջությունը: Բայց քո քաջությունը, անտարակույս, այս տեսակ ապացույցների կարոտ չէ:

— Ոչ, հայր, դրա համար չէ: Ես հեռու եմ ամեն փառասիրությունից: Միայն կցանկանայի կռվել... ի մա՛հ կռվել...

Հայրը սկսեց տխրել: «Նա ցանկանում էր մահվան համար կռվել... »: «Ի՞նչը ձանձրացրել էր սիրելի որդու լուսապայծառ, ծաղկափթիթ կյանքը...»: Այս մտքերը սկսեցին սարսափեցնել նրան:

Հոր և որդու խոսակցությունը ընդհատեց հուշարարներից մեկի փողի ձայնը: Սամվելը վազեց դեպի այն կողմը, որտեղից լսվեցավ ձայնը: Նրան հետևեցին պատանի Հուսիկը, որ զինակրի պաշտոն էր կատարում, և յուր ծառաներից մի քանիսը:

Հայտնվողը Սամվելի փափագած որսերից և ոչ մեկը չէր: Ուռենիների թավուտներից դուրս հարձակվեցավ մի ահագին եղջերու, ծանր, բազմաճյուղ եղջյուրներով: Անփույթ կերպով նայեց յուր շուրջը և, եղջյուրները դեպի քամակը դարձնելով, փորձում էր փախչել, բայց իսկույն շները շրջապատեցին նրան: Նրանցից ոչ մեկը չէր համարձակվում մոտենալ: Սուր եղջյուրները ո՛չ միայն վահանի գործ էին կատարում, այլև աշտեի: Դեպի ո՛ր կողմը և դառնում էր նա, շները խմբով փախչում էին նրա առջևից: Սամվելը վրա հասավ: Եղջերուն կատաղի կերպով հարձակում գործեց և անշուշտ սուր եղջյուրներով կթափեր յուր համարձակ ախոյանի փորը, եթե երիտասարդի նիզակը շեշտակի կերպով չմխվեր նրա աջ ուսի մեջ: Նիզակը խոցեց միայն, բայց մահվան չափ ազդել չկարողացավ: Շները դարձյալ շրջապատեցին նրան: Սամվելը կրկնեց նիզակի զարկը: Այս անգամ դիպավ ազդրին: Եղջերուն, ո՛չ թե ստացած հարվածների երկյուղից, այլ ավելի խրտնելով անակնկալ դեպքից, պատառեց շների շղթան և սկսեց փախչել: Ծառաներից ոչ մեկը չկարողացավ նրա առաջը առնել: Սամվելը հետամուտ եղավ: Զարմանալի էր սրարշավ անասունի փախուստը: Բայց նրանից ոչ սակավ արագավազ էր և Սամվելը: Վազելու սովորած էր նա սկսյալ մանկությունից, որ նրա կրթության գլխավոր հրահանգներից մեկն էր եղած: Հայրը, յուր ուղեկիցների հետ կանգնած, անհամբերությամբ նայում էր, որ տեսնե, թե ինչպես կվերջացնե որդին յուր որսի հետ: Այդ միջոցին եղջերվի երկար, ճապուկ ոտները հազիվ-հազ դիպչում էին գետնին, և յուր վազելու սաստկության ժամանակ՝ ահագին թռիչքներ էր գործում: Սամվելը ետևից անդադար նետեր էր արձակում: Նետերը թեև դիպչում էին, բայց փետուրյա գրիչների նման, ցցված մնում էին նրա մարմնի վրա: Վիրավոր անասունը շարունակում էր փախչել, յուր շավղի վրա թողներվ հոսվող արյան կարմիր հետքերը: Ոչ սակավ զայրացած էին Սամվելի ծառաները: Նրանք շների հետ վազեցին դեպի զանազան կողմեր, և ամեն կողմից կտրելով համառ անասունի ճանապարհը, աշխատում էին պահել նրա առաջը, որպեսզի, միգուցե հասներ կղզու ափին, և նետվելով գետի մեջ, լողալով անցներ մյուս կողմը: Սամվելի ետևից վազում էր միայն նրա զինակիրը՝ պատանի Հուսիկը:

— Տո՛ւր ինձ արկանը, — դարձավ նա դեպի պատանին, — եթե ոչ, այդ անիրավը բոլորովին կհոգնեցնե ինձ:

Պատանին տվեց նրան կաշյա երկար պարանը: Սամվելը արկանի մի ծայրը փաթաթեց ձախ թևքին, իսկ մնացած մասը, կաժի ձևով հավաքելով աջ ձեռքում, յուր որսի սաստիկ փախչելու միջոցին՝ ձգեց դեպի նրա գլուխը: Արկանը փաթաթվեցավ բազմաճյուղ եղջյուրներին և անցավ նրա պարանոցով: Այժմ ուժ էր հարկավոր պահելու կատաղի անասունին, եթե ոչ, նա յուր ետևից քարշ կտար հանդուգն արկանարկուին: Բայց Սամվելի բազուկների մեջ նրան զսպելու չափ զորություն կար: Նա յուր արկանով այնպես կաշկանդեց ուժեղ անասունին, որպես ճանճը կաշկանդվում է սարդի ոստայնի մեջ: Այդ միջոցին վրա հասավ պատանի Հուսիկը և, նիզակը ուղղելով, կամենում էր խրել նրա կողքի մեջ: Սամվելը արգելեց, ասելով.

— Թող տու՛ր, ես դրան պետք է կենդանի տանեմ հորս մոտ:

Հայրը տեսավ և նրա սիրտը լցվեցավ անսպառ ուրախությամբ: Նրա մոտ կանգնած էր պարսից Կարեն զորապետը:

— Ինչպե՞ս երևաց քեզ, — դարձավ նա դեպի զորապետը:

— Սքանչելի՛ է, պայծառ Արամազդը վկա, սքանչելի՛ է, — բացագանչեց ապշած պարսիկը: — Գիտե՞ս, իշխան, եղջերվի որսը ավելի դժվար է, քան թե առյուծի կամ վագրի որսը, որովհետև եղջերուն արագավազ ոտներ ունի և փախչում է, բայց առյուծը կամ վագրը ամոթ են համարում փախչելը, նրանք կռվում են: Իսկ կռվողի հետ հեշտ է կռվել, կա՛մ հաղթել, կա՛մ հաղթվել:

Սամվելը, յուր որսը ետևից քարշ տալով, մոտեցավ հորը:

— Ես իմ բաժինը վերջացրի, — ասաց նա քրտինքը սրբելով, — մեր ճաշի համար այժմ բավական խորովածացու միս ունենք:

— Միթե չե՞ս կամենում շարունակել, — հարցրեց հայրը:

— Կցանկանայի մի փոքր հանգստանալ. այդ անիրավը բավական հոգնեցրեց ինձ: – Նա ձեռքը տարավ դեպի եղջերուն:

Ծառաները մոտեցան, տարան որսը: Սամվելը հոր հետ դիմեց դեպի վրանների կողմը: Հուսիկը չբաժանվեցավ յուր իշխանից: Իսկ պարսից Կարեն զորապետը գնաց տեսնելու, թե ինչ են անում մյուս որսորդները:

Երբ հասան վրաններին, հայրը ցույց տվեց նրանցից մեկը ասելով.

— Մտնենք այդ վրանը, դա մեզ համար է պատրաստված:

— Ես կցանկանայի մի փոքր շրջագայել կղզին և հիանալ նրա գեղեցկությամբ, — պատասխանեց Սամվելը: — Այդ վրանները կատարելապես ձանձրացրին ինձ: Պարզ երկինքը, մետաքսյա կանաչը և Արաքսի սքանչելի ափերը թողած, այժմ մինչև անգամ մեղք կլիներ փակվել վրանների մեջ:

Հայրը դարձյալ նկատեց որդու մեջ մելամաղձական դրություն: Ի՞նչն էր անհանգստացնում նրան: Այն օրվա բոլոր պատրաստությունները՝ միայն նրան զբաղեցնելու և միայն նրան զվարճացնելու համար էին: Իսկ որդին, կարծես, խույս էր տալիս այդ բոլորից: Նա որոնում էր առանձնություն, որոնում էր ամայի վայրերի խլություն, որ յուր սրտի հետ խոսեր, որ յուր հոգու հետ խորհրդակցեր: Հայրը չթողեց նրան միայնակ գնալ, թեև Սամվելը կցանկանար միայնակ լիներ: Հայրը բռնեց նրա ձեռքից, և երկուսը միասին սկսեցին ճեմելով դիմել դեպի կղզու այն կողմը, որ ավելի ազատ էր մացառներից:

Հեռվից լսելի էր լինում որսորդների փողերի ձայնը, լսելի էին լինում և խառնաձայն աղաղակներ: Այդ միջոցին հայր և որդի հանդարտ քայլերով անցնում էին փափուկ խոտերի վրայով, որ, միախառնվելով գույնզգույն ծաղիկների հետ, նախշուն գորգի նման՝ սփռված էին նրանց առջև: Երկար անխոս գնում էին նրանք, մինչև հասան կղզու ափին: Այնտեղ մի խումբ վարսավոր ուռենիներ հրավիրեցին նրանց՝ իրանց ախորժելի ստվերի ներքո: Հայր և որդի նստեցին միմյանց մոտ: Գեղեցի՜կ էր փոքրիկ հովանոցը: Այնտեղ ուռենիները իրանց անթափանցիկ գրկում սնուցանում էին խիստ զվարթարար զովություն, չնայելով, որ արեգակի միջօրեական ճառագայթները արդեն սկսել էին այրել: Հոր և որդու մեջ տիրում էր մի տեսակ բռնադատյալ լռություն: Երկուսն էլ ցանկանում էին խոսել, բայց դժվարանում էին, թե ի՞նչ խոսեն, թեև շատ բան ունեին միմյանց ասելու: Այդ առաջին անգամն էր, որ նրանք գտնվում էին միասին և այս տեսակ մեկուսացած առանձնության մեջ: Յուրաքանչյուրը ցանկանում էր բաց անել յուր սիրտը: Հայրը փափագում էր մի առ մի բացատրել որդուն յուր բոլոր դիտավորությունները, թե ի՛նչ նպատակներ ունի նրա ապագայի մասին, կամ ո՛րպես մտածում է տնօրինել նրա բախտավորությունը: Բացի դրանից, կամենում էր բացատրել և յուր քաղաքական նպատակները, որ վերաբերում էին առհասարակ Հայոց աշխարհի գործերին: Իսկ որդին նոր բացատրությունների կարոտ չէր: Նա գիտեր և վաղուց հասկացած էր բոլորը: Նա միայն ցանկանում էր հայտնել հորը, թե ա՛յն ամենը, ինչ որ կատարել է նա և կամ ինչ որ տակավին կատարելու դիտավորություն ունի, անտարակույս, կտանեն հայրենի աշխարհը դեպի անդառնալի կորուստ, իսկ որդին չէր ցանկանա յուր հայրենիքի ավերակների մեջ գտնել յուր փառքը:

Մինչ հայր և որդի սույն հոգետանջ լռության մեջ էին, որ ամեն վայրկյան պատրաստ էր պայթելու, պատանի Արտավազդը, կղզու մյուս կողմում հրաշքներ էր գործում: Նրա շները դուրս էին վանել եղեգների միջից մի կատաղի վարազ, որ, ձյունի պես ճերմակ, սրածայր ժանիքները փայլեցնելով, աիարկու կոնչյունով հարձակվում էր այս կողմ ու այն կողմ, և ամեն անգամ շները խմբովին խույս էին տալիս նրանից, որպես մկները կատվից:

Այդ կողմում որսորդները ձիավորված էին, որովհետև ձիերի շարժման համար բավական արձակ էր տեղը: Միայն կղզու ափերի մոտ աճել էին թավ շամբուտներ, որոնց միջից դուրս էին քշել վարազին: Նա դարձյալ աշխատում էր նետվել դեպի յուր մթին դարանը, դեպի շամբուտները, բայց պարսիկ պատանիների երկար շղթան բռնել էր այդ կողմը, և ամեն անգամ, երբ մոտենում էր վարազը, նրանք նիզակներով ետ էին մղում: Ասպարեզը թողել էին պատանի Արտավազդին, որ միայնակ պետք է մաքառեր վտանգավոր որսի հետ:

— Արտավազդ, հեռու կա՛ց, այդպես չէ կարելի, — ձայն տվեց Մերուժանը, որ մի առանձին հետաքրքրությամբ դիտում էր պատանու կռիվը կատաղի անասունի հետ:

— Դա ի՞նչ բան է, — պատասխանեց նա յուր սովորական պարծենկոտությամբ, — ես մի անգամ Բզնունյաց անտառներում մի ամեհի արջ սպանեցի:

Մերուժանը հավատաց, բայց, այնուամենայնիվ, հրամայեց պարսիկ պատանիներին, որ օգնեն նրան:

— Ո՛չ, աղաչում եմ, — խնդրում էր նա սաստիկ բաղձանքվ, — հրամայիր, որ թույլ տան՝ ես միայնակ վերջացնեմ իմ որսի հետ: Դա իմն է, դրան ես եմ գտել շամբերի միջից:

Մերուժանը հրամայեց չմիջամտել: Պատանին դարձավ դեպի ծերունի Արբակը, խնդրելով.

— Տո՛ւր ինձ քո ձին, սիրելի Արբակ, իմը խրտչում է, վստահությամբ չէ մոտենում: Իսկ քո պառավ ձին քեզ նման ծեր է և փորձառու, այդ պատճառով խրտչելու թուլություն չունի:

Ծերունին ցած իջավ ձիուց մրթմրթալով.

— Քո լեզուն եթե չլիներ, գլուխդ ագռավները կտանեին:

Պատանին ուշադրություն չդարձրեց Արբակի կծու հեգնությանը, մի ակնթարթում թռավ նրա ձիու վրա, իսկ յուր ձին տվեց նրան: Այդ միջոցին վարազը, երկաթյա գառագղի մեջ ընկած գազանի նման, կոնչալով, լայն ականջները թափ տալով, վազվզում էր, որ մի ելք գտնե փախչելու, բայց ամեն կողմից հանդիպում էր պարսիկ պատանիների սաստիկ ընդդիմադրությանը: Արտավազդը միայնակ հետամուտ էր լինում: Իսկ նա, որպես մի խուլ ահավորություն, երբեմն ետ էր դառնում, և յուր բութ, մի զույգ սպիտակ ժանիքներով զինված կնճիթը, ուղղելով դեպի նրա ձին, հարձակում էր գործում, բայց Արտավազդը նիզակի սաստիկ հարվածներով ցանակոծում էր նրան: Նա բարկացավ, երբ նկատեց, որ հարվածները լավ չէին ներգործում, և ավելի զայրացավ, երբ լսեց, որ պարսիկ պատանիները արդեն սկսել էին ծիծաղել նրա վրա:

— Սիրելի Արբակ, — դարձավ նա դեպի ծերունին մի նոր խնդիրքով, — աղաչում եմ, շտապի՛ր, տո՛ւր ինձ քո նիզակը, իմը շատ թեթև է ու բարակ, վախենում եմ, որ կոտրվի:

— Կտամ սիրելի Արտավազդ, — ասաց ծերունին, բարեսրտաբար խնդալով, — կտամ իմ նիզակը, բայց բազուկներս քեզ տալ չեմ կարող:

Մերուժանը բացատրեց ծերունու խուլ հեգնությունը.

— Արբակի ծանր նիզակը շարժելու համար՝ պետք է Արբակի ամուր բազուկները ունենալ, Արտավազդ:

— Ախար ես էլ փոքրիկ զազաններից չեմ, — պատասխանեց Արտավազդը մի առանձին ինքնավստահությամբ նայելով Մերուժանի երեսին:

Պատանու պարծենկոտությունը այս անգամ խորին ուրախություն պատճառեց Արբակին, և նա մեծ հոժարությամբ փոխեց նրա հետ յուր նիզակը:

Նիզակը, արդարև, Արտավազդի համար բավական մեծ էր և ծանր, բայց նա այն տեսակ նիզակներ, մանավանդ ձիու վրա, գործածելու ճարտարությունից զուրկ չէր: Նա միացրեց յուր դեռահաս բազուկների զորությունը յուր նժույգի չափազանց ուժի հետ: Առանց ժամանակ կորցնելու, երկար նիզակի բունը առեց աջ թևքի տակ, և նրա սրածայր սվինը դեպի ցած բռնելով, շտապեց ձիուն յուր բոլոր սաստկությամբ քշել դեպի վարազը: Ամեհի նժույգի սրարշավ թափը բավական էր նիզակին այն աստիճան ուժգին զարկ տալու, որով մխվեցավ նա վարազի կողքի մեջ և ծայրը մյուս կողմից դուրս եկավ:

— Այդպես հեշտ էր շամփրել զազանին, — ծիծաղելով ձայն տվին պարսիկ պատանիները, — բայց քո քաջությունը նիզակը դուրս քաշելումը պետք է տեսնենք:

Արտավազդը իսկույն ձիու գլուխը շուռ տվեց և ձին, իհարկե, դուրս քաշեց նիզակը, իսկ ահագին վարազը անշարժ մնաց գետնի վրա:

Ամեն կողմից լսվեցան հավանության աղաղակներ: Արտավազդը թողեց որսը, որ իսկույն քարշ տվին ծառաները, իսկ ինքը մոտեցավ հանդիսատեսների խմբին: Նրա պայծառ դեմքը փայլում էր ուրախությունից: Նա կրկին վերադարձրեց ծերունի Արբակին թե՛ նրա ձին և թե՛ նիզակը, ականջին փափսալով.

— Շնորհակալ եմ քո բարության համար, սիրելի Արբակ, եթե ոչ, այդ պարսիկ լակոտները ամոթով պիտի թողնեին ինձ:

Այսպես շարունակվում էր որսորդությունը, երբ Սամվելը հոր հետ դեռ նստած էին կղզու ափի մոտ: Սամվելը լուռ նայում էր Արաքսի կարմրագույն հոսանքին, որ մեղմ ալիքներով զարկվում էր կղզու ավազոտ ափերին և նրա վրա կարմրագույն արյան տպավորություն էր գործում: Հայրը պատմում էր նրան յուր նախամտածությունները և յուր դիտավորությունները, իհարկե, այն չափով միայն, որքան կարող էր հավատալ որդուն: Պատմում էր, թե «երբ աստուծու հաջողությամբ» հայ և իրեա զերիներին կհասցնեն Տիզբոն, և երբ ինքը բախտ կունենա մյուս անգամ վայելելու Շապուհ արքայի ողորմածության շնորհը, այնուհետև պետք է Մերուժանի հետ կրկին վերադառնան Հայաստան: Պատմում էր, թե այն ժամանակ ինքը, իբրև հայոց ընդհանուր սպարապետ, ի՛նչպես պետք է կազմակերպե յուր հրամանի ներքո գտնված հայկական զորքերը: Պատմում էր և Մերուժանի դիտավորությունները, թե նա որպիսի՜ձև պետք է տա յուր նոր հիմնած թագավորությանը Հայաստանում: Խիստ դառնացած կերպով խոսում էր Արշակունիների «չարագործության» և «անբարոյականության» մասին և, ոգևորվելով Մերուժանի կատարած գործերի հաջողություններով, արտահայտում էր յուր խորին ուրախությունը, որ, վերջապես, պիտի կարողանան ազատվել Արշակունիների անտանելի լուծից, և Հայաստանը Մերուժանի հզոր գավազանի ներքո՝ թե՛ խաղաղություն և թե՛ բախտավորություն պիտի վայելե: Որդին լռությամբ լսում էր, և հոր խոսքերը թունավոր նետերի նման ծակոտում էին նրա վշտացած սիրտը:

Հետո սկսեց պատմել յուր դիտավորությունները որդու վերաբերությամբ: Մի առանձին ուրախությամբ հայտնում էր, թե Շապուհ արքան շատ անգամ լսել է նրա մասին, գիտե նրա քաջությունները, և Տիզբոնի արքունիքում արդեն ծանոթ է նրա անունը: Այժմ մնում է միայն, որ որդին ներկայանա արյաց արքայից արքային, և նա անպատճառ նրան Պարսկաստանում գտնված հայկական հեծելազորի հրամանատար կկարգե: Այդ առիթով որդին կմերձենա թե՛ պարսից Դրանը և թե՛ առհասարակ արքունիքին: Այնուհետև նրա գեղեցկությունը, շնորհքը և բարեկրթությունը՝ բավական մեծ երաշխավորություն են ներկայացնում, որ արյաց արքայից արքան յուր դուստրներից մեկը նրան կնության կտա, ա՜յն բազմահարուստ օժիտով, որ ստանում է յուրաքանչյուր ոք, որ բախտ է ունենում արյաց արքայական գերդաստանի փեսան լինելու և այլն:

Սամվելը համարյա թե չէր լսում: Նա ուշադրությամբ լսեց հոր պատմածների սկիզբը միայն, իսկ թե ի՞նչ կլիներ վերջավորությունը, — այդ կարող էր և ինքը եզրակացնել: Գլուխը խոնարհեցրած, ամենևին չէր նայում հոր երեսին, և վշտալի աչքերը մեքենաբար հառած էին դեպի մի հաստ, կիսափուտ գերանի կտոր, որ ալիքները դուրս էին նետել ավազների վրա: Իսկ երբեմն նրա ուշադրությունը գրավում էր մի օտարոտի խշրտոց, որ մերթ ընդ մերթ լսելի էր լինում մերձակա թուփերի միջից: Հայրը նկատեց այդ և, կամենալով նրա ուշադրությունը դեպի ինքը գրավել, հանգստացրեց, ասելով.

— Այնտեղ, երևի, որսորդներից փախած երեներ են շարժվում:

— Ոչ, քամին է շարժում թուփերը, — անփույթ կերպով ասաց Սամվելը և շարունակեց նայել գերանի կտորի վրա:

Երբեմն ամենաանմեղ առարկաներն անգամ մարդու մեջ բավական զբաղեցնող մտքեր են հարուցանում: Գերանի կտորի վրա նայելով, Սամվելը այս էր մտածում. «Եթե այդ հաստ, փտությունից թեթևացած ծառաբունը զլորես ջրի մեջ, արդյոք կարո՞ղ է նա մի փոքրիկ մակույկի ծառայություն մատուցանել... արդյոք կարելի՞ է նրանով անցնել գետի մյուս ափի վրա... »:

Բայց քամին, իրավ, շարժում էր մերձակա թուփերը: Եղանակը, որ առավոտյան այնքան խաղաղ էր, այնքան գեղեցիկ էր, ընդհակառակն, կեսօրից հետո սկսեց փոքր առ փոքր մռայլվել: Սովորական քամին բարձրացավ, և պարզ օդը հետզհետե լցվեցավ նուրբ, կարմրագույն փոշիով: Այդ քստմնելի երևույթը, մանավանդ տեղային հանգամանքներին անծանոթ մարդու վրա, խիստ տխուր և ահարկու տպավորություն է գործում: Հանկարծ պայծառ հորիզոնը ներկվում է բոսորային գույնով, և նրան այնպես է թվում, որ երկնքից մանր, փոշետեսակ արյան անձրև է տեղում: Իսկ Սամվելին ձգեց նա մի առանձին մելամաղձության մեջ, որ արտահայտություն էր նրա նույնպես խռովյալ սրտի:

— Զարմանալի՜ հատկություններ ունի Արաքսը, — ասաց նա, ինքն յուր հետ խոսելով, — զարմանալի՜ բնավորություն, ունեն և նրա խորհրդավոր շրջակայքը: Պարզ, լուսապայծառ առավոտին հաջորդում է տխուր, փետական երեկո՝ յուր կարմրագույն մռայլով, իսկ ուրախ, անհոգ զվարճությանը՝ խիստ սրտամաշ թախծություն... Տխո՜ւր է, տխո՜ւր... Ես կարծում էի, թե կարող եմ փոքր-ինչ ուրախ լինել, փոքր-ինչ մոռանալ ինձ... Բայց իզո՜ւր... Երանի՜ թե չար լինեի... երանի թե եղեռնագործ լինեի... Գուցե ինձ ևս կվիճակվեր նույն օրհասը, որ վիճակվեցավ բարի Արտաշեսի չար որդուն... Նա կորավ որսորդության միջոցում, նա յուր ձիու հետ խորասույզ եղավ Արաքսի մերձակա անդունդների մեջ... Գետինը չկարողացավ տանել չար արքայազնին, որ չարությամբ պիտի լցներ Հայոց երկիրը... Գետինը բաց արավ յուր ահարկու բերանը և կլանեց նրան...

Հայրը սարսափով լսում էր:

— Ինչո՞ւ հիշեցիր այդ տխուր անցքը, — հարցրեց նա, դողդոջուն ձեռքով բռնելով որդու աջը:

— Չգիտեմ ինչո՜ւ... երևի նրա համար, որ շատ հեռու չենք այն եղերական վայրերից, ուր պատահեց այդ անցքը: Թշվառ չարագործը կորավ, անհետացավ Արաքսի անդունդների մեջ, բայց հանգստանալ չկարողացավ... Մասիսի քաջքերը տարան, շղթայեցին նրան մի մթին այրի մեջ, ուր մինչև այսօր տանջվում է նա...

— Սամվե՜լ, — գոչեց հայրը շփոթված ձայնով: — Ի՞նչ պատահեց քեզ հետ, ի՞նչը ձգեց քեզ այդ մթին ցնորքների մեջ: Դու մահ ես ցանկանում, քեզ համար անտանելի է դարձել կյանքը այն հասակում, երբ դեռ նոր է սկսվում քո երջանկության ծաղկափթիթ գարունքը: Ի՞նչ է պակաս քեզ: Քո հայրը պատրաստ է ծնողական բոլոր սիրով ամեն ինչ լցուցանել: Լսի՜ր, Սամվել, դու չես հասկանում քո անսահման բախտավորությունը, որի մեջն ես, և որը յուր լիառատ բարություններով դեռևս սպասում է քեզ: Հազարավոր իշխանազն երիտասարդներ պիտի նախանձվին քո փառքին, հազարավոր իշխանազն օրիորդներ պիտի փափագեն քո ամուսինը լինելու: Բայց դու կընտրես քեզ չքնաղներից չքնաղագույնը՝ արյաց արքայից արքայի աննման դուստրը:

— Դրանցից և ո՜չ մեկը չէ կարող բուժել այն վերքերը, որ դրած են իմ սրտում, հայր, դրանցից և ոչ մեկը չէ կարող վանել այն վշտերը, որ օր ու գիշեր տանջում են ինձ: Կյանքը, իրավ, անտանելի է դարձել ինձ, հայր, և մահը շատ ցանկալի կլիներ ինձ, եթե գիտենայի, որ մահից հետո մի այլ կյանք չկա: Բայց մարդիկ իրանց վշտերը՝ իրանց հետ գերեզման են տանում: Դա ավելի անտանելի է, քան հավիտենական տանջանքը դժոխքի խորքում...

Վերջին խոսքերի միջոցին նա յուր գունաթափ դեմքը դարձրեց դեպի հայրը և շարունակեց մի այնպիսի ձայնով, որ արտահայտում էր նրա հուզված սրտի խորին ալեկոծությունը.

— Հայր, այստեղ մենք միայնակ ենք, այստեղ մեզ ոչ ոք չի լսի, թույլ տո՛ւր ինձ խոստովանել քեզ իմ բոլոր ցավերը, իմ բոլոր տանջանքները:

— Խոսի՛ր, զավակս, բա՛ց արա հորդ առջև լցված սիրտդ, ի՞նչն է այսպես տանջում քեզ: Այն օրից, որ եկել ես դու, ես միշտ նկատում եմ քո մեջ մի տեսակ հոգեկան անհանգստություն, մի տեսակ բարոյական վրդովմունք: Մի՛ թաքցրու ցավերդ, և հավատացած եղիր, որ հայրդ այնքան անչափ սեր ունի դեպի քեզ, որ կարող է քո կարիքներին կարեկից լինել և քո ցավերին՝ ցավակից:

— Ինչպե՞ս չցավել, հայր, ինչպե՞ս չվշտանալ, հայր: Մի սիրտ, որ քարից լիներ կազմված, մի հոգի, որի մեջ մեռած լինեին ամեն մարդկային զգացմունքներ, դարձյալ չէր կարող անզգա մնալ տեսնելով ա՛յն, ինչ որ ես տեսա և ինչ-որ տակավին տեսնելու դժբախտությունը պիտի ունենամ: Այն օրից, որ դուրս եկա մեր ամրոցից, այն օրից, որ թողի Տարոնը, մինչև այստեղ հասնելս ես անցա մի շարք ավերակների, մի շարք բարբարոսությունների միջով: Տեսա մոխիր դարձած քաղաքներ, տեսա անմարդացած գյուղեր, տեսա կործանված վանքեր ու տաճարներ... Ամեն քայլում ես ոտք էի կոխում արյան վրա, և իմ հայրենակիցների արյան վրա... Ո՞վ կատարեց այդ անգթությունները, հա՛յր, և ինչո՞ւ համար...

Հայրը բնավ չէր սպասում, որ որդին մի այսպիսի հարց կառաջարկեր: Նա շփոթվեցավ, պապանձվեցավ, և նրա բոլոր անձնասիրությունը խորտակվեցավ այն դառն հանդիմանության առջև, որով որդին արտահայտեց յուր սրտի վշտերը:

— Դու լռում ես, հայր, դու չես պատասխանում: Ես հասկանում եմ քո լռության իմաստը: Բայց հայրենիքի կործանումները և բյուրավոր աչքերի լացն ու արտասուքը՝ համարձակություն են տալիս դժբախտ որդուդ ասելու քեզ, որ այդ բոլոր անգթությունները կատարվել են երկու անձանց ձեռքով, որոնցից մեկը իմ հայրն է՝ դո՛ւ, իսկ մյուսը՝ իմ մոր եղբայրն է՝ Մերուժան Արծրունին...

— Մեծ գործերը մեծ զոհ են պահանջում... — ընդհատեց հայրը որդու խոսքերը:

— Ճշմարիտ է, մեծ գործերը մեծ զոհ են պահանջում, — պատասխանեց որդին դառնացած ձայնով, — բայց դու, հայր, արդյոք լավ կշռե՞լ ես գործի մեծության հետ և հանցանքի մեծությունը: Ոչնչացնել հայրենի աշխարհը, ոչնչացնել հայրենի կրոնը, եկեղեցին, և Հայաստանի ավերակների վրա հիմնել մի պարսկական թագավորություն, ահա՛ այս է այն գործը, որ դու, հայր, մեծ ես կոչում:

— Ինչո՞ւ պարսկական թագավորություն, — հարցրեց հայրը զայրացած ձայնով: — Միթե Մերուժանը պարսի՞կ է:

— Ապա ի՞նչ է: Թե՛ դու, հա՛յր, և թե՛ նա ուրացել եք քրիստոնեությունը և ընդունել եք պարսեց Շապուհ արքայի կրոնը: Հայոց եկեղեցիները լցրել եք պարսից մոգերով ու մոգպետներով: Ամեն տեղ ստիպում եք ուրանալ քրիստոնեությունը: Իմ մայրը արդեն մոխրապաշտ է դարձել և Մամիկոնյանների կրոնասեր տան մեջ պարսից ատրուշան է հիմնել: Իմ եղբայրները այժմ պարսկերեն են խոսում: Հայոց լեզուն հալածված է մեր տնից: Ամեն տեղ ոչնչացնում եք հայոց գրքերը, որպեսզի պարսից լեզու և պարսից դպրություն տարածեք Հայաստանում: Երեկ իմ աչքով տեսա, թե ինչպես Մերուժանի երկնագույն վրանի առջև այրում էին հայոց գրքերը: Այդ բոլորից հետո, երբ կորչում է կրոնը, երբ կորչում է լեզուն, երբ ոչնչանում են ազգային ավանդությունները և երբ, վերջապես, հայը սկսում է պարսից սովորություններով ապրել և պարսից լեզվով աղոթել, այլևս ի՞նչ հայություն կմնա: Եվ ձեր հիմնած թագավորությունը միթե կարո՞ղ է այնուհետև հայկական լինել: Նա, վաղ թե ուշ, կլուծվի, կանհետանա պարսկականի մեջ, և նրա հետ ամեն ազգային սրբություններ կկորչեն, կոչնչանան...

— Ինչ որ լինելու է, թո՛ղ լինի, միայն Արշակունիների թագավորություն չպիտի լինի, — պատասխանեց հայրը, ավելի զայրանալով:

— Ինչո՞վ էին վատ Արշակունիները:

— Դու դեռ հարցնո՞ւմ ես, Սամվել: Դու երեխա չես, դու այնքան տարիք ունես, որ բավական է եթե հիշես քո տեսածը միայն, որ հենց քո հասակում՝ ո՛րքան չարագործություններ կատարեց Արշակ թագավորը, որ յուր մեղքերի համար՝ այժմ տանջվում է Անուշ բերդում:

Նա սկսեց մի առ մի թվել Արշակունիների գործերը և ապա ավելացրեց.

— Եվ դու, Սամվել, դեռևս ցանկանո՞ւմ ես, որ մի այսպիսի անբարոյական և ապականված թագավորական տուն գոյություն ունենա:

— Քո և Մերուժանի վարմունքը ավելի վատթար է, հա՛յր, — ասաց Սամվելը, այժմ այլևս չակնածելով նրա ծնողական պատկառանքին: — Ապականությունը ապականությամբ չեն սրբում և ո՛չ անբարոյականությունը՝ անբարոյականությամբ: Դրանց մաքրելու համար ուրիշ միջոցներ կան: Արշակունիների մեջ եղել են և այժմ կան այնպիսի պաշտելի անձինք, որոնց առաքինություններով միշտ պիտի պարծենա հայոց ազգը: Իսկ եթե այդ հոյակապ ընտանիքի մեջ վերջին ժամանակներում հայանվեցան մի քանի անբարոյական մարդիկ, դա նրանց մասնավոր մեղքն է, որ իրանք պետք է քավեն: Նրանց մեղքերի համար ինչո՞ւ պետք է պատժվի ամբողջ հայոց ազգը և հայոց հայրենիքը: Այն ևս կասեմ, հա՛յր, որ այդ իսկ անբարոյական համարված Արշակունիները, գոնե մեկ կողմից, այնքան բարոյական գտնվեցան, որ երբեք չդավաճանեցին հայրենի աշխարհին և հայրենի եկեղեցուն: Իսկ դո՞ւք — դո՛ւ և Մերուժանը...

Վերջին խոսքերը կայծակի նման շանթեցին հոր սիրտը: Նրա մեջ միանգամից փշրվեցան այն բոլոր երանական հույսերը, այն բոլոր ջերմ բաղձանքները, որ ուներ որդու վերաբերությամբ: Նա փափագում էր, որ որդին ո՛չ միայն յուր կամակիցը լիներ, այլև յուր գործակիցը լիներ: Իսկ այժմ հայտնվեցավ նա որպես հոր անողոք հակառակորդ, — մի հակառակորդ, որի հետ դժվար էր կռվել և որին ավելի ևս դժվար էր տեղիք տալ: Ինչպե՞ս պետք էր վարվել նրա հետ: Ծնողական սերը՝ և յուր ստանձնած գործի պարտավորությունը՝ սկսեցին սարսափելի կերպով մաքառել միմյանց հետ: Որի՞ն պետք էր նախապատվություն տալ: Անհնար էր վճռել: Նա սաստիկ ստրջացած էր, որ առիթ տվեց որդուն այս աստիճան բացվել յուր հետ: Բայց արդեն ուշ էր: Հարցը այն կետի վրա էր դրված, որ պետք էր ընտրել երկուսից մեկը՝ կա՛մ որդուն, կա՛մ սկսած գործը: Բայց զրկվել թե՛ առաջինից, թե՛ երկրորդից՝ մահվան չափ դառն էր նրա համար: Այդ տոսկալի տագնապի մեջ էր նա, երբ եղանակը ավելի խառնվել էր, կարմիր քամին կատաղությամբ մռնչում էր և յուր կարմիր փոշին անխնա կերպով սփռում էր թշվառ հոր երեսին, իսկ նա ոչինչ չէր զգում:

— Դու եկար նախատելո՞ւ քո հորը, Սամվել, — ձայն տվեց նա հոգեկան տանջանքներից հետո:

— Ո՛չ, հայր, ես չեկա նախատելու քեզ: Ես եկա ճշմարիտը, արդարը և իրավացին խոսելու քեզ, որը ո՛չ այլ ոք կհամարձակվեր խոսել, բայց միայն որդիդ: Ես եկա իմ սրտի, իմ սիրո բոլոր ցանկությամբ աղաչելու և պաղատելու քեզ, որ դու ետ դառնաս այն ճանապարհից, որ տանում է մեր հայրենիքը դեպի անդառնալի կորուստ, իսկ Մամիկոնյան տոհմի հիշատակը՝ դեպի հավիտենական անեծք և դատապարտություն...

Հայրը զգացվեցավ այդ խոսքերից և քաղցրությամբ պատասխանեց.

— Այդ բոլորը խոսել է տալիս՝ քեզ քո երիտասարդական վառ զգացմունքը, քո մաքուր սիրտը, Սամվել, և ես չեմ կարող չուրախանալ, որ դու այդպես անարատ ես մնացել: Բայց սրտի և զգացմունքի դատողությունները խիստ հազիվ անգամ լինում են ուղիղ: Դժբախտաբար, ազգերի և ժողովուրդների կենցաղավարության հարաբերական պայմանների մեջ խիստ նեղ կայան ունի ա՛յն արբությունը, որ դու կոչում ես առաքինություն, բարոյականություն: Միշտ զորեղը ճնշում է, ոչնչացնում է անզորին: Ի՞նչ պետք է արած, որ երբեմն կյանքի անողոք անհրաժեշտությունները դնում են մեզ այնպիսի ճանապարհի վրա և կատարել են տալիս մեզ այնպիսի գործեր, որոնցից դժոխքն անգամ կսարսափեր: Մեր բոլոր կատարածը անխուսափելի անհրաժեշտության արդյունք է: Մենք հարվեցանք պարսիկներին, որպեսզի ազատվենք նենգավոր հռովմայեցիներից: Պարսիկները մեր դարևոր բարեկամներն են եղել: Վերջին ժամանակներում քրիստոնեությունը բաժանեց մեզ միմյանցից և մեր մեջ կրոնի մեծ անջրպետը դրեց: Դժբախտ հանգամանքները պահանջում են՝ քանդել այդ անջրպետը և ձեռք մեկնել հին բարեկամին:

— Բայց դուք քանդում եք ո՛չ թե անջրպետը, այլ հիմքը, — ընդհատեց Սամվելը:

— Բնավ ոչ: Լսի՛ր, Սամվել, երկար բացատրությունների կարոտ կլիներ, եթե ես սկսեի քեզ ապացուցանել, որ մենք Հիսուս Քրիստոսի խաչը թողնելով և մեր հին աստվածներին երկրպագություն տալով՝ ոչինչ չէինք կորցնի: Ես քեզ կկրկնեմ նույնը, ինչ որ մի քանի րոպե առաջ ասացի, թե մեծ գործերը մեծ զոհ են պահանջում, և մենք ստիպված էինք տալ այդ մեծ զոհը:

— Ո՞րն է այդ մեծ գործը, որին դուք զոհում եք կրոնը, եկեղեցին, — հարցրեց Սամվելը, դարձյալ վրդովվելով:

— Հին բռնապետության տապալումը, Արշակունիների կործանումը, — պատասխանեց հայրը: Միթե դու փո՞քր գործ ես համարում այդ:

— Փոքր գործ չեմ համարում: Բայց ինչո՞ւ համար եք կործանում:

— Նրա համար, որ եթե մենք նրան չկործանենք, նա մեզ կկործանե: Միթե դու մոռացե՞լ ես, թե որպիսի՛ կատաղությամբ Արշակ թագավորը և նրա հայրը սկսեցին ոչնչացնել նախարարական իշխանությունները:

— Չեմ մոռացել: Բայց ես դարձյալ կասեմ քեզ, որ Արշակունիների կամայականության առաջը առնելու համար՝ ուրիշ ավելի դյուրին միջոցներ կան:

— Ոչինչ միջոցներ չկան, բացի այն, որ արդեն սկսվել է և պետք է շարունակվի: Հայոց նախարարները բաժանվել են երկու մեծ կուսակցության. մեկը, յուր առաջնորդ ունենալով եկեղեցականներին, աշխատում է պահպանել հին դրությունը՝ Արշակունիների քայքայված գահը, իսկ մյուսը, առաջնորդ ունենալով քո հորը և քո քեռուն, կամենում է ոչնչացնել հինը և ստեղծել մի նոր իշխանություն: Շատ բնական է, որ այդ ներքին երկպառակությունը պիտի հարուցաներ և ներքին պատերազմ: Մեր հակառակ կուսակցությունը դիմեց հռովմեական օգնության, իսկ մենք դիմեցինք պարսկական օգնության: Սկսվեցավ ներքին կռիվը՝ ներքին արյունահեղության հետ: Թե ի՛նչով կվերջանա, այդ աստուծո ձեռքումն է, բայց առայժմ հաջողությունը մեր կողմն է:

— Գիտեմ ձեր կողմն է: Բայց խաբուսիկ հաջողությունը թող չհրապուրե ձեզ... — Վերջին խոսքերի միջոցին նա ձեռքը տարավ և բռնեց հոր աջը ասելով, — Լսի՛ր, հա՛յր, ընդունի՛ր տառապյալ որդուդ աղաչանքը, մի՛ արատավորիր Մամիկոնյանների պայծառ անունը հավիտենական ամոթով: Դեռ ուշ չէ: Դեռ կարելի է վնասի կեսից ետ դառնալ: Ցրվեցե՛ք այդ անիծյալ պարսկական բանակը, որի ներկայությունը պղծում է Հայոց երկիրը: Հեռացրե՛ք պարսիկներին: Ազատություն շնորհեցե՛ք հայոց գերիներին, թո՛ղ գնան իրանց տները և սրբեն ազգայինների արտասուքը: Թո՛ղ չլինի կռիվը, թո՛ղ չլինի պատերազմը, որ այնքան աղետների, որ այնքան թշվառությունների պատճառ դարձավ: Թո՛ղ կրկին վերականգնվի հաշտությունը, և Հայոց աշխարհը վայելե յուր նախկին խաղաղությունը: Ես կգնամ Մերուժանի մոտ, նրանից ևս նույնը կխնդրեմ, կաղաչեմ, կհամբուրեմ նրա ոտները, որ ընդունե իմ խնդիրքը:

Հայրը ոտքի ելավ, դառնացած կերպով ասելով.

— Իզուր կանցնի թե՛ քո աղաչանքը և թե՛ քո խնդիրքը, Սամվել: Մերուժանը այն տեսակ մարդիկներից չէ, որ ամեն մի համբակի խոսքը լսե:

Արյունը կատաղի հոսանքով անցավ դեպի Սամվելի գլուխը:

— Հա՛յր... — ձայն տվեց նա, և նրա խռովյալ աչքերը վառվեցան բարկության բոցով: — Ե՞ս եմ համբակը:

— Այո՛, դու ես, Սամվել: Ես չկարողացա հասկացնել քեզ ո՛չ իմ միտքը և ո՛չ իմ նպատակները: Այժմ մնում է հարցնել քեզ, դու ո՞ր կուսակցության ես պատկանում:

— Այն կուսակցությանը, որ հավատարիմ է մնացել հայրենի եկեղեցուն և սիրելի թագավորին:

— Ուրեմն, դու իմ որդին չես: Ով որ մեզ հակառակ է, մեզանից չէ: Մենք անխնա պատժել գիտենք այնպիսիին:

— Եվ ո՛չ դու իմ հայրն ես:

— Սամվե՛լ...

— Ի՞նչ է, դավաճա՛ն...

Հայրը ձեռքը տարավ դեպի յուր սուրը: Բայց որդու սուրը արդեն մերկացած էր: Նա շողշողաց և կայծակի նման մխվեցավ հոր սրտի մեջ: Նա ընկավ, հառաչելով.

— Հայրասպա՛ն...

Որդին, անշարժ արձանի նման կանգնած, մի քանի րոպե լուռ նայում էր արյան մեջ թավալվող հոր վրա: Հետո սրբեց աչքերի արտասուքը և ձեռքը տարավ դեպի գոտիից քարշ ընկած արծաթյա փոքրիկ փողը, մոտեցրեց դողդոջուն շրթունքներին, և չարագուշակ արծաթը գուժեց սոսկալի գործողությունը:

Կղզու զանազան կողմերից նույնպես լսելի եղան փողերի ձայներ...

Կարմիր քամին խելագարի նման մռնչում էր, փոթորկվում էր, բարձրացնելով օդի մեջ թանձր, ավազախառն փոշի: Մրրկածուփ հորիզոնը պատած էր մույգ աղյուսագույն մռայլով, որ մթնեցնում էր արևի երեկոյան ճառագայթները: Քամու ուժգին հոսանքի ներքո՝ դալար թուփերը, փշալի մացառները հեծելով, հառաչելով, կպչում էին գետնին և դարձյալ վեր էին բարձրացնում իրանց հողմակոծ գլուխները: Մոլորված, շփոթված ծտերը, հակառակ իրանց կամքի, տարվում էին օդի մեջ, որպես բամբակի փոքրիկ պատառներ: Սրաթռիչ բազեն անգամ յուր ուժեղ թևերով դժվարանում էր ընդդիմադրել զայրացած տարրի կատաղի ալիքներին: Մրրիկը հետզհետե սաստկանում էր, մարդ և անասուն, սողուն և թռչուն թաքչելու տեղ էին որոնում: Այդ միջոցին զարմացած Արաքսը՝ խորին վրդովմունքով դուրս էր հարձակվում յուր ափերից տեսնելու, թե ի՞նչ արհավիրք է կատարվում յուր շուրջը: «Իշխանաց կղզին» դողում էր, սարսափում էր ամեհի կոհակներից, որ ամեն րոպե պատրաստ էին կլանելու և անհետացնելու նրան:

Բնության ընդհանուր խռովության միջոցին դադարեց որսորդությունը, սկսվեցավ մի այլ տեսակ որսորդություն:

Սկզբում կարծվում էր, թե որսորդները մրրիկի սաստկությունից շփոթվեցան, կորցրին միմյանց և տարածվեցան դեպի կղզու զանազան կողմերը՝ ապաստանի տեղ գտնելու: Ոչ ոք չէր երևում: Չէին երևում մանավանդ Սամվելի մարդիկը:

Երևում էր միայն սպիտակ ձիավորը — Մերուժանը:

Նա յուր ձին փութով քշում էր դեպի վրանների կողմը: Մեծ եղավ նրա զարմանքը, երբ վրանները տապալված տեսավ և այն տեղ ոչ ոքի չգտավ: Մտածեց՝ գուցե քամին խորտակել էր վրանները, և մարդիկ շտապել էին փախչել, վախենալով, միգուցե կատաղած Արաքսը այնքան բարձրանար, որ ծածկեր կղզին: «Ո՛չ, այստեղ մի դավադրություն կա... » — ասաց նա և ձեռքը տարավ դեպի կշտից քարշ ընկած զալարափողը, իսկույն հնչեցրեց: Ոչ ոք չհայտնվեցավ: Ձիու գլուխը շուռ տվեց դեպի կամուրջը: Ճանապարհին մի քանի անգամ տեսավ նա խոտերի վրա ընկած դիակներ: Ճանաչեց: Ոմանք Սամվելի մարդիկներից էին, ոմանք իրանց մարդիկներից: Նրա հպարտ դեմքի վրա անցավ մի դառն ծիծաղ: «Մանուկներր մեզ որոգայթի մեջ ձգեցին... » — մտածեց նա և շարունակեց քշել ձին:

Հանկարծ քամու մռնչյունի հետ սուլեց մի այլ ձայն. մի նետ դիպավ նրա կողքին և շառաչելով ցած ընկավ: Նրան հաջորդեց երկրորդը... երրորդը... Վերջինը ցցված մնաց ազդրի վրա:

«Ախ, եթե գիտենայի, որ դու հագուստիդ տակին զրահ ունես հագած... », լսելի եղավ մերձակա մացառների միջից մի սուր ձայն, որ իսկույն խլացավ քամուց:

Մերուժանը շփոթված կերպով նայեց յուր շուրջը: Ձին քշեց դեպի այն կողմը, որտեղից սլացավ նետը: Խիտ մացառները արգելեցին նրա ընթացքը: Այդ միջոցին մի այլ նետ դիպավ նրա գլխին և դարձյալ ցած ընկավ:

«Փո՛ւի, սատանան տանե ... — լսելի եղավ մի զայրացած ձայն, — խույրի տակում նս երկաթ է թաքցրած... »:

Մերուժանը ետ դարձավ, և յուր խորին վրդովմունքի մեջ՝ չգիտեր որ կողմը գնալ: Նա ձեռքը տարավ դեպի նետը, որ տակավին մնացել էր ցցված ազդրի մեջ, բարկությամբ դուրս քարշեց: Արյունն սկսեց վտակի նման հոսիլ: Դարձյալ դառն ծիծաղը երևաց նրա հպարտ դեմքի վրա, և գլուխը շարժելով ասաց. «Առաջ մենք էինք որսում մացառների մեջ թաքնված անասուններին, իսկ այժմ մեզ են որսում մացառների մեջ թաքնված դարանագործները... »:

Դարանագործը ոչ այլ ոք էր, բայց միայն պատանի Արտավազդը: Յուր ընկերների մեջ՝ նրան էր վիճակվել Մերուժանը: Բայց ոգելից պատանու բաղձանքները մնացին անկատար: Նրա նետերը դիպան Մերուժանի հագուստի ներքո թաքցրած պողովատյա տախտակներին: Նա սողալով ու խարխափելով՝ սատանայի նման անցավ թուփերի և մացառների միջով, դուրս եկավ կղզու այն կողմը, որտեղ կապած էր նրա ձին: Նստեց և նետվեցավ դեպի յուր ընկերները:

Այդ միջոցին, կղզու մի այլ կողմում, մրրկի թանձր փոշու մեջ, մենամարտում էին երկու հոգի՝ ծերունի Արբակը և պարսից Կարեն զորապետը: Վերջինը զայրանալով ասաց.

— Բավական է, ծեր աղվես, գոնե հիշի՛ր, որ դու մեր հյուրն ես: Ես խնայում եմ հյուրին:

— Շնորհակալ եմ մարդավարության համար, — ժպտալով պատասխանեց ծերունին: —Պարսիկը, նեղն ընկած ժամանակ, միշտ մեծահոգի է ձևանում...

— Դու սպանեցիր իմ նժույգին և ինձ ոտքի վրա թողեցիր, իսկ ինքդ կռվում ես ինձ հետ՝ ձիու վրա նստած:

— Ես իսկույն ցած կիջնեմ, թող ուժերի հավասարություն լինի:

Արբակը իջավ ցած և յուր ձին հեռացրեց մի կողմ: Այդ միջոցին խորամանկ պարսիկը թռավ նրա ձիու վրա և շտապեց փախչել:

Սամվելը, եղերական գործողությունից հետո, որոնում էր Մերուժանին: Երկար թափառում էր կղզու մեջ և լի ոխակալությամբ՝ փափագում էր հանդիպել նրան: Բայց Մերուժանի փոխարեն գտավ ծերունի Արբակին, որը, ապշած, շփոթված, նայում էր դեպի այն կողմը, ուր անհետացավ յուր երկչոտ ախոյանը:

— Խաբվեցա՛, սարսափելի կերպով խաբվեցա՛, — ասաց նա, դառնալով դեպի Սամվելը: — Եթե տասն նիզակի հարվածք ստանայի, այդքան չէի ցավի:

Նա սկսեց պատմել պարսկի յուր հետ խաղացած խաղը:

— Վնաս չունի, — ասաց Սամվելը, մխիթարելով վշտացած ծերունուն: — Անտարակույս, մի այլ անգամ ևս կհանդիպենք նրան: Այժմ հնչեցրո՛ւ փողդ, թող հավաքվեն մեր մարդիկը:

Ծերունին հնչեցրեց փողը:

Սամվելի քառասուն մարդիկներից հայտնվեցան յոթն հոգի միայն: Մնացյալը կա՛մ վիրավոր, կա՛մ սպանված ընկել էին կղզու զանազան կողմերում: Երիտասարդը թախծալի աչքերով նայեց մնացյալների վրա և ասաց.

— Յո՛թն հոգի... խորհրդավոր թիվ է:

— Իսկ մեր թշնամիներից այդքան էլ չէ մնացել... — հանկարծ լսելի եղավ մի ձայն:

Սամվելը նայեց դեպի այն կողմը: Ժպիտը երեսին, նրա գիրկն ընկավ պատանի Արտավազդը:

— Ինձ չհաջողվեցա՛վ... ինձ չհաջողվեցա՛վ... — տրտնջում էր նա: — Ես ծակեցի նրա ազդրը միայն:

— Դու չգիտես, որ նա կախարդ է... երկաթը և պղղնձը նրա վրա չեն ազդում...

— Այզ ես իմ աչքով տեսա: Բայց այժմ գիտեմ, թե ինչո՛ւ չեն ազդում...

Օրը երեկոյացել էր. արեգակը մտնելու մոտ էր: Պատանի Հուսիկը մոտ բերեց յուր իշխանի ձին, նա հեծավ, մյուսները նույնպես ձիավորվեցան և դիմեցին դեպի կամուրջը: Երբ անցան, Սամվելը հրամայեց վեր առնել կամուրջը, ասելով.

— Պետք է հանգիստ թողնել կղզու մնացած դիակները: Քանդեցեք կամուրջը, որ գազաններ ներս չմտնեն:

Մի քանի րոպեի մեջ քանդեցին շարժական կամուրջը, ձգեցին գետի մեջ: Ալիքները մի փոքրիկ տաշեղի նման՝ անհետացրին նրան:

Ամենքը դուրս եկան: Կղզու մեջ մնաց մեկը միայն՝ Մերուժանը:

Նա եկավ այն ժամանակ, երբ արևը արդեն մտել էր: Երբ տեսավ կամուրջը վեր առած, երկաթյա վանդակի մեջ ընկած գազանի նման՝

վրդովվեցավ, բայց չվհատվեցավ: Սկսեց զայրացած աչքերով չափել այն տարածությունը, որի վրա դրված էր կամուրջը: Տարածությունը բավական լայն էր, ձին չէր կարող թռչելով անցնել: Նայեց ալեկոծված Արաքսին: Կոհակները փրփրալով բարձրանում էին, գետը ահռելի կերպով որոտում էր: Ձին քշեց դեպի խռովյալ գետը: Սպիտակ ձին պատառեց մրրկածուփ ալիքները և անցավ մյուս կողմը, ցամաքի վրա:

Վիրավոր առյուծը ազատվեցավ Արաքսի որոգայթներից...

Ե

ՄԱՅՐԸ

«Հռաքէլ լայր զորդիս իւր, եւ ոչ կամէր մխիթարել՝ զի, ոչ էին»:
Մատթէոս:

Փոթորկային գիշերին հաջորդեց խաղաղ, լուսապայծառ առավոտ: Բնությունը սքանչանում էր, փառավորվում էր յուր վաղորդյան հրճվանքով: Թռչունները ուրախաձայն երգերով ողջունում էին տվնջյան լուսատուի հանդիսավոր ելքը: Ամենուրեք շնչում էր անսպառ հաճություն, ամենուրեք տիրում էր անթառամ զվարթություն: Միայն պարսից բանակը պատած էր տխրության մթին մռայլով:

Երեկվա աղետավոր անցքը արդեն հայտնի էր բոլորին: Ամեն մի զինվոր գիտեր, թե ինչ էր պատահել «Իշխանաց կղզում»: Դեռ լույսը նոր էր բացվում, երբ բերեցին Սամվելի հոր՝ Վահան Մամիկոնյանի՝ մարմինը և հանգուցին յուր փառավոր, շիկակարմիր վրանում:

Մերուժանի երկնագույն վրանը այս առավոտ ավելի շքեղ տեսք էր ստացել արևի առաջին ճառագայթներից, որ մի առանձին քնքշությամբ շողշողում էին նրա ոսկեզօծ սյուների վրա: Բայց, այսուամենայնիվ, այս մեծափառ վրանը չէր պատկերացնում այն սովորական փայլն ու վայելչությունը, որ հանդիսանում էր ամեն առավոտ, արևի ծագումից հետո: Գալիս էին, ներկայանում էին բանակի բոլոր ավագներն ու աստիճանավորները, ողջունում էին իրանց հզոր հրամանատարի առավոտը, և յուրաքանչյուրը զեկուցում էր տալիս բանակի դրության մասին: Հետո վայելում էին նրա հյուրասիրության ճոխ նախաճաշիկը:

Այս առավոտ ոչ ոք չէր երևում: Վրանի վարագույրները կիսով չափ միայն բարձրացրած էին, և սպասավորները ոտքի մատների վրա էին պտտում նրա շուրջը, որ ձայն չլսվի: Երբեմն ուշիկ քայլերով մոտենում էին զանազան սպաներ և սենեկապետներից հազիվ լսելի ձայնով հարցնում էին իշխանի առողջությունը և դարձյալ լռությամբ հեռանում էին:

Հիվանդ էր իշխանը, պառկած էր իշխանը: Նրա մետաքսյա անկողինը շրջապատել էին մի քանի բժիշկներ միայն, որ մի առանձին հոգածությամբ սպեղանի էին դնում և դարմանում էին նրա ազդրի վերքը:

— Դուք ինձ միայն այն ասացեք, — հարցրեց հիվանդը վճռական ձայնով, — ոսկորը խո վնասված չէ՞:

— Թո՛ղ հեռու լինեն քեզանից չար Արիմինի չար պատահարները, վսեմաշուք տեր, — պատասխանեցին բժիշկները միաձայն, — ոսկորը այնքան անարատ է մնացել, որպես մեր աչքերի լույսը: Եթե մի որևէ խաթար լիներ, մենք չէինք թաքցնի:

— Ապա ինչի՞ց է այս անտանելի ցավը... այս սրտամաշ թուլությունը...:

— Վերքը բավական խորն է, վսեմաշուք տեր: Իսկ թուլությունը նրանից է, որ սաստիկ շատ արյուն է կորել: «Իշխանաց կղզուց» մինչև այստեղ փոքր ճանապարհ չէ, այդքան տարածության վրա՝ բաց վերքից արյունը միշտ հոսել է:

— Իսկ այդ ջե՛րմը, որ այրում է ինձ... Ես շատ անգամ վիրավորված եմ եղել, բայց այդքան սաստիկ ջերմ երբեք չեմ զգացել: Չիցե՞ թե նետը թունավորված լիներ:

— Թո՛ղ պայծառ Արամազդը փարատություն շնորհե, վսեմաշուք տեր, — դարձյալ պատասխանեցին բժիշկները միաձայն: — Եթե քո վերքի մեջ մի հյուլեի չափ թույնի նշան լինի, թո՛ղ մեր ամբողջ մարմինը վարակվի թույնով: Այդպիսի բան չկա: Ջերմը մրսելուց է առաջ եկել: Արաքսի սառն ալիքները, որ պատառելով անցար դու, և գիշերվա սաստիկ քամին՝ մրսեցրել են քեզ, որովհետև թրջված ես եղել: Բայց այս բոլորը ամենակարողի օգնությամբ կանցնի, և շուտով կանցնի, վսեմաշուք տեր:

Հիվանդի մոտ դրած էր զովացուցիչ օշարակ, որ անդադար խմում էր նա՝ սրտի տապն ու կրակը հանգցնելու համար: Բժիշկների հուսադրությունները թեև բոլորովին չհանգստացրին նրան, այնուամենայնիվ, երեսը շուռ տվեց դեպի բարձի մյուս կողմը և լուռ կացավ: Նա վախենում էր թունավորվելուց, եթե ոչ, վերքը այնքան սովորական էր նրան, որ չէր կարող երկյուղ ձգել նրա վրա: Մի գիշերվա մեջ զարմանալի կերպով փոխվել էր նա: Գեղեցիկ դեմքը գունաթափվել էր, թառամել էր, և այրական ճակատը պատած էր խիստ տխուր դալկությամբ, կարծես, թե ամիսներով հիվանդ լիներ:

Սենեկապետներից մեկը հայտնեց, թե բանակի ավագներից մի քանիսը խնդրում են ներկայանալ:

— Թող գան, — հրամայեց նա:

Բժիշկները մի կողմ քաշվեցան, երբ ներս մտան՝ Հայր-Մարդպետը, Կարեն զորապետը և մի քանի այլ աստիճանավորներ: Առաջին երկուսը նստեցին հիվանդի անկողնի աջ և ահյակ կողմերում, իսկ մյուսները՝ մի փոքր հեռու: Մինչև նրանք կհարցնեին հիվանդի առողջությունը, նա ընդհատեց, ինքը հարցնելով.

— Վերադարձա՞ն մարդիկը:

— Վերադարձան, — պատասխանեց Հայր-Մարդպետը տխրությամբ: — Մամիկոնյան իշխանին չեն գտել, և նրա մասին դեռ ոչինչ տեղեկություն չկա: Իսկ մյուսների մարմիններն արդեն բերել, հասցրել են բանակը:

Երբ բանակում իմացան «Իշխանաց կղզում» պատահած աղետալի անցքը, հենց գիշերով մի քանի խումբ ձեպընթաց ձիավորներ ուղարկեցին օգնության: Բայց նրանք հասան այն ժամանակ, երբ ամեն ինչ վերջացած էր: Լուսաբացին խուզարկեցին ամբողջ կղզին, գտան սպանվածների դիակները և մի քանի կիսամեռ վիրավորյալներ միայն: Սամվելի հոր մարմինը գտան հենց յուր ընկած տեղում և մյուսների հետ բերեցին բանակը: Բայց Հայր-Մարդպետը թաքցրեց հիվանդից, որ նրան ավելի ցավ չպատճառե:

— Դա ինձ շատ զարմացնում է, — ասաց հիվանդը: — Եթե որդին, հրապուրելով հորը, նրան մի կողմ տարավ և յուր դավաճան ձեռքը բարձրացրեց հոր վրա (որի մասին ամենևին տարակույս չունեմ), գոնե պետք է գտնվեր նրա մարմինը:

— Գործողությունը կատարվել է Արաքսի ափերի մոտ, — նկատեց բժիշկներից մեկը, — ինչո՞ւ չմտածել, որ հայրասպանը կարող էր հոր մարմինը ձգել Արաքսի ալիքների մեջ և անհետացնել:

— Այդ աստիճան անգթություն չէր անի Սամվելը, — ասաց հիվանդը: — Նա ընդունակ էր սպանելու, բայց ոչ հոր մարմինը անպատվելու:

— Ես էլ նույն կարծիքին եմ, — ասաց Հայր-Մարդպետը: — Երևում է, որ այդ հանդուգն, քաղցրաբարո և մելամաղձոտ երիտասարդը՝ թե՛ հոր խստությունը և թե՛ նրա մեծահոգությունն ունի: Պարսիկ պատանիներից և ոչ մեկը վնասված չէ: Տղաների հետ չէ կամեցել գործ ունենալ: Ինձ պատմում էին իրանք՝ պատանիները, ասելով, թե երբ Սամվելի մարդիկը գազանի նման տարածվել էին կղզու զանազան կողմերը և ամեն հանդիպողին խողխողում էին, իսկ մեզ պատահելիս՝ թույլ էին տալիս փախչել:

— Տարակուսականը այն է, որ ձին նույնպես չէ գտնվել, — նկատեց Կարեն զորապետը:

— Այստեղ տարակուսելու ոչինչ չկա — պատասխանեց Հայր-Մարդպետը: — Գուցե Սամվելի մարդիկներից մեկը՝ ընդհանուր խառնակության միջոցում՝ նստել ու փախել է:

— Շատ հավանական է, — ասաց Կարեն զորապետը, — ինձ հետ ևս միևնույնը պատահեց: Երբեք և ո՛չ մի պատերազմում ես իմ ձին կորցրած չեմ, բայց այդ կղզում կորցրի ձիս: Կարո՞ղ եք երևակայել, թե ինչպես: Ինձ պատահում է Սամվելի դայակը, այն նենգավոր ծերունին, որին Արբակ էին կոչում: Անսպասելի հանդգնությամբ հարձակվում է իմ վրա և նիզակի մի հարվածով ցած է գլորում իմ ձիուն: Ես մնացի ոտքի վրա: Ինձ մնում էր, նույնպես ցած գլորել թշվառականին և օգնել քաղել նրա ձիուց: Բայց նա այն աստիճան կատաղությամբ մենամարտում էր ինձ հետ, որ մյուս աշխարհը գնալուց հետո միայն՝ յուր ձին ինձ թողեց:

Նա սկսեց մանրամասնաբար նկարագրել յուր մենամարտությունը, որի մեջ, բացի անամոթ ստախոսությունից, ինքնագովությունը ավելի մեծ տեղ էր բռնում: Թե ի՛նչ խաբեությամբ կարողացավ ստանալ նա ծերունի Արբակի ձին, այդ մենք գիտենք: Բայց նրա ձիով պարսից բանակը վերադառնալը շատ հասկանալի է, որ բավական փաստավոր ապացույց էր՝ հաստատելու յուր չկատարած քաջագործությունը:

Հիվանդը չէր լսում: Նրա տենդային ջերմությամբ բորբոքված գլուխը նույն րոպեում զբաղված էր Մամիկոնյան իշխանի անհայտանալով, որ նրա մեջ զանազան տարակուսանքներ էր հարուցանում: Հայր-Մարդպետը, թաքցնելով իշխանի սպանվելը և նրա մարմինը արդեն վաղ առավոտյան բանակը բերվիլը, թեև դրանով կամեցավ հիվանդին նոր ցավեր չպատճառել, բայց, այնուամենայնիվ, նրան ավելի ծանր մտատանջությունների մեջ ձգեց: Չիցե՞ թե որդին կարողացավ հրապուրել, խելքից հանել նրան, և երկուսը միասին փախուստ տվին: Ի՞նչ հետևանքներ կարող էր ունենալ, եթե ճշմարիտ լիներ այդ: Միթե այդ աստիճան անհավատարիմ կգտնվե՞ր Մամիկոնյան իշխանը, որ այնքան ամուր, անքակտելի ուխտով կապված էր յուր հետ: Կդավաճանե՞ր յուր բարեկամին և գործակցին...

Այս մտածությունների մեջ էր նա, երբ դարձյալ սկսեց խոսել պարսից Կարեն զորապետը, բացատրելով այն միտքը, թե մեծ սխալ գործեցին իրանք, որ բանակից դուրս եկան և որսորդության գնացին, քանի որ մոգերից նախազգուշություն ունեին, թե պետք չէ շարժվել տեղից: Այժմ կատարվեցավ նրանց գուշակությունը, գնացին «Իշխանաց կղզին» և թակարդի մեջ ընկան:

— Սխալը միայն դրանում չէ, տե՛ր զորապետ, — ավելացրեց Հայր-Մարդպետը: — Բայց խաբվել մի քանի տղաներից, ահա՝ այդ է գործի ծիծաղելի կողմը:

Հիվանդը վրդովվեցավ:

— Տղաները օտարներ չէին, Հայր-Մարդպետ, տղաները մեր արյունիցն էին, — ասաց նա զայրացած ձայնով: — Դու ինքդ մեծ ուրախությամբ նրանց հետ որսակից կլինեիր, եթե քեզ հրավիրեին: Բայց չկամեցանք քո ներկայությամբ ծանրաբեռնել այլոց զվարճությունը:

Պատասխանը բավական խիստ էր: Եթե մի ուրիշ ժամանակ լիներ, գուցե գոռոզ ներքինին չէր լռի: Բայց այս անգամ նա խնայեց հիվանդին, որը երեսը իսկույն շուռ տվեց, այլևս չէր նայում նրա վրա:

Մինչ Մերուժանի երկնագույն վրանում այս տեսակ սրտաբեկ խոսակցության մեջ էին, ուր ամեն ոք, մոլորվելով տխուր տարակուսանքների մեջ, չգիտեր՝ արդյոք պե՞տք էր կշտամբել ընկերին, թե մխիթարել նրան, ուր ամենքը գտնվում էին մի տեսակ անորոշ, անհասկանալի վհատության մեջ, — ա՛յո այդ միջոցին, բանակից հեռու, քաղաքի կողմի բարձրավանդակներից մեկի վրա, երկար ձողի գլխին ծածանվում էր մի ինչ-որ գույնզգույն բան, որ դրոշակի նմանություն ուներ: Բանակից դեռ ոչ ոք չէր նկատել այդ հանկարծակի երևույթը, թեև վաղորդյան մռայլը արդեն չքացել էր, արևը բավական բարձրացել էր և շրջակայքը ծփում էր սքանչելի լուսավորության մեջ: Արևի վառ ճառագայթների առջև՝ ավելի աչքի էր զարկում նա: Իսկ առավոտյան մեղմ հովից փողփողում էր, փռփռում էր և, մի չար ոգու նման, գույնզգույն թևքերը բաց արած, կարծես ձգտում էր սավառնել, ձգտում էր յուր բարձրությունից իջնել բանակի վրա և յո՛ւր բոլոր զարհուրանքով ճնշել, ոչնչացնել նրան:

Հիվանդը առաջինը եղավ, որ նկատեց այդ տարօրինակ երևույթը, և երկար նրա անհանգիստ աչքերը հառած էին դեպի այն կողմը: Դրոշակի եզերքը դրած էին սև շրջանակի մեջ, իսկ մեջտեղի նշանը նա իսկույն ճանաչեց և ամբողջ մարմնով ցնցվեցավ: Կայծակի հարվածքը չէր կարող այնքան ազդել նրան, որպես այդ գունավոր կտավի կտորը, որ սարսափելի կերպով շանթեց նրա անվեհեր սիրտը: «Անգութ պառավը տակավին չէ դադարել ինձ հալածելուց...» — մտածեց նա, և նրա գունաթափ դեմքի վրա երևաց նույն դառն ծիծաղը, որ սովորաբար հայտնվում էր տագնապի րոպեներում: Նրա համար արդեն ամեն ինչ պարզ էր: Նրա բոլոր տարակուսանքները փարատվեցան, մանավանդ երբ սենեկապետներից մեկը ներս մտավ, հայտնեց, թե պատգամավորություն է եկել, խնդրում են ներկայանալ:

— Թող գան, — ասաց հիվանդը:

Հայր-Մարդպետը այլևս չկարողացավ համբերել, երբ տեսավ հիվանդի անխոհեմությունը, որ առանց հարցնելու, թե ի՛նչ պատգամավորություն է, և առանց կանխապես տեղեկանալու, թե ի՛նչ նպատակով են եկել, թույլ է տալիս յուր մոտ մտնել:

— Դու միշտ այդպես անզգույշ ես եղել, Մերուժան, — ասաց նա խրատական եղանակով: — Քո մեծամտությունը ո՛չ սակավ անգամ քեզ վտանգի մեջ է ձգել: Ինչպե՞ս կարելի է ընդունել մի պատգամավորություն, առանց նախապես իմանալու, թե ո՛վքեր են կամ ի՛նչ գործի համար են եկած: Միթե չէ՞ կարող պատահել, որ նրանցից մեկը յուր դաշույնի հարվածով քեզ մի նոր վերք կպատճառե, բայց մահացու վերք, և յուր դիակը՝ փախչելու միջոցին՝ կթողնե քո վրանի դռանը: Միթե սակա՞վ են պատահել այսպիսի դեպքեր:

— Շա՛տ են պատահել, — ասաց հիվանդը հանդարտ կերպով: — Բայց ես արդեն գիտեմ, թե ի՛նչ պատգամավորություն է:

— Որտեղի՞ց գիտես:

— Ահա՛ այն տեղից: Նայեցեք դեպի այն բարձրավանդակը: — Նա ձեռքը մեկնեց դեպի ծածանվող դրոշակը:

Ամենքի աչքերը դարձան դեպի այն կողմը:

— Դրոշա՛կ է, — ասացին միաձայն:

— Գիտե՞ք, ի՛նչ դրոշակ է:

— Պարզ չէ երևում, բավական հեռու է:

— Մրատեսության մեջ ոչ ոք ինձ հետ կարողացել է մրցել: Ես բոլորովին պարզ տեսնում եմ: Նույնպիսի մի դրոշակ, արծվաթև վեշապի նշանով, այժմ ծածանվում է իմ վրանի գլխին: Դա Արծրունիների տոհմային դրոշակն է: Ինձանից հետո, բացի իմ մորից, ոչ ոք իրավունք չունի պարզել այդ դրոշակը: Հանկարծ նա հայտնվում է մեր հանդեպ՝ ահա՛ այն բարձրավանդակի վրա: Անշուշտ նրա մոտ՝ յուր զորքերի բազմությամբ՝ կանգնած է իմ մայրը: Եվ պատգամավորները, անտարակույս, նրա կողմից են գալիս: Ես պետք է ընդունեմ նրանց:

Ամենքի վրա տիրեց խորին ապշություն, խորին շփոթության հետ:

Հիվանդը սաստիկ բարկությունից, կարծես, նոր ուժ ստացավ: Մի

նոր, անսպասելի ցավ վանեց նրա վերքի անտանելի ցավը, ինչպես մի թույն հալածում է մի այլ թույնին: Նա գլուխը բարձրացրեց բարձից, նստեց անկողնու մեջ: Սպասավորներից մեկը ձգեց նրա ուսերի վրա մետաքսյա թեթև վերարկուն: Հետո դարձավ դեպի յուր շրջապատողները այս խոսքերով.

— Տեսնո՞ւմ եք, հարգելի տյա՛րք, մի օր բացակա գտնվեցա բանակից, մի գիշեր գլուխս բարձի վրա դրի, և դուք չկարողացաք նկատել, թե ի՛նչ է կատարվում ձեր բանակի շուրջը: Մենք պաշարված ենք թշնամիներով: Իմ ամենամեծ թշնամին իմ մայրն է:

Ներկա եղողները ամոթից գլուխները ցած խոնարհեցրին, խոսք չէին գտնում պատասխանելու: Նա դարձավ դեպի սենեկապետը, կրկնելով.

— Ասա՛, թող գան պատգամավորները:

Վրանի մուտքի առջև հայտնվեցան երեք պատկառելի ծերունիներ, հաղթանդամ, թավամազ մորուքներով, և ոտից գլուխ զինված: Նրանք խորին կերպով գլուխ տվին, մնացին ոտքի վրա: Մերուժանը ճանաչեց երեքին ևս: Նրանք Արծրունյաց տան հին զորապետներից էին:

Տեսնելով նրանց, սրտմտությունը սկսեց խեղդել մեծամիտ, անձնասեր իշխանին, որ յուր մոր պատգամավորները գտնում էին նրան վիրավոր և անկողնի մեջ դրած: Բայց, միևնույն ժամանակ, նրա կոշտացած, օտարացած սիրտը զգաց մի ներքին բաբախում, երբ երևան եղան ծանոթ դեմքեր, ծանոթ մարդիկ, որ հարուցին նրա մեջ վաղեմի մոռացված հիշողություններ...

— Ներս համեցեք, — ասաց նրանց սիրալի ձայնով: — Նստեցե՛ք:

Ներս մտան, չոքեցին վրանի մուտքի կողմում, հիվանդի անկողնի ստորև:

Հիվանդը ձեռքը տարավ դեպի յուր մոտ դրած սառն օշարակը, լցրեց արծաթյա թասի մեջ, մոտեցրեց դողդոջուն շրթունքներին, և ցամաքած կոկորդը զովացնելուց հետո, դարձավ դեպի եկվորները այս խոսքերով.

— Բարով եք եկել: Հույս ունեմ, որ ձեր գալուստը բարի նպատակի համար կլինի:

— Ե՛վ բարի, և՛ անբարի, ո՛վ քաջդ Մերուժան, — խոսեց պատգամավորներից մեկը: — Դու, անտարակույս, ճանաչում ես մեզ: Սկսյալ քո մանկությունից՝ ծառայել ենք այն հոյակապ տանը, որի գավակը լինելու պարծանքն ես վայելում դու: Մեր յուրաքանչյուրի մարմնի վրա հարյուրավոր վերքի նշաններ կան, որ ստացել ենք բազմաթիվ կռիվներում, որ մեր կյանքի ընթացքում մղել ենք այդ տան փառքն ու պատիվը միշտ անարատ պահպանելու համար: Վերջին ժամանակներում մեջ մտավ չար ոգին, խառնեց մեր սիրելի աշխարհի գործերը: Մեր դաշտերը ողողվեցան արյունով, մեր քաղաքները ծածկվեցան մոխրով: Ներքին կռիվը, ներքին պատերազմը, ընդհանրականից դարձավ մասնավոր-ընտանեկան: Որդին ապստամբվեցավ հոր դեմ, հայրը սկսեց խողխողել յուր զավակներին: Մայրը մերժեց որդուն յուր գութն ու սերը, իսկ որդին այլևս պատիվ չդրեց մոր երախտիքներին: Լացն ու կոծը, արտասուքն ու անլռելի հառաչանքը եղավ վիճակը այն թշվառ գերդաստանների, ուր թագավորում էր մշտական սեր և երջանկություն...

Հիվանդը դարձյալ ձեռքը տարավ դեպի սառն օշարակը, զովացրեց բորբոքվող կոկորդը: Ծերունի զինվորը շարունակեց.

— Այսպիսի մի երկպառակություն ընկավ և՛ Արծրունյաց խաղաղ գերդաստանի մեջ, ո՜վ քաջդ Մերուժան: Դու, իհարկե, չես մոռացել այն աղետալի ընդունելությունը, որ ցույց տվին քեզ այդ քաղաքացիները, երբ մտար Հադամակերտ և մոտեցար քո նախահարց տան պատկառելի շեմքերին: Քո մայրը քո հոր դռները փակեց քո առջև: Քո կինը երեսը շուռ տվեց քեզանից: Քո զավակները ասացին քեզ՝ դու մեր հայրը չես: Եվ դու կորագլուխ ետ դարձար ա՛յն հինավուրց տան շեմքից, որի տերն էիր և իշխանը: Քո ընտանիքը նայեց քո ետևից, և արտասվեց... Նա նայեց քո ետևից, որպես սգավոր բարեկամներն ու տոհմայինները նայում են գերեզմանը դրվող դագաղի ետևից... Ածվում է հողը և մթին դուբը հավիտյան ծածկում է հանգուցյալին յուր սիրելիների աչքերից... Քեզ նույնպես մեռած և թաղված համարեց քո ընտանիքը, ո՜վ քաջդ Մերուժան: Մեռա՛ծ բարոյապես, մեռա՛ծ հոգեպես... Եվ այդ էր այն սգավորության պատճառը, որով ծածկված էր ամբողջ Հադամակերտը: Դռները պատած էին սև պաստառներով, պատերից քարշ էին ընկած սև դրոշակներ: Դու մեռած էիր և քո քաղաքացիների համար: Դու ուրացել էիր ա՛յն սուրբ կրոնը, որ պաշտում էին քո հայրերը: Դու թշնամացել էիր ա՛յն եկեղեցու հետ, որի փրկարար ավազանից ծնունդ էիր առել: Դու դավաճանել էիր ա՛յն հայրենիքին, որի հաստատության համար քո հայրերը արյուն էին թափել: Այո՛, դու կորա՛ծ էիր քո ընտանիքի և քո քաղաքացիների համար: Բայց քեզ չծածկեց նրանց աչքերից ո՛չ հողը և ո՛չ գերեզմանի: մթությունը, այլ այն ամոթը, այն նախատինքը, և այն անջնջելի արատը, որով ծածկված էիր դու, և որով ծածկեցիր Արծրունիների պայծառ անունը...

Նա ձեռքը տարավ դեպի կնճիռներով պատած ճակատը, շփեց թավամազ հոնքերը, որ, կարծես թե, խանգարում էին նրա բոցավառ աչքերի կրակը, և ապա շարունակեց.

— Քո ընտանիքի արդար վրդովմունքին, քո քաղաքացիների իրավացի բարկությանը՝ դու պատասխանեցիր վրեժխնդրության կատաղի անգթություններով, ո՜վ քաջդ Մերուժան: Փոխանակ զղջալու, փոխանակ դարձի գալու, փոխանակ բարությամբ կրկին գրավելու նրանց սերն ու հարգանքը, դու սկսեցիր բռնություն գործ դնել: Անխնա կերպով այրեցիր Վան քաղաքը, որ քեզ և քո հայրերին էր պատկանում: Եվ անողորմ ձեռքով դեպի գերություն վարեցիր քո սեփական հպատակներին: Ի՞նչ էր նրանց հանցանքը, ինչո՞վ էին մեղավոր քո քաղաքացիները: Նրանո՞վ, որ չհնազանդվեցան քեզ, նրանո՞վ, որ չկամեցան ուրացող տեր և իշխան ունենալ:

Նա ձեռքը մեկնեց դեպի բարձրավանդակի գագաթին պարզած դրոշակը, ասելով.

— Նայի՛ր, ո՛վ քաջդ Մերուժան, ահա՛ այնտեղ ծածանվում է քո

նախահարց դրոշակը: Նրա մոտ կան գնած է քո մայրը՝ ամբողջ Վասպուրականի տիկինը: Նա դնում է քո առջև երկու բան՝ յուր մայրական սերը և յուր հավատարիմ հպատակների զենքը: Որը կամենում ես, ընտրի՛ր: Նա, հանուն քրիստոնեության, հանուն ծնողական գթության, պատրաստ է ներել քեզ. պատրաստ է մոռանալ բոլոր աղետալի անցքերը, եթե դու կցրվես պարսից բանակը, կվերադարձնես հայոց գերիներին և հաշտությամբ վերջ կտաս ներքին պատերազմին: Եթե այս բոլորը կատարես դու, այն ժամանակ նա յուր մայրական ձեռքը կմեկնե քեզ համբուրելու, դու դարձյալ կլինես Վասպուրականի տերն ու իշխանը, և քո ժողովուրդը ամենայն հնազանդությամբ կխոնարհիլի քեզ: Իսկ եթե ոչ, թո՛ղ կռիվը, թո՛ղ դարձյալ արյունը վճռե աստուծո կամքը:

Բոլոր ներկա գտնվողները բարկությունից իրանց ատամները կրճտացնում էին և զարմանում էին Մերուժանի համբերության վրա: Հայր-Մարդպետը մի առանձին արհամարհանքով հարցրեց.

— Շա՞տ զորք է բերել յուր հետ Վասպուրականի տիկինը:

Պատգամավորը խեթ կերպով նայեց նրա երեսին, պատասխանելով.

— Նա բերել է յուր հետ Վասպուրականի ամենալավ տղամարդերին, ո՛վ Հայր-Մարդպետ: Նրա հետ են և՛ արագոտն մոկացիք, նրա հետ են և՛ երկայնաղեղ սասունցիք, նրա հետ են և՛ սարսափելի ռշտունցիք: Նրա հետ է և՛ մեր պաշտելի սուրբ խաչի զորությունը:

Հայր-Մարդպետը խնդաց, նկատելով.

— Վասպուրականի տիկինը յուր շուրջն է հավաքել յուր դրացի խառնիճաղանջներին:

Մերուժանին սաստիկ տհաճություն պատճառեց Հայր-Մարդպետի միջամտությունը և մանավանդ նրա արհամարհանքը դեպի յուր մայրը: Մերուժանը մեծ հարգանք ուներ դեպի յուր մայրը, որպես մի թշնամի, որի հետ կարելի էր մաքառել, բայց աններելի էր ատել: Բացի դրանից, Մերուժանը՝ յուր խստասրտությամբ հանդերձ՝ գիտեր գնահատել բարձրը, վեհը և ազնիվը: Այդ էր պատճառը, որ մի առանձին քաղցրությամբ պատասխանեց.

— Գովում եմ մորս նախանձախնդրությունը, որ այսպես անձնանվիրաբար պաշտպանում է յուր աշխարհի շահերը: Գովում եմ և քո համարձակախոսությունը, ո՛վ քաջդ Գուրգեն, որ այդքան անկեղծաբար հաղորդեցիր ինձ մորս պատգամները: Հույս ունեմ, որ իմ պատասխանն ևս նույն անկեղծությամբ կհաղորդես մորս: Գնա, ասա՛, եթե նա իմ համառ մայրն է, ես էլ նրա համառ որդին եմ: Առյուծի կաթը ծծողը պետք է որ փոքր ի շատե առյուծի հատկություններ ունենա: Թո՛ղ նա չխլե ինձանից տոհմային հատկությունները: Ես չեմ կամենում պախարակել, թե ո՛րքան նրա վարմունքը ինձ հետ աններելի էր, երբ ես մուտք գործեցի Հաղամակերտ, և ոչ պիտի աշխատեմ ջատագովել, թե ո՛րքան իմ բռնած ընթացքը ուղիղ է: Այդ բացատրությունների ժամանակը անցել է արդեն: Միայն այսքանը կասեմ, եթե Արծրունիները մի գովելի կողմ ունեն, դա է նրանց հաստատամտությունը: Թո՛ղ նա չաշխատե խախտել իմ կամքը, չաշխատե ինձ թուլամտության մեջ նետել: Ինչ որ սկսել եմ, պետք է անպատճառ ի կատար ածեմ: Ոչինչ չէ կարող փոխել իմ միտքը: Թո՛ղ, որպես ցանկանում է նա, կռիվը որոշե մեր մեջ, թե ո՛րն է աստուծո տնօրինությունը:

— Բայց դու հիվա՛նդ ես, ո՛վ քաջդ Մերուժան:

— Իսկ իմ զինվորները բավական առողջ են, ո՛վ քաջդ Գուրգին:

Պատգամավորները ոտքի ելան, ասելով.

— Քեզ նույնպես ցանկանում ենք կատարյալ առողջություն:

Նրանք գլուխ տվին և հեռացան:

Չարագուշակ դրոշակը, որ այնքան սարսափ ձգեց պարսից բանակի վրա, պարզած էր այն բլրաձև բարձրավանդակներից մեկի գագաթին, ուր գտնվում էին Մերուժանի ձեռքով հրդեհված Նախճվանի ավերակները: Դժբախտ քաղաքը դեռևս ծխում էր կրակի ու մոխրի մեջ: Իսկ դրոշակը նրա հանդեպ ծածանվում էր, որպես մի արագահաս մխիթարություն: Նա յուր բարձր դիրքից իշխում էր պարսից բանակի վրա: Իսկ ահարկու բանակը բռնել էր տափարակի ամբողջ տարածությունը, որ գտնվում էր բարձրավանդակի ստորոտում:

Դրոշակի մոտ կանգնած էր Վասպուրականի տիկինը և մեծ անհամբերությամբ սպասում էր յուր պատգամավորների պատասխանին: Նա ոտքից գլուխ հագած ուներ սգավորի սև զգեստ: Այս հագուստը կրում էր նա սկսյալ այն օրից, երբ յուր որդու, Մերուժանի ուրացության ողբալի բոթը լսեց: «Նա մեռա՛վ ինձ համար...» — ասաց առաջինի տիկինը խորին հառաչանքով և այն օրից ուխտեց՝ չմերկենալ այս հագուստը, մինչև որդու կատարելիք չարագործությունները յուր բարությամբ չդարմանե:

Նրան շրջապատել էին յուր հետ եկած լեռնականների նահապետները, որոնց թվումն էին՝ Սամվելը և ծերունի Արբակը: Պատանի Արտավազդը անհանգիստ կերպով այս կողմ ու այն կողմ էր ընկած և յուր անելիքը ինքն էլ չգիտեր: Տիկնոջ մի կողմում կանգնած էր Ռշտունյաց Գարեգին նահապետը, իսկ մյուս կողմում՝ Մոկաց Վահրամ և Սասնո Ներսեհ իշխանները:

Զորքը բռնել էր զանազան դիրքեր: Վասպուրականցիք տեղավորված էին այն բարձրությունների վրա, ուր գտնվում էր իրանց տիկինը: Ռշտունեցիք թաքնվել էին քաղաքի այգիների մեջ, կտրելով միակ ճանապարհը, որ տանում էր դեպի Երնջակ և Ջուղայի կամուրջը: Սասունցիք փակել էին այն ճանապարհը, որ տանում էր դեպի Արտաշատ: Մոկացիք բարձրացել էին Արաքսի կողմի բլրակների վրա: Եվ այսպես, պարսից բանակը չորեքկողմից պաշարված էր թշնամիներով:

Վերադարձան պատգամավորները, հայտնեցին Վասպուրականի տիկնոջը որդու պատասխանը: Տխրության մթին ամպը անցավ պատկառելի դեմքի վրա, և նրա հեզ աչքերը լցվեցան արտասուքով:

— Ես ուրիշ պատասխան չէի սպասում, — ասաց տառապյալ մայրը ցավալի ձայնով: — Հրա՛շք կլիներ, եթե նա դարձի գար: Բայց նա հիվա՛նդ է... նա վիրավո՛ր է...

Վերջին խոսքերի մեջ լսվեցավ մայրական սրտի դառն կսկիծը՝ յուր բոլոր հրաբորբոք վշտերով: Նա դեռ սիրում էր որդուն, նա դեռ խնայում էր որդուն: Նա պատրաստ էր ամեն ինչ տալ, միայն թե առանց կռվի, առանց արյան՝ կարողանար հաշտվել յուր խղճի և յուր զգացմունքների հետ: Նա պատրաստ էր՝ մինչև անգամ թողնել որդուն յուր կամքին, յուր մոլորությունների մեջ, եթե նրա վարմունքը ուրիշ շատ հազարավորների կորստյան պատճառ չդառնար: Բայց նա տանում էր յուր հետ մի ահագին գերություն, տանում էր անհետացնելու նրանց Պարսկաստանի խորքերում: Այդ գերիներից շատերը տիկնոջ հպատակներն էին, որոնք ծառայել էին նրան ամենայն հավատարմությամբ, որոնց սիրում էր նա յուր հարազատ զավակների նման: Ինչպե՞ս կարելի է զրկվել նրանցից: Այս դառն մտածությունների մեջ տարուբերվում էր վշտալի կինը, երբ Ռշտունյաց Գարեգին նահապետը դարձավ դեպի նա, ասելով.

— Մենք չպիտի խնայենք նրան, որ չխնայեց յուր հարազատին — իմ կնոջը, և նրան կախ տվեց Վանա միջնաբերդի աշտարակից:

Նա հիշեցրեց դժբախտ Համազասպուհու ցավալի վախճանը:

— Մենք չպիտի խնայենք նրան, — ավելացրեց Մոկաց Վահրամ իշխանը, — որ այնքան քաղաքներ մոխիր դարձրեց, որ այնքան վանքեր ու եկեղեցիներ կործանեց, որ մեր սիրելի թագավորին և մեր պաշտելի թագուհուն աքսորել տվեց և Հայոց աշխարհը ծածկեց կրակով ու արյունով...

— Արյունը պետք է արյունով լվանալ, — ընդհատեց Սասնո Ներսեհ իշխանը:

— Եվ չարությունը՝ չարությամբ, — մեջ մտավ պատանի Արտավազդը:

Սամվելը լուռ լսում էր:

Նրա մոտ կանգնած էր ծերունի Արբակը, որ մի առանձին տհաճությամբ նկատեց.

— Շատ էլ որ դուք կամենաք արյունը ջրով լվանալ և չարությունը՝ բարությամբ, կարծո՞ւմ եք, դրանով կփափկանի չարը:

—Ավելի կհաստատվի յուր չարության մեջ, — խոսեց Սամվելը: — Նա հրեշավոր Նեռն է, որ հայտնվել է մեր խաղաղ աշխարհում, յուր հետ բերելով սով, սրածություն, մոլորություն և ավերմունք: Ինչ որ կարող էր կատարել, արդեն կատարել է: Զղջում և ապաշխարանք չկա նրա համար: Նա տակավին պիտի շարունակե յուր ապականությունները մեր աշխարհում: Ինչպե՞ս խնայել նրան, որ մի մազի չափ տեղիք չէ թողել, որով կարելի լիներ ներել: Ոչինչ չարիք պակաս չէ մնացել, որ չէ կատարել նա: Միթե կարելի՞ է խնայել նրան:

— Ես նույնպես չպիտի խնայեմ նրան, — ասաց սգավոր մայրը և յուր վշտալի աչքերը դարձրեց դեպի զայրացած իշխանները: — Ես հույս ունեի, որ իմ մոլորյալ որդին պատիվ կդներ մոր արտասուքին և կդառնար չար ճանապարհից: Այդ նպատակով ուղարկեցի նրա մոտ իմ պատգամավորներին: Ես հույս ունեի, որ նա գոնե այժմ կզղջար յուր մեղքերը: Բայց, ինչպես երևում է, ամեն զգացմունք՝ դեպի յուր ծնողը, դեպի յուր ազգն ու հայրենիքը՝ մեռած է նրա սրտում: Այդ պատճառով նա մեռած է և ինձ համար: Ես կցավեմ նրա վրա, բայց երբեք չեմ ափսոսա: Նա այլևս իմ որդին չէ: Իմ որդիքը, իմ սիրելի զավակներն են այն բազմաթիվ գերիները, որ այժմ շղթայակապ դրած են մեր առջև, պարսից բանակում: Եվ որպես դժբախտ Հռաքելը մի ժամանակ սուգի մեջ էր, մխիթարություն չէր գտնում յուր որդիների կորստյան պատճառով, — նույնպես և ես, իբրև մի որդեկորույս մայր, հանգստություն չպիտի ունենամ, մինչև իմ զավակներին ազատված չտեսնեմ: Այդ գերիները իմ զավակներն են, ձեր զավակներն են և մեր հայրենիքի զավակներն են: Մենք պետք է ազատենք դրանց: Մենք կազատենք ո՛չ միայն մարմիններ, այլև հոգիներ: Եթե դրանց տանելու լինեն Պարսկաստան, այնտեղ պատրաստ են այդ թշվառների համար Շապուհ արքայի դահիճները, որ կստիպեն՝ կա՛մ ուրացության երկրպագություն տալ, կա՛մ նահատակվել: Այն օրից, որ ճանապարհ ընկանք, մենք ուխտեցինք ազատել գերյալներին: Մենք ուխտեցինք նա՛և պատժել թշնամուն մեր երկրի սահմանների վրա: Տերը օգնեց մեզ, և մենք անվտանգ անցանք ամեն փորձանքներից, մինչև հասանք այստեղ: Թշնամին ահա՛ մեր ոտների ներքո է: Այժմ ձեր քաջությունից է կախված, ո՛վ իշխաններ, կատարելու մեր ամենի սրտագին բաղձանքը, որ տիրոջ կամքն է:

— Թո՛ղ օրհնյա՛լ լինի տիրոջ կամքը, թո՛ղ փառավորվի՛ նրա անունը, — ձայն տվին ոգևորված իշխանները:

Մինչև այստեղ սույն ոգևորության մեջ էին, այնտեղ, պարսից բանակի երկնագույն վրանում, Հայոց աշխարհի ընդհանուր երկպառակության ոգին — Մերուժանը դեռ գտնվում էր յուր շքեղ, մետաքսյա անկողնում: Յուր մոր պատգամավորներին ճանապարհ դնելուց հետո, երկար նա տատանվում էր մի տեսակ տենդային տագնապի մեջ, որի նմանը՝ մինչև այն օր՝ երբեք չէր ծանրացել նրա ամուր սրտի և անվեհեր հոգու վրա: Յուր բոլոր խաղը պիտի կորցներ մի քանի րոպեում: Նրա հետ պիտի կորցներ և յուր ամբողջ բախտը: Ա՛յն փայլուն վաստակներից հետո, ա՛յն անհնարին հաջողություններից հետո, հանկարծ հաղթված լինել և հաղթված լինել մի պառավից, — այս միտքը սարսափելի կերպով վրդովեցնում էր նրան: Նա երբեք չէր վհատվի, նա երբեք այսպիսի մտատանջությունների մեջ չէր ալեկոծվի, եթե առողջ լիներ: Բայց նա հիվանդ էր և տկար: Հանձնել յուր բախտը և յուր զորքերի բախտը յուր զորապետներին, որոնց վրա կատարյալ վստահություն չուներ, –այս միտքը նա բոլորովին վտանգավոր էր համարում: Գուցե, եթե մնացած լիներ Մամիկոնյան իշխանը, նա այդ հոգսերից ազատ կլիներ: Բայց զրկվեցավ յուր ամենալավ բարեկամից և քաջ գործակցից, որին միայն կարող էր ամենայն վստահությամբ հավատալ: Ուրեմն ի՞նչ պետք էր անել:

Հայր-Մարդպետը, Կարեն զորապետը և պարսից մյուս ատիճանավորները դեռ նստած էին նրա անկողնի մոտ և անհամբերությամբ սպասում էին նրա հրամաններին: Նա դարձավ դեպի յուր աստիճանավորները այս խոսքերով:

— Այժմ ես բոլորովին հասկանում եմ Սամվելին՝ թե՛

բարեկամական պատրվակով գալուստը մեզ մոտ և թե՛ նրա անգութ վարմունքը «Իշխանաց կղզում»: Նա եկավ մեզ մոտ հետազոտելու մեր բանակի դրությունը, կշռելու մեր ուժերը, և նախքան մեր դեմ պատրաստված պատերազմի սկսելը, ոչնչացնելու մեր զորքերի առաջնորդներին, որպեսզի, նրանք, անգլուխ մնալով, ավելի հեշտ լիներ հաղթություն շահել: Ես այժմ ոչինչ տարակույս չունեմ, որ նա սպանել է յուր հորը, և ինքը այս րոպեիս գտնվում է իմ մոր մոտ: — Դու կարծում ես, որ Սամվելը քո մոր խորհրդո՞վ էր հնարել յուր դավաճանությունը, — հարցրեց Հայր-Մարդպետը:

— Ես այդ չեմ կարծում: Իմ մայրն այնքան ազնիվ կին է, որ երբեք խաբուսիկ միջոցներով մարդիկ չէր ուղարկի մեզ դավ դնելու, և ոչ Սամվելը հանձն կառներ մի այսպիսի ստորություն: Բայց, այսուամենայնիվ, ես աներկբա եմ, որ նրա գալուստը մեզ մոտ, եթե ոչ իմ մոր խորհրդով, այլ, անտարակույս, նրա գիտությամբ է եղել: Սամվելը եկավ մեզ մոտ երկու նպատակով. նախ, աշխատել համոզելու յուր հորը և ինձ, որ մենք թողնենք մեր սկսած ձեռնարկությունը և միանանք ուխտապահ նախարարների հետ, որոնք հավատարիմ են մնացել իրանց թագավորին և հին դրությանը: Իսկ եթե չհաջողվի նրան համոզել մեզ, այնուհետև գործ դնել յուր սուրը: Այդպես էլ արավ նա: Նա եկավ մեզ մոտ՝ որպես նպատակի զոհ, և ես չեմ կարող չնախանձվիլ նրա անձնազոհության եռանդով, որ հատուկ է միայն բարձր, քաջազնական հոգիներին: Եթե ես նրա նման մի քանի մարդիկ ունենայի, շատ բախտավոր կլինեի...

Նա դարձյալ ընկղմվեցավ խորին մտածությունների մեջ: Բայց նրա վերջին խոսքերը վիրավորեցին Հայր-Մարդպետին: Վիրավորվեցան և պարսից աստիճանավորները:

— Հիվանդության ջերմը քեզ տենդային դրության մեջ է դրել, Մերուժան, — ասաց Հայր-Մարդպետը յուր ամուր, խրոխտալի ձայնով: — Դու քո խոսքերը չես կշռում: Միթե մի տհաս, երազամոլ երիտասարդի չափ համարմունք չունե՞նք քո աչքում: Դու հանգիստ կա՛ց քո մետաքսյա փափուկ անկողնում, և թո՛ղ այդ բժիշկները դարմանեն քո վերքը: Մենք կգնանք և քո թշնամիների հետ կվերջացնենք մեր գործը: Մի՞թե պարսից արքայից արքայի քաջ, կրթված զինվորները պիտի դողան մի քանի բուռ վայրենի լեռնականների առջև:

— Գնացե՛ք, — պատասխանեց հիվանդը զայրացած ձայնով: — Հրամայեցե՛ք թմբուկները հնչեցնեն, և զորքը պատրաստվի կռվելու:

Հետո դարձավ դեպի յուր սենեկապետը.

— Սա՛ս, թող պատրաստեն իմ ձին և իմ զենքերը:

Հայր-Մարդպետը սաստիկ ստրջացավ, որ առիթ տվեց հիվանդի վրդովմունքին: Բռնեց նրա ձեռքը, աղաչելով.

— Խնայի՛ր քեզ, Մերուժան: Դու հիվանդ ես և բավական տկար: Դու բոլորովին կհյուծվես և իսպառ կենսամաշ կանես քո անձը: Այժմ հանգիստ կաց քո վրանում, և գոնե այսօր զորքի հրամանատարությունը թող մեզ: Դու կատարելապես վիրավորած կլինես քո աստիճանավորներին, եթե այդ ծառայությունից զրկես նրանց:

Պարսիկ ատտիճանավորները նույնպես սկսեցին թախանձել, որ նա դուրս չգա յուր վրանից, և յուրաքանչյուրը հայտնում էր յուր զգոհությունը, թե ինչո՛ւ նա թերահավատությամբ է վերաբերվում դեպի իրանց ծառայությունները:

— Շնորհակալ եմ ձեր կարեկցության և մանավանդ ձեր հավատարմության համար, — պատասխանեց հիվանդը: — Բայց ես այժմ բոլորովին առողջ եմ զգում ինձ: Իմ զինվորները այնքան սովորած են ինձ, որ եթե մեռնելու լինեի, դարձյալ կպատվիրեի ձեզ, որ իմ դագաղը տանեիք իմ գունդերի առջևից: Դա անպատճառ կխրախուսեր և քաջալերություն կներշնչեր նրանց:

Եվ իրավ, պարսից բանակը արդեն սաստիկ հուզման և խորին իրարանցման մեջ էր: Ամեն մի զինվոր գիտեր, որ պաշարված է թշնամիներով: Առաջին բոթը գուժեցին զորեպանները և ձիապանները, որ բանակից հեռու զրաստներ էին արածացնում: Նրանք, հենց որ նկատեցին թշնամու մոտենալը, իսկույն հավաքեցին բոլոր անասուններին և սկսեցին փախչել դեպի բանակը: Այդ ժամանակ արևը դեռ չէր ծագել, դեռ բավական մութն էր:

Թշնամու հարձակման բոթը անցել էր և գերիների քարավանի մեջ: Բայց նրանց համար բոթ չէր, այլ փրկության ավետիք էր: Այդ խղճալիների ուրախությունն ու արտասուքը սահման չուներ: Շղթայաբեկ գազանների նման, ցնցում էին երկաթյա կապանքները և, իրանց աղոթավոր հայացքը դեպի երկինք դարձնելով, անհամբերությամբ սպասում էին աստուծո ուղարկած ազատիչներին:

Այդ միջոցին հրապարակի վրա հայտնվեցավ սպիտակ ձիավորը՝ Մերուժանը: Դարձյալ վեհապանծ շքով, դարձյալ նրա ահարկու զենքն ու զրահը փայլում էին դյուցազնական փառքով: Ամենևին չէր նշմարվում, որ հիվանդ է: Նրա մխիթարական երևույթը ընդհանուր ոգևորություն ներշնչեց բանակի մեջ: Զորքը սիրում էր նրան: Չկար մի զորապետ, որ նրա նման առատաձեռն կերպով վարձատրեր զինվորի քաջությունը: Նա յուր զորքի լավ բարեկամն էր և սոսկալի հրամանատարը:

Զորքը արդեն կազմ ու պատրաստ էր հրապարակի վրա: Նա դարձավ դեպի զինվորները մի քանի քաջալերական խոսքերով: Նրա ձայնը հնչում էր յուր նախկին ամրությամբ, նրա խոսքերը հեղվում էին որպես բոցավառ սրտի ազդու քարոզներ:

— Զինվորնե՛ր, — ասաց նա, — դուք մինչև այսօր ամենայն բավարարությամբ արդարացրիք այն բաղձալի հույսերը, որ դրել էր ձեր վրա՝ մեր ամենիս տերն ու թագավորը՝ արեգնափայլ արքայից արքան, երբ նա յուր հայրական օրհնությամբ ձեզ ճանապարհ դրեց Տիզբոնից դեպի Հայաստան: Մեր քաջությունների փառավոր արդյունքն է՝ այն ահարկու բերդերն ու ամրոցները, որ գրավեցինք մենք հայոց երկրում: Ձեր քաջությունների փառավոր արդյունքն է այն հզոր քաղաքները, որ կործանեցինք մենք հայոց երկրում: Ձեր քաջությունների փառավոր արդյունքն է՝ այն անթիվ գերությունը և այն անբավ ավարն ու հարստությունը, որ մեզ հետ պիտի տանենք Պարսկաստան: Պայծառափայլ Արամազդը օգնեց մեզ, և մենք հրաշալի հաղթություններով պիտի թողնեինք Հայոց երկիրը, որ շուտով մեզ էր պատկանելու: Մեր բանակը դրած էր այդ երկրի սահմանների մոտ, և մի քանի օրից հետո պետք է ճանապարհ ընկնեինք: Բայց հանկարծ անակնկալ թշնամին փակեց մեր ճանապարհը: Մենք այժմ պաշարված ենք կատաղի լեռնականների սահագին բազմությամբ: Մեր բոլոր վաստակը, մեր բոլոր փառքն ու պարծանքը կորած կհամարվի, եթե չպատժենք հանդուգն թշնամուն, եթե չխորտակենք նրա խոլական ամբարտավանությունը: Ես հույս ունեմ, ով քաջ զինվորներ, որ դուք որպես միշտ, նույնպես և այսօր ցույց կտաք ձեր անպարտելի զորությունը: Ես մեծ հույս ունեմ, որ դուք թշնամու դիակների վրայով ձեզ ճանապարհ կհարթեք, որով կստանաք պայծառ Արամազդի օրհնությունը և մեր աստվածափայլ արքայից արքայի շնորհը, որի խոնարհ ծառաներն ենք մենք ամենքս:

Զորքը միաձայն որոտաց.

— Թո՛ղ օրհնյա՛լ լինի պայծառ Արամազդը, թո՛ղ փառավորվի՛ արեգնափայլ արքան:

Այնտեղ յուր քաջերին ոգևորում էր մայրը, այստեղ՝ որդին: Այնտեղ պատրաստվում էին ազատելու գերյալներին, այստեղ պատրաստվում էին ի տար աշխարհ վարելու: Կռիվը մոր և որդոշ մեջ էր: Մայրը առաջնորդում էր Հայոց երկրի անձնանվեր զավակներին: Որդին առաջնորդում էր հայոց երկրի արյունարբու թշնամիներին: Մեկը բարձրացրել էր Հիսուս Քրիստոսի փրկարար խաչը, մյուսը՝ Զրադաշտի ճաճանչավոր արեգը: Կրոնը մարտնչում էր կրոնի հետ, դյուցազների դյուցազանց հետ:

Թեև Մերուժանը շատ նպաստավոր կարծիք չուներ պարսից բարձր աստիճանավորների մասին, որպիսին էր Կարեն զորապետը, որոնք առաջ էին անցել ավելի տոհմային և արտոնական առավելություններով, քան թե անձնական արժանավորություններով, — բայց, այնուամենայնիվ, պարսից ստորաստիճան սպաների կարգում կային իսկապես քաջ զորագլուխներ և լավ մարդիկ: Դրանց վրա լիահույս համարմունք ուներ Մերուժանը: Միայն գլխավոր դժվարությունը նրանումն էր, որ բանակը դրած էր մի այնպիսի տեղում, որը ավելի ժամանակավորապես օթևանելու իջևանի հարմարություն ուներ, քան թե ռազմական ամրություններ: Դա, իհարկե, չէր կարող վհատեցնել Մերուժանին, եթե նրան չսպառնար մի այլ վտանգ, — ներքին վտանգ: Այդ էր պատճառը, որ երբ պետք էր զորքը ասպարեզ հանել, նա հրամայեց՝ սկզբում պաշտպանողական դիրք բռնել:

Հայր-Մարդպետը սկսեց սաստիկ հակառակել նրան, պնդելով, թե պետք է ուղղակի հարձակում գործել և ցրվել թշնամուն:

— Շատ ամոթ կլիներ, — ասաց նա, — որ մենք մեր վահաններով ծածկվեինք, և համբերությամբ սպասեինք, որ թշնամին յուր նետերը արձակեր մեր վրա: Նրանք մեզ, իրավ է, պաշարման դրության մեջ են դրել, բայց շատ դժվար չէ՝ իսկույն նեթ նրանց պաշարման դրության մեջ փակել: Թշնամու ուժերը բաղկացած են ըստ մեծի մասին հետևակներից: Բավական է միայն հրամայել մեր քաջ հեծելազորի բազմությանը՝ հեռանալ բանակից և շուրջանակի պաշարել նրանց:

— Ինչպե՞ս հեռանալ բանակից, Հայր-Մարդպետ, — պատասխանեց Մերուժանը հուզված ձայնով: — Մեր ամենավտանգավոր թշնամին հենց մեր բանակի միջումն է:

— Ի՞նչ թշնամի:

— Ահա՛ այդ գերիների բազմությունը: Դրանք կդառնան դեպի մեզ...

— Ինչո՞վ:

— Իրանց շղթաներով կսկսեն ջարդել իրանց պահապանների գլուխները:

— Եթե մի այսպիսի ցույց անելու լինեն, մենք կհրամայենք իսկույն կոտորել բոլորին:

— Ո՞ր մեկին կոտորել: Նրանց թիվը մեր զինվորներից պակաս չէ:

Հայր-Մարդպետը մտածության մեջ ընկավ: Մերուժանը պնդեց յուր կարծիքը, ասելով.

— Մենք երկու գործ ունենք կատարելու, մի կողմից պետք է զսպենք գերիներին, որ նրանք չապստամբվեն մեր դեմ, մյուս կողմից՝ պետք է կռվենք նորեկ թշնամու հետ: Այդ պատճառով, պաշտպանողական դիրքը, գոնե սկզբում, ավելի նպաստավոր է մեզ:

Հայր-Մարդպետը դարձյալ մնաց յուր համոզման մեջ, բայց չհակառակեց:

Մինչ այստեղ այս վիճաբանությունների մեջ էին, Վասպուրականի տիկնոջ հետ եկած իշխաններն ու նախապետները, առանց խորհրդի, առանց նախամտածության, հանձնեցին իրանց միայն աստուծո կամքին և, Մերուժանի մոր աջը համբուրելով, առին նրա օրհնությունը, հետո յուրաքանչյուրը դիմեց դեպի յուր զորքը: Տիկնոջ մոտ մնացին միայն Արծրունյաց տան դրանիկներն ու ծառաները և մի քանի խումբ զինված հաղամակերտցիք, որ չհեռացան նրանից:

Նա նստած էր ճանապարհորդական փոքրիկ թախտի վրա, և չորս սենեկապետներ, չորս ձողերից բռնած, պահել էին նրա գլխի վրա մի փառավոր ամպհովանի, որ զարդարած էր ոսկեթել փունջերով ու ծոպերով: Արեգակը արդեն սկսել էր այրել, և օրվա տոթը, հետզհետե անտանելի էր դառնում:

Հանկարծ տիկնոջ գիրկն ընկավ պատանի Արտավազդը, որ, փաթաթվելով նրա պարանոցին, սկսեց աղաչել.

— Թո՛ղ տուր, մայրիկ, ես էլ գնամ նրանց հետ... ես էլ կռվեմ...

— Դու հանգիստ կաց, զավակս, — պատասխանեց տիկինը, փայփայելով նրա ոսկեզօծ սաղավարտը: — Դեռևս ի՛նչ քո գործն է կռիվը: Երբ աստուծով կմեծանաս, այն ժամանակ շատ առիթներ կունենաս կռվելու:

Պատանու վառվռուն աչքերում հայտնվեցան արտասուքի կաթիլներ:

— Ես ուսի՞ց եմ պակաս, — ասաց նա տրտնջալով: — Ինձ միշտ կրկնում են, թե պիտի մեծանա՛ս... Հիմա խո երեխա չեմ... բավական մեծ եմ...

Տիկնոջ վշտալի աչքերում նույնպես հայտնվեցան արտասուքի կաթիլներ: «Անմե՛ղ երեխա, — մտածեց նա, — միթե քե՞զ էլ տանջում է հայրենիքի դժբախտության ցավը, միթե դո՞ւ էլ զգում ես, թե՛ ինչ չարիքներ են կատարվում մեր աշխարհում... »:

— Հանգիստ կա՛ց, զավակս, — կրկնեց նա, համբուրելով անզուսպ պատանու գունաթափ երեսը: — Դու մնա ինձ մոտ, սիրելիս, այստեղից կաղոթենք և կնայենք, թե ի՛նչպես են կռվում ուրիշները:

Արտավազդի բարկությունից ուռած շրթունքները դողդողացին: Փոքր էր մնում, որ նա թոցներ բերանից յուր գաղտնիքը, ասելով, թե ինչո՞ւ են իրան միշտ տղայի տեղ դնում, երբ որ նույն իսկ տիկնոջ որդին, պարսից զորքերի հզոր հրամանատարը, որ այժմ վիրավոր է, — դա կատարվել է յուր նետերի շնորհիվ: Բայց նա ծածկեց մանկական սրտի հրաբորբոք վրդովմունքը և մնաց տիկնոջ մոտ:

Տիկնոջ տխուր հայացքը դարձավ դեպի պարսից բանակը, ուր մի քանի ժամից հետո պիտի վճռվեր բյուրավոր գերյալների վիճակը: Դրանք հայր ունեին, մայր ունեին, տուն և զավակներ ունեին: Հազարավոր սրտեր պիտի ուրախանային նրանց ազատությամբ, հազարավոր սգավորներ պիտի մխիթարվեին նրանց վերադարձով: Այդ միտքը լցնում էր առաքինի կնոջ հոգին անսահման երանությամբ, և յուր ալետանջ սրտի ամենաջերմ բաբախմունքով սպասում էր կռվի վախճանին:

Բայց, միևնույն րոպեում, նրա սգավոր աչքերի առջև ներկայանում էր որդին, — հիվանդ, վիրավոր որդին: Հիվա՛նդ էր նա մարմնապես, հիվա՛նդ էր նա և հոգեպես: Ի՞նչը կարող էր բժշկել նրան: Ի՞նչը կարող էր ապառաժ սիրտը փափկացնել և պարսկական ախտերով ու մոլորություններով վարակված հոգին՝ կրկին դեպի ուղղություն վերածել:

Որդու հիվանդության պատճառների վերաբերությամբ դեռ ստույգ տեղեկություններ չուներ նա: Սամվելը այդ մասին դեռ ոչինչ չէր ասել: Նրան հայտնել էին այսքանը միայն, թե որսորդության միջոցին, փոթորկի ընդհանուր խռովության ժամանակ, սխալմամբ արձակված նետի է հանդիպել: Իսկ Մամիկոնյան իշխանի սպանման մասին դեռ ոչինչ չգիտեր:

Մոր մի կողմում կանգնած էր նույն պատգամավորը, որին ուղարկել էր որդու մոտ: Դարձավ դեպի նա, հարցնելով.

— Դու լավ նայեցի՞ր նրա վրա, Գուրգեն:

— Ի՛նչպես չէ, տիկին: Համարյա մի ժամ տևեց մեր խոսակցությունը: Բոլոր ժամանակը միշտ նայում էի նրա վրա:

— Շա՞տ էր մաշված:

— Ոչ այնքան: Միայն բավական գունաթափվել էր:

— Նա իմ մասին ոչինչ չհարցրե՞ց:

— Ոչինչ: Ամենևին:

— Եվ յուր կնո՞ջ և յուր զավակնե՞րի մասին:

— Դարձյալ ոչինչ:

— Քարասի՛րտ, — բացականչեց տառապյալ մայրը, սգավոր գլուխը շարժելով: — Նա ամեն ինչ մոռացել է... նա ամեն ինչ ուրացել է...

Կրկին դժբախտ կինը ընկղմվեցավ տխուր մտածությունների մեջ, կրկին դառն արտասուքը սկսեց հոսիլ վշտալի աչքերից:

Մյուս անգամ դարձավ նա դեպի հավատարիմ զորապետը, հարցնելով.

— Դու ինչո՞ւ չգնացիր կռվելու, Գուրգեն, դու ինչո՞ւ մնացիր այստեղ:

— Ես մնացի, որ իմ ձեռքի տակ եղած մարզիկներով պահպանեմ այդ դիրքը, ուր գտնվում ես դու, տիկին, — պատասխանեց ծերունի զորապետը:

— Դու կարծում ես, որ նա կհարձակվի և մո՞ր վրա:

— Անպատճառ: Նրա առաջին ջանքը կլինի՝ գրավել այդ բարձրավանդակը և քեզ, տիկին, գերի վերցնել: Ձեռքս կկտրեմ, եթե այդպես չանե:

— Ի՞նչ պիտի շահե ինձ գերի վարելով:

— Շատ բան, տիկին: Նա քեզ համարում է յուր վտանգավոր ախոյանը և թշնամին:

Մեջ մտավ պատանի Արտավազդը.

— Երբ նա կհամարձակվի ոտք դնել այդ բարձրության վրա, ես առաջինը կլինեմ, որ նրա վրա նետեր կարձակեմ:

Տիկինը գրկեց սրբազան վրդովմունքով զայրացած մանկությունը և համբուրեց:

Նախճվանի գետի կողմից, սև, թուխպի նման, առաջ էր մղվում, մի մթին ամբոխմունք, և ո՛րքան մոտենում էր, այնքա՛ն աճում էր, այնքա՛ն ստվարանում էր: Նա դուրս եկավ գետի ափերը ծածկող ծառաստանի միջից, և արագ ընթացքով շարժվում էր դեպի պարսից բանակը: Դա լեռնականների մի բազմություն էր, որ բաղկացած էր թեթև զինված աղեղնավորներից և տիգավորներից: Նրանց առաջնորդում էր Ռշտունյաց Գարեգին նահապետը: Երբ մերձեցան, բանակից բավական հեռավորության վրա կանգ առին, մնացին անշարժ:

Մերուժանի արծվի հայացքը դարձավ դեպի թշնամին: «Սկսեցին...» — մտածեց նա և, դառնալով դեպի յուր մոտ գտնված համհարզներից մեկը, հրամայեց.

Առա՛ Կարեն զորապետին, որ մի քանի գունդ քաջ աղեղնավորներով և սպարակիր տիգավորներով գնա այդ կողմը:

Հրամանը իսկույն կատարվեցավ:

Միևնույն ժամանակ, որպես մի արագահաս փոթորիկ, որ տարվում է քամու ուժգին հոսանքից, և յուր կատաղի ընթացքի միջոցում՝ սրբում է, ավելում է ամեն մի հանդիպած խոչընդոտություն, — այսպիսի մի սհավորությամբ հայտնվեցան մի քանի խումբ ձիավորներ: Թմբուկների որոտը, նախընթաց գոռումն ու գոչումը՝ կարապետում էին հանդուգն արշավանքին: Նա սլացավ և կայծակի արագությամբ ճեղքելով պարսից բանակի մի ծայրը, անցավ: Նա անցավ, ավելի աղմկելով և խռովության մեջ դնելով ընդարձակ բանակը, քան թե ո՛րևէ վնաս պատճառելով, և իսկույն անհետացավ մերձակա բլուրների ետևում:

Մերուժանը նայում էր:

— Բավական հաջող կերպով կատարվեցավ խաղը, — ասաց նա ժպտալով: — Կցանկանայի գիտենալ, թե ո՛վ էր այդ համարձակ ձիավորների առաջնորդը:

— Սամվելը, — պատասխանեցին նրան:

— Սամվե՞լը, — կրկնեց Հայր-Մարդպետը, գլուխը խորհրդավոր կերպով շարժելով: — Վատ չէ՛... Նա յուր հորից ընծա ստացավ պարսից Շապուհ արքայի պարգևած ոսկեգույն նժույգը: Այժմ նույն նժույգով աղմկում է Շապուհ արքայի բանակը... Այդ նժույգը` յուր ճակատի ճերմակ աստղով` հայտնի էր որպես բարեհաջող հատկություններով օժտված մի ձի: Բայց նա հաջողություն շնորհեց ո՛չ թե հորը, այլ որդուն...

Սամվելի երևույթը, իրավ, այն աստիճան ուժգին ցնցում պատճառեց պարսից ծանր, լայնանիստ բանակին, որ ամենքը սաստիկ իրարանցման մեջ ընկան:

— Բայց ո՞ւր կորավ նա, — հարցրեց Հայր-Մարդպետը:

— Ինչո՞ւ ես շտապում, — պատասխանեց Մերուժանը: — Նա դարձյալ կհայտնվի, և գուցե շուտով կհայտնվի:

Մերուժանը դեռ ամենայն սառնասրտությամբ սպասում էր թշնամուն, սպասում էր, որ նա բավական մոտենա: Նրա արագավազ լրտեսները տարածվել էին դեպի ամեն կողմ, դիտում էին թշնամու շարժումը, և իսկույն լուրեր էին բերում:

Նրա սուր ուշադրությունից չվրիպեցավ, որ Սամվելը ճեղքեց պարսից բանակի ա՛յն ծայրը, որ կողմում գտնվում էր գերիների քարավանը: Դա առանց նպատակի չէր: Նա հասկացավ, և իսկույն կարգադրեց, որ զինվորները ամուր շղթայով շրջապատեն գերիներին, որպեսզի նրանք թշնամու հետ հաղորդակցություն չունենան: Բայց շրջապատող շղթայի մեջ մնաց մի մարդ, որ դանդաղ քայլերով դեգերում էր քարավանի մեջ, և երբեմն գաղտագողի կերպով ակնարկություններ էր անում գերիներին: Ծանոթ աչքը կարող էր այդ ծպտյալ անձնավորության մեջ ճանաչել Սամվելի հայտնի փայակին` Մալխասին:

Կռիվը, բոլորից առաջ, սկսվեցավ դեպի Արտաշատ տանող ճանապարհի կողմից, ուր մանր բլրակների ետևում թաքնված էին սասունցիք: Պարսից զինվորներին առաջնորդում էր Հայր-Մարդպետը: Նրա ամեհի նժույգը դողում էր, ծալվում էր յուր վիթխարի հեծյալի անհեթեթ ծանրության ներքո, որի ամբողջ մարմինը պատած էր պղնձով ու պողպատով: Նրան ախոյան հանդիսացավ Սասնո Ներսեհ իշխանը, որ ձայն արձակեց խորին արհամարհանքով.

— Արշակ թագավորի կանանոցի ներքինապետությունը թողնելով, ո՛վ Հայր-Մարդպետ, այժմ պարսից զինվորների առաջնո՞րդ ես դարձել: Դա, իրավ, բավական օտարոտի է թվում ինձ:

— Ինչո՞ւ, ո՛վ քաջ Ներսեհ, — պատասխանեց ներքինին յուր խռպոտ ձայնով: — Դերերի փոփոխությունը երբեմն վատ չէ լինում:

— Բայց կանանցաբարո ներքինու գործը` պետք է կանանց

հասարակության հետ լինի, ուր տիրում է մեղկ քնքշությունը, և բնավ տեղիք չունի արյունոտ զենքը:

— Փորձենք, և դու կհամոզվես, որ կանանցաբարո ներքինին կարող է գործ ունենալ և քաջ սասունցիների հետ:

Վերջին խոսքերի միջոցին, երկու ախոյանները, իրանց ծանր նիզակները ուղղելով, նժույգների բոլոր թափով հարձակվեցան միմյանց վրա: Հայր-Մարդպետի նիզակի ծայրը դիպավ սասնո իշխանի երկաթապատ կողքին, և քերելով անցավ: Իսկ Սասնո իշխանի նիզակը ուղիղ դիպավ Հայր-Մարդպետի պղնձակուռ կուրծքին և, որպես ապառաժի վրա զարկվելով, բոլորովին փշրվեցավ: Զինակիրը իսկույն տվեց նրան մի այլ նիզակ: Նրանք հեռացան միմյանցից, կրկին հարձակում գործելու համար:

Զորքը, երկու կողմից ևս, դեռ անշարժ կանգնած, անհամբերությամբ սպասում էին իրանց առաջնորդների մենամարտության վախճանին:

Երկրորդ հարձակումը կատարվեցավ ավելի սաստիկ կատաղությամբ: Այս անգամ երկուսի նիզակներն ևս հետ նահանջվեցան և, դիպչելով պողովատյա լայն վահաններին, շեղվեցան նպատակից: Բայց նրանց փոխարեն՝ նժույգների զրահապատ կուրծքերը՝ ուժգին շառաչմամբ զարկվեցան միմյանց: Հայր-Մարդպետի ձին դղրդվեցավ, ընկրկվեցավ, և ապա ծնկների վրա ցած ընկավ: Այդ միջոցին Սասնո իշխանը ուղղեց յուր նիզակը դեպի ներքինիի կոկորդը: Բայց ձին իսկույն վեր բարձրացավ, և հարվածը մնաց ապարդյուն:

Այսպես երկու հզոր ախոյանները երկար մաքառում էին միմյանց հետ, և երկուսն էլ մնացին անպարտելի, մինչև Սասնո իշխանը ձայն տվեց.

— Խոստովանում եմ, ո՛վ Հայր-Մարդպետ, որ Արշակ թագավորի կանանոցի կնամարդին, միևնույն ժամանակ, և՛ քաջ մարտիկ է:

Կռիվը սկսվեցավ երկու կողմի զորքերի մեջ: Պարսից սպարակիրները զարմանալի հարձակումներ էին գործում: Սասունցիք իրանց երկար աղեղներով թափում էին նետերի ամբողջ տարափ: Լեռնցին, բնության քաջությունը, մարտնչում էր կրթված, կանոնավորված արիության հետ: Օդը լցված էր թանձր փոշիով: Զենքերի և զրահների բախումն ու շառաչյունը խլացնում էին ամեն ձայն: Արյունը հոսում էր ջերմ վտակներով...

Մինչ այստեղ կռիվը յուր սարսափելի գործողության մեջ էր, բանակի մյուս կողմում, իրանց Գարեգին նահապետի առաջնորդությամբ, մարտնչում էին ռշտունիք: Պարսից զորքերին կառավարում էր Կարեն զորապետը:

Այդ միջոցին, Մերուժանը, շրջապատված յուր թիկնապահներով ու համհարզներով, մի արագաշարժ ճախարակի նման, անդադար սլանում էր երբեմն այս, երբեմն այն կողմը, դիտելու կռվի ընթացքը: Դեպի ո՛ր կողմը և գնում էր նա, կարծես, յուր հետ տանում էր արիավիրք և սոսկում: Պարսից զինվորները, նրա ներկայությամբ ոգևորվելով, հրաշքներ էին գործում:

Նա նկատեց, որ Կարեն զորապետի կողմը փոքր առ փոքր

նահանջվում էր, և ռշտունցիք արդեն սկսել էին հաղթական աղաղակներ բարձրացնել: Իսկույն սպիտակ նժույգը քշեց դեպի այս կողմը և մտավ նետերի փոթորկի մեջ: Մեծ եղավ նրա թե՛ զարմանքը և թե՛ վրդովմունքը, երբ հեռվից տեսավ ծերունի Արբակին, որ նիզակը ձեռին, բոլորովին առույգ երիտասարդի նման, մաքառում էր մի պարսիկ սպայի հետ: Նա դարձավ դեպի Կարեն զորապետը, ասելով.

— Տեսնո՞ւմ ես, Կարեն, քո սպանած ծերունի Արբակը այժմ հարություն է առել:

Կարենը ամոթից շփոթվեցավ, պապանձվեցավ: Մերուժանը հիշեցրեց նրա առավոտյան հայտնած ստախոսությունը, որով պարծենում էր, թե ինքը «Իշխանաց կղզում »սպանեց ծերունի Արբակին:

— Կալանավորեցեք այդ խաբեբային, — հրամայեց նա: — Արյաց արքայից արքայի զորապետին՝ ո՛րքան ներելի չէ երկչոտ լինել, ա՛յնքան ավելի ներելի չէ ստախոս լինել:

Հրամանը իսկույն կատարվեցավ:

Մերուժանի հայտնվիլը նոր ուժ և նոր ոգի ներշնչեց պարսից զինվորներին, որոնք աներևակայելի քաջությամբ սկսեցին հետ մղել կատաղի թշնամուն:

Այդ միջոցին Մերուժանի և Գարեգին նախապետի ոխերիմ աչքերը հանդիպեցին միմյանց:

— Մերուժան, — ձայն տվեց Գարեգին նախապետը, — այդ երկրորդ անգամն է, որ մեր աշխարհի դժբախտ հանգամանքները մեզ ընդհարում են միմյանց հետ: Մի անգամ, Վան քաղաքում, իսկ այժմ Նախճվանի ավերակների մոտ: Այն ժամանակ դու առողջ էիր, սպանել տվեցիր իմ կնոջը, և փախար իմ ձեռքից: Այժմ հիվանդ ես, չգիտեմ՝ ինչպես պիտի վարվես ինձ հետ:

— Իսկույն կտեսնես, — պատասխանեց Մերուժանը արհամարհանքով: — Այլևս հարցնելու պետք չկա:

Վերջին խոսքերի հետ՝ նետվեցավ նա Ռշտունյաց նախապետի վրա, որը մի շարժում անգամ չգործեց, ասելով.

— Ես հրաժարվում եմ: Կռվել հիվանդի հետ՝ միևնույն է, որպես կռվելը դիակի հետ, որքան և արյունապարտ լիներ նա ինձ:

Մերուժանը սաստիկ զայրացավ:

— Ո՛վ Ռշտունյաց տեր, — գոչեց նա, — քո մեծահոգությունը ավելի վիրավորական է, քան թե քո նիզակի հարվածը, եթե քեզ հաջողվելու լիներ վայելել այդ փառքը: Այո՛, ճշմարիտ է, իմ հրամանով սպանվեցավ քո կինը, և սրբազան վրեժխնդրությունը պարտք է դնում քեզ վրա՝ պահանջել ինձանից քո կնոջ արյունը: Եվ հենց այդ իսկ պատճառով, դու պետք է չհրաժարվես ինձ հետ կռվելուց:

Նա կրկին հարձակում գործեց: Բայց մեջ մտան պարսից զինվորները, գոռալով.

— Մեր արյունը թո՛ղ սահման դնե քո և Ռշտունյաց նախապետի մեջ: Կռիվը այժմ մեզ է պատկանում:

Մերուժանը հետ քաշվեցավ:

Կրկին սկսվեցավ կռիվը երկու կողմի զինվորների մեջ, կրկին լսելի եղավ զենքերի մահաբեր բաբախմունքը: Ոմանք նիզակներով, ոմանք սուսերամերկ, խողխողում էին միմյանց, Ռշտունյաց լեռնաբնակները պաշտպանվում էին թեթև, քեմխտապատ վահաններով: Իսկ պարսիկները՝ իրանց ծանր, երկաթապատ ասպարներով:

Մերուժանը, կարգելով Կարեն զորապետի փոխարեն յուր քաջ համհարզներից մեկին, և թողնելով կռիվը յուր սոսկալի բորբոքման մեջ, ինքը դիմեց դեպի Նախճվանի ավերակների կողմը, ուր՝ մի բլրաձև բարձրավանդակի վրա՝ գտնվում էր նրա մայրը: Նրան հետևում էին մի քանի գունդ լավ զինված ձիավորներ: Թանձր փոշին, մոխրագույն ամպերի նման, պատել էր այն ճանապարհը, որտեղից անցնում էր նրա ահարկու հեծելազորը: Նա առաջ էր շարժվում ամենայն փութով, առանց կանգ առնելու, և առանց մի տեղ հանգստանալու:

Գուրգենը, Վասպուրականի տիկնոջ ծերունի զորապետը, հեռվից նկատեց Մերուժանի արագընթաց արշավանքը դեպի իրանց բռնած, դիրքը և իսկույն շտապեց տիկնոջ մոտ: Զարմացական ժպիտը երեսին, ալևոր գլուխը շարժելով, ասաց նա.

— Տեսնո՞ւմ ես, տիկին, ես չսխալվեցա: Ահա Մերուժանը գալիս է դեպի մեզ: Գալիս է՝ մոր և յուր սեփական հպատակների հետ կռվելու: Եթե նրան հաջողվի հաղթություն տանել, անտարակույս, կտանե և քեզ, տիկին:

— Ո՞ւր կտանե, — հարցրեց տառապյալ կինը վշտալի ձայնով:

— Պարսկաստան: Այնտեղ, ուր այժմ Անուշ բերդի մթին նկուղների մեջ հեծում է հայոց թագավորը: Այնտեղ, ուր աքսորվեցավ հայոց թագուհին: Կտանե նրանց մոտ...

— Միթե այդ աստիճան անգութ կլինի՞ նա:

— Նրա անգթությունը սահման չունի, որպես և սահման չունի նրա մեծամտությունը:

Մայրական գութը և անազորույն որդու պատճառած վիշտը՝ փոփոխակի կերպով սկսեցին ալեկոծել դժբախտ կնոջ սիրտը: Արտասուքը աչքերում դարձավ նա դեպի ծերունի զորապետը ասելով.

— Թո՛ղ օրհնյալ լինի աստուծո կամքը: Ինչ որ տնօրինել է նա, չէ կարող փոխել անզոր մահկանացուն: Թո՛ղ գա ապերախտը: Կռվեցեք նրա զորքերի հետ, բայց յուր վրա բնավ զենք չբարձրացնեք:

Տհաճության մռայլը անցավ ծերունի զորապետի խորշոմած դեմքի վրա, և նրա խորիմաստ աչքերը վառվեցան սրտմտության բոցով: Բայց զսպելով յուր հուզմունքը, բավական մեղմ կերպով նկատեց.

— Մենք չէինք ցանկանա, տիկին, տիրասպան լինել, եթե նա սպանած չլիներ ամեն ինչ, որ սուրբ է մեր ամենիս համար: Բայց մարտնչում է մեր գոյության դեմ, մեր կրոնի դեմ և մեր պետության դեմ:

Տիկինը պատասխանեց.

— Քրիստոնեական առաքինությունը պարտք է դնում մեր վրա, Գուրգեն, շա՛տ և շա՛տ անգամ ներել մոլորյալին:

Ծերունի զորապետը դժկամությամբ լռեց:

Այնտեղ կագնած էր պատանի Արտավազդը և խորին վրդովմունքով լսում էր տիկնոջ պատվերները: Նա չհամբերեց, ասելով.

— Իսկ ես նետեր կարձակեմ նրա վրա: Եվ այժմ գիտեմ, թե ո՛րպես կարձակեմ...

Փոքր էր մնում, որ նա խոստովանվեր յուր առաջվա սխալը, որ կատարվեցավ «Իշխանաց կղզում», երբ տակավին ծանոթ չէր Մերուժանի գաղտնի զրահավորության մասին:

Տիկինը տխրությամբ նայեց զայրացած պատանու վրա և ոչինչ չխոսեց: Նրա մանուկ սրտում եռ էր գալիս մանուկ Հայաստանի վրեժխնդրության ոգին:

Մերուժանը յուր ձիավորների բազմությամբ արդեն մոտ էր այն բարձրավանդակի ստորոտին, որի վրա գտնվում էր նրա մայրը: Նա մի արագ պտույտ տվեց, անցավ դեպի այն կողմը, որտեղից միակ զառիվեր ուղին տանում էր դեպի մոր գտնված տեղը:

Ծերունի Գուրգենը, թողնելով տիկնոջ մոտ մի խումբ թիկնապահներ, առեց յուր հետ մնացյալ վասպուրականցիներին և շտապով դիմեց դեպի թշնամին: Կռիվը տեղի ունեցավ Մերուժանի ձեռքով հրդեհված Նախճվանի ավերակների մոտ: Վասպուրականցիք, մի քանի րոպեում, նրա կործանած քաղաքի քարերից կանգնեցրին նրա դեմ մի ամուր պատնեշ: Թաքնվեցան պատնեշի ետևում, սկսեցին նետեր արձակել: Ոմանք պարսատներով նետում էին քարեր: Նրա ավերակ դարձրած քաղաքի բեկորները նետում էին դեպի նրա գլուխը: Մերուժանը, արհամարհելով այդ բոլորը, յուր ձիավորների խուռն բազմությամբ առաջ էր ընթանում: Նրա ձիավորները զինված էին նիզակներով և սրերով միայն: Իբրև պատսպարան, կրում էին և ասպարներ: Պետք էր շատ մոտ տարածություն, որպեսզի նրանք գործ դնեին իրանց զենքերը: Այդ պատճառով աշխատում էին մերձենալ: Բայց վասպուրականցիք ա՛յն աստիճան կատաղած էին, որ ո՛չ միայն ամեն կողմից զանակոծում էին ձիավորներին, այլ, մոռանալով իրանց տիկնոջ պատվերը, չէին խնայում և նրա որդուն:

Նիզակն ու սուրը, նետն ու տապարը շատ կարելի է մինչև անգամ չազդեին Մերուժանի ամրակուռ, պղնձապատ մարմնի վրա: Նա խիստ վարպետությամբ զրահավորիլ գիտեր: Բայց հազարավոր պարսատներով արձակած քարերը, որ ռումբերի նման տեղում էին նրա վրա, կարող էին մի քանի րոպեում, բոլորովին քարկոծել նրան և ծածկել խճերի կույտի ներքո: Այսուամենայնիվ հրամայեց յուր ձիավորներին՝ պատռել պատնեշը և առաջ անցնել:

Ձիավորները աներկյուղ հարձակմամբ զրոհ տվին պատնեշի վրա, սկսեցին մի կողմից քանդել, մյուս կողմից կռվել: Ինքը Մերուժանը նետվեցավ կռվի փոթորկի մեջ: Այդ միջոցին մի քար դիպավ նրա ձիու ճակատին: Ձին ցնցվեցավ, դողդողաց, և ուշաթափ լինելով, ցած գլորվեցավ: Նա ընկավ այն կողքի վրա, որ կողմումն էր Մերուժանի վիրավոր ոտքը: Ցուր խռովության մեջ, Մերուժանը ամենևին չզգաց, թե ի՞նչ կատարվեցավ յուր վերքի հետ: Փաթոթը թուլացավ, և վերքը սաստիկ շփվելով գետնին, արյունը սկսեց հոսել...

Մայրը հեռվից նկատեց որդու ընկնելը: Ամբողջ աշխարհը մթնեց նրա աչքերի առջև: Ողբալի աղաղակներով ցած իջավ յուր զահավորակից, և կուրծքը կոծելով, սկսեց վազել դեպի որդին: «Անողո՜րմ... անգո՜ւթ մարդիկ...» — ձիչ էր արձակում նա, և դողդոջուն քայլերով շարունակում էր վազել: Նրան մեծ դժվարությամբ կարողացան պահել, հասկացնելով, թե ձին է ընկել և ոչ որդին:

Մայրը հանգստացավ, երբ տեսավ, որ ձին, հուշի զալով, կրկին վեր բարձրացավ, և Մերուժանը դարձյալ նստեց նրա վրա:

Բայց արյունը նրա վերքից մեղմ հոսանքով զնում էր և, թամբից իջնելով, ճերմակ ձիու ճերմակ փորի վրա արդեն գծել էր մի քանի բարակ, ոլորուն վտակներ: Թիկնապահներից մեկը նկատեց այդ, բայց կարծելով, թե ձին ընկնելու միջոցին ինքը վիրավորվեցավ, այդ պատճառով ոչինչ չհայտնեց:

Մերուժանը կանգնելուց հետո, կռիվը ավելի սաստկացավ, նրա ձիավորները արդեն պատառել էին պատնեշի մի մասը և անցել էին մյուս կողմը: Վասպուրականցիք ետ էին քաշվել, դեռ շարունակում էին հեռվից քարեր ու նետեր արձակել: Այդ միջոցին Մերուժանի համհարզներից մեկը նրա ուշադրությունը դարձրեց մի այլ երևույթի վրա ասելով.

— Բանակի մեջ խռովություն կա...

Մերուժանը նայեց դեպի այն կողմը:

— Այդ ես սպասում էի... — մռնչաց նա և բոլորովին գունաթափվեցավ: — Այնտեղ կռվում են գերիները...

Նա թողեց մորը, շտապեց դեպի գերիները:

Սամվելը, որ առաջին անգամ մի խումբ ձիավորներով ճեղքեց պարսից բանակի այն ծայրը, որտեղ գտնվում էր գերիների քարավանը, երկրորդ անգամին վերադարձավ նա ավելի ստվար խմբով: Զարմանալի արագությամբ, պատառելով գերիներին շրջապատող զինվորների շղթան, շեշտակի կերպով նետվեցավ նրանց քարավանի մեջ:

— Հասավ փրկության րոպեն, — աղաղակեց նա: — Զարդեցե՛ք, փշրեցե՛ք ձեր կապանքները:

Գերիներից յուրաքանչյուրը, որպես մի մարմնացած վրեժխնդրություն, հարձակվեցավ պահապան զինվորների վրա: Ոմանք կռվում էին բռունցքներով, ոմանք իրանց ոտների շղթաներով: Շատերը վազեցին դեպի բանակը, խորտակեցին վրանները, և նրանց սյուները մահակների նման ձեռքներում բռնած, հարձակվեցան զինվորների վրա: Ամբողջ բանակը տակնուվրա եղավ: Խնայեցին միայն Մամիկոնյան իշխանի շիկակարմիր վրանին, ուր դրած էր Սամվելի հոր դագաղը: Ընդհանուր կատաղությունը սահման չուներ: Կռվում էին տղամարդիկը, կռվում էին և կանայքը, կռվում էին և ծերերը, կռվում էին և մանուկները: Նրանց թվում գտնված եկեղեցականներն անգամ խառնվեցան արյան և կոտորածի սոսկալի գործողության մեջ: Բյուրավոր գերյալների բյուրավոր ձեռքերը բարձրացած էին իրանց գերիների վրա:

Սամվելը աներևակայելի քաջությամբ շանթում էր երբեմն այս, երբեմն այն կողմը: Նա այնպիսի սրընթաց թափով անցնում էր հուզված, ալեկոծված քարավանի միջով, որպես հրեղեն կայծակը անցնում է ցամաք շամբուտների միջով: Երբ կոտորածը արդեն հասել էր յուր սարսափելի ահավորությանը, երբ արյունը արդեն հոսում էր հորդ վտակներով, այդ ժամանակ ձայն արձակեց նա.

— Բավական է: Սկսեցե՛ք այժմ ձեր շղթաներով կապել ձեր գերիչներին: Աստված դրանց մատնեց մեր ձեռքը: Այժմ մենք գերի կվարենք դրանց դեպի մեր երկիրը:

Մերուժանը վրա հասավ այն ժամանակ, երբ ամբողջ բանակը սոսկալի խռովության մեջ էր, և բոլոր գերիները ապստամբված, կատաղի կերպով մարտնչում էին: Բայց նա չկարողացավ մոտենալ ապստամբներին, որովհետև նրա առաջը կտրեց Մոկաց Վահրամ իշխանը, որ դեռ անշարժ սպասում էր Արաքսի թաղթաղուկների մեջ: Մոկացիք այնպիսի մի անակնկալ կերպով դուրս եկան Մերուժանի հանդեպ, որ նրա զայրացած դեմքի վրա երևաց սովորական ժպիտը, ա՜յն դառն, աղետավոր ժպիտը, որ հայտնվում էր տագնապի րոպեներում, և նա ծիծաղելով ձայն արձակեց.

— Հենց դո՛ւք էիք պակաս, ո՜վ Մոկաց լեռների դևեր ու սատանաներ:

— Կախարդները երկյուղ չունեն դևերից ու սատանաներից, — պատասխանեց Վահրամ իշխանը:

Երկուսի լուտանքներն էլ հասարակաց կարծիքի մեջ հիմք ունեին, մոկացիք հայտնի էին որպես դիվաբարո ժողովուրդ, իսկ Մերուժանը՝ որպես կախարդ:

Բայց նրա կախարդությունններն այս անգամ մնացին բոլորովին ապարդյուն...

Արևը վաղուց արդեն մտել էր, գիշերային մթությունը պատել էր պարսից խորտակված, քայքայված բանակատեղը: Խաղաղ էր գիշերը և լռին: Միայն երբեմն լսելի էին լինում հաղթական աղաղակներ: Կռիվը մի քանի տեղերում տակավին շարունակվում էր: Այդ միջոցին Մերուժանը խելագարի նման չգիտեր՝ ո՜ր կողմը գնալ: Նրա ականջներին զարկում էին բոթաբեր աղաղակները, նրա սիրտը տրոփում էր սոսկալի խռովությամբ, և նա դեռ հույս ուներ, որ կարող է վերադարձնել կորած փառքը:

Նրա թիկնապահները, նրա մտերիմ համհարզները, գիշերային մթության մեջ, կռիվների ընդհանուր շփոթության ժամանակ, կորցրել էին նրան: Նա չէր նկատում, որ մնացել է միայնակ:

Բայց նա զգում էր մի տեսակ հոգնություն, մի տեսակ սպանիչ թուլություն: Զգում էր, որ առողջ դրության մեջ չէ: Գլուխը պտտվում էր, աչքերի առջևը ավելի և ավելի մթնանում էր: Հազիվհազ կարողանում էր իրան պահել ձիու վրա: Արբեցածի նման չգիտեր, թե ի՛նչ է կատարվում յուր հետ: Ձին տանում էր նրան յուր կամքով: Սանձը արդեն ընկել էր նրա ձեռքից:

Վերջը ողեսպառ և ուժաթափ եղած մարմինը փոքր առ փոքր դեպի

մի կողմն թեքվեցավ, և նա գլխիվայր կախ ընկավ ձիու կողքից: Խելացի ձին կանգ առեց և մի քայլ անգամ չփոխեց: Նա դեռ այնքան տիրապետում էր իրան, որ զգաց, թե ոտները մնացին ասպանդակների մեջ: Երկար մաքառում էր, մինչև կարողացավ ոտները ազատել ասպանդակներից: Ընկավ խոտերի վրա: Ձին չհեռացավ նրանից:

Մի քանի րոպե մնաց ուշաթափության մեջ, անշարժ, որպես դիակ: Ձին դունչը տխրությամբ տարավ դեպի նրա գլուխը սկսեց յուր տամուկ ռունգներով շոշափել նրա ճակատն ու երեսը, տեսնելու, թե ի՛նչ պատահեց սիրելի տիրոջ հետ: Նա դարձյալ հուշի եկավ:

Կատարված իրողությունները ներկայանում էին նրան, որպես մի խառնաշփոթ երազ: Տեսնում էր թշնամու մթին գունդերը, տեսնում էր արյունաներկ սրերի ահարկու փայլը, լսում էր նրանց վայրենի գոռումն ու գոչումը: Տեսնում էր և մոր սպառնական դեմքը...

«Հեռո՛ւ, հեռո՛ւ ինձանից...» — բացականչեց նա և գլուխը վեր բարձրացրեց ընկած տեղից: — «Ես չեմ կամենում տեսնել քո աղետավոր երեսը... »:

Նա մնաց նստած: Գլուխը սաստիկ բորբոքման մեջ էր, իսկ սիրտը, կարծես, այրում էին կրակով: «Ա՛խ, եթե մի կաթիլ ջուր լիներ... » — ձայն արձակեց խորին հառաչանքով, և սկսեց թույլ մատներով խարխափել յուր շուրջը: Նրա ձեռքը շոշափեց մի ինչ որ հեղուկ, մի ինչ որ թացություն: Ուրախացավ: «Ահա՛, ջո՛ւր»... բացագանչեց նա և աշխատում էր ափովը վեր առնել հեղուկը: Բայց թանձր հեղուկը միայն թրջեց նրա ձեռքը, որը տարավ դեպի բոցավառ շրթունքները և սկսեց կատաղի ագահությամբ լիզել:

Նա լիզում էր յուր սեփական արյունը, որ լճացել էր գետնի վրա...

Սկսյալ այն րոպեից, երբ մոր վրա արշավելու միջոցին ցած գլորվեցավ նրա ձին, սկսյալ այն րոպեից, երբ բացվեցավ նրա վերքը, արյունը անընդհատ կերպով գնում էր: Ձիու ցնցումը, մի կողմից, անդադար հարձակումները դեպի պատերազմի դաշտի զանազան դիրքերը, մյուս կողմից, և ավելի սաստկացնում էին արյան հոսումը: Կռիվների հրատապ ջերմության մեջ, ամբողջ օրը նա այն աստիճան հափշտակված էր յուր գործողություններով, որ բնավ չնկատեց, թե ի՛նչ է կատարվում յուր հետ, մինչև իսպառ արյունաքամ եղավ, թուլացավ և ընկավ...

Մինչ երկաթյա մարդը այսպես տանջվում էր օրհասական տագնապի մեջ, այդ միջոցին Սամվելը, յուր ընձալի բաղձանքներին հասած, գերիներին ազատած, շտապում էր դեպի հոր շիկակարմիր վրանը: Նա շտապում էր ազատելու հոր դագաղը, որովհետև վախենում էր, միգուցե լեռնականները, իրանց անզուսպ կատաղության մեջ, հարձակվեին հանգուցյալի վրա և իրանց վրեժխնդրությունը գործ դնեին նրա դիակի վրա, պատառ-պատառ անելով և կռվի դաշտի երեսին ցրվելով: Նա գնում էր յուր վերջին պարտքը և հարգանքը մատուցանելու յուր հորը: Թեև նրա բոլոր ցանկությունները արդեն կատարվել էին, թեև նա այժմ իրավունք ուներ լիապես ուրախ լինելու, բայց, ընդհակառակն, խիստ տխուր էր: Տխուր էր, որովհետև պիտի հանդիպեր ա՛յն սգավոր դագաղին, որի մեջ դրված էր յուր ձեռքով սպանված հայրը:

Բայց հոր փոխարեն, ճանապարհին հանդիպեց նրան կիսամեռ Մերուժանը:

Երբ Սամվելը յուր ասպախումբով անցնում էր, հանկարծ գիշերային խավարի միջից լսելի եղավ ձիան խրխնջալու մի խիստ թախծալի ձայն, որ, կարծես, օգնություն էր կանչում: Սամվելը դիմեց դեպի այն կողմը: Նրա աչքին ընկավ Մերուժանի հայտնի նժույգը, որ յուր ճերմակությամբ բավական պարզ կերպով նշմարվում էր գիշերային մթության մեջ: Նա դարձավ դեպի յուր խումբը, ասելով.

— Իսկույն մի ջահ վառեցե՛ք:

Պատանի Հուսիկը վառեց ջահը:

Մերուժանը դեռ թավալվում էր յուր արյան մեջ:

Սամվելը տեսավ, և նրան տիրեց մի տեսակ ապշություն, որ առաջ է գալիս սաստիկ ուրախությունից և սաստիկ բարկությունից: Ցած իջավ ձիուց, և մի քանի րոպե, անշարժ կանգնած, նայում էր մահամերձ հերոսի վրա և յուր ալետանջ անվճռականության մեջ չգիտեր, թե ինչպես պետք էր վարվել նրա հետ — արդյոք կտրե՞լ վերջին շունչը, թե թողնել:

Ձիաների հանկարծակի ոտնաձայնը փոքր-ինչ հուշի բերեց օրհասականին:

— Այստեղ մարդ կա՞, — ձայն տվեց նա, աշխատելով գլուխը վեր բարձրացնել, որը դարձյալ ընկավ գետնի վրա:

— Կա՛, — պատասխանեց Սամվելը:

— Ինչպե՞ս վերջացավ կռիվը:

— Թշնամիները հաղթեցին:

— Հաղթեցի՞ն, — բացականչեց նա և կրկին փորձեց բարձրացնել ծանրացած գլուխը:

— Այո՛, հաղթեցին, — կրկնեց Սամվելը:

Բոթաբեր լուրը այն աստիճան ուժգին հարվածով ցնցեց նրա մռայլված ուղեղը, որ նա բոլորածին սթափվեցավ: Մի քանի վայրկյան տիրեց նրան մի տեսակ խորհրդավոր լռություն, — հուսաբեր սրտի և հոգեկան մաքառման դա՛ռն լռությունը: Բաց արեց պղտոր աչքերը, բայց ոչինչ տեսնել չկարողացավ:

— Ես Մերուժանն եմ, — վերջապես ասաց նա նվաղած ձայնով: — Ամեն ինչ վերջացած է ինձ համար... Ցանկանում եմ մեռնել, բայց մահը փախչում է ինձանից... Փորձում եմ սպանել ինձ, բայց չեմ կարողանում... Եթե դու իմ լա՛վ զինվորներից մեկն ես, եթե դու սիրում ես քո հրամանատարին, կատարի՛ր այդ վերջին ծառայությունը, մերկացրո՛ւ սուրդ և հանգստացրո՛ւ ինձ... Մա՛հ եմ ցանկանում, և թո՛ղ իմ սիրելի զինվորի ձեռքից ստանամ նրան և ո՛չ իմ թշնամիների...

Նա լռեց, և մի քանի րոպեից հետո կրկին ընկավ տենդային զառանցումների մեջ:

Սամվելը մոտեցավ, և ջահի լուսավորության առջև հետազոտելով թուլացած մարմինը, նկատեց, որ արյունը հոսում էր իրան հայտնի վերքից, որ ստացել էր նա «Իշխանաց կղզում» պատանի Արտավազդի նետից:

Իսկույն պինդ կերպով կապեց վերքը և, դառնալով դեպի յուր մարդիկը, հարցրեց.

— Գինի մնացե՞լ է ձեզ մոտ:

— Իմ տկի մեջ փոքր-ինչ մնացել է, — ասաց պատանի Հուսիկը:

— Մոտ բե՛ր:

Պատանին մոտեցրեց փոքրիկ տիկը, որ քարշ էր ընկած նրա ուսից, և որով կռվի ժամանակ շիջուցանում էր յուր իշխանի ծարավը: Սամվելը տիկը առեց նրա ձեռքից, սկսեց գինին փոքր առ փոքր ծորել մահամերձ վիրավորի բերանը: Հետո դարձավ դեպի յուր մարդիկը, հրամայելով.

— Ցած իջեք ձիերից, և ձեր վահանները դնելով վիրավորի վրա, պահպանեցեք դրան: Ոչ ոք չհամարձակվի մոտենալ, մինչև ես կվերադառնամ:

Պատվերը իսկույն կատարեցին:

Նա կրկին նստեց ձին, և առնելով յուր հետ յուր մարդիկների մի մասը, շտապեց դեպի հոր շիկակարմիր վրանը:

Ծերունի Արբակը, որ այդ միջոցին գտնվում էր Սամվելի մարդիկների թվում, տեսնելով նրա մեծահոգությունը, փորձված գլուխը խորհրդավոր կերպով շարժեց և ինքն իրան ասաց.

«Ես չեմ հասկանում այս տեսակ գթություններ... Ի՞նչ է նշանակում կենդանի թողնել վիրավոր վիշապին...»:

Զ

ՈՂԱԿԱՆ ԱՄՐՈՑԸ

«Ատրուշանս շինէին ի բազում տեղիս, եւ զմարդիկ հնազանդէին օրինացն Մազդեզանց. եւ բազում յիւքեանց սեփականսն շինէին ատրուշանս, և զորդիս եւ զազգայինս իւրեանց տային յուսումն Մազդեզանց: Ապա որդի մի Վահանայ, անուն Սամուէլ, եհար սատակեաց... մայր իւր»...

Փաւստոս:

Անցավ աշունը, անցավ և Հայոց դառնաշունչ ձմեռը:

Տարոնի ընդարձակ դաշտավայրը դեռ նոր էր սկսել կանաչազարդվել նորաբույս խոտերով, դեռ նոր նորեկ ծիծեռնակը ավետում էր գարնան ուրախալի վերադարձը: Լռեց փոթորիկը, դադարեց բքաբեր բորեասը, և նրանց փոխարեն՝ անուշ սյուքը մեղմ ալիքներով անցնում էր թավշապատ հովիտների վրայով, տարածելով դեպի ամեն կողմ կյանք և զորություն:

Գարնանամուտի առաջին առավոտն էր:

Ողական ամրոցը այս առավոտ մի առանձին հրապուրիչ տեսք էր ստացել: Պատերը և սենյակների ճակատները դրսից ու ներսից պատած էին կանաչ թուփերով ու թարմ տերևներով: Ծառաները, սպասավորները, նաժիշտներն ու աղախինները, ամենքը տոնական հագուստներով զարդարված, ձեռքները և մազերը կարմիր՝ ներկած, վազվզում էին այս կողմ ու այն կողմ, և օրվա պատշաճին վայել պատրաստություններ էին տեսնում: Ամբողջ ամրոցը շնչում էր խորին, հոգեզվարթ բերկրությամբ:

Արևի առաջին ճառագայթների հետ որոտացին պալատական նվագարանները և շարունակում էին անլռելի հնչյուններով ածվիլ: Ողական ամրոցը տոնում էր գարնանամուտը, որ, միևնույն ժամանակ, էր պարսից տարեմուտը:

Դա չէր հայոց սիրելի Նավասարդը, հայոց նոր տարին, որ յուրաքանչյուր ամի՝ աշխարհախումբ բազմությամբ՝ տոնվում էր Աշտիշատի ծաղկազարդ տաճարներում: Դա հայոց համար բոլորովին խորթ և բոլորովին օտար մի տոն էր, որ առաջին անգամ կատարվում էր Մամիկոնյանների ամրոցում: Դա պարսկական տոն էր:

Ինչե՞ր չփոխվեցան, ի՞նչ ներմուծություններ չեղան սկսյալ այն օրից, երբ Սամվելը թողեց այդ ամրոցը: Հին, իրանց նախնական ծեսերին ու սովորություններին հավատարիմ մնացած ծառաներն ու աղախինները այլևս չկային: Ոմանք կամովին հեռացան, ոմանց հեռացրեց Սամվելի խստասիրտ մայրը: Նոր ծառաներն ու նոր աղախինները կրում էին պարսկական հագուստներ, խոսում էին պարսկերեն: Նրանցից շատերը պարսիկներ էին: Հայ քահանան այլևս մուտք չուներ այդ ամրոցում: Նրա փոխարեն յուր կրոնական պաշտամունքը կատարում էր պարսիկ մոգը: Տնային վարժապետները, դաստիարակները, դայակներն անգամ, որոնք կրթում էին մանուկներին քրիստոնեական ոգով, քրիստոնեական առաքինություններով, փոխված էին: Նրանց պաշտոնը կատարում էին պարսիկ մոգերը, ուսուցանելով Մազդեզանց կրոնի հրահանգները: Կերակուրներն անգամ փոխված էին, ըմպելիքներն անգամ փոխված էին: Փոխված էր և սենյակների կահավորության, սարք ու կարգի ձևը: Հին, ավանդական սովորությունների փոխարեն՝ տիրապետում էր նորը — պարսկականը: Վաղեմի, նահապետական կարգերի փոխարեն, որոնց գեղեցկությունը հենց նրանց պարզության մեջն էր, տիրապետում էր պարսկական զեխությունը, պարսկական շռայլությունը:

Չկային նաև ամրոցի մյուս բնակիչները: Մուշեղ Մամիկոնյանի ընտանիքը տեղափոխվել էր Տայոց երկրի Երախանի բերդը: Վարդան Մամիկոնյանի այրին՝ տիկին Զարուհին յուր զավակների հետ գտնվում էր նույնպես Երախանի բերդում: Չկար և նազելի Որմիզդուխտը՝ Սամվելի խորթ մայրը: Նա հենց այն ժամանակ թողեց Ողական ամրոցը և գնաց Պարսկաստան, երբ Սամվելը հեռացավ այդ ամրոցից:

Ամրոցում մնացել էր միայն Սամվելի հարազատ մայրը՝ տիկին Տաճատուհին, որ այժմ միանգամայն նրա տերն ու թագուհին էր:

Նա այս առավոտ միայնակ շրջում էր ամրոցի մեծ դահլիճում, ուշադրությամբ զննում էր յուրաքանչյուր առարկան, յուրաքանչյուր մանրամասնությունը, տեսնելու, արդյոք ամեն ինչ յուր տեղո՞ւմն էր, արդյոք ամեն ինչ կա՞ր, թե մի բան պակաս էր: Նրա ամբողջ հագուստը փայլում էր ոսկու և զոհարների մեջ: Փայլում էր և նրա սիրուն դեմքը: Մերուժանի մեծամիտ քույրը, Մերուժանի գեղեցկությունն ուներ, բայց զուրկ էր եղբոր դեմքի վսեմ արտահայտությունից:

Դահլիճը, տոնի պատշաճին համեմատ, շքեղ կերպով զարդարված էր: Հատակը պատած էր ամենաթանկագին գորգերով ու օթոցներով: Պատերը ծածկված էին ամենանուրբ դիպակներով և մետաքսյա գույնզգույն կերպասներով: Լուսամուտներում, հախճապակյա գեղեցիկ թաղարների մեջ դրված էին նոր բացված ծաղիկներ և զանազան մշտականաչ բույսեր: Ջրի, գինու, օշարակների անոթներն անգամ, որ շարված էին սեղանի վրա, պատած էին հրաշալի կանաչազարդությամբ: Ամեն կողմում կանաչ, ամեն կողմում դալարիք, ամեն կողմում ժպտում էին ծաղիկները — նորեկ գարնան բերած պարգևները: Ամբողջ դահլիճը սրսկած էր անուշահոտ վարդաջրով և բուրում էր ախորժելի հոտավետությամբ:

Նոր տարին քաղցրացնելու համար պատրաստված էին զանազան տեսակ նուրբ քաղցրավենիներ, որ համեմած էին արևելյան անուշահոտ համեմներով: Տեղային պտուղներից, ընդարձակ. նախշուն խաներով, դրված էին սեղանի վրա յոթն տեսակ չոր մրգեղեններ, որ խառնել էին միմյանց հետ:

Թեև այդ տոնը հայոց համար բոլորովին խորթ էր և նորամուտ, բայց Սամվելի մայրը՝ տոնի թագուհին այնքան շնորհք և ճաշակ ուներ, որ կարողացել էր բավական վայելուչ ձև տալ նրան: Այդ էր պատճառը, որ շատերը պատրաստվել էին մասնակցել, եթե ոչ համակրելով, այլ ավելի տեսնելու բաղձանքով: Բայց կային և այնպիսիները, որոնց թիվը փոքր չէր, որ պատրաստվել էին մասնակցել ամենայն սիրով և հաճությամբ: Հեթանոսական հին սովորությունների և հին պաշտամունքների խորին հետքերը դեռ ոչ իսպառ ջնջված էին քրիստոնյա Հայաստանից: Իսկ ոմանք ստիպված էին մասնակցել, երկյուղ կրելով տիրոջ չար վրեժխնդրությունից: Մերուժանի քույրը և՛ Մերուժանի անգթությունն ուներ, բայց զուրկ էր եղբոր մեծահոգությունից:

Նա դեռ միայնակ ճեմում էր շքեղազարդ դահլիճի մեջ, որ կազմ ու պատրաստ սպասում էր այցելուներին, որ պիտի ներկայանային յուր նոր տարին շնորհավորելու: Նայում էր շրջապատող առարկաների ճոխության վրա և հիանում էր: Բայց նրա հիացմունքը այնքա՛ն կարճատև, այնքա՛ն րոպեական էր լինում, երբ դառնում էր յուր սրտին, յուր ներքին զգացմունքներին: Վաղուց էր, որ ոչինչ տեղեկություն չուներ ամուսնից: Տեղեկություն չուներ և որդու՝ Սամվելի մասին: Չգիտեր նաև, թե ինչ էր շինում եղբայրը՝ Մերուժանը: Շարունակ հինգ ամիս՝ դառնաշունչ ձմեռը այնպես սաստկությամբ կտրել էր ամեն հաղորդակցություն, որ նրան դեռ հայտնի չէր, թե ի՛նչ աղետներ, ի՛նչ ողբալի գործեր էր կատարվել Հայոց աշխարհի հյուսիսային կողմերում: Բայց նա ներքին խուլ բնազդմամբ մի բան զգում էր, — և անախորժ բան:

Նրա շրջապատողների մեջ արդեն տարածվել էր մի ինչ-որ շշունջ, մի ինչ-որ քրթմնջոց, որ ամենայն ծածկամտությամբ աշխատում էին թաքցնել: Այդ նկատում էր նա, և նրա ալետանց սրտում ծագում էին զանազան կասկածավոր խոկումներ: Մյուս կողմից, յուր հպատակների մեջ նկատում էր մի տեսակ սառնություն, մի տեսակ բռնադատյալ խոնարհություն, որ հակամայից ցույց էին տալիս նրան: Ի՞նչ էր նշանակում այդ: — Նա դժվարանում էր ինքն իրան հաշիվ տալ:

Եղբոր՝ Մերուժանի պարտության լուրը և ամուսնու սպանման բոթը՝ յուր հարազատ որդուց, — դեռ նոր էին հասել Տարոն: Բայց տակավին պտույտվում էին անստուգության մթության մեջ: Ոմանք դժվարանում էին հավատալ, ոմանք, եթե հավատում էին, վախենում էին մի ուրիշին հայտնել: Բայց, այնուամենայնիվ, այդ համբավները խորին ուրախություն պատճառեցին նրա հպատակներին, թեև դեռ ոչ ոք չէր համարձակվում յուր զգացմունքները արտահայտել:

Նա կատարեց ավելի, քան կարելի էր կատարել: Այն նորամուտ և խորթ ներմուծությունները, որ նրա ամուսինը և եղբայրը չկարողացան սրով ու հրով մտցնել Հայոց աշխարհում, նա մտցրեց Մամիկոնյանների խաղաղ տան մեջ անարյուն պատերազմով, — ա՛յն տան մեջ, որ ամենահին ժամանակներից՝ միշտ ներկայացել էր որպես մի ճշգրիտ տիպար քրիստոնեական բարեպաշտության: Որքա՛ն ուրախ էր, որքա՛ն գոհ էր յուր հաջողություններով: Նա արդեն հողը պատրաստած էր համարում և սերմը ցանած էր համարում, սպասում էր ցանկալի հունձքին: Եվ որքա՛ն պիտի սիրեր նրան ամուսինը, երբ յուր տանը վերադառնալու ժամանակ՝ ամեն ինչ պատրաստ կգտներ:

Բայց ի՞նչն էր դրդում այդ փառասեր կնոջը՝ նետվել կրոնական խնդիրների մեջ, որ ավելի մեծ հանճարների գործն էր: Իսկապես, ոչինչ: Եվ եթե նրա ամուսինը և եղբայրը զանազան քաղաքական նպատակներով էին առաջ տանում իրանց ապօրինի ձեռնարկությունները, նա, ընդհակառակն, նրանց նկրտումներն անգամ չուներ: Նա չուներ նաև կրոնական հաստատ համոզմունքներ: Բայց իբրև կին և նորասեր կին, նա ուներ մի բան: Նա ազնվական էր, այդ բառի բուն նշանակությամբ: Նրա համար ինչ՝ որ վերևից էր գալիս, ինչ որ վերևումն էր կատարվում, — բոլորը լավ էր: Պարսից արքայական գերդաստանի հետ խնամության կապեր ունենալով, նա շատ անգամ առիթ էր ունեցել պարսից արքունիքում լինելու և ծանոթ էր Շապուհի ընտանիքի հետ: Արքունիքը հիացրել էր նրան: Եվ որպես Շապուհի կանանց հագուստն ու զարդերը նրան դուր էին գալիս, նույնպես և դուր էր գալիս նրան Շապուհի պաշտած կրոնը: Աշխատում էր նմանվել: Աշխատում էր, որ յուր զավակները նույն լեզվով խոսեին, որով խոսում էին արքունիքում, աշխատում էր, որ նրանք նույն բարձր կրթությունն ստանային, որ վայել էր արքունիքին: Ինչ որ ազգային էր, և ինչ հայկական էր, նրան խիստ սովորական էր թվում և, մինչև անգամ, ամոթալի: Ինչո՞ւ միշտ կարմրել պարսիկների մոտ, ինչո՞ւ միշտ պակաս մնալ, — այդ մտքերը վրդովեցնում էին նրան: Նա մոտեցավ լուսամուտին, նայեց արեգակին: «Ինչո՞ւ այդքան ուշանում են... ի՞նչ է նշանակում այդ... » — մտածեց ինքն իրան, և նրա անհամբեր դեմքի վրա երևացին բարկության նշմարներ: Միթե յուր բոլոր պատրաստությունները պետք է ապարդյո՞ւն մնային:

Սպասավորները մեկ-մեկ ներս էին մտնում ու դուրս էին գնում, զանազան իրեղեններ բերելով ու տանելով: Ներս մտավ և ներքինապետը, հաճոյամոլ Բագոսը, յուր լերկ ու լպիրշ դեմքով:

Թեև Բագոսը վայելում էր յուր տիկնոջ խորին հավատարմությունը, բայց դարձյալ տիկինը բոլոր արժանապատվությունից ստոր համարեց հայտնել նրան, թե կասկած ունի, մի գուցե տոնախմբությունը այն շքեղությամբ չկատարվի, որքան ցանկալի կլիներ: Բայց խորամանկ ներքինին ա՜յն աստիճան ուսումնասիրած էր յուր տիկնոջ բնավորությունը, որ հենց նրա երեսին նայելով, հասկացավ, թե ի՜նչն է աղմկում նրա փառասեր սիրտը, և կեղծ ժպիտը երեսին ասաց.

— Մի քանի իրեղեններ պետք է դուրս տանել, տիկին:

— Ինչո՞ւ:

— Որովհետև տեղ չի լինի բոլոր այցելուների համար:

— Այդ ահագին դահլիճո՞ւմ :

— Բայց այցելուների բազմությունն էլ ահագին կլինի:

Տիկինը ուրախացավ: Բայց թաքցնելով յուր ուրախությունը, դարձավ դեպի ներքինապետը, փոքր-ինչ զայրացած ձևանալով.

— Պետք է կարգի ու կանոնի սովորեն, Բագոս: Հարկավոր չէ, որ ամեն մի այցելու մնա դահլիճում և ավելորդ տեղ բռնե: Նրանք կգան, ընդունված բարեմաղթությունները կանեն, և իմ օրհնությունը առնելով, դուրս կգան կից սենյակը, այնտեղ կսպասեն: Երբ կվերջանա ընդունելությունը, այնուհետև ինձ հետ միասին կգնան ատրուշանը, երկրպագություն տալու սրբազան կրակին և ներկա գտնվելու հանդիսավոր զոհաբերության արարողությանը: — Հասկացա՞ր: Գնա, ասա տաճարապետին, նա այդ կարգերը լավ գիտե, թո՜ղ այնպես կարգադրե բոլոր ծեսերը, որ ամեն ինչ ըստ պատշաճի կատարվի և վայելուչ:

Ներքինապետը գլուխ տվեց և անվերջ ժպիտը երեսին հեռացավ:

Տիկինը մնաց միայնակ: Այժմ նա հանգիստ էր, այժմ լիապես հույս ուներ, որ տոնախմբությունը փառավոր հաջողություն կգտնե:

Քառորդ ժամ չանցավ, երբ սենեկապետներից մեկը ներս մտավ, հայտնելով, թե ավագանին և աստիճանավորները խնդրում են ներկայանալ:

Նա անցավ դահլիճի վերին կողմը, նստեց թանկագին գահավորակի վրա: Այդ միջոցին պալատական բարձր դրանիկները կարգով շարվեցան նրա բազմոցի շուրջը: Ամենքը զարդարված էին տոնական հագուստներով, ամենքը զրահավորված էին ոսկեզարդ զենքերով:

Ներս մտան աստիճանավորները և ամբողջ ավագանին: Նրանք խորին կերպով գլուխ տվին և լուռ կանգնած մնացին դահլիճի պատերի մոտ: Տիկինը մի առանձին հաճությամբ դարձավ դեպի այցելուները այդ խոսքերով.

— Փա՜ռք և գոհությո՜ւն պայծառ Արամազդին, որ ինձ պարգևեց երջանիկներից ամենաերջանիկը լինելու վիճակը, և ես բախտ ունեմ, ո՜վ սիրելի ավազներ, ձեզ հետ միասին տոնելու այն մեծահանդես օրը, որ ստնում է ամբողջ տիեզերքը: Թռչունն ու անասունը, վայրի խոտն ու ծաղիկը և անտառի հսկա եղևնիները այսօր ուրախ են, որովհետև նորեկ գարունը բերել է նրանց համար նոր տարի և նոր կյանք: Մարդը նույնպես պետք է յուր խնդակցությունը խառնե բնության ընդհանուր հրճվանքի հետ: Անցավ ձմեռը յուր մահաբեր սառնամանիքներով, անցավ մռայլի ու մառախուղի թագավորությունը: Ծագեց մեզ նոր օր յուր լուսապայծառ ջերմությամբ: Իջավ երկնքից սրբազան հուրը և յուր կենսագործող զորությամբ շունչ պարգևեց սառած տիեզերքին: Մեռած գետինը ուժ է ստանում, քնած ծառերը զարթնում են: Ամենուրեք շնչում է աստուծո հոգին, ամենուրեք հարություն է առնում մահացած կյանքը: Բնության ընդհանուր գործունեության հետ՝ սկսվում են և մարդու աշխատությունները: Հերկավարը յուր արորը տանում է դաշտը, այգեգործը սկսում է բրել խոնավ երկիրը: Կանաչազարդ արոտների վրա սփռվում են հովվի ոչխարները: Աշխատանքը սկսում է եռ գալ որպես եռ է գալիս ներշնչված, ոգևորված գետինը: Ո՛չ միայն անհրաժեշտ է, ո՛վ սիրելի ավազներ, այլ մարդու սրբազան պարտքն է, որպես բոլոր արարածներից ավելի ուշիմագույնին և որպես բոլոր արարածներից ավելի առատությամբ վայելողին բնության պարգևները, որ նա՛ նախքան յուր աշխատությունների սկսելը, յուր գոհությունը մատուցանե այդ բոլորի բարիքները իրան պարգևողին: Այդ իսկ նպատակով մեր արժանահիշատակ նախնիքը սահմանել էին գարնանամուտի տոնախմբությունը: Բայց մենք, մեր նախնյաց ապաշնորհ հետևողներս, դադարեցինք կատարել: Վերանորոգենք արդարն ու ճշմարիտը, վերադառնանք բնականին, ով սիրելի ավազներ: Ահա՛ այնտեղ, անշեջ ատրուշանի մեջ, վառվում է աստվածային հուրը, — ամբողջ տիեզերքին կյանք և ջերմություն պարգևող արարչագործ զորությունը: Գնանք և հանդիսավոր զոհաբերությամբ՝ մեր սերն ու գոհությունը մատուցանենք այն զորությանը, որ անհասանելի և անքննելի աստուծո սրբազնագույն օրինակն է մեր երկրի վրա, և թո՛ղ օրհնյալ լինի նրա փառքն ու պատիվը:

Տիկնոջ ճառը այն աստիճան խորին տպավորություն գործեց հանդիսականների վրա, որ ամենքը միաձայն կրկնեցին... «Եվ թո՛ղ օրհնյալ լինի նրա փառքն ու պատիվը»:

Այնուհետև առանձին-առանձին մոտենում էին և, ծունր դնելով տիկնոջ առջև, համբուրում էին նրա աջը, և ամենաջերմ բարեմաղթություններով՝ ցանկանում էին նոր տարու հետ և նոր բախտավորություններ:

Տիկնոջ գահավորակի աջ և ձախ կողմերում դրված էին մի-մի ափսեներ, որ բոլորած մատուցարանների ձև ունեին: Աջակողմյան ափսեն ոսկուց էր շինված, և նրա մեջ դիզված էին ոսկյա դրամներ: Իսկ ձախակողմյան ափսեն արծաթից էր շինված, և նրա մեջ դիզված էին արծաթյա դրամներ: Այդ խորհրդավոր դրամները, իբրև նշան արծաթյա և ոսկյա բախտավորության, հատկապես կտրված էին նոր տարու անունով:

Պարսից արեգնափայլ արքան միայն իրավունք ուներ նոր տարու սկզբում բաժանել յուր ավագներին այս տեսակ դրամներ, և ընդմին պարգևել նրանց արծաթյա և ոսկյա բախտավորություններ: Իսկ Մամիկոնյան տիկինը, իբրև ընդհանուր Տարոնի թագուհին, ցանկանալով ոչինչ պակաս չթողնել ընդունված սովորություններից, իրան թույլ էր տվել մի այսպիսի արտոնություն: Երբ ավագները մերձենում էին նրա աջը համբուրելու, նա ձեռքը տանում էր դեպի արծաթյա և ոսկյա ափսեները և լի բռնով վերցնելով յուր մոտ դիզած դրամներից, խառնում էր միմյանց և ապա ընծայում էր նրանց, փոխադարձապես ինքն ևս ցանկանալով նոր տարու հետ և նոր բախտավորություններ:

Մենեկային մանկլավիկները, ոսկյա նախշուն սրվակներով, թափում էին այցելուների ափերի մեջ անուշահոտ վարդաջուր, որով նրանք օծում էին իրանց երեսն ու մազերը, հետո մոտենում էին անուշեղենների սեղանին, վայելելու նոր տարվա քաղցրությունները: Այստեղ դրված էին ամեն տեսակ բարիքներ և ամեն տեսակ զվարճալիքներ, որոնց մեջ գլխավոր տեղը բռնում էր յոթնատեսակ չոր մրգեղենների կույտը՝ հայրենի երկրի բնության բարիքը:

Մի խումբ սպասավորներ, շքեղ կերպով հագնված, վարդապսակ գլուխներով, կանգնած էին, և յուրաքանչյուրն ձեռքում ուներ արծաթյա մեծ անոթներ, լի զանազան տեսակ անուշահամ օշարակներով և գինիներով: Անդադար լցնում էին, և ոսկյա գավաթներով մատուցանում էին հյուրերին:

Դրսում նվագարանները հնչում էին: Երգում էր քաղցրաձայն գուսանը:

Այցելությունները տևեցին բավական երկար: Բազմությունը խումբ-խումբ ներկայանում էր և, վայելելով տիկնոջ շնորհն ու քաղցրությունը, դուրս էին գալիս կից սենյակը, ուր պիտի սպասեին՝ ներկա գտնվելու հանդիսավոր զոհաբերությանը: Կից սենյակում ևս հյուրերի համար ամեն տեսակ մեծարանք պակաս չէր: Այստեղ նրանք ավելի ազատ, ավելի հոգեզվարթ կերպով անձնատուր էին լինում իրանց բավականություններին: Խոսում էին, ծիծաղում էին, և յուրաքանչյուրը լի գոհունակությամբ արտահայտում էր յուր ուրախությունը:

Տղամարդերի ընդունելությունը վերջանալուց հետո սկսվեցավ կանանց ընդունելությանը: Այդ վերջիների թիվը այնքան շատ չէր: Ներկայացան միայն ամրոցում ծառայող կանայքը և մի քանի աստիճանավորների տիկիններ:

Կրակի սրբարանում արդեն սկսվել էր պաշտոնակատարությունը:

Ամրոցի այն կողմում, ուր վաղեմի ժամանակներից կանգնած էր Մամիկոնյանների տոհմային եկեղեցին, ուր մի շարք խուցերում բնակվում էր Դրան երեցը յուր պաշտոնյաների հետ, և կերակրվում էին իշխանական սեղանից, — այժմ նույն եկեղեցու տեղում շինված էր մի պարսկական ատրուշան: Սամվելի մայրը քանդել տվեց եկեղեցին և նրա տեղում հիմնեց ատրուշանը: Քրիստոնեական կրոնավորների խուցերում այժմ բնակվում էր Դրան մոգպետը յուր մոգերով:

Բարձր, սյունազարդ տաճարի մեջտեղում, մարմարինյա քառակուսի սեղանի վրա, վառվում էր որմզդական սուրբ հուրը և յուր անշեջ բոցերը տարածում էր մինչև տաճարի ընդարձակ կամարները: Մոգերը, զգեստավորված ճերմակ հագուստներով և օծված անուշահոտ յուղերով, հնչեցնում էին ձեռքներին բռնած փոքրիկ զանգակները, և երգելով թափոր էին կատարում կրակի շուրջը: Բազմությունը, ծունր դրած տաճարի կամարների ներքո, լսում էր, և երկյուղածությամբ երկրպագություն էր տալիս:

Տաճարի մոտ պահած էին հարյուր հատ առողջ ու անբիծ խոյեր, սպիտակ, ձյունափայլ գեղմով և ոսկեզօծ եղջյուրներով, որ պիտի հազեին:

Այն օր բոլոր հանդիսականները պետք է ուտեին սուրբ տաճարի սեղանից, ճաշակելով զոհված միս:

Երբ սկսվեցավ հազման արարողությունը, հայտնվեցավ Մամիկոնյան տիկինը, շրջապատված յուր դրանիկների վայելչակազմ բազմությամբ: Հանդիսավոր կերպով մերձեցավ սուրբ տաճարի սյամին, և խորին ջերմեռանդությամբ ներս մտնելով, նախ երկրպագություն տվեց կրակին և ապա երեք անգամ պտույտվեցավ սեղանի շուրջը:

Այդ միջոցին բազմության մեջ անցավ մի շշուկ, մի հանկարծակի իրարանցում, որ վերջը աղմկեցավ ուրախաձայն բացականչություններով: Բոլորի զարմացած աչքերը դարձան դեպի այն կողմը, ուր բացվում էին ամրոցի գլխավոր դռները:

Անհամբեր քայլերով ընթանում էր մի բարձրահասակ երիտասարդ, իսկ նրա ետևից՝ մի ստվար խումբ զինված մարդիկներ:

«Սամվե՜լ»... անունը հնչվեցավ հազարավոր բերաններում, և բազմությունը մի կողմ քաշվելով ճանապարհ տվեց:

Երիտասարդը մոտեցավ տաճարին:

«Սամվե՜լ»... — կրկնեց նաև մայրը, և տաճարից դուրս վազելով, գրկեց որդուն:

Հանդիպումը խիստ սրտաշարժ էր և միևնույն ժամանակ խիստ եղերական:

— Ա՜խ, ո՜րքան ուրախ եմ ես, ո՜րքան երջանիկ եմ ես, սիրելի Սամվել, — ասում էր կարոտյալ մայրը, բաց չթողնելով որդուն յուր գրկից, — որ դու Ժամանում ես քո հայրական ամրոցը մի այնպիսի բախտավոր րոպեում, երբ քո մայրը կատարում է գարնանամուտի մեծահանդես տոնախմբությունը: Քո ներկայությունը, սիրելի Սամվել, մի նոր փայլ, մի նոր շուք կտա այդ տոնախմբությանը:

Անսպասելի տեսարանը ա՜յն աստիճան հուզեց, ա՜յն աստիճան սաստիկ խռովության մեջ դրեց անբախտ երիտասարդին, որ նա բոլորովին շփոթվեցավ, և մի բառ անգամ չգտավ պատասխանելու մորը:

Մայրը բռնեց նրա ձեռքից, ներս տարավ տաճարը:

Սամվելը թախծալի աչքերով նայեց կրակի վրա, նայեց և մոգերի վրա: Փոփոխությունը չափազանց անմխիթարական էր: Մտաբերեց, որ այժմյան ատրուշանը այն եկեղեցին էր, որտեղ աղոթել էին յուր նախնիքը, և որի սուրբ ավազանից ինքը ծնունդ էր առել:

— Մա՛յր, — ասաց նա խռովյալ ձայնով, — ես ինձ բոլորովին դժբախտ եմ համարում, որ վերադառնալով իմ հայրենական ամրոցը, ամեն կարգ, ամեն սրբություն խանգարված եմ գտնում: Եթե ցանկանում ես, որ ես քո որդին լինեմ, հանգցրո՛ւ այդ կրակը:

Մոր աչքերը վառվեցան բարկության բոցով:

— Ես աստվածասպան լինել կարող չեմ, Սամվել, — պատասխանեց նա, զայրացած կերպով հրաժարվելով: — Եթե դու իմ որդին ես, պետք է երկրպագություն տաս այն սրբությանը, որ պաշտում է քո մայրը:

— Ուրեմն, ես կսպանեմ քո աստծուն, մա՛յր:

— Չե՛ս համարձակվի, Սամվել:

Մոգերն ու մոգպետը երկյուղից մի կողմ քաշվեցան: Սամվելի մարդիկը շրջապատեցին նրանց: Բազմությունը ապշած կերպով նայում էր, թե ի՛նչով կվերջանա մոր և որդու կռիվը: Տիկնոջ դրանիկներից մի քանիսը իրանց ձեռքը տարան դեպի սրերը և զայրացած դեմքով սպասում էին նրա հրամանին: Սամվելի մարդիկը նկատեցին այդ, իրանք նույնպես ձեռքները տարան դեպի սրերը: Անգութ կատաղությունը տիրեց դժբախտ որդուն: Նրա սպառնական դեմքը այդ րոպեում ահռելի էր: Խորին վրդովմունքով դարձավ դեպի մայրը, ասելով.

— Աղաչում եմ, մայր, հանգցրո՛ւ այդ կրակը...

— Անկարելի է, Սա՛մվել...

— Աղաչում եմ, հանգցրո՛ւ այդ պղծությունը, եթե ոչ...

— Եթե ոչ, ի՞նչ կանես...

— Քո արյունով կհանգցնեմ...

— Անիրա՛վ...

— Թող մարդիկ ինձ անիրավ կոչեն, թո՛ղ մարդիկ ինձ եղեռնագործ կոչեն, ահա՛ այն սուրը, որ սպանեց դավաճան հորը, կսպանե և ուրացող մորը...

Վերջին խոսքերի հետ՝ նա ձեռքը տարավ դեպի մոր գլուխը, բռնեց երկար զիսակներից, քարշ տվեց կրակի սեղանի մոտ: Սուրը շողաց, տաք արյունը թափվեցավ սեղանի վրա...

Բազմության միջից լսելի եղան ուրախաձայն աղաղակներ.

— Արժանի՛ էր...

www.ingramcontent.com/pod-product-compliance
Lightning Source LLC
Chambersburg PA
CBHW010757310726
48980CB00012B/971/J

* 9 7 8 1 6 4 4 3 9 7 5 7 2 *